# 温故

## 北京，那些身边的记忆

北京日报
《温故》编写组
- 编著 -

北京日报出版社

温故知新，谨以此书纪念中华人民共和国成立70周年

# 序言

# 温故知新

老话讲，温故知新。这个“故”，许是故人故事，许是故地故情。

故和新，自是相对的。多少过往在亲历者记忆中宛然如新，多少新闻倏忽间成为昔年旧史。

故和新，又是一体的。时间的长河永远浩荡向前，而随时转身一路回溯，总能找到当下种种之出处和缘起。

如果说现实是流动的历史，那么新闻纸就是历史的日记。这本日记的细节，最初貌似只是定格了一连串孤立的片段，然而日复一日、年复一年，在沉淀足够岁月后去重读，就会发现所有镜像显现出内在的逻辑，形成一个有机的整体。所谓历史的厚度与温度、多趣与多元，大抵就凝练在这笔耕不辍之间。

正如今天的舆论场中，每个人都可能成为 10 万 + 的存在；昨天的新闻稿里，每句话都可能记录了蝴蝶翅膀的轻扇。在北京这座古老而又年轻的城市，历史沿革、巷陌变迁、岁时风物、世情百态，一切从来不会潮过无痕。现在，当我们下意识地使用“今非昔比”“日新月异”之类语汇时，当我们无意识受到浮泛信息加速度轰炸时，也许更有理由去温习曾经的生活，更有责任去梳理属于我们几代人的心史。

北京日报《温故》编写组邀您一起回顾我们经历过的那些年、那些事，温故而知新。

# 目录

## 温故 短缺年代 1949-2019



## 温故 沧桑京华 1949-2019

# 短缺

—— 温故 ——

# 年代

# 凭票买年货的日子

历史资料 ▪ 北京日报图文数据库 ▪ 北京二商博物馆 ▪ 北京新发地市场 | 文 ▪ 毛颖颖

过了腊八就是年。

几乎所有中国人，都会投入到一种欢喜而忙碌的状态。

过去“忙年”，大多数“忙”跟吃相关。在相当长一段岁月里，采买张罗过年的吃食，是全家老小齐动员的“战役”。

春节菜篮子，同样是对政府部门和商业系统的大考。计划经济体制下，层层下达指令，分解任务，全力从全国各地组织调运货源、安排市场供应，是每个深冬“关系国计民生”的头等大事。

## “凭证凭票定量供应”

物资匮乏年代，几乎所有商品都是严格凭证、凭票、定量供应。买米买油要排队，买肉买鱼要排队，买过年“特供”的花生、瓜子、水果糖块更要排队。50 岁往上的北京人，儿时的过年印象，少不了这一段：帮家里大人去不断排队、占地儿。“一大早起就往副食店赶，问清每个队卖什么，然后打队尾开始排。每当家里买回一样东西，就觉得离年又近了一步。”

排队辛苦，“攥票拿证，缩肩拢袖，立的工夫大了，家里人又没来得及替换，只好连摇带晃，跺脚蹬腿”。但排队下来，却不一定能买到东西，最令人们焦躁不安的，是在黑

▲ 1956 年 2 月 11 日，市供销合作总社门市部供应春节水果（柯复 / 摄）

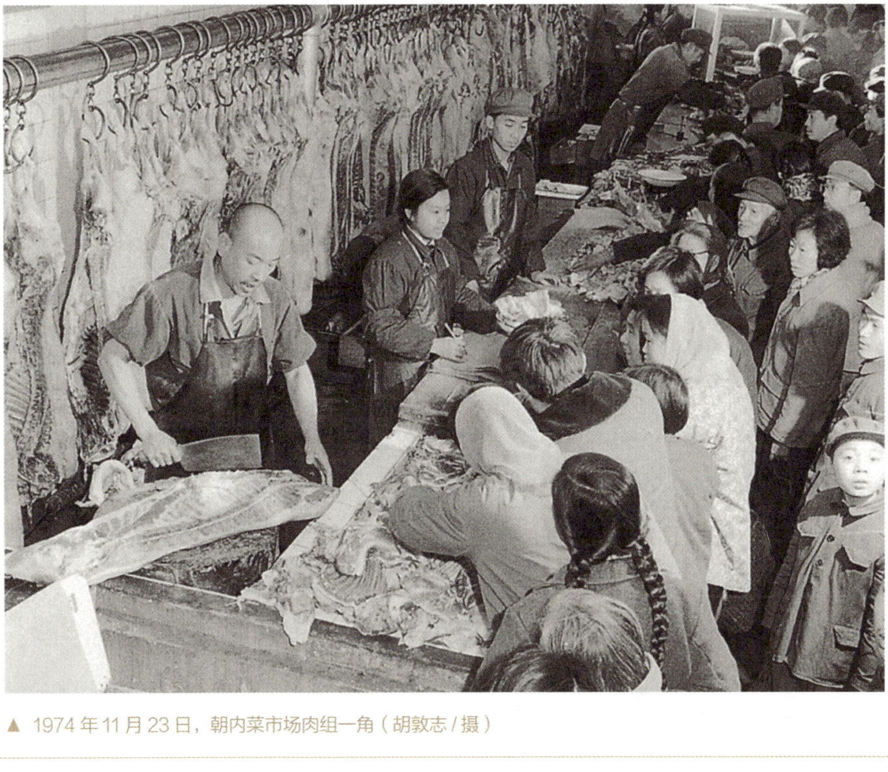

▲ 1974 年 11 月 23 日，朝内菜市场肉组一角（胡敦志 / 摄）

▲ 1977年3月19日，地安门副食商场春节售货大棚（胡敦志/摄）

▲ 1986年2月1日，人们在东单菜市场选购肉鸡。为搞好春节供应，全市各大菜市场紧急筹备货源投放市场（李晞/摄）

# 北京日報
BEIJING RIBAO

## 为您辛苦为您忙
### 记春节前商业职工的辛勤劳动

春节前夕，两三千辆装满鱼、肉、烟、酒和黄、木耳、花椒、大料的售货车，活跃在首都的大街巷。亲爱的读者，当您接到一包包、一捆捆年货，可曾想到，为搞好春节供应，多少商业职工在为辛苦为您忙啊！

**他们奔走在海角天涯**

舟山群岛的海面上，六七级间或八级的大风，挟暴雨，鼓着浊浪，向一艘从沈家门驶往岱山岛的百小船袭来。小船忽而被托上浪峰，忽而跌下波谷，簸着、摇晃着。船上，三个显然是初次出海的青，吐完刚吃过的午饭，又吐出胃液、胆汁，最后，个青年竟吐出了血丝……

他们为什么要冒险出海？原来，几小时以前，岱山岛打来电话，大风将，渔船要收网回岛。听到这个消息，京市水产供销公司驻沈家门采购员们上忙碌起来。他们清楚，带鱼汛期，间对渔民比金子还贵。为了不误渔民过出海，尽快把几十万斤带鱼接到，这三位采购员跳上小船，迎着风浪，岱山岛接货。

“这算不了什么。”节前，刚从舟赶回来的采购员王振奇——那个吐出血丝的小伙子对我们说：“还是写写采购员吧！他们干了二三十年，年年七八个月生活在海岛上，一到带鱼汛，有时一天吃不上一顿热饭，睡不上个踏踏实实觉，身上又脏又痒。他们十年八年在岛上过春节。今年春节，又有十多人忙着调鱼，回不来了。”是啊，了给首都人民采购年货，有多少采购奔走在风头如刀的塞北草原，跋涉于风不度的戈壁荒滩。让我们怀着尊敬心情，向辛劳在天涯海角的采购员们拜一个早年吧！

**“刀斧手”的汗水**

“欢迎你们来，写写我们的刀斧手！”市牛羊肉类加工厂屠宰车间主任李见我们有点不解，又笑着补充说：我们这儿都习惯把剔肉工叫成刀斧。”

没想到，在车间里，我们采访的第个“刀斧手”，竟是一位二十出头、得挺秀气的姑娘。她正拿着一把明晃的尖刀，切着腥乎乎的羹包。看她脸溅了不少羹点，我们问：“适应吗？”笑了笑，回答：“惯了，也觉不出难来。再说，比起剥皮、剔骨，这活还轻的呢！”姑娘的话不假，在车间的一角，我们看到了剔肉工郭进财。他挥动一把板，“咔嚓、咔嚓”地剁着牛前胸的排岔骨。三九，他只穿一件秋衣，还不断地冒汗。我们数了数，一块牛前胸，他大约要剁五十下。我们问：“你天剔多少块？”“四百”，他头也没抬地回答。好伙！他一天要挥动两万来下板斧！春节期间，全市天平均上市猪、牛、羊肉二百多万斤，其中去骨肉部分都是由剔肉工一刀一刀剔出来的。难怪我们见的几个剔肉工，手腕子都肿了。

“从去年11月中旬起，大家已经十息了。”

我们跨进寒气侵骨的库房，冷子正从四米多高的垛上往下搬冻鸡衣，脑门还冒着热气。好象库里零何不了他们。我们却呆不住了，为上鸡垛，干了起来。“给，戴上。一双手套，对我说：“鸡爪子冻得神。”他指了指手上的疤痕，又埋包五六十斤，我刚搬十几包就喘起子，一上午出库80吨，每人搬运两万我同他们聊天，才知道这七个人都来的时候，有人还累得哭鼻子呢！“副班长小朱乐呵呵地说：“累也有北京春节市场要投放多都得经过我们冷藏到能为几百万人服务呢！”说完，他们都

**糕点工的**

春节期间，市场的三倍，糕点工人一月的活呢？

我们走进崇文糕工人们正在炸江米条蒸气混合在一起，弥小伙子各守一口油锅笊篱，在沸油中不断们的同意，我抄起劲。原来，一锅下坯一班定额炸2300斤。能完成吗？”“能，从我们改成两大班，轻小时。”小伙子告诉20日到春节，他们要和面工，每班得和四库员，每班得搬运1的姑娘们每人每班要看着她们那磨得露出的不禁感叹：市场上得不容易呀！

**一千万包**

晚上九点多钟，层商店上关门市部里售货员正在包包、打然，门开了，一个女了进来。她叫林继芳班，接回孩子，喂完碗，向爱人嘱咐几句包好的花椒、大已经装满了筐，售货员们开始包白理老徐对我们说：“副食组只有五户居民的年货，光是凭本供应的好烟，就得包三千多包，如果加上花椒等，就得包八千多包。所以，伙儿就忙活开了。”听了老徐的话，北京市居民有一百三十多万户，春前就得包出一千多万包商品。这些将由售货员们装上车挨家挨户送去

▲ 1982年1月23日，《北京日报》1版

▲ 副食证及肉票、蛋票、鱼票

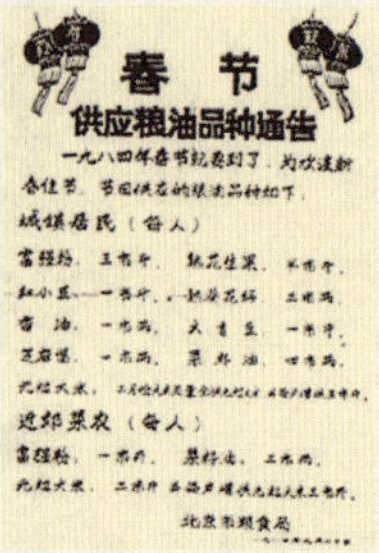

春节
供应粮油品种通告
一九八四年春节就要到了，为欢度新春佳节，节日供应的粮油品种如下：
城镇居民（每人）
富强粉，三市斤，……
近郊菜农（每人）
富强粉，一市斤，……
北京市粮食局

▲ 1984年春节市粮食局供应通告

压压的队伍里挪动，没法知道柜台里的情形，就怕眼瞅着排完二里半长队，售货员呼啦解下围裙，断喝一声：“今儿的东西卖完了！”

票是宝贵的。为了攒够过年的用度，家家提前紧着手，把肉票、粮油票等省下来待用。到了年根儿，每户的本上会多给几斤富强粉、小站稻，若突然通知今年春节要增加供应什么，譬如一小包黄花、二两芝麻酱，消息肯定第一时间传遍街道。

据《北京农村经济史稿》记载，1957 年，北京猪肉开始“凭证定量”供应，该年平均每个城市人口年消费猪肉仅 7.5 千克。过年时节，排队买肉是桩大事，家里小孩只能负责接力占地儿，估摸快轮到时，母亲一定会匆匆赶来亲自上阵——不为旁的，那会儿人们胃里普遍“忒素”，都想请卖肉的多割些肥肉好回去炼油，过后俩仨月家里饭菜也能沾些荤腥了。

## “为您辛苦为您忙”

1982 年 1 月 23 日，《北京日报》头版头条《为您辛苦为您忙》，文章描绘了商业职工日夜辛劳保障春节供应。文中写道，为了给首都人民采购年货，商业职工奔走在塞北草原、戈壁荒滩、天涯海角。老采购员为了调运带鱼，“年年有七八个月生活在海岛上，十年有八年在岛上过春节”。

对于市区政府、计委、商委、交通局特别是商业系统各公司而言，无论如何保证老百姓“丰丰盛盛、高高兴兴”过年，是新春伊始京城里关乎民生的头等大事。春节菜篮子是家家户户的“战役”，也是整个城市的“战役”。

每到春节前夕，日报都会刊发“在中央和兄弟省市支持下，北京抓紧调运物资做好供应”的消息，所安排“关键物资”——肉、蛋、海水鱼、豆制品及青椒、西红柿、黄瓜、韭菜等“细菜”的数量也会详细刊载。

## “坚决不准开后门”

20 世纪 80 年代，春节市场大部分商品数量总体有所增加，但依然远远谈不上充裕。全市节日供应安排，均会对“限购”做出详细规定，1984 年的限购办法显示——豆腐：

▲ 20 世纪 90 年代的新发地农贸市场

过一个欢乐祥和文明的春节

四大商场百货全

百种美食迎佳节

▲ 1990 年 1 月 19 日，《北京日报》2 版

市财贸部门要求商业服务业单位边整边改

春节供应服务工作要做到“四不准”

不准“开后门”；不准违犯物价政策；不准私留私分商品；不准以权谋私

本报讯 昨天，市委财贸部和市政府财贸办公室发出通知，要求全市商业服务业各单位在春节供应、服务工作中要做到“四不准”，一律不准批条子或口头授意“开后门”，不准违犯物价政策，变相提价、缺斤短两，损害群众利益；不准私留私分商品，不准用提供紧俏商品和服务为条件，以权谋私。同时，要自觉抵制“走后门”等不正之风。

通知说，当前群众对商文门旅馆问题的《按语》和《六号通知》，以崇文门旅馆的问题为镜子，做到从我做起，从春节供应、服务工作做起，自觉地纠正和抵制不正之风。“四不准”公布以后，市委财贸部和市财办将由主管纪检、业务和企业管理的部门负责同志组成检查组，检查执行情况和节日市场供应、服务工作情况；各区、县、局及基层单位，也要组织以主要负责人为主的工作班子，加强检查。为了发挥群众监督作用，各基层商店都要邀请当地居委会和消费者代表进店监督检查。各有关区公司都要设专人、专用电话，听取群众反映，接受群众监督。各单位还要制定出纠正和抵制不正之风的具体规定和措施。各级党组织和领导要敢于负责，对经营作风端正、执行政策好的单位和个人，要给予表扬、鼓励；对违反政策规定，搞不正之风，以权谋私的，要敢说敢管敢于纠正、敢于做出严肃处理。如果明知不对而不纠正、不处理的，要以失职论处。对任何压制批评和对揭发检举人打击报复的，都要严肃处理。

通知还要求，各级领导干部都要深入到第一线，参加劳动，检查边整边改情况，并帮助基层单位解决实际问题，加强政治思想工作，使广大干部、职工能以饱满的政治热情搞好春节供应、服务工作。

▲ 1981 年 1 月 27 日，《北京日报》1 版

凭证每人供应半斤；海水鱼：凭证每人供应2斤，其中黄鱼半斤；“细菜”每种每人每次限购2斤。

为保证居民如数买到有限的供应商品，有关部门开始严查批发和零售单位私留、私分、卖大号（紧俏商品大宗地卖给单位或商贩）、“开后门”等违纪现象。

## “就怕群众买得不多”

80年代末，农产品价格相继放开，“菜篮子”“米袋子”工程启动实施。1988年5月，一个叫张玉玺的村干部带着十几号村民拿铁丝网圈了15亩地，以15万元启动资金建起了农贸市场，20多年后，这个叫新发地的农贸市场资产逾50亿元，成为北京城名副其实的“大菜篮子”。

市场经济初步活跃后，大过年“没啥可吃”的问题得到解决，北京人过年开始追求吃个新鲜喜兴。20世纪90年代的第一个春节，日报记者笔下记录了这样的场景：在崇文门菜市场，酒柜台正在卖鸡尾酒，红橙黄绿四色分明，买的人络绎不绝。在西单菜市场，速冻三鲜饺、小笼汤包和狮子头、四喜丸子等半成品年菜，吸引了不少好奇的顾客。对当时的市场，记者的描述为“四方风物汇京城”。

这年春节前夕，一部讲述北京人衣食住行的电视系列片《同心曲》红遍京城，头一集就是《咱们的菜篮子》。片子里说，北京城镇居民和流动大军拢共700多万人。每人都有一张嘴，加起来足有23个篮球场大。这“23个篮球场”，每天要消费猪肉60万公斤、鸡蛋28万公斤、牛奶55万公斤。而群众的要求已经从“要吃肉”，变为“吃瘦肉”，再进一步到“吃鲜肉”。

1992年1月16日，日报报道春节供应工作会，标题是《春节市场好喜人》。会上，有关部门表示“商品货源充足，吃的应有尽有”——猪肉库存6万多吨，不再进货也可供全市人民吃4个月，其中鲜肉投放量占50%以上。市商委主任臧洪阁介绍货源时显得格外轻松，他喜滋滋地说，现在不是担心群众购买，而是怕群众买得不多，希望商业部门采取灵活多样的销售形式，变着花样展销。

## “不用安排的春节市场”



90年代后，普通人的收入水平明显提高。1994年，京城像样点儿的馆子到了春节都不再按老礼儿关门上板，图轻省到餐馆摆家宴、买加工好的年饭套餐成为时尚。

节日期间，只有商业部门依然忙碌——据市商委报告，仅1994年春节，北京各类大型展销就达1000余个，众商家竞相采用喜庆装饰，推出温馨服务。而这一片“丰盛”与“兴旺”，都是在政府部门没有行政安排的情况下实现的。新华社记者在《不用安排的春节市场》一稿中这样写道：“流通顺畅，百业兴旺。”买者心满意足，卖者笑逐颜开。眼下，市面上的商品如此丰富，商业企业经营基本自主，这市场哪里用得着政府安排，政府又如何安排得了呢？

和粮票一起，层层指令和纸面计划渐渐退出历史舞台。此后的每个春节，市场保障工作会议依旧召开，但各个部门和普通百姓关注的重点，已经转到“稳定价格”和“舌尖安全”上来，“节日市场供应充足”似乎成为某种常态。到了今天，北京人春节菜篮子里的，不仅是“四方风物”，更有“全球爆款”。只有当媒体报道“半数市民春节消费选择网购”“随吃随买——不囤货成为新年俗”之时，一些老北京人才会蓦然意识到：那些“虾皮、红枣列入供应计划”成为头版新闻的日子，那些排队争买2斤限购“细菜”的日子，已经离我们如此遥远了。

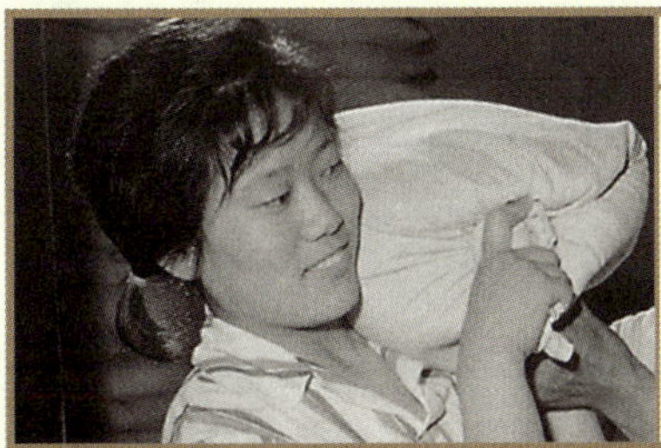

# 粮店变迁

历史资料 ▪ 北京日报图文数据库

文 ▪ 窦红梅

200 多种粮食躺在一个个小“隔间”里，纯芝麻酱、二八麻酱和小磨香油的香味儿弥漫在空气里，只有 80 平方米的小店里各类商品加起来有 1300 多种……《北京日报》2017 年 2 月 24 日报道，北京最后一家国营粮店将再开分店，国营老字号粮店“同日升”以五谷杂粮留住了老街坊。

随着市场化大潮的兴起，大批国营粮店早已关张了。粮店，这个计划经济时代令无数人魂牵梦萦的地方，数十年间的存废，折射了我国经济走向富足繁荣的历程。

## 20 世纪 50 年代

### 粮店买卖开启“票证时代”

中华人民共和国成立之初，百业待举，迅速推进的工业化和人口激增大大加重了对粮食的需求，供需矛盾日益激化。1953 年 10 月 9 日，《北京日报》报道《新丰粮店非法经营被处罚款》，就反映了当时的情况：一些私营粮店借机谋利，“竟以东北玉米面冒充伏地玉米面”，被本市工商部门“处罚 300 万元”；1953 年 11 月，《北京日报》刊发《粮商魏向财唯利是图，曾大量倒卖面粉扰乱市场》；1954 年 5 月，《北京日报》刊发《部分私营粮店代销国家粮食从中捣鬼，影响粮食供应引起广大市民不满》；等等。

▲ 1963 年 6 月，广安门外大红庙粮店青年售货员王继洛正在称面粉（王一波 / 摄）

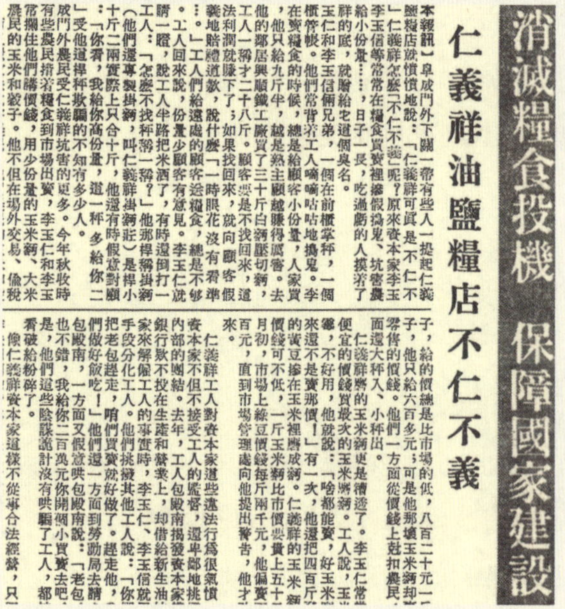

消滅糧食投機　保障國家建設

## 仁義祥油鹽糧店不仁不義

【本報訊】阜成門外下關一帶有些人一提起仁義鹽糧店就憤憤地說：「仁義祥可眞是不仁不」仁義祥怎麼「不仁不義」呢？原來資本家李玉李玉信等常常在糧食買賣裡摻假搗鬼、坑害農給小份量……，日子一長，吃過虧的人摸着了祥的底，就贈給它這個臭名。

玉仁和李玉信倆兄弟，一個在前櫃掌秤，一個櫃管帳。他們常背着工人嘀嘀咕咕地搗鬼。李在賣糧食的時候，總是給顧客小份量，人家買，他只給九斤半，越是熟主顧越賺得厲害。去他的鄰居興順鐵工廠買了三十斤白麵壓切麵，工人一稱才二十八斤。顧客要是不找回來，麵法利潤就賺下了；如果找回來，就向顧客假義地賠禮道歉，說什麼「一時眼花沒有看準……。」工人們給遠處的顧客送糧食，總是不够。工人回來說，份量少顧客有意見。李玉仁就瞪一瞪，說工人半路把米洒了，有時還倒打一工人：「怎麼不找秤稱一稱？」他那桿稱掛麵（他們還專製掛麵，叫仁義祥掛麵莊）是桿小十斤二兩實際上只合十斤，他還有時假意對顧：「你看，我給你高份量，這一秤多給你二」受他這桿秤欺騙的不知有多少人。

成門外農民受仁義祥坑害的更多。今年秋收時有些農民揹着糧食到市場出賣，李玉仁和李玉常攔住他們講價錢，用少份量的玉米麵、大米農民的玉米和穀子。他不但在場外交易、偸稅子，給的價錢總是比市場的低，八百二十元一子，他只給六百多元；可是他那壞玉米麵却零售的價錢。他們一方面從價錢上尅扣農民，面還大秤入、小秤出。

仁義祥賣的玉米麵更是糟透了。李玉仁常便宜的價錢買最次的玉米麵。工人說，玉米霉，不好用，他就說：「啥都能賣，好玉米來還不是賣那價！」有一次，他還把四百斤的黃豆摻在玉米裡磨成麵。仁義祥的玉米麵價錢可不低，一斤玉米麵比市價要貴上五十月初，市場上綠豆價錢每斤兩千元，他偏賣百元，直到市場管理處向他提出警告，他才來。

仁義祥工人對資本家這些違法行爲很氣憤資本家不但不接受工人的監督，還卑鄙地挑內部的團結。去年，工人包殿南揭發資本家銀行款不投在生產和營業上，却借給新生油家來解僱工人的事實時，李玉仁、李玉信就手段分化工人。他們挑撥其他工人說：「你把老包趕走，咱們買賣就好做了。趕走他，們做好飯吃！」他們還一方面到勞動局去請包殿南，一方面又假意哄包殿南說：「老包也不錯，我給你二百萬元你開個小買賣去吧是，他們這些陰謀詭計沒有哄騙了工人，都看破給粉碎了。

像仁義祥資本家這樣不從事合法經營，只

▲ 1953 年 11 月 23 日，《北京日报》刊发《仁义祥油盐粮店不仁不义》，报道当时的“仁义祥”粮店一方面从价钱上克扣农民，一方面还大秤入、小秤出，粮食买卖都掺假捣鬼

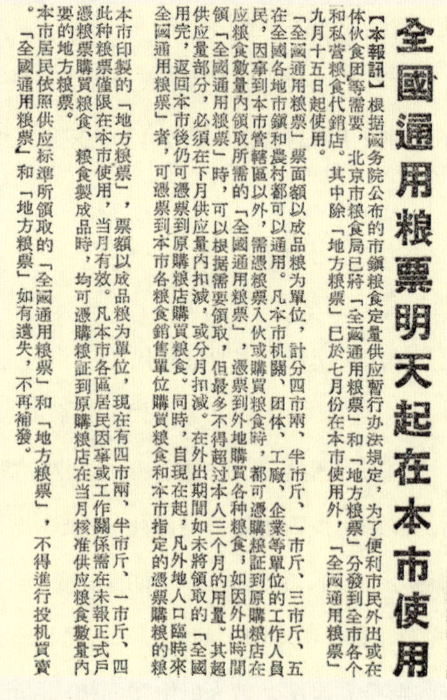

## 全國通用粮票明天起在本市使用

【本報訊】根据國务院公布的市鎭粮食定量供应暫行办法規定，为了便利市民外出或在体伙食团等需要，北京市粮食局已將「全國通用粮票」和「地方粮票」分發到全市各个和私営粮食代銷店。其中除「地方粮票」已於七月份在本市使用外，「全國通用粮票」九月十五日起使用。

「全國通用粮票」票面額以成品粮为單位，計分四市兩、半市斤、一市斤、三市斤、五在全國各地市鎭和農村都可以通用。凡本市机關、团体、工廠、企業等單位的工作人員民，因事到本市管轄區以外，需憑粮票入伙或購買粮食時，都可憑購粮証到原購粮店在应粮食數量內領取所需的「全國通用粮票」，憑票到外地購買各种粮食；如因外出時間領「全國通用粮票」時，可以根据需要領取，但最多不得超过本人三个月的用量。其超供应量部分，必須在下月供应量內扣減，或分月扣減。在外出期間如未將領取的「全國用完，返回本市後仍可憑票到原購粮店購買粮食。同時，自現在起，凡外地人口臨時來全國通用粮票」者，可憑票到本市各粮食銷售單位購買粮食和本市指定的憑票購粮的粮

本市印製的「地方粮票」，票額以成品粮为單位，現在有四市兩、半市斤、一市斤、四此种粮票僅限在本市使用，当月有效。凡本市各區居民因事或工作關係需在未報正式戶憑粮票購買粮食、粮食製成品時，均可憑購粮証到原購粮店在当月核准供应粮食數量內要的地方粮票。

本市居民依照供应标準所領取的「全國通用粮票」和「地方粮票」，不得進行投机買賣

「全國通用粮票」和「地方粮票」如有遺失，不再補發。

▲ 1955 年 9 月 14 日，《北京日报》2 版

为了缓解供需矛盾，以为数不多的粮食养活全中国的老百姓，不得不采取凭票限量供应的办法。1955 年 8 月，国务院发布《关于市镇粮食定量供应暂行办法》，开始对市镇人口实行定量、凭票供应粮食。相应地，粮食定量供应标准也很快制定出来。当时，城市人口按特重体力劳动到轻体力劳动、职员及脑力劳动者、学生、居民及各个年龄段的儿童分类，都有各自不同的定量。

这年 9 月，全国通用粮票正式发行使用，粮店买卖进入“票证时代”。

“就在今年 3 月初粮票刚发下的几天里，全区大大小小几十个粮店的门前，一清早就挤满了来自各个胡同巷院的街坊们，他们一个紧挨着一个，摆成了一字长蛇阵。”在粮票刚刚发行使用时，排队购粮成为每月月初粮店最繁忙的一景。

《北京日报》1956 年 10 月刊发《购粮排队的问题解决了》，说的就是：“这个长期存在着的老问题，最近两个月来获得了解决。现在除了少数粮店有时还有拥挤现象以外，一般的都做到了随到随买不用等。”“（以前粮店）有的业务员只会算账不会称粮，有的只会称粮不会珠算，因而使用‘一手钱一手货’的售粮方式，有人常常发生差错，使顾客等的时间也拖长了。后来，全区粮店里掀起了互相学习技术的热潮。有的粮店还实行了送粮到户，或设立了临时售粮站，使得绝大多数粮店基本上消灭了排队拥挤现象，受到广大居民的欢迎。”

## 20 世纪 80 年代

### 三种经济成分一齐上

1981 年 10 月 1 日，《北京日报》刊发《方便群众生活，三种经济成分一齐上，本市今年新建商业网点三千多个》，说的是“为了解决群众生活不便的问题，市、区政府在发展商业服务网点时优先安排群众急需的粮店、菜站、副食店和饭馆、服装加工门市部等网点，并尽量在新建居民区和网点缺少的地区建点”。

1982 年 3 月 31 日，《北京日报》刊发《本市买挂面比以前容易多了》；1983 年 1 月 7 日，刊发《六十二家议价粮油店，昨起供应议价腊八粥粮》；1984 年 3 月 30 日，刊发《城近郊近千家粮店打破划片定点供粮办法》：“住在城、近郊和燕山区的居民，从 4 月 1

日起，可以在所在粮管所管界内任何一家粮店购粮了。这是市粮食部门为方便群众而采取的一项新措施。”新闻标题中出现了“议价粮油店”“打破划片定点供粮”的说法，意味着取消粮票、市场敞开供应粮食的“坚冰”就要融化了。

1984年，改革开放已经走过了五六个年头。全国种植业全面增产，粮食、棉花、油料、黄红麻、桑蚕茧等主要农产品产量喜人。其中，粮食产量达到了前所未有的40712万吨，比上一年增长5.1%。秋粮入库之后，10月的《经济日报》上说，中国人均粮食近400公斤，基本解决了10亿人的温饱问题。

馄饨皮、主食面包、挂面、议价鲜豆浆、腊八粥粮、自制麻酱、早点、贴饼子、冻饺子……这些在以往想都不敢想的“精加工”产品，开始在粮店出现了，而且每一次都能成为新闻登上《北京日报》。

1987年4月8日，《北京日报》刊发《三千小店租赁半年，国家、企业、职工三得利，消费者称赞——多少方便“租”出来》，有一段写的就是马神庙第四粮店：“（粮店）租赁后增加了一种粮食复制品——冻饺子，就是做好了饺子搁冰箱里一冻，可以长期保鲜，随吃随拿。老百姓可欢迎呐，这玩意儿方便呀！买两斤回去下锅一煮就能吃，连菜都省了……上个月光这一项的利润，就占了粮店卖全部粮食复制品所得利润的三分之一。除了冻饺子外，这家租赁的小粮店还有馒头、花卷、豆包、包子、窝头等许多种粮食复制品。而且他们正在筹备增加熟饺子，让顾客能够买了就吃。”

### “每百条面袋可多抖出面粉三斤”

“爱粮如宝，管理精细，南皋粮店粮食损耗低差错少。”类似这样的报道，在那些粮食短缺的岁月中常常可以在《北京日报》见到。在人们的肚皮经常挨饿的岁月，可以说一粒米、面袋上可能抖落下的一小把面粉，都会令人倍感珍惜。所有浪费粮食的行为都会受到批判，人们自觉自愿地堵塞一切浪费粮食的漏洞。节约粮食，不再是个人的小事，而是关系着整个国家的大事。

80年代，物质短缺仍然给人们留下了深深烙印。1980年2月27日，《北京日报》刊发《海淀区许多粮店及食品加工单位使用抖面袋机，一年可节约面粉12万斤》：“海淀区80%以上粮店和一部分生产单位用上了抖面袋机。人工抖面袋，每个劳动力一个多小时

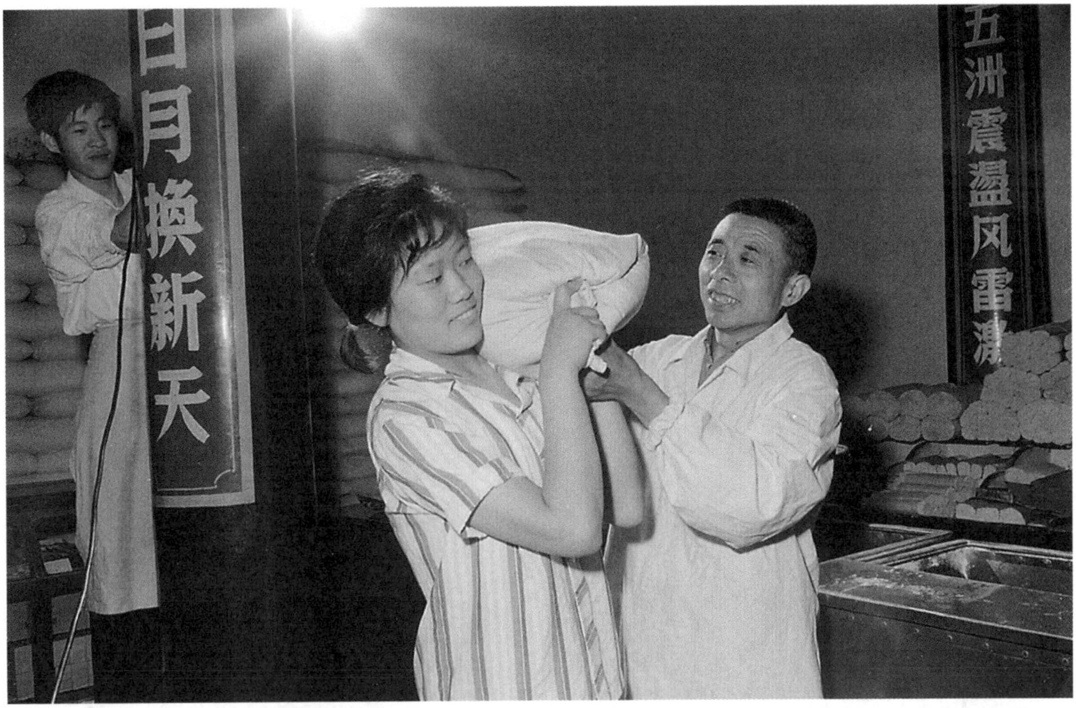


▲ 1977 年 7 月 1 日，东城区普庆前巷粮店组长、共产党员王金龙在为群众服务（司马小萌 / 摄）

▲ 1982 年 2 月，延寿街第二粮店积极扩大经营项目和品种，为附近居民提供的方便越来越多（李晞 / 摄）

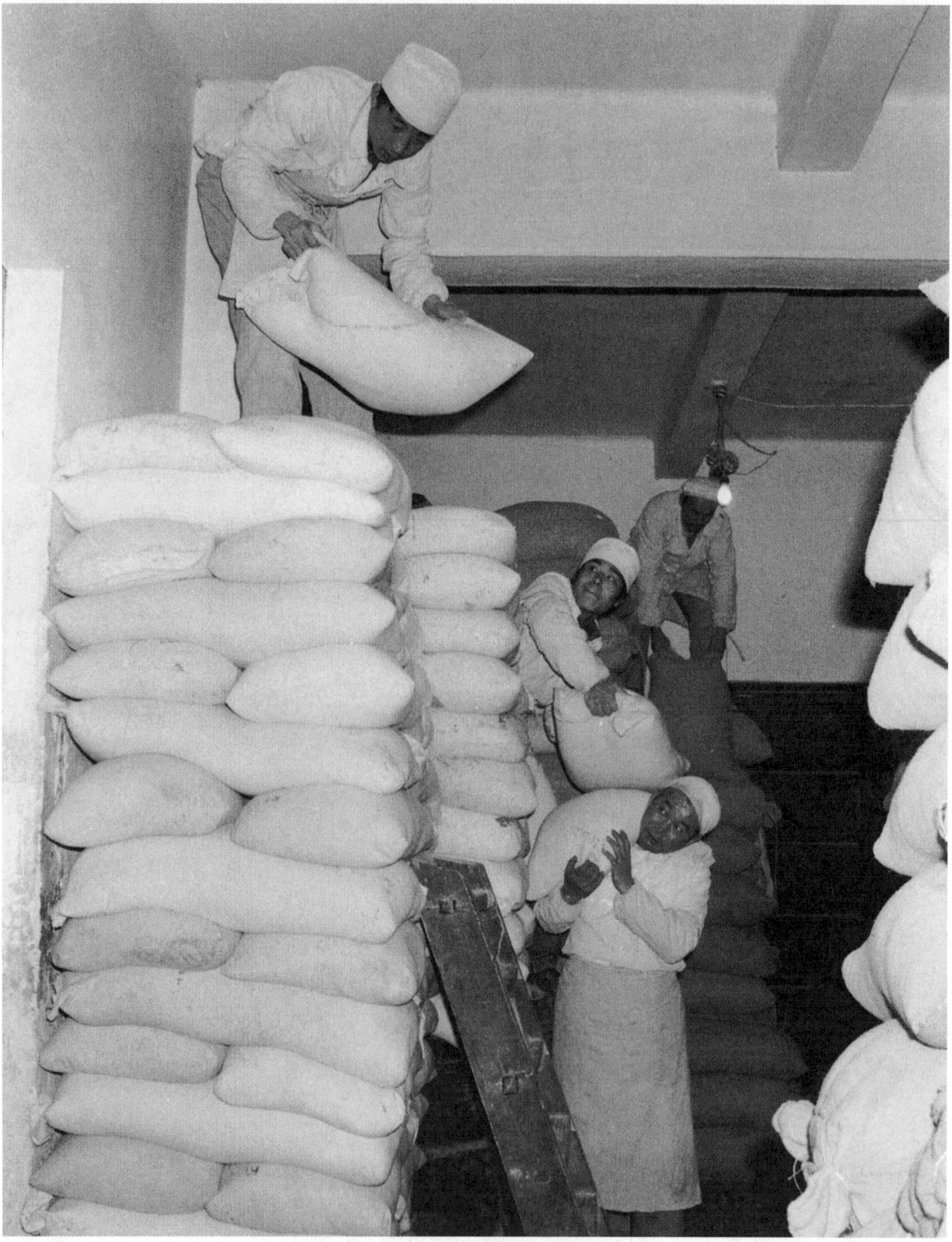

▲ 1983 年 9 月 1 日，月坛南街通达粮店职工们正在登高码垛。仅这一家粮店就要负责供应本片 2250 户和 8 个机关单位的用粮（李晞 / 摄）

最多抖 100 余条，效率低而且粉尘多，回收的空面袋重量仍然超过国家规定。1977 年，这个区粮食基层店技革组设计制造成功抖面袋机，经过两年多试用，效果良好。用抖面袋机抖面袋每小时可抖 250 条，提高工效 1.5 倍，每百条面袋可多抖出面粉 3 斤。据不完全统计，全区使用抖面袋机的粮店和食品厂、挂面厂等食品加工单位，一年可节约面粉 12 万斤左右。”

## 20 世纪 90 年代

### 过去管别人吃饭，如今给自己找食

改革的大潮比人们预料的要来得迅猛。1993 年 5 月 10 日，北京放开粮油价格，取消凭票、凭证、定量供应办法，粮票停止流通。为了实现“粮食商品化，经营市场化”的目标，全国粮食购销价格逐步放开，国营粮店销售和利润锐减。这年 8 月，《北京日报》刊发《粮价放开后粮店干什么》，说的就是粮店“过去管别人吃饭，如今给自己找食”。“40 余年国营粮店一统天下的局面被打破了。粮食系统因此受到了猛烈冲击，销售额一时全面下降。仅据东城区粮食局统计，去年 6 月粮食销售 615 万公斤，而今年 6 月仅销出 240 万公斤，同比下降 60%。在 6 月份全市粮油订货会上成交量仅是去年同期的一半。资金不足、设施陈旧、负担过重等不利因素使国营粮食企业陷入困境。有人戏言：管别人吃饭的行业自己快没饭吃了。”

到了 1994 年，《北京日报》报道显示：国有粮店亏损日益严重，面对这种情况，各区政府有计划地关闭了一批粮店。“全市粮店已由过去的 1156 家降至 817 家。”为了脱困，不少粮店拾起了微利小生意，1995 年 5 月 16 日，《北京日报》刊发《七粮店开办“一角钱专柜”》，说的是爱民街便民粮店销售的小针、顶针、耳挖勺、窗帘夹子……方便居民。而且粮店装修完重新开业后，经营方式已改成超市化管理，由计算机统一收款。

### “听着音乐逛粮店”

转换机制、增加品种、多种经营，1995 年末，从当时的市商委传来消息：曾是本市“四困”重点之一的城近郊 8 个区 592 家亏损粮店已经全部扭亏。大部分粮店都改善了购

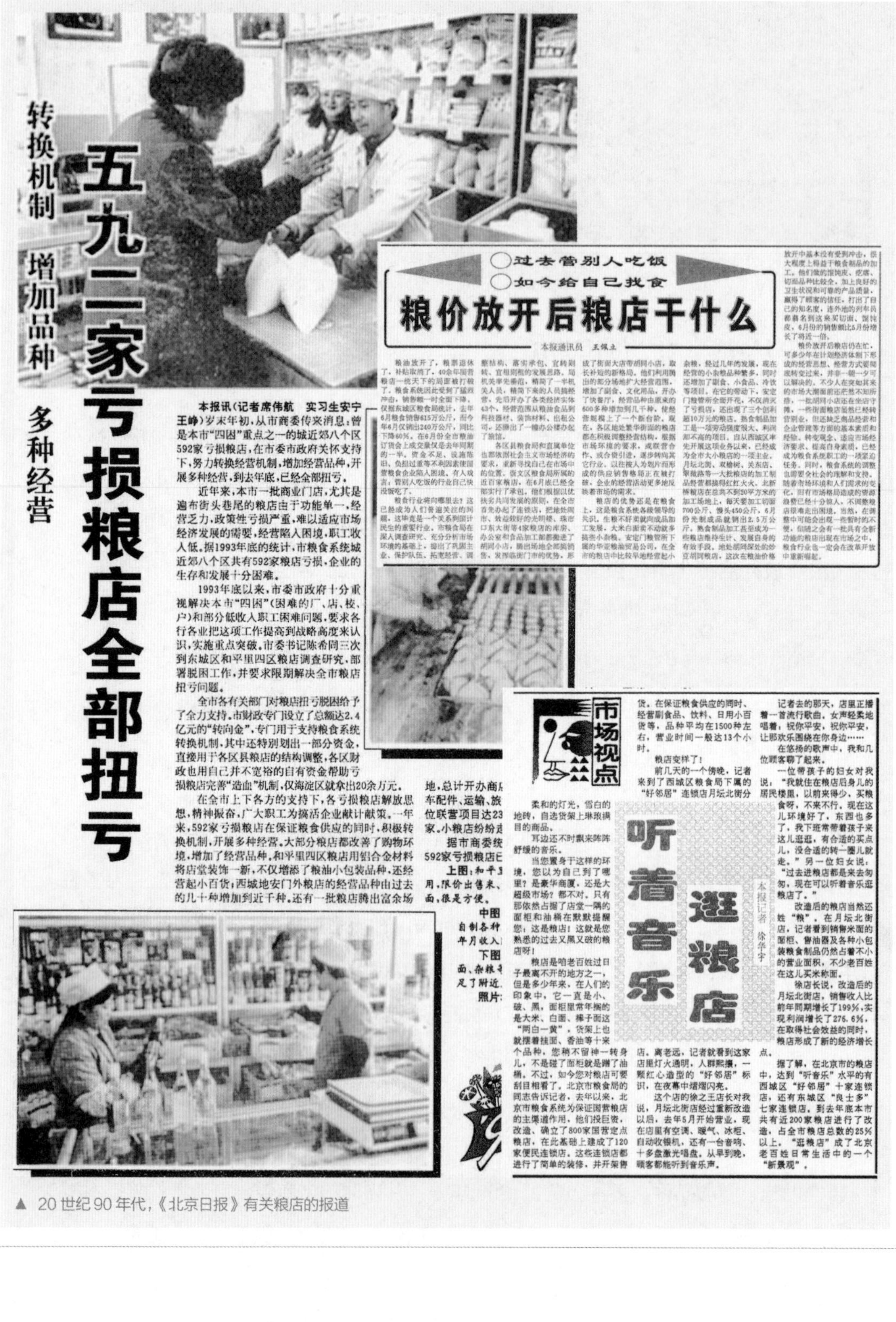

转换机制 增加品种 多种经营

# 五九二家亏损粮店全部扭亏

本报讯（记者席伟航 实习生安宁王峥）岁末年初，从市商委传来消息：曾是本市"四困"重点之一的城近郊八个区592家亏损粮店，在市委市政府关怀支持下，努力转换经营机制，增加经营品种，开展多种经营，到去年底，已经全部扭亏。

近年来，本市一批商业门店，尤其是遍布街头巷尾的粮店由于功能单一，经营乏力，政策性亏损严重，难以适应市场经济发展的需要，经营陷入困境，职工收入低。据1993年底的统计，市粮食系统城近郊八个区共有592家粮店亏损，企业的生存和发展十分困难。

1993年底以来，市委市政府十分重视解决本市"四困"（困难的厂、店、校、户）和部分低收入职工困难问题，要求各行各业把这项工作提高到战略高度来认识，实施重点突破。市委书记陈希同三次到东城区和平里四区粮店调查研究，部署脱困工作，并要求限期解决全市粮店扭亏问题。

全市各有关部门对粮店扭亏脱困给予了全力支持。市财政专门设立了总额达2.4亿元的"转向金"，专门用于支持粮食系统转换机制，其中还特别划出一部分资金，直接用于各区县粮店的结构调整，各区财政也用自己并不宽裕的自有资金帮助亏损粮店完善"造血"机制，仅海淀区就拿出20余万元。

在全市上下各方的支持下，各亏损粮店解放思想，精神振奋，广大职工为搞活企业献计献策。一年来，592家亏损粮店在保证粮食供应的同时，积极转换机制，开展多种经营。大部分粮店都改善了购物环境，增加了经营品种。和平里四区粮店用铝合金材料将店堂装饰一新，不仅增添了粮油小包装品种，还经营起小百货；西城地安门外粮店的经营品种由过去的几十种增加到近千种。还有一批粮店腾出富余场地，总计开办商店……车配件、运输、旅……位联营项目达23……家。小粮店纷纷走……

据市商委统……592家亏损粮店已……

上图：和平里……用，限价出售米、……面，很是方便。

中图……自制各种……年月收入……

下图……面、杂粮……足了附近……

照片：

○过去管别人吃饭
○如今给自己找食

## 粮价放开后粮店干什么

本报通讯员 王佩立

粮油放开了，粮票退休了，补贴取消了，40余年国营粮店一统天下的局面被打破了。粮食系统因此受到了猛烈冲击，销售额一时全面下降。仅据东城区粮食局统计，去年6月粮食销售615万公斤，而今年6月仅销出240万公斤，同比下降60%。在6月份全市粮油订货会上成交量仅是去年同期的一半。资金不足、设施陈旧、负担过重等不利因素使国营粮食企业陷入困境。有人戏言：管别人吃饭的行业自己快没饭吃了。

粮食行业将向哪里去？这已经成为人们普遍关注的问题。这毕竟是一个关系到国计民生的重要行业。市粮食局在深入调查研究、充分分析市场环境的基础上，提出了巩固主业、保护队伍、拓宽经营、调整结构、落实承包、宜转则转、宜租则租的发展思路。局机关率先垂范，精简了一半机关人员，精简下来的人员搞经营，先后开办了各类经济实体43个，经营范围从粮油食品到科技器材、装饰材料、出租公司，还腾出了一幢办公楼办起了旅馆。

各区县粮食局和直属单位也都依据社会主义市场经济的要求，重新寻找自己在市场中的位置。崇文区粮食局所属的近百家粮店，在6月底已经全部实行了承包。他们根据以优扶劣共同发展的原则，在全市首先办起了连锁店，把地处闹市、效益较好的光明楼、珠市口东大街等4家粮店的库房、办公室和食品加工部都搬进了胡同小店，腾出场地全部搞销售，发挥临街门市的优势，形成了街面大店带胡同小店，取长补短的新格局。他们利用腾出的部分场地扩大经营范围，增加了副食、文化用品，开办了快餐厅，经营品种由原来的600多种增加到几千种，使经营规模上了一个新台阶。现在，各区地处繁华街面的粮店都在积极调整经营结构，根据市场环境的要求，或联营合作、或合资引进，逐步转向其它行业。以往按人为划片而形成的供应销售格局正在被打破，企业的经营活动更多地反映着市场的需求。

粮店的优势还是在粮食上，这是粮食系统各级领导的共识。生粮不好卖就向成品加工发展，大米白面卖不动就多搞些小杂粮。安定门粮管所下属的华亚粮油贸易公司，在全市的粮店中比较早地经营起小杂粮，经过几年的发展，现在经营的小杂粮品种繁多，同时还增加了副食、小食品、冷饮等项目。在它的带动下，安定门粮管所全面开花，不仅消灭了亏损店，还出现了三个创利超10万元的粮店。熟食制品加工是一项劳动强度很大、利润却不高的项目。自从西城区率先开展这项业务以来，已经成为全市大小粮店的一项主业。月坛北街、双榆树、关东店、翠微路等一大批粮店的加工制品经营都搞得红红火火。北新桥粮店在总共不到20平方米的加工场地上，每天要加工切面700公斤、馒头450公斤，6月份光制成品就销出2.5万公斤。熟食制品加工甚至成为一些粮店维持生计、发展自身的有效手段。地处胡同深处的炒豆胡同粮店，这次在粮油价格放开中基本没有受到冲击，很大程度上得益于粮食制品的加工。他们做的馄饨皮、疙瘩、切面品种比较全，加上良好的卫生状况和可靠的产品质量，赢得了顾客的信任，打出了自己的知名度，连外地的列车员都慕名到这来买切面、馄饨皮，6月份的销售额比5月份增长了将近一倍。

粮价放开后粮店仍在忙，可多少年在计划经济体制下形成的经营思想、经营方式要彻底转变过来，并非一朝一夕可以解决的。不少人在突如其来的市场大潮面前还茫然不知所措，一批胡同小店还在坐店守摊，一些街面粮店虽然已经转营别业，但还缺乏商品经营和企业管理等方面的基本素质和经验。转变观念、适应市场经济要求、提高自身素质，已经成为粮食系统职工的一项紧迫任务。同时，粮食系统的调整也需要全社会的理解和支持。随着市场环境和人们需求的变化，旧有市场格局造成的资源浪费已经十分惊人，不调整粮店很难走出困境。当然，在调整中可能会出现一些暂时的不便，但随之会有一批具有全新功能的粮店出现在市场之中，粮食行业也一定会在改革开放中重新崛起。

市场视点

## 听着音乐逛粮店

本报记者 徐华宇

柔和的灯光，雪白的地砖，自选货架上琳琅满目的商品。

耳边还不时飘来阵阵舒缓的音乐。

当您置身于这样的环境，您以为自己到了哪里？是豪华商厦，还是大超级市场？都不对。只有那依然占据了店堂一隅的面柜和油桶在默默提醒您：这是粮店！这就是您熟悉的过去又黑又破的粮店呀！

粮店是咱老百姓过日子最离不开的地方之一，但是多少年来，在人们的印象中，它一直是小、破、黑，面柜里常年搁的是大米、白面、棒子面这"两白一黄"，货架上也就摆着挂面、香油等十来个品种，您稍不留神一转身儿，不是碰了面柜就是蹭了油桶。不过，如今您对粮店可要刮目相看了。北京市粮食局的同志告诉记者，去年以来，北京市粮食系统为保证国营粮店的主渠道作用，他们投巨资，改造、确立了800家国营定点粮店，在此基础上建成了120家便民连锁店。这些连锁店都进行了简单的装修，并开架售货。在保证粮食供应的同时，经营副食品、饮料、日用小百货等，品种平均在1500种左右，营业时间一般达13个小时。

粮店变样了！

前几天的一个傍晚，记者来到了西城区粮食局下属的"好邻居"连锁店月坛北街分店。离老远，记者就看到这家店里灯火通明，人群熙攘，一颗红心造型的"好邻居"标识，在夜幕中熠熠闪亮。

这个店的徐之王店长对我说，月坛北街店经过重新改造以后，去年5月开始营业，现在店里有空调、暖气、冰柜、自动收银机，还有一台音响、十多盘激光唱盘，从早到晚，顾客都能听到音乐声。

记者去的那天，店里正播着一首流行歌曲，女声轻柔地唱着：祝你平安，祝你平安，让那欢乐围绕在你身边……

在悠扬的歌声中，我和几位顾客聊了起来。

一位带孩子的妇女对我说："我就住在粮店后身儿的居民楼里，以前来得少，买粮食呀，不来不行。现在这儿环境好了，东西也多了，我下班常带着孩子来这儿逛逛，有合适的买点儿，没合适的转一圈儿就走。"另一位妇女说："过去进粮店都是来去匆匆，现在可以听着音乐逛粮店了。"

改造后的粮店当然还姓"粮"。在月坛北街店，记者看到销售米面的面柜、售油器及各种小包装粮食制品仍然占着不小的营业面积，不少老百姓在这儿买米称面。

徐店长说，改造后的月坛北街店，销售收入比前年同期增长了199%，实现利润增长了276.6%，在取得社会效益的同时，粮店形成了新的经济增长点。

据了解，在北京市的粮店中，达到"听音乐"水平的有西城区"好邻居"十家连锁店，还有东城区"良士多"七家连锁店。到去年底本市共有近200家粮店进行了改造，占全市粮店总数的25%以上。"逛粮店"成了北京老百姓日常生活中的一个"新景观"。

▲ 20世纪90年代，《北京日报》有关粮店的报道

物环境，增加了经营品种。不少粮店经营起小百货，或者开办商店、台球厅、家务服务、彩卷冲扩、汽车配件、运输、旅馆等第三产业，有的办起了高中低档的餐馆。小粮店“转型”后纷纷走上了扭亏脱困之路。

“柔和的灯光，雪白的地砖，自选货架上琳琅满目的商品。耳边还不时飘来阵阵舒缓的音乐。当您置身于这样的环境，您以为自己到了哪里？是豪华商厦，还是大超级市场？都不对。只有那依然占据了店堂一隅的面柜和油桶在默默提醒您：这是粮店！这就是您熟悉的过去又黑又破的粮店呀！”

1996年1月27日，《北京日报》刊发《听着音乐逛粮店》，说的就是粮店变样了！有的变身连锁超市，有的原址成了大商厦，在北京市的粮店中，达到“听音乐”水平的有西城区“好邻居”10家连锁店，还有东城区“良士多”7家连锁店。“逛粮店”成了北京老百姓日常生活中的一个“新景观”。

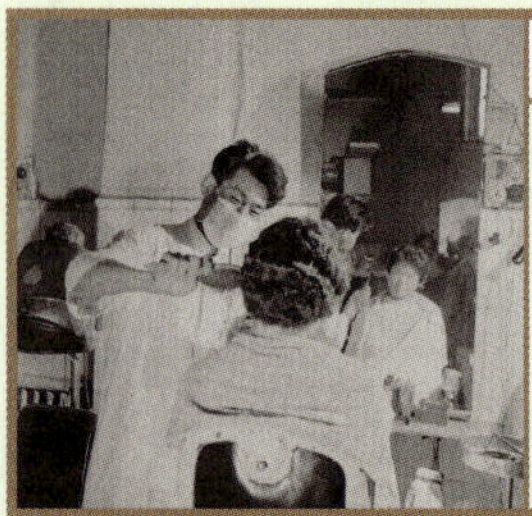

# 烫不烫头发，曾经是个问题

历史资料 ▪ 北京日报图文数据库 ▪ 北京四联美发　文 ▪ 毛颖颖

“二月二，剪龙头”，京城美发店顾客盈门，一年新春似乎就这样从捯饬头发开始。有意思的是，时代更迭，回望岁时风物，体察春江水暖，很多故事恰恰也可以从“头”说起。

## 20 世纪 50 年代

### 发型师傅上海来

50 年代，北京正处于大规模建设之中，人口猛增，工厂成群，本就落后的服务业愈发跟不上趟儿。那会儿，服务业主要包括浴池、旅店、照相、洗染、饭店、理发六个部门，样样处于供不应求状态。

解决群众过日子的问题成为政府重要任务，除了大规模改扩建原有网点，发动单位工矿建立内部设施，依靠全国兄弟城市的支援，将精英企业抽调到京城以提升行业水准也是一种方式。在周总理的亲自安排下，上海照相、洗染、理发名店连人带家伙什儿集体“搬”到了北京，其中就包括“华新”“紫罗兰”“云裳”“湘铭”四家理发馆。

1956 年 7 月 26 日，《北京日报》发布沪上迁来的四家理发馆在京联合营业的消息，新店名号“四联”，落户东单金鱼胡同西口。价格上，男子理发每人 8 角，女子电烫每人 2 元 2 角。相较收入和满城剪发 4 角的行情，“四联”收费不菲，烫发更可算是享受了。

上海理发师带来的手艺和发型显得格外时髦。1956 年 8 月 4 日，《北京日报》刊出 10 款“四联发型”组照及介绍，各种波浪和花式让人眼花缭乱，迅速成了北京女性追求的时尚风向标。除了发型之外，“四联”的美国理发椅、规范操作和严谨消毒都堪称新潮。到“四联”做头发，是件挺有身份的事儿。

数据显示，从 1954 年到 1958 年，国家投入北京服务业的资金达 4300 多万元，首都城乡特别是新中国成立后形成的海淀文教区、朝阳工业区等基本没有服务业的情况得到改观。到 1959 年 7 月，北京理发师数量已由 1949 年的 2801 人增加到 5775 人。

服务业队伍壮大，接下来就要改善态度和质量。当时，不少人认为商业服务业“伺候人”低人一等。1962 年，北京市服务事业管理局副局长丁铁峰撰文《谈谈我们这一行》：工人是通过伺候机器，间接伺候人；农民是通过伺候庄稼，间接伺候人；而服务业是在第一线，直接伺候人，这可比机器、庄稼更难伺候，非得认真努力才行。四联理发馆明星技师高在宏则在《二十四年牛马，十三年主人》中讲述了自己的感受：旧社会干理发这行社会地位低，现在一样受人尊重。有青年说，他吃饭我端饭，他住店我叠被，他理发坐着

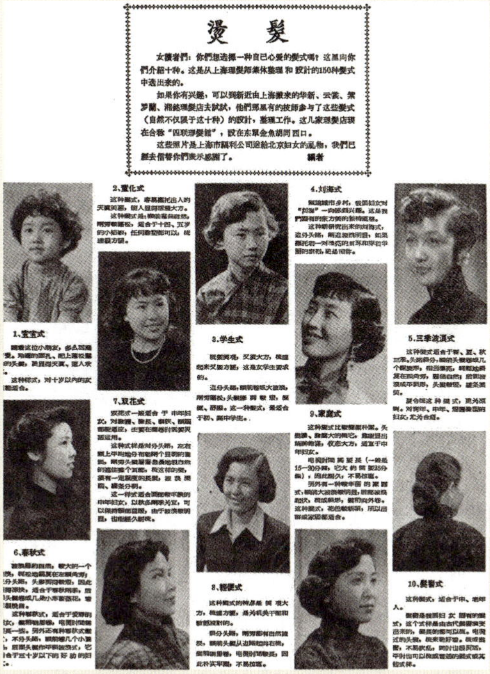
燙　髮

女讀者們：你們想选擇一种自已心愛的髮式嗎？这里向你們介紹十种。这是从上海理髮师集体整理和設計的150种髮式中选出来的。

如果你有兴趣，可以到新近由上海搬来的华新、云裳、紫罗蘭、湘銘理髮店去試試，他們那里有的技师参与了这些髮式（自然不仅限于这十种）的設計，整理工作。这几家理髮店現在合称“四联理髮館”，設在东單金魚胡同西口。

这些照片是上海市福利公司送給北京妇女的礼物，我們已經去信替你們表示感謝了。　　編者

▲ 1956 年 8 月 4 日，《北京日报》3 版

党和政府关心群众生活

首都服务行业遍布城乡

▲ 1959 年 9 月 23 日，《北京日报》5 版

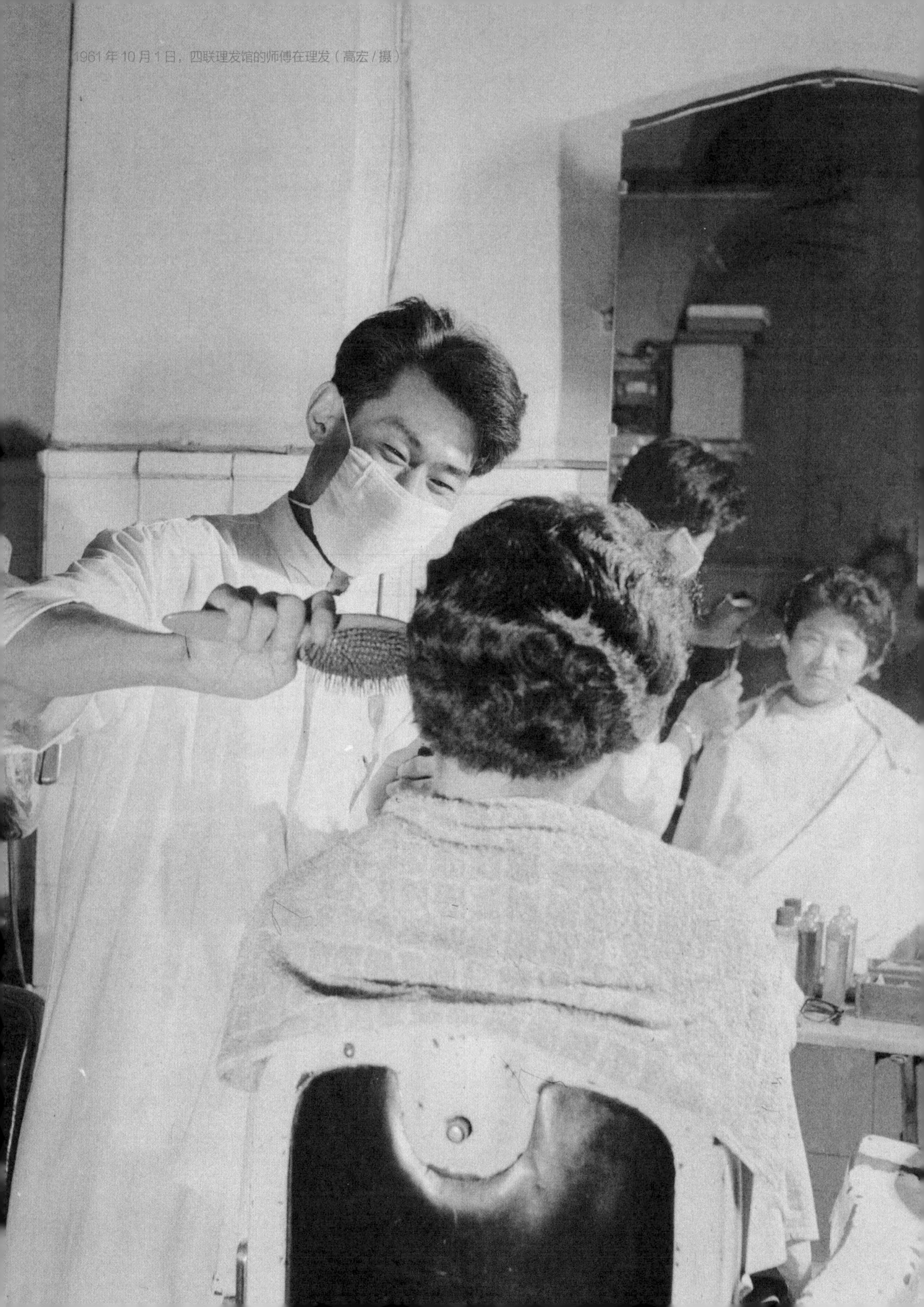

1961 年 10 月 1 日，四联理发馆的师傅在理发（高宏 / 摄）

满舒服，我得围着他团团转，不是“低人一等”么？这可不合实际。我每天给很多顾客理发，京剧演员杜近芳常来，给她理发我也得站着理，可我去看杜近芳演戏，又是她站着演，我坐着瞧，这到底是谁低谁“一等”呢？就是工作性质不同嘛！

## 20 世纪 70 年代

### 烫发要开介绍信

正当“四联”办得风生水起之时，“文革”开始，象征“腐朽生活方式”的一切爱美活动受到冲击，更甭提讲究发型了。“四联”的镜子被糊上，烫发、化妆项目统统取消，操作规程和消毒措施废弛，收费标准降到 4 角，名字也先后改为“北京理发馆”“新风理发馆”。

1976 年“文革”结束，这年年底，“四联”开始偷偷重启烫发。之所以“偷偷”，是因为动乱虽平，但禁忌尚在，穿鲜亮、做头发依旧扎眼。初期，烫发只面向有形象需求的出国人员和文艺工作者，且要求单位开具介绍信。不过，烫是烫，还是不允许做大波浪，只能用小刷子给弄点花再扎起来。就算这样，托关系、走后门烫发的人还是络绎不绝。

老顾客王绿纹回忆，当时，有烫发业务的全北京仅“四联”一家，自己代表单位在全市会演中表演独唱，拿到了一纸介绍信，内容是：“今有我宣传队同志，因演出任务到贵店烫发，请予办理，此致敬礼。”去烫发才发现，变着法儿拿着介绍信的女同志特别多。

又可以烫发了——“头上”发生的悄然变化，在中外媒体眼中，都是中国真正开放的信号之一。1978 年 12 月 8 日，《北京日报》3 版刊发“四联”翻修后改回名号、重新开业的消息：新开张的“四联”安装了全套新式理发设备和空调设备，根据优质优价原则，恢复了 1966 年以前的价格标准。两年后，《北京日报》再访“四联”，文中（1980 年 10 月 20 日，《北京日报》2 版《理发行业的一家“冒尖”户》）记录：“现在，这里的经营项目除电烫、冷烫、染发外，还增添了修眉、化妆和制作假发等。自实行利润提成以来，经济效果显著。1 至 9 月份，全店营业额实现 30 万元，职工平均每月获得奖金在 30 元以上。”

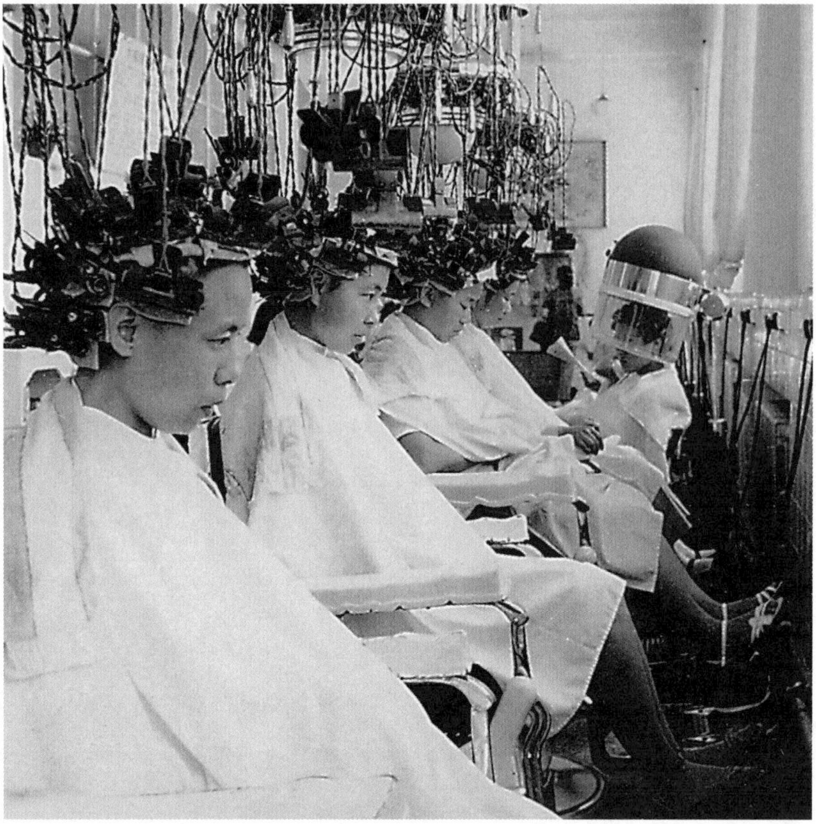

▲“四联”引进的 4 台电烫机吸引了众多顾客

▲ 烫发经过特殊的“十年”后重新出现，成为街头“美的焦点”。1977 年夏王府井“四联”

1984 年，“四联”再次装修改造，并引进全套日本美容、美发设备。1985 年春节，《北京日报》记者记录了“四联”美容厅从早到晚客满的场景，感慨随着生活水平的提高，“美容”这个新兴行业正步入人们的生活。

## 20 世纪 80 年代

### 为“烫发”正名松绑

进入 80 年代，改革的空气越来越浓，来自下面要求松绑的呼声也越来越强烈。1984 年 6 月 13 日，《北京日报》头版刊发评论《谈“松绑”》：“到几个商业、服务业的基层企业走了走，更加痛切地感到，大大小小绳索，把下边捆得紧紧的。不松绑，经济确实难以搞活。……全市闻名的四联理发馆，对目前女同志喜爱的几种费工很多的发式，本来是会做的，只因为物价管理部门规定，烫发必须按一个标准收费，他们怕影响经济效益，不得不假称‘不会做’，即使顾客愿意多付钱，他们也不敢收。”文章尖锐地指出：社会主义国家当然要坚持计划经济为主，对各方面的经济活动还得实行必要的控制，但“计划”到这种程度，“控制”到这种地步，真可谓“作茧自缚”。当前改革的一

# 污染须清除 生活要美化

## 《中国青年报》指出青年美化生活愿望同精神污染不能混为一谈

新华社11月17日讯　《中国青年报》今天在一篇评论员文章中指出，在抵制和清除各种精神污染的斗争中，个别地方出现了这样的现象：有的同志指责女青年烫发、搽雪花膏，干涉青年们穿款式新颖的衣服，不准青年们跳健

和一部分人当中怀疑以至否定社会主义与党的领导的思潮。对这些错误言论、有害作品、低级表演，应当进行实事求是、充分说理的批评。我们反对精神污染，目标应当主要集中在这两个方面。

▲ 1983 年 11 月 18 日，《北京日报》1 版

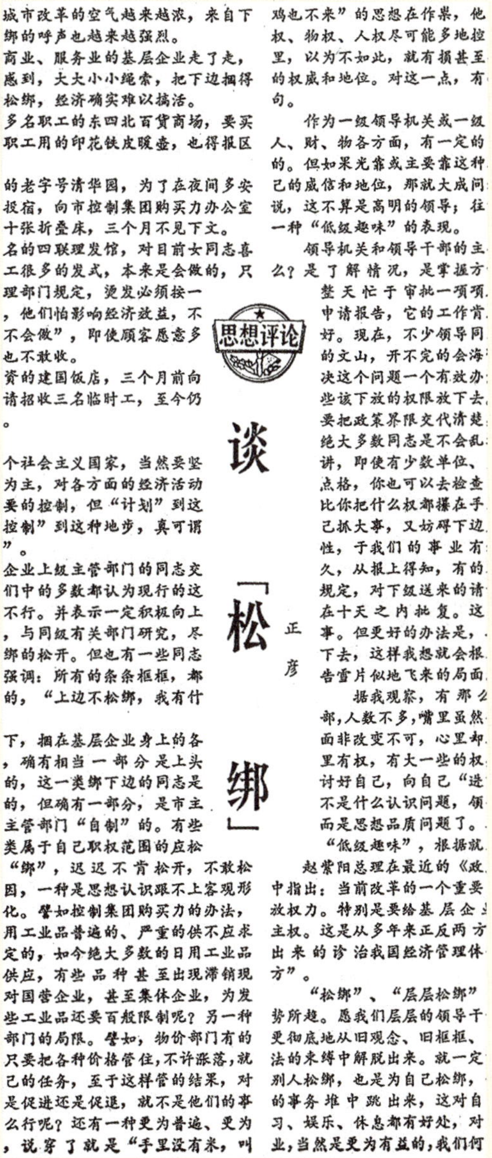
思想评论

谈「松绑」

正彦

城市改革的空气越来越浓，来自下
绑的呼声也越来越强烈。
商业、服务业的基层企业走了走，
感到，大大小小绳索，把下边捆得
松绑，经济确实难以搞活。
多名职工的东四北百货商场，要买
职工用的印花铁皮暖壶，也得报区

的老字号清华园，为了在夜间多安
投宿，向市控制集团购买力办公室
十张折叠床，三个月不见下文。
名的四联理发馆，对目前女同志喜
工很多的发式，本来是会做的，只
理部门规定，烫发必须按一
，他们怕影响经济效益，不
不会做”，即使顾客愿意多
也不敢收。
资的建国饭店，三个月前向
请招收三名临时工，至今仍
。

个社会主义国家，当然要坚
为主，对各方面的经济活动
要的控制，但“计划”到这
控制”到这种地步，真可谓
”。
企业上级主管部门的同志交
们中的多数都认为现行的这
不行。并表示一定积极向上
，与同级有关部门研究，尽
绑的松开。但也有一些同志
强调：所有的条条框框，都
的，“上边不松绑，我有什

下，捆在基层企业身上的各
，确有相当一部分是上头
的，这一类绑下边的同志是
的，但确有一部分，是市主
主管部门“自制”的。有些
类属于自己职权范围的应松
“绑”，迟迟不肯松开，不敢松
因，一种是思想认识跟不上客观形
化。譬如控制集团购买力的办法，
用工业品普遍的、严重的供不应求
定的，如今绝大多数的日用工业品
供应，有些品种甚至出现滞销现
对国营企业，甚至集体企业，为发
些工业品还要百般限制呢？另一种
部门的局限。譬如，物价部门有的
只要把各种价格管住，不许涨落，就
己的任务，至于这样管的结果，对
是促进还是促退，就不是他们的事
么行呢？还有一种更为普遍、更为
，说穿了就是“手里没有米，叫

鸡也不来”的思想在作祟，他
权、物权、人权尽可能多地控
里，以为不如此，就有损甚至
的权威和地位。对这一点，有
句。
作为一级领导机关或一级
人、财、物各方面，有一定的
的。但如果光靠或主要靠这种
己的威信和地位，那就大成问
说，这不算是高明的领导；往
一种“低级趣味”的表现。
领导机关和领导干部的主
么？是了解情况，是掌握方
整天忙于审批一项项
申请报告，它的工作肯
好。现在，不少领导同
的文山，开不完的会海
决这个问题一个有效办
些该下放的权限放下去
要把政策界限交代清楚
绝大多数同志是不会乱
讲，即使有少数单位、
点格，你也可以去检查
比你把什么权都攥在手
己抓大事，又妨碍下边
性，于我们的事业有
久，从报上得知，有的
规定，对下级送来的请
在十天之内批复。这
事。但更好的办法是，
下去，这样我想就会根
告雪片似地飞来的局面
据我观察，有那么
部，人数不多，嘴里虽然
面非改变不可，心里却
里有权，有大一些的权
讨好自己，向自己“进
不是什么认识问题，领
而是思想品质问题了。
“低级趣味”，根据就
赵紫阳总理在最近的《政
中指出：当前改革的一个重要
放权力。特别是要给基层企
主权。这是从多年来正反两方
出来的诊治我国经济管理体
方”。
“松绑”、“层层松绑”
势所趋。愿我们层层的领导干
更彻底地从旧观念、旧框框、
法的束缚中解脱出来。就一定
别人松绑，也是为自己松绑，
的事务堆中跳出来，这对自
习、娱乐、休息都有好处，对
业，当然是更为有益的，我们何

▲ 1984 年 6 月 13 日，《北京日报》1 版

个重要内容就是下放权力。特别是要给基层企业以更大的自主权。“松绑”“层层松绑”势在必行，大势所趋。

关于头发能不能烫、怎么烫，一度还引发精神文明建设的讨论。面对一些地方一些人对爱美之心的种种非难，《北京日报》头版转载评论员文章《污染须清除，生活要美化》：“女青年爱好烫发（中学生禁止烫发的校规应当遵守），年轻人喜欢服装款式新颖，节假日跳跳健康的集体舞，同所谓精神污染完全是两回事。青年总是向往美的。这种愿望本身是正当的、积极的。在可能的条件下，穿得漂亮一点、吃得丰富一点，不应受到非议。”绝不能一说反对精神污染、加强思想工作，就在青年美化生活的要求上做文章。

## 20 世纪 90 年代

**发廊遍地理发难**

90 年代，国家取消服务业统一牌价，美发行业全面市场化。一时间，私人发屋发廊大量出现在市面上，“四联”等老店开始面临激烈竞争，店里的年轻理发师也有不少扔掉铁饭碗出去自立门户（1992 年 12 月 15 日，《北京日报》2 版《冬梅干个体》）。

“北京电影学院青年电影制片厂拍摄了一部片子，讲述北京开发廊的几个个体户青年的生活，名叫《珍珍的发屋》。为拍摄这部影片，摄制组人员曾到东四的‘小香港发廊’、地安门的‘小巴黎’、虎坊桥的‘小美神’、西四的‘露美’等发廊体验生活。为了使影片真实、生动，影片中广东人开的发廊就是在虎坊桥‘小美神’实地拍摄的。”

发廊多了，门脸儿装潢得水晶宫似的，理发却变得难起来，因为烫发比剪发价钱高，不少发屋发廊开始挑客。此前，1987 年 12 月 26 日，《北京日报》2 版曾刊文质疑无人愿理发的现象。文章写道：北京城兴起了发屋发廊，都专营烫发类的高档活儿，而且不少店是“特聘”广州（或港、澳）技师，自然价格也高。据说“美发”一次没有一两张“大团结”是不行的。而大众化的理发、刮脸之类，再涨价也是块八毛钱的事儿，油水不大，干脆“恕不奉陪”了。可惜的是，去光顾这些“阳春白雪”的人并非排成长队。于是，待门前冷落时，店主就分成两类：一类是自己躺在背椅上，把组合音响的音量开大，欣赏流行歌曲；另一类则挂出“兼营理发”的牌子，屈尊搞点“下里巴人”的东西了。

## 理发烫发也得立规矩

市场空前活跃，连蒙带骗、假冒伪劣等乱象也随之而来，烫个发、美个容成了需要“心明眼亮”的事情。记者多次探访美容美发猫儿腻，呼吁下力气抓紧整饬，搞清楚“那些标着洋字码和名牌产品的花花绿绿的瓶子里，到底装的是些什么？质量如何？”

而在经历 90 年代的一段萧条后，一些美发老店以技术稳定和方方面面更“规矩”重新赢得青睐，再次红火起来。1998 年，“四联”与另一老字号美白美发厅联合，成立了“四联”美发美容中心，2003 年又进一步改制为国有控股、职工参股的有限责任公司。

此时，政府部门的角色已经彻底切换为市场管理者，任务不再是多开几家店，而是将违规者剔除出局。1990 年，北京工商部门出台规定，要求个体发廊从 5 月 1 日起增设中老年和儿童理发项目，一些张嘴漫天要价，嚷嚷“嫌贵上国营去”“小孩头不理”的发屋被责令停业。1998 年，北京美容美发业服务质量和价格投诉处理办法等一系列行业规范出台，清理整顿有了章法。

**热情的北京发廊**

——《珍珍的发屋》拍摄拾零

君 敏

北京电影学院青年电影制片厂拍摄了一部反映北京开发廊的几个个体户青年的生活和追求的影片，名叫《珍珍的发屋》。为了拍摄这部影片，摄制组人员曾到东四“小香港发廊”、地安门的

▲ 1987 年 1 月 28 日，《北京日报》3 版

周末谈

**「兼营理发」？**

刘绍榅

社会就像一个大舞台，如果留心，天天有好戏看。这不，骑车路过三里河附近的一条街，忽见一家「发屋」外边赫然立着大字招牌：兼营理发。看后真让人心里纳闷：「发屋」的职能就是在头发上作文章，理发当然包括在内，为何又称「兼营」？

细一打听，才明白这里边的学问。原来，这些「发屋」、「发廊」，都专营烫发类的高档活儿，而且不少店是「特聘」广州（或港、澳）技师，自然价格也高。据说「美发」一次没有一两张「大团结」是不行的。而大众化的理发、刮脸之类，再涨价也是块八毛钱的事儿，油水不大，干脆「恕不奉陪」了。可惜的是，去光顾这些「阳春白雪」的人并非排成长队。于是，待门前冷落时，店主就分成两类：一类是自己躺在背椅上，把组合音响的音量开大，欣赏流行歌曲；另一类则挂出「兼营理发」的牌子，屈尊搞点「下里巴人」的东西了。

我没进过现代派的「发屋」，但我对北京近年兴起的「发廊」、「发屋」、「美发厅」是持欢迎态度的。你看，修饰一新的漂亮门脸，陈列着各式美发用品，贴着大幅名星照片的宽大玻璃窗，不绝于耳的轻音乐和流行歌曲，为现代化大城市增添了美的色彩，为美化人民生活奉上了一朵新花，无疑是好事。唯一想建议改进的是，最好能把大众化的理发项目列入正业，不要鄙薄赚钱少的活计。与其没活干时听音乐，还不如高

▲ 1987 年 12 月 26 日，《北京日报》2 版

**美容美发业有“章法”了**

想到发廊把头发简单烫烫，没想时对方竟开出了“天价”；本想听推荐，用“神奇的换肤霜”去掉老肤，没想到反而出现严重过敏，几容”……这些出现在消费者与商家不清的投诉与纠纷，如今随着商的本市美容美发业《服务操作规质量标准》、《同行议价的暂行办对服务质量和价格投诉的处理办一系列行业规范性文件的出台，终明确的解决办法。

家必须做到“明示”——经营者无规模大小，均应明示营业执照、行资格证明、卫生许可证、服务项费价格、质量标准、投诉单位及电承担。

不“达标”费用可免减——经营者提供修剪、洗发、吹风、梳理、刮脸等服务，质量达不到事先约定的要求时，应免费为消费者返工。因技术或设备等原因，经努力确实无法达到规定要求时，应免收部分或全部费用；染发、烫发、漂发、焗发、固发和化妆美容中的各种妆型应有一定的保质期或保型期（未做统一规定的，双方应事先约定）。因服务质量而达不到预定的要求时，经营者应免费再次为消费者提供服务；

造成人身伤害按《消法》解决——经营者因使用不符合质量标准的工具、用具和美发美容用品，或因违反操作规程而造成消费者人身伤害的，应按照《中华人民共和国消费者权益保护法》第十一条规三十四条、第三十五条所指明的办法解决；

另外，经营者在为消费者服中，因操作不当或保管不善使消费物（不含所保管衣服内的贵重物品污损或丢失，并确认无法挽回损失营者应按同类型实物或市场平均以赔偿。

消费者依据以上规定与经营交涉，经营者无正当理由使消费决纠纷而往返两次以上（含两次）营者应按《北京市实施〈中华人民消费者权益保护法〉办法》第九条规消费者所耽误的时间给予赔偿。

▲ 1998 年 11 月 13 日，《北京日报》2 版

# 那些年，满街的自行车

历史资料 ▪ 北京日报图文数据库 ▪ 北晚新视觉网

文 ▪ 毛颖颖

共享单车红了。一时间，在大城市拥堵的街头，骑着辆亮色单车兜兜风好像成了桩赶时髦的事儿。然而，倒转几十年，自行车是中国人最重要、最青睐的代步工具。作为曾经的“自行车王国”，最生动的名片，就是清晨与黄昏的长安街两侧，自行车洪流绵延无尽、滚滚而来。

## 20 世纪 50—70 年代

### 大件儿之首“28 车”

上世纪五六十年代，自行车对于普通家庭来说，属于不折不扣的奢侈品和稀罕物。谁家有辆自行车，可比现在有辆汽车还显“土豪”。人们生活富足、喜购年货的象征，就是“骑着倍儿新的自行车，带着彩花的暖水瓶”。当时，一辆自行车售价一百多元，而一般工人的工资每月只有三四十元，买车很不容易，有的大单位就出面，替职工向国营商业部门办理“赊购”。1953 年 4 月 29 日，《北京日报》4 版《我国工人的物质生活已有很大改进》报道：“自行车、手表、钢笔、收音机等比较贵重的商品，已经在许多工厂、矿山中开辟了市场。不久以前，国营天津钢厂的职工就用分期付款的办法购买了 530 多辆自行车。”

▲ 1964 年 5 月 1 日，人们在东四人民市场选购自行车（冯文冈 / 摄）

那会儿，自行车除了用于上下班骑乘，更有个任务是负重运输，一大家子要采买些沉东西、上远地儿接个人，都指望这辆车。所以尽管也有轻便车型，但最受大众欢迎的，还是异常扎实、能驮一家三口的载重型 28 英寸男车。10 岁上下的孩子偷偷学骑车，也都是用这种大块头的“28 车”。直到今天，许多人还有童年握定车把、稳着车架、斜着身子，把小腿穿过横梁下方空当努力去够脚蹬子的练车记忆。

人们对自家的自行车都是精心呵护的。许多人一买到车，就赶紧拿颜色不一的塑料条把大梁、车把等部位缠起来，以防磨损油漆。即便没淋雨，隔三岔五也要用碎棉纱或旧布头把自行车精心擦一遍、打上油，生怕生锈。

1978 年后，随着生活逐步改善，耐用消费品需求全面增长，“三转一响”（自行车、缝纫机、手表、收音机）成为大家结婚置业的必备物件。作为“大件”之首，无论城乡，自行车到处脱销，“凤凰”“永久”“飞鸽”等名牌自行车更是异常紧俏，甚至出现伪造、倒卖自行车购买票证以及商家惜售、利用紧缺商品拉关系的现象。

对 70 年代的买车经历，《北京日报》“我与北京”征文中，老读者张淑媛在《我与自行车的履历》里这样回忆：“工作几年后，全家人节衣缩食想买辆（自行）车，可那会儿生产自行车的厂家太少，跟缝纫机一样凭票供应。一个车间百八十口人几年才轮到一张票，分配办法通常是抓阄。手气好抓上的，即使不会骑车也非买不可，以备将来子女之需，而急需车骑的人干瞪眼着急。我家六口人，三口人有工作后，抓阄得票机会多了，一次大妹幸运抓上一张。买车那天，大家排着队，车不许挑，由售货员从里边把车推出来。我们兴奋地接过了那辆黑色锃亮的 28 型永久牌男车，这是我家有史以来第一辆新车！所有权属全家，使用权归我，并且明令，将来弟弟毕业工作后，传给他，就像当初我的蓝布衣服穿小后传给他一样。”

## 20 世纪 80 年代

### “一人一车”的自行车王国

1981 年 5 月，国务院召开全国日用机电产品工作会议，决定大力发展“自行车、缝纫机、钟表、电视机”等 10 种日用机电产品的生产，各地争先兴建自行车厂和零配件厂。

▲ 自行车驮着一家人

▲ 1983 年 12 月 1 日，西单路口的自行车流（胡敦志 / 摄）

▲ 路上骑自行车的人们

# 市府颁布关于加强行人和自行车交通管理两个规定

## 进一步改善首都交通状况

本报讯 为了进一步改善首都的交通状况，北京市人民政府于4月5日颁布了关于加强行人和自行车交通管理的两个规定（见今日本报二版）。市政府要求各区县政府积极配合公安部门实施这两个规定。

## 为了你、我、他

本报评论员

当前，本市行人和骑自行车人交通违章增多，不仅严重影响首都交通秩序，而且也是交通事故上升的一个直接原因。去年，全市死于交通事故759人，属于行人和骑自行车人负主要责任的就有375人，占49.4%。今年以来，行人横过马路不走人行横道、不避让机动车、突然猛跑，骑自行车人争道抢行、突然猛拐、逆行等违章情况仍很严重。今天本报公布的市政府关于加强行人、自行车交通管理的两个规定，就是为进一步改善首都交通状况，保护广大群众切身利益而采取的两项重大措施。

有些同志认为执行交通规则是受限制，不自由，因而执行交通规则很不认真。这些同志对加强交通管理的必要性还缺乏足够的认识。近年来，随着改革、开放、搞活方针的贯彻执行，本市经济活动和旅游事业空前活跃，车辆、人员猛增。据统计，近四年来，流动人口已经由过去的三、四十万人增加到近百万人，自行车平均每年增加50万辆以上，机动车仅去年就增加6.5万辆。而在这期间，由于受财力、物力的限制，城市道路、交通设施的改善还远远跟不上形势发展的需要。在这种情况下，更应该强调向管理要安全、要效益，对每个人来说，也更应该重视遵守交通规则。这既是当前客观形势的需要，也是建设现代化首都的必然趋势。因为，随着城市经济的日益现代化，必然要求城市交通管理越来越严细，越来越科学，也就是说越来越要求人们按照交通运行的客观规律，有秩序、有准则地行车走路。那种拉着骆驼满街跑的日子，已经一去不复返了。按照交通规则行车走路，有时的确会给自己带来一些不方便，感到受限制，不自由。但是，交通规则是交通运行客观规律的总结，每一条都是用许多人的鲜血和生命换来的，都是为了保护整体利益，保护广大群众的利益，保护你、我、他的利益而制定的，它束缚和限制的是那些只顾自己一时方便，不顾道路上整体交通便利，不顾自己和他人安全的思想和行为，这对社会，对别人，对自己，都是有益的。

有些同志存有侥幸心理：我经常违章也没有发生事故。的确，不是每次违章都必然发生事故。但是，交通事

▲ 1986年4月11日，《北京日报》1版

# 欢迎各国朋友写北京

北京市副市长 韩伯平

北京日报举办的《威力杯外国人看北京》征文活动，有助于增进北京人民同各国人民的友谊和相互了解，是一项有益的工作。

北京作为中华人民共和国的首都，既是全国的政治中心和文化中心，又是国际交往中心，一年有数以百万计的海外来访者光临，还有长期住在北京的外国专家、学者、外交人员、商务人员、记者和留学生。他们对北京在改革、开放和社会主义现代化建设中的发展变化，以及工作中存在的不足和问题，都有一定的了解。我们热诚欢迎各国朋友根据自己的印象，写出在北京的见闻、感受和对北京的意见、建议，以增进我们之间的友谊，加强我们之间的合作。

祝各国朋友在北京生活愉快，身体健康！

# 骑车才感到真正成了北京居民

波兰专家 莱含克·阿达姆奇克

十年前，也就是1976年的秋天，在我正式走上工作岗位的时刻，我在的波兰广播电台填写了一份记者履历表。在众多的问题中有这样一个问题作为一名波兰记者将来想到哪个城市和哪个国家去工作？我的回答是：北中华人民共和国。当时看到这份履历表的人认为，这是不切实际的梦想，那时波中两国的交往几乎降到了最低点。

但是，十年之后，这一夙愿突然实现了。1986年年底的前几天，领导我，应中国广播电影电视部的邀请，你将能到中国国际广播电台波兰语组作。我甚至没有问具体细节就表示了同意。我只作了短暂的准备于今年6旬来到了北京。在北京，我第一次上街坐的是出租汽车，因为我怕迷路。以后上街我就独自乘坐公共汽车和地铁。我用第一次在中国所挣的工资买了一辆自行车。

自行车在中国是最普遍的交通工具。对此，世界上人人皆知。但是，光知道这一点还不够。需要骑上自行车，大胆地到北京的大街上，与熙熙攘攘的人群一起朝着同一个方向骑去。我想，只有这时，才能真正感到成了中国的首都——北京的居民。大家一道肩并肩骑车，譬如说，去上班，一定比坐小车更能使人们相互接近，因为坐小车，人与人之间就隔着一道钢铁和玻璃之墙。这方面，中国使我想起一个不大的、然而十分美丽的欧洲国家，这就是荷兰。这个国家很富裕，几乎人人都会开小汽车，可是在荷兰，人们还是喜欢骑自行车。在荷兰同在中国一样，也有骑自行车的专用道路，只是北京的自行车道比起荷兰的首都——阿姆斯特丹的要多上好几倍。所有的导游都会列举出世界上最古老的或最大的中国的各种名胜古迹、建筑、大山和河流。但没有一位导游会列举天安门广场的自行车道。我可以肯定，这是世界上最大的骑自行车的专用道路。

这一切是否意味北京的生活都是尽人如意呢？肯定并非如此。譬如遇上刮风和下雨天时，甚至骑自行车也不再感到愉快。中国首都的一个大问题就是交通秩序紊乱。在许多十字路口，虽然花钱装上了红绿灯，但一点儿不亮。许多行人闯红灯，许多骑车人拐弯时根本不打手势，还有许多骑摩托车的人超速。我以为，这是一个大问题，因为北京的车辆越来越多，交通秩序紊乱就会引起越来越严重的"堵塞"和越来越多的交通事故。这一问题的解决需要对居民作大量的说服教育工作，而且应尽快进行。

我还想提出关于其它方面的三个问题：为什么许多公园、博物馆和展览会F放的时间只到16时或17时？为什么电报大楼上的几个报时钟有时显示的钟点K一致？为什么在北京不能买单张的漂亮风景画片而非得买一套才行？我希望这些问题能很容易地得到解决。

要用一千字，哪怕几千字的篇幅谈谈我在北京逗留只有三个月的观感实在

▲ 1987年9月29日，《北京日报》4版

# 泱泱自行车的冲击

本报记者 王和 李铭 本报通讯员 杨国平

:点钟，到现在还仍:的东西长安街上，潮水般地涌动着，的慢行道塞得满满不尽的骑车人，一对我们说："这条不够用了，东单、单等路口，在高峰时，每小时差不多得通过两车呢！"

口路口，我们数了数，一分钟的时间就有250从各种汽车的缝隙中挤过。正在混乱中，一辆米长钢筋的三轮车挤进了路口，并顶上了前面岗上的民警张洪文赶紧过去疏导开，然后对我钢筋哪能这会儿走呀，可你要把它截在这里多几分钟就能堵得路口水泄不通。"

口，轰走一拨又来一拨的自行车从谷香园商店的"禁放自行车"的标志下一直排到路口的交据了便道和慢行车道，于是骑车人挤进了路中车拼命争抢着狭窄的快行道……所幸的是，肆章者还是少数，否则后果不堪想象。

商场门口，西单交通中队的杨长富指着便道上："就这一处，多的时候一天能收入400元，辆自行车呀。有人干脆把车就放在马路上，弄法走了，自行车真是太多了！"

北京的自行车太多了，正在越来越强烈地冲击常生活。由于它方便、价廉、健身等原因而得，便连续几年以平均50多万辆的速度达到了现，平均每10个北京人便拥有7辆。这些车平均是5辆一横排连起来，可以使北京市三环路以内的2563公里的道路全部被排满之后还得余下4万多辆甩到远郊区去；若是一辆连一辆向乌鲁木齐排去，一个半来回后还得余下百万余辆。而且，自行车上街后是动态的，五辆自行车的行驶面积就相当于一辆机动车，730万辆自行车就相当于146万辆机动车，是目前北京市令人目不暇接的机动车总数的3.4倍。对北京市目前的道路来说，"车满为患"实不为过。

不仅是道路在挤压下发出痛苦的呻吟，千万北京人和涌入北京的百万外地人（当然也包括骑车人自己），现在都不能不在这令人瞠目的泱泱自行车大军的冲击面前叹息了。

西四路口，想利用红灯间隙横过马路的行人已经聚集了20多人了。红灯终于亮了，汽车停下了，但自行车却继续前进，一部分闯过去了，剩下的却将停车线前面的人行横道挡得死死的，行人只得低声咒骂着，七扭八拐地从自行车的夹隙中抢过马路……一位公安交通管理局的同志对我们说，自行车比机动车胆大多了，红灯亮了它不停，绿灯未亮它抢行，至于"停车越线"，"占据人行横道"等，在警力不足的路口几乎是百分之百，这些都是路口混乱甚至堵塞的重要原因。

呼家楼路口，两个合骑一辆车的小伙子不但闯过红灯，还伸手示意拦住正常行驶的机动车，然后扬长而去，一起；

拥挤的西四路口，着一百多把长把笤帚，警拦住了，车主在交出可出不了事。"

很多北京人过于相护自己安危和维护良好马路上逞强，无怪乎当事时，法国一位管理交车技术惊得目瞪口呆：是，危险和交通混乱就

在复兴门桥南，邮电动车道，结果疾驶而来的

市前进棉织厂工人顾来往车辆，突然向左

在白纸坊路口，农路，他急忙想刹住自行头部受伤，抢救无效死

由于法制观念的淡了，小的不算，光去年负主要责任以上的事故与自行车有关的交通死

▲ 1989年4月2日，《北京日报》2版

# 我与自行车的履历

张淑祺

"我姥姥为了省几分钱，有轨电舍得坐，让我舅舅用他那辆除了响哪儿都响的破自行车给驮来把我接生下来。

我长到3岁，家搬到西郊，妈妈妹妹，为省口粮，要把我送到姥。从颐和园我家到鼓楼姥姥家，毛钱坐公共汽车就到了，可妈妈得，又是叫在电车公司当司机的用自行车把我接到姥姥家。3岁两脚悬空坐在大梁上，又惊又一路上扯着嗓子大放悲声。

那会儿的自行车不是国产的。我舅舅的破车全是从委托商行买不是日本产的小轮子车，就是德的倒轮闸，旧得连原先是什么颜看不出来，还特别爱坏。舅舅的时间几乎全用在修车上，一拆，旧零件，就这种破车还叫左邻右裹呢，谁家要出门办急事，常常找他大舅借自行车去"。

拐弯，隔老远才有一盏黄糊糊的路灯，走半天碰不上一个人，要是猛地从黑暗里窜出一辆自行车，能把人吓出一身冷汗。有了这么一辆破车代步，心里自然惬意。旧车有优点，不怕磕碰不怕丢，但也有要命的地儿：爱出毛病。有一回上东郊同事家，旧内胎撒气了，我冒着小雨踩着泥，狼狈不堪地推着走了两小时才到家，自行车倒成累赘了。

工作几年后，全家人有工作后，抓阄得票机会多了，一次大妹幸运抓上一张。买车那天，家里人十分兴奋。我和大妹谨慎地把一百多块钱分别拿好，一起到王府井路西一个自行车商店买车。买车的人排着队，车不许挑，由售货员从里边把车推出来。我们兴奋地接过了那辆黑色锃亮的28型永久牌男车，这是我家有史以来第一辆新车！所有权属全家，使用权归我，并且明令，将来弟弟毕业工作

▲ 1989年10月21日，《北京日报》2版

1983 年，全国自行车实际产量达 2758 万辆。1984 年 7 月，国务院批转国家经委报告，要求促进企业联合，扩大优质自行车生产，3 年内做到名牌车敞开供应，取消票证。到了 1986 年，仅前 11 个月全国自行车产量就达 3229 万辆，相当于平均一秒钟，就有一辆新自行车出厂。

供应不断放大，收入不断提高，很快，许多人结束了骑破车旧车、骑大号男车的历史，街头也不再是“黑骑军”的天下，各种型号、色彩、样式的自行车开始增多，可谓洋洋大观。

80 年代，北京的自行车以平均每年 50 多万辆的速度增长。自行车多，成为北京交通的重要特征。到了 80 年代末，千万人口的北京，已拥有 800 万辆自行车，除去老人孩子，能骑车的几乎已是“一人一车”的饱和状态。在高峰时段，东单、南河沿、西单等路口，每小时差不多得通过 2 万多辆自行车。

尽管此时北京路况显著改观，二环路、三环路一条接一条修起来，但面对自行车洪流，压力依然巨大。1986 年 4 月，北京市政府发布《关于加强自行车交通管理的规定》：禁止逆行、在机动车道上骑行、争道抢行、骑车带人、追逐竞驶等违规行为。《北京日报》评论员文章《为了你、我、他》指出：自行车不是“自由车”。随着城市日益现代化，必然要求城市交通管理越来越严细，越来越要求人们有秩序、有准则地行车走路。那种想怎么骑就怎么骑的日子，已经一去不复返了。

### “骑车才真成了北京人”

在自行车全盛时代，国际视角的中国印象、北京印象，都少不了满街的自行车。

据新华社报道，1974—1975 年期间，时任美国驻华联络处主任的乔治·布什和夫人芭芭拉，经常骑着“飞鸽”穿行于北京的大街小巷，两人骑车在天安门前的留影一再出现于报纸杂志上。15 年后，当老布什以总统身份访华时，收到的特殊国礼也是两辆“飞鸽”自行车。

1987 年，《北京日报》举办“威力杯外国人看北京”征文活动，各国专家学者、外交人员、媒体记者纷纷来稿，许多人浓墨重彩地描绘了“自行车王国”的震撼。波兰专家莱舍克·阿达姆奇克写道：“自行车在中国是最普遍的交通工具。对此，世界上人人皆知。

但是，光知道这一点还不够。需要骑上自行车，大胆地到北京的大街上，与熙熙攘攘的人群一起朝着同一个方向骑去。我想，只有这时，才能真正感到成了中国的首都——北京的居民。”

英国皇家公共管理学会会长威·普洛登写道：“在北京骑自行车本身就是一种乐趣，但骑车所能领略的还不止于此。这座城市在迅速扩展，旅游者步行就很难了解其全貌。假如你愿意，你可以在天安门广场四周的街道转悠，也可以从那里出发一直向东或者向西骑。你可以拐进纵横交错的小胡同，它们都位于大街之间，路面大多是铺设过的，也很干净。在许多地方，有各家各户的笑语喧哗声，有小商小贩的叫卖声，有小企业嘈杂的噪音，但是在这一片喧闹声中，能听到的车辆声唯有自行车的铃声。”

而这些来稿也都坦言：交通堵塞日益严重，交通事故日益增多，让北京人骑自行车的乐趣也日益减少。

即便外国企业的广告，也常常会想到拿自行车说事儿。1989 年 1 月 3 日，《北京日报》4 版刊登了一则 IBM 大型计算机系统落地中国的广告，题为《到了 2001 年，我们仍是自行车的王国吗？》。广告画面中，一个孩子睁大眼睛站在自行车后，图说为：“在 2001 年，我们也许仍然是世界上拥有最多自行车的国家，不过，在整个交通运输系统中，自行车将会让路，被更新更快的工具取代。高架桥将会盘踞许多大城市的天空，飞机和火车也会迅速扩大服务网，以迎合未来运输的需求……”此时，绝大部分中国人不会想到，我们距离信息高速公路还有多远，也不会想到，汽车时代正以惊人的速度到来。

## 20 世纪 90 年代

### 汽车时代挤压骑车空间

数据显示：新中国成立初期，北京的机动车只有 2300 辆，1978 年才发展到 7.7 万辆，又过了差不多 20 年，1997 年 2 月，北京的机动车首次突破 100 万辆大关，而仅仅 6 年半后，2003 年 8 月，北京机动车保有量已突破 200 万辆——无人怀疑，北京已完全进入汽车时代。

普通人拥有私家车的梦想逐渐照进现实，但随之而来的是自行车骑行环境的改变，不少骑车人感觉路越来越难走了。90 年代，《北京日报》连续报道行人、自行车不遵守交通法规的问题，记者发现，行人和自行车固然违章严重，但想减少违章行为，需要规则上的保证和设施上的完善。就市区混合交通信号灯的配置来说，全是针对机动车的，自行车等非机动车的通行权从属于机动车。绿灯一亮，机动车、自行车一拥而行。一些公交车站多的路段，骑车人骑一百多米就被挤上快车道。此外，机动车乱停长期占用慢行道和隔离带，众多骑车人只好在汽车长龙中求缝钻行。

到了2001年，我们仍是自行车的王国吗？

IBM

▲ 1989 年 1 月 3 日，《北京日报》4 版

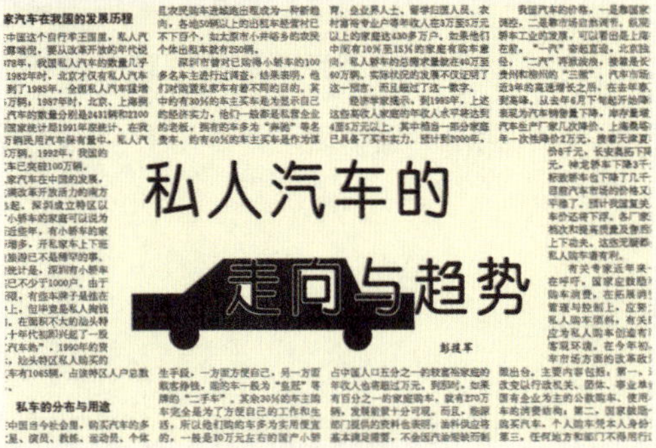
私人汽车的走向与趋势

▲ 1994 年 7 月 16 日，《北京日报》6 版

## 自行车变身“潮人”装备

虽然随着驾车出行急剧上升，骑车出行比例逐年下降，但与此同时，自行车也不再是单纯的实用型代步工具，而渐渐有了时尚、运动、休闲等新定位。

记者在《时装化——自行车需求新特点》（1993 年 4 月 11 日，《北京日报》2 版）中描述：款式新颖、骑行便捷的山地车、变速车，已是消费主流。在售出的自行车中，600 元以上的中高档车约占 70%。到了 90 年代末，记者走访京城自行车店发现，大多数店里都摆满了山地车、赛车、特技车等流行款式，普通大众车则被挤到了角落里。一批自行车发烧

▲ 自行车在机动车流中穿行

友不惜花重金装备自己，一辆自行车再配上头盔、眼镜等保护装备，重新成为家里的大件儿。

玩车人成为一道独特的城市风景，街边，不少年轻人骑着自行车左右旋转、上下蹦跳……1998年，自行车国际博览会在京举办，《北京自行车的方向》（1998年6月13日，《北京日报》5版）报道了当时京城玩车人的情况：我市现已出现了几个自行车俱乐部。俱乐部的成员，年纪大的五六十岁，年纪轻的二十来岁。他们的自行车大都是自己买零件攒的，每辆车都价值五六千元。这些人，艺高人胆大，敢骑着自行车从很陡的楼梯上俯冲而下。他们一有空闲就骑上自己的爱车远足，百花山、东灵山，哪儿山高路陡上哪儿。

## 新世纪

### 骑车就是选择了环保

2000年后，随着全社会环保观念与日俱增，选择自行车代替私家车成为绿色出行的标志，越来越多的人意识到，自行车是解决城市交通“最后一公里”问题的好法子，公共自行车系统在各个城市出现。“设置专用道，还路自行车”，保障自行车路权和安全的呼声高涨。对于经济、环保的出行方式该不该运用经济杠杆加以引导，2009年《北京日报》展开专门讨论，调查显示71%的京报网友表示支持“骑自行车该给补贴”。

# 拎着暖瓶打啤酒的日子

历史资料 · 北京日报图文数据库 · 北晚新视觉网

文 · 毛颖颖

天气和暖，啤酒销售旺季即将到来。今天，对啤酒节、啤酒屋、啤酒花园以及花样促销司空见惯的人们，恐怕很少忆起，在北京想喝口“啤的”，曾经是需要排大队批条子的难事，而且一难就是几十年。

## 20 世纪 50—70 年代

### “为什么喝不到啤酒？”

计划经济时期，京城市面上只有两种啤酒——双合盛五星啤酒厂生产的五星啤酒和北京啤酒厂生产的北京啤酒，都由市专卖事业公司统一销售。

尽管当时人们的生活以满足温饱为主，啤酒还属于非必需的消费品，但赶上大夏天想喝点清凉饮料尝个鲜儿的时候，啤酒依然常常脱销，问题就出在了慢几拍的“严格计划”上。

1956 年 7 月 26 日，《北京日报》2 版调查报道《为什么喝不到啤酒？》写道：啤酒脱销，市专卖事业公司和啤酒厂互相推脱责任。原来，生啤酒有 60 天的发酵期，7 月份卖的酒，4 月底就得生产。可是，4 月里，产销双方，谁跟谁也没碰过头。直到 5 月末，全国供应会议才确定第三季度产销计划……6 月初，市专卖事业公司经理才找到啤酒厂厂

1958 年 5 月，北京啤酒厂车间（高宏 / 摄）

长交代计划。厂长回去一算细账，嗬，实际生产数字比计划供应数字，不是差不多，而是差太多。奇怪的是，完成不了计划，酒厂却不跟公司通气，公司也不再和酒厂联系，等到7月啤酒严重脱销，经理和厂长都让对方“想办法”，公司埋怨酒厂，酒厂更抱怨公司。

报道刊发后，市专卖事业公司和两家啤酒厂召开碰头会，表示“计划保守”的毛病今后一定改进。但计划似乎总是赶不上变化，此后20年，京城啤酒供应始终吃紧。双合盛五星啤酒厂老员工张连荣回忆：70年代末，五星啤酒主要还是专卖，少部分厂里自主销售，自销面向高档饭店、机关大院、旅游景区等，因为供不应求需要凭票购买。谁家结婚想上啤酒，准得到处找票，酒厂内部职工结婚才可以特批两箱啤酒。（2015年6月29日，《首都建设报》5版《五星啤酒》）

瓶装啤酒难买，散装啤酒的销售条件也不讲究，那会儿零售啤酒的饭馆和食品店，卖酒时常用碗舀，盛酒用的缸和桶也不加盖。

## 20世纪80年代

### 买点啤酒有多“遭罪”？

改革开放后，生活条件逐步改善，社会消费量猛增，本就俏得很的啤酒愈发成为奇缺商品。数据显示，1980年，北京两家啤酒厂的年产量为5.2万吨，一天的产量等于1949年全年的产量，但生产远远赶不上需求的增幅，“虽已限点限量供应，每天的产量也只够卖两三个小时。有些饭馆、酒店硬性搭售，不炒上俩菜不卖啤酒”。

买点啤酒有多“遭罪”？《北京日报》报道描述了人们在盛夏排着大队打“散啤”的场景：7月初的一天中午，一条弯曲的长龙从南纬路烟酒店延伸出来。顺脖子淌汗的小伙子们举着暖水瓶一个劲儿想往前挪；晒得满脸通红的姑娘们拎着铝壶、塑料桶，焦虑地向店内翘望；几位老人提着空酒瓶发着牢骚……（1980年7月13日，《北京日报》1版《借问啤酒何时有？》）记者感慨：怎样才能满足群众的需要呢？非增加新的厂房、设备不可了。食品工业和群众生活息息相关，投资收效又快，拿啤酒来说，建个10万吨车间，只需4年多时间就能收回全部投资。北京啤酒在国际市场上颇有销路，出口1万吨能换

▲ 计划经济时代，啤酒属于统购统销的特供商品

# 为什么喝不到啤酒？

本报記者

“冷在三九，热在三伏”，昨天已經是进入中伏的第四天了。在这暑热难当的时候，喝点清凉的飲料，那是很惬意的。可是，誰想到偏偏在这时候啤酒却脫銷了呢！

在进入中伏的第一天，記者曾訪問了市專卖事業公司經理程修武。当我問到啤酒銷售的情况时，他搖了搖头：“脫銷了。各方面都很有意見，可是，这玩艺兒也不好經营，如果連下五天雨，銷售量就会大大減少，那可就救了駕啦！”說到这里，他又焦急地指着窗外的藍天說：“你瞧这天气，沒有一点陰天的意思，眞要人命！”我想程經理大概是讓啤酒脫銷給弄迷糊了，要不然，怎么供应工作要“靠天吃飯”呢？

到底啤酒是怎样脫銷的呢？程經理把責任推在国营北京啤酒厂身上；北京啤酒厂呢？又把責任全部推給市專卖事業公司。眞是“公說公有理，婆說婆有理”。讓我們看一看事情的經过吧！

今年市專卖事業公司的啤酒銷售計划是兩千九百吨，北京啤酒厂的生产計划是三千二百吨。可是，双方的产銷合同却一直沒有签訂。“扯皮”也就扯在这沒有签訂合同上了。据程經理跟我說，啤酒的銷售情况有点“周期性”，总是一年脫銷、一年积压。去年是脫銷了，如果照“周期”来計算，那么今年該又是积压。可是，誰知今年的“規律”改变了，不但沒有积压，反而是大大脫銷！眞是出人意料！偏偏程經理这思想，北京啤酒厂的負責人也清楚。他們說：“公司就是怕积压，所以一直拖着不訂合同。”問題是不是这样，我們暫且不談。

單說这啤酒銷售的“周期性”。是不是啤酒的銷售絕对地是一年多、一年少呢？事实說明，不是。且从1952年說起吧！1952年約銷二百多吨，1953年是九

数字也是小的。又何况今年有工資改革呢？如果不看市場情况，只信“周期性”，那恐怕是有点迷信吧？

第一、第二季度不是啤酒銷售旺季，市場供应是平安度过了。問題就出在第三季度。生啤酒本来是有六十天的發酵期，7月份供应的酒，在4月底就得生产。可是，4月里，产銷双方，誰跟誰也沒碰过头。直到5月末，全国供应会議才确定了第三季度产銷計划，指标是由食品工業部制酒局和中国專卖事業公司联合下达的。6月初，市專卖事業公司找北京啤酒厂，按供应会議确定的数字，提出7月份的銷售計划，研究北京啤酒厂应生产八百五十吨，当时北京啤酒厂的計划科負責人李仙桥說：“这数字差不多。”可是，当他回去以后，他們又算了算細帳，7月份的生产数字比計划数字，不是差不多，而是差得多。7月份只能出六百三十吨，比研究的計划数字少了二百多吨。而奇怪的是：实际生产数字小了，李仙桥等却不通知公司，而公司也沒有找北京啤酒厂联系。（当然，就是联系，也生产不出来了。不过，可以及时調运。）直到市場上啤酒供应情况紧張了，程經理才亲訪李厂長。程經理要李厂長想办法、挖潜力；李厂長也答应程經理“商量、商量。”可是，想法沒有想出来，到7月中旬以后，市場上啤酒就形成严重脫銷了。于是，公司埋怨工厂，工厂更抱怨公司。

就在他們这种互相抱怨、互相推脫責任的爭执下，广大消費者因为买不到啤酒而意見紛紛；許多卖酒的小店，因为买不到啤酒，只好把酒菜自己吃掉，有的酒菜甚至因天热卖不出去而腐坏了。

無可奈何，公司只好千里迢迢从沈陽往北京用冷藏車运啤酒，运一車酒要賠兩千六百元，到月底还需要調运二十五車，一共要賠七万元。而市場却还不能充分供应啤酒。

工作上有缺点，是应該作为敎訓来記取的。可是，当記者正在写这篇稿子的时候，李厂長却派来兩

▲ 1956年7月26日，《北京日报》2版

回 300 多万美元外汇，这样的买卖值得大做。

这样的买卖当然值得大做，一篇《借问啤酒何时有？》更坚定了创业者的信心。1980 年 8 月 3 日，《北京日报》1 版登出读者来信《希望批准建设顺义县啤酒厂》，信中恳切反映了在全市啤酒供应紧张情况下，当地想利用废弃厂房改建啤酒厂的愿望，表示“这个啤酒厂，不另向国家要一分钱投资，希望上级尽快研究批准”。同时刊发的还有编辑部将该信转至市计委后，第一时间收到的函复：啤酒厂过去没批，主要是制酒的大麦没落实。最近有关部门和顺义县领导商定，县里安排一部分农田基地种大麦，另外不足部分由市粮食局酒粮总指标中调剂解决。这个项目即可批下去。

1980 年 9 月 10 日，顺义啤酒厂破土动工，1981 年 10 月 5 日，厂子建成投产，产品定名为“燕京啤酒”。1982 年 7 月 18 日，《人民日报》发表评论员文章，评两家啤酒厂建设进度一快一慢：项目同时获批，北京顺义啤酒厂的产品早已上市，而某省啤酒厂扩建工程扯皮扯了近两年，连设计方案也没定下来。原因何在？首先体制上还存在问题，要办一件事，需要层层请示，逐级报批，一个部门通不过，事情就被拖下去。此外，说明转变机关工作作

**借问啤酒何时有？**

市场见闻

路烟酒店延伸出来。顺脖子淌汗的小伙子们举着暖水瓶一个劲儿想往前挪；晒得满脸通红的姑娘们拎着铝壶、塑料桶，焦虑地向店内翘望；几位老人提着空酒瓶发着牢骚：“怎么搞的，啤酒一年比一年少。”

本市啤酒产量真的是一年比一年少吗？最近，我们在采访中了解到，本市现有两家啤酒厂，1975年年产啤酒两万九千吨，今年可达五万二千吨，五年来平均每年递增12％以上。今年上半年啤酒产量又比去年同期增加20％多，现在一天的产量近300吨，等于1949年本市啤酒全年的产量。但是，人们的饮食习惯在改变，对啤酒的需要量超过了生产的发展。今年本市啤酒虽已限点限量供应，每天的产量也只够卖两三个小时。为了照顾在店内喝酒的顾客，有的饭馆不得不搭菜卖酒。

怎样才能满足群众的需要呢？我们走访了本市部分工商企业和市有关领导部门。在北京啤酒厂，厂领导热情地领着我们参观了啤酒生产过程。在糖化车间，只见糖化锅里麦芽汁吐着白沫沸腾翻滚，王副厂长告诉我们，这里好比人的嗓子眼，吃多吃少决定着啤酒的产量。我们仔细一看，“嗓子眼”上不知为什么有一道明显的疤痕，一问，才知道厂里为了提高糖化能力，在原来的锅边上焊接了一圈钢板，使糖化锅有效容量从10吨增加到13吨，他们还通过改革工艺，使每天糖化次数从六次提高到九次，达到国内最高水平。王副厂长对我们说：“我们厂啤酒年产量从1966年的九千多吨发展到今年的三万吨，主要是对原有设备进行了改造、革新、挖潜。再大幅度增产，非增加新的厂房、设备不可了。”果然，在发酵车间，我们看到32个发酵池、180个发酵罐都装得满满的。五星啤酒厂的情况也大体相似。

增加厂房、设备的资金从何而来呢？轻工业部和市有关部门计

▲ 1980 年 7 月 13 日，《北京日报》1 版

市财贸办公室通知

**出售啤酒不得硬性搭菜**

本报讯　最近，市政府财贸办公室发出通知，要求商业部门出售啤酒一律不得硬性搭菜。

已成了一种常见现象。起，得捎上一堆黄瓜，你？好，请再买两盒处理的店只顾多管给群众了社会主民生活服我们希望单位尽快搭配售货误作法，群众送方

▲ 1980 年 7 月 28 日，《北京日报》1 版

**顺义县啤酒厂为什么建设得快？**

亲爱的读者，还记得吧，一九八〇年八月三日，报刊登了一封读者来信《希望批准建设顺义县啤酒厂》。您或许已经从报纸上看到了这家啤酒厂建成投产的消息，现在我们再向您汇报一下这个工厂是怎样快速建成的。

一般情况下，新建一……建施工的同志们，为了抢在上冻之前完成主体工程的土建任务，在最后阶段自动将每天干八小时延长到十小时。在一九八一年十月五日试生产之前的一个星期的准备工作中，许多干部、工程技术人员和……因。施工正在加紧进行时，中央发了冻结资金的通知，银行贷款又没有下来，遇到了资金不足的困难。在这节骨眼儿上，资金问题能不能解决，工程要不要继续进行，参加建厂的全体职工，眼睛都盯……取了两条断然措施：一是从县工业局可用资金中暂借一百多万元，投入到啤酒厂的建设中去；二是把一个需要调整的工厂里库存价值一百万元的钢材、木材和水泥等，拨给啤酒厂使用。这样，暂时解决……

▲ 1982 年 4 月 19 日，《北京日报》1 版

▲ 20 世纪 80 年代的燕京啤酒厂（张风/摄）

工作研究

## 北京啤酒哪儿去了？

——本市啤酒市场的调查

本报记者 严力强

酒“大量外流”——去赚大钱去啦！外地啤酒又乘虚而入——来北京赚钱！

记者为此做了一番调查。

为什么外地啤酒充斥首都市场？

人们习惯于用“质价相符”这一标准来衡量商品的价格。这样说来，外地啤酒是有不少要被列入“质次价高”之列了。据市物价局介绍，外地啤酒运到北京，按规定都要加上运费、包装费和地区差价，于是同质量的啤酒，外地的就要贵出北京的两角左右。但据商业部门说，外地啤酒也不都“质次价高”，在进货时，他们也要尽可能地照顾到质量上的差别。

那么，外地啤酒为什么要大量涌入本市呢？

市糖业烟酒公司的回答很明确：因为北京的啤酒不够喝。他们摊开了一本帐：

根据测算，北京一年的啤酒需求量是30万吨，而北京6家啤酒厂去年一年的产量才14.5万吨，今年的计划也不过16.6万吨，缺口将近一半；

北京人所热衷的北京啤酒，主要是指北京啤酒厂、双合盛五星啤酒厂等名牌厂家生产的瓶装酒，但从今年上半年商业收购的4.6万吨啤酒来看，有1.28万吨是散装的，其中，“北啤”和“五星”两厂今年上半年商业的收购量只有3.47万吨，这等于又把原来的缺口撕大了不少；

还有，我们所说的产量是指全年的，而真正缺啤酒的销售于内销的批发价和零售价，要是从盈利上算帐，外销根本不占便宜。商业方面说，他们外销也是按调拨价。

市物价局证实了他们的说法。

外销的量究竟有多大？商业方面提供的数字是全年计划6300吨。工业方面的推算数字是：今年上半年已销5500吨（其中包括淡季推销）。

有没有人或单位在此数之外另向外地倒卖了啤酒？工商两家都说：还没有发现。如此看来，工商两家全年外销量只占总产量的百分之十几，那么，北京市场上为什么难见北京啤酒呢？

“买不到”，并非都“喝不到”。

记者在调查中曾受到过这样一句抢白：“来几十箱（一箱24瓶啤酒），不到一个钟头就卖完了，哪儿就让你赶上啦？”

看来这句话可以部分地解释“看不到”的原因：紧缺的啤酒市场就象久旱的沙漠，泼一盆水很快就会被吸光——所以在市场上大部分时间是看不到北京啤酒的。

还有别的解释吗？

干休所买的。

2户虽无存货，但都称“只要托人就能买着”。其职业一是工人，一是民警。

还有2户说是可以托人买，但是否一定买得到不好说。其职业一是售货员、一是旅游学院进修生。

有4户是久已“断顿”而没处买的。其职业分别是公共汽车司机、服装店和工厂的工人。

这个调查说明，虽然人人都说市场上买不到北京啤酒，但却有相当一部分人喝得到它。只是这部分酒不是通过柜台，而是通过各种形形色色的渠道“流”到了他们的手中。

怎么办？

对于目前的“啤酒困境”，工商两家都一致认为除了发展生产以外，暂时没有“治本”的良策。

那么“治标”的办法有没有呢？

在记者采访过程中，许多人都称自己耳闻目睹了北京的啤酒外流，并咬定这属“倒卖”性质。这个现象提醒我们，应当在工商两家各自必要的外销量之外，坚决堵住那类人们传闻甚广，但又一时无从查证的非正常外流；

有一家商店卖北京产的“华乐”啤酒，每瓶0.90元，附近的个体餐馆也来买，记者追踪而去，那啤酒一进餐馆便涨价0.10元。这类现象又提醒我们，必须加强物价监督，这包括明令要求外地啤酒进京一律要到市糖业烟酒公司作价，作了价的

▲ 1987 年 7 月 29 日，《北京日报》2 版

风的重要性。顺义县领导对建厂出现的各种困难，一个个妥善迅速地加以解决，而某省啤酒厂扩建工程，在报批中经历了漫长的公文旅行，至今还在纸上谈兵，官僚主义和文牍主义致使许多本来应当办的事情办不成。

厂子建起来了，但最初推出的绿商标普通燕京苦味有余、爽香不足，北京市民戏称为“农民啤酒”。1985 年，经过彻底技术改造，清香型、清爽型燕京啤酒相继问世，酒透亮了，气儿足了，味儿香了，县办厂的“农民啤酒”才成了市优产品。

### “北京啤酒哪儿去了？”

80 年代后期，北京的老啤酒厂加区县投资新建的啤酒厂共计 6 家，可盛夏的北京街头，想买上一瓶北京自个儿产的啤酒却难上加难，商店、饭馆里充斥的，大都是外地啤酒。这是为什么？《北京日报》再次对啤酒市场展开调查，探究“北京啤酒哪儿去了？”（1987 年 7 月 29 日，《北京日报》2 版）

报道写道，买不到京产啤酒特别是五星、北京等老牌啤酒，第一原因依然是紧缺。北京一年的啤酒需求量是 30 万吨，而 6 家啤酒厂产量不过 16.6 万吨，缺口近一半，“来几十箱啤酒，不到一个钟头就卖完了，哪儿就让你赶上啦？”第二是再紧都得外销。工业部门、商业部门很多东西都得依靠外地，人家要你点酒，能不给吗？但这不是问题的全部。记者发现，柜台“买不到”，并非人人都“喝不到”，大量啤酒通过形形色色的“关系”从工厂、商店、饭店乃至干休所流向社会，“托人就能买着”。调查得出结论：解决“啤酒困境”，发展生产才能“治本”，但在发展起来之前，让现有的东西更合理地流通、分配，想办法“治标”，是我们必须要做的工作。

啤酒抢手，各地大建啤酒厂，但一片红火中也有人提前看到隐忧。1988 年 1 月 15 日，《北京日报》1 版刊发《啤酒的经济学》，文章直言，人们受传统粗放消费方式影响，往往只重消费数量而不重质量。现在啤酒甭管是什么杂牌儿，进多少都好销，这给了市场混乱的信号，盲目决策，一窝蜂建厂，质量却不能保证。

## 20 世纪 90 年代

### “敞开喝”后就“挑样儿”

转眼到了 1991 年，京城啤酒厂达到 10 家，生产能力 55 万吨，是 1980 年的 10 倍，在售的还有各地乃至各国不同风味的啤酒。北京人再也不用拎着暖水瓶排队抢“散啤”，更不用为买几瓶啤酒走后门、找关系了。“敞开喝”之后，人们开始“挑样儿”，曾经被抢破头的啤酒开始出现疲态，市场对质量的要求一下子提高了。

过去啤酒一度叫“隔周愁”“隔月愁”，保鲜期只有 40 天，由于双乙酰含量过高，喝起来有股“马尿”味儿，但当时啤酒是皇帝的女儿不愁嫁，不论啥味儿，见有啤酒卖就有人排队。这会儿，各酒厂纷纷引进先进设备、改进生产工艺，啤酒口味好了，北京、五星、燕京等名牌啤酒，保鲜期都达到半年以上。

随着市场竞争加剧，大家卖啤酒、买啤酒的方式也变了。过去啤酒是统购包销，酒厂坐在家里等订单，产品绝大部分交由糖业烟酒公司去卖。现在货多了，不“跑跑市场”不行了。90 年代初，燕京啤酒率先打破专营，组织起车队，天天给经销商送啤酒上门。同时，厂领导和业务员扎进大街小巷，到处开辟个体批发网点，以此为基地，配置了 2000 多辆三轮车，让小商小贩蹬着车走街串巷进社区吆喝着卖。燕京啤酒的“巷战”打出了“胡同效益”，老百姓在家门口就能买到啤酒，一时间“家家喝燕京”成了“北京第九景儿”。

90 年代，啤酒企业流行通过合资或联营的方式扩大生产规模。北京啤酒选择了合资，五星啤酒采用了联营，只有燕京啤酒按兵不动。后来，北京啤酒在合资过程中被人几经倒手给洗出了主流市场，五星啤酒则因众多联营厂的良莠不齐一度砸了牌子，而最初的“小不点”燕京啤酒守住了阵地，跃升为京产啤酒的“大哥大”。

# 京城啤酒时时有

十三年前，本报一篇《借问啤酒何时有》，引起领导重视，市民赞叹。改革十多年，旧貌换新颜。而今，本市生产的各种名牌啤酒涌进商店、宾馆、餐厅，进入千家万户。且看——

本报记者 王增民 实习生 张国民

13年前，本报一篇《借问啤酒何时有》，引起领导重视，市民赞叹。

弹指一挥间。市民们抱着暖壶排大队等着买生啤酒的情景，如今已成为民俗画家笔下的陈迹，京城啤酒不仅处处有，时时有，而且品类众多。

据市酿酒协会提供的数字表明，今年上半年本市生产各种啤酒36.3万吨，相当于1980年全年总产量的6.7倍。在市政府的统一部署下，本市啤酒生产打了一场漂亮的翻身仗。

在这10多年中，本市啤酒业杀出一匹黑马，燕京啤酒厂。用当年负责建厂的王少更的话说，我们正是看了《借问啤酒何时有》这篇文章后，才下决心建燕京啤酒厂的。从1980年底建厂，对头一年出酒，燕京啤酒厂连创造价最低、出酒最快，全市产量最高，利润率最大的新闻。今年上半年，该厂生产啤酒8.9万吨，一跃成为全国第二大啤酒生产企业。7月份，该厂生产啤酒3.1万吨，源源供往首都市场。

啤酒不仅多了，而且质量好了。当年人们抱着暖壶排队等啤酒时，啤酒奇货可居，是皇帝的闺女，不论质量如何，都俏得很。那时的啤酒有股明显的“马尿”味，原因是双乙酰含量过高。燕京啤酒厂请专家攻关，用计算机控制，终于使双乙酰含量降低3倍，把这股“臊”味扔到大海里去了。现在，五星特制、北京特制、燕京特制啤酒先后在国际大赛中获过金奖，北京十家啤酒厂生产的产品都是市优产品。

当年，北京市场上的啤酒品种很少，现在可谓门类众多，不仅有口味醇厚的特制啤酒，还有清爽型、清香型、干啤酒、低度啤酒等，如今又开发出特受欢迎的扎啤。燕京啤酒、华斯啤酒等厂家的小罐扎啤还可以让市民在家里尝鲜。从风味说，有正宗的德国口味，还有捷克口味、奥地利口味、南斯拉夫口味，北京市民不离开首都，就可遍尝天下美味啤酒。

啤酒过去曾叫“隔周愁”，“隔月愁”，如今，通过引进先进设备，改进生产工艺，本市生产的啤酒隔月不愁，半年还鲜，北京、五星、燕京等名牌啤酒，保鲜期都达到半年以上。

啤酒多了，啤酒好了，北京市民好福气。

▲ 1993年8月19日，《北京日报》1版

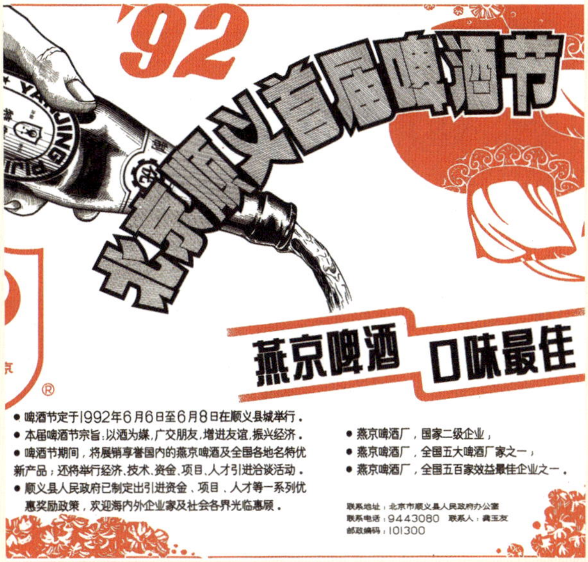


▲ 1992年5月28日，《北京日报》8版

▲ 第24届燕京啤酒文化节（孙戉/摄）

## 新世纪

### 中外啤酒扎堆家门口

进入新世纪，中国连续多年位居啤酒产量世界第一，成了名副其实的啤酒大国。据中国啤酒协会统计，2007年，北京本地啤酒产量达171.92万吨，是1980年产量的33倍。一方面，北京市场有几十家中外啤酒品牌群雄逐鹿；另一方面，北京啤酒企业早已迈上国际化的征途，京产啤酒销往美国、加拿大、法国、英国、澳大利亚等几十个国家和地区。

# 攥着外汇券逛“友谊”

历史资料 ▪ 北京日报图文数据库 ▪ 北晚新视觉网 ▪ 新华社

文 ▪ 毛颖颖

友谊商店摘牌关张？ 2017 年 4 月份，网友发布的一条微博在不少老北京的心里激起不大不小的涟漪。 后经媒体核实，这家在建外大街沉寂已久、几度传出动迁消息的“涉外老店”依然在营业，门前施工只是市政道路整修而已。

从大热到大冷——今天生意清淡的友谊商店，让人很难想象当年它独享尊荣的盛景。那段想方设法逛“友谊”开眼、淘换外汇券买紧俏货的日子，成为短缺年代的特殊记忆。

## “外宾专店”门槛不一般

1964 年 12 月，友谊商店开业，最初店面设在东华门大街 25 号，由之前几家面向外国友人、出国人员、归国华侨等的特需特供服务部合并而成。 作为京城第一家涉外商场，店里卖的有黄油、奶酪、洋烟、洋酒等进口货，也有茅台、丝绸等国产名优商品。

1972 年国庆，建国门外三项“外事工程”相继竣工，分别为友谊商店大楼、国际俱乐部、外交公寓。 此后相当长时期，这三栋建筑一直是建国门地标。1973 年 4 月 1 日，友谊商店迁到新楼营业，店内有食品、百货、工艺品等营业厅，还有银行、托运、洗染等综合服务设施。 当时“友谊”的口号是:“市面上有的商品，我们这里要最好；市面上缺的商品，我们必须有；外国时兴的，我们也得有！”

从诞生那天起，友谊商店的定位就是接待外宾，得凭护照、华侨证或者外籍工作证才

▲ 20世纪70年代的友谊商店是建国门地标之一

▲ 2009年9月，友谊商店（张风/摄）

能进，普通市民只有驻足张望的份儿——准确说，望也望不着什么，因为那会儿的“友谊”不仅门口有一溜儿台阶，门外还竖着铁栅栏，映射着自个儿不一般的门槛。

铁栅栏，隔出两种商品世界。物资短缺的年月，即便是生活在首都的人们，购买吃穿用度，哪怕买个白菜、奶糖都需要凭票证排大队。而在“友谊”，满目是市面上很难买到的紧俏商品：上海梅林的罐头、天津起士林的西点、苏州的双面绣、杭州的织锦、北京雪莲的羊绒衫、国人热望的自行车、手表……而进口家电和威士忌、万宝路等，更是这里的专卖。（2009年9月30日，《北京日报》14版《友谊商店沧桑》）

“外宾专店”，让出入“友谊”成为身份的象征，但这种人为设置商业禁区、拒绝国人入内的做法也引起很多意见。1980年9月，《北京日报》在《“只供外宾、华侨”的牌子该摘掉》一文写道：“‘对群众开放，货源怎么保证？’这确实是个问题。十年浩劫使我国的经济濒临崩溃的边缘，有些商品至今还很紧缺，不能在市场上敞开供应。但是，我们怎么能把群众进去看一看、买点并不紧缺的东西的权利也给剥夺了呢？其实，只要我们做好宣传解释工作，对少数紧缺商品给外宾以适当照顾，大多数群众是能够理解的。”

▲ 1979年元旦，友谊商店（叶用才 / 摄）

## 「只供外宾、华侨」的牌子该摘掉

短评

琉璃厂的变化，令人高兴。近来，本市还有一些为外宾服务的商店已摘掉了“只供外宾、华侨”的牌子，受到群众的欢迎。但是，也有一些同志思想还不大通，不愿意打开那些对群众设置的“禁区”，并提出种种理由为之辩护。

“对群众开放，外宾的安全能有保障吗？”这是他们的一个主要理由。外宾的安全，我们历来重视，今后也应该重视，凡有外宾去的地方都应该认真搞好。但是，这些同志大概忘记了，在1966年以前，中国人和外国人均可进入本市各个商店。只是因为后来在友谊商店发生一起刺伤外国人的事件，才立下了一些商店不准国内群众进入的“规矩”。这个规矩究竟对不对，是应该打个问号的。试问，假如因怕外宾在大街上、公园里、剧场里不安全，是不是要专设外宾去的路线、公园、剧场呢？显然不可能，也没有这个必要。问题是要加强保卫工作。

“对群众开放，货源怎么保证？”这确实是个问题。十年浩劫使我国的经济濒临崩溃的边缘，有些商品至今还很紧缺，不能在市场上敞开供应。但是，我们怎么能把群众进去看一看、买点并不紧缺的东西的权利也给剥夺了呢？其实，只要我们做好宣传解释工作，对少数紧缺商品给外宾以适当照顾，大多数群众是能够理解的。

“对群众开放，有人围观外宾，影响创汇怎么办？”争取外汇是建设四化的需要，我们应该为外宾购买商品尽力提供方便。但是，可能出现的围观现象并非不能解决。据琉璃厂几家已对群众开放的商店的同志们说，围观外宾是很少发生的。退一步讲，就是出现了围观，也可以劝说。我们担心的倒是，这种随意设置“禁区”的隔离做法，不仅会伤害国内群众和海外侨胞的民族自尊心，还会给我国人民和世界人民之间的友好往来帮倒忙。

为设置“禁区”辩护的理由还有一些，但大多数是站不住脚的。当然，这方面实际工作确有一些具体困难。但是，总是可以想办法解决的。我们希望有关同志改变怨天尤人和图省事怕麻烦的态度，争取早日全部摘掉只让外宾、华侨入内的牌子，积极主动地解决问题，多做些使人民方便、使人民高兴的事情。

▲ 1980年9月20日，《北京日报》1版

▲ 友谊商店外币兑换处

**一批倒卖外汇券的不法分子被查获**

本报讯 市工商、外汇管理部门和公安局，最近查获一批倒卖外汇券的不法分子，并依法给予制裁。

近一段时间，在本市王府井、东华门等繁华处所和一些大饭店，麕集一批倒卖外汇券的不法分子。为换到外汇券，他们有的追逐外国人，有的则利用外国人买东西时强行兑外国人手中换得大量外汇券，高价卖出后牟利，他还伪造外汇券进行诈骗，被公安机关查获。

不法分子非法倒卖外汇券，扰乱了金融市场。国家外汇管理局北京分局已将查获的三十多名不法分子的非法收入全部没收，并对他们进行罚款。

＊＊

▲ 1985 年 4 月 7 日，《北京日报》2 版

**北京友谊商店**

**迎新年**

**商品酬宾**

酬宾品种：汕头双犬牌毛衣，浙江、上海产羽绒服，床上用品，针棉织品，茶、糖、酒，星海牌钢琴，进口小商品，家用电器、金饰品，圣诞礼品等。

✧展＊销＊期＊间✧

12月3日—12月17日 9:00—13:00

发票办法：11月30日、12月1、2日9:00—11:00、

▲ 1989 年 11 月 28 日，《北京日报》3 版

## 淘换外汇券买紧俏货

一般老百姓真正逛上“友谊”，已是 20 世纪 80 年代中期，这得益于改革开放的东风，也得益于一种特殊人民币凭证——外汇券。

改革开放后，来华公干、留学、旅游、做生意的外国人和华侨越来越多，为加强外汇管理，同时方便外籍人士能继续购买到紧缺商品，中国银行从 1980 年 4 月起发行外汇兑换券，外籍人士入境后将所持外币兑换成外汇券，专门用以在各大城市那些涉外商业服务部门消费，其中最主要的购物场所就是友谊商店。

渐渐地，有人从海外亲友那里得到一些外汇券，或者把手头外汇卖给国家，会返还一定数额的外汇券。在这种背景下，友谊商店开始有限制地向老百姓开放，外汇券则成为人们进入“友谊”的特殊通行证。

有老北京这样回忆第一次攥着外汇券逛友谊商店的情景：进去了以后就看，哎哟，都是没见过的东西，反正咱们市面上的东西，好比穿的衣服吧，灰蓝黑，基本上男的女的一样，就是领子不一样。然后到那里边，真是琳琅满目。还有市民在友谊商店买了进口糖果招待来家作客的朋友，结果这些新鲜零食让客人们羡慕不

已。告辞的时候，他给每人送了 5 块糖，大家都如获至宝。

一时间，谁能搞到点外汇券，到友谊商店置办电视、冰箱、自行车、缝纫机，买上两身时髦衣服，或者哪怕买不起什么大件，只是进去逛，都被视为特有面子的事。

全面改革开放的东风下，一直高高在上的友谊商店慢慢放下身段：1984 年 6 月，友谊商店开始推出“夜市券”，晚上固定时段对国人凭券开放。那张跟粮票差不多大、油印着“夜市券”三个字的黄色纸片，和外汇券一样，一度成为“友谊”门口黄牛们倒买倒卖的对象。1989 年底，友谊商店新年展销，凭单位介绍信或工作证即可限时领取请柬。

## “友谊商店不友谊”

对外宾来说，尽管能去“友谊”买东西，但总体上涉外购物场所还太少。有来京旅游的华侨抱怨：“到别的国家旅游，商人像苍蝇一样叮着你不放。可我们在北京拿着钱没地方花，花钱还要找门路。外宾、侨胞买凭票证供应的商品，只有到友谊商店。去王府井一个商场买东西，看到床单很好，每人要买十几条，但付钱时商店却一定要收布票，给他们看护照也不

北京友谊商店不友谊

美籍华人　陈香梅

海外来信

北京友谊商店服务之差是有口皆碑的，而且是大家一致公认的事实，但因为只此一家，别无分号，大家只好忍气吞声地出钱买罪受。我也受过两次他们的后娘脸孔，而且发誓不再去领教，但因为时间匆促，又要为友人买些礼物，只好再去一次。这是最近的事，想不到这些小姐们的服务比前更差，而且态度之恶劣是世界上少见的，称之为谊商店实在是一大讽刺。那些女同志们实在不知友为何物，她们简直把顾客当作敌人，所以大家都说谊商店是最不友谊的！

我选了十条丝巾，想再选数条，于是请她把柜内的另一盒拿出来。她回说：“款式都是一样的，没有什么好的。”但我们看见另一盒确有别的花样于是向她求情，请她把另一盒拿出来她把那一盒抛到我们面前，我们只好快再选数条了事。

（二）我们再到男装部买衬衫。衫有大中小，也有不同颜色，但那店说就只有这尺码，不买就算了。我们好买了她拿出来的数件，也不计较大和颜色，因为她们那种爱理不理的

▲ 1986 年 7 月 12 日，《人民日报》

友谊商店　采取切实措施　改进服务工作

虚心接受陈香梅女士的批评

本报讯　近日来，北京友谊商店虚心美籍华人陈香梅女士的批评，认真贯彻市工作会议精神，努力改进服务工作。

7 月12日，《人民日报》刊登了陈香士题为“北京友谊商店不友谊”的来信，了编者按。批评该店接待顾客时缺乏礼貌情，对北京友谊商店震动很大。他们深深能接待好党和政府请来的客人、损害了首社会主义祖国的声誉而感到不安和痛心。

为了改进服务工作，他们接连召开会、中层干部会和职工大会，认真检查服作中的问题。他们认为，商店服务质量低题，主要是领导干部没有把服务摆在突出置，服务观念不强、首都意识不浓，缺乏的管理，对职工的政治教育和业务培训抓够。

他们首先加强对服务工作的领导，坚场经理、主任、组长三级值班制度，一级级，采取切实措施，严格管理。

——进一步贯彻落实经营和服务双承任制，把经济指标和服务指标层层分解，个效益放在同等重要位置上，严格执行各员岗位责任制，落实服务规范。

——根据领导就是服务的思想，经理关科长深入基层，每人承包一个小组的思治工作和服务工作，服务工作发生问题，人与承包人都要受到惩罚。

——择优上岗，严格考核，进一步健日碰、周查、月评比制度。对不符合服准、服务态度差的职工要给予扣奖金、扣工资、仅发生活费以至辞退的处罚。

他们还加强了对职工的政治教育和业质的培训，请市劳动模范和局先进工作者想、传技术，教育职工要进一步认识到首业工作及友谊商店的地位和作用，增强服务观念和首都意真正做到宾客至上、信誉第一，全心全意为中国人民和世民服务。

▲ 1986 年 7 月 27 日，《北京日报》1 版

行，只好不买了。”（1980 年 12 月 23 日，《北京日报》2 版）

而更大的不满集中在服务态度上。1986 年 7 月 12 日，《人民日报》刊出美籍华人陈香梅女士的批评文章《北京友谊商店不友谊》。文章写道：友谊商店服务之差是公认的，但因为只此一家，别无分号，大家只好忍气吞声出钱买罪受。到女装部买丝头巾，女店员爱理不理，几经请求，才一声不响把一盒头巾推到柜台上，就走开聊天了。到男装部买衬衫。衬衫有大中小，也有不同颜色，但店员说就只有这个，不买就算了，我们只好买了她拿出来的数件。陈香梅感慨：“没有竞争，就没有进步，北京应当多设立两三间友谊商店，服务员也该受些严格训练。”

“友谊商店不友谊”引发强烈社会反响，但显而易见，商业服务行业态度不好、服务质量低劣，在当时绝不是一家友谊商店的问题。在后续采访中，友谊商店当事营业员很委屈，她表示自己只是以国内的服务标准接待顾客，不知怎么就被批了。而友谊商店党委书记则感慨：“现在的状况就是这样：货我给你拿了，你要看我也摊开给你看了，但就是不冷不热，没有微笑，摆出一副‘后娘脸’，让你看着就难受，你还买不买呀？”记者得出结论：顾客成了受气“媳妇”，说明现行的商业体制非改革不可！

## 拆栅栏卖狮子风光不再

时间来到 20 世纪 90 年代，经济发展结束了物资短缺，市面上的东西多了，曾经高高在上的友谊商店风光不再。

京城的商业网点日新月异，“友谊”周遭的风景迅速变化。东侧，秀水街的服装摊儿已名扬海内外，成为外国旅游团必到之处，与秀水街一公园之隔的雅宝路此时也红火起来。对面，赛特购物中心 1992 年底亮相，号称“最豪华”“进口商品比例最大”。再远一点，贵友大厦、蓝岛大厦相继开业，而 1992 年 6 月开门迎客的燕莎商城，营业面积有 3 个“友谊”那么大，汇聚全球近 20 个国家和地区的 7 万种商品。当然，上述所有场所“人人都可以购物，莫分中外”。时任市商委主任臧洪阁对记者说：过去，老百姓提意见要进友谊商店，可外宾见人多了不买东西，为解决这些矛盾他们没少落埋怨，现在大家终于有了更多的理想购物场所，但是还不够。

90 年代中期，失去垄断优势的“友谊”销售额大幅缩水。1992 年 9 月 15 日，友谊商

▲“友谊”挂标卖狮（张燕辉/摄）

和新兴产品，在美不胜收的商品中，不仅拥
界名牌、中国名牌、香港名牌，而且拥有许
你耳目一新的"世界之最"、"中国之最"。
五楼浩瀚的工艺品世界中，记者首先见到
世之宝——血山。这是一块一尺多高、通体
密布的鸡血石百兽山。鸡血石多产于浙江，
为制印材料。眼前如此巨大、红斑均匀又雕
致的鸡血石已属罕见，可据说它还是白垩
产物，也就是和恐龙一个时代，距今一亿多
而它身价十分贵重，标价三十八万元。
五楼中央，集中了全国最好的抽纱刺绣名
苏、粤、蜀、湘四大名绣的簇拥中，您会看

的玛瑙围棋。白子贵州蚕丝玛瑙制、黑子新疆云
纹玛瑙制，这两地稀有名料合制而成，更是贵上
加贵。不知别人怎么形容，用记者外行的眼光
看，每一粒棋子都像是一汪晶莹透亮又藏金饰
丝的水。

中外宾客还可以在商城中选购五万多元一
套的意大利套床、一千三百元的美国"白骨"滑
板、二千九百八十元一双的西班牙驼鸟皮皮鞋、
五千二百元的法国女套装、一万多元一瓶的法
国帝皇拿破仑、二千九百多元一只的镶钻石打
火机……

您也不必让这些价值上千上万元的精品

品迷人●品种惊人●服务招人

京东北有个○

中国最大商城

本报记者 陈先 本报通讯员 王耀章

块价值十万元的潮绣玻璃纱重工台布。它
根绣线劈成10股，每股相当头发的三分之
细的绣丝绣制，二十四名绣工花了半年时
成，五六年才生产一块。此台布1980年曾在
黑手工艺博览会上获金奖。
穿过四楼太空隧道，迎面而立一台"索尼"
四英寸的八画面彩电。观者在环绕立体声
中，可同时收看八个频道的电视节目，不过
有点"眼观六路、耳听八方"的本事。它的旁
"索尼"五十三英寸高清晰投影电视，画面
得连皮肤纹路都显而易见。售货员介绍说，
界仅有两台，一台在这儿，一台在"索尼"公
部。
四楼文体用品中，摆有一副中国独一无二

"唬"得望而却步。在以涉外为主的前提下，商城
同时备有几千种中档商品。在这儿照样可以买
到三十九元一件的真丝双绉衫、六十多元一件
的人造棉连衣裙、三十多元一个的礼品盒、十六
元一件的美国白骨牌运动背心……它们尽管价
格相对便宜，但制作仍很精美。

置身于商城，有如进入博览会的感觉，而这
些精美的商品确实来之不易。商城的同志们不
仅跑遍二十九个省市自治区的一些企业，还深
入那些能出精品行业的宝库探宝，像上面所述
的那副玛瑙围棋，就是采购员从中国棋院"挖"
来的。

商城的同志们说得好，是改革开放、经济发
展的大好局面，才产生这么多"宝"！

▲ 1992 年 7 月 6 日，《北京日报》1 版

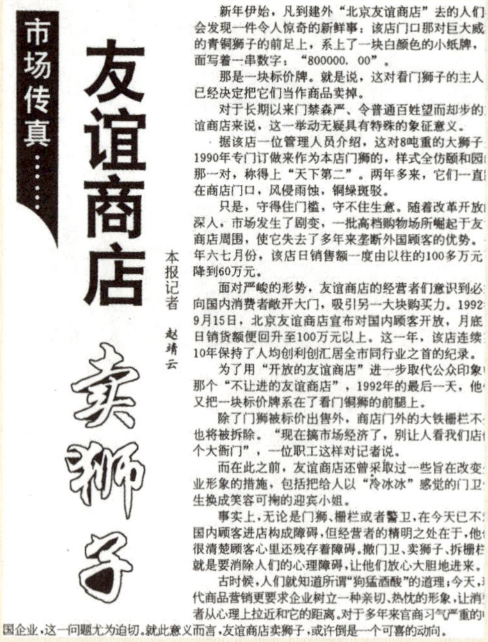
市场传真……

友谊商店卖狮子

本报记者 赵靖云

新年伊始，凡到建外"北京友谊商店"去的人们
会发现一件令人惊奇的新鲜事：该店门口那对巨大威
的青铜狮子的前足上，系上了一块白颜色的小纸牌，
面写着一串数字："800000. 00"。

那是一块标价牌。就是说，这对看门狮子的主人
已经决定把它们当作商品卖掉。

对于长期以来门禁森严、令普通百姓望而却步的
谊商店来说，这一举动无疑具有特殊的象征意义。

据该店一位管理人员介绍，这对8吨重的大狮子
1990年专门订做来作为本店门狮的，样式全仿颐和园
那一对，称得上"天下第二"。两年多来，它们一直
在商店门口，风侵雨蚀，铜绿斑驳。

只是，守得住门槛，守不住生意。随着改革开放
深入，市场发生了剧变，一批高档购物场所崛起于友
商店周围，使它失去了多年来垄断外国顾客的优势。
年六七月份，该店日销售额一度由以往的100多万元
降到60万元。

面对严峻的形势，友谊商店的经营者们意识到必
向国内消费者敞开大门，吸引另一大块购买力。1992
9月15日，北京友谊商店宣布对国内顾客开放，月底
日销货额便回升至100万元以上。这一年，该店连续
10年保持了人均创利创汇居全市同行业之首的纪录。

为了用"开放的友谊商店"进一步取代公众印象
那个"不让进的友谊商店"，1992年的最后一天，他
又把一块标价牌系在了看门铜狮的前腿上。

除了门狮被标价出售外，商店门外的大铁栅栏不
也将被拆除。"现在搞市场经济了，别让人看我们店
个大衙门"，一位职工这样对记者说。

而在此之前，友谊商店还曾采取过一些旨在改变
业形象的措施，包括把给人以"冷冰冰"感觉的门卫
生换成笑容可掬的迎宾小姐。

事实上，无论是门狮、栅栏或者警卫，在今天已不
国内顾客进店构成障碍，但经营者的精明之处在于，他
很清楚顾客心里还残存着障碍。撤门卫、卖狮子、拆栅栏
就是要消除人们的心理障碍，让他们放心大胆地进来。

古时候，人们就知道所谓"狗猛酒酸"的道理；今天，
代商品营销更要求企业树立一种亲切、热忱的形象，让消
者从心理上拉近和它的距离。对于多年来官商习气严重的
国企业，这一问题尤为迫切。就此意义而言，友谊商店卖狮子，或许倒是一个可喜的动向。

▲ 1993 年 1 月 8 日，《北京日报》1 版

店宣布向国内顾客开放。不过，这个消息并未给商场带来明显回暖。门禁森严，望而却步，已是不少国人心目中友谊商店的固有形象。这一年的最后一天，友谊商店把一块"800000.00"的标价牌系在了"镇店之宝"——门口那对巨大威猛的狮子前腿上。这对 8 吨重的青铜狮子是 1990 年专门定做来为店里"看门"的，样式全仿颐和园那对守门狮。同时，"友谊"还将冷冰冰的门卫先生换成了笑容可掬的迎宾小姐，店门外的大铁栅栏也被拆除。"友谊"的悄然改变，被外媒称为"传统计划经济的最后一道防线开始突破"。

1995 年元旦，曾是购买高档优质商品"特许证"的外汇券退出历史舞台。此前一天，记者在友谊商店记录下这样的画面："友谊"一楼硕果仅存的"外汇专柜"——香烟柜台前，正有顾客从兜里掏出成把的毛票，盘算着该买盒什么烟正好把剩余零钞花完。而几年前，外汇券曾是这里唯一的流通货币。

## 它的式微是历史进步

进入新世纪，北京的商场一天比一天多，一个比一个大，大家比着赛着打折，而一片兴旺之中，友谊商店日渐萧条，几度传出重建改造的消息，但一波三折，最

后均无疾而终。

2010 年，为摆脱颓势，友谊商店从中粮广场“接过”达芬奇家居，一到三层西侧全部经营品牌家具。2014 年，又将二层和一层东北角分别出租给一家民营丝绸企业和一家进口食品超市。2016 年 7 月，北京市规划委网站发布友谊大厦项目设计方案审查意见。“友谊”似乎终于迎来重生的曙光。

就改建为友谊大厦的方案，多家媒体纷纷探访友谊商店。记者发现，曾经尊贵红火的“友谊”如今似乎成为静悄悄的历史遗迹，与建外大街的繁华喧闹格格不入。店里半天难觅一个顾客，唯一有人气之处就是一楼超市。有售货员表示“自己一直在等着退休，都扛了这么多年了”，而其所在的珠宝翡翠柜台已经五年没有进新货了，商品价签已经泛黄。

“友谊”式微，是它的无奈，却也是历史的进步。当然，人们也希望，这家在北京人记忆深处占据特殊位置的商场，有朝一日能迎来转机，重焕生机。

2013 年 7 月，繁华 CBD（方菲 / 摄）

# 大碗茶，北京味儿

历史资料 ▪ 北京日报图文数据库 ▪ 新华社　　文 ▪ 贾晓燕

立夏一过，天儿真正热起来，口渴时，情不自禁怀念昔日街头巷尾的大碗茶。对老北京来说，花“老二分”咂摸出来的不仅是回忆，也是这四九城的文化味道，更是一种不忘本的奋斗精神。

## 待业青年重摆大碗茶摊

新中国成立后，大碗茶在京城风靡一时。出门在外若是口渴了，找个茶摊，花二分钱，呷上一碗早已晾好的大碗茶，清凉又惬意。

可惜，这经济实惠的大碗茶行业在上个世纪六七十年代消失了，直到改革开放的浪潮掀起。

1979 年夏季，北京一些热闹的街头重新出现了很多茶摊，一些青年在那里满腔热情地卖大碗茶，供汗流浃背的过往行人去暑解渴。从早到晚，顾客络绎不绝。前去光顾的既有本地职工、外地游客，也有港澳同胞、华侨和外宾。仅前门一带的几个茶摊，一天接待顾客就有近万人。（1979 年 7 月 24 日，《北京日报》1 版《卖大碗茶也是群众需要的职业》）

那个年代，大批知青返城，北京一下子“冒”出 40 万待业青年。为促进城市经济发展，解决待业青年的就业问题，京城街道开始兴办集体生产服务事业。据《北京日报》1979 年 7 月 31 日 1 版《本市六万多名待业青年走上工作岗位》一文记载，本市各城区近

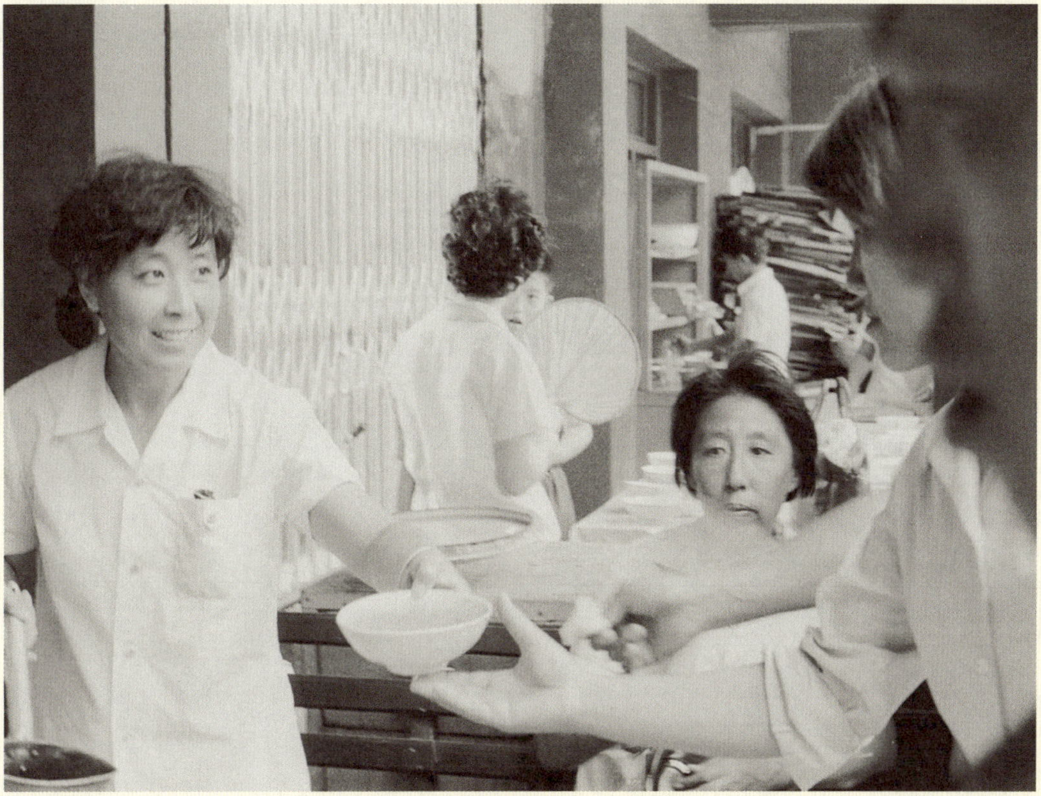

▲ 1981年8月1日，北京街道上待业青年出售的大碗茶，深受群众欢迎（吕坚/摄）

广开门路　大力兴办街道集体生产服务事业

**本市六万多名待业青年走上工作岗位**

本报讯　四月初以本市各城区近郊区广路，大力兴办街道集产服务事业，分批分排待业青年就业。截月六日止，全市已有一千多名待业青年走作岗位，占本市今年第一批安排对象的百八十。在第一批安排中，凡本人愿意参加集体生产服务事业而殊情况的，基本上都了安排。

这批待业青年的就业，包括顶替全民所有位退休职工的一万一人；参加街道原有生（厂）和“三站、两

一般达到三五十元，不仅解决了自身生活费用，有的还可以支援家庭。有的家长表示要教育子女干好街道集体生产服务事业。

街道兴办集体生产服务事业，许多过去没有人干的活有人干了。这次街道新组织的生产和劳动服务合作社、组，包括茶水站、酒馆、馄饨挑、搬运、照相、木器加工、缝纫、书画、誊写刻印、织毛衣、钩台布、塑泥人、蜡鱼以及各种临时性的劳动服务等一百多个行业。过去国营企业不经营茶水，也不让群众经营茶水，人们渴了连喝茶水的地方都没有。现在把待业青年组织起来卖大碗茶，在前门、北京站、天坛公园等流动人口多的地方基本上都有了茶水站，人们上街不用为口渴发愁了。多年来家具供应比较紧张，有的群众想买买不到，自己做又没有技术。现在只要凑些旧木料，出些加工费，就可以请街道木器加工合作社做自己需要的家具。街道兴办集体生产服务事业，还带动了首都一些传统手工艺品、旅游商品和小商品的生产。扇面画是我国古老的艺术品种之一，但多年来市场上只能买到画好的扇子，不能现买现画。现在设在天坛公园的燕京书画社恢复了扇子现买现画的传统，国内外游客买了扇子，可以请这个书画社当场画上对自己有纪念意义的形象并作题词。

这次兴办街道集体生产服务事业，得到了工交、财贸、物资等的热情支持。许多国业在物质上、技术上了街道合作企业。财统有关局及时给街道生产服务单位发了营照，研究制定了这些从业人员的粮食定准，市、区商业部门街道商店的货源分配零差价等问题上也作利于街道商店的调整助了街道集体生产服业的发展。（陈炳坤

▲ 1979年7月31日，《北京日报》1版

**北京街头拾零**

张武斌

**大碗茶**

炎热的夏，
汗水滴嗒，
长长的街，
脚步杂沓。
「同志呵，请您坐下，
喝一碗香甜的茶。」

※

▲ 1979年8月22日，《北京日报》3版

▲ 1981 年 5 月 11 日，《北京日报》2 版

**不断壮大集体经济　积极发展第三产业**

**本报理论部就街道集体经济问题召开座谈会**

本报讯　最近，本报理论部就发展第三产业和街道集体经济的问题召开了两次座谈会。市计委，市生产服务合作总社，区、街联社和市各有关局的同志，以及社会科学院经济研究所、国家计委经济研究所、市委党校等单位的理论工作者参加了座谈。

权宜之计，不是方向。大家认为，采取什么所有制形式，不是人们的主观愿望，而是由生产力发展水平决定的。我国的第三产业大部分是手工劳动，在许多情况下，采取集体所有制的方式，可能比采取全民所有制的方式更合适些。有的同志还指出，即使将来我

椿树街道为了建立了几个服装的闲散人员量裁、分散到厂房、资金、支，提高劳动

▲ 1981 年 5 月 17 日，《北京日报》1 版

**「大碗茶」起家的本市城镇集体经济发展迅速**

**已成为本市经济一支重要力量，拥有七千多企业，三十五万人**

本报讯（记者苏景华）以大碗茶、代销点、小货摊起家的本市城镇集体经济，五年来开拓前进，有了很大发展，已成为繁荣本市经济、方便群众生活的一支重要力量，显示了集体经济的生命力。

据统计，近五年来，本市城镇集体轻工业、手工业、商业、饮食、服务、修理、建筑以及劳务服务等行业的企业（包括网点）已发展到七千一百多个，从业人员三十五万八千六百多人，总收入达十亿零三千九百多万，创利润总额九千七百多万。五年来，本市集体经济的发展有几个特点：

经济越搞越活，路子越走越宽。集体企业虽然大多数资金少、规模小，但几年来，他们发挥船小好掉头、经营灵活、适应性强的特长，多方面开拓门路，生产发展很快。如城市生产服务合作总社系统，通过联营、合营、经销、代销及举办商品交易会，开办

从事照顾病人、家庭劳动服务公困难，为实现家

科学技术水人们往往认为集低劣。然而五年著提高，不少企开拓。城市生产发出三百多种新

▲ 1984 年 9 月 24 日，《北京日报》1 版

郊区广开门路，大力兴办街道集体生产服务事业，分批分期安排待业青年就业。截至当年 7 月 6 日，全市已有 6.1 万多名待业青年走上工作岗位，其中一些人就是去卖大碗茶的。

此前，国有企业不经营茶水，人们渴了连喝茶水的地方都没有。如今，待业青年们被组织起来卖大碗茶，前门、北京站、天坛公园等流动人口多的地方基本上都有了茶水站，老百姓上街不用为口渴发愁了。

## 城镇经济从大碗茶起家

生产的发展和人民消费水平提高后，为生产和生活服务的社会各项服务事业也必须相应地发展。然而数据显示：从 1957 年到 1979 年，北京城区和近郊区人口增长了 45%，社会商品零售额增长了 2 倍，商业服务网点却减少了 74%，人民群众生活十分不便。为此，北京决定壮大集体经济，积极发展第三产业。（1981 年 5 月 17 日，《北京日报》1 版《不断壮大集体经济，积极发展第三产业》）

当时的北京市生产服务合作总社开了个先例。1981 年 5 月 11 日，《北京日报》1 版刊发文章《天安门观礼台休息室冷饮食品店开业见闻》，介绍了北京市生产服务合作总社所属四个集体所有制冷饮食

品店在天安门观礼台休息室的开业情况。文中写道，天安门地区每天都有成千上万的人来参观游览，但多年来广场上除了有几处照相摊外，没有一个商业服务网点，很不方便。为此，市政府决定在这里开办商店，不但供应糕点、糖果、牛奶，还为游人准备了二分钱一碗的大碗茶。游客们有了解渴、消乏的去处，边饮茶边回味参观所得，也是种享受。参加工作第一天就到这里卖大碗茶的 21 岁售货员徐敬自豪地说："天安门是全国人民向往的地方，能在这里为来自全国和世界各地的游客服务，是光荣的事。"

事实上，天安门观礼台休息室卖大碗茶开了个好头，因为"像天安门这样的政治场所能办商店，其他能办商店的地方就更多了"。后来，老崇文区在天桥南大街开辟了新商业区，除百货、副食等行业外，还有大碗茶摊，这些商业点都是集体所有制企业。地坛公园也新开设了小卖部，每逢园内有电影晚会，服务员就会把大碗茶送到放映场地，深受欢迎。

到 1984 年时，靠大碗茶起家的本市城镇集体经济已成为全市经济的一支重要力量，拥有 7000 多家企业，从业人员达 35 万人。作为国营经济的一种有效补充，城镇集体经济为繁荣本市经济、方便群众生活起到了重要作用。（1984 年 9 月 24 日，《北京日报》1 版《"大碗茶"起家的本市城镇集体经济发展迅速》）

## 不忘本的大碗茶精神

追溯新中国成立以来的大碗茶发展历史，有个人不能不提，他就是原北京大碗茶商贸集团公司总经理尹盛喜。

1979 年 5 月，普通的街道干部尹盛喜带领 20 多名待业青年创业，起家的买卖就是二分钱一碗的大碗茶。从大栅栏综合服务合作社，到大栅栏贸易公司，再到大碗茶商贸集团公司，这家企业买卖越做越大，开办头 8 年就形成了经营 9 大类、6000 多种商品，年利润达 200 万元的规模。（1987 年 9 月 30 日，《北京日报》1 版《"二分钱"起家的事业》）

家业大了，尹盛喜他们却没忘"本"，始终坚持为人民服务的宗旨，既做十几万元、几十万元的大买卖，也经营二分钱一碗的大碗茶。据《北京日报》1987 年 9 月 12 日 2 版《大碗茶新篇》一文报道，有人曾建议尹盛喜撤掉大碗茶，把前门大街这块寸土寸金的宝地腾出来，换成百货、服装或者五金等利润更大的项目，可他坚决不干，还花十几万元重修了茶社。他说："咱们是靠'大碗茶'起家的，'大碗茶'精神永远不能丢！只要群众

▲ 1987 年，当年摆茶摊的地方，“大碗茶”被写上了金字匾（胡敦志 / 摄）

### 大碗茶新篇

您知道吗？靠卖二分钱一碗“大碗茶”起家的大栅栏贸易公司，最近花了十几万元把店堂翻修一新。古式的门楼，绿色的琉璃瓦屋顶，引人注目的“北京大碗茶”匾额悬挂在店堂中央。门楼下面的两根红漆柱上挂着一副楹联，上联是“大碗茶广交九州宾客”，下联是“老二分奉献一片丹心”。这“北京大碗茶”五个字，是请中国现代文学馆副馆长、老舍先生的儿子舒乙同志，从父亲的《四世同堂》手稿中集成的，并由老舍夫人胡絜青女士题写了“集老舍书印”的边款。想当初，现在的公司经理尹盛喜带领二十几名待业青年，在前门箭楼西侧搭起了一个简陋的席棚，挂出了“北京青年茶社”的招牌。经过八年艰苦创业，如今已成为一个具有相当规模的综合性商业集体企业，年创利润二百余万元。家业虽然大了，但他们不忘“本”，始终坚持为人民服务的宗旨，既做十几万、几十万的大买卖，也经营二分钱一碗的“大碗茶”。许多人想不通，几次都想把“大碗茶”给撤了。说实在的，前门大街是“寸金宝地”，如果撤了“大碗茶”，改成经营百货、服装或者五金交电什么的，要比卖“大碗茶”强多了，一年的利润少说也得十几万。可老尹坚决不干，说：“咱们是靠‘大碗茶’起家的，‘大碗茶’精神永远不能丢！只要群众爱喝，咱就得卖，要从早到晚，一个子儿不涨，老二分。”几年来，他们不仅保留了“大碗茶”，而且不断提高服务质量，把大茶碗换了盖杯，把低档茶叶换成了高档茶叶。仍卖二分钱一杯，赢得了广大顾客的信赖。连云南前线总指挥、成都军区副司令员马秉臣来京都曾在这里喝过茶、歇过脚。他夸赞说：“大碗茶我喝过。味好，色香，便宜，不涨钱。大碗茶精神与无私奉献的老山精神是一致的！”

▲ 1987 年 9 月 12 日，《北京日报》2 版

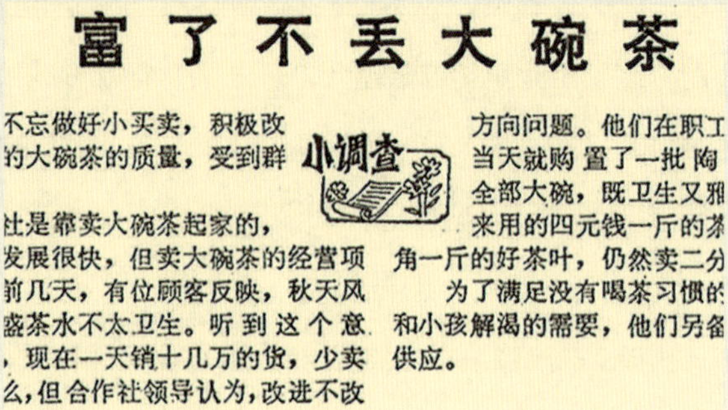

### 富了不丢大碗茶

小调查

不忘做好小买卖，积极改
旳大碗茶的质量，受到群

社是靠卖大碗茶起家的，
发展很快，但卖大碗茶的经营项
前几天，有位顾客反映，秋天风
盛茶水不太卫生。听到这个意
，现在一天销十几万的货，少卖
么，但合作社领导认为，改进不改
方向问题。他们在职工
当天就购置了一批陶
全部大碗，既卫生又雅
来用的四元钱一斤的茶
角一斤的好茶叶，仍然卖二分
为了满足没有喝茶习惯的
和小孩解渴的需要，他们另备
供应。

▲ 1982 年 10 月 2 日，《北京日报》2 版

爱喝，咱就得卖，要从早到晚，一个子儿不涨，老二分。”

为了赢得顾客的信赖，尹盛喜非常注重改进大碗茶的质量。《北京日报》1982年10月2日2版《富了不丢大碗茶》一文称，曾有位顾客反映，秋天风沙大，用大碗盛茶水不太卫生。大栅栏综合服务合作社当天就购置了一批陶瓷盖杯，替换下全部大碗，既卫生又雅观。他们还将原来用的4元钱1斤的普通茶叶，改为7.5元1斤的好茶叶，仍然卖二分钱一杯。

1988年底，由大碗茶商贸集团公司投资兴建的，集商业、文化、旅游综合性服务于一体的老舍茶馆正式开业。1989年初，市旅游事业管理局授予其“旅游定点”标志。开业三个多月，老舍茶馆便接待中外宾客近3万人，其中海外宾客4000余人，真应了老舍夫人胡絜青给茶馆写的那副对联：大碗茶广交九州宾客，老二分奉献一片丹心。

## 京味京韵颇有人缘儿

进入新世纪，市场上销售的饮料不计其数，但“老二分”大碗茶的故事仍在延续。

《北京日报》2005年7月25日5版《二分钱大碗茶还那么有人缘儿》一文提

▲ 2014年8月1日，建国门街道举办“胡同大碗茶——胡同人共话胡同故事”首场活动。社区居民、中小学生、胡同文化爱好者们欢聚一堂，喝大碗茶、聊胡同文化、说社区故事、看文艺演出，共度文化消夏夜（孙戉/摄）

二分钱大碗茶还那么有人缘儿

▲ 2005年7月25日，《北京日报》5版

老舍茶馆纯净水沏免费茶

世博园每天3000游客品香茗

本报5月6日上海电（特派记者巩峥）每天烧1000升桶装纯净水，沏上1斤正宗的高级茉莉花茶，免费供给参加世博会的游人润喉消暑。浓郁的茶香，精湛的文艺演出和茶艺表演，每天都吸引3000余名游客光临世博园宝钢大舞台内的老舍茶馆。

“来了您呐，里边请！”身穿大褂，肩搭毛巾的茶博士站在门前高声吆喝，进入宝钢大舞台的游客，都能端起盖边瓷碗，免费喝上香气扑鼻的大碗茶。

作为本届世博会上的“北京元素”之一，老舍茶馆在世博园宝钢大舞台内，复制出了一个小型的北京传统茶馆，近500平方米的面积上，舞台、茶座、回廊、煮茶室……应有尽有。在世博园内“北京活动周”的重要组成部分之一的老舍茶馆是唯一的免费茶水供应点。为了保证烹出香茶，市旅游局特地买来纯净水，并与世博会组织方协调，将水运进了世博园的演艺区。

▲ 2010年5月7日，《北京日报》2版

到，在地处前门的老舍茶馆门前，二分钱一碗的大碗茶一天能卖好几百碗，“老二分”的价格始终没有变。实际上，算上水费、茶叶费，企业每年要往大碗茶上扔十几万元，可谓赔本赚吆喝，但是，老舍茶馆因为多年不变的京味京韵引来高朋满座。

近年来，大碗茶已不仅仅是一项老北京的民俗传统，更是一张北京的文化名片，肩负起传播京味文化的使命。

2007年4月，原国际奥委会主席罗格的夫人安妮·罗格女士来到老舍茶馆，观看“奥运五环茶茶艺表演”后欣然留言：“非常感谢你们的热情接待，让我们了解到以奥林匹克五环为代表的茶。”之后，陆续有一些国家的大使专程到老舍茶馆来品茶并学习茶艺。“现在我已意识到我父亲坚持传统文化的良苦用心，越是民族的就越是世界的……”尹盛喜的女儿尹智君感慨道。（2007年8月13日，《北京日报》1版《用五环茶传播奥运精神》）

2008年，北京举办奥运会，一杯杯大碗茶，让来自五湖四海的外国游客爱上了这个具有悠久历史的城市。据《北京日报》2008年8月12日20版《奥运客一天喝茶三千碗》记载，开幕当天，老舍茶馆的“老二分”大碗茶就卖出3000多碗。外国游客们边饮茶边了解中国文化，他们对京剧、魔术、糖人、折扇、功夫等赞叹不已。

之后，大碗茶还走出了北京城。2010年5月7日，《北京日报》2版以《世博园每天3000游客品香茗》为题，报道了大碗茶走出京门的文化之旅。当年上海世博会上，老舍茶馆在世博园宝钢大舞台内，复制出了一个小型的北京传统茶馆，工作人员每天烧1000升桶装纯净水，沏1斤正宗的高级茉莉花茶，免费供给参加世博会的游人润喉消暑。浓郁的茶香、精湛的文艺演出和茶艺表演，每天吸引着3000余名游客。

就像歌曲《前门情思大碗茶》中唱的那样：“世上的饮料有千百种，也许它最廉价，可为什么为什么，为什么它醇厚的香味儿，直传到天涯……”“老二分”大碗茶的味道，您且咂摸呢！

# 时髦莫过“的确良”

历史资料 ▪ 北京日报图文数据库

文 ▪ 毛颖颖

这个夏天街上流行穿什么？1000 个人恐怕有 1200 个答案。但放到上世纪七八十年代，说起时髦，绝对绕不过一个词——“的确良”。这种现在看来颇为土气、也并不舒适的化纤面料，在当时引领了鲜亮、挺括的服装风潮。也正是这种“不用从地里长出来的布”，帮助中国人结束了“大改小、旧翻新，补丁摞补丁”的穿衣日子。

## “我们能不能也搞点化纤”

新中国成立之初，工农业基础薄弱，吃穿用度各方面，生产的发展都赶不上几亿人生活改善的需求。那会儿，大家穿的全是棉布衣裤，而有限的土地顾得了吃（种粮食），就顾不了穿（种棉花），纺织品异常紧缺。

1954 年 9 月，全国启动实施棉布计划定量供应，各地分期按人头发放布票，布料、成衣、床上用品统统凭票购买。1956 年，国内遭遇水灾，棉田减产，纺织品供应愈发吃紧，不得不强化“凭票买布”措施，“大小童装和五寸以下的布一律按实收布票；蚊帐布按二折收布票，蚊帐成品的顶布、边布和衣着用的网眼布都按实收布票”。（1957 年 2 月 10 日，《北京日报》1 版）

1957 年 4 月，国务院通过决定，该年度第二期布票“一律按面额对折使用”，并向全国人民发出“战胜困难，精打细算，节约棉布”的号召。9 月，北京市宣布新一年棉布

1957 年 6 月，为节约棉布支援工业生产，华北直属工程公司工人们提出“一年不领工作服”，依靠缝补克服困难（高宏 / 摄）

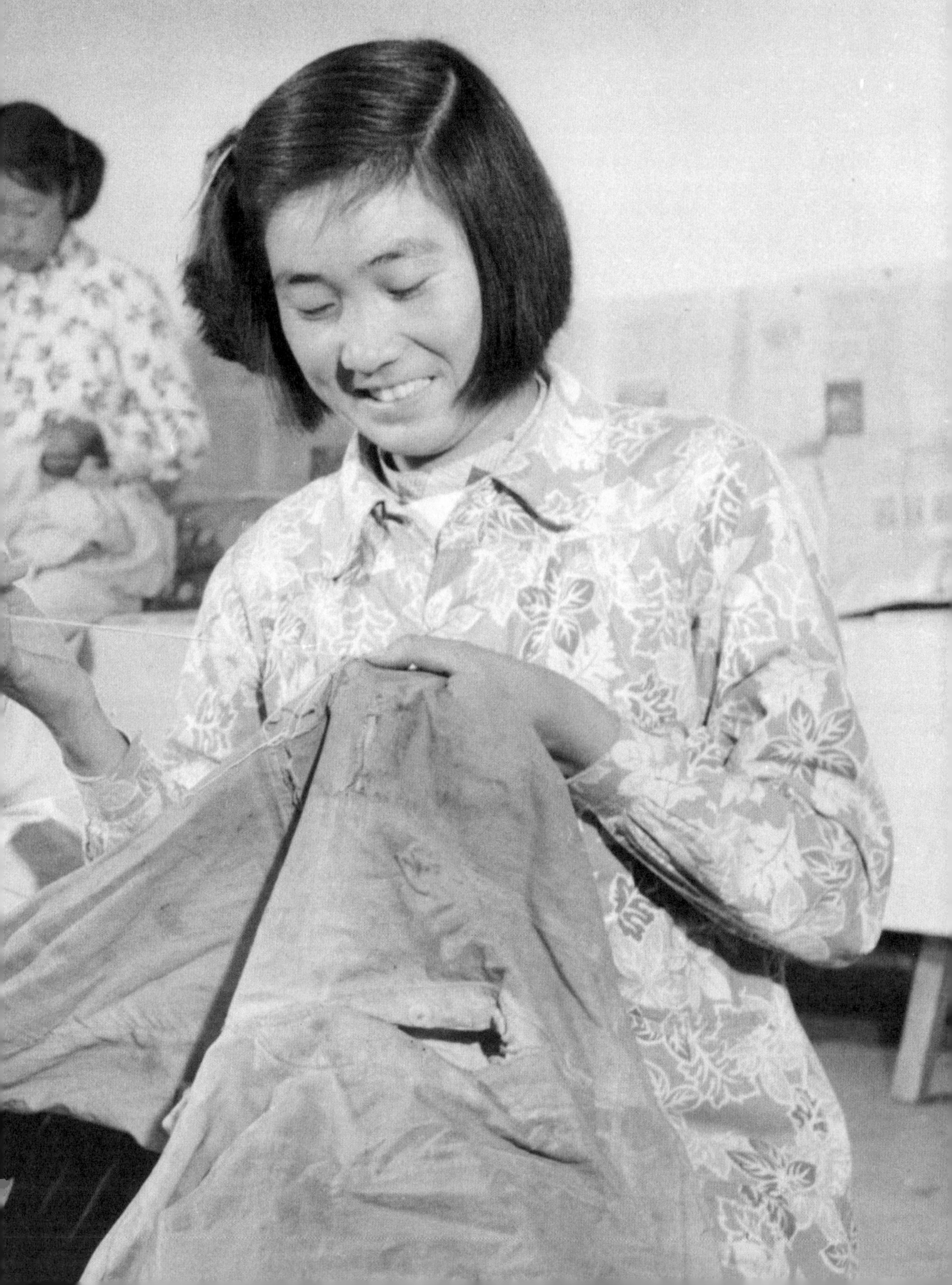

▲ 1968 年 5 月，北京前进棉织厂织布车间（胡敦志 / 摄）

▲ 布票

战胜困难　精打細算　节約棉布

国务院發出关于棉布供应的决定

今年第二期布票对折使用

人民解放軍軍需生产部門

今年將节約大量棉布棉花

上海棉紡織厂今年將減产

本年度棉花预購工作全面展开

▲ 1957 年 4 月 20 日，《北京日报》1 版

供应计划，城市居民、大中学生，全年的布票定量由 36 市尺下调到 24 市尺。

24 市尺是什么概念？一件衬衫做下来要 7 尺 5 寸布、一身棉衣要 16 尺布……布票不够，钱也不宽裕，穿衣必须精打细算、艰苦朴素。再加上纯棉服装容易破损，穿打补丁的衣裤、戴保护衣袖的袖套，成了那个年代的标志。一般人家的孩子一年到头难得穿身新衣裳，不是拾爸爸、妈妈穿旧了的，就是捡哥哥、姐姐穿小了的。

怎么解决老百姓穿衣难？布如何“不用从地里长出来”？根本办法就要靠化学纤维。据报道，毛主席就曾对周总理说：“我们能不能也搞点化纤？不要让老百姓穿衣这么千辛万苦。”

“的确良”，化纤的一种，20 世纪 50 年代在国际上开始流行，也称“达可纶”“涤纶”，有纯纺的，也有跟棉、毛混纺的，通常用来做衬衫。据说这种面料最初在广东按音译被唤作“的确靓”，传至北方后变为“的确凉”，后来大家发现穿起“的确凉”并不凉快，才改成了“的确良”。

“的确良”的“优良”显而易见。尽管不吸汗、不透气，可挺括滑爽、易洗快干，还比棉布结实，“经蹬又经踹、经铺又经盖”，一件顶三件。更重要的是“的确良”虽然贵，但不按实收布票，而是打折收取，对布票不够用的人家是个大好消息。

20 世纪 60 年代初，“的确良”开始在京津沪小批量试制。由于当时中国人还没有从石油到化纤的生产能力，只能靠进口涤纶纤维来开发“的确良”，后来又靠进口聚酯切片来制造涤纶纤维，所以生产出来的产品都尽量用于出口创汇，比如北京产的冰山牌漂白“的确良”、天坛牌衬衫等等。少量在大城市上市或出口转内销的“的确良”料子、成衣，是排大队抢购的紧俏货。直到 20 世纪 70 年代，国家决心大手笔引进石化装备，发展化纤工业全产业链，上海金山石化等大厂陆续建成，曾是高档商品的“的确良”才逐渐普及。

## 街上流行花衣裳

“的确良”带给中国人的，还有巨大的视觉冲击。

上世纪五六十年代，中国没有时装概念，衣服款式基本男女一个样，颜色只有灰、蓝、黑，被外国媒体形容为“蓝蚂蚁”“灰蚂蚁”。而“的确良”的出现，让大家见识到

▲ 1977 年，北京印染厂在百货大楼举办“的确良”花布图案选样投票，群众踊跃参与（胡敦志 / 摄）

▲ 顾客们在瑞蚨祥选购“的确良”和人造棉布（李晞 / 摄）

了衣服不但可以周身没有一点“死褶”，还能如此鲜亮，尤其是后来各种花型不断面市，让街头突然流动起了色彩。一时间，想要洋气点，少不了省吃俭用置办“的确良”。

最开始，大家买不到也买不起几件“的确良”衬衫，只能购买“的确良”做的假领子，几件假领轮流穿，每天给人焕然一新、体面高级的感觉。哪个姑娘有件格子“的确良”衬衫，足以引发极高的回头率。70 年代中后期，随着“的确良”的普及，姑娘们纷纷穿上小碎花裙子、带里衬的白裙子，走起路来裙角飞扬，男士们则热衷雪白的“的确良”衬衫，不少人还把下摆扎在裤腰里。

对那个年代的时装记忆，在《北京日报》报道中可以找到不少记述。有人回忆：粉碎“四人帮”后，自己有幸作为学生代表接待外宾，为此一连几天到亲戚家搜寻装备，最后精选出一双只有在上海才能买到的白边白塑料底方口布鞋，一条表姐舍不得穿的隐条“的确良”长裤，一件妈妈的“的确良卡其”（简称“的卡”）上衣，还戴了圈假领子。这身拼凑出的行头吸引了众人视线，后来好多年都是自己炫耀和臭美的资本。（1994 年 9 月 17 日，《北京日报》8 版《回望那个年代》）

还有人回忆：70 年代初，王府井有家益民商店专卖出口转内销服装，一下子成了沙漠里的绿洲，姑娘们为买一件衣服要在人群里挤上数小时。自己曾在益民买过一件 14 元钱的长丝“的确良”绣花短衫，商标上绣着“精工巧制”和“made in China”，因为太奢华，只好把它锁进箱子里，直到 1978 年上大学时才拿出来穿，依然很显眼。（1994 年 11 月 21 日，《北京日报》7 版《时装记趣》）

## 一度产销不对路

70 年代末，化纤工业全产业链逐步建成，市场上却出现了另一种现象：同为“的确良”，有的品种老百姓想买买不着，而大家不愿买的品种供应却很多。

1978 年 10 月，记者就北京市面上“的确良纱卡”大量积压，而“的确良府绸”供不应求的现象展开调查。结果发现，府绸用途广，群众十分喜欢，尤其是军绿色府绸，一上市就一抢而空。而纱卡太薄，外观也不大好，一米纱卡比府绸还贵六角钱，所以卖不出去。

奇怪的是，商业部门明知纱卡积压，却继续大量调进。市纺织品公司说出了苦衷：

▲ 印染厂印花工段（高宏/摄）

纱卡和棉布一样，都是国家统购统销物资，工厂生产出来了，商业部门就得收购。其实纱卡跟府绸，都是市第二棉纺织厂用同样的纱织成的，生产纱卡的设备只要稍加修改，就可以织府绸。纺织品公司早就向厂方提出调整，但大半年过去了，织机一台也没有改。那么，纺织厂为什么要坚持生产滞销品种呢？原来纱卡的产值比府绸高，如果把纱卡改为府绸，工厂的产值减少，企业就评不上先进，工人就拿不到奖金。

类似“的确良”产销背离的怪现象并非个例。当时，中国还没有市场经济的概念。企业按照上级下达的计划和任务生产，而不是按照需求生产，至于产出的东西有没有人要，企业不关心。这也导致了普遍的产销不对路。

改革开放的到来，迅速打破了闭门生产。1979年12月5日，《北京日报》头版刊文《逐步树立为满足人民生活需要而生产的正确思想》，报道了纺织部门的变化：过去产值低的品种不干、生产难度大的不干、花色多的不干，现在开始考虑市场需要，确定不同品种的增产、减产、停产。市第二棉纺织厂以前一年调整不了几次品种，织机很少翻改，现在每月都要调整品种，翻改机台。

感受到时代微妙变化的还有第一拨闯

**为人民多印花布**

春节前夕，北京印染厂各车间都是一片繁
景象。工人们正在为丰实春节市场，赶印新花
通过对商业卫门和销售店等进行广泛的调
他们发现，人民群众比较喜爱的军绿色的确良
供不应求。可是，这种布过去厂里只搞过小批
验，没有正常生产的经验，更缺少这种颜色
料，怎么办？工人们纷纷表示：“人民群众需
产品，就是我们印染工人的任务，困难再大也
法生产。”这些话坚定了厂领导的决心，一定
节前生产出军绿色的确良府绸。

供销科采购员、共产党员华德辰同志，听
件事后，不顾正在患病，马上赶到厂里，坚决
承担跑料的任务。领导批准后，他先后奔走了
省市，得到各地区大力支援，采购到可以生产
五十多万米布的染化料。为了保证按时完成任
染色车间多次召开三结合会，群策群力，制定
套方案。首先对现有设备进行了改革，为了
质量，还组织了技术练兵活动，进行技术考核
产中，大家相互检查，严格工艺，严格操作，
生产出了高质量的军绿色的确良府绸。同时，
功地试染了军绿色的确良卡几和深兰、军绿、
色中长纤维等新品种。

为了更好地满足人民需要，工人们还千方
增加花色品种。设计人员吸取我国劳动人民喜
见的中国画的特点和风格，设计了具有独创风
宽幅花布，已经交付市场。对于人民群众比较喜
兰白点花布，也从现有的十万米，增加到十
米。春节期间，一些新产品、新花样陆续投
场。

▲ 1978年2月10日，《北京日报》1版

**北京市场上的确良府绸为什么供不应求？**

新华社十月五日讯　本社记者肖英智报道：
者在北京采访，常常听见有人说，群众想买的
西买不到，而群众不要买的东西市场上却很
如的确良纱卡没人要，而的确良府绸却又供
应求就是一例。这是什么原因呢？最近记者就
卡和府绸的问题，作了一些调查。
据商业部门反映，二十五支经纱的确良府绸
下称府绸）经常供不应求，而二十五支经纱的
卡其（以下称纱卡）却卖不出去，积压很多。
去年末，纱卡库存已达一百六十七万米，为正常
存量的三倍。今年又继续进货，到六月末已达
倍之多。而府绸的库存量，却比正常水平还低。
产纱卡的二百四十台织机，一台也没有改产。
纱卡与府绸，都是北京市第二棉纺织厂用
支数的经纬纱织成的，只是织法不同而已。生
卡的设备只要稍加修改，就可以织府绸。
那么，工厂为什么不可以少生产一些纱卡，
产一些府绸呢？记者从北京市第二棉纺织厂了解
原来纱卡的产值比府绸高，如果把纱卡改为府绸
厂的产值就要减少。这个工厂计划科、财务科的
算了一笔帐，生产一千米纱卡与生产一千米府
比，产值相差九百五十元。如果把所有纱卡织机
改产府绸，一年就得减少产值近五百万元。这样
厂就要受到影响，劳动生产率指标就完不成，

▲ 1978年10月6日，《北京日报》1版

**1983年9月26日，本报印发《还有使用布票的必要吗？》的内参**

# 布票提前三年取消

1983年9月26日，北京日报印发《还有使用布票的必要吗？》内参，记者在取得大量一手材料后，提出了取消布票的建议。
这篇内参的作者走访纺织品产销部门，了解到四个事实。
一是棉布滞销。市纺织品公司业务科的同志介绍，纺织品调价后，本市纺织品销售发生很大变化，棉布、棉织品销售锐减，滞销严重，商品积压。百货大楼纺织品部过去两天卖棉布四百五十米，现在卖两天也不超过六十米，还有不少是机关单位买的。布制服装销售也连续两年下降超过30%，据中央有关部门介绍，全国棉布销售情况与北京市差不多。
二是化纤畅销。瑞蚨祥绸布店当年上半年销售的的确良同比增长26.65%，在北京郊区，大兴县大辛庄乡供销社百货商店当年前七月的化纤销量同比猛
下只有部分纯棉布及部分棉服装收布票了，用在穿上的布票，每人每年只有二尺左右。
四是布票家家有余。市纺织品公司业务的调查显示，全市1982年布票回笼数是回笼数最少的一年。
基于上述事实，内参作者最后借用纺计划司综合处经济师席与畯的说法表达结论：“现在纺织品已能满足人民群众的费，我们现在已有能力、有原料，棉纺织品么短缺产品，布票可以取消了。”
1983年11月23日，北京日报一版报道通告从今年12月1日起全国临时免收布更好地满足群众生活需要》，商业部通告1日起，对市场销售的棉布和絮棉临时免絮棉票，1984年不发布票和絮棉票。
本来，未来三年的布票已经印出，还未

▲ 2012年10月31日，《北京日报》46版

市场的人们。大新纺织品公司总经理王玉清回忆：20 世纪 80 年代初，他领着几个待业青年开起了绸布店。当时市民还要凭票买布，买一米“的卡”，需要 6 元多现金和 3 寸布票。他看准商机，买了白色“的卡”布，自己送到印染厂加工再拿到店里销售。由于减少了中间环节，这样的“的卡”一米只卖 3.6 元，而且不需要布票，一天卖了好几万元。没想到这被认为是典型的“投机倒把”行为，正等待处理时，统购统销政策取消，国家定调“社会主义也可以搞商品经济”，这才免了牢狱之灾。（2004 年 8 月 19 日，《北京日报》12 版《邓小平与市场经济》）

## “还有使用布票的必要吗”

进入 80 年代，棉花连年增产，涤纶混纺布产量比 60 年代末增长了 30 多倍，纺织品生产已经能够满足老百姓需要。从 1982 年开始，国家陆续对部分纺织品减收或免收布票，敞开供应，曾经捉襟见肘、无比金贵的布票一时间“家家有余”。1981 年 11 月、1983 年 1 月，国家根据实际成本的变化，连续两次大幅下调“的确良”、腈纶毛线等化纤织品价格，过去价格高昂的“的确良”变得经济实惠。

1983 年 9 月 26 日，《北京日报》印发《还有使用布票的必要吗？》内参。记者在取得大量市场一手材料后，提出取消布票的建议。1983 年 11 月 22 日，商业部发出通告，宣布从该年 12 月 1 日起全国临时免收布票、絮棉票，1984 年也不再新印发。通行了 30 年的布票终于废止。

穿，不再愁了，棉纺织品、化纤织品的种类样式越来越多。到了 80 年代中期，风行一时的“的确良”逐渐没落，开始讲究穿得舒适的人们认识到化纤面料不透气、不吸汗的缺点，一统天下的“的确良”衬衫向涤棉、纯棉、牛津纺、丝绸、绒布格衬衫等转变。

时间推移，北京人的穿着打扮、审美情趣不断更新，纯棉织品重新成为时髦，当然，质地、花色都和曾经软塌易破的棉布不可同日而语。而“的确良”，则成为“短缺的时尚”中一段特殊的记忆。

◀ 1989 年 9 月，北京时装节一瞥（叶用才 / 摄）

# 上“四大菜市场”买尖货

历史资料 ▪ 北京日报图文数据库 ▪ 北晚新视觉网

文 ▪ 毛颖颖

今天，北京菜篮子极大丰富，“吃什么有什么”，商业网点星罗棋布。但在计划经济时期，物资匮乏，人们想大宗采购或者置办点像样的副食品，都要跑到东单、西单、朝内、崇文门这四家京城最著名的菜市场。如今，四大菜市场或早已销声匿迹，或全然不复当年风貌，却依然牵动着许多老北京人心底的记忆。

## 北京菜篮子风向标

四大菜市场“江湖地位”甚高，论起资历来倒是有深有浅。

东单菜市场，发端于清末，原址在东单二条，在“四大”里头历史最悠久，最初叫“东菜市”。20 世纪 50 年代初，“东菜市”成了国营菜市场，品种齐整丰富。菜市场旁边是早点铺，买完菜可以吃个饭歇歇脚。东单菜市场的建筑布局为大开间、高立柱，南门上还顶着圆弧造型，模样像个火车站。

西单菜市场，建于 1956 年，原址在西单北大街路西皮裤胡同。那会儿，北京商业设施极不发达，西单却集中了西单百货商场、首都电影院、鸿宾楼饭庄等买卖家，是人们逛街购物的首选去处。所以西单菜市场的地理位置得天独厚，曾日接待顾客 5 万人次，是全国十大菜市场之一。

朝内菜市场，1953 年开业，原址在朝阳门内大街南侧老外交部的斜对面。早先是糖

▲ 1964 年 9 月，东单菜市场（冯文冈 / 摄）

▲ 1978 年 10 月，顾客们在西单菜市场选购盘菜（叶用才 / 摄）

▲ 1972年4月，朝内菜市场（胡敦志/摄）

▲ 东单路口的东单菜市场

市場导游　西单菜市场的最佳买菜时间

亲爱的顾客，您想知道一天中买菜的最佳时间吗？这里向您介绍西单菜市场的情况。

这个菜市场全天供应，但从早上七点开门到下午两点多钟，货比较全，菜比较新鲜。买瘦肉、鲜菜、豆制品、熟肉等品种在这段时间去一般能买到。豆制品在上午十点半以前品种较全。熟肉品七点半以后货才到齐。

假如您想买鲜鱼，可得辛苦一点，最好是在早上六点半左右去排队，这样七点钟开门后很快能买上，比在八九点钟去买能节约半小时到一小时等候时间，而且早上品种较多，除能买到带鱼外，有时还能买到平鱼、巴鱼、海杂鱼等。假如您不能早去，也可在八点左右去买，虽然排队时间长一些，但能买到，再晚了就不一定买得到了。

假如您想买活鸡和小包装猪排骨、猪下鸡，十一点左右来排骨、下水完为止。您在这两个时间去等可能。

假如您不是买俏货，仅仅副食品，最好在下午三点以后少，您可以大大节省等候时间四，也许在下午四点左右还能鸡血、鸭血。

节日将临，您可能在想着假如您住在这个商场供应片内的节日商品可以不到菜市场去门、送货下街。

为了更好地为广大顾客服一期起，增设“市场导游”，某种商品的最佳时间、商品较市和商店以及有关购买商品的心为顾客当向导的读者来稿。

▲ 1982年12月26日，《北京日报》2版

市，每年腊月廿三祭灶前，街边摆满了卖关东糖的货摊。50年代拓宽马路，街内的小商小贩结束“雨来散”的生活，被集中到万历桥胡同附近的大棚里各设摊档，逐渐发展成了大菜市场。

崇文门菜市场，“四大”中最后建成，同时是体量最大、货品最全的一家。20世纪60年代，因修地铁，崇文门城楼、箭楼等建筑拆除，留下一片空地。1975年初，为解决周边百姓买菜难，崇文门菜市场动工，门牌是响当当的“崇文门外大街1号”。“崇菜”的营业大厅设计成了开阔宽大的穹顶，挑高近四层楼，气派得像个剧场。1976年3月1日，“崇菜”正式营业，对口崇文区廊房一条、二条、三条2200户居民的凭证副食供应，这座熙熙攘攘的穹顶建筑从此成为崇文门地标之一。

四大菜市场坐镇北京旧城的东西南北，很长一段时间，它们撑起了北京人的菜篮子，是整个副食行业的风向标。

## “被人流拥着往前走”

计划经济时期，四大菜市场天天人头攒动，逢年过节更是没处下脚，进去了都是“被人流拥着往前走”。《北京日报》报道描述：按说商家到了营业时间，把门打

开就行了。但崇文门菜市场却从没有直接开门迎客的时候。因为每天一早，天刚蒙蒙亮，菜市场门口就候了近百人，赶上年节还得再翻倍。人太多，一拥而入有风险，每天都得先由工作人员在门外把人群组织成几条长队，这才敢打开门。在“崇菜”，有的货十分钟不到就卖光了，多数是“一天一咣当”，人们围着柜台，旁边温水池里化冻肉的速度远远赶不上卖肉的速度快。（2010 年 6 月 1 日，《北京日报》22 版《最后的崇菜》）

四大菜市场生意如此火爆，一方面是因为当时京城商业机构太少，规模大点的拢共就那么几家，家家都是人挨人、人挤人。“新中国第一店”百货大楼开业当天，光顾客挤丢的鞋就捡了两箩筐。另一方面是因为计划经济下物资匮乏，买什么都要严格凭票、凭“本儿”（副食证），很多地方就是拿着票都买不着东西。而在“封闭式”“分配式”供应体系中，四大综合性菜市场作为全市副食行业重点户，商业部门调拨货源时，一般都要给予照顾，所以片儿内居民上“四大”不仅相对容易买着“本儿”上的东西，还能寻觅到细菜。豆腐、瘦肉、稍微宽点的冻带鱼，都是人们大清早去“四大”排队的目标。有“老西单”忆当年：“为了让孩子吃上点瘦肉，我隔三差五早晨五点多直奔西单菜市场，大门前已黑压压排出很长的队，有时能排到旁边的民丰胡同。我们苦等七点钟的到来，觉得时间过得又慢又长。七点大门开了，有人领着我们鱼贯而入，立在柜台前等着买瘦肉。瘦肉投放量有限，所以我总是很紧张，踮起脚尖抻长脖子极力朝里张望。所幸每人只能买二斤，我还是能买到的，排在后面的就难说了。”（2015 年 6 月 23 日，《北京日报》14 版《我们的西单》）

不辞辛苦，又掌握技巧，是在“四大”买到尖货的秘诀。《北京日报》曾刊文《西单菜市场的最佳买菜时间》，文中写道：想买鲜鱼，可得辛苦一点，最好是早上六点半左右去排队，假如不能早去，也可八点左右去买，虽然排队时间长，但能买到，再晚了就不一定了。

## “到商品经济大海里游泳”

改革开放后，供应短缺逐步缓解，计划经济向商品经济转型，严格按人头分配的副食品供应体制松动，原来必须凭“本儿”购买的东西，渐渐可以在市场上以现金议价交易。1980 年，四大菜市场普遍出现议价商品。凭借与全国各地及供应商们的良好关系，加上人员、资金多，吞吐能力强等优势，“四大”能拿到许多炙手可热的俏货，议价粉丝粉条、五香豆干、糖蒜酱瓜等纷纷摆上柜台。

“国营商业不能再坐店等食，要到商品经济的汪洋大海里学游泳。”四大菜市场各显神通。《北京日报》报道：“食品公司供应的牛肉价格偏高，西单菜市场就以 1.55 元 / 斤的价格，从外埠自采鲜牛肉，使场里牛肉的零售价，比批发部门的批发价还低。”（1985 年 9 月 14 日，《北京日报》1 版《放下国营大店架子，在改革中做活生意》）

“只要商品受消费者欢迎，就千方百计把它搞进来。”在这方面，崇文门菜市场走得更远。20 世纪 80 年代初，“崇菜”用手中结余的部分议价商品，到其他地方换成更加紧俏的东西。这种“超前”做法被指责是“卖大号”——把配给物资倒卖出去牟利，一时间沸反盈天。经过曲折调查，才最终确认：“崇菜”搞活经营不违反政策，合乎改革方向。

到了 1986 年春节，“崇菜”已经可以大大方方展销交换来的海南椰子糖、珠江牌啤酒。也是这年，“崇菜”开启北京菜市场南菜北运的先河，不再依赖各省市蔬菜公司拿货，而是自己转大半个中国收菜，拉来了北方冬天看不到的西红柿、柿子椒，还有四川细菜豌豆尖。紧接着，“崇菜”开始采购南方水果，包机往回运荔枝。

搞活经营还体现在服务上。这一阶段，各大菜市场接连推出代客宰鸡鸭鹅、劈猪头、剁排骨、绞肉馅等业务，同时热卖各色半成品拼盘，七分钱买盘青豆黄瓜丁，五角钱买盘肉片茭白，回家稍微收拾下就能下锅，而这些盘菜都是售货员抽空赶出来的。

变革的动能，来自于经营体制的切换。1983 年，四大菜市场打破“铁饭碗”“大锅饭”，推行内部承包责任制，“联销计酬”“联利计酬”，结果是“一改就变，一包就灵”：西单菜市场熟肉组某售货员，过去不管顾客排多长的队，总是慢条斯理售货，人称“睡不醒”。承包后，她就像变了个人，半天能卖过去一天的货。

变革的动能，也来自于市场竞争的压力。进菜渠道放开后，国营、集体、个体都可以自己组织货源，连街头小菜摊，都摆着十二三种细菜。随着经济搞活，猪肉经营渠道增多，农民、个体户争先以鲜肉赢得顾客，很快，原本多年只卖冻肉的国营菜市场的肉案上也开始见“鲜儿”。

## “招牌还在，味儿没了”

80 年代末，“菜篮子工程”启动实施，批发市场、农贸市场、大小摊点构成了一张庞大的供应网，副食品零售已然放开，冬储大白菜不再受宠。进入 20 世纪 90 年代，商业

没有改革就不可能实现四个现代化

一改就变　一包就灵

——前门、西单两条大街商业改革试点单位见闻

营业时间延长一个半小时

三名经理要求民主选经理

近四千种纺织品调价无误

川菜更有味了

顾客吃到南式早点

点心造型多了

▲ 1983年1月25日，《北京日报》1版

放下国营大店架子　在改革中做活生意

西单菜市场努力使渠道通商品全价格廉服务好

**编者按**　西单菜市场多方搞活经营的事迹说明，商品流通领域放开以后，国营商店是可以大有作为的。因为它们与社会联系面广，找货源“东方不亮西方亮”；它们信息灵，人员、资金多，吞吐商品能力强等等，这都是集体、个体商业比不了的优势。

但是，这些优势能不能发挥出来，还要看国营商业有没有在竞争中主动出击，积极进取的精神。有这种精神，千方百计去探索在新形势下搞活经营的途径，这些优势就是雄厚的资本。缺少进取精神，在市场竞争中束手无策，怨天尤人，优势就可能成为沉重的包袱。这里，进取的关键在于，国营商业人员要真正冲破多年“吃偏饭”、“等偏食”的思想束缚，企业要跳出“封闭式”、“分配式”的经营管理模式，到商品经济的汪洋大海里学游泳。

**本报讯**　亲爱的读者，您注意到西单菜市场有些商品，售价比牌价低吗？最近的一天，笔者粗略看了看：白条鸡每斤1.68元，比牌价低两三角钱；广味香肠每斤4元，比牌价低6角；符离集烧鸡每斤3.70元，低于市场的同类商品价格；巴鱼按规定一等为2.70元，三等为1.80元，但这里不分等，一律卖1.80元一斤……。菜市场负责人解释说，国营商店要发挥好领导作用，就得努力做到渠道求通，商品求全，价格求廉，服务求好。

价格求廉是建立在渠道活和商品全的基础上的。西单菜市场是市内副食行业的重点户，以前，批发部门在分配货源时，一般都要给以照顾。副食品价格放开后，打破了过去那种封闭、分配式的供应方法，菜市场没有“偏饭”可吃了。面对新形势，菜市场领导和职工领悟到，只有坚持改革，打破“坐店等食”的传统经营作法，才能在改革中把生意做活。

食品公司供应的牛肉价格偏高，他们就以每斤1.55元的价格，从外埠自采鲜牛肉，使场里牛肉的零售价，比批发部门的批发价格还低。职工们“革”掉国营大店的架子，只要商品受消费者欢迎，就千方百计把它搞进来。6月份，该场两名采购员在山东采购对虾，当他们听到有一批干鱿鱼从山东运到了大庆，价格合适，但在当地不好销的消

▲ 1985年9月14日，《北京日报》1版

▲ 现在的朝内菜市场

34岁“崇菜”闭店挥别崇文门

新店28日在广渠门内重张

▲ 2010年5月17日，《北京日报》5版

连锁超市进入北京人的生活，并最终成为主流业态。商品应有尽有，什么时候都买得着，最直接的表现是“前两年什么破东西都有人要，现在是多好的东西人家都要挑半天”。

随着城建加速，1991 年，朝内菜市场因兴建百货商厦被拆除。1993 年，随着王府井大街改造，东单菜市场跟着整个东单二条一起消失，原址建起了东方新天地。1997 年，西单菜市场拆迁，地块上矗立起了君太百货。

1998 年，朝内菜市场重建，与奥士凯物美合作以超市的新面貌落户东四十字路口东北角。2010 年，最后一个传统柜台式菜市场——崇文门菜市场闭店搬家，迁至广渠门内大街。5 月 16 日闭店当天，赶来送别的近万名老主顾将货品全部买光，连柜台上的价签都被摘去做纪念。2015 年，新的东单菜市场在和平里西街开业。至此，除西单菜市场未恢复外，其他“三大”都在异地重张，还挂着过去的金字招牌。

念想儿没断，名儿没变，但味儿没了。《北京日报》调查发现，如今的朝内菜市场生意还算红火，但人们更多称其为“物美”，浑然忘记它带着国营老菜场的血脉。而“蜗居”广渠门的崇文门菜市场规模缩水，泯然周围一众超市中。

物质短缺，造就了四大菜市场的别样辉煌。市场经济下供应极大丰富，它们的“衰落”也是顺理成章。这样的改变，对北京人来说是好事，而记忆中老“四大”热络、亲切的感觉，则永远不会磨灭。

# 那些为牛奶犯难的日子

历史资料 ▪ 北京日报图文数据库

文 ▪ 汪丹

现在的你，尝过许多种不同产地、不同功效的牛奶，可能就是没有尝过为喝奶发愁的滋味。

在老北京人的记忆中，牛奶在很长一段时间都是“热点”话题。一张奶票，能让全家人兴奋好几天。在物资匮乏的年代，大人们纷纷匀出自己的牛奶额度，去照顾婴幼儿和病人的需求。

## 建议大人让牛奶给小孩

新中国成立，百废待兴。全市只有两千余头奶牛，产量有限，牛奶成了菜篮子里的“奢侈品”，供不应求。一些“没有办法的办法”应运而生。

1954年1月8日，《北京日报》2版刊登了一封《建议大人尽量把牛奶让给小孩喝》的来信，署名为“北京医学院附属医院小儿科”。医护人员在信中提到，常有许多母亲因为自己没有奶或奶水少，又订不到牛奶，不知如何喂养婴儿；还有一些孩子病愈后回家也订不到牛奶。他们建议，为了祖国第二代的健康，除去必须由牛奶来补充营养的病人外，其他大人把牛奶省出来，让给孩子们喝；牛奶场在接受订户时，尽量先照顾乳婴。

这封言辞恳切的特殊来信，在社会上引起了强烈反响。读者们纷纷来信，表示“愿意把牛奶让给小孩喝”。在1954年1月16日《北京日报》2版刊登的部分来信中，奉献

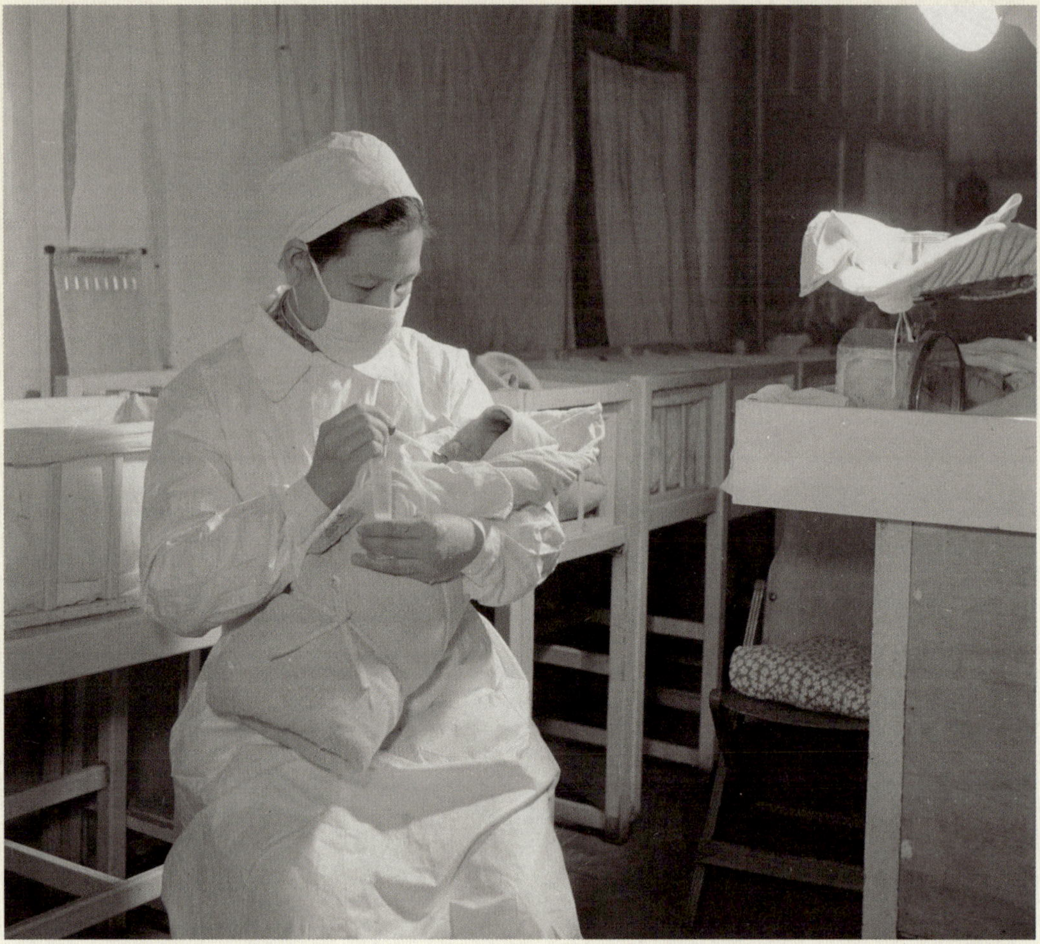

▲ 1957 年，医院助产士张之芝用滴管给早产婴儿喂奶（李祖慧 / 摄）

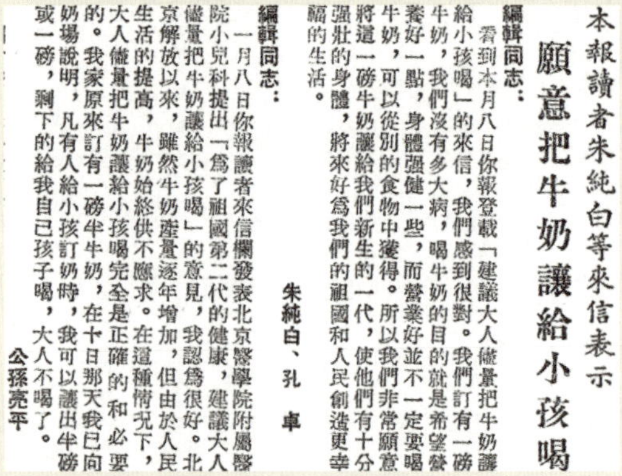

本報讀者朱純白等來信表示

願意把牛奶讓給小孩喝

編輯同志：

看到本月八日你報登載「建議大人儘量把牛奶讓給小孩喝」的來信，我們感到很對。我們訂有一磅牛奶，我們沒有多大病，喝牛奶的目的就是希望營養好一點，身體强健一些，而營養好並不一定要喝牛奶，可以從別的食物中獲得。所以我們非常願意將這一磅牛奶讓給我們新生的一代，使他們有十分强壯的身體，將來好爲我們的祖國和人民創造更幸福的生活。

朱純白、孔 卓

編輯同志：

一月八日你報讀者來信欄發表北京醫學院附屬醫院小兒科提出「爲了祖國第二代的健康，建議大人儘量把牛奶讓給小孩喝」的意見，我認爲很好。北京解放以來，雖然牛奶產量逐年增加，但由於人民生活的提高，牛奶始終供不應求。在這種情況下，大人儘量把牛奶讓給小孩喝完全是正確的和必要的。我家原來訂有一磅半牛奶，在十日那天我已向奶場說明，凡有人給小孩訂奶時，我可以讓出半磅或一磅，剩下的給我自己孩子喝，大人不喝了。

公孫亮平

▲ 1954 年 1 月 16 日，《北京日报》2 版

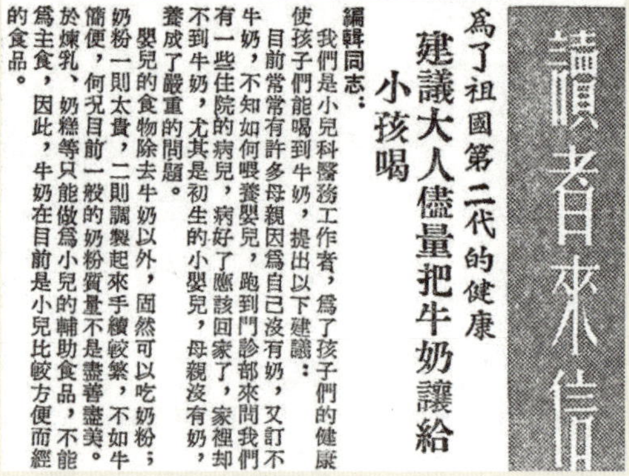

讀者來信

爲了祖國第二代的健康

建議大人儘量把牛奶讓給小孩喝

編輯同志：

我們是小兒科醫務工作者，爲了孩子們的健康使孩子們能喝到牛奶，提出以下建議：

目前常常有許多母親因爲自己沒有奶，又訂不到牛奶，不知如何喂養嬰兒，跑到門診部來問我們。有一些住院的病兒，病好了應該回家了，家裡却訂不到牛奶，尤其是初生的小嬰兒，母親沒有奶，養成了嚴重的問題。

嬰兒的食物除去牛奶以外，固然可以吃奶粉；奶粉一則太貴，二則調製起來手續較繁，不如牛奶簡便，何况目前一般的奶粉質量不是盡善盡美。於煉乳、奶糕等只能做爲小兒的輔助食品，不能爲主食，因此，牛奶在目前是小兒比較方便而經濟的食品。

▲ 1954 年 1 月 8 日，《北京日报》2 版

之情可见一斑。署名为朱纯白、孔卓的读者这样写道：“非常愿意将这一磅牛奶让给我们新生的一代，使他们有十分强壮的身体，将来好为我们的祖国和人民创造更幸福的生活。”公孙亮平写道：“我已向奶场说明，凡有人给小孩订奶时，我可以让出半磅或一磅，剩下的给我自己孩子喝，大人不喝了。”

一时之间，“莫与娃娃争奶吃”成为了许多成年人的共识。

可牛奶供应仍然紧张。怎么办？“掐”大人的。1957年深秋，北京市牛奶站一面紧急从天津芦台调奶，一面让各站的送奶员到订户家做“成年人停奶”的动员。最终，成年人订户主动停奶1.1万磅，让给了更有需要的婴幼儿和病人。（2006年3月2日，《北京日报》12版《北京奶业：五十年滋养三代人》）

## 为奶牛“下奶”各显神通

那时候，怎么养出一头好奶牛，就如同现在企业研发出一项新科技，备受瞩目。尤其是1959年至1961年，三年困难时期，奶牛饲料锐减，使本就捉襟见肘的牛奶产量雪上加霜。此时，大学智囊团加入到攻坚克难的队伍中，展现了知识的力量。

▲ 1960年，石景山钢铁公司附属农场职工给奶牛挤奶（李晞/摄）

新建牛場 改良品种 加强飼养管理

本市积极发展牛奶生产

目前还不能滿足需要，飼养人員决心生产更多牛奶

求养好奶牛，提高产奶量。許多牛場采取精料巧喂，粗料細喂的办法，把精料磨碎熬成粥給牛拌草吃。有的奶牛場用玉米秸、多穗高粱秆等磨成草粉代替好干草；有的还把飼料进行醣化、发酵，让奶牛愛吃。由于飼养人員精心照顧，有些奶牛的产奶量比較高。

各公社的奶牛場，在繁殖牛犢、扩大牛群方面做了許多工作。他們从外地和外場引进良种乳牛，同本場奶牛进行杂交，改良了乳牛品种。經过飼养人員努力，几年来奶牛的繁殖、成活率逐年上升，发病、死亡率年年下降。去年，全市各奶牛場的牛犢成活率达到83%以上。

随着牛奶生产的发展，飼养人員的队伍也逐漸扩大，技术水平也有相应提高。以前的老工人和技术員，成了这支队伍的骨干力量。他們一面努力生产，一面带徒弟，培养新手。一批人民公社的社員，也参加了奶牛飼养工作，初步掌握了飼养技术。同时，在飼养管理和挤奶技术上，比过去有了許多改进，不少奶牛場有了铡草机、电动挤奶装备和奶牛

右图 紅星公社的奶牛群。本报記者 王力加、李晞摄

▲ 1962年1月23日，《北京日报》2版

1963 年，红星人民公社亦庄大队畜牧场的职工为首都人民提运鲜奶（李晞 / 摄）

1960年，北京农业大学的师生们研究成功一种“人工刺激泌乳法”：经过短时期按摩和注射专门的刺激素，让那些没有配种、还不能产奶的母牛产奶。经过人工刺激的牛，产奶量能达到正常牛的50%，奶的品质也和正常牛的奶没有差别。一年后，这种方法推广到京郊以及东北、内蒙古等地。（1961年3月10日，《北京日报》3版《人工刺激泌乳》）

各奶牛场也行动起来，想尽了“下奶”的招数。朝阳区和平公社一分场的饲养员，把原本不受宠的玉米秸、高粱秸磨成草粉，重获奶牛的青睐。为了帮助奶牛消化，他们还把草粉发酵。海淀区东北旺公社东北旺大队奶牛场为了在冬天增产牛奶，饲养员们砌起煮食大灶，把精料磨成面、煮成粥，还每天给牛饮温水；建立了核心牛群，以保证高产牛的产奶量不断提高。（1962年1月23日，《北京日报》2版《为了人们健康》）

到了1962年，北京的奶牛场已增至43处，每50天的产奶量相当于1952年的年产量。其中，有一部分新型奶牛场实行农牧结合，拥有自己的饲料基地。同时，各奶牛场从外地和外场引进良种乳牛，同本场奶牛进行杂交，改良乳牛品种，使牛犊成活率达到83%以上。饲养管理和挤奶技术也进一步改进，铡草机、电动挤奶装备和奶牛自动饮水器纷纷入驻奶牛场。（1962年1月23日，《北京日报》2版《本市积极发展牛奶生产》）

20世纪70年代，又一项新技术“牛精液冷冻技术”诞生。它可使优良种公牛的精液在采集后远途运输，延长使用年限，比自然交配提高利用率达百倍以上。据调查，用这种技术配种生下的头胎母牛，年产奶量可比一般奶牛产奶量增加90公斤至300公斤。后来，这项技术推广至全国26个省、区，并输出到国外。（1979年11月15日，《北京日报》2版《采用牛精液冷冻技术发展养牛》）

## 从“排长龙”到敞开喝

牛奶产量有所增加，要喝上却不容易。20世纪70年代末到80年代初，正值人口生育的高峰期，也是牛奶供需矛盾最突出的时期。当时，全市每天上市的鲜奶量不过30余万斤，而要解决供应紧张的问题，这个数字起码要增至70万斤。

每天下午，北京市几百个奶站外就会排起“长龙”，有的队伍甚至多达几千人。即便如此，订不到奶的家庭仍有很多，甚至波及老人和孩子。无奈之下，本市出台了一条压

# 采用牛精液冷冻技术发展养牛

市种公牛站和有关单位协作

本报讯　市农工
合企业种公牛站和有
位协作，试验采用牛
冷冻技术发展养牛。
　　牛精液冷冻是本
几年采用的一项新技
它可使优良种公牛的
采集后长期贮存，远
输，延长使用年限，
然交配提高利用率达
倍以上。现在，这个
用的牛精液冷冻技术
母牛在发情期的受胎
百分之五十八以上，
殖牛群，改善牛群品
增加牛奶产量起着重
用。据调查，用这种
配种生下的头胎母牛
产奶量比一般奶牛产
增加九十到三百公斤。由于种公牛
率提高，按目前奶牛繁殖水平，本
少养公牛百余头，节约大量饲料粮
养费用。目前，这个站已生产颗粒
管冷冻精液一百九十多万份，在本
牛业中普遍应用的同时，向全国二
个省、区推广，并向国外出口。
（刘远英）

▲ 1979年11月15日，《北京日报》2版

▲ 20世纪80年代初，东城区魏家胡同附近的居民在排队取奶（李晞/摄）

# 对解决群众取奶难的几点意见

志：
几年，我市群众不但订奶困难，
奶也困难。取奶难主要表现在：
程远，排长队，有时还取不到。
众迫切要求取奶方便，并保证能
，有的同志还要求送奶到户。对
的合理要求，我们应该引起足够

前，市牛奶公司正在积极采取措
决群众取奶不便的问题，并在部
进行送奶到户的试点。但在改进
同时，有一个多年来解决不了的
就是牛奶服务网点不适应，中转
固定的牛奶服务点太少。现在，
区只有八个牛奶门市部，面积又
怜。例如西四牛奶门市部，面积
三十平方米，进去几个人就转不
开身了。在一些居民集中和繁华地区，
多数没有牛奶门市部，郊区就更谈不上
了。目前城区的牛奶供应主要靠二百多
个露天临时发奶点发奶，每天用机动车
把加工厂生产的牛奶拉到全城各街头，
就地发奶。郊区全靠街道居委会、各单
位和私人代销。在城区露天发奶点上，
工作环境条件差，不管刮风下雨或严冬
酷暑，发奶员常年栖身街头，不仅牛奶
受热变质，而且不卫生易污染，也影响
发奶员的身体健康。
　　现在听说在城区边沿地区准备统建
一部分发奶点，这很好，但很不够。希
望从牛奶服务网点的总体规划方面通盘
考虑。例如前三门新建楼群约有四十万
平方米的地区，还没有统建一处牛奶门
市部，也没有统建一处发奶点，这样势
务中
及奶
建立
个合
合，
发展
设想
急是
奶点
短羁
这就
点，
时，
待业
题。
合，
转。

▲ 1980年2月9日，《北京日报》3版

## 市牛奶公司制定方便群众措施

# 订奶手续简化　发奶时间延长

**本报讯**　（通讯员侯达航　记者杨惠良）三日下午，在朝阳区永安西里发奶站，一位产后五十天的年轻母亲高兴地说：“我是带着孩子临时在本地住几个月，开头我爱人不得不每天下班后到东单买奶。如今在发奶点就能订，临时住户也能订，还能破月订，这下真是方便我们了。”

　　多年来，订奶难取奶难的问题不能解决，

和。市牛奶公司决定，所属各供应处国庆节前要陆续开始简化订奶手续，方便群众，把“为人民服务，对人民负责”的口号见诸行动。

　　现在，除三周岁以内小儿订奶继续凭户口簿保证供应外，（新生儿急用，取奶点供应临时奶，过后补办手续），其他用户如无特殊情况也都能订到奶，办理订奶手续由过去的奶站下放到发奶点，其中部分发奶点全月随时可订，代管点也将增加订奶交款时间。市牛奶公

▲ 1984年9月9日，《北京日报》1版

缩供应“保七种人”的政策，即保证“3岁以下儿童、70岁以上的老人、13级以上的干部、社会名流、职业运动员、外宾、医院吃流食的病人”喝奶，其他人则一律不供应。（1993年4月25日，《北京日报》2版《王震同志支持北京发展奶牛业》）

订奶难，取奶也难。《北京日报》在很长一段时间内，在重要版面刊登了许多读者关于牛奶订、取难的来信。读者李振东反映，取奶路程远、排长队，有时还取不到。（1980年2月9日，《北京日报》3版《对解决群众取奶难的几点意见》）

1982年，北京市牛奶公司在东城、西城、崇文（现并入东城区）、朝阳区实行凭奶证取奶的新办法，即把原来不限量、不定点、凭奶票取奶的办法，改为按订户每天的订奶量定点凭证登记取奶。（1982年6月17日，《北京日报》1版《四个区下月起实行取奶新办法》）

牛奶业大步走向变革。1984年，北京市停用牛奶供应证。除3周岁以内小儿订奶继续凭户口簿保证供应外，其他用户如无特殊情况也能订到奶。订奶手续也更加简化、便民，由过去的奶站下放到发奶点。（1984年9月9日，《北京日报》1版《订奶手续简化　发奶时间延长》）

到了1985年8月，本市牛奶发放点

从“排长龙”到敞开喝

——本市牛奶产销形势的新变化

本报记者　范三成

八十年代初，报上曾登出这一幅漫画：一边是一位牛奶场人在一头骨瘦如柴的老奶牛下奶，另一头是一条望不到头的奶长龙。

它的确画出了北京人当时“订奶难”的真实情景。那时，奶要凭什么婴儿出生证明、医证明或高知、华侨的证明等等。奶少人多，好排长龙。

菜篮子新篇

北京家禽育种有限公司　协办

量。

奶牛多了，加工能力跟上了，牛奶自然也就可以“敞喝”了。“七五”期间，本市奶产量年平均增长9.6%，19年总产量2.2亿公斤，比1985增产7904万公斤。城市人口人年占有鲜奶量1985年是22.7斤，1990年提高到33公斤，居全国各大城市首。目前，市牛奶公司每天向订户发放牛奶

▲ 1991年5月22日，《北京日报》2版

市场快递

乳品竞争出彩　市民击节叫好

艾方容　刘长威

▲ 1999年10月16日，《北京日报》6版

继上海光明、内蒙古伊利湖南太子奶进京之后

蒙牛2亿通州建厂

本报讯（记者董少东　通讯员袁宝玲　谢菲）昨天，投资2.2亿元的蒙牛（北京）股份有限公司在通州区破土动工。本已是群雄逐鹿的北京奶业市场又添新军。

据了解，北京的乳品市场每天牛奶消费量近千吨，京城因此也成为中国奶业巨头的“兵家必争之地”，业内素有“得

大奶业巨头不但将其自己的产品，而且近在京郊建厂，建立直京的生产基地。

蒙牛（北京）股份落户通州区绿色食品工一期总投资2.2亿元，140亩，共有10条生产线事花色奶的生产，日300吨，预计明年6月投

▲ 2002年10月21日，《北京日报》6版

▲ 进入新世纪，牛奶品种琳琅满目（李继辉/摄）

电子“奶牛档案”滤出健康牛奶

本市三元奶源实现无污染无公害

北京市商业银行　协办　客户服务中心　电话：96169

燕京啤酒集团公司　协办

▲ 2004年5月14日，《北京日报》6版

已达1150个，群众订奶不愁，取奶方便。婴儿出生证明、医生证明、高知或华侨证明等，逐渐不再为订牛奶所需要。牛奶不仅可以敞开订，还可以到乳品店、食品店敞开买了！（1991年5月22日，《北京日报》2版《从“排长龙”到敞开喝》）



## 竞争带来更多“奶福”

“喝了几十年，还是选三元。”葛优的这句广告词，曾经传遍京城。它的背景正是北京奶业迎来群雄逐鹿的时代。

1999年，“外来户”上海光明乳业进军北京。一夜之间，地铁车站里突然出现的手举鲜奶盒的“光明小姐”，中央电视台频频播放的“光明”广告，震动了占据北京鲜奶市场90%份额的北京三元公司。“三元”立马做出回应，重新启动送奶到家服务。“光明”的主导产品是屋形保鲜奶，紧接着又推出了含钙量比普通牛奶高出50%的高钙牛奶。“三元”在坚持自己的袋装奶阵地之外，陆续推出4个品种的超高温灭菌奶。乳品竞争为北京的奶业添了“彩”，引得市民纷纷叫好。北京鲜奶市场的“蛋糕”，也在这场竞争中变大了。（1999年10月16日，《北京日报》6版《乳品竞争出彩　市民击节叫好》）

2002年，本市奶业市场形成了北京三元、上海光明、内蒙古伊利、湖南太子奶、蒙牛“共分天下”的局面。（2002年10月21日，《北京日报》6版《蒙牛2亿通州建厂》）

“喂牛靠铡草、挤奶靠手工、消毒用大锅、送奶使褡裢”的时代早已过去。进入新世纪，北京人不但喝上了充足的牛奶，还喝上了品种丰富、品质安全的牛奶。2004年，凭着一份份电子“奶牛档案”，“三元”的奶源全面实现无污染、无公害供应，牛奶质量达到国际先进的欧盟标准。而花色酸奶、奶酪、无水冰激凌、宫廷奶点等奶制品的兴起，也为牛奶掀开了另一个舞台的大幕。

# 街头巷尾西瓜摊儿

历史资料 ▪ 北京日报图文数据库　　文 ▪ 贾晓燕

大夏天的，吃块西瓜解解暑再平常不过。可在30多年前的北京，要享受这舌尖美味，却得先尝尝在炎炎烈日下排长队的滋味。直到1985年北京实行新的西瓜购销政策，由“统”改“放”，买瓜难、卖瓜难的状况才得以改变。

## 从论个卖到论斤卖

“西瓜，沙瓤的大西瓜哟！”暑热天里，买个西瓜放在大盆里用凉水泡上三四个小时，吃过晚饭，全家人围坐一起吃西瓜，是“老北京”早些年的“最高享受”。

新中国成立后，北京的瓜果市场沿用着以前的惯例：西瓜论个卖。不过，1956年公私合营后，这规矩被打破了，不仅西瓜一律过秤，连香瓜也要过秤。

起初，有人不适应这个变化，对此“大泼冷水”。他们认为，以前西瓜论个卖是种惯例，很符合按质按量论价的原则，而且省事。改成论斤卖后，反倒给售货员添了麻烦。（1956年8月9日，《北京日报》3版《我也说“挤”》）

连北京市第一届人民代表大会第四次会议都有代表提出，过去西瓜论个，好的贵，次的贱，是公平的；现在论斤，重的就贵，不管好坏，实在不合理。对零售单位，无论建立什么制度必须先从消费者身上来着想，慎重考虑对消费者是否方便，不能生搬硬套；尤其对于中小户不要要求过高，更须注意他们的特点，根据不同条件来逐步进行。（1956年8月

17 日，《北京日报》2 版《在北京市第一届人民代表大会第四次会议上的发言摘要》）

当然，对于这些观点，也有人持不同见解。《北京日报》1956 年 10 月 18 日 3 版刊登的文章《从西瓜论个卖谈起》认为，这些批评虽然有道理，但是，西瓜若论个卖，商业部门也不无难处。因为按个卖西瓜，不光要根据个大小，还要根据瓤儿好坏。实际上，随着人民生活水平和购买力的提高，商业工作人员切实提高业务水平才是正途。

## “保熟”与“生熟不保”

买西瓜最怕买个“生瓜蛋子”。多年前，人们挑选好西瓜后，习惯让商家用刀切个小三角块，看瓜好不好、熟不熟。

其实，为保证西瓜销售质量，早在 20 世纪 60 年代，北京就有“不收生瓜”的规定。（1963 年 7 月 17 日，《北京日报》2 版《西瓜开始大量上市》）

进入 20 世纪 80 年代，瓜摊上首次挂出了写有“保熟”二字的招牌。挑西瓜隔皮断瓤，怎么才能做到“保熟”？售货员解释，办法有几条：一是让责任心强、懂行的同志卖瓜，二是认真帮顾客挑选，三是发现卖了生瓜管换。（1982 年 7 月 17 日，《北京日报》2 版《多一些“保熟”的瓜摊》）这种做法很得人心。但与此相反，

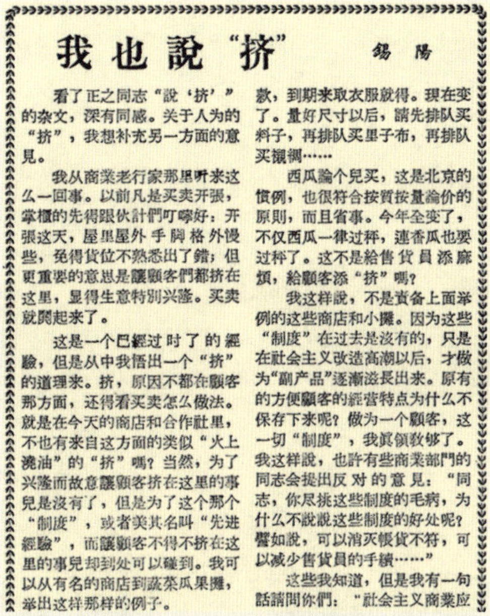

我也說“挤”

錫陽

看了正之同志“說‘挤’”的杂文，深有同感。关于人为的“挤”，我想补充另一方面的意見。

我从商業老行家那里听来这么一回事。以前凡是买卖开張，掌櫃的先得跟伙計們叮嚀好：开張这天，屋里屋外手脚格外慢些，免得貨位不熟悉出了錯；但更重要的意思是讓顾客們都挤在这里，显得生意特別兴隆。买卖就鬧起来了。

这是一个巳經过时了的經驗，但是从中我悟出一个“挤”的道理来。挤，原因不都在顧客那方面，还得看买卖怎么做法。就是在今天的商店和合作社里，不也有来自这方面的类似“火上澆油”的“挤”嗎？当然，为了兴隆而故意讓顾客挤在这里的事兒是沒有了，但是为了这个那个“制度”，或者美其名叫“先进經驗”，而讓顧客不得不挤在这里的事兒却到处可以碰到。我可以从有名的商店到蔬菜瓜果攤，举出这样那样的例子。

……款，到期来取衣服就得。現在变了。量好尺寸以后，請先排队买料子，再排队买里子布，再排队买襯裯……

西瓜論个兒买，这是北京的慣例，也很符合按質按量論价的原則，而且省事。今年全变了，不仅西瓜一律过秤，連香瓜也要过秤了。这不是給售貨員添麻煩，給顧客添“挤”嗎？

我这样說，不是責备上面举例的这些商店和小攤。因为这些“制度”在过去是沒有的，只是在社会主义改造高潮以后，才做为“副产品”逐漸滋長出来。原有的方便顧客的經营特点为什么不保存下来呢？做为一个顧客，这一切“制度”，我真領教够了。我这样說，也許有些商業部門的同志会提出反对的意見：“同志，你尽挑这些制度的毛病，为什么不說說这些制度的好处呢？譬如說，可以消灭帳貨不符，可以减少售貨員的手續……”

这些我知道，但是我有一句話請問你們：“社会主义商業应……

▲ 1956 年 8 月 9 日，《北京日报》3 版

在北京市第一屆人民代表大会第四次会议上的發言摘要

▲ 1956 年 8 月 17 日，《北京日报》2 版

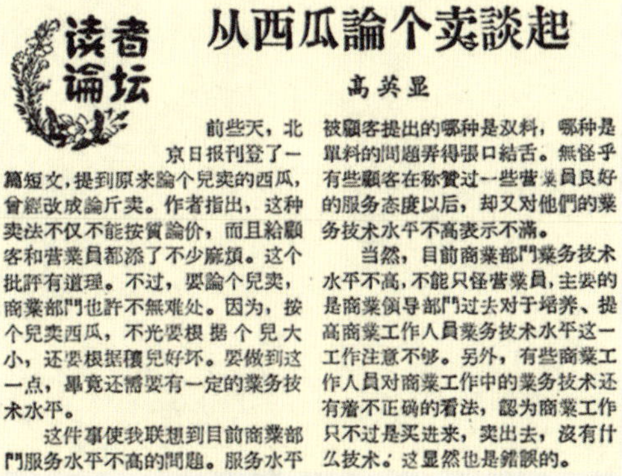



从西瓜論个卖談起

高英显

前些天，北京日报刊登了一篇短文，提到原来論个兒卖的西瓜，曾經改成論斤卖。作者指出，这种卖法不仅不能按質論价，而且給顧客和营業員都添了不少麻煩。这个批評有道理。不过，要論个兒卖，商業部門也許不無难处。因为，按个兒卖西瓜，不光要根据个兒大小，还要根据穰兒好坏。要做到这一点，畢竟还需要有一定的業务技术水平。

这件事使我联想到目前商業部門服务水平不高的問題。服务水平被顧客提出的哪种是双料，哪种是單料的問題弄得張口結舌。無怪乎有些顧客在称贊过一些营業員良好的服务态度以后，却又对他們的業务技术水平不高表示不滿。

当然，目前商業部門業务技术水平不高，不能只怪营業員，主要的是商業領导部門过去对于培养、提高商業工作人員業务技术水平这一工作注意不够。另外，有些商業工作人員对商業工作中的業务技术还有着不正确的看法，認为商業工作只不过是买进来，卖出去，沒有什么技术；这显然也是錯誤的。

▲ 1956 年 10 月 18 日，《北京日报》3 版

▲ 1959 年，盛暑吃西瓜（李晞 / 摄）

▲ 1982 年 7 月，西单朝晖水果食品商亭卖西瓜明牌标价，保熟，生瓜可以退换（李晞 / 摄）

有的商店却挂着“生熟不保”的牌子，顾客买了生瓜也不给退换，群众很有意见。

后来，为控制生瓜上市，本市实行生产员、物价员和采购员“三把关”。驻队生产员要到瓜地察看西瓜生长情况，掌握熟瓜收摘进度，随时制止农民抢摘生瓜。挂钩站评价小组设立的专职物价员要严格执行等级标准，既不随意压级压价，也不提级提价。各区副食品公司在挂钩站设有采购员，负责核实监督西瓜的等级标准，没有采购员的同意，社员交瓜车辆不得放行进城。（1983 年 6 月 28 日，《北京日报》1 版《不给生瓜“开绿灯”》）

为保证上市西瓜质量，1986 年，市工商管理局和市供销合作联合社联合发出“关于禁止生西瓜上市”的通知，明确规定生瓜超过载量的 10% 者不准进城；各级批发交易市场严禁对生西瓜进行交易；国营、集体、个体和农贸市场都不准销售生西瓜。违反规定者要受到相应的经济处罚。（1986 年 6 月 19 日，《北京日报》1 版《市工商管理局市供销联社通知：严禁生瓜上市》）

## 买瓜卖瓜曾“两难”

“我什么时候才能到那小孩手里？”“售货员太少，起码要一小时！”1980 年 7 月 27 日，《北京日报》2 版刊登了一幅

崇文区副食管理处积极采取措施

增设西瓜网点 方便群众购买

本报 崇文 食品 处采 项措 方便群众买西瓜。增设销售点。到 7 日止，全区副食行 瓜售货点已增加到 ，比原来水果售货 加 8 个；出动西瓜 售货车 75 辆，走街串巷，使小胡同的居民也能就近购买。二、增加卖瓜人员。各副食基层店通过合理安排班次，共抽出 755 名售货员卖 西瓜 副食 理处 干部 用业 间参加卖瓜劳动。三 长营业时间。全区各 点营业时间一般在早 至晚 9 点，有的延长 点以后，售货车也每 车8小时。（张立国

短波

崇文区副食品管理处采取增设网点、出车售货等措施，方便群众购买西瓜，做得好。现在西瓜大量上市，但网点和售货人员，不少地方顾客买西瓜仍要排长队。希 城区副食部门积 取措施，尽快解 个问题。

西瓜对话

——我什么时候才能到那小孩手里？

——售货员太少，起码要一小时！

孙以增 画

▲ 1980 年 7 月 27 日，《北京日报》2 版

▲ 1980 年，本市第一次用集装箱从山西省运来的西瓜在市果品公司四道口仓库卸车（王振民 / 摄）

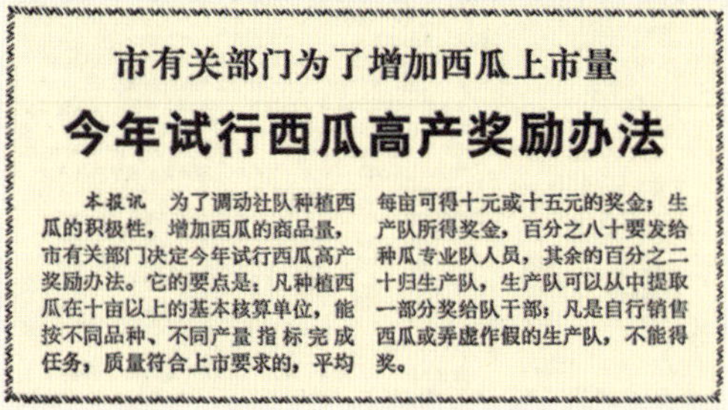

市有关部门为了增加西瓜上市量

今年试行西瓜高产奖励办法

本报讯 为了调动社队种植西瓜的积极性，增加西瓜的商品量，市有关部门决定今年试行西瓜高产奖励办法。它的要点是：凡种植西瓜在十亩以上的基本核算单位，能按不同品种、不同产量指标完成任务，质量符合上市要求的，平均每亩可得十元或十五元的奖金；生产队所得奖金，百分之八十要发给种瓜专业队人员，其余的百分之二十归生产队，生产队可以从中提取一部分奖给队干部；凡是自行销售西瓜或弄虚作假的生产队，不能得奖。

▲ 1980 年 6 月 5 日，《北京日报》1 版

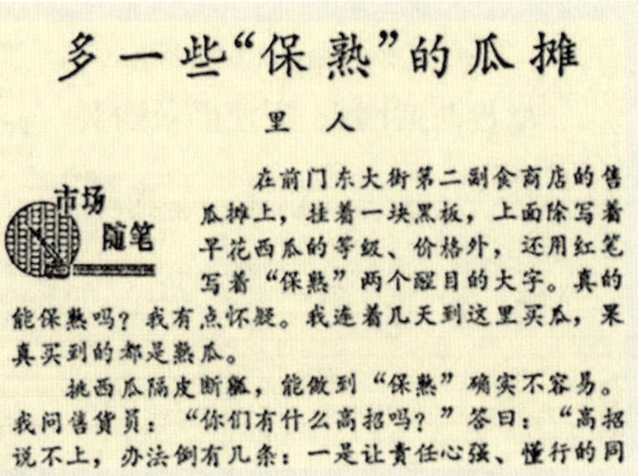

# 多一些"保熟"的瓜摊

里人

市场随笔

在前门东大街第二副食商店的售瓜摊上，挂着一块黑板，上面除写着平花西瓜的等级、价格外，还用红笔写着"保熟"两个醒目的大字。真的能保熟吗？我有点怀疑。我连着几天到这里买瓜，果真买到的都是熟瓜。

挑西瓜隔皮断瓤，能做到"保熟"确实不容易。我问售货员："你们有什么高招吗？"答曰："高招说不上，办法倒有几条：一是让责任心强、懂行的同

▲ 1982年7月17日，《北京日报》2版

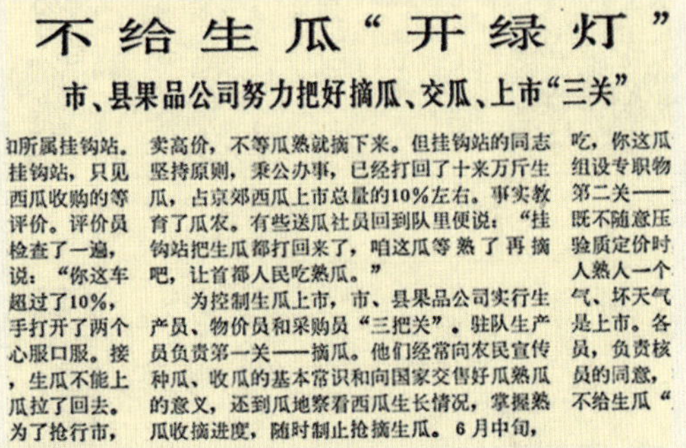

# 不给生瓜"开绿灯"

## 市、县果品公司努力把好摘瓜、交瓜、上市"三关"

如所属挂钩站。
挂钩站，只见
西瓜收购的等
评价。评价员
检查了一遍，
说："你这车
超过了10%，
手打开了两个
心服口服。接
，生瓜不能上
瓜拉了回去。
为了抢行市，

卖高价，不等瓜熟就摘下来。但挂钩站的同志坚持原则，秉公办事，已经打回了十来万斤生瓜，占京郊西瓜上市总量的10%左右。事实教育了瓜农。有些送瓜社员回到队里便说："挂钩站把生瓜都打回来了，咱这瓜等熟了再摘吧，让首都人民吃熟瓜。"

为控制生瓜上市，市、县果品公司实行生产员、物价员和采购员"三把关"。驻队生产员负责第一关——摘瓜。他们经常向农民宣传种瓜、收瓜的基本常识和向国家交售好瓜熟瓜的意义，还到瓜地察看西瓜生长情况，掌握熟瓜收摘进度，随时制止抢摘生瓜。6月中旬，

吃，你这瓜
组设专职物
第二关——
既不随意压
验质定价时
人熟人一个
气、坏天气
是上市。各
员，负责核
员的同意，
不给生瓜"

▲ 1983年6月28日，《北京日报》1版

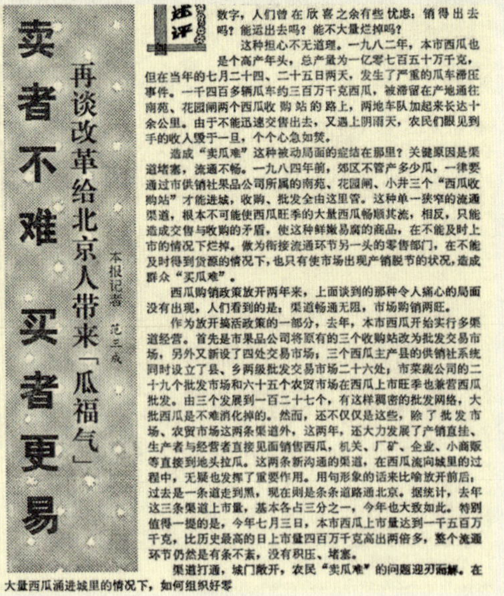

# 卖者不难 买者更易

## 再谈改革给北京人带来"瓜福气"

本报记者 范三成

述评

数字，人们曾在欣喜之余有些忧虑：销得出去吗？能运出去吗？能不大量烂掉吗？

这种担心不无道理。一九八二年，本市西瓜也是个高产年头，总产量为一亿零七百五十万千克，但在当年的七月二十四、二十五日两天，发生了严重的瓜车滞压事件。一千四百多辆瓜车约三百万千克西瓜，被滞留在产地通往南苑、花园闸两个西瓜收购站的路上，两地车队加起来长达十余公里。由于不能迅速交售出去，又遇上阴雨天，农民们眼见到手的收入毁于一旦，个个心急如焚。

造成"卖瓜难"这种被动局面的症结在那里？关键原因是渠道堵塞，流通不畅。一九八四年前，郊区不管产多少瓜，一律要通过市供销社果品公司所属的南苑、花园闸、小井三个"西瓜收购站"才能进城，收购、批发全由这里管。这种单一狭窄的流通渠道，根本不可能使西瓜旺季的大量西瓜畅顺其流，相反，只能造成交售与收购的矛盾，使这种鲜嫩易腐的商品，在不能及时上市的情况下烂掉。做为衔接流通环节另一头的零售部门，在不能及时得到货源的情况下，也只有使市场出现产销脱节的状况，造成群众"买瓜难"。

西瓜购销政策放开两年来，上面谈到的那种令人痛心的局面没有出现，人们看到的是：渠道畅通无阻，市场购销两旺。

作为放开搞活政策的一部分，去年，本市西瓜开始实行多渠道经营。首先是市果品公司将原有的三个收购站改为批发交易市场，另外又新设了四处交易市场；三个西瓜主产县的供销社系统同时设立了县、乡两级批发交易市场二十六处；市菜蔬公司的二十九个批发市场和六十五个农贸市场在西瓜上市旺季也兼营西瓜批发。由三个发展到一百二十七个，有这样稠密的批发网络，大批西瓜是不难消化掉的。然而，还不仅仅是这些，除了批发市场、农贸市场这两条渠道外，这两年，还大力发展了产销直挂、生产者与经营者直接见面销售西瓜，机关、厂矿、企业、小商贩等直接到地头拉瓜。这两条新沟通的渠道，在西瓜流向城里的过程中，无疑也发挥了重要作用。用句形象的话来比喻放开前后，过去是一条道走到黑，现在则是条条道路通北京。据统计，去年这三条渠道上市量，基本各占三分之一，今年也大致如此。特别值得一提的是，今年七月三日，本市西瓜上市量达到一千五百万千克，比历史最高的日上市量四百万千克高出两倍多，整个流通环节仍然是有条不紊，没有积压、堵塞。

渠道打通，城门敞开，农民"卖瓜难"的问题迎刃而解。在大量西瓜涌进城里的情况下，如何组织好零

▲ 1986年7月21日，《北京日报》1版

漫画，用西瓜对话的形式，生动反映了当年买西瓜排长队的现状。

夏天吃西瓜成了难题，这在当时可是件大事。从那年起，本市采取了西瓜高产奖励办法，用来增加西瓜上市量。

产量上来了，可新的问题又出现了。据《北京日报》1986年7月21日1版文章《卖者不难，买者更易》记载，在1982年这个西瓜高产年头，全市西瓜总产量达到1.075亿千克，但在当年的7月24日、25日两天，发生了严重的瓜车滞压事件。1400多辆瓜车约300万千克西瓜，被滞留在产地通往南苑、花园闸两个西瓜收购站的路上，两地车队加起来长达10余公里。由于不能迅速交售出去，又遇上阴雨天，农民们眼见到手的收入毁于一旦，个个心急如焚。

造成"卖瓜难"这种被动局面的症结在哪里？关键原因是渠道堵塞，流通不畅。1984年前，郊区不管产多少瓜，一律要通过市供销社果品公司所属的南苑、花园闸、小井三个"西瓜收购站"才能进城，收购、批发全由他们管。这种单一狭窄的流通渠道，根本不可能使旺季的大量西瓜畅顺其流，相反，只能造成交售与收购的矛盾，使这种鲜嫩易腐的商品，在不能及时上市的情况下烂掉。作为衔接流通环节另一头的零售部门，在不能及时得到

货源的情况下，就会出现产销脱节的状况，造成群众“买瓜难”。

当年，一位住在东城区美术馆东街 15 号的居民感慨：“买个瓜要走一站多地，还不知得排多长时间的队……”

## 瓜摊之密世界少有

1985 年，北京实行新的西瓜购销政策，由“统”改“放”，议购议销，多渠道流通，改变了瓜价吃“大锅饭”的状况。

果品公司在城近郊区开办了 7 个西瓜交易市场。在西瓜上市旺季，南苑、花园闸两个交易市场实行 24 小时连续开放。为方便市民买瓜，商业部门设置了 2056 个西瓜销售点，比上一年增加 400 多个，其中 228 个开办售瓜夜市。此外，还有近 1 万个个体商贩走街串巷、设点售瓜。（1985 年 6 月 26 日，《北京日报》1 版《本市西瓜开始上市》）

当年夏季，本市城镇居民平均每人吃西瓜 60 多斤，是历史上最多的一年。往年买瓜难、卖瓜难的状况从此改变。（1985 年 8 月 9 日，《北京日报》1 版《本市城镇居民今夏平均每人吃西瓜六十斤》）

“过去是一条道走到黑，现在则是条条道路通北京。”有人这样比喻西瓜政策放开前后。放开前，西瓜产量最高的 1982 年，全市销售西瓜的网点仅有 1000 多个。而实施放开政策后的两年，国营、集体、个体的售瓜摊点每年总计都在 5000 个以上，1985 年个体瓜摊接近 1 万个。这星罗棋布的零售网点，使得西瓜市场空前繁荣，极大地方便了市民买瓜。（1986 年 7 月 21 日，《北京日报》1 版《卖者不难，买者更易》）

西瓜购销体制改革的成功给北京人带来了“瓜福气”，这种“西瓜模式”也令世界刮目相看。《北京日报》1986 年 8 月 20 日 1 版文章《本市今年居民人均吃西瓜 45 公斤》曾记录了一位日本西瓜专家的惊叹：“像北京这样的密如蛛网的西瓜销售摊点，在世界其他地方还没见过！”

1987 年 7 月 20 日，英国《金融时报》也发表消息，评价当年北京的西瓜市场：“在北京的大街小巷里，西瓜摊一个挨着一个，北京的老百姓几乎每天要吃一个西瓜，有时甚至不止一个。”（1987 年 8 月 17 日，《北京日报》1 版《市民吃瓜多，瓜农收入多》）

▲ 1982 年，西珠市口果品店西瓜摊卖瓜经过三次水洗，切块零售，瓜摊周围备有瓜皮容器，随时有人负责清理，保持了清洁卫生（李晞 / 摄）

放得开 搞得活 购销改革成绩大

## 本市城镇居民今夏平均每人吃西瓜六十斤

镇居民平均每人吃西瓜60多斤，是历史上最多的一年。往年买瓜难、卖瓜难的状况开始改变，西瓜购销工作改革取得可喜成绩。

今年是西瓜购销工作由“统”到“放”实行改革的第一年。西瓜上市基本做到了货源充足、渠道畅通、量大价稳，并避免了西瓜价格上产销倒挂的现象。生产、经营、消费三方都比较满意。

今年本市共上市西瓜三亿三千万斤，比去年增加近五千万斤，是历史上最多的一年。市供销社和市二商局等单位通力合作，将过去“封闭型”、“分配型”独家经营西瓜，改为“开放型”、“选购型”，实行多渠道流通。市供销社和市菜蔬公司共办五十个西瓜批发交易市场，国营、集体、个体商业，机关团体，工矿企业既可以到批发交易市场订购西瓜，也可以直接到瓜地买瓜；农民可以进城批发、零售，也可以外运、请供销社代销。在零售形式上，实行国营、集体、个体一起卖的方针，全市出售西瓜的商店达两千二百多家、农贸市场六十五处、个体瓜摊近一万个，方便群众购买，解决了“卖瓜难”的问题。

改革后的西瓜价格基本平稳。市果品公司对西瓜的价格“放”得比较彻底，不规定西瓜最高限价和最低保护价，也不作行政干预，完全随行就市，上下浮动。实践证明，这样放开后，价格并没有乱。西瓜今年零售平均价七月上、中旬略低于去年同期。七月下旬略高于去年同期。

品种多、选择性强是今年西瓜购销中的又一特点。往年采购西瓜是分区定队挂钩，那个队的瓜销给那个区定得很死，瓜农种的瓜，不分好坏，全有“婆家”。今年实行了议购议销，自愿成交，瓜农进入市场，直接和消费者见面，得到第一手信息资料，促使瓜农重视瓜的质量。今年，郑州三号等质量好的瓜，

▲ 1985 年 8 月 9 日，《北京日报》1 版

本市西瓜市场放开三年

## 市民吃瓜多 瓜农收入多

本报通讯员 王光辉 本报记者 范三成

“在北京的大街小巷里，西瓜摊一个挨着一个，北京的老百姓几乎每天要吃一个西瓜，有时甚至不止一个。”七月二十日，英国《金融时报》发表消息，这样评价今年本市的西瓜市场。

眼下，天气渐凉，西瓜上市旺季已消退，中国的老百姓，对自己首都西瓜购销政策放开三年来的变化，又有些什么感受呢？

家住东城区美术馆东街十五号的居民程中维说：“在北京住了三十多年，数这几年吃西瓜多。过去买个瓜要走一站多地，还不知得排多长时间的队，现在不了，出门口往南十几米，一溜六个瓜摊，哪个好买哪个。七月份天热，家里三口人，一天准得一个瓜。”七十七岁的退休老教师宫明善则认为：“今年西瓜供应量相当充足，品种也不少，这是改革的成果。但也有可商谈的，量是不少，可有的瓜质量不太好，刚一上市时，瓜商要价过高。”

空口无凭。八月十二、十三日，我们曾到十户居民家，察看冰箱“内容”。结果，八户里面放着西瓜，两户没有。西城区砖塔胡同七十七号一位姓刘的居民家，冰箱里装着两个，外面放着七个。他说，看见好瓜就多买了几个。

外国记者的评价和北京市民赞美之言都无夸张之处。这几年，本市西瓜上市量在猛增：前年一亿六千五百万公斤，去年二亿七千万公斤，今年二亿五千七百万公斤。然而，如此大量的西瓜都被市民们“报销”了，去年人均占有量高达四十五公斤，今年四十三公斤。

大兴县庞各庄，是久享盛名的瓜乡。进入乡界，就感到了瓜乡气氛。到八月十三日，别的产瓜乡的瓜早就拉秧了，可这儿的晚熟瓜刚刚采摘，路边还是车水马龙。北顿垡村的瓜把式李志忠说：要说种西瓜，我种了几十年，数这几年最痛快。刚解放那几年星星点点地种，一九八〇年以后瓜种得多了，可限制也不少，种多少不能做主，卖多少钱没权力说。最急人的事儿就是卖瓜，只有一条道，给挂钩站。一九八二年七月，我赶着瓜车去南苑送瓜，车队排了十几里，露天地里，愣是等了两天两夜。

“这几年可好了，捆着咱瓜农手脚的‘条条’放开了，种瓜有了自主权，卖瓜也省心了。一到瓜季儿，到地头拉瓜的就应酬不过来，去年还往城里送了两趟，今年一趟没送就光了。

“国家信得过咱瓜农，咱也得给国家作脸。这几年瓜种得多了，品种也越选越好。今年我家种的六亩半瓜有一亩多‘郑三’，其余‘无籽’、‘京欣’各占一半。为了让市民早点吃上瓜、吃的时间长点，我家瓜地全买来薄膜盖上，这样种瓜的成本高，瓜价也得涨点儿，市民吃瓜得多花点钱。可您别忘了，吃瓜的时间还长了呢！六月初就能上市，到现在瓜也不断线，足有两个多月。在我这儿拉瓜还有条规矩，您拉一百个，里面生的要超过五个，拿回一个换俩。”

说起种瓜的收入，瓜农们都不大愿讲，可大帐是有的。去年，京郊五万多户瓜农种西瓜十四万亩，收入五千万元，户均一千元。今年面积略有减少，可价钱略有提高，大部分瓜农的收入比去年又有提高，这一点他们虽然不说，可脸上的笑容已经透露出来了。

瓜农们能高高兴兴地卖瓜，市民们能顺顺放，可就好办了，虽说辛苦点，可卖得带劲呀，前年十一万斤，去年十万斤，今年也下不来十万。说起个体户卖瓜，大多数是守法的。

▲ 1987 年 8 月 17 日，《北京日报》1 版

# 当年紧俏的煤气罐

历史资料 ▪ 京报集团图文数据库 ▪ 北京市液化石油气公司　文 ▪ 贾晓燕

2017 年是北京市液化石油气公司成立 30 周年。想当年，凭票证定量供应的瓶装液化气可是抢手的紧俏货，15 公斤的钢瓶更是“老北京”家中的重要财产，连年轻人找对象时都得先问一句：“你家有煤气罐吗？”

## 煤气罐初入户费周折

1965 年，西城区石油部宿舍里发生了一件新闻，这里的 8 户人家用上了“煤气罐”。当时很多人都很好奇，因为这“煤气罐”外表看上去就像是氧气瓶，里面装的其实是液化石油气。厨房里有了这个，直接就能点火做饭了。

新中国成立之初，北京的千家万户都是用煤做饭取暖，既麻烦又脏。

1965 年 1 月，国家科委正式向北京市下达液化石油气作为民用燃料的中间试验项目，以确定液化石油气作为民用燃料的可行性。

用什么承载液化石油气呢？

当时，设计人员利用从国家体委借到的我国登山运动员攀登珠穆朗玛峰时用过的苏联钢瓶和减压器，首先在西城区的石油部宿舍，选择了 8 户人家进行使用液化气的试验，煤气罐首次走入家庭。

1965 年 4 月 1 日，我国第一个液化石油气灌瓶站——西郊灌瓶站开始修建。在相当

▲ 我国最早的煤气罐试验采用的是苏联产的登山用氧气瓶

▲ 早年，用大的氧气瓶改装成的液化石油气民用钢瓶

▲ 1966 年至 1972 年使用的钢瓶

市煤气公司充分利用气源扩大供应范围

**今年上半年又发展六万八千多用户**

本报讯　北京市煤气
在增产节约运动中，
利用现有气源，扩
大范围，今年一至六
又发展六万八千多个
液化石油气的用

这几年来市煤气公司

因为目前供应城区做燃料
用的气源有限，给大力发
展民用煤气、液化石油气
带来困难，出现了供不应
求的局面。面对这一情
况，市煤气公司动员广大
职工在增产节约运动中，
千方百计挖潜，提高供气

供应。二是狠抓节约用气。积
极为无表户安装煤气表，加
强计量供应，杜绝浪费现
象。今年以来，只在已安装上
煤气表的三千多户内，就节
约出煤气约一百万立方米，
又发展了三千多新用户，满
足了部分高层建筑的用气需

千个旧钢瓶。
　　在努力扩大供
积极发展用户的同
个公司还狠抓了提
质量，改进服务工
断提高灌装合格率。

▲ 1979 年 8 月 5 日，《北京日报》1 版

▲ 1975 年一季度，北京煤气用具厂超额完成当季度生产计划，大批煤气罐正准备外运（王振民 / 摄）

长的一段时间内，北京所用的液化石油气都是用汽车槽车、火车槽车从东北运往北京，然后进行手工灌装。

曾在液化气站工作了 30 年的退休职工吴秀捆回忆，当年推广液化石油气时颇费周折。尽管国家很重视这个项目，但不少人对是否发展液化石油气存有很大疑虑，尤其不放心将煤气罐存放在家中，认为这样极不安全。最初，科研组在西城区六铺炕、百万庄等家属区做试验时，煤气罐等设备安装好之后，又被不理解的人拆下来扔到了院子里。为了打消平房居民的恐惧心理，吴秀捆他们走街串巷，走遍了中华路地区的 30 多条胡同，进行液化气常识和设备性能宣传。慢慢地，居民们才同意试用，并逐步接受了这一全新事物。

1965 年 11 月 30 日，西郊灌瓶站建成，12 月 11 日成功运行。当年年底，六铺炕、三里河等几个地区建立了供应服务站，包括石油部宿舍那 8 户居民在内的 4882 户居民成为北京市率先使用煤气罐的液化石油气用户。

## 驮着煤气罐换气去

20 世纪 70 年代，本市液化石油气事业迅速发展，仅 1974 年头五个月，全市就发展新用户 3 万多户，相当于上一年发展总数的 75%，比上年同期增长 1.5 倍。（1974 年 6 月 20 日，《北京日报》2 版《本市液化石油气事业迅速发展》）

那个年代，人们用自行车驮着煤气罐去换气，成为街头一景。有的人用绳子将煤气罐拴在自行车后座上，有的人则在后座上挂个特制的钩子，然后将煤气罐挂在自行车一侧。不过，最初换气站点建得少，对大多数家庭而言，换气是个累人的活儿，家住郊区的居民更是苦不堪言。《北京日报》1993 年 9 月 25 日 8 版文章《想起“累人”的煤气罐》曾这样记录：换气站太远，用自行车驮上罐，一个来回要走一百三四十里路……早上骑车驮上空罐，从顺义到工人体育馆要走两三个小时，换了气，吃过午饭往回赶，下午四五点钟才到家……

为了把液化气用到极致，很多家庭都会在煤气罐见底儿时，打盆热水将罐子泡上一泡，或者握着罐把手摇上几摇，别说，这些歪招儿还真能多“挤”出些气来使。

煤气灶具和钢瓶生产的增长，为液化石油气新用户的发展创造了有利条件。到

▲ 早期的购气本记录

加强民用液化气管理 搞好计划供应

**市政府通知制止盲目生产销售液化气钢瓶**

本报讯 市政府最近就加
民用液化石油气管理，制止盲
生产和销售液化石油气钢瓶发
通知，要求各有关部门坚决贯
执行。
去年以来，本市民用液化
油气的供应一直紧张，需求量
供应量之间的差距越来越大。
此，一方面要千方百计地增加
源；一方面必须加强管理，搞
计划供应。但是，目前本市
产、销售液化石油气钢瓶的单
越来越多，甚至在农贸市场上
出现了销售钢瓶的现象。这种
顾资源条件，盲目生产、销售
瓶的情况，破坏了液化石油气
计划供应，使销售量无法控制
加剧了供应的紧张局面。
为搞好液化气的计划供应
加强民用液化石油气的管理
作，市政府规定：
一、凡在北京市使用的民
液化石油气钢瓶，指定由北京
煤气用具厂制造，其他任何
厂、单位一律不得再进行生产
二、凡在北京市使用的民
液化石油气钢瓶，一律由市煤
公司统一经营、出售，钢瓶上
加有市煤气公司的标记。其他
何单位或个人均不得经销、出售液化石油气钢瓶
市煤气用具厂生产的钢瓶用于本市者，由市煤
公司包销，煤气用具厂不得以任何方式自行在
市出售。
三、本市液化石油气用户，由市煤气公司
据石油资源条件统一安排发展，任何单位或个
均不得由外地购入钢瓶或采取其他非法手段增
用户，在本市购买液化石油气。
四、市煤气公司要认真加强液化石油气的
应管理工作，严格控制盲目增加液化石油气
户。对于无购气本或借购气本购气以及使用无
气公司标记的钢瓶购气的，一律不予供应。
对自管户、工业、科研用户和其他用户要
行限量供应。要严格禁止液化石油气外流。市
气公司要认真清查并停止对外地用户的供应。
京各单位或个人均不得以任何方式代外地单位
用户在北京购气。

▲ 1981 年 6 月 12 日，《北京日报》1 版

确保数百万居民正常安全用气

**市府决定整顿液化石油气供应管理**

城镇居民中单独立户的无本户可获得临时购气证
明年元旦起实行钢瓶挂号码牌凭证对号定量供应

本报讯（记者安伟）市政
定整顿本市液化石油气的供应管
状，自明年1月1日起，全市将实
化石油气钢瓶挂号码牌，凭证对
售，并同时实行液化石油气定
应；整顿后，长期靠借本购气的城
民中的“无本户”，将获得临时
证。
市政府十二月十六日颁发的
京市人民政府关于加强液化石油
应管理的通知》中说，为切实加
化石油气计划供应，制止液化石
用量的盲目增长，防止产生新的
本户”和外地异形瓶混入本市，
解决现有“无本户”的供应问题
保首都液化石油气的正常供应，
对液化石油气供应管理进行整顿
《通知》规定，明年1月1日起
经市煤气公司批准在本市通用的
斤液化气标准瓶，一律挂装由该
统一制作的专用号码牌，其它单位
人不得伪造、毁坏、转让号码牌
得破坏号码牌铅封。用户购气时
号码不符或私自涂改号码的，由
站扣收钢瓶，不予供气。自管户
化石油气钢瓶，由煤气公司灌瓶
煤气公司批准的用户数和周转瓶
挂牌，实行凭本登记限量供应。
液化石油气定量供应的标准
每户人口数量核定。《通知》规
一至二口人的用户，每年供应10
三至四口人的用户，每年供应12
五至六口人的用户，每年供应14
七口人以上的用户，每年供应16
“无本户”经审核发给临时购气
不分人口多少，每年供应8瓶。
用户因特殊情况需增加用量的，
液化石油气资源情况，经审核，
每年可在上述定量之外供应3至
计划外液化石油气，价格随
市。
为妥善解决现有“无本户”供气问题，《通知》中规
居住在本市四个城区及朝阳、海淀、丰台、石景山区、市
公司液化气供应站供气范围内单独立户的城镇居民，未接
道煤气，目前靠借本方式使用液化石油气，所持钢瓶
煤气用具厂生产的本市通用标准瓶的用户，发给临时

▲ 1986 年 12 月 18 日，《北京日报》1 版

1979 年 6 月，北京已有 1.2 万个工业、福利事业单位和 68.1 万多户居民由燃煤改为烧气。（1979 年 8 月 5 日，《北京日报》1 版《今年上半年又发展六万八千多用户》）

后来，大型石化企业——燕山石化建成投产，作为催化裂解提取多种油品后的副产品——液化石油气大量提供民用。北京出现了“钢瓶热”，用户不断增长。

截至 1984 年 11 月，本市共有 73.6 万户居民使用液化气，在用钢瓶达 83 万余只。（1984 年 11 月 17 日，《北京日报》4 版《液化石油气瓶标准化技术分委员会成立》）

## 20 万“黑户”冲击计划供应

上了岁数的人或许还记得，罐装液化石油气长期凭本凭票编号供应，煤气罐一度成了家家户户的宝贝疙瘩，一些筒子楼的集体厨房还专门为它上了锁。“你家有煤气罐吗？”甚至成了年轻人找对象时不能回避的问题。

据《北京日报》1986 年 12 月 18 日 1 版《就整顿液化石油气供应管理问题市公用局负责人答北京日报记者问》一文记

载，1979 年至 1981 年期间，由于液化气资源紧张，加之储备、灌装等能力不足，液化气供应出现十分紧张的状况。那时候，北京不但有钢瓶乱象，还冒出很多购气“黑户”。

当时，全市生产、销售液化石油气钢瓶的单位特别多，连农贸市场都有卖钢瓶的。这种盲目生产、销售钢瓶的情况，破坏了液化石油气的计划供应，使销售量无法控制，加剧了供应的紧张局面。（1981 年 6 月 12 日，《北京日报》1 版《市政府通知制止盲目生产销售液化气钢瓶》）

不少居民自行购置液化石油气钢瓶、灶具，导致社会上出现了近 20 万靠借本换气的“黑户”。仅在当时接通管道煤气的 13 万用户中，就有近半数的用户自行向“黑户”转让了本应交回的钢瓶、灶具。这些“黑户”对液化气计划供应冲击很大。

此外，还有一些外地异形瓶进入北京家庭。

这些原因导致了北京液化气用量逐年增长，如不控制，很可能会出现“断气”现象，严重影响北京几百万居民的用气。

1987 年 1 月 1 日正式实施的《北京市人民政府关于加强液化石油气供应管理的通知》，明确提出钢瓶只能由市煤气公司统一经营、出售，并对有本户采取定量供应，比如，3—4 口人的用户，每年供应 12 瓶。昔日的无本“黑户”，如果是居住在本市 4 个城区及朝阳、海淀、丰台、石景山区、市煤气公司液化气供应站供气范围内单独立户的城镇居民，未接通管道煤气，靠借本方式使用液化石油气，所持钢瓶是市煤气用具厂生产的本市通用标准瓶的用户，可以发给临时购气证，不分人口多少，每年供应 8 瓶。

## “人际关系的一块绿洲”

门难进、脸难看、话难听，一度是 20 世纪 80 年代国营服务行业的通病，与老百姓生活息息相关的液化气供应站也不例外地“接地气儿”。唯独市液化气公司呼家楼供应站像一块“绿洲”，站里工作人员周到细心的服务温暖、感动了很多人。

1989 年 3 月 6 日，《北京日报》在 1 版发表长篇通讯《人际关系的一块绿洲》，报道了呼家楼供应站为用户找回丢失的煤气本、帮腿脚不灵便的老人送气、为没带够钱的聋人垫付等日常工作中的小故事。

一篇稿件引起了很多人的情感共鸣。

▲ 呼家楼液化气站的职工在工作（程玉扬 / 摄）

人际关系的一块绿洲

——市液化气公司呼家楼供应站纪实

▲ 1989 年 3 月 6 日，《北京日报》1 版

不发展液化石油气用户？

价液化气用户的情况下，为满足没

房的用户，可持换房协议办理过户手续。6、夫妻双方离婚后，凭证明可以办理双方的过户手续。

问：怎样办理过户手续？

答：办理过户手续的用户，

今天给您问：

液化石油气

是否发展新用户

徐春芳 安克 潘移风

答：本市供应的液化石油气，着燃气结构的变化也开始出现供充足的局面。液化石油气公司在断地发展新用户和开展液化石油的新用途。如：实行小区集中供和即将推广的以液化石油气代替油作燃料的液化石油气汽车等。

液化石油气居民用户的发展在87年已达到126万户。虽然煤气天然气用户发展迅速，但是到目全市的液化石油气居民用户还是104万户。液化石油气居民用户使用重量为15公斤的钢瓶，卖给

有液化气购气本用户的需要，市液化石油气公司按市场价格采取了议价售气的办法。没有购气本的用户可在市液化石油气公司所属的各液化石油气供应站买到议价的液化气，同时还可以办理临时购气证，以便换取和使用液化石油气。

问：居民家中使用煤气或天然气后，原来使用的液化气灶具和购气本都必须收回吗？

这事儿给您问了

116 赵红短波

热线电话：65298676

语音信箱：1663000791

资料查询：26833333

带上购气本、双方户口本、证明

▲ 1998 年 7 月 16 日，《北京日报》2 版

朝阳区慈云里居民王玉卿、庄振华向《北京日报》投稿，表达肺腑之言：“我们一口气读完贵报 3 月 6 日 1 版刊载的《人际关系的一块绿洲》，心情久久不能平静。我们是从五六十年代过来的人，的确如文章所说，那时的社会风气充满了真诚、友爱和互助，而市液化气公司呼家楼供应站现在充满的正是这种令人感动的精神。”

进入 20 世纪 90 年代，呼家楼供应站的服务水平迈上新台阶。他们开创了有偿送气、“双罐制”（即从公司租钢瓶，然后转租给用户周转）等经营方式，实行检修、购气、送气一条龙服务，有效地保证了周边居民的正常生活用气。

呼家楼供应站职工全心全意为人民服务的“绿洲精神”成为行业标杆，市政府号召全社会都来向他们学习。此后，《北京日报》又刊发了《一花引来百花开》《蓝火焰的故事》《心气儿》《换气儿》《点燃真情的火焰》等多篇报道，弘扬正能量。时至今日，呼家楼站在京城服务行业仍有口皆碑。

## 液化气逐渐被天然气取代

伴随着城市快速发展以及陕甘宁天然气进京，北京成为全国第一个实现燃气管网天然气化的大型城市。进入新世纪后，

现在使用的钢瓶（焊接磁码瓶）

越来越多的家庭使上了管道天然气，煤气罐越发少见了。

来自北京市液化石油气公司的统计，截至 2016 年底，本市液化气在用用户达 162 万户。其中，平价气用户 69.3 万户，议价气用户 30.9 万户，惠民气用户 61.8 万户。据了解，这些煤气罐用户主要集中在城市保护区和部分郊区，使用者多为平房院居民。

如今，液化气再不是限量供应的紧俏货，但也没有被完全取代，作为北京市备用气源，这个产业还会继续存在。

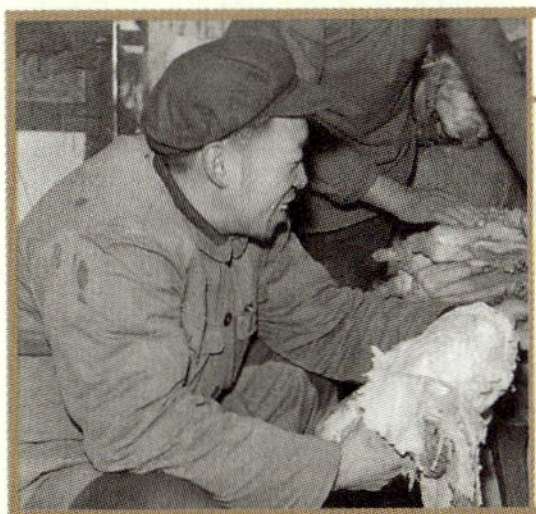

# 家家户户贮存大白菜的日子

历史资料 ▪ 京报集团图文数据库

文 ▪ 贾晓燕

在过去相当长的一段岁月里，贮存大白菜是北京家家户户的一件大事。为了来年冬春时节能有菜可吃，人们受累受冻排“长龙”，一下买上几百斤大白菜贮存起来。而为了这昔日的“当家菜”，政府一年就要贴掉“两座立交桥”。

## 打响一场贮存战役

在很多“老北京”的记忆中，每年 11 月初，北京都要打一场贮存大白菜的战役：夜里，路上能看到一辆辆运菜的卡车；白天，街上会冒出一座座“白菜山”，接着便出现一条条买白菜的“长龙”……

战役起源于 1959 年。据《北京日报》1959 年 10 月 31 日 2 版《抓紧时机快快贮存丰收大白菜》一文报道，当年，本市发起了“城乡协作、公私并举、人人动手、户户存菜”的贮存大白菜的群众运动。

大白菜是京城老百姓“冬春季”的当家菜，可每年贮存是个大问题。1959 年，本市郊区的 50 多万亩秋菜长势良好，其中 25 万多亩大白菜大部分棵大心实，净菜产量达 10 亿斤左右，比上一年增产一倍多。产量猛增，贮存成了难题。市人民委员会专门召开贮存蔬菜动员大会，要求采取切实有效的措施贮存好大白菜，不仅产菜的人民公社要建立菜窖，机关、工厂、学校、饮食业甚至连街道居民也要贮存大白菜。

▲ 1959 年，大白菜堆儿上的小姑娘喜笑颜开（李晞 / 摄）

这种分散贮存有一个重要好处，那就是：可以利用一切设备，减少建窖的人力和物力。当时，全北京居民有 70 万户，假如每户利用屋角、床下贮存二三百斤（三四十棵）大白菜，是比较现实的。以平均每户能贮存 300 斤计算，全市居民就能存 2 亿斤菜。机关团体、工矿企业、学校、部队等集体伙食单位和饮食业，还可以分散贮存一两亿斤。如果这些菜完全由国营商业和人民公社集中贮存，那么就需要建菜窖 4 万多间，用工近 30 万个。大家动手贮存，这批人力物力就可以节省下来了。（1959 年 10 月 31 日，《北京日报》2 版《存好丰收菜，冬春保食用》）

从那时起，秋冬时节贮存大白菜便成了北京家家户户必须做的事情，并延续了好多年。

## 一年贴掉“两座立交桥”

从 20 世纪 70 年代到 90 年代，物价整体水平逐渐上涨，但大白菜的价格却很少变动。以一级菜为例，1974 年 4 分钱一公斤，1980 年 5 分钱一公斤，1992 年 9 分 4 厘一公斤，近 20 年时间，大白菜价格始终保持在一个相对稳定的水平上。这显然是因为政府给了补贴在里面。

据了解，冬贮大白菜卖到约 6 分钱一

城乡协作 公私并举 戶戶貯存 人人动手

**抓紧时机快快贮存丰收大白菜**

▲ 1959 年 10 月 31 日，《北京日报》2 版

社論

**存好丰收菜 冬春保食用**

郊区刷雨涝風雹灾害夺菜的斗爭，已經取得了决定性的胜利。目前，各种秋菜普遍生长良好，丰收在握。这是郊区全党全民反右倾、鼓干劲的斗爭果实，是城乡人民大协作的产物，也是总路綫、大跃进和人民公社的伟大胜利。为了把丰收的秋菜貯存好，保証今冬明春的蔬菜供应，必须继續发揚城乡协作的精神，大家一起动手，把秋菜貯存好。

今年秋菜面积比去年扩大一倍多；估計大白菜淨产量将达到十亿斤左右，扣除农民自食，商品菜还有七亿多斤。怎样才能把这样大量的蔬菜貯存好呢？唯一正确的办法，就是城乡协作，公私并举，人人动手，戶戶存菜。这就是說，除了人民公社和商业部門需要貯存一定数量的商品菜以外，所有的集体伙食单位、飲食业和街道居民，也要根据可能条件，分别貯存够用三、四个月的大白菜。

这样做有什么好处呢？首先，分散貯存可以利用一切設备，减少建窖的人力和物力。全市居民有七十万戶，每戶利用屋角、床下貯存二三百斤（約三四十棵）大白菜，是完全可能的；人口多的、条件好的，还可以多存一些。如果平均每戶能貯存三百斤，全市居民就能存两亿斤菜；机关团体、工矿企业、学校、部队等集体伙食单位和飲食业，还可以分散貯存一、两亿斤。这些菜如果由国营商业和人民公

其它生产建設。其次，分散貯存，組織較大的伙食单位和人民公社“挂鈎”，就近到产地取菜，可以大大节約入窖的人力和运輸力，并且由于縮短了白菜入窖的时間，还能避免因为气候驟变使白菜受冻造成损失。再次，分散貯存，便于保管，既能节約倒菜人工，又能减少损耗。

根据郊区历年集中貯存的經驗，每間存一万斤菜的活窖，从入窖到出窖，倒菜就需要十来个人工；每次倒菜都要脫帮掉叶，一般的损耗占三分之一，即三斤菜要损失一斤；如果采取分散貯存的方法，每戶存上几十棵菜，順手就能倒一次，同时还能减少损耗。这对国家、人民公社和每个消費者都是有利的。

为了把今冬的大白菜貯存好，各級党委和各单位的行政領导，必须在作好思想工作的基础上，具体帮助伙食团解决貯存大白菜的实际困难。經营蔬菜的商业部門和工作人員，应当向街道居民进行深入的宣传和細致的組織工作，并且要认真做到公平合理，按质論价，使生产者和消費者互不吃亏。我們堅信，只要城乡人民大力协作一齐动手，就一定能把大白菜貯存工作做得又快又好，也就能使今冬明春的蔬菜供应得到可靠的保証。

现在已是“霜降”季节，离“立冬”收菜已經不到半月了。时間非常紧迫，气候变化很快，为了保証大白菜丰产丰收，郊区各人民公社要按时按量的完成建窖計划；商业部門应当在党委領导下，加快行动，积极組織产、銷“挂鈎”，安排运輸

▲ 1959 年 10 月 31 日，《北京日报》2 版

▲ 1960 年，东城区服务公司东安市场联合餐馆抽出部分职工赶挖菜窖（李晞 / 摄）

▲ 1960 年，元顺永商店红旗售货员傅长林（左）在指导居民如何保存好大白菜和计划用菜（李晞 / 摄）

公斤的时候，地头上的收购价大约是 4 分钱一公斤，摊进流通环节的各项费用，实际上每公斤大白菜的成本大约要在 1.5 角钱，其间的差价，全部由北京市财政来负担。

“（北京市）政府已从口袋里额外掏出 460 万英镑以出售价格的双倍价格收购大白菜。”1988 年，一位英国记者这样写道。北京市政府的一位领导曾就每年对大白菜补贴一事感慨：两座立交桥没了！（1988 年 11 月 11 日，《北京日报》1 版《八万人的汗与情》）

政府给予补贴其实也是老百姓每年排“长龙”买大白菜的一个重要原因。《北京日报》1988 年 11 月 8 日 1 版刊登的《北京街头两条“龙”》记载了一位排队者的感叹：“现在卖的 3 分钱一斤的大白菜是国家给了补贴的，要是错过了，一来是零买费事儿，二来得花几倍十几倍的价钱——可咱就挣这俩钱啊！”

尽管当年除了集中供应的“冬贮菜”，也有零售的“议价菜”，但零售大白菜没有补贴，相比之下，价格要贵得多。在少有其他蔬菜替代的年代，如果靠“议价菜”度过冬天，可是一笔不小的开销。因此，绝大多数人会选择一下子买几百斤大白菜，存着慢慢吃。

## 丰收之年的“大白菜荒”

大白菜年年要吃，年年得贮存。可 1980 年秋冬之际，北京愣是有人没买到大白菜，这在当时是一个“大事件”。

“编辑同志，今年北京大白菜丰收，但是一条供应不限量的办法抵消了好形势，造成市场大白菜供应相当混乱的局面……”1980 年 11 月 13 日，《北京日报》1 版刊发了几封读者来信，反映了买不到大白菜的问题。

读者赵一萍写道：“住在东城新兴里的周大妈 7 日早晨三点到菜站已排到第 39 号，儿子、姑娘轮换着排了 5 个小时，只卖 20 几位就不开票了……”

读者吴懋银写道：“我们单位宿舍区有 800 多人家，大部分职工户都没有买到冬贮白菜，而唯一的供应点双榆树菜店，在 11 月 10 日这一天，菜架上空空如洗……”

读者刘桂存、郑兰荣写道：“往年，冬贮大白菜供应到 15 日，可今年到 9 日就没菜了。我们都是双职工，本想星期天休息买点菜，可是附近的菜站不但没有冬贮白菜，就连零售白菜也没有了……”

## 今年本市大白菜供应办法不妥 群众来信批评要求改进工作

### 供应不限量 造成混乱

编辑同志：

今年北京大白菜丰收，供应是一条供应不限量的办法抵消了好形势，造成市场大白菜供应相当混乱的局面。

大白菜供应大敞口、不限量的办法，不仅苦煞了没时间排队的双职工，也使群众也很难买着。住在××新兴里的周大妈七点钟清晨3点到菜站已排到了××9号，儿子、媳妇轮换排了5个小时，只卖二十几位就不开票了。我们全家8个人只有1个人买了二级菜，实际质量比三级菜都不如。

不限量的供应办法，使极少数善于"走门路"的人经过后门、跟踪等五花八门的关系买了大批白菜，造成苦乐不均。

呼吁有关部门积极总结经验教训，改进工作，保障供给，取信于民。

赵一侨

### 许多人没买到冬贮菜 期望成泡影

编辑同志：

正当贮存冬菜的时候，报上连篇累牍地宣传今年大白菜怎么多，怎么好，动员群众做好大白菜的贮存工作。广大群众也的确从实际生活的需要出发，抱着很大的希望，翘首期待着大白菜的到来。没想到，一年一度贮存大白菜热潮竟闪电式地过去了，群众的期望变成了泡影。我们单位宿舍区有800多人家，菜站只在这里卖了一天，开了30张票就走了。从我们单位的小范围来看，大部分职工户都没有买到冬贮白菜。而唯一的供应点双榆树菜店，在11月10日这一天，菜垛上空空如洗。从点看面，这几天整个北京市的情况也不例外。希望市里领导同志听听群众的呼声！

读者 吴思雄

▲ 1980 年 11 月 13 日，《北京日报》1 版

市秋菜指挥部负责人

## 就大白菜供应问题发表谈话

行了不定点、不限量供应的办法，结果造成了居民买菜苦乐不均，正如你们所了解的，有的人一次能买到一级菜上千斤、甚至三、四千斤，有的人却一斤也买不到，使排队的群众受累、受冻，更苦了那些没有时间排队的人，对此，我们谨向这些居民道歉！我们正在总结经验教训，广泛征求意见，以便明年能拿出一个为大多数人认可的比较妥善的办法来。

一部分群众没有买到冬贮大白菜，给我们指挥部和报社、电台等部门打电话、写信，对我们提出宝贵的意见和批评，这对我们的……

▲ 1980 年 11 月 15 日，《北京日报》1 版

◀ 1963 年，郊区人民公社和国营农场种植的大白菜源源上市，满载大白菜的汽车往各零售点运送。在卸车过程中，为了减少大白菜的损失，许多单位的职工采用"上车不踩菜，车下有人接，随手码整齐"的卸菜法（李晞/摄）

## 北京街头两条"龙"

本报记者 赵靖云

**编者按** 治理环境，整顿秩序，深化改革，人们把关注的目光，更多地落到了经济生活中的那些牵动人心的现象上。这些现象有的给人以鼓舞，有的予人以困惑，有的则唤起了人们的某种思索……

如何看待它们？

本报今起开辟的《经济生活透视》，就是观察、思考这些现象提供一个视角。

希望广大读者能从更多的角度，更深的层次，更开阔的视野上去认识这些现象，从而更自觉地投身于改革和建设的实践之中。

……并在其尾部交会……长达百余米、以一……

……京街头两条"龙"。……能见到两条"龙"……你都能听见类似的……

……折腾我整一天！"……买上！"……组织烟筒、炉子等……两条"龙"的状况。……日前，首都的报……："北京居民不要……及其他冬季商品。"

于是人们很容易地联想到曾经发生的抢购火柴、卫生纸、食盐、棉毛裤等的风潮。有识之士分析道：今冬本市烟筒实际需求量其实不到280万节，完全可以保证供应；但居民的心理需求却使需求数字可能猛增至500万节！结论：市场的紧张是"心因性疾病"造成的。

此论无疑是中肯的。但，这就是事情的全部吗？假如我们追问一句："心病"又缘何而起？

11月3日晚9时，一位与记者同在东单北大街排"白菜队"的老知识分子对儿女感叹着："现在卖的3分钱一斤的大白菜是国家给了补贴的，要是错过了，一来是零买费事儿，二来得花几倍十几倍的价钱——可咱就挣这两钱啊！"

另一位七旬老人站在11月4日米市大街的"烟筒队"……

……力"的影响，但更承受能力的考虑。

诚然，如同有物价的多次变动而肯定还藏匿着一只……的大多数人还没有……度。因此不妨这样……与他们的现实（经……说市场上的恐慌行……倒不如更准确地……寻常百姓判断的。这种判断方式无可指责。

正因为这样，……

▲ 1988 年 11 月 8 日，《北京日报》1 版

今晨零时，本报记者通过电话从市秋菜指挥部获悉，全市冬贮白菜已销售2.8亿公斤。这中间凝聚着——

## 八万人的汗与情

苏景华 赵靖云 杨金凤

……业的人们，却遗而不谈自己，——他们，以及各区县指挥部，冬贮以来办公室的灯光不都是彻夜通明吗！

### 人们未必知道

然而，这一切人们未必知道。

能够直接引起大多数消费者关注的，恐怕还是冬贮大白菜的质量。

这也难怪，在凛冽的寒风中站过几个小时之后，谁也企望能在买到手的白菜上得到些慰藉。

但谁也没有能力保证不会有失望者。于是，我们就看到了这样一幕：

3万多公斤菜堆在缸瓦市菜店门口，像几座小山，然而整整一个下午过去了，却无一人问津。

为什么？因为菜次。

同一天（11月4日），丰台区菜蔬公司设的监督电话响起了不下百余次，来电集中反映的问题，第一个就是"大白菜质量差！"

有人愤怒了："大冷的天半夜起来排队，等来的就是这个？！报上不是说了七成心以下的菜不许上市吗？！"

一位年轻的蔬菜门市部经理面对团团围上来质问和要求换菜的怒气冲冲的人群，急哭……

……价格，因为山西、河南等地的收菜车就在地头停着，他们出价两角钱。

保定杨庄村消息，保定市政府下令自11月3日起保定市内大白菜一律不得外流，原订300万斤的收购任务不能完成……

而要命的事还不只是菜次和货源紧。石景山区1600万公斤供应量中有1200万公斤要从远郊和外埠运入，可是车在哪里呢？——入冬了，煤要运输，烟筒、炉子要运输，粮食要运输，大白菜更要运输，但我们的运力实在不敷应求！

人们啊，为通宵排队而牢骚满腹的人们，为盼不来送菜车而怨气冲天的人们，为买到的菜不够七成心而发怒的人们，你们知道这里面的一切吗？

### 对回访意见的试答

昨天傍晚，当记者又一次到东城、崇文两个区的一些售菜点采访时，发现每个菜点前都只有寥寥数名购买者了。人们脸上已看不到担心买不着的焦虑，不少菜店开始贴出通知，希望还没买菜的居民们抓紧时间购买。

有些菜店甚至能抽出人来对已经买到菜的居民进行回访了。于是，我们也得以就居民们意见最集中的问题——菜次——多做了些采访。

今秋，种菜时节，30年不遇的连阴雨在京郊施展了它的淫威。刚栽下苗的菜地被冲毁了，菜农们赶快补种，谁知补栽的又被冲毁，于是，再种第三次……不少地方出现了"几冲几种"。然而，紧跟着，致命的黑斑病袭来，7000亩菜地又横遭灾。菜农们一遍遍地补种、打药、追肥，尽管有些白菜的包心程度因实而不好，尽管有些菜农眼睁睁说不该把次菜运进城来，但他们不顾菜贩子每500克一角钱的诱惑，而将自己心血换来的果实奉献给城里的居民，这不是已经很难得了吗？

一位菜农记者这样惊呼道："（北京市）政府已从口袋里额外掏出460万类钞以出售价格的双倍价格收购大白菜。"

黄超副市长，曾说今年本市为大白菜拿出财政补贴一事感慨道，两届立交桥又没了！

还能说什么呢？7分钱收购上来，3分3卖给居民，并规定要七成心以上，——一位白发苍苍的老大爷叹道，"也就是共产党！"

### 京丰五金厂加班加点赶制烟筒

本报讯（通讯员刘翼民）石景山区京丰五金厂职工在接到任务后，突击生产十五万节烟筒，日夜不停，现已运往供销部门烟筒一万五千节。

### 丰台区取缔……

本报讯 昨日上午，丰台公安分局及丰台工商行政管理局依法整顿取缔了孟家桥鸽子黑市。昨日上午，近200……

▲ 1988 年 11 月 11 日，《北京日报》1 版

买不到冬贮大白菜，老百姓当年冬天和来年春天的吃菜都成了大问题。1980 年 11 月 15 日，《北京日报》1 版刊发《市秋菜指挥部负责人就大白菜供应问题发表谈话》，对读者反映的问题进行了解释。原来，1980 年大白菜总产 8.4 亿斤，总产量并不少，居民没有买到菜，主要是当年改变了销售办法造成的。具体来说，是从防止冻菜考虑得多，对如何保证广大居民都能买到冬贮菜、一级菜考虑得不够，实行了不定点、不限量供应的办法，结果造成了居民买菜苦乐不均，导致有的人一次能买到一级菜上千斤甚至三四千斤，有的人却一斤也买不到，使排队的群众受累、受冻，更苦了那些没有时间排队的人。

为此，市秋菜指挥部通过《北京日报》向这些居民道歉，并采取了补救措施，包括恢复零售大白菜，将商业冷库和农村社队贮存的大白菜陆续投放市场等。一场丰收之年的“大白菜荒”这才烟消云散。

## 全民来买“爱国菜”

1989 年，向来受宠的大白菜遭遇了一次被“抢救”的命运。

这一年，北京遇到了大白菜生产过剩、卖不出去的情况。当时的大白菜有着非常神气的别名，在遍布京城大街小巷的菜站里，堆满了新鲜的大白菜，黑板上大大地写着几个字——“爱国菜”。

“现在回想起来真有意思，”原北京市菜蔬公司党委书记孙毓楼提起 1989 年冬天自己几次上电视的经历，“号召大家买白菜。在电视上讲大白菜如何有营养，常吃对人的身体有好处。”

这年赶上多年不遇的暖冬，地里的大白菜长得格外茁壮，等到收割季节，在其他菜品也比较丰富的大背景下，1.6 亿斤大白菜一下子成了卖不动的积压货。市政府不得不紧急动员全市各个机关、学校、工厂和部队购贮大白菜。有的单位直接把大白菜买回去当作福利分给职工。有的单位是职工买了白菜后可以报销。连市长都亲自到菜站推销白菜。媒体机器也开动起来，电台里把“清早起来吃白菜，晚上回来白菜吃”编成了歌曲，报纸上连载着“佛手白菜”“荷花白菜”“糖醋白菜”“蒸酸白菜”“烧熘白菜”等各种新奇的做法。

这一次大白菜滞销危机，最终在行政力量促销下得以度过。（2007 年 2 月 13 日，《北

4 北京日报 纪事 DOCUMENTARY 2007年2月13日 星期二

# 大白菜“当家”的岁月（上）

■ 本报记者 唐静

如果不是去年冬天菜价的暴跌引发了一场市民自发的“抢救大白菜运动”，也许不会有多少北京人蓦然意识到：那些大白菜作为“当家菜”的日子，那些满城竞买大白菜的日子，已经离我们如此遥远了。

那一段曾经关联每家每户的往事，已经随着时光的演进渐渐隐去，变成千千万万人与这座城市共有的记忆。

“抢救大白菜”

“大白菜主义”

“一冬的活计”

“轻易不能放”

告别“当家菜”

“我的北京的一部分”

▲ 2007年2月13日，《北京日报》14、15版，《大白菜“当家”的岁月》

京日报》14、15 版《大白菜“当家”的岁月》）后来红极一时的电视剧《编辑部的故事》中专门有一集《水淹七军》讲“萝卜大丰收”指的就是冬贮大白菜滞销。

## “当家菜”地位不再

进入 20 世纪 90 年代，越来越多的楼房取代了低矮的大杂院，市民贮存大白菜变得越来越困难。

1991 年，实行数十年的大白菜定点、定量供应方式，改为“敞开销售、自由选购、自愿贮存”的新办法。1992 年，本市第一次实现冬贮大白菜购销同价，长期以来靠市财政补贴维持的“高价进、低价卖”的状况，在这一年得到初步改变。（1992 年 10 月 27 日，《北京日报》1 版《今年大白菜购销同价》）

大白菜“当家菜”的地位也逐渐不保。按照《北京日报》1993 年 11 月 13 日 8 版文章《寻访大白菜》一文记载，当年大批大批绿莹莹的白菜摆上街头的时候，许多人只是赞一声“这菜真不错！”却不大想上百斤地往家买了。

随着市场经济的日益繁荣，北京“菜篮子”工程也蒸蒸日上，大白菜在老百姓冬季餐桌上的份额渐渐走了下坡路：20 世纪 80 年代，占 90%；1990 年，60%；1994 年，30%；1996 年、1997 年，顶多能到 20%。在蔬菜供销体制改革中，大白菜一步步淡出了昔日“当家菜”的地位。（1997 年 11 月 4 日，《北京日报》1 版《大白菜“平静到位”》）

# 那些年取暖全靠烧煤

历史资料 ▪ 京报集团图文数据库　　文 ▪ 贾晓燕

从2017年冬季开始，北京城六区供暖全部实现燃气化。这不禁令人回想起昔日靠烧煤取暖的年代。那时，碰上供应紧张，人们半夜三四点就得拿着煤票排队预订，在买煤“长龙”里一站就是几个钟头。

## 为买煤要排几个钟头

几十年前，京城老百姓一年四季过生活主要靠烧煤，取暖、做饭、烧水都离不开煤，煤炭经营网点遍布大街小巷。

那时候，煤是紧缺能源，实行定量供应，居民买煤手里得攥着煤本。20世纪50年代初期，居民买煤随叫随到，不管平房楼房，买多买少，都送到家。后来，煤厂月初收煤款，最快速度也得半个月后才能送到家。需要的人太多了，实在忙不过来！

昔日城区一家煤铺的工作人员回忆，每当“开始售煤”的告示贴在胡同口，消息便会传遍各家各户。碰上供应紧张的时候，居民半夜排队，一排就是几个钟头。每年冬季，政府花在民用煤上的补贴达上亿元。

想当年，光东城区就有10个煤厂，这些煤厂按照10个街道办事处序列建制，每个煤厂对一个街道办事处，供应管片内的居民，煤厂又下辖三五个门市部。最高峰时，东城区的煤厂要负责20万居民的煤炭供应。为了保证及时供应，运煤车甚至可以走禁行

▲ 1960 年，天桥煤厂工人用机器生产煤球（郭仲义 / 摄）

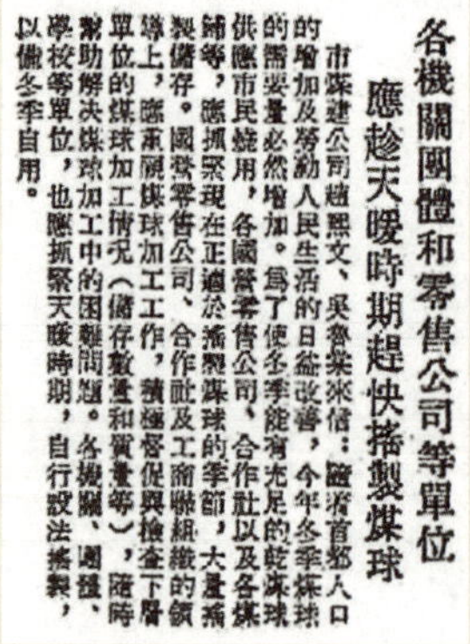

各機關團體和零售公司等單位
應趁天暖時期趕快搖製煤球

市煤建公司趙熙文、吳魯樂來信：隨着首都人口的增加及勞動人民生活的日益改善，今年冬季煤球的需要量必然增加。為了使冬季能有充足的乾煤球供應市民燒用，各國營零售公司、合作社以及各煤鋪等，應抓緊現在正適於搖製煤球的季節，大量搖製儲存。國營零售公司、合作社及工商聯組織的領導上，應系統檢查煤球加工工作，積極督促與檢查下層單位的煤球加工情況（儲存數量和質量等），隨時幫助解決煤球加工中的困難問題。各機關、團體、學校等單位，也應抓緊天暖時期，自行設法搖製，以備冬季自用。

▲ 1953 年 10 月 27 日，《北京日报》2 版

社論

推广燒蜂窩煤

用煤球做飯，是北京居民的老習慣。但是，燒煤球是一件很不合算的事，給国家和个人都造成了浪費，不如燒蜂窩煤。目前，全市居民中間，燒煤球的大約有六十多万戶，只有四万戶左右使用蜂窩煤。根据实驗和調查，燒煤球同燒蜂窩煤比較，一般要浪費百分之二十到三十。这样，本市全年因为燒煤球而多耗費的煤，大約达到三十万噸。

費煤只是燒煤球爐的一个主要缺点，除此之外，它还費劈柴。燒煤球爐差不多每天要升火一次，一次大約用劈柴一斤，全市一年耗用的劈柴就要兩亿多斤。我們国家木材資源不足，而北京用的劈柴，許多是从很远的地方运来的，成本很高。如果改用蜂窩煤爐，就可以少用或者根本不用劈柴。这种爐子按时封閉，就能長期使用，同时也就避免了每天消燒烟霧弥漫，汚染新鮮空气。燒煤球爐出的煤渣也多，不利于城市的环境衛生。現在北京全市的垃圾一年大約有一百多万立方公尺，估計其中煤渣要占六十万立方公尺，加上制煤球掺用黃土多耗費的运輸力，本市全年因此要用三噸的卡車运輸二十万車次以上。如果改燒蜂窩煤，煤渣可以减少，城市的垃圾运輸就隨着減少。

燒蜂窩煤雖然有上面所說的这些好处，但是，有人認为燒蜂窩煤目前还有問題。据了解，一般有兩种反映。一种是說，燒蜂窩煤虽然省煤，但是火力比較弱，只适用于兩三口人的小家庭，不适用于人口多的大家庭。这个問題过去的确存在，現在已經解决了。燒蜂窩煤同燒煤球比較，技术性比較强，爐子構造好坏，煤磚質量好坏，都直接影响火力。过去本市对爐子和煤磚的生产，一直缺乏管理和研究，蜂窩煤爐和煤磚都沒有一定的規格标准，并且粗制濫造的現象很普遍，所以减弱了火力。最近，市計划委員会和有关商業、工業部門，对爐子和煤磚进行多次研究实驗，已經作了改进；对爐子和煤磚的生产也加强了管理，統一了規格标准，保証产品質量，来满足人民的需要。經过改进的蜂窩煤爐确实好用了，火力大大加强了。一个六七口人的家庭，用直徑五吋的煤磚（重二点五斤），一天只用兩塊半或三塊就夠了，煮飯、蒸饅头、炒菜，使用鋼精鍋或鐵鍋，都可以解决問題。二三口人的小家庭，还可以用直徑四吋的煤磚。超过十人的大家庭，可以用直徑六吋的煤磚。居民可以很方便地按照自己不同的需要，使用不同的煤磚。

另一种反映，是有人認为燒蜂窩煤虽然省煤，可是并不一定省錢；也有人怀疑燒蜂窩煤是否真能省煤。据市計划委員会調查的結果，一般六七口人的家庭，每月大約需用煤球四百斤，折合淨煤三百二十斤；而使用蜂窩煤，一般每天最多不过用三塊半（直徑五吋的），每月折淨煤二百四十六斤。这样，每戶每月可以节煤七十四斤。如果折合人民幣計算，燒煤球連同劈柴，每月大約需要人民幣五元三角；而燒蜂窩煤每月最多四元二角就夠了。所以，可以肯定地說，燒蜂窩煤一定能夠省煤省錢。

煤炭和鋼鉄是国家建設和工業生产最重要的物資。几年以来，煤炭和鋼鉄的产量虽然逐年增加，但是还赶不上国家建設和人民需要增長的速度，所以目前煤炭和鋼鉄仍旧产量不足。本市各有关部門已經采取各种有效措施，来节約煤炭和鋼鉄；在居民中推广使用蜂窩煤，也就是节約煤炭和鋼鉄的办法之一。为了配合推广使用蜂窩煤，市計划委員会和有关生产、商業部門研究改进了蜂窩煤爐，对于取暖用的火爐也正在研究改进。例如已經試制成功的兩用爐，平常可以燒蜂窩煤，冬季可以燒煤塊和煤球。一家备用这样一个火爐，做飯和取暖問題都可以解决，而且給国家节約了大批鋼鉄。

对于居民来說，改变一种生活中的旧習慣，是会遇到一些困难的。有些居民在开始燒蜂窩煤的时候，因为技术不夠熟練，可能遇到一些麻煩。但是，如果能夠耐心点，这一点困难是很容易克服的。推广使用蜂窩煤，对国家来說，具有多方面的节約的意义；对个人来說，既能节約开支，使用也方便。讓我們大家为国家利益着想，也为了进一步培养个人节約和清潔衛生的美德，积極采用蜂窩煤吧！

▲ 1957 年 5 月 25 日，《北京日报》1 版

胡同煤铺说变迁

燃料变了 煤铺少了

煤铺没了 主营变了

煤铺少了 环境好了

百姓身边事新说②

▲ 2001 年 3 月 20 日，《北京日报》6 版

线。（2001 年 3 月 20 日，《北京日报》6 版《胡同煤铺说变迁》）

即便如此，冬季到来之前，还是有市民为煤而发愁。1952 年，《北京日报》就曾收到很多读者来信，反映当年因供应不足，导致很多市民“买不到煤或者已经买了煤却很久没送到家”。后来得知，这是运输力不足造成的。第二年 9 月，本市提前着手冬煤供应工作，解决了这些问题。（1952 年 12 月 11 日，《北京日报》2 版《关于本市燃煤供应问题，有关单位已订出解决办法》）

## 蜂窝煤取代煤球

早年，大多数人家用的煤是手工摇出来的煤球。煤球是由煤末和黄土掺和而成的湿煤制成，为了让老百姓在冬天烧上干煤球，相关部门每年都呼吁各国营零售公司、合作社以及煤铺提前摇制煤球，并允许机关、团体、学校等单位自行摇制，以备冬季自用。（1953 年 10 月 27 日，《北京日报》2 版《各机关团体和零售公司等单位应趁天暖时期赶快摇制煤球》）

但是，烧煤球很费煤。1957 年，京城烧煤球的有 60 多万户，只有 4 万户左右使用蜂窝煤。根据调查，烧煤球同烧蜂窝煤比较，一般要浪费 20%—30%。如

▲ 1961 年，东四人民公社金属厂工人生产蜂窝煤气炉（冯文冈 / 摄）

▲ 1965 年，朝阳区煤建管理处科室工作人员准备给市民送煤球（冯文冈 / 摄）

此算来，当时全市一年因为烧煤球而多耗费的煤，大约达到 30 万吨。

此外，烧煤球还费劈柴。因为烧煤球炉差不多每天要升火一次，一次大约用劈柴一斤，全市一年耗用的劈柴就要 2 亿多斤。北京用的劈柴，许多是从很远的地方运来的，成本很高。而且，烧煤球炉出的煤渣也多，不利于城市的环境卫生。当时，北京城的垃圾一年有 100 多万立方米，其中煤渣要占 60 万立方米，加上制煤球掺用黄土而多耗费的运输力，本市全年因此要用 3 吨的卡车运输 20 万车次以上。（1957 年 5 月 25 日，《北京日报》1 版《推广烧蜂窝煤》）

从 1957 年到 1958 年，本市大力推广烧蜂窝煤，到 1958 年 3 月，全市已有 10 多万户居民烧蜂窝煤。蜂窝煤的规格，由以前只有 5 寸的一种，增加到 4 寸、6 寸等多种。销售点也由以前的 20 多家增加到家家煤铺都销售蜂窝煤。（1958 年 3 月 24 日，《北京日报》2 版《全市有十多万户烧蜂窝煤》）

蜂窝煤的供应量逐年增多，煤球逐年递减。到 1988 年，既能省煤又能减少污染的蜂窝煤已占供应量的 81%，这一年，市场上的煤球已经不好买了，经常是跑几次煤厂都被告知无货。（1988 年 11 月 3 日，《北京日报》2 版《取暖烧的煤球将逐步被蜂窝煤取代》）

## 楼房户烧煤先爬“鬼见愁”

上世纪七八十年代，楼房猛增，截至 1980 年，烧煤的楼房户已达 20 万户。然而，煤炭网点逐年减少，“送煤到户”逐渐演变为只对平房住户，对绝大多数楼房户，只送到楼门口。

1978 年 1 月 6 日，《北京日报》3 版刊登了读者楼乾贵的来信，信中这样写道：“往年，送煤的老同志不但负责把煤送到楼上各户，而且还给堆好、码齐。当我们看到这些老工人辛辛苦苦地背煤上楼时，心中十分感激，总是主动帮助他们背煤。可是，1975 年以后，他们就不往楼上送煤了。去年入冬，他们只把煤堆在大门口，叫各户自己去搬运。这里的居民绝大部分都有工作，留在家里的多是老弱病残。就拿我来说，50 多岁了，患有高血压、骨刺等病；我的爱人体力也很差，要我们把几百斤煤背到楼上，实在是没办法……”

1983 年，送煤工给天坛西里居民送煤（李晞 / 摄）

如何解决楼房户“烧煤难”？

▲ 1980年10月16日，《北京日报》1版

解决送煤难问题的尝试

——崇文、丰台、石景山三个区的调查

▲ 1984年5月17日，《北京日报》2版

低硫煤为何推广难

▲ 1999年2月1日，《北京日报》2版

随着30万户胡同居民全部“煤改电”，东、西城仅存的煤铺结束了历史使命，今年冬天——

最后9家煤铺告别北京老城区

最后9家煤铺关张

▲ 2015年12月31日，《北京日报》5版

这种情况在当时相当普遍。送煤时，有的双职工都上班去了，剩下的不是老弱病残就是小孩，又没有运煤工具，只能一趟一趟往楼上抱，或者一簸箕一簸箕地往楼上端。运煤就好像爬“鬼见愁”，有的伤了胳膊扭了腰。1979年冬天，市煤炭公司接到300多封反映“烧煤难”的群众来信。（1980年10月16日，《北京日报》1版《如何解决楼房户“烧煤难”？》）

据《北京日报》1984年5月17日2版《解决送煤难问题的尝试》一文解释，煤厂不能做到送煤上楼的主要原因有三：首先，随着城市建设规模的扩大，用煤户逐年增多，而售煤点却由1956年的300多个减少到1984年的111个。以前送煤半径不足一里，20世纪80年代不少煤点送煤半径已达三四里。其次，送煤工人的素质有了变化，老送煤工相继退休，新工人招不进来，不得不招聘大批农民临时当送煤工人。最后，送煤劳动强度大，又累又脏，但送一吨煤往返四次仅收入一元钱，同三轮运输工人的收入相差数倍。

为解决“烧煤难”问题，丰台、石景山和原崇文三区率先尝试送煤按楼层计价和按里程收费、给送煤工人以合理报酬的办法。办法实行后，大多数用煤户每月平均付两角多的送煤费，烧煤就不再发愁了。

## 煤铺告别老城区

随着环保意识的逐渐增强，越来越多的人意识到：燃煤是造成本市大气污染的主要原因之一。为有效改善大气环境质量，1998 年起，本市先后实施了多项改善环境的措施，其中包括强制推广使用低硫优质煤。（1998 年 11 月 7 日，《北京日报》1 版《低硫优质煤强制推广》）

不过，当年的推广并不尽如人意。年终结算数字显示，全市低硫煤销售只达到 80 万吨—90 万吨，离 200 万吨的推广目标差距甚大，特别是许多单位仍然在使用污染严重的高硫煤。据了解，这是因为除去市煤炭总公司系统外，当时全市还有大大小小的 2000 多家煤炭经营企业，这些经营者绝大部分是个体经营者，有的只是有几辆车、有买主有煤源的“煤贩子”，而这 2000 多家中只有 10%左右有营业执照，其余的都是“黑户”，他们经常掺杂使假、以次充好，阻碍了低硫优质煤的推广。（1999 年 2 月 1 日，《北京日报》2 版《低硫煤为何推广难》）

为进一步改善大气环境质量，进入新世纪后，市政府做出决定：改变北京以煤为主的能源结构，建立市场化的优质能源供应体系。此后，全市茶炉、大灶改用清洁燃料，集中供热面积不断扩大……2001 年，北京民用煤用户从顶峰时期的 200 多万户降到 60 万户，民用煤供应量也从 200 多万吨减少到不足 80 万吨。

2015 年 12 月底，随着 30 万户胡同居民全部“煤改电”，东、西城的居民再也不需烧煤取暖，最后 9 家煤铺告别了老城区。（2015 年 12 月 31 日，《北京日报》5 版《最后 9 家煤铺告别北京老城区》）

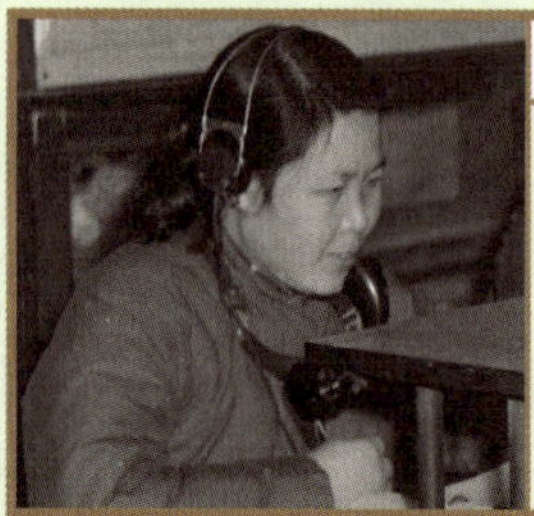



# 当年胡同口的公用电话

历史资料 ▪ 京报集团图文数据库

文 ▪ 汪丹

中华人民共和国成立时，北京仅有 40 部公用电话，大都装在大栅栏、西单的商店和大饭庄里，打电话得通过接线员叫号。公用电话真正走入寻常百姓的生活始于 1951 年，重点安装的就是胡同里的传呼公用电话。“某某家，接电话了！”这样的声音常常在胡同里响起。

## 某某家，接电话了！

1951 年 5 月，北京电信局开办了一种新的业务——传呼公用电话。如果你有事要打电话，就到离住处最近的公用电话站去打；别人打来电话找你，公用电话站会马上给你送信：某某家，接电话了！

传呼公用电话的出现，为京城百姓解了燃眉之急。譬如，地安门外南锣鼓巷有一天发生火警，因为附近新装了公用电话，消防队及时得到信息顺利灭火；龙须沟一带的手工业生意比以前更好做了，交易中出现的问题打个电话就能解决。（1952 年 10 月 6 日，《北京日报》2 版《哪儿需要电话就通到哪儿》）

大受欢迎的传呼公用电话启发了北京电信局。该局决定自 1952 年 11 月 1 日起，全市所有传呼公用电话一律试办“代传电话”业务。如果来电人说的事情简单，不需要和受话人直接说话的，可由公用电话的代办户转达，由受话人付传话费即可；如果来电

▲ 1959 年，市内电话局话务员在工作（李士民/摄）

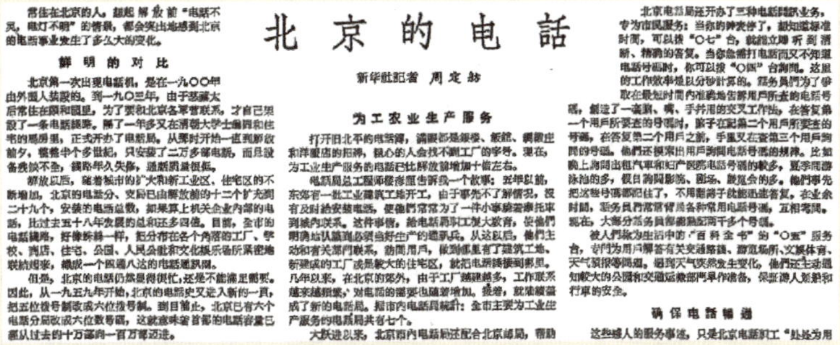

# 北京的电話

新华社記者 周定舫

常住在北京的人，想起解放前"电話不灵，电灯不明"的情景，都会突出地感到北京的电話事业发生了多么大的变化。

## 鮮明的对比

北京第一次出现电話机，是在一九〇〇年由外国人装設的。到一九〇三年，由于慈禧太后常住在頤和园里，为了要和北京各衙門联系，才自己架設了一条电話綫路。隔了一年多又在清朝大学士那桐和住宅的馬房里，正式开办了电話局。从那时开始一直到解放前夕，慢慢半个多世紀，只安装了二万多部电話，而且設备残缺不全，綫路年久失修，通話质量很低。

解放以后，随着城市的扩大和新工业区、住宅区的不断增加，北京的电話分、支局已由解放前的十二个扩充到二十九个，安装的电話总数，如果算上机关企业内部的电話，比过去五十八年发展的总和还多四倍。目前，全市的电話綫路，好像蛛網一样，把分布在各个角落的工厂、学校、商店、住宅、公园、人民公社和文化娱乐場所紧密地联结起来，構成一个四通八达的电話通訊网。

但是，北京的电話仍然显得很忙，还是不能滿足需要。因此，从一九五九年开始，北京的电話史又进入新的一頁，把五位拨号制改成六位拨号制。到目前止，北京已有六个电話分局改成六位数号碼，这就意味着首都的电話容量已經从过去的十万部向一百万部迈进。

## 为工农业生产服务

打开旧北平的电話簿，满眼都是銀楼、飯館、綢緞庄和洋服店的招牌，粗心的人会找不到工厂的字号。現在，为工业生产服务的电話已比解放前增加十倍左右。

电話局总工程师楼彦盟告訴我一个故事：五年以前，东郊有一批工业建筑工地开工，由于事先不了解情况，没有及时給安装电話，使他們常常为了一件小事就要乘摩托車到城内联系。这件事情，給电話局职工很大教育，使他們明确地认識到必須当好生产的通訊兵。从这以后，他們主动和有关部門联系，訪問用戶，做到哪里有了建筑工地、新建成的工厂或是較大的住宅区，就把电話綫接到哪里。几年以来，在北京的郊外，由于工厂越建越多，工作联系越来越頻繁，对电話的需要也随着增加。接着，就陆續盖成了新的电話局。据市内电話局統計：全市主要为工业生产服务的电話局共有七个。

大跃进以来，北京市内电話局还配合北京邮局，帮助

北京电話局还开办了三种电話問訊业务，专为市民服务：当你的钟表停了，想知道标准时間，可以拨"〇七"台，就能立即听到清晰、精确的答复。当你急需打电話而又不知道电話号碼时，你可以拨"〇四"台詢問。这里的工作效率是以分秒計算的。話务員們为了爭取在最短时間内准确地告訴用戶所查的电話号碼，創造了一套眼、嘴、手并用的交叉工作法，在答复第一个用戶所要查的号碼时，脑子在記第二个用戶所要查的号碼，在答复第二个用戶之前，手里又在查第三个用戶詢問的号碼。他們还摸索出用戶詢問电話号碼的規律。比如晚上詢問出租汽車和妇产医院电話号碼的較多，夏季問游泳池的多，假日詢問影院、剧场、展覽会的多。他們事先把这些号碼都記住了，不用翻簿子就能迅速答复。在业余时間，話务員們常常背誦各种常用电話号碼，互相考問。现在，大部分話务員都能熟記两千多个号碼。

被人們称为生活中的"百科全书"的"〇五"服务台，专門为用戶解答有关交通路綫、游览場所、文娱体育、天气預报等問題。遇到天气突然发生变化，他們还主动通知較大的公园和交通运輸部門早作准备，保証游人划船和行車的安全。

## 确保电話暢通

这些感人的服务事迹，只是北京电話职工"处处为用

▲ 1961 年 7 月 20 日，《北京日报》4 版

人要与受话人通话，由代办户把人找来。（1952 年 10 月 31 日，《北京日报》2 版《北京电信局试办代传电话》）

到 1953 年底，市区和南苑、西苑、门头沟等郊区共有 514 个传呼公用电话。其中，市区平均每 3 条胡同就有 1 个传呼公用电话，大部分安装在街巷的中、小私营商店里。

胡同里的传呼公用电话迅速在北京落地生根。后邮电部把这一成功经验推广到上海、广州、天津、沈阳等大城市。

1958 年 1 月 1 日，邮电部调整邮电资费，公用电话通话费由每次 4 分改为 5 分。此政策一直持续至 1990 年，才调整为每次（3 分钟）1 毛钱。

## “三不让打”“六不传呼”怎么治？

20 世纪 80 年代，公用电话的发展遭遇瓶颈。1980 年，北京城区平均 3600 多人、700 多户才有一部公用电话，远不能满足市民的通信需要。公用电话面临“集体单位不愿管，公共场所不让安，个体户要求撤，代办户往外赶”的处境。

当时的公用电话除小部分仍由个体代办户管理外，大部分由街道居委会和生产组等集体户管理。市民屡屡向电信局反

**办好公用电话需要全社会支持**

用电话的作用更不能忽视。

北京的公用电话是1951年创办的，到1960年已有1800多部，其中多数是传呼公用电话。尽管数量还不多，但当时公用电话布点均匀，绝大多数代办户服务态度好，群众比较满意。20年来，各项事业有了很大发展，公用电话却没有发展。目前，市电信局又被迫停了30部，还有五六十部公用电话的代办户要求撤机。现在，城区平均3600多人、700多户才有一部公用电话，远远不能适应首都建设和居民群众的通信需要。而且，当前公用电话处境十分困难：集体单位不愿管，公共场所不让安，个体户要求撤，代办户往外赶。

办好公用电话需要全社会支持。公用电话既然是公共事业的组成部分，就应当纳入各城区政府和有关局的工作议程，大家动手共同办。北京市的公用电话，自创办以来就是电信局一家管。其实，市电信局除了装机、维修以外，许多实际问题，他们一家是解决不了的。就说目前公用电话的状况吧，一方面公用电话紧张，群众迫切要求增装，一

由街道居委会和生产组等集体户代替了。这些代管的公用电话，多数都能热情服务，但是也有的名曰公用，实际成了专用电话，群众形容这些电话是“三不让打”、“六不传呼”，即：代办户开会时不让打、研究事情时不让打、长途电话不让打；代办户上下班前后、中午休息、开会、节假日以及路远的和坏天气，不给传呼。要把现有公用电话的潜力挖掘出来，必须在加强管理的同时，落实政策，努力恢复个体代办户，把个体代办户的积极性调动起来。

对集体和个体代办户也都有个落实经济政策的问题。目前，集体户管的公用电话，一般都没有专人负责，管得好与坏，与个人利益不相关；个体户管的公用电话，传呼路远路近、楼层高低、白天黑夜，收费都一样，也不合理。这些实际问题，如果得不到恰当的解决，势必影响服务质量和公用电话效率的发挥。

另外，公用电话既然是为群众服务的公共设施，它就更需要整个社会和广大群众的支持与维护。现在，有

▲ 1980 年 7 月 28 日，《北京日报》2 版

**市电信局为办好传呼公用电话**

**提高达到服务标准的代办户手续费**

本报讯　市电信局对达到服务标准的480个传呼公用电话代办户，将现行35%的代办手续费提高到50%，调动了传呼公用电话代办户的积极性，进一步提高了服务质量，方便了群众。

为了进一步提高全市传呼公用电话的服务质量，更好地为首都建设和人民生活服务，市电信局有关部门制订了传呼公用电话四条服务标准，要求做到：为人民服务的思想明确，每天服务时间在12小时以上，夜间有急事能打能传；认真执行公用电话规章制度，不乱收电话费，能及时交纳电话费，不拖欠；服务态度热情周到，及时准确地传送电话，不误事；协作配合好，服从业务台的调度。全市于9月份进行了试点，经检查验收，有480个传呼公用电话代办户达到了规定的服务标准，已按收费50%付给了代办手续费。以后凡达到四条服务标准的传呼公用电话代办户，经验收合格，也按50%付给代办手续费。

（仪兆功）

▲ 1980 年 10 月 27 日，《北京日报》2 版

▲ 1992 年，北京街头出现新型公用电话，可拨打国内、国际长途（李士炘 / 摄）

映，有的公用电话名曰公用，实际成了专用电话，并形容这些电话是“三不让打”“六不传呼”。即代办户开会时不让打、研究事情时不让打、长途电话不让打；代办户上下班前后、中午休息、开会、节假日以及路远的和坏天气，不给传呼。

服务积极性不高的原因不难猜。集体户管的公用电话，一般都没有专人负责，管得好与坏与个人利益不相关。个体代办户也有委屈，有人认为传呼路远路近、楼层高低、白天黑夜收费一样，这不合理；一些多年坚守的老代办户要求撤机，则出于安全没保证、街坊有意见、子女不支持等原因。

公用电话既然是为群众服务的公共设施，就更需要整个社会的支持与维护。1980 年 7 月，《北京日报》刊文呼吁：“传电话的”同样是为人民服务，他们的辛勤劳动应当受到尊重。（1980 年 7 月 28 日，《北京日报》2 版《办好公用电话需要全社会支持》）

随后，市电信局出台传呼公用电话代办户的四条服务标准：每天服务时间在 12 小时以上，夜间有急事能打能传；不乱收电话费；服务态度热情周到，及时准确地传送电话，不误事；协作配合好，服从业务台的调度。此服务标准在 1980 年 9 月开展全市试点，市电信局公布，凡达到服务标准的代办户，代办手续费从 35% 提高到 50%，以调动其积极性，提高服务质量。（1980 年 10 月 27 日，《北京日报》2 版《提高达到服务标准的代办户手续费》）

## 热心的“代办人”

公用电话的传呼离不开人。作为一个时代服务精神的缩影，公用电话代办人曾在《北京日报》版面上占据重要一席。

1980 年《北京日报》2 版开设了“传送公用电话的热心人”栏目，其中有一篇报道讲述了一个“全家代办”的故事。当时，天坛街道向荣街 10 号楼居民王淑琴管传呼公用电话已经 11 年，她全家八口人都为此忙活。1980 年 2 月的一天深夜，王淑琴得知邻居一家六口人煤气中毒的消息后，立刻拨电话叫急救车，又让大女儿跑到邻居家帮忙抬病人上车，并且护送到医院。

崇文门外远望街居民王魁漳 1955 年就成了传呼公用电话代办户，负责 15 条街、巷、胡同共 2000 多户。1980 年，已 76 岁高龄的他仍然坚守岗位，刮风下雨、严寒酷暑都未

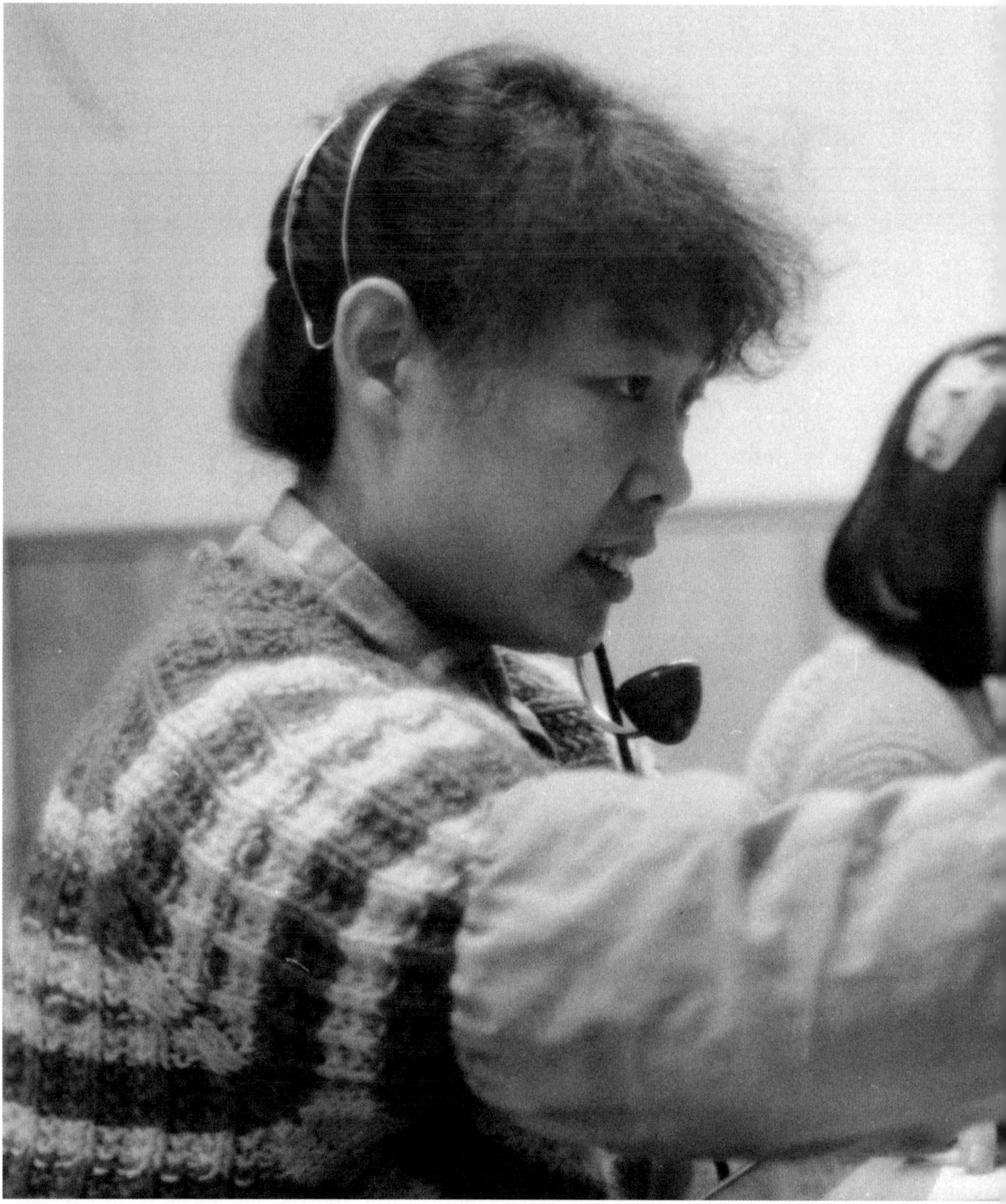

▲ 1987 年，电话局的话务员在接线（王振民 / 摄）

误过事，被群众称赞为“热心老人”。王魁漳把公用电话的号码贴在每一户门上，方便大家知晓。老人和小孩来打电话，他便格外留意，随时帮助记下名字、地址、关系和号码以备再查。如果正吃饭时来了电话，他撂下饭碗就去接，有时一顿饭要分四五次吃。他说：“我得拿人家的事当自己的事去办。”（1980 年 8 月 20 日，《北京日报》2 版《王淑琴一家昼夜传电话》《“热心老人”王魁漳》）

宣武区米市胡同北段居民吴忠山被大伙儿叫作“活地图”“百家熟”，原因是这里的 400 多户居民，哪家户主叫啥，哪家有个业务员，哪家三姑六姨多……他门儿清！有位居民找未过门的女婿，风风火火跑来，却怎么也想不全电话号码。吴忠山翻开小本子一查，立刻解决问题，因为老用户常用的号码，他都记下来了。一天，吴忠山接到沈阳打来的长途，只说要找个叫小红的，门牌、姓名全说不清。他把胡同里六个跟“红”沾边儿的姑娘在脑子里过了一遍，都觉着“对不上号”，突然想起不归他管的北大吉巷胡同还有个叫小红的姑娘，找来一通话，正是此人。（1989 年 12 月 13 日，《北京日报》1 版《吴忠山是“活地图”“百家熟”》）

传呼公用电话代办户不仅是媒体人关注的焦点，有的鲜活事例还成为了艺术创作的题材。《北京日报》1984 年 9 月 11 日 3 版“艺术家故事”栏目文章《裘盛戎的两件道具》中提到，20 世纪 50 年代，京剧表演艺术家裘盛戎曾在现代京戏《雪花飘》中，扮演热心为群众服务的看管公用电话的陈大爷。为塑造好这一艺术形象，他还为剧中人物设计了两件特色道具：一个一尺多长的大手电筒和一条加宽加长的大围脖。

## 公用电话转型应急

在发展公用电话的大趋势下，北京引进了洋气的公用电话亭。

两米高、一米见方，苹果绿的顶盖，银灰色的底座，铝合金的框架，四面镶着透明的长方形玻璃。1982 年 9 月 22 日，北京第一座投币式公用电话亭落户西单人行天桥北侧，引起人们的极大兴趣。它无须派人看守，可 24 小时提供服务。两个多月后，东西长安街上的 10 座投币式公用电话亭也开通使用。（1982 年 12 月 15 日，《北京日报》2 版《十座投币式公用电话亭开通使用》）

这里不得不说一下公用电话亭的主角——“投币式电话”。虽然当时它在西方一些国家已经是户外通话的重要工具，但在我国还没有普及。1982 年 2 月，北京市电信局科研所接到了设计新型投币式电话机的任务。在邮电部的审定会上，全国有五六个省市都拿出了自己的设计，最终确定以北京市电信局科研所的电路为基础，由邮电部在天津的两个直属厂生产电话机，并在首都先行推广使用。（1983 年 1 月 4 日，《北京日报》3 版《镶在长安街上的明珠》）

另外，北京的公用电话事业还发生了一个新变化。1985 年 3 月 10 日十二点，本市第一个个体总机式公用电话站在新源街居民姚庆玲家开通。总机式电话站的开通，意味着附近凡是安装分机的住户，都可由总机转接电话，每户每月的月租费为 6 元、10 元不等。（1985 年 3 月 11 日，《北京日报》1 版《本市第一家个体总机式公用电话开通使用》）

20 世纪 80 年代至 90 年代，投币公用电话、磁卡公用电话、IC 卡公用电话的相继出现，为市民提供了更多选择。1999 年 8 月，400 部国产红色 IC 卡电话机装进长安街的公用电话亭，这也是长安街及其延长线有史以来规模最大的公用电话安装工程。（1999 年 8 月 11 日，《北京日报》5 版《长安街打电话更方便了》）

90 年代以后，随着家用电话和手机的普及，曾经风靡一时的公用电话风光不

**传送公用电话的热心人**

**王淑琴一家昼夜传电话**

天坛街道向荣街10号……淑琴，管公用电话十……来，全家动手，热情服……王淑琴全家共有 8 口……代办公用电话成了全……的"业务"。他们担……七百多户居民的电话……工作，电话随来随……坚持昼夜服务。逢……上，一家人为传呼电话一直忙到半夜。他们不仅代办长途电话业务，还帮群众排困救危，办了许多好事。今年二月一天深夜一点多钟，向荣街16楼的一位居民跑到王淑琴家，说邻居9号姓张的一家6口人煤气中毒，非常危险。王淑琴闻讯，马上拨电话叫急救车，她的大女儿赶紧跑到张家，帮助把病人一个个抬到车上，并且护送到医院，一直忙到天亮。

本报通讯员 倪彪功

**"热心老人"王魁漳**

……答电话。老人和小孩来打电话，他更是格外留意，

**刘大娘二十五年坚持管电话**

东城区北剪子巷六十一岁的刘翘秋不怕困难，看管公用电话二十五年热情服务不动摇。她负责一千五百多户居民的电话传呼工作。有时也遇到个别人的冷嘲热讽，看不起看……电话的工作，但她并没有动摇为人民传呼电话的决心。一九七六年，她得了青光眼病，左眼什么也看不见了，她到医院打了一针，回来仍坚持传送电话，她说："我不送电话，群众有事来电话怎么办？我乐意为人民送一辈子电话。"去年年底的一天傍晚，刘……

▲ 1980 年 8 月 20 日，《北京日报》2 版

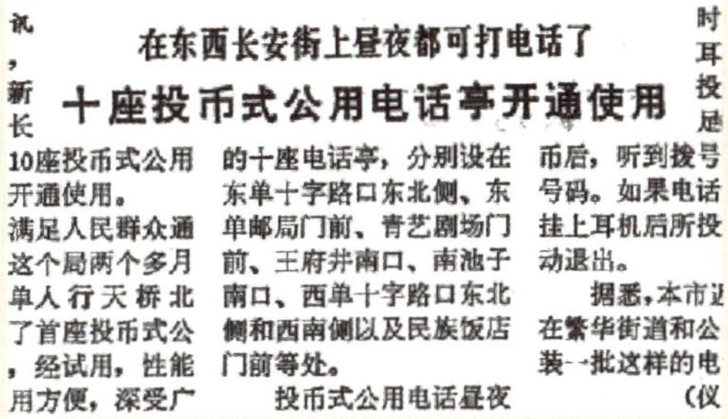

**在东西长安街上昼夜都可打电话了**

**十座投币式公用电话亭开通使用**

……讯，……新长……10座投币式公用……开通使用。……满足人民群众通……这个局两个多月……单人行天桥北……了首座投币式公……，经试用，性能……用方便，深受广……的十座电话亭，分别设在东单十字路口东北侧、东单邮局门前、青艺剧场门前、王府井南口、南池子南口、西单十字路口东北侧和西南侧以及民族饭店门前等处。

投币式公用电话昼夜……时……耳……投……币后，听到拨号……号码。如果电话……挂上耳机后所投……动退出。

据悉，本市……在繁华街道和公……装一批这样的电……

（仪……

▲ 1982 年 12 月 15 日，《北京日报》2 版

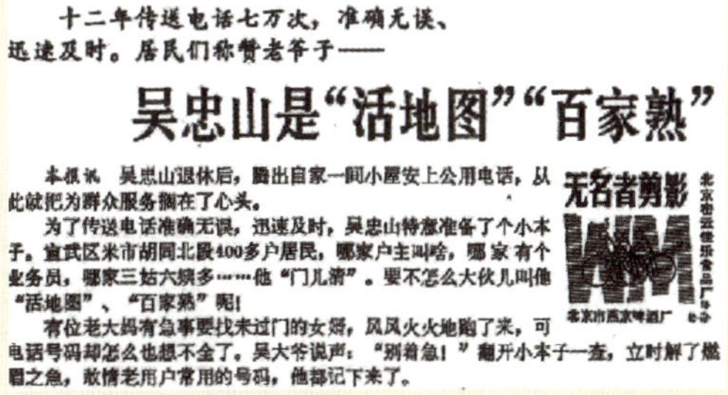

十二年传送电话七万次，准确无误、迅速及时。居民们称赞老爷子——

**吴忠山是"活地图""百家熟"**

本报讯 吴忠山退休后，腾出自家一间小屋安上公用电话，从此就把为群众服务搁在了心头。

为了传送电话准确无误，迅速及时，吴忠山特意准备了个小本子。宣武区米市胡同北段400多户居民，哪家户主叫啥，哪家有个业务员，哪家三姑六舅多……他"门儿清"。要不怎么大伙儿叫他"活地图"、"百家熟"呢！

有位老大妈有急事要找未过门的女婿，风风火火地跑了来，可电话号码却怎么也想不全了。吴大爷说声："别着急！"翻开小本子一查，立时解了燃眉之急，敢情老用户常用的号码，他都记下来了。



▲ 1989 年 12 月 13 日，《北京日报》1 版

▲ 1999 年，公用电话仍然是户外主要通讯工具之一（庞铮铮 / 摄）

再。公用电话渐渐淡出了胡同口，街面上的公共电话亭使用率也越来越低。

利用率低，是不是应该缩减规模？据《北京日报》2011年报道，当时北京市市政市容委有关负责人给出了否定答案。原因是公用电话亭是一种重要的城市基础设施，它还承载着可免费拨打110、120、119的重要应急功能。

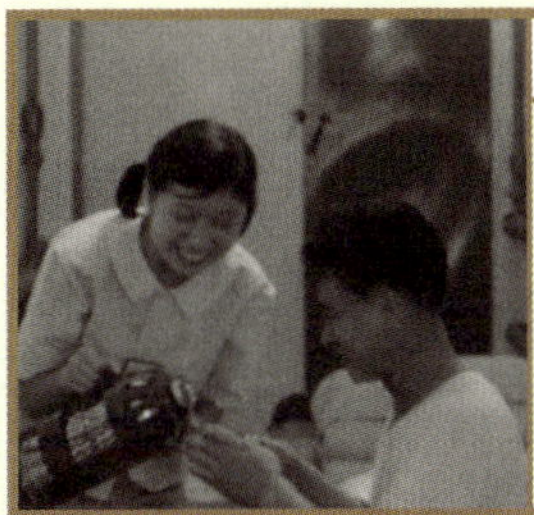

# "住店难"的往昔岁月

历史资料 ▪ 京报集团图文数据库 ▪ 新华社 ▪ 中国青年报

文 ▪ 贾晓燕

逢年过节，进京游客络绎不绝，从星级饭店到快捷酒店，想住哪儿只需动动手指头便能在网上完成预订。可在20世纪80年代有段"住店难"的岁月，很多外地人进京找不到旅店，只好露宿于车站、街头，抬头"看星星"。那时候，流传着一句颇有调侃意味的歌谣："想北京，盼北京，到了北京数星星……"

## 澡堂子里忍半宿

据《北京日报》1980年10月20日1版《街道办商业服务业投资少见效快》一文记载，1957年，北京市有集体性质的商业服务业合作社、组近3万个。到1978年，商业服务业网点却减少到5812个，减少了80%。网点大量减少，造成"住店难"等状况，与首都的地位极不相称。

那时候，北京旅店严重不足，进京旅客住店非常困难。有的旅客等不到床位，只好住浴池，甚至露宿街头。(1980年10月28日，《北京日报》1版《为解决"住店难"出力》)

1982年，长春汽车配件一厂技术科工作人员刘光甫和同事到北京出差。晚上七点下的车，因为肚子饿得慌，就先找了个地方吃饭。等吃完饭再去找旅馆，哪儿还能找得着哇！他们在大街小巷里乱串，着急上火，没辙没辙的。最后没法子，只好在天桥找了个澡堂子过夜。那是一间大屋子，里头足有七八十口子人，乌烟瘴气，根本睡不着，他就

▲ 1980 年，打磨厂长巷二条旅馆工作人员接待旅客（李晞 / 摄）

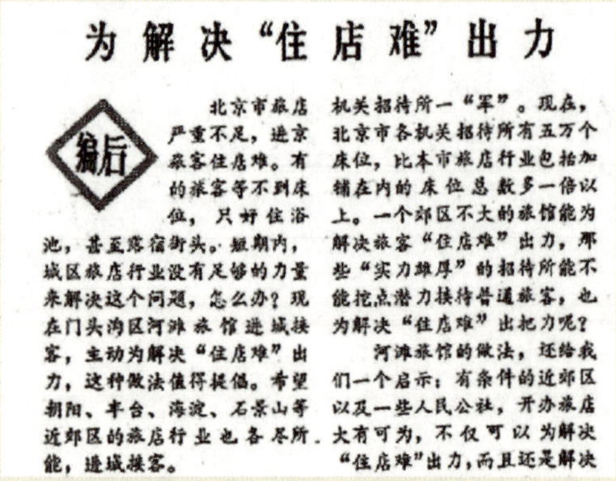

为解决“住店难”出力

编后

北京市旅店严重不足，进京旅客住店难。有的旅客等不到床位，只好住浴池，甚至露宿街头。短期内，城区旅店行业没有足够的力量来解决这个问题，怎么办？现在门头沟区河滩旅馆进城接客，主动为解决“住店难”出力，这种做法值得提倡。希望朝阳、丰台、海淀、石景山等近郊区的旅店行业也各尽所能，进城接客。

机关招待所一“军”。现在，北京市各机关招待所有五万个床位，比本市旅店行业包括加铺在内的床位总数多一倍以上。一个郊区不大的旅馆能为解决旅客“住店难”出力，那些“实力雄厚”的招待所能不能挖点潜力接待普通旅客，也为解决“住店难”出把力呢？

河滩旅馆的做法，还给我们一个启示：有条件的近郊区以及一些人民公社，开办旅店大有可为，不仅可以为解决“住店难”出力，而且还是解决

▲ 1980年10月28日，《北京日报》1版

旅店介绍站的烦恼

——关于本市「住店难」的调查

本报记者 郭娴渠

本报最近揭露了一些三轮车工和某些旅店人员相互勾结，敲诈旅客的情况。在采访中，我们曾问一些旅客：“这明摆着是讹人，你们为什么还去坐呢？”对方答道：“你知道靠公家介绍站住店有多难！我们情愿多花钱，图个省事方便。”

我们也到北京站旅店介绍站看过。这里几乎终日“长龙”布阵，旅游旺季时，常常是楼上的队顺着楼梯排到了楼下，一楼的队尾则出了介绍站的正门，沿着房根，一直甩到60米外的后门。旅客们说，在这里，若没有排十几个钟头的耐心，就别想住上旅店。据介绍站的同志反映，由于“十一”前后来京旅客骤增，每天有千把人介绍不出去，不得不在车站过夜，等待第二天再安排。他们苦笑着说：“本市旅店行业这种不适应状况，在一定程度上也给了不法三轮车工和旅店人员相勾结以可乘之机。”

目前，最使旅店介绍站挠头的有三个问题：

一是床位不足。本市城、近郊区现有大小社会旅馆600多个，床位8万多张。来京旅客日流量一般在25万左右，除去投亲靠友和住中央机关或部队招待所外，其余要在社会旅馆下榻，供需间常差近万张床位。

二是旅店分布不合理。城、近郊区的国营旅馆中，有20%分布在近郊区，离市中心几十里，有的下车后还需步行数里方能到达，门头沟旅馆距

的国营旅店，大多是以数人一室的大房间为主，已不能满足当今旅客想住小房间的需求。

解放初期北京住店并不难，公私合营时，东城、西城、朝阳、宣武、崇文五个城区有551家旅馆，24800张床位，而且两人一室的小房间居多。后来，一些旅馆网点逐渐被撤，改做办公室、宿舍等。“文革”期间，撤的网点更多。这期间，除了50年代初期国家投资盖了四个较大规模的旅店外，以后基本没再建。1978年市旅店公司成立时，五个城区只剩下142家旅馆，10506张床位了。近几年，本市国营旅馆略有增加，特别是党的搞活经济的政策，使集体所有制旅店发展更快，对缓和本市“住店难”的矛盾起了一定作用。但因为没有统一的管理制度，各自为政，有的漫天要价；有的给钱就让住店，还有的甚至将旅店长期租给外地做驻京办事机构，造成管理混乱，影响了服务质量。由于缺少集中领导，统一规划，谁有钱、有地皮谁盖，新建的国营旅馆大多分布在郊区，对缓和城区住店紧张状况，并没起到应起的作用。崇文门、新街口、和平里等处几家大旅店，是在基建搬迁中用几十个小旅馆网点换的，实际床位也未增加。

能否缓和北京的“住店难”？市旅店公司的同志认为“能”，他们提了几点建议：

首先，在经济、隶属关系不变的

▲ 1983年11月21日，《北京日报》2版

进京不再“数星星”

国营、集体、个体一齐上的方针，使本市旅店业迅速发展：5年前全市仅有饭店、旅馆512家，床位7万多张；如今已有3900多家饭店、旅馆，43万张床位

本报记者 赵靖云

前几年，北京的“住店难”是出了名的。一些来京办事或旅游的外地人找不到旅馆，只好露宿车站或街头。有人专门为此编了顺口溜：“想北京，盼北京，到了北京数星星。”

经过了几年的改革、开放、搞活，这种情形有没有得到改变呢？请听听一位“过来人”的亲身感受——

五年前：澡盆子里忍半宿

我叫刘尧庸，是长春汽车配件一厂技术科的。您是——？哦，记者。您想采访啥啥？

——对北京“住店难”的感受？哎呀，这个您来问我可算是找对人啦，咱这感受是太深了！差不多每年我都要到北京来几次，或者办事，或者换车，这旅馆是真难找！——全国各地我差不多跑遍了，就数咱北京住店难。还有上海。

就说五年前那一回吧，我和一个同事来北京出差。晚上七点下的车，因为肚子饿得慌，就先找了个地方吃饭。等吃完饭再去找旅馆，这家伙，哪能找得着哇！哎呀，真是大街小巷里乱串哪。着急上火，没辙没辙的。（按：1982年末北京只有国营饭店、旅店512家，共7万多张床位。）

最后没法子，只好在天桥那疙瘩找了个澡堂子过夜。（按：据当时市旅店公司旅客介绍站的一位副站长说，那时候北京站、前门、永定门三个介绍站天天人满为患，旅客排上七八个小时队是常事。因为旅店太少，介绍站还加了一个窗口，专门介绍客人去浴池过夜。）那是一间大屋子，里头足有七

旅馆，三是找旅馆得一大早，过了九点十点就找不着了。

后两年，好象北京开了不少个体的旅馆。（按：不光是个体旅馆。1983年起，本市大规模发展第三产业，许多机关、企事业单位、街道、部队等都办起了各种各样大大小小的旅店。）大前年五六月份我又来北京，一出站，好多人过来问住不住旅馆。我听说过，这些人可不是白给你介绍旅馆。不过好歹能有地方住，省得自己操心费力去找了，坑就让他坑一点儿吧！

当时我就挑了一个年纪比较大、面相比较和善的师傅，去他介绍的旅馆住宿。——有的年轻的可不敢搭理，说不准啥时他就给你涨涨价！我们那儿有人碰上过这事儿。

那老师傅推着辆平板三轮，让我上车。我说：“不坐，我也知道您那地方远不了，咱俩还是走吧！”他推着车，我拿着东西，没一会儿就到了一家小旅店。他要了咱三块钱“介绍费”。唉！三块就三块，没这三块钱，没准儿就住不上店。

这两年：咱得挑个“称心店”

不过这都是前些年的事儿了。这一两年再来北京，感觉就不同了。哪怕住得离市区远一些，反正总不至于住不上旅馆，也不用自认倒霉，叫别人坑了。这不说，有时咱还得挑挑呢：太远的不住，防空洞、地下室不住……咱首都不是也在改革嘛！就拿这一回来说，是俺今年第二次来北京，住着这般顺利：

我们是今天下午刚到的。两点四十左右，先去国际大厦联系业务，大约三点半钟吧，从大厦出来，才想起来找旅

▲ 1987年8月4日，《北京日报》1版

和同事唠嗑，一唠唠到凌晨三四点钟，天没亮，就赶紧跑出来了。（1987年8月4日，《北京日报》1版《进京不再“数星星”》）

数据显示，到1982年底，北京的国营饭店、旅店只有512家，才7万多张床位。在那个年代，旅店不自己揽客，而是靠旅店介绍站把客人介绍过去。像北京站、前门、永定门等人流多的地区都设有旅店介绍站。就拿北京站旅店介绍站来说，旅游旺季时，常常是楼上的队顺着楼梯排到楼下，一楼的队尾则出了介绍站的正门，沿着房根儿，一直甩到60米外的后门。旅客们心知肚明，若没有排十几个钟头的耐心，就别想住上旅店。（1983年11月21日，《北京日报》2版《旅店介绍站的烦恼》）

作家赵大年也深有感触。2010年2月22日，《北京日报》15版刊发的他的文章《家住北京》中这样描写“住店难”：改革开放初期，珠影导演陶金来京送审样片，文化部招待所客满，只好睡澡堂子，晚十点入住，早六点就请出去……

## “住店难”背后原因多

住店为什么会难？

其实，新中国成立初期北京住店并不

难，公私合营时，东城、西城、朝阳、原宣武、原崇文5个城区有551家旅馆、2.48万张床位，而且两人一室的小房间居多。后来，一些旅馆网点逐渐被撤，改做办公室、宿舍等。“文革”期间，撤的网点更多。这期间，除了20世纪50年代初期国家投资盖了4个较大规模的旅店外，以后基本没再建。1978年市旅店公司成立时，5个城区只剩下142家旅馆、约1.05万张床位了。

后来，北京国营旅馆略有增加，特别是党的搞活经济的政策，使集体所有制旅店发展更快，对缓和“住店难”起了一定作用。然而，因为没有统一的管理制度，各自为政，有的漫天要价，有的甚至将旅店长期租给外地驻京办事机构，造成管理混乱，影响了服务质量。而崇文门、新街口、和平里等处几家大旅店，则是在基建搬迁中用几十个小旅馆网点换的，实际床位也未增加。种种原因叠加，“住店难”才愈演愈烈。

旅店分布不合理也是“住店难”的一个重要原因。由于缺少集中领导、统一规划，谁有钱、有地皮谁盖，新建的国营旅馆大多分布在郊区，对缓解城区住店紧张状况并没起到应起的作用。据统计，80年代初，城、近郊区的国营旅馆中，有20%分布在近郊区，离市中心几十里，有的下车后还需步行数里方能到达。比如，门头沟旅馆距北京站60多里地，坐地铁到苹果园站下车后，还得坐十几里路的公共汽车。有人开玩笑地说：“有上那儿的工夫，不如到天津住去了。”因为路途远，交通不便，旅客不愿去，郊区的一些旅馆尽管条件不错，也经常是床“等”客，“吃不饱”。（1983年11月21日，《北京日报》2版《旅店介绍站的烦恼》）

## 人防工事里办地下旅馆

北京的人防建设开始于20世纪50年代，60年代末开始大量构筑，光管理和维修已有的人防工事，国家每年就要花掉几百万元。

1979年初春的一天，在市人防办公室一间狭小的会议室里展开了一场热烈的讨论。“人防工作今后如何开展，本市的地下人防工程应该怎样管理”，成为大家争论的焦点。正值北京市“住店难”问题严重之时，大家不约而同地想到：“何不利用地下人防工程办旅社？这既可解决旅客的住宿问题，又使人防工程得到了开发利用，而且还能安排待业青年就业。”

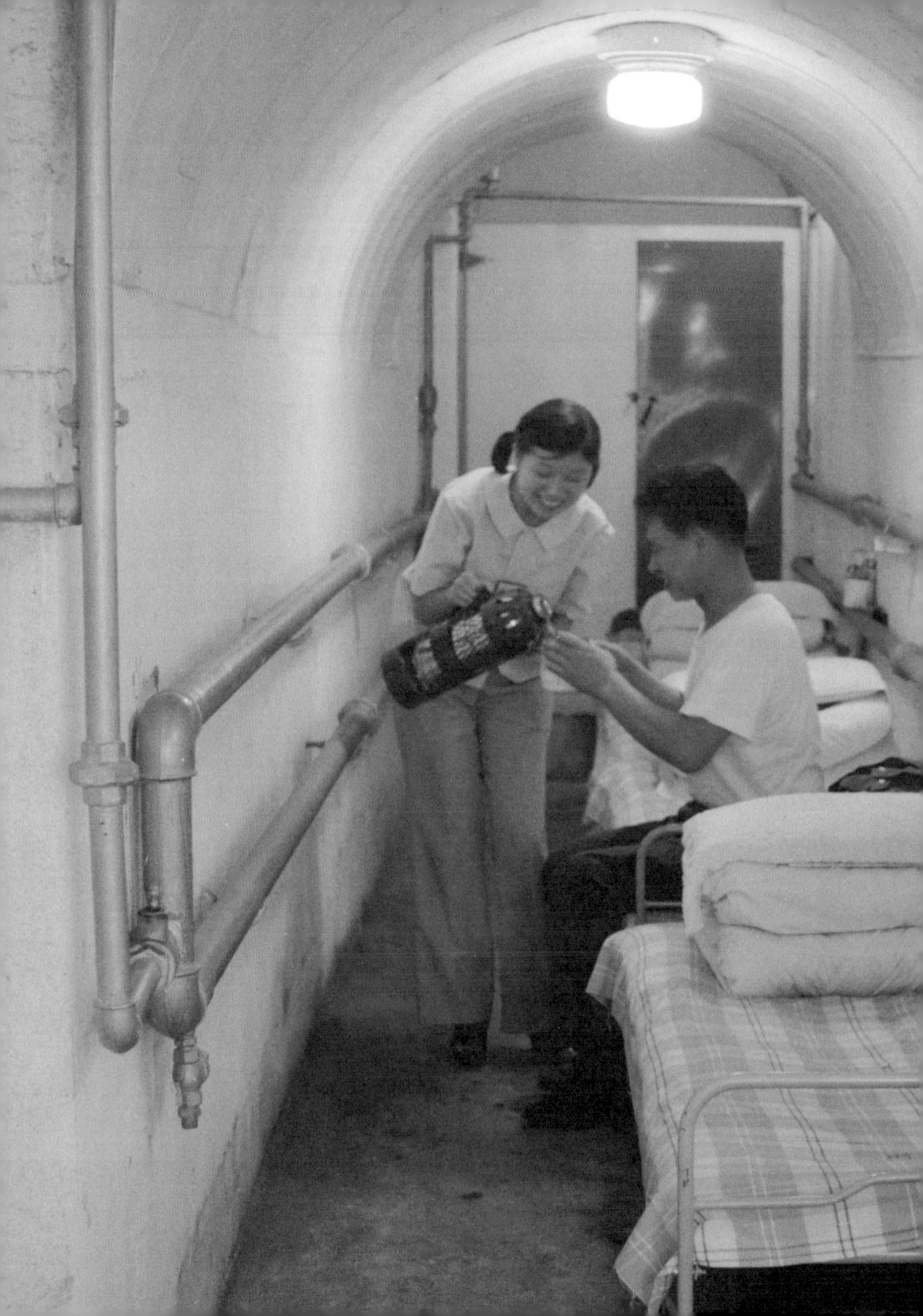

1980 年，个体户开办的建国门旅馆（丁世儒 / 摄）

利用人防工事　缓和旅客住店难问题

## 本市建成170家地下旅馆

**使用面积11万平方米，床位1万5千张，每天可接待1万7千人**

本报讯　到目前为止，全市利用已建人防工事开办的地下旅馆达170家，使用面积为11万平方米，设固定床位15,500多张，每天接待旅客15,000人至17,000人，对缓和本市旅客住店难的问题起到了积极作用。

几年来，在市政府的领导下，市人防办公室对这项新兴事业抓得很紧。1983年上半年，他们组织了全市地下旅馆观摩评比会，评出了20个先进地下旅店。下半年，他们又按照市政府的要求，对全市地下旅馆普遍进行了一次严格检查。检查结果，绝大多数单位符合平战结合要求和旅店业的规定。对少数几家不完全具备使用要求的地下旅馆，令其停业改造。通过检查，对全市地下旅馆工作人员进行了一次"为旅客服务，为首都增光"的教育。

近年来全市地下旅店不仅数量增加快，而且服务质量提高，服务项目增加，出现了由过去的单一住宿向综合服务发展的趋势。开业不久的宣武旅社、日坛振兴旅馆等，除了有舒适的客房外，还设有宽敞的会议室，经济实惠的餐厅，以及方便旅客生活的小卖部和淋浴间，深受旅客的欢迎。

在去年底召开的全市人防工作座谈会上，与会同志表示要充分发挥人防工程冬暖夏凉、四季温度适宜、安静清洁的长处，为旅客提供更多更好的服务。　（陈本荣）

▲ 1984年1月14日，《北京日报》1版

## 条件具备的个体户可经营旅店业

来信

编辑同志：

当前正在大力发展第三产业，允许全民、集体和个人一齐上。我想利用我的五间私产（平房），个人投资（贷款），与郊区农民合资或外省单位共同投资，在五间房上再盖一层活动房，开一个能容纳三十个床位的"家庭旅馆"，为解决首都"住店难"作一些微薄的贡献。但是不知找那个单位申请办手续及如何筹建。请有关部门给予大力支持！

西安门大街惜薪胡同52号

退休教师　赵　钛

编者注：城市个体户能不能经营旅店业？市公安局、市工商行政管理局作了如下答复：

党的十二届三中全会以来，一些具备一定条件的人申请开办旅店业。根据市政府决定的精神，个体户经营旅店业，除按《北京市旅店业管理暂行办法》办理申请批准手续，遵守有关规定外，还应具备以下基本条件：

一、申请经营旅店的个体户负责人和从业人员，必须在本市有正式户口，身体健康，无传染性疾病。

二、旅店客房符合建筑安全要求，不属违章建筑；不能租借或占用公房。旅店应一门一院，不得与其它住户混居，以免扰民。

三、个体户经营的旅店床位数，一般不得少于十五张，每张床位距离不少于七十厘米，公用通道不少于一点五米；要保证旅客出入方便、安全。

四、男、女客房和厕所要分开，要有必要的安全设备。要保证旅客有饮用和生活用水。

五、个体旅店户要有经营户负责人，并有专人负责接待登记，有人昼夜二十四小时负责服务、管理，保证旅客人身和财物安全、生活条件清洁卫生。

▲ 1985年1月9日，《北京日报》1版

## "地　下　不　夜　城"

本报通讯员　陈本荣　　实习生　陈　武

、宽阔的影院大厅，沿着水石台阶拾级而上时，才突然起，自己竟在10米深的地。

可是，这些人又哪里会想，就在他们娱乐、休息的地，数年前还是水声滴嗒、蚊横飞之所。因为这儿就是人常说的"地下防空洞"。

1979年初春的一天，在市防办公室一间狭小的会议室，展开了一场热烈的讨论。人防工作今后如何开展，本的地下人防工程应该怎样管？"成为大家争论的焦点。

北京人防建设开始于50年。60年代末开始大量构筑。面积过大，管理困难，有的人防工事还为犯罪分子提供了活动场所。光管理和维修已有的人防工事，国家每年就要花掉几百万元。其时，正值北京市"住店难"现象严重。讨论中，大家不约而同地想到："何不利用地下人防工程办旅社？这既可解决旅客的住宿问题，又使人防工程得到了开发利用，而且还能安排待业青年就业。"

主意打定，便开始了具体行动：选地点，投资改建……就这样，本市第一家地下旅馆在海淀区八里庄诞生了，同年8月接待了第一批顾客。开业不久，这家旅馆就取得了良好的经济效益。第一家旅社的成功，增强了改革者的勇气和心。随后，东城、宣武、文、西城、朝阳、丰台、石山等区也纷纷办起了地下社，短短几年，数目就达家。每天接待顾客数万人，效地缓和了"住店难"，大多数旅社在三年内就赚回全部投资。

在兴办地下旅社的同时各区、局、街道又陆续办地下商店、地下车间、地库，以及地下影院、餐厅、乐室、教室、图书室。这防工程的利用，不仅取得好的经济效益，而且社会显著。在宣武影院，年轻理告诉笔者："我们这个

▲ 1988年1月6日，《北京日报》1版

当年，本市第一家地下旅馆在海淀区八里庄诞生，同年8月接待了第一批客人。开业不久，这家旅馆就取得了良好的经济效益。随后，东城、原宣武、原崇文、西城、朝阳、丰台、石景山等区也纷纷办起了地下旅社。每天，这些地下旅社能接待数万名客人，有效地缓解了"住店难"，而大多数旅社在三年内就赚回了全部投资。（1988年1月6日，《北京日报》1版《"地下不夜城"》）

据统计，从1979年到1984年，全市共利用已建人防工事开办了170家地下旅馆，使用面积达11万平方米，设固定床位约1.55万张，每天接待旅客1.5万人至1.7万人，对缓解"住店难"起到了积极作用。（1984年1月14日，《北京日报》1版《本市建成170家地下旅馆》）

有关部门曾做过调查，尽管存在通风、除湿设备不全等问题，很多客人对地下旅馆还是比较满意的，称这种旅馆"冬暖夏凉，安静舒适，清洁卫生"。有的地下旅馆顾客盈门，"回头客"达60%以上。两全齐美的是，人防工事长期闲置的状况也得到改善，其内部装修一新，设施设备安装齐全，维护管理得到加强。（1981年8月20日，《北京日报》1版《本市利用人防工事开办旅馆78所》）

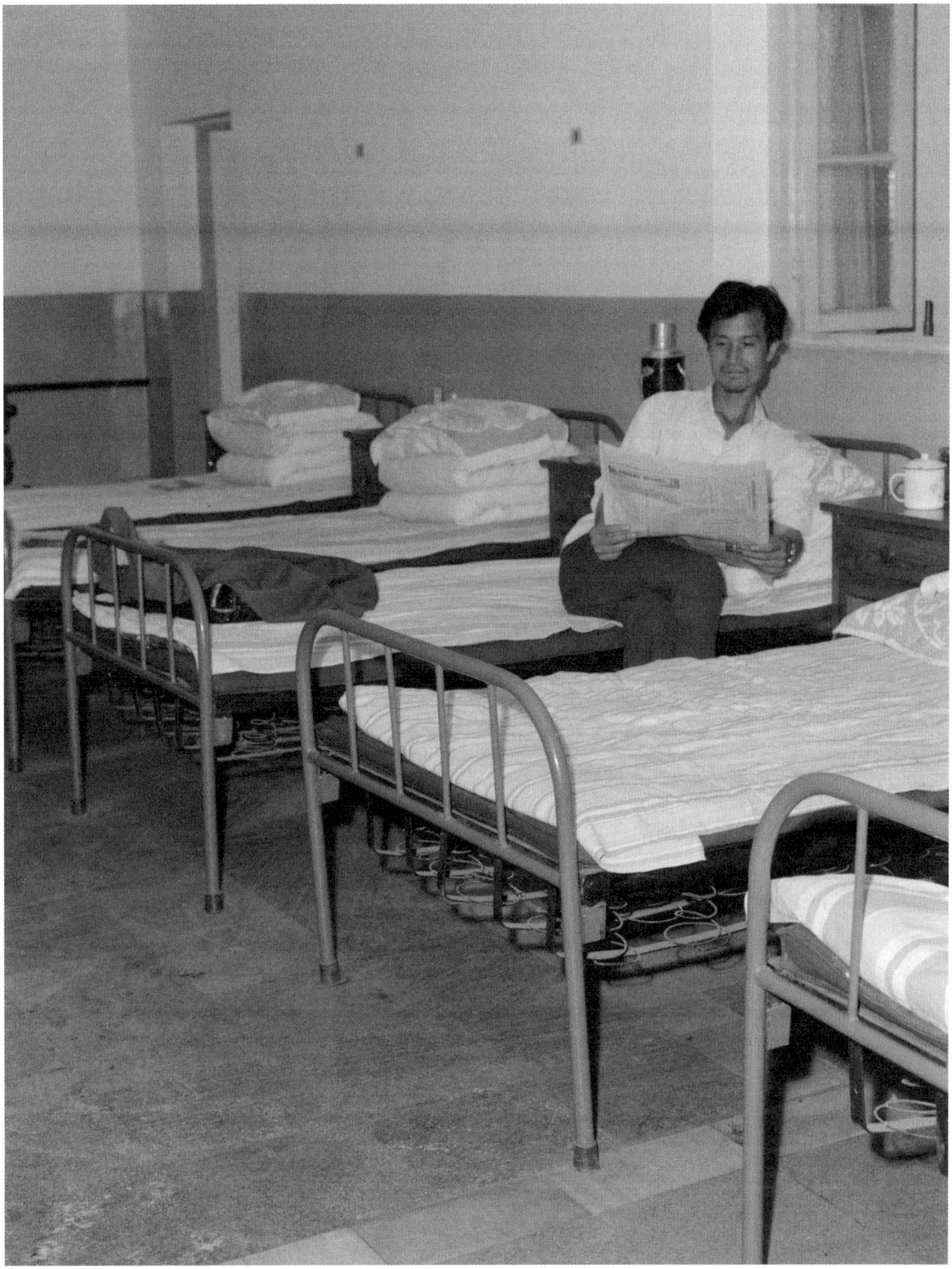

▲ 1980 年，福绥境街道利用人防工事开办的地下旅馆（李晞 / 摄）

▲ 1985 年，建设中的国际饭店（李晞 / 摄）

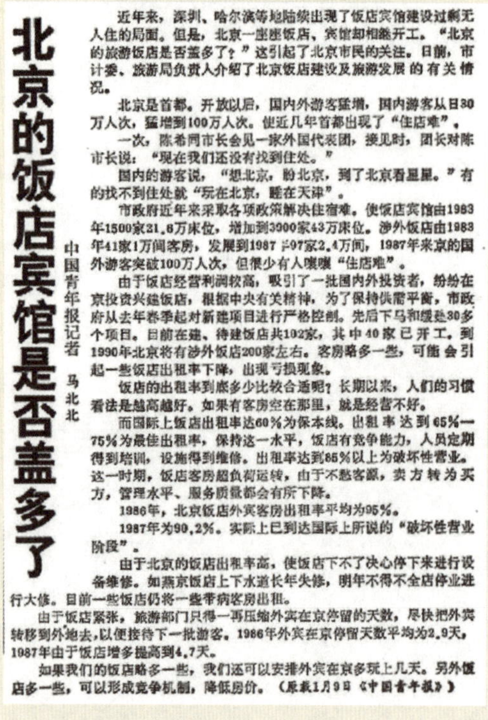

北京的饭店宾馆是否盖多了

中国青年报记者 马北北

近年来，深圳、哈尔滨等地陆续出现了饭店宾馆建设过剩无人住的局面。但是，北京一座座饭店、宾馆却相继开工。“北京的旅游饭店是否盖多了？”这引起了北京市民的关注。日前，市计委、旅游局负责人介绍了北京饭店建设及旅游发展的有关情况。

北京是首都。开放以后，国内外游客猛增，国内游客从日30万人次，猛增到100万人次。使近几年首都出现了“住店难”。

一次，陈希同市长会见一家外国代表团，接见时，团长对陈市长说：“现在我们还没有找到住处。”

国内的游客说，“想北京，盼北京，到了北京看星星。”有的找不到住处就“玩在北京，睡在天津”。

市政府近年来采取各项政策解决住宿难。使饭店宾馆由1983年1500家21.6万床位，增加到3900家43万床位。涉外饭店由1983年41家1万间客房，发展到1987年97家2.4万间，1987年来京的国外游客突破100万人次，但很少有人嚷嚷“住店难”。

由于饭店经营利润较高，吸引了一批国内外投资者，纷纷在京投资兴建饭店，根据中央有关精神，为了保持供需平衡，市政府从去年春季起对新建项目进行严格控制。先后下马和缓建30多个项目。目前在建、待建饭店共102家，其中40家已开工。到1990年北京将有涉外饭店200家左右。客房略多一些，可能会引起一些饭店出租率下降，出现亏损现象。

饭店的出租率到底多少比较合适呢？长期以来，人们的习惯看法是越高越好。如果有客房空在那里，就是经营不好。

而国际上饭店出租率达60%为保本线。出租率达到65%—75%为最佳出租率，保持这一水平，饭店有竞争能力，人员定期得到培训，设施得到维修。出租率达到85%以上为破坏性营业。这一时期，饭店客房超负荷运转，由于不愁客源，卖方转为买方，管理水平、服务质量都会有所下降。

1986年，北京饭店外宾客房出租率平均为95%。

1987年为90.2%。实际上已到达国际上所说的“破坏性营业阶段”。

由于北京的饭店出租率高，使饭店下不了决心停下来进行设备维修。如燕京饭店上下水道长年失修，明年不得不全店停业进行大修。目前一些饭店仍将一些带病客房出租。

由于饭店紧张，旅游部门只得一再压缩外宾在京停留的天数，尽快把外宾转移到外地去，以便接待下一批游客。1986年外宾在京停留天数平均为2.9天，1987年由于饭店增多提高到4.7天。

如果我们的饭店略多一些，我们还可以安排外宾在京多玩上几天。另外饭店多一些，可以形成竞争机制，降低房价。（原载1月9日《中国青年报》）

▲ 1988 年 1 月 12 日，《北京日报》1 版

## 退休教师办“家庭旅馆”

1987 年出品的由陈强、陈佩斯父子主演的电影《二子开店》，至今仍有很多人记得。其实早在 1985 年，《北京日报》就见证并推动了私人经营旅店业的探索。

1985 年 1 月 9 日，《北京日报》1 版刊登了一封署名为“退休教师赵敏”的读者来信。这位退休教师想利用自己的五间私产（平房），通过个人投资（贷款），或者与郊区农民合资、与外省单位共同投资，开一个能容纳三四十个床位的“家庭旅馆”，为解决首都“住店难”做一些微薄的贡献。当时，像这样的个体户不少，他们希望得到有关部门支持，尽快办理手续筹建旅馆。

城市个体户能不能经营旅店业?《北京日报》从市公安局、市工商行政管理局得到了肯定的回答。当然，经营旅店业的个体户必须具备一定的条件，比如，申请经营旅店的个体户负责人和从业人员，必须在本市有正式户口，并要身体健康、无传染性疾病。而个体户经营的旅店床位数，一般不得少于 15 张，每张床位距离不少于 70 厘米，公用通道不少于 120 厘米，男、女客房和厕所也要分开。（1985 年 1 月 9 日，《北京日报》1 版《条件具备的个体户可经营旅店业》）

## 进京不再“数星星”

由于市政府实行国营、集体、个体一齐上，大力发展第三产业，北京“住店难”现象得到逐渐缓解。

据 1988 年 1 月 12 日《北京日报》1 版文章《北京的饭店宾馆是否盖多了》所说，1987 年，饭店宾馆由 1983 年的 1500 家、21.6 万张床位，增加到 3900 家、43 万张床位。涉外饭店由 1983 年的 41 家、1 万间客房，发展到 97 家、2.4 万间客房，1987 年进京的国外游客突破 100 万人次，那时候，很少有人嚷嚷“住店难”了。

到 80 年代末期，外地人进京住店不再是难事。“哪怕住得离市区远一些，也不至于住不上旅馆，有时还得挑挑呢：太远的不住，防空洞、地下室不住……”一位外地人说，“进京不用‘数星星’了。”

# 沧桑

—温故—

# 京华

沧桑京华

温 ★ 故

949–2019

# 早些年，北京与风沙的战斗

历史资料 ▪ 北京日报图文数据库

文 ▪ 窦红梅

雾霾天时，北京人天天都在“盼风来”。但是，时光倒转几十年，每到冬春季节，北京人怕的就是风。为了治理风沙，北京和周边各省市都付出了长期和多方面的努力。经过20多年治理，北京终于赢得了与风沙的战斗。

## 20世纪50—60年代：全民植树，绿化荒山

20世纪北京风沙的厉害，并不是突然形成的，而是具有一定的历史原因。历史上的北京也曾一片青翠，八达岭上松林茂密。但是经过兵荒战乱的年代后，林木凋敝，绿色消退。到1949年，北京城区仅剩行道树87公里，公共绿地476公顷，区区6.41万株树木，八达岭则成了荒山秃岭。

1956年3月11日，著名作家邓友梅曾在《北京日报》发表《暴风中》的生活速写，形象地描写了北京的大风：“他们出去不久，天色就暗下来，整个宇宙全被黄沙罩住，人们连呼吸都困难了。等我打完两个电话出去的时候，外边暴风已刮得很凶，树枝疯了似的乱摇，整个工地的上空旋转着沙土、刨花、锯末和木片。我刚走到现场，就听到了杉篙折断的叭叭声和扎绑绳拧断的嘎吱声。有人喊：‘不行了，快躲开吧，马上挡风墙就要倒了。’”

“小树林，快快长，要大胆来要坚强；守卫着城市守卫着田庄，把那些凶恶的风沙

▲ 1961 年 3 月，北京一一六中的学生们来到天坛公园协助栽树（冯文冈 / 摄）

▲ 当年的“密云县铁姑娘造林队”常年坚持造林（王振民/摄）

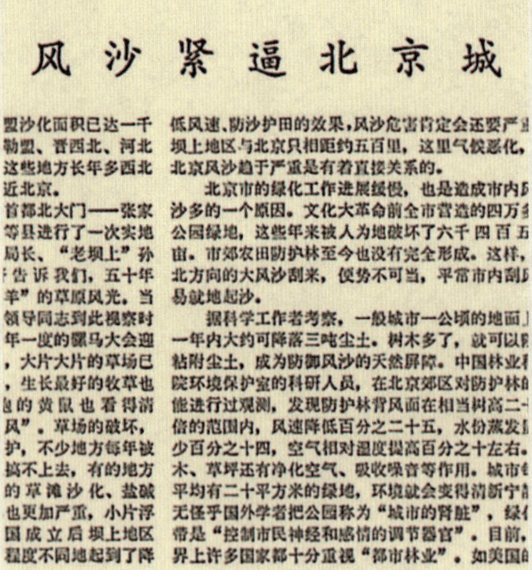

风沙紧逼北京城

盟沙化面积已达一千
勒盟、晋西北、河北
这些地方长年多西北
近北京。
首都北大门——张家
等县进行了一次实地
局长、“老坝上”孙
告诉我们，五十年
羊”的草原风光。当
领导同志到此视察时
年一度的赛马大会迎
，大片大片的草场已
，生长最好的牧草也
的黄鼠也看得清
风”。草场的破坏，
护，不少地方每年被
搞不上去，有的地方
的草滩沙化、盐碱
也更加严重，小片浮
国成立后坝上地区
程度不同地起到了降

低风速、防沙护田的效果，风沙危害肯定会还要严
坝上地区与北京只相距约五百里，这里气候恶化，
北京风沙趋于严重是有着直接关系的。
北京市的绿化工作进展缓慢，也是造成市内
沙多的一个原因。文化大革命前全市营造的四万
公园绿地，这些年来被人为地破坏了六千四百五
亩。市郊农田防护林至今也没有完全形成。这样，
北方向的大风沙刮来，便势不可当，平常市内刮
易就地起沙。
据科学工作者考察，一般城市一公顷的地面
一年内大约可降落三吨尘土。树木多了，就可以
粘附尘土，成为防御风沙的天然屏障。中国林业
院环境保护室的科研人员，在北京郊区对防护林
能进行过观测，发现防护林背风面在相当树高二
倍的范围内，风速降低百分之二十五，水份蒸发
少百分之十四，空气相对湿度提高百分之十左右。
木、草坪还有净化空气、吸收噪音等作用。城市
平均有二十平方米的绿地，环境就会变得清新宁
无怪乎国外学者把公园称为“城市的肾脏”，绿
带是“控制市民神经和感情的调节器官”。目前，
界上许多国家都十分重视“都市林业”。如美国

▲ 1979年3月2日，《北京日报》4版

阻挡……”50年代初，毛泽东主席发出“绿化祖国”的号召，《北京日报》刊发《植树歌》。全民开始义务植树，荒山绿化。

1956年4月19日《北京日报》报道，本市建成了第一条卫生防护林带。

1958年4月8日，《北京日报》头版刊发《中共中央、国务院发布指示——全党全民齐造林，森林十年翻一番》。从50年代起，几乎每一年冬春北京风沙大作的时候，也是不断推进植树造林措施的时候。据统计，“从1950年至1980年30年间，北京城区总计植树860万株，京城树木拥有量已达到了解放初的134倍”。

## 20世纪70年代：风沙紧逼北京城

70年代，中国林学会的相关专家在《北京日报》发文表示，首都绿化确有成绩。但是有待解决的问题也不少。北京绿化发展赶不上城市人口增长、面积扩大的幅度。绿地分布不均，水平不高。当时城区范围内“每人平均公共绿地只有三平方米多，还略低于解放初期”。

1979年3月2日，《北京日报》4版的一篇《风沙紧逼北京城》向世人敲响了北京风沙危害的警钟。当时的冬春季节，

北京周围有五大风沙区，从不同方向往城里“灌沙”，一遇刮风城里就黄沙弥漫，以致家里窗户不严的就满屋尘土，姑娘们上街时大多用纱巾把头整个包起来。“风沙紧逼北京城”的警告引发了上至中央领导、下到普通百姓对北京生态的关注。自此，以护卫首都北京为主要内容的绿化工程大规模展开。

大风一起，大街小巷尘土飞扬，扑面而来的风沙吹得人睁不开眼睛。一旦尘暴袭来，首都上空更是一片灰黄，白昼如同黄昏。在城外，人们可以看到，永定河北岸，大红门以南，已经出现了一片沙丘。这些情况表明，风沙已经在紧逼北京，大有“兵临城下”之势。

北京市气象台提供的资料证实，近几年来北京的风沙确是在趋于严重。60 年代，这里平均每年 8 级以上的大风日数为 26.9 天，扬沙日数为 17.2 天。而 1971 年至 1978 年，平均每年的大风日数和扬沙日数，分别增加到 36.6 天和 20.5 天……1977 年 8 月，以联合国秘书长名义在肯尼亚首都内罗毕召开的世界沙漠化会议，已经把北京划入受沙漠化威胁的范围之内。

但是，检索《北京日报》的报道可以发现，短短 20 年之后，《北京日报》就报道了“风沙，正渐离京城”，这一切，都是如何发生的呢？

## 20 世纪 80 年代：沙固、林茂、粮增产

80 年代以前，北京的工业并不发达，对多数家庭来说，开上小汽车还是个遥不可及的梦想。因此，人们在探讨“北京春天的风沙”时，所采取的最有效的措施就是多植树、广造林、兴修水利、整治环境，把露天的黄土变成绿地。

当那篇著名的《风沙紧逼北京城》见报之时，正值我国第六个五年计划之初，在市政府和首都绿化委员会主持下，绿化北京的十年远景规划问世，京津绿化系统工程全面展开。1980 年，中共中央书记处对首都建设方针提出四项指示，其中明确指出，“要把北京建成全国环境最清洁、最卫生、最优美的城市”。

此后，北京集中力量治理南口、康庄、永定河、大沙河、潮白河五大风沙危害区，植树固沙，让北京的风沙源逐步消失；二环、三环、四环、外缘……着手铺建一条条环状绿带，从外向里，一层层包围北京；给京开、京张、京密、京津、京周五大交通干线披上

绿装，构成五大绿色走廊；飞播造林、封山育林、人工造林，大房山、军都山、海坨山……让整个燕山山脉成为北京绿色的屏障。

到1984年时，《北京日报》的报道显示：那时候，首都每年有450万人参加绿化劳动；“三北”防护林体系造林面积已达1.05亿亩，保存面积达5500多万亩。约1亿亩农田得到了林网保护，许多过去常年遭受风沙威胁、水土流失严重的地区，生产条件得到了改善。

为了改变北京的自然环境，甩掉“风沙紧逼北京城”的帽子，国家、集体、个人一起植树治沙，各级林业工作者和郊区农民、义务劳动大军艰苦奋斗10年，与恶劣的自然环境斗争，使得北京的绿色由淡渐浓，逐渐成片，北京人初尝“沙固、林茂、粮增产”的甜头。

## 20世纪90年代：黄土不露天

1999年6月18日，《北京日报》5版刊发《风沙，正渐离京城》。弹指一挥间，离《风沙紧逼北京城》的报道悄然过去了20年，不光北京人感觉风沙少了，各方面的测算数据也显示，昔日京城春季狂暴肆虐的“沙龙”已被缚住。

“本月底，京城要实现‘黄土不露

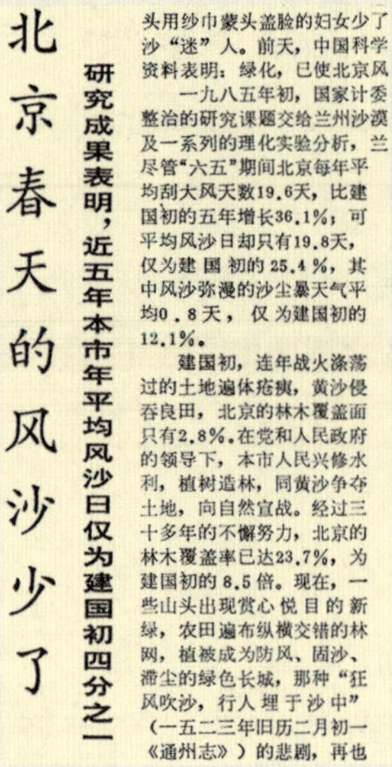
北京春天的风沙少了

研究成果表明，近五年本市年平均风沙日仅为建国初四分之一

头用纱巾蒙头盖脸的妇女少了
沙“迷”人。前天，中国科学
资料表明：绿化，已使北京风
一九八五年初，国家计委
整治的研究课题交给兰州沙漠
及一系列的理化实验分析，兰
尽管“六五”期间北京每年平均刮大风天数19.6天，比建国初的五年增长36.1%；可平均风沙日却只有19.8天，仅为建国初的25.4%，其中风沙弥漫的沙尘暴天气平均0.8天，仅为建国初的12.1%。

建国初，连年战火涤荡过的土地遍体疮痍，黄沙侵吞良田，北京的林木覆盖面只有2.8%。在党和人民政府的领导下，本市人民兴修水利，植树造林，同黄沙争夺土地，向自然宣战。经过三十多年的不懈努力，北京的林木覆盖率已达23.7%，为建国初的8.5倍。现在，一些山头出现赏心悦目的新绿，农田遍布纵横交错的林网，植被成为防风、固沙、滞尘的绿色长城，那种“狂风吹沙，行人埋于沙中”（一五二三年旧历二月初一《通州志》）的悲剧，再也

▲ 1987年4月19日，《北京日报》1版

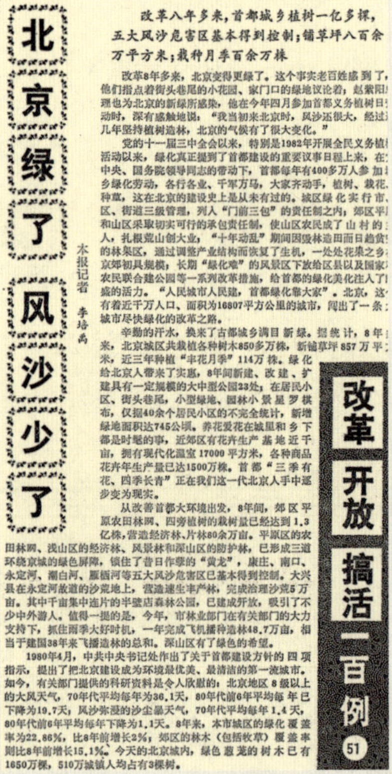
北京绿了 风沙少了

改革八年多来，首都城乡植树一亿多棵，五大风沙危害区基本得到控制；铺草坪八百余万平方米；栽种月季百余万株

本报记者 李培禹

改革8年多来，北京变得更绿了。这个事实老百姓感到了，他们指点着街头巷尾的小花园、家门口的绿地议论着；赵紫阳
理也为北京的新绿所感染，他在今年四月参加首都义务植树日
动时，深有感触地说：“我当初来北京时，风沙还很大，经过
几年坚持植树造林，北京的气候有了很大变化。”

党的十一届三中全会以来，特别是1982年开展全民义务植
活动以来，绿化真正提到了首都建设的重要议事日程上来，在
中央、国务院领导同志的带动下，首都每年有400多万人参加
乡绿化劳动，各行各业、千军万马，大家齐动手，植树、栽花、
种草，这在北京的建设史上是从未有过的。城区绿化实行市、
区、街道三级管理，列入“门前三包”的责任制之内；郊区平
和山区采取切实可行的承包责任制，使山区农民成了山村的
人，扎根荒山创大业；“十年动乱”期间因毁林造田而日趋贫
的林果区，通过调整产业结构而恢复了生机，一处处花果之乡
京郊初具规模；长期“绿化难”的风景区下放给区县以及国家
农民联合建公园等一系列改革措施，给首都的绿化美化注入了
盛的活力。“人民城市人民建，首都绿化靠大家”。北京，这
有着近千万人口、面积为16807平方公里的城市，闯出了一条
城市尽快绿化的改革之路。

辛勤的汗水，换来了古都城乡满目新绿。据统计，8年
来，北京城区共栽植各种树木850多万株，新铺草坪857万平
米，近三年种植“丰花月季”114万株。绿化给北京人带来了实惠，8年间新建、改建、扩建具有一定规模的大中型公园23处；在居民小区、街头巷尾，小型绿地、园林小景星罗棋布，仅据40余个居民小区的不完全统计，新增绿地面积达745公顷。养花爱花在城里和乡下都是时髦的事，近郊区有花卉生产基地近千亩，拥有现代化温室17000平方米，各种商品花卉年生产量已达1500万株。首都“三季有花、四季长青”正在我们这一代北京人手中逐步变为现实。

从改善首都大环境出发，8年间，郊区平原农田林网、四旁植树的栽树量已经达到1.3亿株，营造经济林、片林80余万亩。平原区的农田林网、浅山区的经济林、风景林和深山区的防护林，已形成三道环绕京城的绿色屏障，锁住了昔日作孽的“黄龙”，康庄、南口、永定河、潮白河、厩梱河等五大风沙危害区已基本得到控制。大兴县在永定河故道的沙荒地上，营造速生丰产林，完成治理沙荒5万亩。其中千亩集中连片的半壁店森林公园，已建成开放，吸引了不少中外游人。值得一提的是，今年，市林业部门在有关部门的大力支持下，抓住雨季大好时机，一年完成飞机播种造林48.7万亩，相当于建国38年来飞播造林的总和。深山区有了绿色的希望。

1980年4月，中共中央书记处作出了关于首都建设方针的四项指示，提出了把北京建设成为环境最优美、最清洁的第一流城市。如今，有关部门提供的科研资料是令人欣慰的：北京地区8级以上的大风天气，70年代平均每年为36.1天，80年代前6年平均每年已下降为19.7天；风沙弥漫的沙尘暴天气，70年代平均每年1.4天，80年代前6年平均每年下降为1.1天。8年来，本市城区的绿化覆盖率为22.86%，比8年前增长2%；郊区的林木（包括牧草）覆盖率则比8年前增长15.1%。今天的北京城内，绿色葱茏的树木已有1650万棵，510万城镇人均占有3棵树。

改革 开放 搞活 一百例 51

▲ 1987年9月23日，《北京日报》1版

# 北京更绿了

本报记者 王增民

北京更绿了。

北京绿了。从点绿成线，从线绿成带，从带绿成片……绿色遮掩了道路，爬上楼群，覆盖着群山。

新中国成立前，北京没有多少绿，新中国成立后，尤其是改革开放以来，北京愈来愈绿。

绿线越栽越宽。如今道路两侧，再不是十多年前的“一条路两行树，树下栽棵花灌木”了。在京张、京石、京开、京密、京津五大干线公路两侧，因地制宜栽出30米至50米宽的绿化带，形成5大绿色走廊。以天

为了控制本地沙源，经过10多年努力，本市永定河、潮白河、大沙河、南口、康庄五大风沙咽喉有82.2%的田地被林网保护起来。在那一个个沙丘上，又遍植绿树，出现总占地60.28万亩的近百个片林。其中大兴县半壁店片林已超过一万亩。

片林进了城，北京市造出了“人工肺”。首都绿化委员会提供的数字表明，仅过去的10年中，城区新增绿地1100多公顷，相当于50个中山公园。

绿色从地面“爬上了天”，占天不占地的攀援植

下降18%，降尘下降43%。

气象部门测定：冬春季北京发生沙尘暴天气的日数，八十年代仅为六十年代的七分之一。

园林部门观测表明，爬有攀援植物的楼房、立交桥等建筑物，夏季表面温度可降低2℃至3℃。

▲ 1992年10月31日，《北京日报》1版

*曾几何时，到处黄沙弥漫；而今，沙窝窝变成绿窝窝，春来花俏丽，秋到果飘香，大兴县人民辛苦不寻常，绿色革命十八年——*

# 十七万亩绿树镇黄沙

本报记者 王增民 本报大兴县记者站记者 吴凤琴

永定河曾是北京城的母亲
永定河冲击扇形成了京南
平原，带来的无尽风沙，给大
县人民留下的只有灾难。
这条“无定河”在大兴县境
是地上悬河，县内还有天
河等6条支流。从1888年至
6年，永定河在大兴县境内
18次，留下众多的故道和
的沙丘、沙岗，一场大风可
把大片的农田盖在黄沙下。
1978年4月18日，该县还刮过
风速22米的大风。
治不住风沙，离不开贫困。
北臧村乡桑马坊村是一个紧靠永定河的村庄。
这一切并不遥远。1990年以前，每年冬春两季风沙肆虐桑
坊村，麦苗被细沙掩埋，村民春天不去麦田搂沙，苗都看不
新盖的房只要二三年时间，沙子就堆平了后房檐，村民上
用不着梯子。
1990年春天，县绿化部门的干部来了。市林业局的专家来了。
炕头上摆开了“龙门阵”，七嘴八舌说治沙，各路“诸葛亮”
了神机妙算。老百姓从心窝子里掏出来的话，滚烫滚烫的；
百姓拿出有水有树的治沙主意，实实在在的。

沙窝窝变了，变成春来花俏丽，秋到果飘香的绿窝窝。

## 半壁店成了大气候

用“无心插柳柳成荫”这句话来说大兴县半壁店乡今天的变化并不过分。1984年初，市林工商公司、大兴县林业局和半壁店乡农民一起，在沙荒地上合作造速生丰产林。当时这些栽树人不会想到，几年后这里会出现一个京城闻名的森林公园，会引来年税收三四百万元的大企业，能够改变本地区的自然气候……

在沙荒上栽树很难活。要想用绿色固住黄沙，必须引水进沙荒。引水进入沙荒，谈何容易！面对农民治沙致富的迫切要求，共

年，可是春风一拂，依
的老干上抽出几许新
病老残树旁边，一片
拔地而起，万木争春。
往下看，在明媚的阳
道绿色的长城。
还是那个沙窝
里传出的却是致富的
村目前林木覆盖率已
村集体每年可有100
果品进帐，还不算农
包的那800多亩老果
栗宝龙告诉记者，每

生长着的树，一年可以贮5元钱；果树的收益就更为
们为和风沙作斗争栽下的那一片片绿荫，就是为自
孙后代栽下可以年年取钱的绿色银行。
绿色革命十八年，大兴县一届届县委、县政府带
民斗黄沙，沙荒变绿洲，成了绿海甜园。1995年4月结
县林木资源二类调查结果表明：全县林木总数已达1
比1978年增加52.3%；全县林木覆盖率达24.3%，比
加11.3%，比全国平原地区的标准高7.3个百分点；
大兴县的林地已达37万亩，比1978年增加17.3万亩。
绿色止住了风沙，绿色引来八方客，大兴县这片

▲ 1996年6月16日，《北京日报》1版

# 风沙，正渐离京城

本报记者 吴兴文 张 军

本月底，京城要实现“黄土不露天”，这是本市治理大气污染第二阶段的重心工作，所针对的就是北京的就地起沙问题。

昨天是第五个世界防治荒漠化与干旱日，让我们循着北京40多年的防治风沙轨迹看一看——

市林业部门提供了下面一组数字：北京五大风沙危害区永定河、潮白河、大沙河、延庆康庄和昌平南口总面积243万亩，规划造林85万亩，现已造林70万亩，覆盖率为28.8%，一个点、线、面相结合的治沙防护林体系已基本形成。

环保和气象部门提供了下面一组不同时期的数据：

1971年至1978年，北京平均每年的大风日为36.6天，扬沙日为20.5天。

1979年至1988年，北京平均每年的扬沙日数下降到15.8天，其中最近5年下降到12.2天。

市中心区每平方公里的降尘量由1986年的月平均21吨降低到1997年的16.5吨。扬沙日天气由“七五”期间的年平均9.6天降低到“八五”期间的3.8天，沙尘暴日也已明显减少。

从上面数字变化的轨迹，我们不难得出一个结论：风沙

经有了10厘米厚的土壤腐殖质，生长在上面的植物绿意盎然，生机勃勃。

在曾有百余个沙丘的半壁店乡，已建成2000余亩的森林公园，植树造林改造废弃沙荒地6000多亩，公园内建设了度假村、水上迷宫、狩猎场和别墅区。该乡以绿引资逾3000多万元。

而更让您意想不到的是，遐迩闻名的世界公园、绿色度

西等地。
管就地起
但北京生
体表现为：
最主要是
和黄土裸
十年代为
美旱等
段，每年

▲ 1999年6月18日，《北京日报》5版

天'，这是本市治理大气污染第二阶段的重心工作，所针对的就是北京的就地起沙问题。北京五大风沙危害区永定河、潮白河、大沙河、延庆康庄和昌平南口总面积243万亩，规划造林85万亩，现已造林70万亩，覆盖率为28.8%，一个点、线、面相结合的治沙防护林体系已基本形成。环保和气象部门提供的数据显示：扬沙日天气由'七五'期间的年平均9.6天降低到'八五'期间的3.8天，沙尘暴日也已明显减少……我们不难得出一个结论：风沙正在逐渐远离北京城。"

## 21世纪初：沙尘天一年仅三次

"城市青山环抱、市区绿地环绕、郊区绿海田园"，"十一五"期间，山区京津风沙源治理、太行山绿化、"三北"防护林等重点工程全面推进。2010年末《北京日报》报道，本市10年投入33亿元治理京津风沙源，北京的沙尘天气由20世纪50年代的年均31天，降到2010年的年均约3天。

2008年北京举办奥运会时，"全市林木绿化率达到了52.1%、森林覆盖率达到36.5%、城市绿化覆盖率达到43.5%、人均绿地面积达到49平方米，申奥承诺的7项绿化指标全部兑现，首都绿化美化建设交出了一份满意的答卷"。

# 爆竹声声
# 话“禁”“限”

历史资料 ▪ 北京日报图文数据库

文 ▪ 毛颖颖

正月十五是春节烟花燃放的最后一天。近几年，守护蓝天、少放不放的呼声甚高，北京烟花爆竹燃放总量和持续时间岁岁减少。而回头再看这几十年，“放”还是“不放”，却一直是个纠结的问题，“禁”与“限”的拉锯，背后是公共政策和社会心态的变迁。

## 1987 年：“逐步限制、趋于禁止”

华人燃花放炮习俗已有两千多年，随着药量日增、花色纷繁，也带来轰鸣震耳、烟雾弥漫、毁物伤人、火灾爆燃之害。早在明清时期，各地就有或禁或限的管理举措，对燃放区域和烟花品类加以约束。

新中国成立特别是改革开放后，世道太平，日子改善，过年的花炮越放越火爆，加之城市人多楼密，为过年听这声“响”引发的事故直线上升。

《北京日报》报道：1986 年春节，北京因燃放烟花爆竹烧伤、崩伤 446 人，两人被摘除眼球。1987 年腊月三十晚上十二点至大年初一凌晨一点一个小时内北京平均每 36 秒一起火警，“出动的消防车辆无法返回营地，只能从一个火场奔赴另一个火场”。当时，不少人在闹市、楼顶、阳台放炮取乐，用“闪光雷”隔着马路互射，纠纷斗殴不绝。而所放花炮大量来自外地作坊，质量低劣，规格超标。

燃放过头让许多市民闹心，称之为公害、“年祸”，纷纷要求政府出手管理。1986 年

除夕，环卫工人夜战爆竹皮（方非 / 摄）

11 月，《北京市烟花爆竹安全管理暂行规定》出台，主要精神有两点：一是严禁制造拉炮、摔炮和砸炮，花炮采购批发统一由市日用杂品公司经营，销售网点须通过审核，凭证进货开张，不准走街串巷兜售。二是划定了一系列禁放区，天安门、火车站、学校、医院、繁华商街、名胜古迹、油气罐站等附近 200 米内禁止燃放。

1987 年北京市人代会上，116 位代表提出议案，要求严管烟花爆竹。很快，市政府明确了“逐步限制、趋于禁止”的总方针。1988 年 1 月，在《北京日报》开展的关于该不该禁放大讨论中，读者踊跃来信，60% 主张禁止。报道写道：改变一种习俗是艰难，甚至是痛苦的。但彻底禁放，消除公害，已是必然趋势。

此后数年间，北京禁放区域逐步扩大，逢年过节就张贴明显标志，由民警巡逻监管。1993 年初，全城禁放区已增至 1364 处，“闪光雷”“双响”等容易伤人、污染严重的危险品种相继在三环路以内被叫停。

规矩有了，但喜庆灾祸未终，有禁不止者仍众。1987 年至 1993 年，仅北京 27 家重点医院就接治花炮伤者近 2500 人，数十人终身残疾。年年都有人无视专营规定，去外地淘换惊天动地的低劣违禁花炮。

**同志，请您遵守燃放烟花爆竹规定**

**封明为就加强节日期间烟花爆竹管理发表谈话**

旦、春节期间加强烟花爆竹管理问题发表了谈话。

封明为说，燃放烟花爆竹是我国表示喜庆和欢乐的传统方 近几年来，市民在节日期间燃放烟花爆竹的数量逐年增 规模也越来越大。问题是，大量的烟花爆竹来自外地，很 品种质量低劣，有的药物配方违反国家规定，有的规格超粗 ，安全性很差。人们大量购买并集中燃放烟花爆竹，带来 许多不安全因素。

封明为副市长在谈话中提供了一组数字。他说，据不完全 计，1987年春节期间，全市因燃放烟花爆竹受伤到医院就诊 就有765人；除夕到初四，全市因燃放烟花爆竹发生火灾 警426起，仅初一零时到一时内因燃放烟花爆竹火灾报警 起，其中部分成灾，经济损失32万多元。另外，不少人在闹 区、公共场所、楼顶、阳台放爆竹取乐，有时甚至引起群众 殴、围观，堵塞了交通，扰乱了公共秩序。大量、集中燃放 还严重污染环境。

封明为说，为了加强烟花爆竹的管理，1986年底，根据国 院颁布的《中华人民共和国民用爆炸物品管理条例》制定了 北京市烟花爆竹安全管理暂行规定》。在今年全市八届人大 次会议上，116位代表提出议案，要求加强节日期间的烟花 竹管理。为此，市政府提出对烟花爆竹的管理采取“逐步限 趋于禁止”的方针。

封明为副市长强调指出，在即将到来的元旦、春节期间， 大市民和有关部门、单位一定要遵守市政府的规定：第一， 格控制进货渠道，烟花爆竹的采购批发，统一由市日用杂品 司经营。他强调，1988年元旦、春节前，公安、工商行政管 等部门要集中力量，严格检查通过公路、铁路以及其他方式 进本市的烟花爆竹，凡属违反规定，违章采购运进北京的烟 爆竹将全部没收。第二，削减进货数量，限制品种规格，市 用杂品公司采购的烟花爆竹必须在大、小包装上注明生产厂 、产地、出厂日期、批号，并附有质量合格证明和燃放说明 杜绝质量低劣的产品流入市场。第三，严格对销售单位的 全管理，凡销售烟花爆竹的网点，必须经公安机关审核同

▲ 1987 年 12 月 23 日，《北京日报》1 版

**城内应禁止燃放烟花爆竹**

大城市应不应该禁止燃放烟花、爆竹？我的观点是肯定的。每年一到春节期间，我们医院的眼科门诊就要接待接踵而来的被爆竹崩伤的病人。据不完全统计，自1980年到1987年，我院接待的爆竹伤患者达1785人，其中49人做了眼球摘

有些东西虽然有时也给人带来些危害，但总的说来对人是有用的。而爆竹这东西则不然，百害而无一利，本身就是一种消极的东西，一种陋俗。我从来不给我的孩子买爆竹，别人送来的我也要浇上水后扔掉。

有人说这东西是传统，多

▲ 1988 年 1 月 16 日，《北京日报》2 版。春节临近，“周末话题”就“城市内应不应该禁放爆竹”展开大讨论，首期刊登同仁医院眼科主任医师李志辉来信，直指爆竹百害而无一利

**谨防「年祸」**

何氏璧

鞭炮了！

放鞭炮和世道有关。不太平的年月，大家真枪真炮还躲不及，多少人有心思放炮？穷得吃不上饭的时候，老百姓总得先为大年三十的那顿饺子愁楸，哪有闲钱放炮？太平盛世，鞭炮就放得火爆、放得热闹。这几年，老百姓手里钱多了，日子过得顺心了，炮也就放得多了。

我小时候也爱放炮。那时不过是买点儿“耗子屎”，买一挂“小鞭儿”，声音也就像打个喷嚏。顶多是磨着大人买几个“二踢脚”或者黄泥巴做的“老头花儿”，那还是

春节，被爆竹炸伤立 就有一个“团”。这 持在“火线”上的数 員。这1070名“勇士” 出眼珠子的、震破耳 手指头的就不止一两 苦！

除夕之夜，从市、 长到各级环卫职工都 溜儿地扫了一宿大街， 清一色的炮皮。

清扫炮皮，有的人 不愿让扫。近郊区有的 展开了竞赛，竞赛内容 比”，即：比谁家放的

▲ 1988 年 1 月 16 日，《北京日报》3 版

## 1993 年：燃花放炮迎“禁放”

前所未有的代价，让酝酿已久的禁放呼吁再度鼎沸，大量市民痛陈，眼下过年如同过“关”，只管自己乐呵的人，能不能可怜可怜孩子，让老年人多活几年！也有市民对比南方一些城市坚决禁放的实例，认为北京不能再落后。300 多名人大代表和政协委员提出议案提案，要求北京禁放。

1993 年 7 月，《北京市关于禁止燃放烟花爆竹的规定》草案递交市人大常委会审议，8 月 4 日，草案发布并请全社会参与讨论。市公安局副局长张良基专题说明：进货渠道难以控制，市民消费能力大增，花炮危害出现较大反复，“逐年限制，趋于禁止”已不适应需要。

对立法禁放，多数意见是“举双手赞成”。市人大常委会在 8 个城区发了 8 万多份问卷，开了几十个调查会，84.6% 的人明确支持。1993 年 10 月 12 日，禁放规定获市人大常委会通过，东城、西城、崇文、宣武 4 个城区全部地区和朝阳、海淀、丰台、石景山区大部分地区列入禁放，于 12 月 1 日起实施。

法规公布后，北京大街小巷挂满禁放标语、横幅，“凡是有人的地方，都见到了各种类型的宣传材料”。各中小学均开展禁放教育，倡议学生争做文明小公民，还要说服爸爸妈妈不买不放。

12 月 1 日前三四天，噼噼啪啪的烟花爆竹声在不年不节的北京城此起彼伏、响成一片，像是对禁放的独特迎接。虽说也有人念叨“这点乐呵以后就没了”，但抓紧把家里存货给放了，依然被认为是法制意识普遍提高的表现。12 月 1 日晚，站在京广大厦 54 层检查禁放的市人大常委会主任张健民环顾四周欣喜地说：“前几天就跟过小年似的，可‘今夜京城静悄悄’。”

1994 年 2 月 9 日，北京度过禁放后头个除夕。过往遍地烟光、火警不断的街道，这年竟没一点响动。这一夜，北京禁放区内无人因放鞭炮致伤，而禁放区外伤者有 12 人。

当然，传统习俗改起来多少有点别扭。有人买了几百个气球，踩气球听响。不少城里人为过把鞭炮瘾，投亲靠友到门头沟过除夕。记者写道：禁放了，但禁与疏的矛盾尚未很好解决。告别旧习俗，用什么新形式丰富节日生活，需要思考。

## “春节放炮放邪了”

进入20世纪90年代，烟花爆竹向“高声级、大型化”发展，春节燃放一时到了“邪乎”的程度。1993年春节，《北京日报》接到群众来电来信“呼救”，《钟鼓楼》读者来信专版发表《爆竹声中的忧思》专题报道：今年放鞭炮是全方位、立体式的，从高层建筑到街道，从禁放区到繁华区，从大街到小巷，其场面不亚于“海湾战争”……窗外火光闪闪浓烟滚滚，动静犹如飞机投弹、地雷爆炸，楼与楼间光雷横飞，绿树绿地燃成炮灰，井盖崩起污水四溢……

花炮“巷战”让人心惊，结果更是惨痛。1993年春节，仅同仁医院就接治炸伤者121人，其中7人眼球碎得不成样儿，当即摘除，还有许多是考虑患者心理承受不了，先凑合缝上的。燃放产生的噪声最大瞬时值达121分贝，致全市5人耳膜穿孔，丧失听力。医务人员联名投书《北京日报》呼吁禁放，疾呼有的鞭炮就是杀伤性武器！同样因花炮整宿不眠的还有消防部门，每年春节北京近4000名消防战士全员无休，着战斗装迎战。119报警台加派5倍人员值班，电话还是接不过来。

花炮成灾，与大量违禁鞭炮以“农村

▲ 集中销毁伪劣超标花炮

爆竹声中的忧思

本报群工部集体采访

今年春节怎么了？放炮放邪了！那动静犹如飞机投弹似的，让人心惊胆颤，心有余悸。

今年的鞭炮声像地雷似的，爆炸性极强，具有一定的杀伤力，我们受不了啦！

今年放鞭炮是全方位、立体式的，从高层建筑到街道，从禁放区到繁华区，从大街到小巷，其场面不亚于“海湾战争”……

这是春节期间，本报收到群众的来信和电话的呼声。

为此，春节过后，群工部记者进行了走访。下面就是一些人士耳闻目睹的镜头，以及他们的想法和看法。

观「巷战」不寒而栗 禁放区禁不了放炮

当电视台的鸡年钟声敲响时，除夕之夜的“巷战”惊动了千家万户。朝阳区虎东小区也不例外。窗外火光闪闪，楼与楼间光蛋横射，几乎要打在对面的阳台上。……

……除夕之夜的“巷战”之后，只见那“绿地”上留下了片片黑秃秃的地皮，那横七竖八的各色花炮纸屑覆盖了一地，如同战后的废墟。想起了这除夕之夜的“巷战”，真是让人不寒而栗。

禁放区放鞭炮禁不了。1987年，本市设立……

▲ 1993年2月5日，《北京日报》8版

市十届人大常委会四次会议审议一项法规草案

本市将禁止燃放烟花爆竹

张健民主持会议并讲话 会议还审议了《北京市国防教育条例（草案）》等

……愿和社会发展的要求，下决心坚决禁止燃放烟花爆竹。市建筑设计院院长熊明委员说，北京是十一亿人口大国的首都，每年春节期间街道上、胡同里燃放爆竹后的碎屑和硝烟破坏整洁，造成污染。……

……研究所主任医师翁肇祺说，放鞭炮的噪声值每年都在80分贝以上，瞬时值高达121分贝，使人们的身心健康受到伤害。刘长义、朱一衣等委员认为，禁止燃放烟花爆竹涉及千家万户，没有广大市民的支持和自……

▲ 1993年7月27日，《北京日报》1版

怎样才想得通？

昕旭

从今年12月1日起本市市区将禁止燃放烟花爆竹。对此，有人不大舒服：有喜事放放爆竹，提精神，咱中国就兴这个，何必禁止？

他们有些想不通。也是，“爆竹声中一岁除”，中国从古就有个除旧迎新燃放烟花爆竹的风俗。但是，风俗是可以……

……年发展这么快，这个污染、那个污染成了个大威胁，长此下去，非拖北京发展的后腿不可。要不，为啥在申办奥运时特别提出要治理环境污染这一条？禁止燃放烟花爆竹就可以说是治理的一个步骤。这是关乎北京长远发展的大事，怎可等闲视之？

京华晨语

大兴城建开发总公司 电话：9242423 9244290

▲ 1993年10月17日，《北京日报》1版

包围城市”之势进入首都直接相关。1993 年较之 1986 年，市日杂公司花炮进货量大幅下降。但查获的私进花炮案件不断上升。公安部门负责人感慨：如今是商品经济，你越禁止，这东西利润越大，越有人豁出去私制、私运、私贩，有的小卖部节前偷趸进满屋子的花炮，大的能打到 30 多米高空。尽管北京周围设立关卡禁止违禁爆竹流入，可几米开外，外省农民就敢在自己的地界里摆摊叫卖，你还管不了他。

## 2005 年：激辩后的“禁改限”

北京禁放五六年后，滑坡反弹出现。一方面，周边地区非法生产点向北京倾销伪劣超标花炮现象严重。另一方面，经历了几个静悄悄的除夕，有了“禁放冲淡节日气氛”之类的说法，春节好像跟平常日子没什么两样了。

新世纪以来，禁放区内鞭炮声日响。2002 年春节，北京因燃放引起的火灾升至 181 起，其中禁放区 60 起，非禁放区 121 起。2004 年春节，北京因燃放花炮造成 5 人死亡。

在记者街头走访中，人们对燃放的态度出现分化：强烈赞同的多是年轻人或小孩子，而多数市民认为烟花爆竹当“禁”，但不应当“绝”。一些民警也表示出了在处理这类问题时的难度。此时，国内确有一些城市已解除了禁放。

2005 年 5 月，《北京市烟花爆竹安全管理条例（草案）》公开征求民意。其中规定，除夕至正月十五，全市除文保单位、车站机场等 8 类场所外，允许燃放烟花爆竹。这意味着全面禁放 13 年后，北京一年将有十多天部分“解禁”。市人大常委会发放 6 万份调查问卷，近 70% 居民赞成“禁改限”。

8 月 14 日，“禁改限”立法听证会举行，16 名陈述人当场激辩，争执不下。陈述人中，年轻人均表示赞成“禁改限”，而老年人绝大多数反对解禁。

9 月 9 日，《北京市烟花爆竹安全管理规定》获市人大常委会通过，10 月 1 日发布，12 月 1 日正式施行。有人大代表指出：放鞭炮，喜欢的很喜欢，厌烦的很厌烦。既然“禁改限”是大家做出的选择，那就要讲公德、守规矩，考虑燃放时的公共影响和他人感受。

## 百万人次上街保安全

2006年1月，京城迎来“禁改限”后首个春节。市烟花办印发40余万份宣传单，告知市民燃放的时间地点和花炮种类。腊月廿九、除夕两天，1000余万北京市民，陆续接到了市政府的“拜年短信”，祝福新春快乐，提示合规燃放。为确保公共安全，北京实行烟花爆竹专营制度，对零售点严格审批，并统一了采购、储存、配送、销售等环节及花炮的标识。

为管好烟花爆竹，北京进行了抗击“非典”以来规模最大的一次全市性动员。政府启动城市应急指挥和处置工作预案，分别成立市、区县两级燃放指挥中心。街头警灯闪闪，环路上消防车来回巡视，社区内随处可见拿着扫帚、沙袋等简易灭火器具的“红袖标”。全城共121万人次不舍昼夜、顶风冒雪上街保燃放安全，做到限放区的每一条街、每个胡同、每个大院、每个楼群都有人看守。总动员的结果令人欣慰，2006年春节，全市没有出现因烟花爆竹引发死人和摘除眼球的重大伤亡情况，没有造成重大火灾。这样的总动员，成为此后每个春节的标配，遇到天干物燥、狂风大作的时节还得加码。

▲“禁改限”听证会，旁听市民众多。陈述人发言表示反对解禁时，老人们都会报以热烈掌声

说“禁放”析“民愿”

刘恩启



年节临近说“禁放”，确乎有点“察之于前，警之于后”的意思。

回想申奥成功、足球出线的狂欢之夜，在立法禁放烟花爆竹的一些城市，突然爆发的鞭炮声震耳欲聋，响成一片，人们似乎全然“忘记”了还有“禁放”法令这回事。究其所以，盖因“民愿”使然尔。燃放鞭炮者以此表示庆贺与欢乐，是“民愿”的尽情宣泄，自然“理直气壮”，无所顾忌；主管其事的执法部门，显然是不想拂逆“民愿”，破例采取一种“默许”的变通态度，以示通情达理。有人甚至说放鞭炮是民族传统，有文化内涵，并非陋俗，立法禁止有违“民愿”云云。

然则老汉我爱较真，对如此这般的“民愿”之说“窃有疑焉”，不免用实践检验立法的标准，考证一下燃放烟花爆竹是不是旧俗陋习？该不该立法禁止？禁了之后该不该开禁或弛禁？

民俗有善恶美丑之分，这道理是古之先民也晓得的。前些年秦墓出土的竹简上明确记载：“古者，民各有乡俗，其所利好恶不同，或不便于民害于邦，所以圣王作为法度，以矫端民心，去其邪僻，除其恶俗。”燃放烟花爆竹，为害之烈，人所共知。一曰火灾爆炸，二曰大气污染，三曰噪音干扰，非陋俗而何？北京市仅禁放前的1992年春节期间，27家大医院就救治被鞭炮炸伤者544人（其中8人被摘除眼球），引发火灾238起，大量财富瞬间化为硝烟纸屑，如此“不便于民害于邦”的陋习和公害，不禁行吗？不知道这用鞭炮来驱邪避鬼的“传统文化”有什么值得骄傲、留恋不舍的？

不错，国人燃放爆竹沿袭已久，一朝禁绝，诚非易事。北京市1993年禁放法规出台前，整整酝酿了10年之久，又参照了广州、深圳率先明令禁放鞭炮的成功经验，足见决策、立法之审慎。市人大发出8万份问卷调查，无条件拥护禁放的居民高达86%，这一“民愿”的充分表达，又足证人们讲求文明、尊重科学、注重环保与安全等现代社会意识的觉醒，不可低估。立法“禁放”具有现实的可行性，并非贸然行事。实施禁放后的5年中，因燃放鞭炮致伤人数下降了62%，空气和噪音污染也大幅度下降，禁放还抑制了节日、婚丧、庆典中的铺张奢侈之风。首都禁放成功，带动了一大批城市也乘势而上，相继立法“禁放”。如此功德无量、造福斯民的立法，怎能说它不是人民意愿的体现？

“禁”而又“放”的惨痛教训，也从反面证明了究竟何者代表民愿。近几年来“主放”者的非议迭起，一些城市传来开禁或部分开禁（指在禁放区限时、限地燃放鞭炮）的消息，禁放法令的尊严受到鞭炮轰鸣的嘲讽与挑战而处于尴尬境地。

▲ 2002年1月27日，《北京日报》6版

▲ 生意冷清，花炮销售人员打起了瞌睡

## “少放不放为蓝天”

转眼到了 2010 年，人们发现：春节鞭炮声明显没有过去那么密、那么响、时间那么长了。这一是因为现在的孩子对此兴趣不高，宁愿宅在家看电视、玩电脑也不想下楼放炮，家长们也就渐渐没这兴致，不用花这钱了。二是禁放区增加，楼高人稠，小区里到处停着汽车，大家重视安全，也不想给人添堵。此外一个更重要的原因是，连幼儿园的娃娃都知道花炮有污染，为了天更蓝，越来越多的人主动选择过一个绿色春节。

2014 年后，随着中央通知要求节俭过节，各级机关和干部严禁用公款购买赠送烟花爆竹、烟酒花卉等年货节礼后，一批曾因礼尚往来收到烟花券而“被燃放”的人们与花炮作别。同时，“少放一组烟花，多呼吸一口新鲜空气”深入人心，许多人表示：“哪能抱怨着雾霾天盼治理，自己还图痛快放烟花？”调查显示，近几年已有近八成市民不再购买花炮，很多单位、社区也实现了零燃放。

# 一场绿化北京的“人民战争”

历史资料 ▪ 北京日报图文数据库 ▪ 北晚新视觉网

文 ▪ 毛颖颖

暮春三月，草长莺飞，又到了北京最适宜植树的时候。今天，“绿色”似乎是全民认同度最高的发展关键词，而回望荏苒时光，“北京在变绿”，也正是几十年来北京上上下下、男女老少齐上阵的劳动成果。

## 20 世纪 50 年代

### 迎接“义务劳动星期日”

早在新中国成立之初，北京就明确了“大搞绿化”的方向：一、北京气候干燥，冬春季节常有大风，要调节湿度、保持水土、抵御风沙，必须多种树。二、尽管设立了园林事务所，不断扩充绿化工程队和保养队，但仅靠专业力量远远不够，必须打一场植树造林的“人民战争”。

“植树，对祖国有益的劳动！”1955 年 4 月，北京市委发出“绿化首都”的号召，动员全市各机关、厂矿、学校、部队和郊区广大农民积极参加植树造林运动。目标是：三年内，全部绿化西山，在城内每个区陆续建设公园，迅速改变京城里里外外，特别是那些新建单位和居民区连片荒山空地以及马路干线、河湖堤岸旁缺少树木林荫的状况。绿化养护与市政建设一起，成为当时全市大规模群众性义务劳动的重要内容。

▲ 1955 年，北京五十二中的同学在永定河畔植树（冯文冈 / 摄）

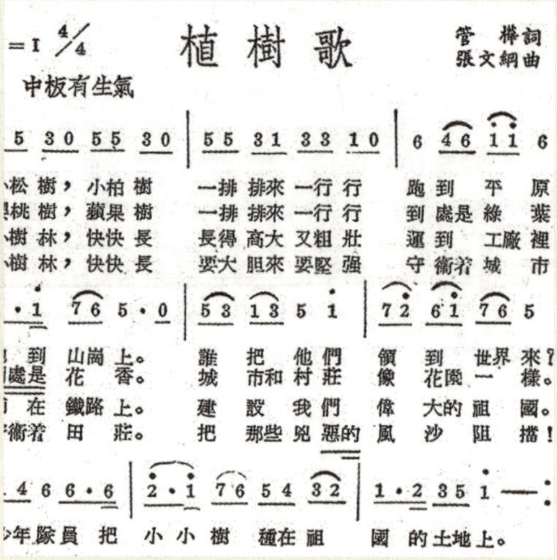


▲ 1953 年 4 月 1 日，《北京日报》3 版

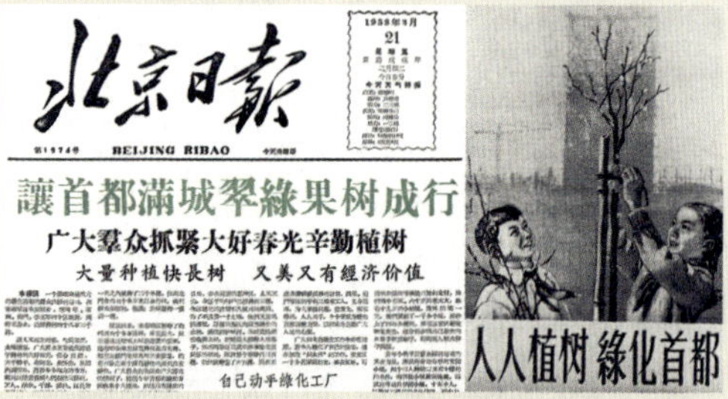
北京日報

BEIJING RIBAO

讓首都滿城翠綠果树成行

广大羣众抓緊大好春光辛勤植树

大量种植快長树　又美又有經济价值

自己动手綠化工厂

人人植树 綠化首都

▲ 1958 年 3 月 21 日，《北京日报》1 版

中共北京市委員會

號召全市人民積極綠化首都

▲ 1955 年 4 月 2 日，《北京日报》1 版

50 年代中期，参加“义务劳动星期日”在北京蔚然成风，每到星期天，成百上千的工人、干部、战士、学生扛着红旗、自带干粮涌向各个工地。梳理《北京日报》报道，可以看到这样的记录：1955 年，绿化西山工程开始，解放军战士从碧云寺塔后面往山上挑带着土坨的树苗，每人挑 30 棵，重达 150 斤；1956 年 3 月 18 日，全市 3 万多人参加了义务劳动，仅在八宝山、东北旺、陶然亭等处，人们就刨了 3.5 万多个树坑，进行了整地等工作；1957 年春，各单位采取分片包干、就近栽植的办法，如清华、北大、北京体育学院三校学生负责栽好从清华到北体大路两旁的行道树。

“动员广、干劲足、情绪高”，是那会儿春季植树造林运动的特点。一时间，北京出现了不少由群众命名的新林和公园。如东郊少年儿童们在十里堡北边空地植树 1.6 万多棵，命名为“红领巾公园”。德胜门外新挖的人定湖畔，青年们种上大量树木，命名为“青年公园”。总面积 12.6 万亩的西山地区，也在 3 年时间里栽了 2100 万株树，再经封山管护，到 1962 年秋，北京人民总共在这里花费了 43 万个劳动日，终于把解放前岩石裸露、山洪频发、活像个癞痢头的西山建设成了一片新绿的风景区。

## 20 世纪 60—70 年代

### 坚决不搞形式主义

群众植树轰轰烈烈，也出现了一些问题，最突出的就是植树成活率不高。经市园林局检查，1955 年北京春季植树平均成活率 88%，其中群众植树的成活率一般只到 70%，个别单位植树的成活率甚至低到 50% 左右。

为何会种树不见树？《北京日报》曾这样总结：有些单位喜欢“人多势众”，只图“场面大”，不问实际效果，在一块不大的地方，挤上成百上千的人，结果大家都使不上劲；有些单位在外地争购珍贵品种的苗木，远道运来，不能及时种植，再加上操作流程不规范，以致成活率很低；还有些单位以为种树只要随便挖个坑、把树苗插进去就完事了，不注意后期浇水、养护，结果他们种的树有三分之一甚至二分之一死掉了。

针对各地植树状况，中央对于造林工作提出了更严格的要求：“不但要快造，而且要造好；不但要多栽，而且要栽活；不但要植树，而且要育苗；不但要造林，而且要护林。”

1964 年 5 月 12 日，《北京日报》头版评论员文章这样论述“栽好还要管好”：

▲ 1961 年，虎坊路居民给树苗浇水松土（冯文冈 / 摄）

▲ 1963 年，新开路小学护林队员劝说破坏树木的孩子（高宏 / 摄）

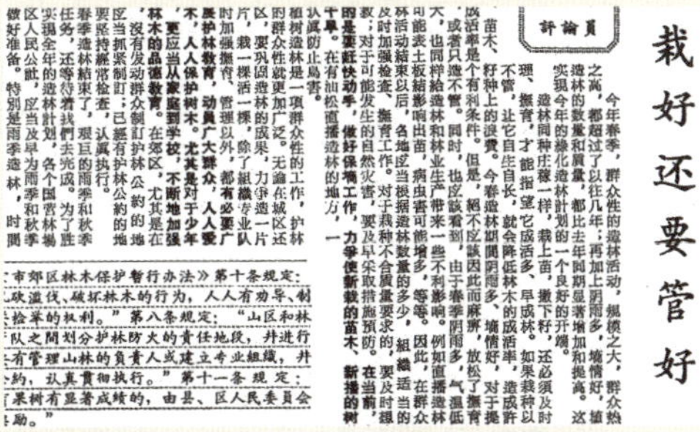

栽好还要管好

评论员

今年春季，群众性的造林活动，规模之大，群众热之高，都超过了以往几年；再加上阴雨多，墒情好，植造林的数量和质量，都比去年同期显著增加和提高。这实现今年的绿化造林计划的一个良好的开端。

造林同种庄稼一样，栽上苗，撒下籽，还必须及时理、抚育，才能指望它成活多、早成林。如果栽种以不管，让它自生自长，就会降低林木的成活率，造成许苗木、籽种上的浪费。今春造林期间阴雨多、墒情好，对于提成活率是个有利条件。但是，绝不应该因此而麻痹，放松了抚育或者只造不管。同时，也应该看到，由于春季阴雨多，气温低大，也同样给造林和林业生产带来一些不利影响。例如直播造林可能表土板结影响出苗，病虫害可能增多，等等。因此，在群众林活动结束以后，各地应当根据造林数量的多少，组织适当的及时加强检查、抚育工作。对于栽种不合质量要求的，要及时补救；对于可能发生的自然灾害，要及早采取措施预防。在当前，的是要赶快动手，做好保墒工作，力争使新栽的苗木、新播的树干旱。在有油松直播造林的地方，一认真防止鸟害。

植树造林是一项群众性的工作，护林的群众性就更加广泛。无论在城区还区，要巩固造林的成果，力争造一片片，栽一棵活一棵，除了组织专业队时加强抚育、管理以外，都有必要广展护林教育，动员广大群众，人人爱木，人人保护树木。尤其是对于少年更应当从家庭到学校，不断地加强林木的品德教育。在郊区，尤其是在没有发动群众制订护林公约的地应当抓紧制订；已经有护林公约的地要坚持经常检查，认真执行。

春季造林结束了，艰巨的雨季和秋季任务，还等待着我们去完成。为了胜实现全年的造林计划，各个国营林场区人民公社，应当及早为雨季和秋季做好准备。特别是雨季造林，时间

市郊区林木保护暂行办法》第十条规定：砍滥伐、破坏林木的行为，人人有劝导、制检举的权利。”第八条规定：“山区和林队之間划分护林防火的责任地段，并进行有管理山林的负责人或建立专业组织，并约，认真贯彻执行。”第十一条规定：果树有显著成绩的，由县、区人民委员会励。”

▲ 1964 年 5 月 12 日，《北京日报》1 版

造林同种庄稼一样，栽上苗，撒下籽，还必须及时管理、抚育，才能指望它成活多、早成林。力争造一片成一片，栽一棵活一棵，动员广大群众，人人爱惜树木。

1964 年 5 月，周恩来总理在听取林业部汇报时指示：从中央到地方，每个负责同志，除年老有病的外，每年都要带头种树，为群众做出好样子。1979 年 2 月 23 日，全国人大常委会通过国务院提议，决定 3 月 12 日为植树节。从这年 3 月开始，每年春季，各级领导都会和群众一起参加植树造林，并逐渐形成惯例。

1979 年 4 月 9 日，《北京日报》3 版刊发中国林学会《关于首都绿化的问题和建议》。其中数据显示：1949 年以前北京市街范围的行道树长度仅 80 公里。经过 30 年，市、县两级公路共计 3400 公里长，除局部地段外，都已绿树成荫。文章同时尖锐指出，北京绿化虽然确有成绩，但还是赶不上城市人口增长面积扩大的幅度，且存在相当多绿地被蚕食侵占的情况。

## 20 世纪 80 年代

### 每人每年义务植树三五棵

1981 年，四川发生罕见水灾，邓小平同志指出洪涝灾害涉及林业，涉及木材的过量采伐。他指出："看来，中国的林业要上去，不采取一些有力措施还不行。可以规定每人每年都要种几棵树，比如种 3 棵或 5 棵树，要包种包活，多种者受奖，无故不履行此项义务者受罚。"

1981 年 12 月 13 日，全国人大常委会通过《关于开展全民义务植树运动的决议》，随后，国务院颁布《关于开展全民义务植树运动的实施办法》，要求各省（区、市）人民政府结合实际，制定细则。

由于北京地处北方，气候偏寒，为了适时植树，提高成活率，便于更多市民都来植树、种草、种花，1985 年 3 月 18 日，北京市人大常委会通过市政府建议，规定每年 4 月第一个星期日为首都全民义务植树日。

1984 年 9 月，《北京日报》报道《北京在变绿》写道：布满京城的大小街道正在变成一条条绿色的"河"。从首都机场到钓鱼台这条横贯东西的大干道，就是这"绿河"中最长最宽的一条。解放以来，全市工厂、机关、部队、学校在本单位植树共达 440 万株，绿化总面积已达 7000 多公顷。

## 刘恒和《老卫种树》

刘恒，著名作家；卫桂英，延庆一位在大山上种树的农妇。

1996 年 11 月 21 日，《北京日报》1 版“作家写真”专栏，以近乎整版的篇幅，刊登了特约撰稿人刘恒采写的长篇人物通讯——《老卫种树》。

80 年代初，卫桂英所在的三司村是个有名的穷村，仅有的荒山也是土质差、石头多，还缺水。1984 年，村里想通过绿化造林改变家乡面貌，动员大家包山种树，包期 40 年，收入与集体分成，每亩补助 8 块。村民会上，汉子们缩着脑袋、一片沉默，快奔五十的老卫站出来：“我是党员，我包了！”你是党员又怎么样？大家对老卫的老伴儿老李说：“你媳妇儿上了贼船！”

为种树，老卫不吭不哈，把全家人连窝端上了村后的荒山，种下了 100 多万棵树。承包合同上除了补助费，看山费一分没有，抚育费也一分没有。没有看山费就不看山了？没有抚育费就不抚育了？种完拉倒，死了活该？老卫不管这茬，天天和老伴儿橐橐地往山的深处走去。在许多人看来，老卫的“贼船”简直就奔了太平洋再也回不来了。她对刘恒说，这些树，长

▲ 1984 年 9 月 26 日，《北京日报》1 版

▲ 1996 年 11 月 21 日，《北京日报》1 版

1981 年，宽街小学学生春季植树（叶用才 / 摄）

在山上，也长在她的心里。“一棵树就是俺一个儿！”

结束采访后，为写这篇通讯，刘恒用了足足两个多月。作家的笔，写出了种树的艰辛：“种树的人不怕雨。雨越大越活苗儿，没把人淋死就得撅着屁股挖坑栽树，不下雹子就别想躲。山上光溜溜的，真下了雹子往哪儿躲呢？只能就近凑一个石茬子贴着。种树的人怕晒。没有阴凉，没有风，人就惨了，弄不好就晕在树坑里了。”

作家的笔，更写出了种树人有多爱树：“冬天下了大雪。本无须进山了，老卫却依旧往山里跑，来回十几里，一天不落。”“出门在外，不论走着还是乘车，她的眼里没别的，全是树。看见长得差的，就想还不如我种的呢！看见长得帅的，就暗自发誓我的树早晚有一天得超过它！”“买树苗费钱。老卫就摸索着自己育苗，拉沙子、脱坯、挑水、做营养基。她累了一天，依旧长时间蹲在月亮底下，看着她的小苗儿出神儿。用老李的话说，人都魔怔了，像棵罗锅树长在地里了。”

党报以这样的规格和体量报道一位普通劳动妇女是罕见的，而饱含深情的《老卫种树》见报后也引发强烈反响，许多读者边看边感动得流泪，纷纷联系编辑部要求帮助老卫种树。有市民感慨，正像刘恒写的那样，咱们得尊敬和记住这个老太太！记住这些不吭不哈干事的普通人。

30 多个年头过去了，老卫前后承包的 5500 亩荒山全种上了树，附近的荒山也都被乡亲们承包了，再加上退耕还林的好政策，三司村人过上了好日子，“光棍村”的穷名也一去不复返了。

## 新世纪

### 预约义务植树点得赶早

2003 年 6 月，北京永定河、潮白河、大沙河、延庆康庄、昌平南口五大风沙危害区完成最后治理，全部披上绿装。2006 年，全民义务植树进入第 25 个年头，25 年间，北京人共义务植树 1.62 亿株，成活率 88%，保存面积 70 多万亩，相当于种出了 160 多个颐和园。2012 年后，随着北京平原造林工程启动，造纪念林、植纪念树、包门前绿化、认建认养绿地等形式异常火热，每到植树季，全市各义务植树点总是早早预约满员，稍微去晚点，准就没地儿了。

▲ 2013 年 4 月 5 日，300 多位市民到金山岭植树（庞铮铮 / 摄）

义务植树1.62亿株　认建认养绿地面积439.11万平方米

# 首都义务植树25年种出160个颐和园

**本报讯(记者王海燕)**今天是全民义务植树运动开展25周年纪念日。记者从首都绿化委员会办公室了解到，首都全民义务植树运动开展25年以来，义务植树1.62亿株，成活率88%，保存面积70多万亩，相当于160多个颐和园。

至平谷海子水库绵延230公里的前山脸风景区，在康庄、潮白河、大沙河、永定河、南口五大风沙危害区，在通往外埠的五大干线公路沿线植下了一片片新绿，使昔日的荒山秃岭变成了旅游风景区。

首都各行各业、各界群众积

城镇、60个花园式街道办事处、4221个花园式单位。义务植树单位先后在全市建立了93个义务植树基地，其中具有绿化、生产、休养功能的“三结合”绿化基地35个。

各区县广泛采取建立义务植树点、设立植树执

投入认建认养资金9433.01万元。

本市还开展了“城乡手拉手、共建新农村”活动，动员社会各界力量投身新农村绿化美化建设。截止到目前，全市已经有42个中央、市属义务植树单位，328个区县直

为市民工作和生活塑造了优美的绿色空间。　RJ204

**相关链接**

**全民义务植树运动**

邓小平同志在1981年9月针对四川省发生的特大洪涝灾

▲ 2006 年 12 月 13 日，《北京日报》1 版

# 北京公园“养成记”

历史资料 ▪ 北京日报图文数据库

文 ▪ 毛颖颖

春天苍苍，春水漾漾。春月，全家老少去公园赏花踏青，已是北京人的生活标配。不过，如果问起北京有多少公园，除了那几处皇家“御苑”、庙坛外，众多公园是如何从无到有的，这些如今绿树葱茏、繁花夹道的地方，又经历了怎样的前世今生，恐怕就少有人知了。

## 20 世纪 50—60 年代

**爱国卫生运动：苇塘臭坑变公园**

梳理 50 年代的北京新闻就会发现，公园建设常常是和爱国卫生运动联系在一起的。

解放前，京城只有中山、北海、景山、颐和园等 7 处公园，断壁残垣、荒凉破败，且几乎全在市中心和西郊。新中国成立后，政府着手整理修缮旧园，更开始在全市大规模新辟公园和绿地，首批选择的就是陶然亭、龙潭、玉渊潭等地。之所以选择这些地方，不是它们有风景宜人的建园基础，而恰恰是因为它们和龙须沟一样，都是当时北京最脏最臭、病菌滋生之地。

以北京解放后最早兴建的城市园林——陶然亭公园为例。

陶然亭一带，历史上颇有名气。清早期曾有些庭院屋舍，士子百姓都爱在此登高聚会。再后来，这儿成了苇塘，乱坟年年增加。到民国时期，陶然亭已完全看不出个模样。1956 年 8 月，《北京日报》刊发作家张恨水《陶然亭》一文，其中记叙了 1921 年的陶然亭：“满地垃圾，坎坷不平，高一脚，低一脚。走到陶然亭附近，只看到一片芦苇……至于四周人家，房屋破破烂烂。不仅如此，到处还有乱坟葬埋……我手拂芦苇，慢慢前进。可是飞虫乱扑，最可恨是苍蝇蚊子到处乱钻。”他写道，20 世纪 20 年代初见陶然亭，感到完全“对不住盛名”，而之后 30 年再去，更觉“一年比一年坏”。

最后坏到什么程度？另一位作家杨朔在《京城漫记》（1954 年 10 月 5 日，《北京日报》3 版）中记录了附近居民的说法：“脑袋顶长疮脚心烂，坏透了！早先是一片大苇塘，死猫烂狗，要什么有什么，乱坟数都数不清。”“你连门都不敢敞。大门一敞，蛆摆上队了，直往里爬，有时爬到水缸边上。蚊子都成了精，嗡嗡的，像筛锣一样，一走路碰你脑袋。”在这样臭水淤积、荒冢累累、蚊蝇孳生的环境里生活，自然一年到头全家闹病，“那工夫但凡有点活路，谁也不愿意到陶然亭来住”。

1952 年，全国爱国卫生运动轰轰烈烈展开，口号是“动员起来，讲究卫生，减少疾病，提高健康水平，粉碎敌人的细

陶然亭葦塘疏濬之後
——記范瑞林老大爺全家的喜悅
·彭 軍·

陶然亭附近葦塘、開闢新湖的工
以後，在陶然亭住了六十八年的
老大爺家裡，時常有到陶然亭遊
友上他家來串門。在過去，這樣情
少的，那時的陶然亭，又髒又臭，
這裡地痞、流氓又多，不是親
友不願來，說實話，人家怕臭，
侮，不敢來。
大爺有四個兒子、兩個姑娘。大
個工人，二兒子和四兒子在家種
三范宗奎是一位光榮的人民志願
。二女兒范桂清十幾年前就出嫁
了，住家在甘肅天水。
府首先肅清陶然亭一帶
大大地鼓舞范老大爺全
雖然他年紀快七十了，
兒子下地幹活。農閒的
子還去做小工掙錢。一
攢下錢，蓋了三間新瓦
今年，陶然亭的工程
大爺更加高興了。他給
一封信，說人民政府快
除了，要她回家來住幾天
了很長的旅途回到了北

▲ 1952 年 10 月 14 日，《北京日报》2 版

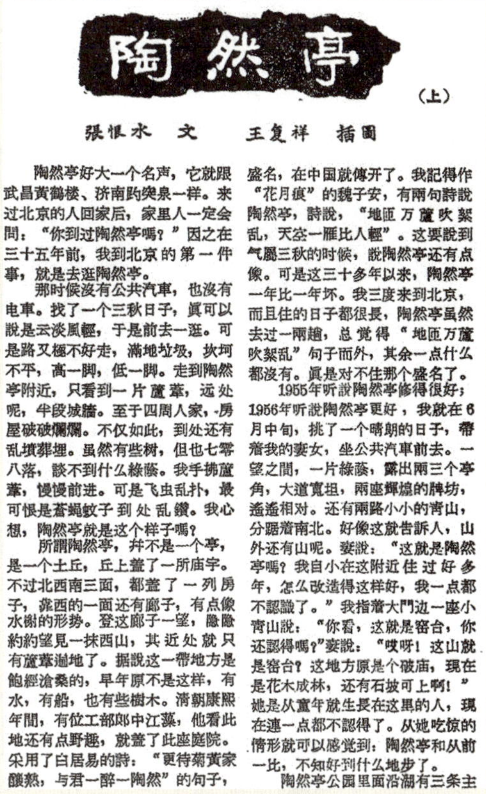
陶然亭（上）

張恨水 文 王复祥 插圖

陶然亭好大一个名声，它就跟武昌黃鶴楼、济南趵突泉一样。来过北京的人回家后，家里人一定会問：“你到过陶然亭嗎？”因之在三十五年前，我到北京的第一件事，就是去逛陶然亭。

那时候沒有公共汽車，也沒有电車。找了一个三秋日子，眞可以說是云淡風輕，于是前去一逛。可是路又極不好走，滿地垃圾，坎坷不平，高一脚，低一脚。走到陶然亭附近，只看到一片蘆葦，远处呢，半段城牆。至于四周人家，房屋破破爛爛。不仅如此，到处还有乱墳葬埋。虽然有些树，但也七零八落，談不到什么綠蔭。我手拂蘆葦，慢慢前进。可是飞虫乱扑，最可恨是蒼蝇蚊子到处乱鑽。我心想，陶然亭就是这个样子嗎？

所謂陶然亭，并不是一个亭，是一个土丘，丘上蓋了一所庙宇。不过北西南三面，都蓋了一列房子，靠西的一面还有廊子，有点像水榭的形势。登这廊子一望，隐隐約約望見一抹西山，其近处就只有蘆葦遍地了。据說这一帶地方是飽經滄桑的，早年原不是这样，有水，有船，也有些樹木。清朝康熙年間，有位工部郎中江藻，他看此地还有点野趣，就蓋了此座庭院。采用了白居易的詩：“更待菊黃家醞熟，与君一醉一陶然”的句子，盛名，在中国就傳开了。我記得作“花月痕”的魏子安，有兩句詩說陶然亭，詩說，“地匝万蘆吹絮乱，天空一雁比人輕”。这要說到气爽三秋的时候，說陶然亭还有点像。可是这三十多年以来，陶然亭一年比一年坏。我三度来到北京，而且住的日子都很長，陶然亭虽然去过一兩趟，总觉得“地匝万蘆吹絮乱”句子而外，其余一点什么都沒有。眞是对不住那个盛名了。

1955年听說陶然亭修得很好；1956年听說陶然亭更好，我就在6月中旬，挑了一个晴朗的日子，帶着我的妻女，坐公共汽車前去。一望之間，一片綠蔭，露出兩三个亭角，大道寬坦，兩座輝煌的牌坊，遙遙相对。还有兩路小小的青山，分踞着南北。好像这就告訴人，山外还有山呢。妻說：“这就是陶然亭嗎？我自小在这附近住过好多年，怎么改造得这样好，我一点都不認識了。”我指着大門边一座小青山說：“你看，这就是窑台，你还認得嗎？”妻說：“哎呀！这山就是窑台？这地方原是个破庙，現在是花木成林，还有石坡可上啊！”她是从童年就生長在这里的人，現在連一点都不認得了。从她吃惊的情形就可以感觉到：陶然亭和从前一比，不知好到什么地步了。

陶然亭公园里面沿湖有三条主

▲ 1956 年 8 月 20 日，《北京日报》3 版

▲ 1959 年 7 月，风景如画的陶然亭公园（高宏 / 摄）

▲ 1955 年 3 月，六一小学的同学们在紫竹院公园过队日

# 首都十年建设公园四布綠树成蔭

## 新建和整修公园、綠地52处，植树1877万株，劳动人民生活在优美环境里

**本报訊** 十年来，首都城市园林工作和綠化工作，取得很大成就。全市新建和經过整修的大大小小五十二个公园和綠地，已經成为劳动人民日常游憩的場所。每逢假日，仅北海、中山公园、陶然亭、頤和园和动物园五处，就要接待游客十五万到二十万人。解放后，新栽的一千八百七十七万株树木，已經使得首都到处綠树成蔭。

十年前，完全不是这个样子。当时全市仅有公园七处，大部都是封建帝王的“御园”、“离宫”改建的，分布很不均匀，几乎全在市中心和西郊。几个公园里垃圾成堆、荒草丛生，一片荒凉景象。解放后，配合城市建設的发展，陆續将陶然亭、龙潭、紫竹院等处劳动人民聚緣地；这样，公园、綠地分布不合理的現象就逐渐改变过来。

陶然亭、龙潭等公园都是由臭葦塘变来的。解放前这些地方坟崗遍地，蚊蝇孳生，解放后人們把它挖成人工湖，过綠化和修葺，成为广大游人喜爱的地方。

解放前，全市行道树和河岸树仅有一万四千多株，三个苗圃培育的二十几种苗木，总共不到十四万株。解放后，連續开展了群众性的綠化造林运

▲ 1959 年 10 月 25 日，《北京日报》2 版

菌战争”。在北京，运动重点之一就是整治河湖、平填积水地区、消灭臭明沟建设下水道。当年5月，陶然亭治理工程动工，挖土方27万立方米，开出280余亩、水深3米左右的人工湖，利用挖出的淤泥，沿湖堆起7座绵延起伏的山丘，栽花种树、铺路修堤，形成了一个山水相间的半岛公园。

治理陶然亭，最高兴也最支持的当然是附近居民。1953年1月9日，《北京日报》2版《歌颂陶然亭》报道：疏浚陶然亭的消息传到当地后，住在这里的小工吴锡福放弃了一天7000元（旧币）的活不干，一定要参加挖湖工程。有人劝他："挺臭的，一天还少挣1500元工钱，你为什么要干这个呢？"他说："给自己干活，就不能光图挣钱，只要咱们子子孙孙不再住在臭水坑里，不给钱我都去干。"家庭妇女曹淑琴，过去出门总说是住在南横街，不敢说住在陶然亭，因为那时候一提起陶然亭来，人们就觉得有一股臭气熏得头痛。现在她逢人就说："我家住在陶然亭，你去过那地方没有？是南城的大公园呀！"

1955年9月14日，陶然亭公园正式开放，园中建了钓鱼场、露天舞池、儿童运动场，添设了游船。

50年代，北京市政卫生建设和园林绿化重点还有龙潭、玉渊潭、什刹海、紫竹院等等。其中，四海（积水潭、什刹前海、什刹后海、西小海）解放初是几个互不相通的臭水坑，1950年已进行过掏挖疏浚，兴建起沿岸公园。1953年，四海干线下水道工程实施，全长六里多。经过地上地下不断整修，什刹海一带绿柳成行、碧草茵茵，很快成为北京人夏季钓鱼、冬季滑冰的胜地。而紫竹院解放初湖面大部分被侵占为稻田，岸边净是坟冢义地，蒿草丛生，鸦鹊乱飞，完全失去蓄水消纳功能。1953年，紫竹院实施废田还湖工程，还湖修闸、筑路修桥、大搞绿化，按规划定位为野景公园和小蓄水库，1954年正式对外开放。

据《北京日报》报道，至1963年，北京的公园、绿地已达50多处。帝王时代的庙坛（天坛、地坛、日坛、月坛）都开辟为公园。特别是为配合改善环境卫生，处理积水坑洼和利用城市荒地，还发动群众义务劳动，先后建设了东单公园、红领巾公园、青年湖公园、人定湖公园等等，全市公园绿地从地区分布上合理了许多。

▲ 1988 年 10 月，大观园（叶用才 / 摄）

## 紫竹森森

### ——紫竹院公园一瞥

阵 容

啊，紫竹森森，紫竹森森，
挺拔的身躯拂动着白云，
每当我望着葱茏茂密的竹
　丛，
心头总是飘过郁郁的浓情。

虽然只占有小小的角落，
你却是园中绿色的灵魂，
慕名而来的游人盼顾流连，
寄托心中多少景仰与思忖。

我爱竹的劲节，竹的虚心，
我爱南方紫竹来北国扎根，
也许因为我也远离了故土，
对紫竹便格外亲近几分。

夏日的风雨，冬天的冰雪，
照样哺育你不衰的青春；
俏丽的叶子，秀美的枝干，
丹青妙笔也不会如此逼真。

啊，紫竹森森，紫竹森森，
我多希望新雨后满园春笋，
让美丽的紫竹院拓宽展远，
打扮得祖国大地如花似锦。

▲ 1986年7月19日，《北京日报》3版

## 京城公园多起来

### 本市改革园林管理体制，把建园财权下放到区，给园林事业带来勃勃生机，近五年就新建、扩建、改建公园二十三个

本报记者 安伟 实习生 王志贤

在北京，可逛的新建公园一下子多起来了。
锦鳞戏碧水，画舫荡清波的圆明园福海、
滚过山车”、“激流探险”等19项大型现代化
乐园；建有神秘的灰姑娘城堡的石景山游乐场，
情的北城元大都城垣遗址公园……
改革开放以来，北京城区的公园总数，一
几个，猛增到59个。仅近五年时间里，新建、
园，就达23个之多。
与这形成鲜明对比的是：改革开放前，一
设，断断续续、历时二十余年才具规模；龙潭
图书茶室，长达4年才告完工……
北京的公园建设，过去长期由市园林局“
来源也只有一条：市财政拨款。
园林局虽然大权在握，却也有苦难言：市
维修、养护费外，所剩无几，新园建设，想快
包大揽的管理体制，不但压抑了各区政府兴建
阻断了许多财路、人路。使本市的园林建设长
性萧条”的局面。
在改革开放中逐渐摆脱温饱型生活，走向
改变着自己的生活方式。工余假日，人们希望
场所，要到大自然中受到美的陶冶。
1983年，市领导和北京市园林界的决策者们
的园林管理体制，决定把园林建设的财权下
园林建设的主动权。像联产承包责任制给中国
一样，财权下放到区，也给北京的园林事业带
力是和责任紧密相联的。掌握园林建设主动权
程表上，为园林建设筹划、奔忙，成了主要内
1984年4月，宣武区决定改建宣武公园，
要是以前，这事儿恐怕就得先搁下，办不成。
了区政府的一项任务，区长毫不犹豫，决定从
元，区领导挂帅，动员各方力量，不到半年，那
一道铁丝网圈块地皮的宣武公园不见了，一个
术为一体的典雅秀丽的宣武艺园建成了。市政
道：按过去的常规，建这样一座公园得要5年
时间啊！
1985年，中国电视剧制作中心要在当时还
仅是一片绿地的南菜园公园布景，拍摄大型电视连续剧《红楼梦》。当时的宣武区长董质斌灵机一动，立即找到对方提出了他改假景为真景，一举两得，建个永久性大观园的主张。双方当即决定向社会集资、合资兴建大观园。不久，闻名中外的大观园诞生了。

▲ 1987年12月17日，《北京日报》1版

## 20世纪70—80年代

### 体制松绑：区长“承包”建公园

改革开放前，北京的公园建设由市园林局“独家经营”，资金来源只有一条：市财政拨款。市里给的钱，除正常维修、养护费外，所剩无几，想要扩建改建老公园、大建特建新公园，想快也快不成。管得太死，抑制了各区政府兴建园林的积极性，还阻断了许多财路、人路，70年代一度出现了所谓“体制性萧条”。

生活逐步改善后，人们的休闲需求日益高涨，也愈发多样，原来的公园配置更显不足。1983年，北京市启动园林管理体制改革，把园林建设的财权下放到区，给区长们园林建设的主动权。这种“联产承包责任制”，迅速让各区区长们为建设公园奔忙起来。

《京城公园多起来》（1987年12月17日，《北京日报》1版）记录了这样两个例子：1984年4月，宣武区决定改建宣武公园，市里只给50万元。要是以前，这事儿就得搁下了。现在，兴建园林是区政府的一项任务，区长毫不犹豫，拍板从区财政拿出130万元，区领导挂帅，动员各方力量，不到半年，多少年来一直是一道铁丝网圈块地皮的宣武公园不见了，建成

1988 年 9 月，北京游乐园（叶用才 / 摄）

了集江南多种园林艺术为一体的宣武艺园。1985 年，中国电视剧制作中心想在当时还仅是一片绿地的南菜园公园布景，拍摄大型电视连续剧《红楼梦》。当时的宣武区区长灵机一动，立即找到对方提出改假景为真景，一举两得，建个永久性大观园的主张。双方当即决定向社会集资、合资兴建大观园。这个从“梦”中走下来的公园后来成了特色人文景区。

为了广开建设园林的财路，各区还把目光投向了外国投资者。1985 年 2 月，崇文区与日本两家公司签约，在龙潭公园的中湖区建起了北京游乐园，这是北京最早的一处大型现代化游乐园，也是北京第一座中外合资兴建的公园。

《北京市 1986 年为群众生活办的 20 个方面重要实事》显示：1986 年，全市建成 9 个各具特色的公园，其中包括石景山游乐园、圆明园万春园、团结湖公园、北京游乐园、北土城遗址公园等等。

而自 1983 年“松绑”到 1987 年 5 年间，北京新建、扩建、改建的公园，达 23 个之多，北京区区都有了自己的区属公园。

**特色立园：竹院有竹，亭园有亭**

公园多了，就要避免千园一面的问题。20 世纪 80 年代，在公园兴建新景区、“园中园”，以亭台楼阁、树木花草或公园名字作出特色文章成为潮流。比如龙潭公园突出“龙”字，把历代知名书法家书写的龙字刻在假山石上，形成龙字碑林。什刹海公园水院，是由水榭、水廊、水亭及岸边东西配房组成的古建筑群。

1979 年，《北京日报》报道了一个故事：十几年前，有人写信给紫竹院公园管理处，想要一些紫竹叶，做药引子用，医治急症。管理处很为难，因为紫竹院根本没有紫竹（1979 年 3 月 29 日，《北京日报》3 版《今日紫竹院》）。故事虽小，但“竹院”应当有竹，这也成为紫竹院后来以竹取胜、以竹造景的动因。上世纪七八十年代，紫竹院先后从四川、苏州等地引进竹子 10 余种，到 1984 年已达 5 万多株。1987 年建成“筠石苑”等景区，更是幽篁累万，苍翠欲滴，“竹院”终于名副其实。

1985 年，市政府批准陶然亭公园兴建百亭园方案，欢迎全国各省市来京投资，在这里建设具有自己历史或地方特色的亭子。在公园历史名亭景区内，先后仿建了杜甫草堂

▲ 1986 年，陶然亭公园“醉翁亭”一角（王振民 / 摄）

碑亭、苏州的沧浪亭、安徽的醉翁亭，等等。



## 新世纪

### 渐成体系：出门500米就要有公园

2001年，《北京市城市绿化事业“十五”规划和2010年远景目标》出台，其中规定：今后北京每条街道都要建设街区公园，每座公园服务半径500米。2002年，《北京市公园条例》出台，其中规定：新建居住区必须建设公园；旧城区改造、新区开发应当规划建设公园；城市道路两侧、河道两侧，应结合周边环境建设公园。此外，任何单位和个人不得擅自改变公园功能，不得侵占公园用地。同时鼓励自然人、法人和其他组织投资建设公益性公园，或以捐赠、认养等方式参与公园建设。

2001年到2008年，北京的公园从132家激增到1000余家，形成了以历史名园为核心的综合公园、社区公园、专类公园、带状公园、街旁绿地等公园体系，公园成为北京主要的旅游资源。

### 郊野公园：平均每月诞生一个

2006年12月24日，《北京日报》1版刊发《10块围城绿地明年构成“郊野公园环”》，宣告从2007年开始，北京将借鉴香港经验，在一道绿化隔离地区启动郊野公园建设，首批建设10处。消息发布后，很多市民感到好奇，“什么是郊野公园？”“在哪儿建郊野公园？”园林部门接到的咨询电话一个接一个。

转眼到了2012年，北京各类郊野公园的数量已从“0”增加到70个，相当于每月诞生一个。北坞郊野公园、滨河森林公园……大量郊野公园在四环到五环之间原城乡接合部地区建成并免费开放。而城里的免费公园则更多，奥林匹克森林公园、南二环护城河公园、北极寺公园……城六区市民基本实现出门500米就能见绿地。郊区有新城滨河森林公园、城乡接合部有郊野公园、中心城区有各类城市休闲公园的三级城市森林公园体系，在北京初步构建起来。

▲ 2011年国庆，最新开放的几处郊野公园成为北京市民"新宠"（方非/摄）

从前，郊野公园对于市民来说还是个"新鲜词儿"，如今，森林公园、滨河绿道、城市休闲公园等多种形式的郊野公园5年间增加了70个，相当于每月诞生一个

# 郊野公园就在市民家门口

2006年12月24日，本报在一版刊登了《10块围城绿地明年构成"郊野公园环"》的报道，宣告从2007年开始，本市将借鉴香港经验，在一道绿化隔离地区启动郊野公园建设，首批建设10处。

10块围城绿地明年构成"郊野公园环"

面积超过666公顷

本报记者 王海燕

2006年12月24日，本报在一版刊登了《10块围城绿地明年构成"郊野公园环"》的报道，宣告从2007年开始，本市将借鉴香港经验，在一道绿化隔离地区启动郊野公园建设，首批建设10处。

"什么是郊野公园？""在哪儿建郊野公园？"消息发布后，很多市民都感到好奇，园林部门接到的咨询电话一个接一个。

5年多过去了，本市各类郊野公园的数量已从2006年底的"0"，增加到如今的70个，郊野公园在市民眼里已是寻常风景。

初秋，走进位于玉泉山脚下的北坞郊野公园，眼前风光秀丽：亭台水榭伴着绿树长廊，如镜的湖面上，倒映着玉泉山塔影，更有几片金黄的京西稻田，给这秋色增添了浓浓的韵致。

"天天来，景色老也看不够。"60多岁的梁桂英是北坞郊野公园里的常客。她住在北坞嘉园小区，每天早晚，遛达七八分钟就来到园子里，逛逛弯，散散步，因为时常锻炼，老人的身体一直不错。

北坞郊野公园建于2010年，"两年前，这是我们北坞村旧址，"老人指了指脚下，2009年，北坞村启动城乡结合部改造试点，全体村民搬进新小区，旧村推平了，腾出[illegible]00多亩土地建公园。

漫步在这座公园里，看不尽的鸟影塔影，稻田耕织、古寺乡情……负责公园规划建设的海淀区园林绿化局工作人员告诉记者，这次建公园，北坞村的古迹——药王庙、金山寺、戏

隔地区建成开放的郊野公园已有52处。再加上过去原有的公园，现在四环到五环之间，免费公园已有81处，"每隔2至3公里一处"的郊野公园环建设目标已基本实现。

平日里轻易逛郊野公园，现在，郭林英还惦记着什么时候能去趟通州的运河森林公园。"电视上常看，听说风景不错，和郊野公园一样不收门票。"

她所说的运河森林公园，位于远郊，是面积最大的郊野公园，不仅通州有，顺义、大兴、昌平……11个新城全都有，总面积达到10.2万亩，运河森林公园于2009年启动建设，到现在已经有7个建成开放，另有4个也将在年底前竣工。

城里的免费公园更多了，莲花池森林公园、南二环护城河公园、北极寺公园……大大小小的公园5年间建成150多座，城六区市民基本出门500米就能见绿地。9月底，又一种新形式的公园——位于西城区护城河畔的"北京营城建都滨水绿道"也要向市民开放了，滨水绿道依托城市河道而建，规划有人行步道和自行车道两条慢行线，顺着绿道还能去大观园、陶然亭公园。

听完记者的一番介绍，郭大妈乐了，"我这个人没别的爱好，就喜欢逛公园，这么多公园，且逛呢！"

越来越多的公园背后，是政府部门持续不断的投入。据市园林绿化部门介绍，过去的5年是有史以来北京建设公园数量最多、速度最快、投入也是最大的时期。各种形式的郊野公园5年新增了70个，相当于每个月都有一座郊野公园诞生。公园的建设资金总投入，超过了100亿元。

▲ 2012年9月19日，《北京日报》4版

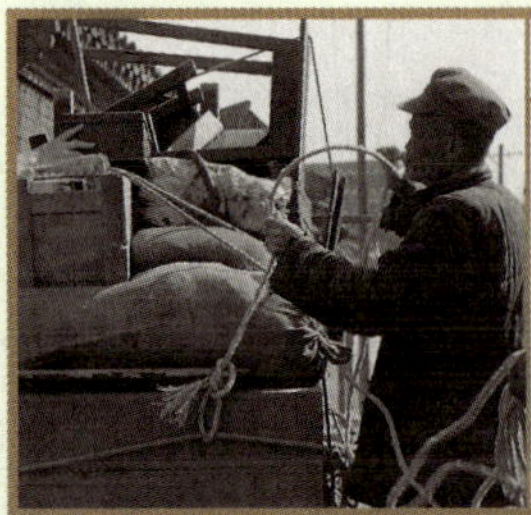

# 老北京的搬家故事

历史资料 ▪ 北京日报图文数据库

文 ▪ 贾晓燕

春暖花开喜事多，搬家算一桩。早些年，搬家麻烦又费劲，人们想想就头疼，好在后来有了搬家公司，打个电话，便能轻松搞定，再不用欠亲朋好友的人情。74 岁老北京卢女士的四次搬家，记录了这个变化过程。

## 第一次搬家：手推车一趟一趟运

**卢女士口述：小时候跟父母住在海淀区的一个大院里，第一次搬家是上初中那年，从筒子楼搬进单元楼。那年，父母从单位食堂锅炉房借了辆拉煤的手推车，和自行车一起，大包小包一趟一趟地运。搬的时候主要靠家里人，当然也有热心的邻居来帮忙，一天下来，累个贼死。**

在上个世纪五六十年代的北京城，搬家这种体力活还不兴“花钱买服务”，都是靠发动亲朋好友来帮忙。那时候，人们多住在单位大院或者平房小院，街坊四邻低头不见抬头见，彼此非常熟悉，听说谁要搬家，也都乐于去搭把手，尤其是那些住在胡同里的居民，假如有一家搬家，全院都会跟着忙活。不过，无论哪家搬，都得从头累到尾，没跑儿。

《北京日报》1958 年 4 月 8 日曾刊登文章《一家事全院忙》，文中提到，家住西单区皮库胡同 34 号的张老太太要搬家，和她住同一个院的邻居们都来帮着整理东西、搬零星物件、抬大件，顷刻之间，三轮车上下都填满了东西，从上午九点直到下午四点半，三

▲ 1959 年 4 月 5 日，二龙路邻里服务所人员在为居民搬家（冯文冈 / 摄）

搬家住新房

人民印刷廠工人 宋寶鈞 畫
周鐵生 詞

大車裝得滿又滿，
桌、椅、鍋蓋、無線電，……
紅磚蓋成的新房子，
咱工人家屬往裡搬。
大嫂子樂得繃不住勁，
心裡頭挺多喜歡：
「哎呀，房子敢情這麼好，
毛主席處處想着咱！」

孩子揹着個鋪蓋包，
看着爸爸、媽媽忙，
心想：「這回做功課可好啦！
屋裡寬敞又明亮。」
老張的笑臉上紅油油亮，
自個搬完又幫助老王，
全部搬家住新房，
日子一天比着一天強！

▲ 1952 年 10 月 28 日，《北京日报》3 版。诗歌《搬家住新房》，形象描述了当年人们欢天喜地搬家的情景，也能看出那会儿搬家主要靠自己和亲朋好友

一家事全院忙

街道整風开展以后，处处可以看到新气象。有一天早晨，西單区皮庫胡同三十四号的張老太太要搬家，本院的鄰居田老先生等人，忙着帮助整理东西。这时，西單区堂子胡同二号三輪車組長郝万和也赶来

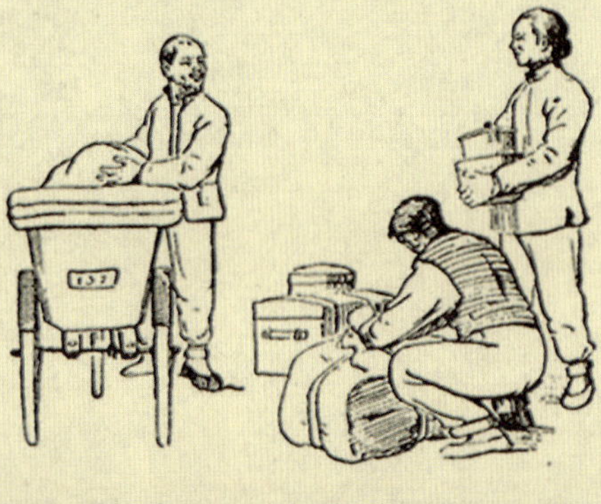

帮忙了。他向大家打了个招呼，緊接着就把一些零星什物向車上搬。頃刻之間，三輪車座位上下都塡滿了东西。接着，他又叫大家帮他抬大件。

从早晨九点直到下午四点半，年近五十岁的郝万和，拉着三輪車从皮庫胡同到大沙果胡同往返了六、七趟。六十岁的田老先生也不停步地跟随着三輪車往返、装卸、抬搬，直到搬完为止。当張老太太向他們道謝时，他倆都說："过去是各扫門前雪，现在是我帮你，你帮他，大家一条心。"（袁廷翰）

▲ 1958 年 4 月 8 日，《北京日报》2 版

轮车从皮库胡同到大沙果胡同往返了六七趟，大家一直帮忙装卸、抬搬，好不容易搬完了。

查看老报纸后不难发现，在那个年代，三轮车是京城老百姓搬家的最重要运输工具。《北京日报》1962 年 9 月 6 日 2 版曾刊登文章《关于三轮车》，里面提到，在街头，人们经常可以看到拉着家具的三轮车在面前驶过。一般来说，不是特别笨重的物件，不管形状、体积如何，三轮车总是有办法运走的。当时，住户搬家，东西比较多，若用大汽车拉，运价较高，不太经济；换成出租汽车，有些问题也是解决不了的。相比之下，被誉为“三大件”之一的自行车反而没那么重要，毕竟，自行车只能运些零碎的小东西。

## 第二次搬家：托关系借了两辆 130

**卢女士口述：成家立业，单位也给分了一间小平房。1986 年，住房条件改善，从西直门搬到昔日的宣武区下斜街，一间小平房换成了两居室。搬家路程不近，孩子又小，实在不方便，于是托关系借了两辆 130，床、箱子、大衣柜、煤气罐什么的，一趟齐活儿。当然，搬还得靠自己，为此，特意从亲戚家请了两位“壮劳力”。**

上个世纪七八十年代，京城老百姓的生活水平慢慢提高，家里的物件儿也越来越丰富，像冰箱、电视、洗衣机这些大件儿，都慢慢进入普通家庭，不再是高不可攀的奢侈品，这却给搬家运输增添了不少麻烦。

当时，一些单位对于职工搬家会酌情予以照顾，比如派车、派人手帮忙，还有的人是自己托关系，从自己或别的单位借车使用。但是，能找到车用来搬家的人毕竟是少数，更多的家庭享受不到这种“福利”。

为给居民搬家提供便利，工商部门开始给个体三轮车工颁发营业执照。《北京日报》1980年8月24日头版曾刊发文章《为群众运家具、搬家等送方便，36名个体三轮车工领到营业执照》，报道了东城区工商行政管理局给本市第一批36名个体三轮车工发营业执照的新闻。因为历史原因被砍掉的个体三轮车工重新回归，他们被安排在东华门、东单、北新桥、和平里四个站上，按照国家规定的统一运价收费，从事货运业务，这样，既方便了群众，又解决了一部分人的就业和生活困难，国家还增加了税收。

尽管当时搬家公司尚未出现，但这项社会需求已日益强烈。1985年4月6日，《北京日报》驻东京记者以《搬家公

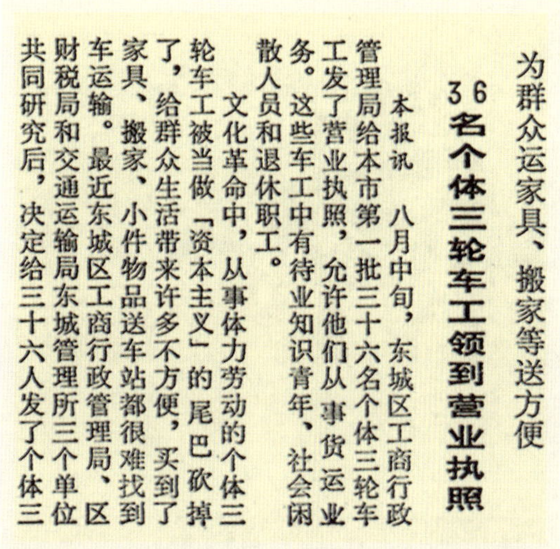

为群众运家具、搬家等送方便

36名个体三轮车工领到营业执照

本报讯 八月中旬，东城区工商行政管理局给本市第一批三十六名个体三轮车工发了营业执照，允许他们从事货运业务。这些车工中有待业知识青年、社会闲散人员和退休职工。

文化革命中，从事体力劳动的个体三轮车工被当做「资本主义」的尾巴砍掉了，给群众生活带来许多不方便，买到了家具、搬家、小件物品送车站都很难找到车运输。最近东城区工商行政管理局、区财税局和交通运输局东城管理所三个单位共同研究后，决定给三十六人发了个体三

▲ 1980年8月24日，《北京日报》1版

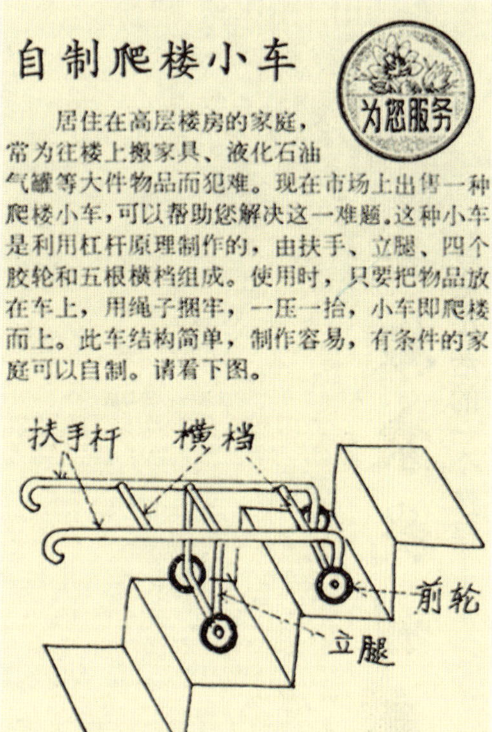

自制爬楼小车

为您服务

居住在高层楼房的家庭，常为往楼上搬家具、液化石油气罐等大件物品而犯难。现在市场上出售一种爬楼小车，可以帮助您解决这一难题。这种小车是利用杠杆原理制作的，由扶手、立腿、四个胶轮和五根横档组成。使用时，只要把物品放在车上，用绳子捆牢，一压一抬，小车即爬楼而上。此车结构简单，制作容易，有条件的家庭可以自制。请看下图。



▲ 1982年8月28日，《北京日报》2版。北京的楼房越盖越多，但搬家爬楼实在不方便。市场上出售一种爬楼小车，帮助居民解决难题

▲ 1991 年 1 月 12 日，《北京日报》1 版。北京住总利康搬家公司成立三年来，赢得了广大客户的赞誉。1990 年产值比 1989 年增长了 120%（李士炘 / 摄）

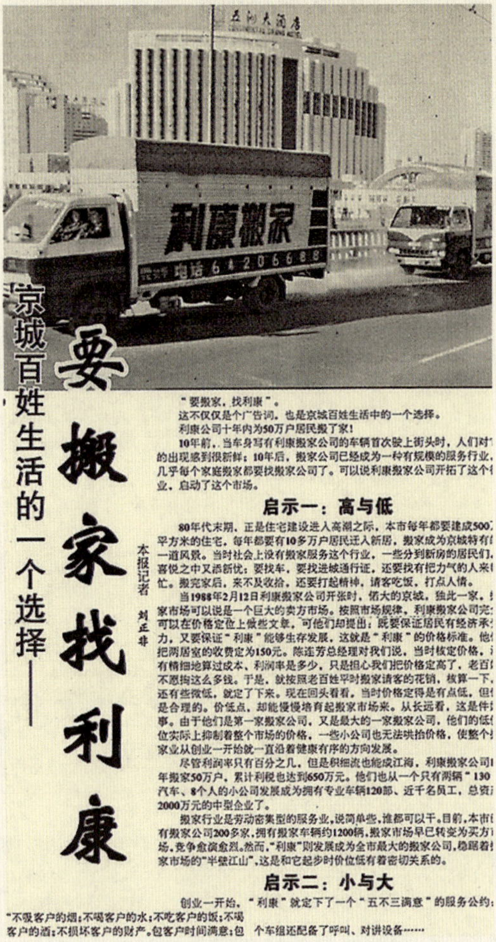



京城百姓生活的一个选择——

要搬家找利康

本报记者 刘丘非

"要搬家，找利康"。

这不仅仅是个广告词，也是京城百姓生活中的一个选择。

利康公司十年内为50万户居民搬了家！

10年前，当车身写有利康搬家公司的车辆首次驶上街头时，人们对这的出现感到很新鲜；10年后，搬家公司已经成为一种有规模的服务行业，几乎每个家庭搬家都要找搬家公司了。可以说利康搬家公司开拓了这个行业，启动了这个市场。

启示一：高与低

80年代末期，正是住宅建设进入高潮之际，本市每年都要建成500万平方米的住宅，每年都要有10多万户居民迁入新居，搬家成为京城特有的一道风景。当时社会上没有搬家服务这个行业，一些分到新房的居民们，喜悦之中又添新忧：要找车，要找进城通行证，还要找有把力气的人来帮忙。搬完家后，来不及收拾，还要打起精神，请客吃饭，打点人情。

当1988年2月12日利康搬家公司开张时，偌大的京城，独此一家。搬家市场可以说是一个巨大的卖方市场。按照市场规律，利康搬家公司完全可以在价格定位上做些文章，可他们却提出：既要保证居民有经济承受力，又要保证"利康"能够生存发展，这就是"利康"的价格标准。他们把两居室的收费定为150元。陈连芳总经理对我们说，当时核定价格，没有精细地算过成本、利润率是多少，只是担心我们把价格定高了，老百姓不愿掏这么多钱。于是，就按照老百姓平时搬家请客的花销，核算一下，还有些微低，就定了下来。现在回头看看，当时价格定得是有点低，但是合理的。价低点，却能慢慢培育起搬家市场来。从长远看，这是件好事。由于他们是第一家搬家公司，又是最大的一家搬家公司，他们的低价位实际上抑制着整个市场的价格，一些小公司也无法哄抬价格，使整个搬家业从创业一开始就一直沿着健康有序的方向发展。

尽管利润率只有百分之几，但是积细流也能成江海，利康搬家公司10年搬家50万户，累计利税也达到650万元。他们也从一个只有两辆"130"汽车、8个人的小公司发展成为拥有专业车辆120部、近千名员工，总资产2000万元的中型企业了。

搬家行业是劳动密集型的服务业，说简单些，谁都可以干。目前，本市已有搬家公司200多家，拥有搬家车辆约1200辆，搬家市场早已转变为买方市场，竞争愈演愈烈。然而，"利康"则发展成为全市最大的搬家公司，稳踞着搬家市场的"半壁江山"，这是和它起步时价位低有着密切关系的。

启示二：小与大

创业一开始，"利康"就定下了一个"五不三满意"的服务公约：

"不吸客户的烟；不喝客户的水；不吃客户的饭；不喝客户的酒；不损坏客户的财产。包客户时间满意；包 个车组还配备了呼叫、对讲设备……

▲ 1998 年 6 月 10 日，《北京日报》1 版

司——安全迅速》为题，通过"日本服务行业见闻"的形式，报道了日本"搬家中心"提供搬家服务的消息，让北京的老百姓知道，原来搬家也可以不费事儿。

## 第三次搬家：一个电话，搬家公司来搞定

**卢女士口述：1990 年，一家人从老宣武搬到海淀区厂洼地区一小区，两居室变成了三居室。房子越住越大，搬家的方式也在改变，这不，给搬家公司打一个电话，一切就轻松搞定了。**

20 世纪 80 年代末 90 年代初，本市住宅建设进入高潮，每年都要建成 500 万平方米的住宅，每年都要有 10 多万户居民迁入新居，搬家成为京城特有的一道风景。

在这种大背景下，搬家公司应运而生。1988 年 2 月 11 日，《北京日报》在头版中心位置以《解决居民"搬家难"，利康搬家公司明起营业》为题，报道了本市首个搬家公司营业的消息。文中写道，只要与这家公司电话预约，公司就会事先派人送去"搬家箱"，然后按约定时间派车、派人，一次搬清。而且，这家公司制订了较低的收费标准，一般住两居室的居

民，在城近郊7个区内搬迁，收费不超过150元。

据《北京日报》报道，那一年，写有利康搬家公司的130汽车出现在北京街头，当年便为近1万户市民解决了乔迁之忧。而《北京日报》1998年6月10日头版刊登的报道《要搬家找利康》显示：从1988年到1998年的10年内，利康搬家公司共为50万户居民搬了家，这家公司也从一个最初只有2辆130汽车、8个人的小公司发展成为拥有专业车辆120部、近千名员工、总资产2000万元的中型企业了。

事实上，自利康搬家公司成立之后，各类搬家公司也相继出现，截至1998年，全北京已有搬家公司200多家，搬家车辆约1200部，按每天出车1000辆、每天一辆车搬一户计算，一年就能搬36万户。

时至今日，搬家公司已从最初的新鲜事物，成为一种有规模的服务行业，几乎每个家庭搬家都要找搬家公司，人们再也不必麻烦亲朋好友上门帮忙，更不用怕欠人情在搬完家当天强打精神请客吃饭了。连大学生们也看中这种方式，将其纳入参与社会实践的项目。《北京日报》1990年1月1日头版，就以《大学生搬家队》为题，报道了中国地质大学学生为教授搬家的事，用学生发起人的话说："搬家活动像一扇窗口，使我们更多地了解了老师、了解了社会。"

### 胡絜青送利康职工对子

老舍夫人胡絜青和利康搬家公司是好朋友，他们的友情就是通过搬家建立起来的。

她家的藏书多，字画多，还有许多古玩、工艺品、盆栽鲜花及大小家具等，搬起来格外费力。搬家工人小心翼翼，大包小包一件件打理好，整整忙活了一天。不管女主人怎样热情地端茶递烟，他们却茶没喝一口，烟没抽一支。结账时，胡絜青过意不去，一定要多付100元，搬家工人坚决不收，感动得她当即挥毫题写了一副对子：春风送暖搬家赖利康，大地回春奋志正民俗。

### 刘心武为利康"写"广告语

最初利康搬家公司是没有做过广告的，可他们的客户源源不断。作家刘心武在"利康"为他搬家后，在回执单上写了一句话："要搬家，找利康。"没想到这句话在京城不

▲ 2011年7月1日,《北京日报》12版。房山区拱辰街道一至五街"棚户区"改造工程三街楸树家园项目竣工，402户居民拿到钥匙喜迁新居（陈艳军/摄）

胫而走，成了该公司的一句最响亮的广告语。再后来，这句话不仅仅是句广告语，也成了京城百姓生活中的一个选择。

## 第四次搬家：搬家保洁"一条龙"

**卢女士口述：住房改革，单位早已不分房，为了提升居住质量，2010年在丰台区买了商品房，以前90多平方米的小三居换成了125平方米的带有双卫的大三居。最为方便的是，这回搬家，不但可以找搬家公司，连保洁、扔破烂都有"一条龙"服务，越来越省心了。**

进入新世纪，搬家公司已经非常普及，而伴随着拆迁脚步的加快以及人们改善居住条件的愿望日益迫切，与搬家配套的服务也一步步跟了上来。

2001年1月12日，《北京日报》5版刊登了一篇有意思的报道，说的是收废品的破烂王因越来越多的人搬家而致富的事儿。文中这样写道："这几年，北京因为拆迁、购房等原因而乔迁新居的人多了起来。据统计，1990年至1999年，北京市仅危改拆迁户即达20万户，而2000年仅'两广路'就危改拆迁了9000户。喜获乔迁，新居装修一新，很多家庭的想法是，把原有的旧家具、电器处理掉。大量的旧家具、电器需要出路，收购旧家具、电器的买卖便日益开始涨行市。”

瞧，搬家搬出了大行业。

后来，“开荒”保洁也成为打个电话就能上门服务的行当。《北京日报》2014 年 4 月 15 日的报道《“开荒”保洁：4 小时干一天的活儿》中提到，“开荒”保洁工人在互联网上可以轻易找到，这些工人受聘于不同的保洁公司，一位保洁工还可以同时受聘于几家保洁公司。“我们就是按照单子干活，好多保洁公司都有我的电话，我看时间、地点合适就去干。”一位从事“开荒”保洁的工人坦言。

# 京城又飘“毛毛雪”

历史资料 ▪ 北京日报图文数据库　　文 ▪ 贾晓燕

阳春三月，气温一天天爬坡，又到了杨树柳树飞“毛毛雪”的时节。近年来，因为杨柳絮会引发过敏性疾病，而且又易导致火灾，每到春季，社会呼吁治理之声便此起彼伏。可年年呼吁年年治理，老百姓却依旧觉得“毛毛雪”不见少，究竟是何原因？

## 关键字：绿

### “多快好省”绿起来

新中国成立之初，国家百废待兴，然而苦于没有太多的财力应用于景观绿化，只能采取“多快好省”的方式，让北京先绿起来。

1952 年 12 月 22 日，《北京日报》4 版刊发文章《毛白杨管状芽接法，西郊苗圃工人试验成功》，专门介绍“毛白杨管状芽接法”。文中提到，毛白杨是一种长得很快的树，在建筑工程上有很大的用途，也是绿化都市的优良树种。为了这个缘故，当时的市政建设部门曾不断向苗圃要毛白杨幼苗。可是这种树都长在山地，很少结种子，要在苗圃内大量繁殖很不容易。于是，苗圃工人专门研究出了毛白杨管状芽接法，其成活率可达 95% 至 100%。

按照《北京日报》1956 年 4 月 15 日 2 版刊发的文章《大家动手，植树育苗，绿化首都》所说，首都人民响应党和政府的号召，决心在3—5年内基本完成绿化首都的伟大任务。但这项任务花费巨大，按照当时的估计，培育一棵普通的苗木，至少要3年时间，每棵树苗成本按1角钱计算，并且当年只按市园林局栽种和供应的310万棵来算，投资总值就有31万元，着实是个不小的数。

在算经济账的同时，还得考虑植树成活率。根据气候等自然条件，从20世纪50年代起，北京植树主要选择一些容易成活的苗木，杨树、柳树、松柏等成了最受待见的树种。那时候，连育苗都是按照“先培植快长树、后植慢长树”的思路。

“说实在话，那个年代的园林绿化工作者更多的是考虑怎么让北京尽快地绿起来。事实证明，这个初衷确实实现了，树高荫浓的杨树，让北京平原迅速披上了绿装。如今回过头来看，当时的确忽略了飞絮的问题。”老一辈的园林工作者坦言。

## 关键字：忧

### 漫天飞絮成烦忧

伴随着年复一年的植树造林，北京真的绿起来了！

《北京日报》1984年3月17日1版

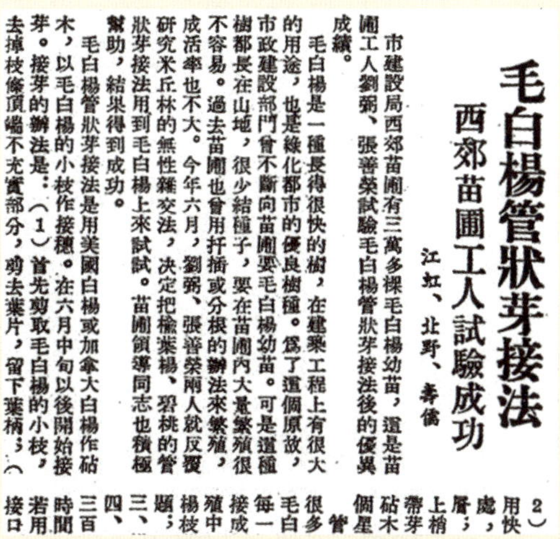

毛白楊管狀芽接法
西郊苗圃工人試驗成功
江虹、北野、壽儒

市建設局西郊苗圃有三萬多棵毛白楊幼苗，還是苗圃工人劉弼、張善榮試驗毛白楊管狀芽接法後的優異成績。

毛白楊是一種長得很快的樹，在建築工程上有很大的用途，也是綠化都市的優良樹種。爲了這個原故，市政建設部門曾不斷向苗圃要毛白楊幼苗。可是這種樹都長在山地，很少結種子，要在苗圃內大量繁殖很不容易。過去苗圃也曾用扦插或分根的辦法來繁殖，成活率也不大。今年六月，劉弼、張善榮兩人就反覆研究米丘林的無性雜交法，決定把榆葉楊、碧桃的管狀芽接法用到毛白楊上來試試。苗圃領導同志也積極幫助，結果得到成功。

毛白楊管狀芽接法是用美國白楊或加拿大白楊作砧木，以毛白楊的小枝作接穗。在六月中旬以後開始接芽。接芽的辦法是：（1）首先剪取毛白楊的小枝，去掉枝條頂端不充實部分，剪去葉片，留下葉柄；（

▲ 1952年12月22日，《北京日报》4版

讓首都布滿綠蔭

不僅要植樹，而且要护林

五天植樹十几万

▲ 1956年4月15日，《北京日报》2版

图片新闻

西颐路换植白楊

本报记者 乐 棠摄

春天到了。西颐路的白石桥至中关村一段路上，换植毛白杨树了。

过去这里都是黑杨树。这种树容易得炭疽病。为了解决这个问题，园林部门积极把它换成毛白杨树。毛白杨树长得快，发育好，高大好看，不容易得病。

▲ 1965年3月23日，《北京日报》3版

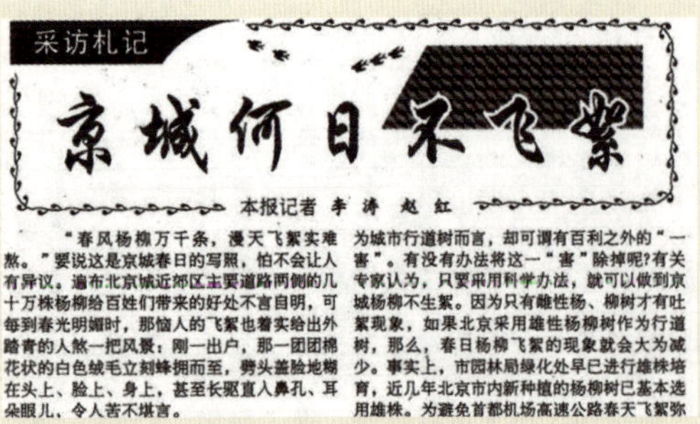
采访札记

京城何日不飞絮

本报记者 李涛 赵红

"春风杨柳万千条，漫天飞絮实难熬。"要说这是京城春日的写照，怕不会让人有异议。遍布北京城近郊区主要道路两侧的几十万株杨柳给百姓们带来的好处不言自明，可每到春光明媚时，那恼人的飞絮也着实给出外踏青的人煞一把风景：刚一出户，那一团团棉花状的白色绒毛立刻蜂拥而至，劈头盖脸地糊在头上、脸上、身上，甚至长驱直入鼻孔、耳朵眼儿，令人苦不堪言。为城市行道树而言，却可谓有百利之外的"一害"。有没有办法将这一"害"除掉呢？有关专家认为，只要采用科学办法，就可以做到京城杨柳不生絮。因为只有雌性杨、柳树才有吐絮现象，如果北京采用雄性杨柳树作为行道树，那么，春日杨柳飞絮的现象就会大为减少。事实上，市园林局绿化处早已进行雄株培育，近几年北京市内新种植的杨柳树已基本选用雄株。为避免首都机场高速公路春天飞絮弥

▲ 1996 年 4 月 11 日，《北京日报》6 版

都是柳絮惹的祸？

——看塔瓦雷斯工体"表演"

本报记者 王涛

不知是否因为那件黑色风衣去年曾给塔瓦雷斯带来过联赛第3名的好运的缘故，昨天出现在工体的老塔依然穿着这件"行头"。不过在国安队攻进第一球后，他就脱掉了它，露出一身整齐的西装。

整个比赛，老塔都没能够像比自己年轻很多的魏克兴那样安静地坐过一会，他站在替补席旁边，一手叉着腰，大声地指挥球队。只要平安队一处于劣势，他就冲到场边又是比画又是大喊，要队员保持节奏，或是让李毅加强拼抢。罗曼进球后，老塔更是连站都站不住了，一把拉过翻译："告诉他们，要再这样失误，我就换人。"随后他又咆哮着冲进场内，以致于裁判不得不毫不客气地将他"请"出去。

国安队打进第3球后，老塔

赛前赛后 判若两人

▲ 2000 年 4 月 21 日，《北京日报》8 版

▲ 2014 年 5 月 9 日，《北京日报》12 版。旧宫镇芳源里小区内，树上飘落的柳絮簇拥在草丛间，乍一看，就像是"雾"里看花（张亮亮 / 摄）

曾报道，到 1984 年时，北京已有树木 1000 万株、草坪 376 万平方米，行道树、河岸树的总长度已有 1800 多公里，工厂、学校、机关庭院绿化的面积达 7400 多公顷，全市绿化率在全国 35 个大中城市中跃居第 13 位。

这绿中，不乏毛白杨和柳树的身影。据《北京日报》1984 年 12 月 19 日 2 版报道，涉及毛白杨等 7 个杨树品种的综合技术措施成果当年正式通过鉴定，已在京郊逐步推广。

可是，时间久了，京城老百姓开始发现，绿色之中也有烦忧，那就是：飞絮。

《北京日报》1996 年 4 月 11 日 6 版刊发的文章《京城何日不飞絮》中提到，遍布北京城近郊区主要道路两侧的几十万株杨柳给百姓们带来的好处不言自明，可每到春光明媚时，那恼人的飞絮也着实给出外踏青的人煞一把风景：刚一出户，那一团团棉花状的白色绒毛立刻蜂拥而至，劈头盖脸地糊在头上、脸上、身上，甚至长驱直入鼻孔、耳朵眼儿，令人苦不堪言。于是，"春风杨柳万千条，漫天飞絮实难熬"，成了京城春日的写照。

来自市林业部门的调查显示，北京平原地区有树 1.2 亿株，其中杨、柳树占 70% 左右，它们是春季飞絮的"罪魁"。

飞絮不仅严重污染环境，也给人们的

生活、交通带来诸多不便，而且有安全隐患。2000 年 4 月 20 日，《北京日报》7 版就以《杨柳絮变导火线》为题，报道了积落的杨柳絮见火就着，引燃了存放在南郎家园 15 号楼地下室窗户处的油毡的新闻。

飞絮造成的麻烦不止于此。2000 年 4 月 21 日，《北京日报》8 版刊发了一则新闻《都是柳絮惹的祸？》，说的是深圳平安队以 0：3 输给北京国安队后，平安队外籍足球教练塔瓦雷斯气恼地用力抓了一把从面前飘过的柳絮，嘴里咕哝了一句什么。后来翻译说，他认为北京满天飘着的这种东西很讨厌，搞得他浑身不舒服……

随着人们健康意识的逐步提高，医学专家把春季皮肤过敏、嗓子不适与漫天飞舞的杨柳絮也联系起来，越来越多的人意识到，多年来习以为常的杨柳絮竟是健康杀手！据《北京日报》2013 年 5 月 2 日《漫天飞“雪”，口罩热销》一文报道，当年春季到各大医院就诊的皮肤过敏患者增加了不少，多家药店的口罩销量也比平时增加了三成。

## 关键字：治

### 多措并举难治理

北京春季为何会飞絮？园林绿化专家的解释是，4 月底、5 月初正是杨树、柳树开花结籽的繁殖季节，那一团团杨絮、柳絮，里面其实包含着成百上千颗种籽，它们以风为媒进行“飞播”，飘散寻找合适的土壤生根发芽。杨树分雌株和雄株两种，只有雌杨树才会在春季飘杨絮。雌柳树在春天也会产生飞絮。当春季日平均气温超过 15 摄氏度，在天气干燥的情况下，杨树雌株和柳树雌株就开始出现飞絮现象，一般从 4 月上旬至 5 月上旬，大概持续一个月。

为了让春季的北京城不再飞絮，北京市林业局从 1994 年起就实施了“百万雄杨绿北京”计划，即用大规模的雄性毛白杨替代雌性毛白杨，逐步改造淘汰飞絮杨树品种。但真正实施起来效果却不尽如人意。

根据《北京日报》2000 年 4 月 18 日刊登的《烦人白絮又飘飞》一文分析，这主要是因为杨柳树数量占绝对优势，而雄杨进京数量又少，使得每年雄株毛白杨造林只占当年平原植树的十分之一。此外，其他树种的更新速度非常慢，当时本市不少杨柳正当“盛年”，在绿化美化中起重要作用，尽管后来有金丝垂柳、三倍体毛白杨等更好的品种，但全部用来替代旧有杨树和柳树，必然会带来生态环境的破坏。

京城春季飞絮还有一个重要原因。《北京日报》2004 年 4 月 12 日 5 版《百万株飞絮杨树今春“下岗”》一文提出，随着城市化进程加快，很多树下地面往往被硬化，使得飞絮无法着地。只要树下有草，哪怕是野草或者是一些灌木，飞絮落下后，大部分就会被滞留在树下的植被上，不再干扰人。

其实，北京从 2000 年开始专项治理杨柳飞絮，相关部门一直与飞絮进行“斗争”，为此想了很多招儿。

2009 年 4 月 22 日，《北京日报》在 14 版刊发的《京城飞絮为何难治理》一文称，北京已开始推广树干注射“抑花一号”和柳树的“高接换头”技术。树干注射“抑花一号”好比“节育手术”，主要是抑制杨柳雌株花芽的形成，从而不产生飞絮；柳树的“高接换头”则属“变性手术”，方法是将柳树的细枝末节都剪除，留下主干，然后再高位截除，嫁接上不飞絮的金丝垂柳，达到雄柳代替雌柳的目的。当年春季，昌平高科技园区采取新技术治理了 1120 株杨树，安华西里 1 区、2 区、3 区及柳荫公园等地治理效果比较显著。

但是，这两种办法还存在不足之处。按照《北京日报》2014 年 4 月 10 日 5 版刊发的《杨柳飘絮分外多，治理成本仍偏高》一文中园林专家所说：注射药液每次仅管一年，次年需要重复注射才能延续效果，高位嫁接法需要不断进行后期维护；而且两种技术投入都不低，注射一棵 20 厘米粗的雌杨树、柳树的成本约在 20 元，高位嫁接法的成本更高，达到 150 元以上。据统计，当时本市有杨柳树约 270 万株，但每年应用“抑花一号”的杨柳树只有大约 5 万株，且以公园、绿化单位为主，相当一部分街道、小区物业、企事业单位由于成本原因没有采用这种方法进行治理。

## 关键字：管

### 严管力争有絮无灾

杨柳飞絮，年年喊治，却为何年年不见改善？2015 年 4 月 24 日《北京日报》5 版刊发的《若想飞絮不成灾，还得再等五六年》一文给出了答案：因为涉及的树木量巨大，

▲ 2014 年 4 月 9 日，北京市园林科学研究院的工人师傅在天坛公园为杨树注射“抑花一号”药液，抑制杨树花芽形成，达到控制翌年杨树飞絮的目的

2005 年 3 月，为了解决春季柳絮纷飞的难题，柳荫公园开始试验在抹头的柳树上嫁接不飞絮的金丝垂柳（孙戊 / 摄）

杨柳飘絮分外多 治理成本仍偏高

▲ 2014 年 4 月 10 日，《北京日报》5 版

若想飞絮不成灾 还得再等五六年

▲ 2015 年 4 月 24 日，《北京日报》5 版

综合治理40万株雌株杨柳树 示范繁育30万株雄株白毛杨

北京三年告别“飞絮的烦恼”

▲ 2017 年 4 月 13 日，《北京日报》8 版

飞絮治理不是一朝一夕能完成的。

此前，由北京市园林绿化局牵头，已对全市雌性杨柳树进行调查摸底，每一棵树分布在哪儿，长势如何，都要记录在案。“十三五”期间，本市下决心“管”住飞絮，到 2020 年，实现“飞絮不成灾”的治理目标，让杨柳絮不影响市民的正常生活。

针对市民提出的“一砍了之”的建议，园林部门相关负责人表示，目前北京的毛白杨正是生态效益最佳的时候，绝不会因为治理飞絮，一砍了之。

市园林科研院提供的研究数据证实了这一点：一株胸径 20 厘米的杨树，一年可以吸收二氧化碳 172 公斤，释放氧气 125 公斤，滞尘 16 公斤。一株胸径 20 厘米的柳树，一年可以吸收二氧化碳 281 公斤，释放氧气 204 公斤，滞尘 36 公斤。这些正当壮年的杨柳树如果被大量砍伐，会对城市环境造成严重破坏。

更何况，在北京栽植杨柳树还有深厚的文化底蕴。古往今来，骚人墨客吟诵杨柳树的诗文不计其数。中国现代作家茅盾的一篇《白杨礼赞》，在精神上滋养了一代人。而对于 40 岁以上的北京人来说，杨树也是一种儿时的记忆。“当年哪个男生没拔过根儿、没拿‘杨刺子’吓唬过女生啊？”一位老北京调侃道。

据《北京日报》2017 年 4 月 13 日 8 版《北京三年告别“飞絮的烦恼”》一文报道，为了从源头上治理飞絮，本市建立了绿化工程雌株杨柳树“禁入制”。园林绿化工程中规划设计使用杨柳树的，都必须使用雄株并有认证证明。作为示范，市园林部门已在大兴黄垡苗圃繁育了 30 万株雄株毛白杨，近两年将陆续应用于重点绿化工程。

报道中介绍，2017 年，北京市要采取注射药物、修剪等方式，完成 40 万株雌株杨柳树的综合治理，同时采取高压喷水、及时清扫等方式，避免二次飞絮。2017 年 4 月下旬，五环以内雌株杨柳树的普查工作也已启动，北京会根据分布情况，建立飞絮治理示范区。2018 年，普查范围会扩大到各个卫星城，三年内，重点地区的杨柳飞絮问题将逐个击破。

# 挎着篾筐洗华灯

历史资料 ▪ 北京日报图文数据库 ▪ 首都建设报 ▪ 北京城市照明管理中心 | 文 ▪ 陈艳红、毛颖颖

华灯，天安门、长安街上的一道标志性风景线。2017 年 5 月初，为迎接“一带一路”国际高峰论坛，原在每年盛夏进行的华灯清洗检修工程提前三个月启动。现在，有了专业设备助力，“清洗一个灯球三四分钟就能搞定”；而放到早前，洗华灯都是戴草帽、搭架子、踩木板晃晃悠悠地操作，灯球就搁在菜店放大白菜那种篾条大筐子里。

## 华灯取代“香火头儿”

华灯的演化史，见证了北京城如何一点一点地亮起来。

过去的北京，皇城周边的街巷只有寥落的煤油灯。《北京日报》曾报道老人们的感慨：“不用说南城龙须沟那些地方，夜里伸手不见五指，常有人掉进臭水沟去；就是东单闹市，夜里也是黑暗世界。那时，北京城电压不足，像天安门前东西三座门，有路灯，灯光也像个香火头儿，行人常常踩一脚马粪回去。”

新中国成立后，原来主要供城区商户、官僚政客使用的电力，供应范围逐渐扩展到城乡各个角落，路灯也慢慢普及到大街小巷，整个长安街亮起了 200 瓦的白炽灯。现在为人熟知的华灯，则是在 10 周年国庆前，为配合北京“十大建筑”和天安门广场扩建工程而新建的。

1958 年，华灯进入设计阶段，参与单位有清华大学建筑系、北京市建筑设计院、北

▲ 1961 年 9 月 1 日，电业局路灯队工人擦拭修理天安门前华灯（高宏 / 摄）

▲ 1959 年 12 月 29 日，《北京日报》3 版

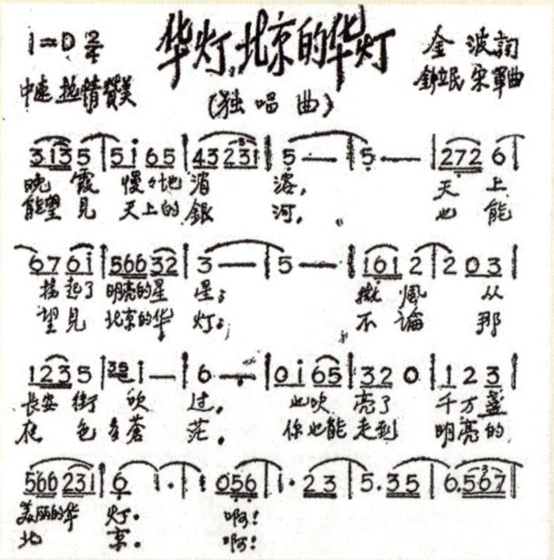


▲ 1962 年 9 月 22 日，《北京日报》3 版

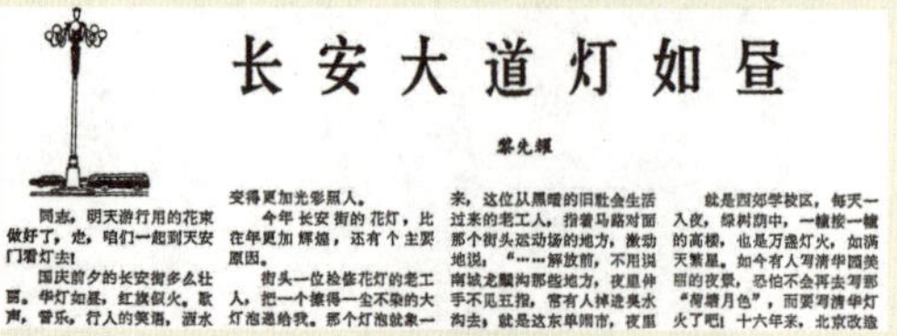

长安大道灯如昼

黎先耀

同志，明天游行用的花束做好了，走，咱们一起到天安门看灯去！

国庆前夕的长安街多么壮丽。华灯如昼，红旗似火。歌声，管乐，行人的笑语，流水

变得更加光彩照人。

今年长安街的花灯，比往年更加辉煌，还有个主要原因。

街头一位检修花灯的老工人，把一个擦得一尘不染的大灯泡递给我。那个灯泡就象一

来，这位从黑暗的旧社会生活过来的老工人，指着马路对面那个街头运动场的地方，激动地说："……解放前，不用说南城龙须沟那些地方，夜里伸手不见五指，常有人掉进臭水沟去；就是这东单闹市，夜里

就是西郊学校区，每天一入夜，绿树荫中，一幢挨一幢的高楼，也是万盏灯火，如满天繁星。如今有人写清华园美丽的夜景，恐怕不会再去写那"荷塘月色"，而要写清华灯火了吧！十六年来，北京改造

▲ 1965 年 10 月 1 日，《北京日报》7 版

京市照明器材厂等等，苏联专家也给了不少意见，"光设计小样就有厚厚一大本"。1956 年进入北京电业管理局低压所路灯队（北京市城市照明管理中心前身）的王庆余师傅说："当时干什么都因陋就简，我们还在天坛公园西南角的跑马场，用木杆搭架子当灯杆，装上灯泡测光源，看看照明的亮度够不够。"

最终华灯的样式——莲花灯型和棉桃灯型，是周恩来总理在上报的十几种方案中亲自选定的。按原设计，莲花灯和棉桃灯的每个灯罩也都是莲花、棉桃造型，可当时加工企业的工艺做不出来，第一批华灯的灯罩只好用了圆球形。"谁曾想，球形灯的实际效果比当初设计的莲花形、棉桃形还好，因此沿用至今。"

天安门广场的华灯是 9 球莲花灯，长安街两侧的华灯是 13 球棉桃灯。莲花灯分两层，顶部 1 个灯球，下面 8 个灯球；棉桃灯分三层，顶部 1 个灯球，中间 4 个灯球，下面 8 个灯球。这种颇具民族风格的造型，被形象化地称为"四面八方，拥护中央"。这些大气华美的莲花灯、棉桃灯，从此与广场、长街一体，成为人们心中北京印象的经典画面。

因亲手制作华灯，民用灯具厂工人还写过这样的小诗："天安门前灯万盏，好像银河落人间。花灯是我们亲手做，献给建

国十周年。”

## 灯泡换了好几代

华灯造型几十年如一，但光源（灯泡）却随着技术进步更新换代了好几拨儿。

解放前，北京路灯用的灯泡，不是西洋货的“亚司令”，就是东洋货的“马自达”。新中国成立后，才用上国产的灯泡。

华灯正式启用时采用的光源是白炽灯。据路灯队的师傅回忆：“那时候最怕夏天，因为白炽灯功率大，最高的 1000 瓦，耗电不说，温度太高，亮一会儿就能烤白薯，一下雨灯泡就炸，且得一轮一轮更换。”

梳理《北京日报》报道：20 世纪 60 年代中期，首先从长安街沿线起，我国自己研制的高压汞灯逐渐代替了白炽灯。这种发出银白色光芒的新灯具，使整个街道的照明度提高了 2 倍以上。20 世纪 70 年代末，第三代光源——高压钠灯出现，它的亮度比高压汞灯又提高了 3 倍以上，大大改善了长安街沿线的照明状况。

新中国国庆 35 周年庆典前夕，华灯在球灯下加装了投光灯，这让华灯的道路照明作用更加显著。“那会儿，街旁四合院的街坊们吃晚饭都愿意端着碗上街边聊天，因为大家觉着街上比家里更亮堂。”

1997 年，在迎接香港回归和国庆之前，长安街及其延长线两侧安装了步道灯。东起大北窑，西至公主坟，步道灯安装在大街两侧便道旁的绿地上，每隔 25 米至 30 米安装一基。银色灯光映亮绿地，造型别致的步道灯也成为街头一景。同时，长安街及其延长线两侧 50 米以内的架空电力线路完全拆除，取而代之的是地下电缆网。

2006 年至 2008 年间，北京市路灯管理中心又分两次对华灯光源进行改造，450 瓦自镇式汞灯换成了 85 瓦的电磁无极感应灯。

从白炽灯，到高压汞灯、高压钠灯，再到金属卤化物灯、电磁无极感应灯，等等，华灯光源功率一降再降，但亮度却不断攀升。而长安街旁的次第建筑，则陆续增添了变色霓虹灯、无极荧光灯、电脑探照灯、光纤照明系统，等等，夜间分外明艳照人。1997 年除夕，记者这样描绘北京的灯海：登高四望，十里长街灿若银河，万家灯火亮如繁星，好一派京华不夜天！

▲ 20 世纪 60 年代的 9 球莲花灯

《北京日报》报道显示，到2008年年底，北京城八区共有路灯18万盏，是1978年的4倍多，道路照明的平均照度值已超过了国际标准，均匀度、显色性、诱导性、眩光抑制等标准也接近或达到了世界先进水平。

## 洗灯不再搭架子

光源更换和华灯改造只是阶段性工作，而华灯的清洗检修则是每年的例行任务。

1960年，华灯进行第一次清洗检修，“用碗口粗、十多米长的杉篙搭成架子，上面铺上木板。光搭架子就得半个多小时，人站在上面晃晃悠悠。”当时清洗一基华灯，得挪动三四次架子。每挪动一次，工人就得先下来，然后再爬上去，一天上上下下不知要爬多少回。“过去工作连安全帽都没有，大家都是戴草帽修灯。”

最初，华灯很容易在大雨冰雹中受损，大雨一停，路灯队不管值班的还是在家休息的，所有人都会赶过来，及时抢修。木板平台上用来放灯球的，就是菜店里放大白菜的簸条大筐子，怕洗灯的水溅落到下面行人身上，四边还得拿箩筐围起来。

1972年，第一代华灯清洗检修车诞

▲ 20世纪60年代的13球棉桃灯

▲ 戴草帽挎簸筐洗华灯

2015 年洗华灯

▲ 20 世纪 70 年代华灯检修

生，车子是电力员工自发设计制造的，以卡车为底座，上面有 7 米高的铁架。检修车比过去的杉篙架子稳当多了，但操作平台不能升降也不能平移，爬上平台比登山还难，而且平台需要到场地后现搭建，特别影响工作进度。

现在使用的是第四代华灯清洗检修车，全部是液压装置，能自由升降、平移、旋转，最后稳稳停在华灯顶部，安全系数高。平台上面相当宽敞，作业车配备高压水枪、气枪，灯罩都不用卸下来，能直接在平台上冲洗，水也可以循环利用，既干净又节能，不像以前每次作业完了，地上就留下一滩水。而这一代代的检修车，都是员工根据经验，专门为服务华灯自行设计的。

## 天安门前光塑景

1999 年夏，全市照明工程轰轰烈烈，从长安街到各街道全面铺开。《北京日报》推出北京夜景评选专刊，题为《华灯映盛世，光彩耀京城》。

在这次大规模照明改造中，大幅提高了天安门地区及其四周建筑物、长安街沿线及其两侧标志性建筑物、南北中轴线上的众多著名古建筑夜景照明亮度、层次和艺术观赏效果。

纪念碑的原有照明存在光色不正、不均匀的缺陷。此次改造通过改换光源解决了这一难题，同时还利用纪念碑自身的结构特征，将电线引入碑顶，再在四侧装上了三路泛光灯，使纪念碑的碑顶自建成以来，头一次光芒四射。

天安门城楼以前只有轮廓光，夜色中只能大概看到几条光线而已，城楼屋面没有照亮，城楼上眩光严重。此次改造大胆采用了前无先例的附着式照明方式，并专门设计了新型子母灯，改造后夜间整座城楼金碧辉煌、富丽庄重。

## 故宫头回被照亮

1999 年，紫禁城大规模照明工程启动。紫禁城已有 500 多年历史，规模之大、面积之广，堪称举世无双。但此前一直未有照明，使其风采在夜间得不到充分体现。

紫禁城照明工程主要包括城墙外立面、顶面照明以及端门、午门、西华门、东华门、

▲ 2013年6月，长安街华灯初上（戴冰/摄）

当夜幕降临，长安街亮起万盏华灯：轮廓灯将建筑物的线条细细勾勒，霓虹灯闪耀着都市的繁华气息，路灯将夜色烘托得更为柔和宁静。灯光给长安街换上华美的夜礼服，再化一个亮丽的晚妆，夜色中的长安街更具魅力。

在今年的长安街及其延长线整治中，夜间照明被列为整顿内容之一：白天的长安街光彩夺目，夜间的长安街也要明艳照人。长安街的夜景以城市建筑物照明、路灯照明、节日彩灯照明为主，同时考虑公交车

纪念碑的原有照明存在光色不正、不均匀的缺陷。此次改造，专家们通过改换光源解决这一难题。他们还巧妙地利用纪念碑自身的结构特征，将电线引入碑顶，再在四侧装上了3路泛光灯，使纪念碑的碑顶自建成以来，头一次光芒四射。天安门城楼以前只有轮廓光，夜色中只能看到一条轮廓线，城楼屋面没有照亮，城楼上眩光严重。为此，设计师大胆采用了前无先例的附着式照明方式，并专门设计了新型子母灯。经过照明改造，天安门城楼金

灯映得愈加庄重，夜景
着节日的喜庆气氛。
长安街两边云集了
伟的建筑物，它们的照
安街夜景的重要组成部
关大楼、中粮广场、恒基
建筑物，平日用少量投
底光，既经济实用，又能
筑物的轮廓特征。今年
明的亮度和层次将进
善，以增加立体感和观
另外，去掉广告和牌匾
将相应增强照明灯光，
宅也有灯光处理。在节
建筑物的照明灯全部

# 万盏华灯不夜天

实习记者　王刘芳

站、地铁车站等市政设施照明，以达到主体突出、层次丰富、动静结合的效果。

天安门广场是长安街的中心，广场照明是长安街夜景的重点。广场中心区的原有照明设施系1959年安装，虽经多次改造，照明效果仍不能与广场的地位相称。此次专家们对广场照明进行了总体设计，针对广场及围合广场建筑物的照明存在的问题，广泛使用了泛光灯等新型灯具，将照明、艺术与建筑融为一体，取得了精彩的照明效果。

碧辉煌，纪念碑闪闪发亮，人民大会堂富丽堂皇，64盏广场华灯晶莹剔透，天安门广场成为长安街上最美丽的夜景区。

此次长安街照明还将平日、一般节日和重大节日区别开来。在重大节日里，外投光、内透光、轮廓灯等多种照明方式，将沿街建筑物的整体风貌逐一展现。特别是长安街北侧东起28中，西至六部口，503米长的红墙前将亮起大红灯笼、地灯和栏杆灯。一只只金杆大红灯笼光芒四射，一株株绿树披满串灯，长长的红墙被地

有整体照明，又不乏重
的点缀照明。以白色及
为主的灯光，祥和热烈
最佳的夜景照明效果。
绿化照明使夜景
采。一盏盏绿地灯打亮
水池中，彩色的水下灯
交相辉映，雕塑在灯光
生辉。
50年精心设计，使
夜景日臻完美。夜色中
街灯火通明，万象交
古都焕发了新的神采
大都市的气息扑面而来

▲ 1999年7月19日，《北京日报》6版

# 数百年来头一回 故宫夜放光千束

本报讯（实习记者王刘芳）万盏华灯照亮紫禁城。继天安门广场及其建筑物照明改造之后，本市照明工程的又一部重头戏闪亮登场。

紫禁城始建于明成祖永乐4年，至今已有500多年历史，是我国唯一完整保存至今的宫殿建筑群，其规模之大，面积之广，举世无双。但紫禁城一直未有照明，使其风采在夜间得不到充分体现。

紫禁城照明工程主要包括城墙外立面、顶面照明以及端门、午门、西华门、东华门、神午门和角楼照明等。周长3428米的城墙，将大部分使用埋地灯，安装在距城墙3—5米处向上投光，照亮上缘，向下逐步"虚化"，明暗搭配，层次分明；对于角楼则通过光色的渲染，将斗拱重檐的屋顶刻画得更为精细，使中国古建筑的神韵得到完美体现。

在设计思路上，此次照明工程既反映出紫禁城的恢宏气势，又体现出昔日宫廷的神秘色彩。据悉，近日该工程即将竣工，届时登楼俯瞰，人们将在京城的夜色中，看到一座华灯辉映的紫禁城。而在景山前街，筒子河如绸带一般环绕着紫禁城，夜色中角楼与城墙的倒影映在水上，流光闪动，更觉风光无限。

三十组照射灯安置在紫禁城周围，晚上将城楼、角楼照亮，使这里的夜色更加壮丽。

本报特约摄影庞铮铮

▲ 1999年9月15日，《北京日报》5版

神武门和角楼照明等。周长3428米的城墙，大部分使用埋地灯，安装在距城墙3—5米处向上投光，照亮上缘，向下逐步"虚化"，明暗搭配，层次分明；对于角楼则通过光色的渲染，将斗拱重檐的屋顶刻画得更为精细，使中国古建筑的神韵得到完美体现。

登楼俯瞰，人们在京城的夜色中，看到一座华灯辉映的紫禁城。而在景山前街，筒子河如绸带一般环绕着紫禁城，夜色中角楼与城墙的倒影映在水上，流光闪动，更觉风光无限。

# 十大建筑：北京的岁月地标

历史资料 · 北京日报图文数据库　　文 · 毛颖颖

建筑是城市成长的年轮。每座地标性建筑，是“建”出来的，也是一个时代的土壤和气候“长”出来的。

1959 年秋天，人民大会堂、军事博物馆、工人体育场等恢弘工程火速竣工，北京“十大建筑”之称不胫而走。而后，1988 年、2001 年、2009 年，北京又数次评选“十大建筑”。每代“十大”，都是对京城发展轨迹的新版记录。

## 20 世纪 50 年代“十大”

北京工人体育场　北京火车站　民族饭店　华侨大厦　钓鱼台国宾馆

人民大会堂　中国革命历史博物馆　军事博物馆　农业展览馆　民族文化宫

**从敲定到建成不到一年**

解放初的北京，满目疮痍。城建基本“卡”在城墙内，其中房屋主要是明清遗留下来的平房四合院，年久失修，残破不堪，满城只有前门大街，东、西交民巷，王府井和西单北大街等十几条低级沥青路。景山中峰万春亭是老城最高点，从那儿看到最高的楼房

▲ 1959 年 9 月，人民大会堂外景（高宏 / 摄）

▲ 1959 年 9 月，工人体育场全景鸟瞰（高宏 / 摄）

就数北京饭店旧楼。

新中国成立后，京城到处推进改造和建设，疏浚河湖，铺筑道路，整饬下水系统，开辟公园绿地，城墙外的荒野和农田上陆续出现工业区、科教区、居民区。由于百废待兴，物力财力有限，除北京展览馆苏式建筑群、王府井百货大楼等几处外，没有搞太多大型建筑。

1958 年 9 月初，为迎接新中国成立 10 周年，中央决定扩建天安门广场，拓宽长安街，同时在京兴建包括人民大会堂在内的一批上规模的公共建筑，“十大建筑”的名号由此产生。说起来，所谓“十大建筑”不是官方概念，只是人们口口相传的结果，这版“十大”也没有经过任何评选，因为在有限的国力下，为即将到来的 10 周年国庆上马的大致也只有这些工程。

但毫无疑问，这“十大”都是解决各方面燃眉之急的项目。就说人民大会堂吧，那会儿全国连个开人民代表大会的地方都没有，许多大型会议、国家领导人接见外宾的任务被安排到刚建成的北京体育馆进行；再说火车站，老的前门站无法承载日益增长的客运量，车站走廊、站前广场全变成了“露天候车室”，横躺竖卧，密不透风；而未建起工人体育场时，北京只有先农坛一处大点儿的体育场，东单和地坛各有一块不标准的小足球场，但这些场地连草皮都没铺，“到东单踢球得先把裸露的黄土地面打扫干净，再洒上水，不然踢起球来沙土飞扬看不见人”。

此时距离 1959 年的国庆节只剩下不到 400 天，“十大建筑”还只是纸上谈兵，连草图都没有，材料设备、施工力量严重不足，而之前曾经参与北京城市规划的苏联专家已经全部撤出。一年内，中国人能不能拿出十座像模像样还经得起历史考验的建筑？陡然具有了不一般的意义。在工程动员大会上，时任北京市副市长的万里慷慨激昂地说：“不是有人不相信我们能自己建设现代化国家吗？老认为我们这也不行那也不行吗？我们一定要争这口气，用行动和事实做出回答。”

“边设计、边筹料、边施工”——关键时刻，中国人集中力量办大事的传统又一次发挥了作用，一场举国支援、轰轰烈烈的“大会战”随之展开。

除在京几十家设计单位外，全国建筑大师云集首都：梁思成、杨廷宝、张开济、吴良镛……他们要拿出“十大建筑”的方案，还有天安门广场的重新布局。

各省市全面动员起来，“为了首都建设，要人有人，要东西有东西”，赶制的钢材、

人民大会堂以空前高速度建成

建筑物由万人大礼堂、五千座席宴会厅和人大常委会办公楼三个主要部分组成，輪廓完美，体型

建設者們在全国人民支援下，十个多月就完成了这項北京目前最宏伟

▲ 1959 年 9 月 25 日，《北京日报》1 版

“北京八十年代十大建筑”

玉厦琼宫矗长街

记北京国际饭店

雄浑其外 秀雅其中

记新建成的昆仑饭店

▲ 1987 年 12 月 6 日，《北京日报》2 版

电线、瓷砖、大理石、工程设备川流不息从四面八方运来，仅进京支援人民大会堂修建的技工就有 7000 多人，几万建设大军夜以继日、顶风冒雪连轴干。每天到工地参加义务劳动，搬砖运土，抬钢筋、斧剁石的北京部队官兵、学校师生、干部群众则不计其数。

靠着全国 6 亿人这个坚强后盾，1959 年八九月间，北京“十大建筑”相继矗立起来，总面积达 67.3 万平方米，相当于四个半故宫，从确定任务到全部建成不到一年时间，被认为创造了建筑史上的奇迹。而自竣工那天起，这批庄重宏伟、给艰苦创业岁月的中国人带来无穷感慨与骄傲的建筑，就成为特殊的情感符号，人们到京看过故宫和颐和园后，总要看看经典的“十大建筑”，拍几张照片留念。

## 20世纪80年代“十大”

北京图书馆新馆　中国国际展览中心　中央彩色电视中心　首都机场候机楼

北京国际饭店　大观园　长城饭店　中国剧院　抗日战争纪念馆　地铁东四十条站

### 不再有一个“豆腐块”

改革开放后，北京城市建设加速。到了80年代中期，市区建成区达360平方公里，比解放前扩大了2倍多，两条环路和十几条放射状干线已经修好，东西长安街由过去的3.8公里长、10来米宽，扩展成40公里长、20—80米宽、横贯市中心的大道。

这一时期，大量造型各异的新建筑“悄悄”出现在首都街头。报道之所以描述为“悄悄”，是因为对北京来说，这时盖几座大厦已不是难事，不必再像30年前那样搞“大会战”了。

新建筑比比皆是，再想选出“十大”就难了。在专家们争执不下之后，1987年8月，《北京日报》《北京晚报》联合主办“北京80年代十大建筑评选”，陆续刊发11个专版文章，对30个候选建筑作了介绍。1988年4月3日，这一天发行的80余万份《北京日报》上印制了选票，请北京人投票定夺。最终，这次评选回收选票22.5万张，以得票多少选出了北京图书馆新馆等80年代“十大”。

这版“十大建筑”，有极其中式的，也有完全现代的；有中国人设计的，也有外国人设计的；有地上的，也有地下的。但每座“颜值”都很高，轮廓线条也特丰富，里头没有一个“豆腐块”“麻将牌”“火柴盒”“挡风墙”式呆板的建筑。在国门初开的年代，这版“十大”还最具“对外开放”特色，国展中心、首都机场也好，国际饭店、长城饭店也好，都是“北京欢迎您”的标志。

建筑学家戴念慈感慨：采用群众投票的法子评选优秀建筑，是一件非常好的事情。老百姓喜欢的建筑有高水平的，也许并不一定都是最高水平的，但仅仅是“群众喜欢”这一点，就很值得那些总认为外行不懂建筑的专家们好好思考。

1989 年 10 月，北京图书馆新馆（叶用才 / 摄）

## 20 世纪 90 年代“十大”

中央电视塔　奥林匹克中心及亚运村　北京新世界中心　北京植物园展览温室

首都图书馆新馆　清华大学图书馆新馆　外语研究与教学出版社办公楼　恒基中心

新东安市场　国际金融大厦

**我看中国的月亮更圆**

90 年代后，北京城“一年一个样”，四环也成了市区，现代化建筑不断拔地而起，叫不上名儿的新楼越来越多，连“老北京”也经常认不着路了。

2000 年 9 月，北京日报报业集团、北京电视台联合市规委等主办“北京 90 年代十大建筑评选”。这次评选共收到 63.5 万张选票，远超该年电影百花奖的选票数。最终选出了中央电视塔等 90 年代“十大”。

这版“十大”的头两名，都与北京亚运会直接相关。

中央电视塔，担负亚运场馆的电视讯号传送，386 米的高度相当于 9 座景山，号称“亚洲之最”，由中国人自己设计施工的祈年殿式重檐塔座加宫灯形塔楼结构，能抵御 9 级地震。这个玉渊潭畔的擎天柱建成开放后，成为新北京的第九景，攀登电视塔大赛在此后多年一直是相当火热的群众活动。

亚运工程，京城新建改建体育场馆达 33 个，仅奥林匹克体育中心、亚运村和住宅小区这片，建筑面积就近 200 万平方米。为支持亚运会，北京乃至全国再现热火朝天的总动员，“有钱出钱，有力出力，没钱没力出主意”。工地上贴出“巨龙腾飞看今朝”的标语，建好亚运工程，在中国人心目中成了一种象征、一种寄托。邓小平同志看了亚运村和部分场馆后，意味深长地说：“有的人总认为外国的月亮圆，我看中国的月亮也是圆的。可能还圆得更好一点。”

▲ 1990 年 9 月，鸟瞰亚运城（叶用才 / 摄）

▲ 首都机场 3 号航站楼

## 新世纪的“十大”

首都机场 3 号航站楼　国家体育场（鸟巢）　国家大剧院　北京南站

国家游泳中心（水立方）首都博物馆 北京电视中心 国家图书馆（二期）

北京新保利大厦 国家体育馆

**世界建筑博物馆**

进入新世纪，迈向国际大都市的新北京汇集了众多全球知名建筑师的作品，成了一座“世界建筑博物馆”。特别是申奥成功后，日新月异的北京城，让城市地图以每月一版的速度更新。2009 年，北京城区面积已达 1000 多平方公里。

2009 年 4 月，北京日报报业集团与北京市建筑业联合会主办“北京当代十大建筑评选”。此次候选项目多达 50 个，“体量”10 万平方米以上的 6 个，最大的首都机场 3 号航站楼达 132 万平方米。这次评选共收到平面媒体选票、手机短信选票、网上选票 971 万张，网络投票让激烈竞争更加直观——“每个建筑的具体排名天天都在变化，之前排名第一的，第二天可能就掉到前五名之后了”。

2009 年 9 月，国家体育场（鸟巢）等最新版“十大”出炉。

# 月季是怎么当选市花的

历史资料 · 北京日报图文数据库 · 北京花卉协会　　文 · 贾晓燕

很多人都知道月季花是北京的市花，但了解月季成为市花经过的却不多。2017 年，恰逢月季当选北京市花 30 周年，昔日那段轰轰烈烈的“海选”记忆又被重新唤醒。

## 选市花缘于市民自发之举

经过多年全民义务植树、绿化美化首都的群众运动，到 20 世纪 80 年代中期，北京市民种花、种草、植树，爱花爱树已蔚然成风。

当时，天津、西安、南京、武汉、昆明等 54 个国内知名城市都已选定了市花，唯独首都北京的市花没有着落。据《首都绿化》一书记载，在这个大背景下，安居乐业的京城老百姓议花谈树、评红点绿，自发地讨论市花市树，热情之高，兴趣之浓，出乎意料。

“京城无处不飞花”，但哪种花有资格获此殊荣呢？这个问题着实令人纠结。《北京日报》1984 年 4 月 14 日 3 版刊发的《“杏花村”随想》一文，道出了人们的心声：“玉兰虽美，可不到春分就快谢了；荷花虽好，又难得挺过寒露；百态千姿的菊花，倒是能把秋尾冬头系到一块儿，可又不到入秋不咧嘴儿……至于桃花、梨蕊、槐串儿，在一年‘二十四番花信风’里，似乎都那么来也匆匆，去也匆匆。这就难怪那天一位友人随口问了句“要给北京选‘市花’，选什么好”，大家一时竟没话了。”

1985 年 9 月，《北京日报》等媒体开展了首都市花市树的讨论，先后收到来信来稿

▲ 1961 年，园林工人在天安门广场修剪花坛的月季花（冯文冈 / 摄）

近3000件。1986年初，中国林学会、中国野生动物保护协会、北京市科协和市生物爱好者协会，还在全市中学生中进行了“热爱首都青少年评选市花市树的征文竞赛”活动，有数万名学生参加，收到推荐文章5000多篇。

那时候，群众经常向报刊反映，或直接给市政府写信，要求尽早选出适应北京地区气候条件和自然环境，与文化古都地位相称，能体现首都人民精神面貌的市花、市树。

## 称得上京城的一次“海选”

人民城市人民建，市花市树人民评。

为了满足人民群众的要求，市政府决定广泛发动人民群众、各界人士开展市花市树的评选活动。发动群众评选首都的市花市树，在当年称得上京城花卉树木的一次“海选”。

1986年7月，市政府成立了“北京市市花市树评选领导小组”。同年8月，领导小组第一次会议上明确提出：这次评选活动不带框框，不定调子。但是，为了便于大家全面考虑，发表意见，也应该有一些基本评选条件。

首先，市花市树应适应北京地区的气候条件和自然环境，能在城乡广大地区生

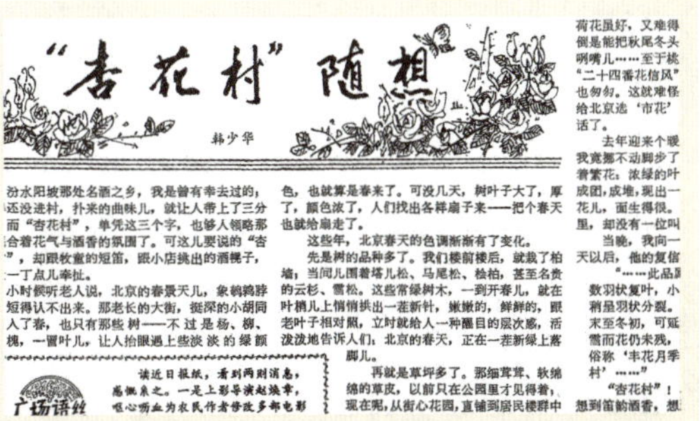

“杏花村”随想

韩少华

汾水阳坡那处名酒之乡，我是曾有幸去过的；还没进村，扑来的曲味儿，就让人带上了三分……而“杏花村”，单凭这三个字，也够人领略那……合着花气与酒香的氛围了。可这儿要说的“杏……”，却跟牧童的短笛，跟小店挑出的酒幌子，……一丁点儿牵扯。

小时候听老人说，北京的春景天儿，象鹌鹑脖……短得认不出来。那老长的大街，挺深的小胡同……入了春，也只有那些树——不过是杨、柳、槐，一冒叶儿，让人抬眼遇上些淡淡的绿颜色，也就算是春来了。可没几天，树叶子大了，厚了，颜色浓了，人们找出各样扇子来——把个春天也就给扇走了。

这些年，北京春天的色调渐渐有了变化。

先是树的品种多了。我们楼前楼后，就栽了柏墙；当间儿围着塔儿松、马尾松、桧柏，甚至名贵的云杉、雪松。这些常绿树木，一到开春儿，就在叶梢儿上悄悄拱出一茬新针，嫩嫩的，鲜鲜的，跟老叶子相对照，立时就给人一种醒目的层次感，活泼泼地告诉人们：北京的春天，正在一茬新绿上落脚儿。

再就是草坪多了。那细茸茸、软绵绵的草皮，以前只在公园里才见得着，现在呢，从街心花园，直铺到居民楼群中……

……荷花虽好，又难得……倒是能把秋尾冬头……咧嘴儿……至于桃……“二十四番花信风”……也匆匆。这就难怪……给北京选‘市花’……话了。

去年迎来个暖……我竟挪不动脚步了……着繁花：浓绿的叶……成团，成堆，现出一……花儿，面生得很。……里，却没有一位叫……

当晚，我向一……天以后，他的复信……

“……此品……数羽状复叶，小……稍呈羽状分裂。……末至冬初，可延……雪而花仍未残，……俗称‘丰花月季……村’……”

“杏花村”！……想到笛韵酒香，想……

广场语丝

读近日报纸，看到两则消息，感慨系之。一是上影导演赵焕章，呕心沥血为农民作者修改多部电影……

▲ 1984年4月14日，《北京日报》3版

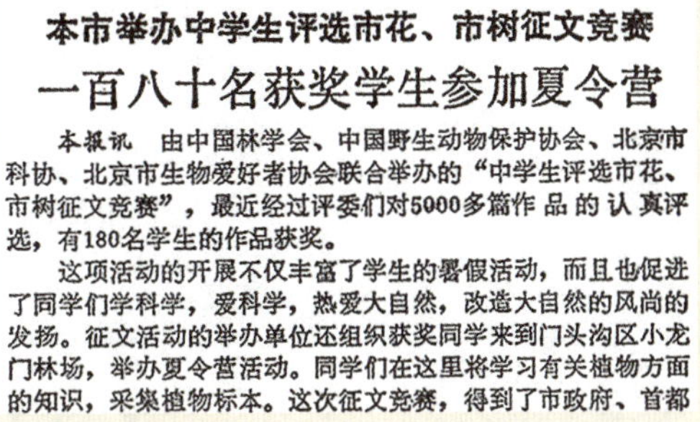

本市举办中学生评选市花、市树征文竞赛

一百八十名获奖学生参加夏令营

本报讯 由中国林学会、中国野生动物保护协会、北京市科协、北京市生物爱好者协会联合举办的“中学生评选市花、市树征文竞赛”，最近经过评委们对5000多篇作品的认真评选，有180名学生的作品获奖。

这项活动的开展不仅丰富了学生的暑假活动，而且也促进了同学们学科学，爱科学，热爱大自然，改造大自然的风尚的发扬。征文活动的举办单位还组织获奖同学来到门头沟区小龙门林场，举办夏令营活动。同学们在这里将学习有关植物方面的知识，采集植物标本。这次征文竞赛，得到了市政府、首都

▲ 1986年7月31日，《北京日报》2版

我国有五十四个城市选定市花

京、武汉、昆明等五十四个城市，根据本市自然条件、社会特点、历史沿革和居民爱好，在专家和社会各界人士评审的基础上，经市民投票选举，分别选定牡丹、月季、菊花、桂花、梅花等二十八种花卉为市花。

天津、西安等十二座城市的市民偏爱月季花，仪态大方、雍容华贵的牡丹受到她的故乡洛阳市民的推崇。桂林、杭州人首举香气四溢的桂花。“金榜题名”的

▲ 1986年3月4日，《北京日报》4版

人民城市人民建 市花市树人民评

市花市树评选活动将逐步展开

本报讯（记者李培禹 王永华）“京城无处不飞花”，但哪种花作为“市花”好呢？首都城乡树木多起来了，什么树才有资格当选为“市树”呢？

经市政府批准成立的首都“市花”、“市树”评选活动领导小组，昨天召开了第一次会议。领导小组组长、副市长黄超在讲话中说，北京是全国人民的首都，是闻名世界的历史文化名城，树木品种繁多，花卉争奇斗艳，究竟哪一种可以荣获“市花”、“市树”的桂冠，要发动群众来参加评选，广泛听取各界人士的意见。“人民城市人民建，市花市树人民评”。

黄超同志说，这次评选活动不带框框，不定调子。但是，为了便于大家全面考虑，发表意见，也应该有一些基本评选条件。首先，“市花”、“市树”应适应北京地区的气候条件和自然环境，能在城乡广大地区生长，具有耐寒、耐旱、抗风沙等特点；其次，花卉要美观艳丽花期长，树木要枝繁叶茂树形好，在首都的绿化美化中发挥较大作用；此外，“市花”、“市树”在北京城乡要有广泛的群众基础，在园林、街头绿地以及庭院、居民户都可栽植，为广大群众所喜闻乐见。当然，作为首都的“市花”、“市树”，还应该具有一定的象征性，能体现和代表首都人民崭新的精神面貌，与北京的历史文化古都地位相称。

评选活动领导小组欢迎全市人民（包括在京的中央机关、部队、院校）以及全国各地的各方面人士，都踊跃发表意见，可以直接给设在首都绿化委员会办公室的领导小组写信，也可以向新闻单位投稿。有关部门还准备于九月上旬在中山公园举办一次“议‘市花’、‘市树’”的群众游园活动。

▲ 1986年8月7日，《北京日报》1版

花木争春冠属谁

——爱首都议市花市树游园活动侧记

实习生 黎卫红

金秋时节的北京，天高气爽。从九月十日到十五日在中山公园举办的“爱首都议市花市树游园活动”，吸引了成千上万的各界群众。

月季花开得正旺，秋菊含露初绽，茉莉、香果散发出袭人的芳香，扶桑、牵牛、一品红，凤尾兰、天冬草、鸡冠花……色彩纷呈，争奇斗妍。几天来，来自城近郊区的近十万群众在缕缕花香和阵阵笑语中，评红点绿，各抒己见，推选着自己心目中的市花、市树。家住前门的八十一岁高龄的退休老人孙昭臣，一人拄着拐杖来到中山公园，并为自己心目中的市树——国槐列举了七大优点。还有一位老人，已经九十三岁了，他听说评选市花市树的消息，特意来到中山公园，为银杏投了一票。西四北小学的二百多名小学生，作为首都的小主人，集体来到中山公园，“评月季！”……

……的董寿平，在其他书画家的推举下第一个拿起了画笔。董老挥毫泼墨，一幅墨竹跃然纸上，博得一阵掌声。著名艺术大师李苦禅的儿子、中年画家李燕，书写了自己创作的两首诗。其一是“曹雪亲栽寄魂魄，老舍承露话风尘；不畏雨日临长夏，槐荫最怜北京人。”第二首写道：“承梅以茂盛夏，续菊而殿秋煞；弃二花之……

……会促进北京市精神文……推动首都环境的绿化……欣然提笔，为这次……写了“万木争春”……字。

为时六天的游园已经结束了，但“爱花市树活动”正在……展。

首都绿化委员……单昭祥同志说，市花……

……在“爱首都议市花市树……活动”中，色彩纷呈的……令人赏心悦目。

……报记者 李培禹摄

▲ 1986年9月17日，《北京日报》2版

▲ 1980 年，北京第一届月季花赛在陶然亭公园举行（叶用才 / 摄）

长，具有耐寒、耐旱、抗风沙等特点；其次，花卉要美观艳丽花期长，树木要枝繁叶茂树形好，在首都的绿化美化中发挥较大作用。此外，市花市树在北京城乡要有广泛的群众基础，在园林、街头绿地以及庭院、居民户都可栽植，为广大人民群众所喜闻乐见。当然，作为首都的市花市树，还应该具有一定的象征性，能体现和代表首都人民崭新的精神面貌，与北京的历史文化古都地位相称。（1986 年 8 月 7 日，《北京日报》1 版《市花市树评选活动将逐步展开》）

1986 年 9 月，“爱首都议市树市花游园活动”在中山公园举办，全市有 15 万多人参加。人们在缕缕花香和阵阵笑语中各抒己见，推选着自己心目中的市花市树，他们当中，有中小学生，也有 93 岁高龄老人。（1986 年 9 月 17 日，《北京日报》2 版《花木争春冠属谁》）

1986 年 10 月，根据广大群众、各界人士比较集中的意见，本市相关部门把月季、菊花作为北京市的候选市花带到深圳，参加了全国城市市花展览，受到兄弟省市的好评。

## 票选曾有过“激烈交锋”

这次市花市树评选活动，市民高度参与，反响热烈。为了评选出本市和全国人民理想的花种、树种，《北京日报》于 1986 年 9 月 14 日至 11 月 17 日专门开辟了“市树市花大家评选”栏目，供读者发表推荐意见和建议。

两个月里，市民通过《北京日报》各抒己见，热情洋溢地表达自己的见解。有人推荐月季花，因为月季花不善表现自我而又刚强，一年到头开不断；有人推荐丁香花，因为丁香花观赏期长，病虫害少；有人推荐玫瑰花，因为玫瑰花的色、香、形俱佳，花及根还可入药；还有人提出，不论最终选定什么花，都应命名为“北京花”，彰显北京特色。

就连外国使节也被吸引，参与到活动中来。时任波兰驻华大使馆二等秘书齐·德米茨基推荐了荷花，理由是：荷花洁白如玉，素有“出淤泥而不染”之美誉。正在提倡的“心灵美”，已在北京人的心中深深地扎下了根，而荷花恰恰能代表北京人的纯洁心灵和彬彬有礼的风度……

1986 年 12 月，市花市树评选领导小组会同《北京日报》、北京电视台联合召开了各界代表、专家座谈会，广泛听取意见。许多工人、农民、解放军、学生、知识分子以及

1981 年，植物园内的月季花园（刘瑞聪 / 摄）

▲ 1983 年，首钢东门内主道路南侧的一片空地上，建起面积达 1.5 万平方米的大型月季园，栽培了近 100 个品种、3.4 万多株月季花（胡敦志 / 摄）

专家“激烈交锋”，热烈地表达了他们的愿望。

调查结果显示：大多数人建议月季花作为市花，但同意菊花作为市花的也有相当的数量。中山公园举办游园活动时，收集上来的4.2万张推荐票统计，同意月季的有2.15万张，占51%；其次为菊花，1.1万张，占26%；再次是紫薇、丁香等。赞同国槐作为市树的有1.99万张，占46%；其次是侧柏、银杏、油松等。

## 市花为什么是姊妹花

1987年3月，北京市第八届人民代表大会第六次会议审议了市人民政府提出的关于提请确定市花市树的议案，同意市人民政府的建议，确定：月季、菊花为北京市花，国槐、侧柏为北京市树。

其实，在当时，月季花当选市花是众望所归，已无悬念。不过，为什么最终成为北京市花的是一对姊妹花呢？

据悉，最终采纳的评选方案是由北京林业大学教授陈俊愉和北京林业大学教授、市林学会理事长范济洲提出的。大家认为，这个方案既符合大多数人的心愿，又照顾到相当一部分群众的意见。

根据《北京日报》1987年3月14日1版文章《市花市树诞生记》报道，之所

市花市树大家评选

菊花为古都添光彩

菊花的历史悠久，早在三千多年前的典籍《礼记》中，就有“季秋之月，鞠（菊）有黄华（花）”的记载。从陶渊明的“采菊东篱下，悠然见南山”、黄巢的“飒飒秋风满院栽”到当代毛泽东同志的“战地黄花分外香”，都已成为脍炙人口的千古名句。菊花在北京有广泛的群众性，一年一度的“菊展”，是京城的一大特色。早菊在夏初就可开放，秋天达到鼎盛。北京最美的季节是秋天。一千多个品种的菊花，已经成为古都秋色中不可缺少的组成部分了。 崇文区教师 云芳

* * * *

丰花月季开得正旺

丰花月季是月季的一个种系，它较一般大花型月季要矮小，花也较小，但分枝多、花多，常聚在枝头，成束开放。其花色艳丽，植株强健，抗病力强，抗寒性能好，北京地区可露地栽种，花期最长，可称“四季花”。丰花月季品种很多，花色非常丰富，既有白、黄、橙、粉、红等单色品种，也有不少复色种和变色品种。丰花月季是绿化美化环境的理想品种，花期长，植于花坛、绿地，宏观效果十分理想。

北京是首先推广种植丰花月季的城市，在街头绿地和公园花坛内种植了上百万株丰花型月季，眼下开得正旺，在绿化、美化首都方面起着重要的作用。北京月季学会 李洪权

* *

推荐丁香花作市花

我觉得丁香作市花十分适宜。首先是丁香香雅而不艳、香而不俗，花

市花市树大家评选

建议评选银杏为市树

我们认为选择银杏做为市树最为适宜，理由如下：

一、银杏是我国特产树种。据考古研究，银杏在亿万年以前曾广泛分布在地球各区，生长十分繁茂。后因第四纪冰川的来临，大部死亡，濒于绝迹，仅在我国某些地方保存下来。至今银杏是远古时期裸子植物银杏科的唯一代表。它不但以“活化石”的殊荣成为我国的稀世珍宝，而且为世界各国所瞩目。

二、银杏在北京分布广，栽培历史久远。在北京的一些荒山野岭常见有天然生长和人工营造的小片银杏林，说明银杏适应北京地区各种土壤和气候条件。

三、银杏是长寿树种，并具有生长较快，抗逆性强，用途广泛等特点。银杏也是很好的观赏树种。选用它作为市树，能体现出北京人民一往无前的气概，不屈不挠的斗志和为“四化”勇于拼搏的精神面貌。

北京林学会

* * *

我选柳树月季为市树市花

柳树耐寒、耐旱、抗风沙、成活率高，枝繁叶茂、树形美，能遮荫保水。不管在园林、街头绿地、公路两旁、居民庭院以及农村土地都可栽植。柳树有极强的生命力，栽到哪里，就能在哪里茁壮成长。所以我选柳树为市树。

月季原产我国，现已有二千多年的栽培历史，在国外有“花后”之称。北京是世界闻名的历史名城，在世界人民中享有崇高的威望，如选月季为北京的市花，可以加强首都人民与世界各国人民的友好交往。月季用来绿化、美化大自然的环境，增添了大自然的美，装饰室内，能调节人的精神，为广大人民群众所喜爱。月季欣欣向荣的花朵，能代表首都人民崭新的精神风貌。

北京市小汤山疗养院 李文荣

* *

荷花，代表北京人的心灵和风度

我是宛平县人，算得上是“老北京”了，我

市树市花大家评选

建议把国槐定为市树

根据我自己的观察和体会，认为国槐做市树好。国槐枝繁叶茂，形态壮观，城乡街巷到处可见，虽然不是高大耸立，但也端庄古雅，木质坚实，绿叶成荫，花香四溢。尤甚盛夏骄阳之下，国槐象一把大伞在首都的大街小巷替人们遮荫。每当你走到槐荫之下，立即产生清凉之感。如南北池子、南北长街路旁的槐枝携手，宛如交头接耳，给人们搭起天然绿篷，为行人造福，为古都增添光彩。这种树经济价值高、花蕾可做染料，花、果实及根上的皮可做中药等，我推荐它为北京的市树。

宣武区大栅栏街道办事处 周宝林

我投月季一票

我是一个老理发员，文化不高，评选市花可要积极参加。我投月季花一票！市花，应是月季花。其特点：枝细叶小，花头大。不善表现自我而又刚强。花朵大，微风动，向你开，一年到头不断。房外不见屋内看，屋内不见暖房看，美化环境千千万。

北京前门红光美发厅 职工 段茂增

▲ 1986年9月14日至11月17日，《北京日报》专门开辟了“市树市花大家评选”栏目，供读者发表推荐意见和建议

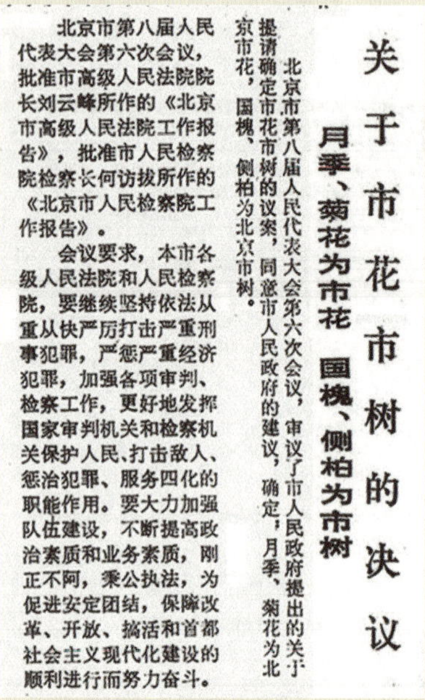

关于市花市树的决议

月季、菊花为市花 国槐、侧柏为市树

北京市第八届人民代表大会第六次会议，审议了市人民政府提出的关于提请确定市花市树的议案，同意市人民政府的建议，确定：月季、菊花为北京市花，国槐、侧柏为北京市树。

北京市第八届人民代表大会第六次会议，批准市高级人民法院院长刘云峰所作的《北京市高级人民法院工作报告》，批准市人民检察院检察长何访拔所作的《北京市人民检察院工作报告》。

会议要求，本市各级人民法院和人民检察院，要继续坚持依法从重从快严厉打击严重刑事犯罪，严惩严重经济犯罪，加强各项审判、检察工作，更好地发挥国家审判机关和检察机关保护人民、打击敌人、惩治犯罪、服务四化的职能作用。要大力加强队伍建设，不断提高政治素质和业务素质，刚正不阿，秉公执法，为促进安定团结，保障改革、开放、搞活和首都社会主义现代化建设的顺利进行而努力奋斗。

▲ 1987 年 3 月 13 日，《北京日报》1 版

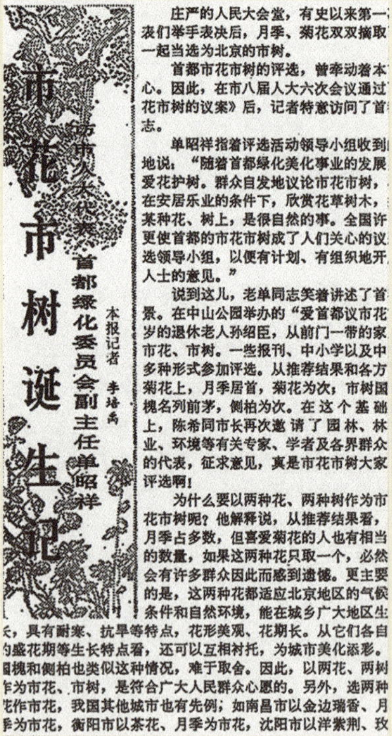

市花市树诞生记

访市人大代表、首都绿化委员会副主任单昭祥

本报记者 李培禹

庄严的人民大会堂，有史以来第一
表们举手表决后，月季、菊花双双摘取
一起当选为北京的市树。

首都市花市树的评选，曾牵动着本
心。因此，在市八届人大六次会议通过
花市树的议案》后，记者特意访问了首
志。

单昭祥指着评选活动领导小组收到
地说：“随着首都绿化美化事业的发展
爱花护树。群众自发地议论市花市树，
在安居乐业的条件下，欣赏花草树木，
某种花、树上，是很自然的事。全国许
更使首都的市花市树成了人们关心的议
选领导小组，以便有计划、有组织地开
人士的意见。”

说到这儿，老单同志笑着讲述了首
景。在中山公园举办的“爱首都议市花
岁的退休老人孙绍臣，从前门一带的家
市花、市树。一些报刊、中小学以及中
多种形式参加评选。从推荐结果和各方
菊花上，月季居首，菊花为次；市树国
槐名列前茅，侧柏为次。在这个基础
上，陈希同市长再次邀请了园林、林
业、环境等有关专家、学者及各界群众
的代表，征求意见，真是市花市树大家
评选啊！

为什么要以两种花、两种树作为市
花市树呢？他解释说，从推荐结果看，
月季占多数，但喜爱菊花的人也有相当
的数量，如果这两种花只取一个，必然
会有许多群众因此而感到遗憾。更主要
的是，这两种花都适应北京地区的气候
条件和自然环境，能在城乡广大地区生
长，具有耐寒、抗旱等特点，花形美观、花期长。从它们各自
的盛花期等生长特点看，还可以互相衬托，为城市美化添彩。
国槐和侧柏也类似这种情况，难于取舍。因此，以两花、两树
作为市花、市树，是符合广大人民群众心愿的。另外，选两种
花作市花，我国其他城市也有先例；如南昌市以金边瑞香、月
季为市花，衡阳市以茶花、月季为市花，沈阳市以洋紫荆、玫

▲ 1987 年 3 月 14 日，《北京日报》1 版

以选定姊妹花当市花，是因为月季占多数，但喜爱菊花的人也有相当的数量，如果这两种花只取一个，必然会有许多群众因此而感到遗憾。更主要的是，这两种花都适应北京地区的气候条件和自然环境，能在城乡广大地区生长，具有耐寒、抗旱等特点，花形美观、花期长。从它们各自的盛花期等生长特点看，还可以互相衬托，为城市美化添彩。

对于此事，在市第八届人民代表大会第六次会议上，代表们得到了进一步解释——以两种花作为市花，可以激发全市人民爱国、爱市的热情，加速两种花的普及推广，进一步促进社会主义精神文明和物质文明建设，加速首都的绿化美化工作。而且，选两种花作为市花，我国其他城市也有先例。如我国南昌市以金边瑞香、月季为市花，衡阳市以茶花、月季为市花，沈阳市以洋紫荆、玫瑰为市花。本市选两花作为首都的市花，是符合人民群众的共同愿望的。

专家、学者评价：市花市树评选活动是人民生活水平提高，精神面貌焕然一新，社会安定团结，两个文明建设取得巨大成果的生动反映。人们通过评选市花、市树，进一步增强了热爱首都、美化环境、建设文明城市的信念，同时也丰富了自己的自然科学知识。

# “大辫子”电车一跑60年

历史资料 ▪ 北京日报图文数据库 ▪ 北晚新视觉网　　文 ▪ 贾晓燕

到2017年为止，“大辫子”无轨电车在北京街头整整跑了一个甲子。对京城百姓来说，电车司机下车抖搂“大辫子”的景象早已司空见惯，这如同一种城市符号，记录着城市公共交通发展的变迁。

## 北海大桥为通车展宽25米

解放前，偌大的北京城，交通运营线路只有6条，接起来只能从过去的通县到石景山。人们出行大多靠“洋车”和2万多辆脚踏三轮车。比较先进一些的交通工具就是1921年开始有的“铛铛车”（有轨电车）和1934年才有的公共汽车。（1987年7月14日，《北京日报》2版《本市年客运量相当世界2/3人一年坐一次车》）

新中国成立后，研制无轨电车被提上议事日程。1956年，上海友福汽车车身制造厂的99名技术人员和工人举家北上，在右安门桥头一块荒地上成立了北京市无轨电车制配厂（即后来的北京市汽车修理公司四厂）。在第一个五年计划的激励下，他们白手起家，硬是用人工敲敲打打，于当年10月17日，制造出了全国第一辆“京一型”无轨电车，填补了我国无轨电车生产的空白。

无轨电车的外形和公共汽车差不多，只是在车顶上多出两根长长的杆子，叫作“集电器”，俗称“大辫子”。我国第一辆“大辫子”采用的是解放牌卡车的底盘，车长9.2米，

▲ 1960 年，6 路无轨电车售票员崔文娴搀扶一位老人下车，她热情周到的服务受到其他乘客赞扬（王一波 / 摄）

## 关于阜成門到朝陽門道路的設計問題

北京市市政工程設計院

答讀者問

**編者的話**：广大市民对朝陽門到阜成門的道路改建問題非常关心，有些人在看到施工情形以后，提出了以下这些問題：旧路路面是否还可以繼續使用？有的地段在原有路面上加鋪一層路面，这样是否会影响新路面的質量？等等。为此，我們請北京市市政工程設計院写了这篇文章，对

▲ 1956 年 7 月 24 日，《北京日报》2 版

## 本市年客运量相当世界2/3人一年坐一次车

事实与数字

目前，本市公共交通车辆的年客运量已达33亿人次，相当于世界三分之二的人一年来北京坐一次车。

解放前，偌大的北京城，交通运营线路只有 6 条，接起来只能从通县到石景山。人们出行大多只能靠

元，修建道路，开辟线路，增加车辆。至去年，全市共有公共汽车3501辆，无轨电车540辆，比1949年增加23倍。还有11218辆出租汽车和330辆招手即停的小公共汽车辅助运客。运营线路增至200条，总长达 2563 公里，相当于

▲ 1987 年 7 月 14 日，《北京日报》2 版

## 百尺長虹跨碧波

### 扩建完工的北海大桥面貌壯丽

寿儒　刘信

北海大桥的扩建工程，經过北京市第三道路工程公司职工十一个月来的連續施工，已經在二十七日胜利完工了。

这座大桥是就原来的金鰲玉蝀桥加以扩建的。金鰲玉蝀桥建于明朝，到現在已有四百多年的历史。明朝的时候，北海是封建帝王的禁苑，所以北海大桥建得桥身陡、桥面窄，再加上桥的东西兩面堆砌着蕉园門、騰华門和“金鰲玉蝀”牌楼，到今天，它已經不能适应北京城市發展的需要了。大桥改建以前，来往汽車通过桥上，都要鑽牌楼，繞团城，爬陡拱，溜峭坡，司

作为步道。中間約二十六公尺是車行道，可以容納往来的快慢行車輛在桥上并行。首都的第一条無軌电車綫，明年就將通过北海大桥。無軌电車的北海站，建在北海公园前門稍东的地方。这个車站的面积比較大，站上將設置坐椅，供候車乘客休息，并且种植花草，成为一塊美丽的街头綠地。

現在，北海公园門前也变得十分寬闊了，新的道路是在旧路以南辟建和展寬的。原来的旧路作了汽車停車場；原来街南的自行車停車处也挪到街北。这一来，就减少了行人穿过馬路和来往車輛互相交叉

的次数。

北海大桥的改
門到阜成門干道的
分，从此东城、西
便利了。

这項道路、桥
根据北京改建城市
行的。因此，在改
中，上下水道和电
都同时沿着桥面北
畢。在桥的南面，
了將来首都集中供
管道的埋設位置。

現在，这座开
恰似一道白色長虹
海之間。現在，人
北口向西眺望，就
看到北京圖書館的
楼的輪廓、北海湖
及座落在中海湖中
津街向东眺望，团
承光殿的玲瓏瓦頂
楼和景山上壯丽的
一收入眼底，風光

▲ 1956 年 9 月 30 日，《北京日报》2 版

额定载客 83 人。此前，北京城里的电车全部是有轨的，无轨电车是个新鲜事物，它以速度快、噪音低而大受欢迎。

本市第一条无轨电车线路是从朝阳门到动物园，途经北海大桥、阜成门等地。但是，通行无轨电车的路面需要保持平整才能避免车身颠簸，而且，无轨电车左右摆动的范围宽达 6 米，这意味着今后沿线路面不能随时补修或翻修，不然就会影响无轨电车通行，所以沿线原有道路需要进行展宽和加固。（1956 年 7 月 24 日，《北京日报》2 版《关于阜成门到朝阳门道路的设计问题》）比如改建后的北海大桥，宽度就从原来的 9 米增加到 34 米，桥的最大坡度也由 8% 减小到 2%。（1956 年 9 月 30 日，《北京日报》2 版《百尺长虹跨碧波》）

“大辫子”还开设过“母子车”

1957 年 8 月，北京首条无轨电车线路全线通车，这条线路也是本市东西城第一条直达的交通干线。

随着城市的发展，陈旧的有轨电车弊端日益明显，这些车辆不断破坏道路路面，每年都要花费一大笔钱进行整修，并且增加了城市嘈杂声音。按照《北京日报》1959 年 3 月 9 日 2 版《明天起内城

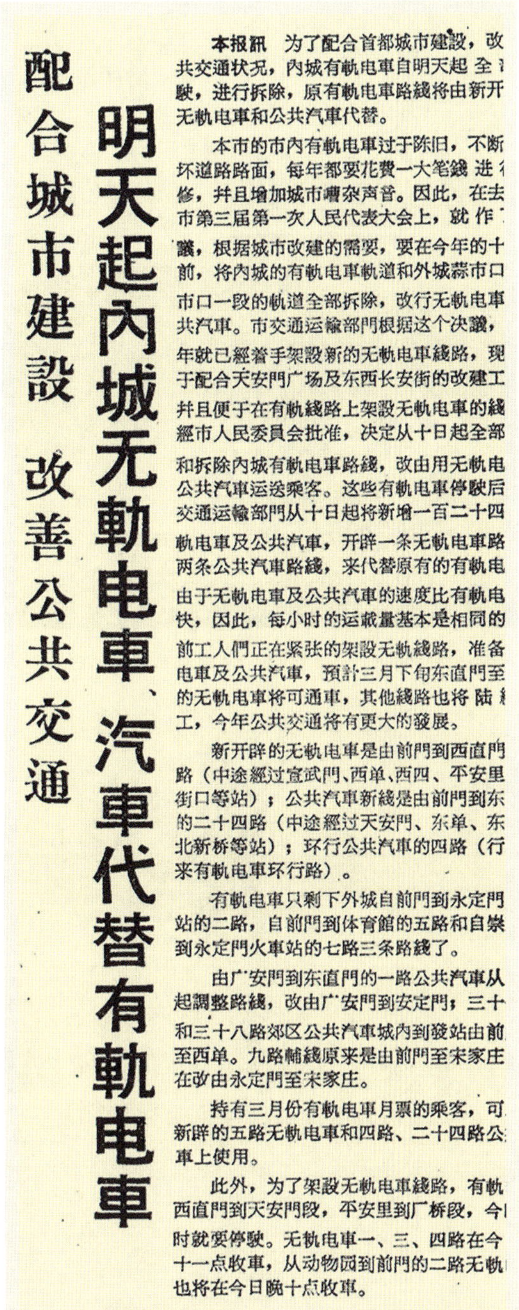

明天起內城无軌电車、汽車代替有軌电車

配合城市建設 改善公共交通

**本报訊** 为了配合首都城市建設，改共交通状况，內城有軌电車自明天起全駛，进行拆除，原有軌电車路綫将由新开无軌电車和公共汽車代替。

本市的市內有軌电車过于陈旧，不断坏道路路面，每年都要花費一大笔錢进修，并且增加城市嘈杂声音。因此，在去市第三届第一次人民代表大会上，就作議，根据城市改建的需要，要在今年的十前，將內城的有軌电車軌道和外城蒜市口市口一段的軌道全部拆除，改行无軌电車共汽車。市交通运輸部門根据这个決議，年就已經着手架設新的无軌电車綫路，現于配合天安門广场及东西长安街的改建工并且便于在有軌綫路上架設无軌电車的綫經市人民委員会批准，決定从十日起全部和拆除內城有軌电車路綫，改由用无軌电公共汽車运送乘客。这些有軌电車停駛后交通运輸部門从十日起将新增一百二十四軌电車及公共汽車，开辟一条无軌电車路两条公共汽車路綫，来代替原有的有軌电由于无軌电車及公共汽車的速度比有軌电快，因此，每小时的运載量基本是相同的前工人們正在紧张的架設无軌綫路，准备电車及公共汽車，預計三月下旬东直門至的无軌电車将可通車，其他綫路也將陆工，今年公共交通将有更大的發展。

新开辟的无軌电車是由前門到西直門路（中途經过宣武門、西单、西四、平安里街口等站）；公共汽車新綫是由前門到东的二十四路（中途經过天安門、东单、东北新桥等站）；环行公共汽車的四路（行来有軌电車环行路）。

有軌电車只剩下外城自前門到永定門站的二路，自前門到体育館的五路和自崇到永定門火車站的七路三条路綫了。

由广安門到东直門的一路公共汽車从起調整路綫，改由广安門到安定門；三十和三十八路郊区公共汽車城內到發站由前至西单。九路輔綫原来是由前門至宋家庄在改由永定門至宋家庄。

持有三月份有軌电車月票的乘客，可新辟的五路无軌电車和四路、二十四路公車上使用。

此外，为了架設无軌电車綫路，有軌西直門到天安門段，平安里到厂桥段，今时就要停駛。无軌电車一、三、四路在今十一点收車，从动物园到前門的二路无軌也将在今日晚十点收車。

▲ 1959 年 3 月 9 日，《北京日报》2 版

▲ 20 世纪 90 年代，行驶在崇文门大街上的无轨电车（张风 / 摄）

▲ 1957 年，市电车公司无轨电车制配厂的青年工人在老师傅的协助下，利用业余时间装配成了一辆青年号无轨电车（王一波 / 摄）

无轨电车、汽车代替有轨电车》一文报道，市第三届人民代表大会第一次会议作出决议，在1959年10月以前，将内城的有轨电车轨道和外城蒜市口至菜市口一段的轨道全部拆除，改行无轨电车和公共汽车。

五年后，“大辫子”发展迅速，无轨电车已成为北京公共交通的一种重要工具。为了适应无轨电车逐步增多的情况，本市对无轨电车驾驶员身高要求从原来的155厘米提高到160厘米以上，同时规定，驾驶员必须具有高小以上文化水平。（1960年7月10日，《北京日报》2版《机动车驾驶员考试实行新办法》）后来，无轨电车还开设了“母子车”，每天早晨由沙滩向十里堡开三部“母子车”，专门运送带小孩的乘客。（1962年7月10日，《北京日报》2版《十二路无轨试行“母子车”》）

实际上，在国产公共汽车问世之前，相关部门还考虑过用公共无轨电车取代公共汽车，因为这样就不必花宝贵的外汇去买外国的公共汽车了。但是，没有线路的地方，无轨电车就不能走，而像长安街这样的地方又不许搭建电车线路，怎么办？电车制配厂的技术人员为此没少费脑筋，他们曾经尝试着在无轨电车上安装过一个巨大的偏心轮，想借助偏心轮旋转时产生的惯性，把电车“甩”过天安门。结果反复实验了多次，证明行不通。（1999年10月8日，《北京日报》9版《说说北京的公共汽车》）

## 郊区开通首条无轨电车线

到20世纪90年代，“大辫子”在城里已经很普遍，但这种交通工具在郊区还算稀罕物。

1994年，本市开始建设郊区首条无轨电车线路——410路。据《北京日报》1995年6月20日1版《京郊首条无轨电车线开通》一文记载，这条线是由当时的大兴县政府和市公交总公司共同投资兴建的，从黄村到玉泉营，全长15.5公里，途经黄村西大街、康庄路口等，共12站。

当年，在郊区开通无轨电车线路，在北京乃至全国都是“独一份”。410路运营半个月时间，几乎每趟从黄村站发出的首班车上，都满载着进城上班上学的乘客。周六周日白天，进城、“下乡”的乘客更是一拨又一拨。大兴办西瓜节时，410路最多一天收票款就达2600元。半个月下来，日票款收入也达一千二三百元。不仅如此，据说，大兴的

▲ 1958 年 4 月，工人在架线，王府井就快通无轨电车了

▲ 1995 年，410 路无轨电车正式通车

辫子的无轨绝算不上稀各无轨电车6式行驶在大玉泉营间的却吸引了路的目光。有孩子，从黄钱交给售票票。俺们也”京公共交通远郊区公共

## 410路——连接“卫星”的彩虹

本报记者 赵 红

是如此。正在我们发愁之际，410路通车了，解决了我们一大难题，我们上班可以节省近票款收入也达一千二三百元。懂行的人讲，这个数目对新开行的公汽线路说来已很可观。均保留无轨电车，但由于无轨电车前期建设投资大、受道路条件制约多等原因，在我国部

变电站、3000米供电设备2万件14辆、调度室、楼、保养车间、的停车场……这国家一分钱。它也是全国公共交个发展新模式。业由于公益性和很难收回成本益，但造福一方效益难以估量。

为410路的

▲ 1995 年 7 月 16 日，《北京日报》1 版

## 城市告别电车：是喜是忧

盛祖宏

南方某市运营了35年的无轨电车，不久前与市民告别，代之以公共汽车。这件事作为新闻为多家报纸刊载，可见是好事、喜事。

▲ 1997 年 4 月 26 日，《北京日报》4 版

京华周末

## 说说北京的公共汽车

▲ 1999 年 10 月 8 日，《北京日报》9 版

国际劲吹“电车复兴”风

## 我国无轨电车骤减

武汉消息 近年来，随着城市化和机动化的加速发展，我国有着50年运营历史的公交无轨电车日渐衰落，急剧萎缩，发展陷入低谷，与国际上正在兴但进入九十年代以后，随着我国城市建设步伐的加快和公共交通的迅猛发展，由于存在集电杆经常脱落和线网繁杂影响城市美观等缺陷，无轨电车受到了冲境，实现城市可持续发展，世界上许多国家大力发展“绿色交通”，电车开始在一些国家重新得到重视和复兴。2000年6月，“绿色交通行动计划”在我国正

▲ 2001 年 11 月 18 日，《北京日报》3 版

## 发挥公交整体效应

何祚庥（理论物理）

发展公共交通是解决北京市面临的交通与污染两大难题的关键。目前，北京汽车保有量虽然只有200万辆，比东京、纽约等城市少。但纽约、东京等一些大城市中，私家汽车很多时候都停在自家车库。根据汽车使用量与美车，才能发挥立体公共交通的整体效应，使大家乐意用公共交通代替私家车。这就要求负责不同交通工具的管理部门之间相互协调好。

汽车尾气是大气污染治理的大头，因此发展公共交通时，噪声小、污染小并且节实现“摘辫”行驶。此外，时100公里左右的低速磁悬技术已很成熟，成本也不高可以作为城市轨道交通的择。总之，随着北京城市的速发展，交通建设也要有“越式”发展的意识，要敢于用适合自己的思路，而不

▲ 2003 年 9 月 15 日，《北京日报》1 版

房地产价格立马每平方米上涨了500元。（1995年7月16日，《北京日报》1版《410路——连接“卫星”的彩虹》）

## 去留之争引发“第二春”

进入90年代中后期，国内有的城市缩减了无轨电车规模，有的则干脆将电网拆除了，“大辫子”的去留问题引发社会讨论。

认为应该取消的，理由主要在于两方面：一是道路一旦堵塞，电车就排起长龙，易导致更大面积拥堵；二是密如蛛网的电车线网影响市容。支持保留“大辫子”的则认为，电车用电作为动力，几乎不产生污染，而用汽油作为动力的汽车，排放出来的尾气严重污染城市环境，危害市民健康。（1997年4月26日，《北京日报》4版《城市告别电车：是喜是忧》）

据《北京日报》2001年11月18日3版《国际劲吹“电车复兴”风，我国无轨电车骤减》一文所说，当时，全国尚有无轨电车运营的城市已由10年前的26个减少到18个，车辆减少了30%，客运量减少了46%，占公交车的比重由7.1%减至1.5%。

2000年6月，“绿色交通行动计划”在我国正式启动，北京、上海、广州等城市开始重新评价和认识无轨电车，带头加大无轨电车的投资和建设力度，“大辫子”似乎正在焕发“第二春”。

有专家称，无轨电车将成为以“环保世纪”著称的21世纪常规城市绿色公交的主力。著名物理学家何祚庥认为，噪声小、污染小并且节能的无轨电车，应是发展公共交通的首选，而且，利用蓄电池作为双能源，无轨电车完全可以在必要地段实现“摘辫”行驶。（2003年9月15日，《北京日报》1版《发挥公交整体效应》）

来自北京市公交集团的消息，为适应首都治理大气污染的新形势，进一步推进公交绿色发展，公交集团启动了《2013—2017年电车发展规划》。2014年至2016年，公交集团已实施了10条“油改电”线路。截至2017年5月，公交集团的双源无轨电车线路已达24条，线路总长度为342公里，比2013年末的204公里净增了138公里；运营的双源无轨电车达到985部，比2013年末的588部双源无轨电车净增了397部。截至2017年7月，仍有10条“油改电”线路正在规划中。

# 个体户的“光彩事业”

历史资料 ▪ 北京日报图文数据库

文 ▪ 毛颖颖

毕业季，就业季。如今，个体、私营等非公有制经济是社会吸纳劳动力的主力军，大学生毕业干个体当老板非但不稀奇，还会得到各项政策扶持。而放到几十年前，个体户一度被视为“资本主义尾巴”。社会主义能不能有小商小贩、小店小铺，还曾引发激烈争论。

## “吃饭”“做衣”“修理”样样难

相当长一个时期，曾经的个体工商业者成了要割掉的“资本主义尾巴”，胡同里的裁缝铺，马路边的修鞋摊，走街串巷的小吃挑儿，从遮遮掩掩到一个接一个地消失了。

到1978年底，北京个体工商业者仅剩259户，从业人员259人，主要从事服装加工、弹棉花等。国营、集体性质的商业网点“大、稀、少”，加之零碎、纷杂的“小活计”这些企业也不乐意做、不擅长做，导致商业、餐饮业、服务业出现普遍漏洞，老百姓生活很不方便。

比如，人总是要穿衣的，可为了做一件衣服，往往跑遍城区，奔波好几天，找不到个承做的地方；人总是要盖被子的，可为了弹几斤棉花套，常常天不亮就要爬起来排队等号；居家过日子少不了修修补补，可刷墙、补鞋、磨刀、修家具都找不到师傅。1957年，北京市城近郊区人口372万，有餐饮业网点4591个。1980年，城近郊区人口523万，只有餐饮业网点 1500 个（包括商亭在内）——局促的餐厅里，等座吃饭的人围桌伫立，站在用餐者身后几十分钟才能“补上缺”成为常态。（1980 年 7 月 28 日，《北京日报》1 版《愿“看客吃饭”早日“了”》）

大量社会迫切需要的事情没人干，另一方面，城里又有成千上万年轻人没事干。当时，劳动工资制度管得很死，工作全靠劳动部门“统包统配”，然而，国营、集体企业毕竟有限，工业特别是重工业工厂能容纳的人毕竟有限，待业青年比招工指标多上好几倍。国家既不能给每人发一个“铁饭碗”，政策又不准他们发挥特长自找门路就业，结果待业人员越积越多。

1978 年底，党的十一届三中全会召开，明确提出“社员自留地、家庭副业和集市贸易是社会主义经济的必要补充部分，任何人不得乱加干涉”，中国经济体制改革的闸门缓缓启动，开始逐步允许和鼓励个体经济的存在和发展。

1980 年 5 月，北京缝纫、修鞋、理发、磨刀、补锅等 30 多个行当的 400 多家个体工商业户先后恢复营业，坐店摆摊的开门早、打烊晚，流动经营的推车挑担、登门服务。这年 10 月，在东城区翠花胡同里，北京第一家个体餐馆——悦宾饭馆开张。三四张桌，八九平方米，母子三人操持，墙上贴着横幅大字“尝尝看”。这家简陋的小馆子，某种意义上成了中国改革开放的讯号，惊动了全市、全国乃至世界。店主刘大妈说：“一开门就排大队，从门口绕到胡同里去。好多国家的记者来采访，又是炒菜又是招呼人，顾不上接待他们，结果记者也排起了采访的队。”（1999 年 10 月 5 日，《北京日报》1 版《彩虹的颜色——非公经济五十年》）

## 能否搞“夫妻店”引发大讨论

最初，政府发展个体户的出发点是“拾遗补缺”，方便群众、扩大就业，商户数量和涉足领域都有限。但胡同里悄然出现的“连家铺”“夫妻店”，以及不胫而走的某某小店一天能赚数十元的消息，依然在社会上激起阵阵波澜。有人认为个体户赚的钱是不义之财，有人认为个体户带徒弟是阶级剥削，还有人认为让个体户尝到甜头，事实上造成“谁有本事谁发财”的局面，岂不要涣散国营和集体企业职工的“军心”？

1980 年 8 月，有读者投书《北京日报》，认为在城镇恢复和发展个体经济完全是一

▲ 1980年9月，栗天禄夫妻修笔店

▲ 1987年1月，个体户雪天卖报（叶用才/摄）

落实个体劳动者政策　补服务网点之不足

## 东城区四十三家个体缝纫户恢复营业

住在缝纫户附近的居民说：小铺就在跟前，做个针线活方便了

本报讯　分布在东城大街小巷的四十三家个

活的状态。党的三中全会以后，东城区工商行政管

供应一些针、线、衬布、扣子等辅料，为他们开展

到有的服装店不愿做涤和布活，就主动承担

▲ 1980年5月21日，《北京日报》1版

## 个体户申请开业到哪里去登记

市工商行政管理局解答从事个体经营的有关问题

规定，为此，本报特请市工商行政管理局解答了几个问题。

一，什么人可以申请从事个体经营？到哪里去申请？

凡有本市城镇居民正式户口的待业青年、退休职工和社会闲散无业人员，具有一定的业务技术和经营能力，经街道办事处同意，都可以向所在区、县工商行政管理局申请从事个体经营。在填写“个体工商业者申请登记表”以后，经有关业务主管部门签注意见，由区、县工商行政管理局核准登记，发给营业执照后，方可开业。从事修理自行车、钟表、照相机、收音机、电视机、修锁配钥匙等特种行业的，还要向公安部门备案，并在营业执照上加盖公安部门的印章。

二，哪些行业、项目允许个体户经营？

个体户可以从事各种修理业，如修理自行车、钟表、收音机、各种家庭用具等；服务业，如理发、洗染、拆洗缝补、粉刷房屋、磨刀剪等；手工业生产和加工，如服装加工、弹棉花、织毛衣等；以及三轮车运输、卖茶水、卖冰棍、售报等。对于食品行业，目前暂不搞个体经营。

三，个体户可以采取什么经营方式？

个体户的经营方式可以灵活多样。可以在指定地点摆摊设点，也可以推车挑担、走街串巷流动经营，还可以在街道、胡同开设“连家铺”、“夫妻店”，坐店经营。对技术性强、社会又需要的行业，如加工服装、弹棉花等，允许带一两个待业青年组成合作小组从事生产和加工。

方便群众生活　满足社会需要

## 本市已发展个体工商业户721户

本报讯　六月份本市工商行政管理部门批准183户个体户开业。截至六月底，全市14个区、县共有个体工商业户721户，从业人员740人，户数比五月底增加34%。

▲ 1980年7月23日，《北京日报》1版

种倒退。对此，《北京日报》开辟专版，就“社会主义社会搞夫妻店是不是不伦不类”问题展开大讨论。在致函参与讨论的众多来稿中，赞同与反对之声参半，意见针锋相对。

赞同者表示：鼓励发展夫妻店之类的个体经济和商贩活动，势必导致全社会“向钱看”“钻钱眼儿”，影响现有国营和集体工商企业的正常营业和盈利。此外，小铺、小店、小摊有碍市容，有损首都光彩。（1980年8月29日，《北京日报》3版《不应为“一利百弊”的夫妻店评功摆好》）

反对者则表示：个体劳动也是劳动，同样光荣。既然个体经济有利于百姓生活，有利于活跃经济，还能解决一部分人就业，减轻国家“包不下来”的负担，为什么不去恢复和发展呢？难道现在我们还要继续干那种“一棵树上吊死”的傻事吗？（1980年8月29日，《北京日报》3版《应该肯定城镇个体经济的作用》）

是热热闹闹、市面繁荣好，还是冷冷清清、生活不便好？读者伍席源在来信中这样写道：什么是标准的社会主义样子呢？不顾现阶段生产力水平、人民生活状况和思想觉悟程度，硬搞什么“纯社会主义”，必然使市场经济呆板、僵化、毫无生气，人民生活发生困难。一切从实践中

**不要把我们的社会主义搞得不伦不类**

编辑同志：

最近，报纸和电台都在宣传要恢复和发展小铺经营、小杂货铺、夫妻店等个体经济，并且还宣传说这是方便群众，有利于人民。看来，搞个体经营，既得到赞扬，又能得钱，真是叫人感到何乐而不为？

但是，我们也有些不理解，建国以来，我们不断地改还没死掉，新的又冒出来了，真是不可思议。难道我们就没有能力多办办好国营商店？搞四个现代化，建设文明科学的社会主义强国，这些小铺、小店究竟有什么好处？

自从开放集市贸易以来，有些生产队，自己私分私卖一些新鲜、便宜的菜。国营市场蔬菜萧条，经走后门层层挑选，“钱眼”里了，卖的想多得，买的想少给，人们常常为不够分量争吵，上当的，占便宜的，用粮票换被没收的都有，弄得一些人哭天抹泪。这在精神和物质上人们能得到多少有益的东西？搞四个现代化，搞文明生产，又提倡这些，是不是有些分散大家的精力？再说，那么多小店、小铺、小摊的，也

▲ 1980年8月18日，《北京日报》3版

问题讨论

社会主义社会搞夫妻店是不是不伦不类？

**并非什么“不伦不类”**

伍席源　韩宏恩

现在有些同志提出社会主义社会搞夫妻店之类的小店小铺是不伦不类，意思是说，这样搞就同标准的社会主义样子走了样。什么是标准的社会主义样子呢？自马克思把社会主义从空想变为科学以来，世界上的社会主义先后恐怕有几十种之多，现在在无产阶级政党领导下建设社会主义的国家也有好几个。历史表明，社会主义尚处在实践之中，并不存在一种统一的标准的社会主义模式或样子。既然如此，也就没有所谓不伦不类的问题。

而在认为社会主义社会搞夫妻店是不伦不类的同志的心

现在生产力发展水平层次的，既有自动化、机械化和半自动化、化的大工业生产，手工劳动为主要方业生产和商业服务

与此相适应，就既有社会主义的全民所有制和集体所有制，也必然有城镇个体所有制。在参差不齐的生产力水平上只能产生多种形式的生产资料所有制，这并非什么不伦不类，而是理所当然、题中应有之义。

认为社会主义社会搞夫妻店便是不伦不类的同志还有这样一种误解：个体经济就是资本主义，或者必生资本主义。其实，马克思早就区别过两者的性质。是两种极不相同的私有制，其中一种是以生产者自己为基础，另一种是以剥削他人的劳动为基础。后者不

▲ 1980年9月22日，《北京日报》3版

**对个体经济应一视同仁**

刘建兴

镇个体经济逐步得到恢复和发展。广州、津、上海、武汉等地发展较快。北京进展慢。一个近一千万人口的北京市（城区人占近一半），截至五月份，个体经济还只展到4,015户，相当于1955年的10%。最近的调查中发现，北京市个体经济发展慢的原因很多，既有认识问题、舆论问题也有具体问题、政策问题。对待国营经济对待个体经济不一视同仁，就是一个重要素。它表现在很多方面：在原材料供应上有些部门对个体户的需要不积极予以解决甚至加以限制，在价格上也有厚此薄彼的象。在经营方式上，国营商店上街摆摊设的限制较少，而对个体户流动售货和修理规定则很多，违者轻则挨哄，重则罚款。服务范围方面也有框框。诸如此类，有些是人为的限制，虽然多数没有明文规定，很不利于个体经济的恢复和发展。

个体经济是我国现阶段的一种经济分，恢复和发展个体经济是生产关系一定适合生产力性质规律的客观要求，是适合国十亿人口、八亿农民的基本国情的；个经济将长期与国营经济、集体经济同时存。固然，个体经济的性质不同于社会主的公有制经济，它在社会主义社会的多种济成分中也不居支配地位、起领导作用，只是社会主义公有制经济的附属和补充。是，也决不可以把个体经济看作“后娘的”，从而制订出名为区别对待、实则严限制的规定和政策。

▲ 1981年8月3日，《北京日报》3版

来，中国的社会主义要结合中国的实际情况来搞。这在有些同志看来是“不伦不类”，但我认为这种“不伦不类”也是一“类”，它是适合我国实际情况的。（1980 年 9 月 22 日，《北京日报》3 版《并非什么“不伦不类”》）

## 不能有亲有疏厚此薄彼

最开始，个体户除了广受非议外，遭歧视、被刁难也是常有的事。

《北京日报》报道记录：东城区给 36 户货运三轮车个体户发了营业执照，有的人还想搞三轮车客运。找到交通运输部门商量，他们说：“我们只管货运，不管客运。”又找到客运部门，回答是：“我们只管机动车，不管人力车。”因为管理部门相互推诿，或者干脆不管，这个区的三轮车客运一直恢复不起来。

没有主管“归口”，意味着没有被纳入供应计划，导致个体户的货源、原辅材料缺乏保障。有些已经领到执照的个体户，修鞋的买不到钉子、皮子；修理黑白铁的买不到铁板、焊锡；修自行车的买不到零配件。美术馆附近有个修自行车的个体户，拿着工商行政管理部门开的介绍信到商业批发部门，想买点螺丝、车条。批发部门的人说：“我们只收支票，不收现金，回本区解决去。”他到区修理公司材料经理部，经理部的人说：“想买材料？车摊让不让你摆，还是个问题呢！”（1980 年 8 月 30 日，《北京日报》1 版《关于适当发展个体户的几个问题》）

1982 年，党的十二大首次提出：“鼓励劳动者个体经济在国家规定的范围和工商行政管理下适当发展，作为公有制经济的必要的、有益的补充。”1983 年 6 月，北京个体工商户达 1.95 万多家。到了 1984 年 12 月，这一数字激增到 4.9 万多家，相当于 1978 年的 170 多倍。

私营经济开始跟其他经济成分平起平坐。《北京日报》刊文《要为个体经济的发展扫除障碍》，提出“真正承认个体经济与其他经济成分一样，具有合法地位。在原材料供应上，在进货渠道上，在税收政策上，均应一碗水端平。对守法的个体经营者，无论在入党、入团、升学及各项政治生活中（如评劳动模范，选人民代表……），应当同国营和集体企业的职工一样，不能有亲有疏，厚此薄彼”。（1984 年 11 月 12 日，《北京日报》3 版）

▲ 北京椿树街道待业青年开办的童装厂（丁世儒/摄）

▲ 熙熙攘攘的秀水市场

## 不是“管死”而要“管好”



转眼到了20世纪80年代末，北京先后出现硕士个体户、博士个体户，以及一批自砸“铁饭碗”出来创业的机关干部，“下海”一度成了“敢闯敢干”的代名词。

1987年，京城饭馆跃升到7000多家，其中个体饭馆6000多家，昔日“看客吃饭”的情形变成了“拉客就餐”，走在街头，耳畔时常听闻大声招呼：“热包子，热面条！”“吃饭这边走，这里快餐，开票就吃！”（1987年9月16日，《北京日报》1版《六千个体饭馆长短录》）

个体户多了，一部分人先富起来了，但其中纳税跑冒滴漏“打埋伏”，经营缺斤短两、以次充好，以及带来的市容、交通、治安问题也日益严重。打击偷税漏税、重罚坑蒙拐骗、整饬脏兮兮乱乎乎——“管”，成为政府的迫切任务。

“管”，不是“管死”，而要“管好”。1987年，毗邻外交公寓，东一堆儿、西一摊儿卖了两年新潮服装的秀水市场被国家有关部门要求拆除。是一拆了事还是优化环境？市区领导选择了后者。很快，在一众个体商户集资支持下，露天曝地的服装摊变成了132间封闭式商亭。门面有了，货色招人，秀水东街一天到晚热闹异常，“OK”声不绝于耳。（1988年10月3日，《北京日报》2版《使馆区里的“OK街”》）

1988年4月，七届全国人大一次会议召开，“私营经济是社会主义公有制经济的补充”被明确写进宪法。有了定心丸，一大批不满足于小打小闹的个体户开始鱼跃龙门式的蜕变。此时，正操持“张记电器加工铺”的张大中马上在西单百花市场开了一家10平方米的电器商店，从事音响类产品的生产销售。这一年，北京的个体户已接近10万家，包括张大中的电器商店、王文京的“用友财务软件服务社”在内的8家私营企业破壳而出。尽管此时一些人仍把私营企业视为另类，但其生长环境比早期个体户要宽松得多。

随着时间的推移，非公经济从小门小脸走向壮大蓬勃，从敲打缝补到进军多种产业、行业甚至高科技领域。1998年，北京141名个体户和36名私人企业家被评为“光彩之星”。1999年5月，北京个体户达24.5万家，私营企业逾7.1万家。2001年，北京非公经济从业人员首次突破50%，成为就业主渠道。

# 实行夏时制的六个夏天

历史资料 ▪ 北京日报图文数据库 ▪ 新华社

文 ▪ 贾晓燕

进入夏季，将钟表拨快一小时；到了秋季，再把钟表拨慢一小时。40 岁以上的人或许对 20 世纪 80 年代我国实行夏时制的情景还记忆犹新。“北京夏令时”只存在了六年便销声匿迹，其原因何在？

**什么叫夏时制？**

夏时制又叫经济时、日光节约时，它是在夏季把钟表拨快一至两小时，以充分利用日光、节约能源的一种方法。

实行夏时制通常是在 3 月的最后一个星期天，或 4 月的第一个星期天的凌晨两点，把钟表往前拨一个小时，即拨到凌晨三点。这样，人们的日程要比原来提前一个小时。等到当年 9 月的最后一个星期天，或 10 月的第一个星期天的凌晨三点，再把钟表往后拨一个小时，即由凌晨三点拨到两点，恢复到太阳时。（1986 年 4 月 12 日，《北京日报》1 版《什么叫夏时制？》）

六年实行夏时制的具体时间：

1991 年 4 月 14 日至 9 月 15 日

1990 年 4 月 15 日至 9 月 16 日

1989 年 4 月 16 日至 9 月 17 日

1988 年 4 月 17 日至 9 月 11 日

1987 年 4 月 12 日至 9 月 13 日

1986 年 5 月 4 日至 9 月 14 日

## 清华教授建议“延长”白天

1983 年，在北京能源学会召开的首都能源与环境学术讨论会上，多年从事节能工作的清华大学教授谢行健提出了实行夏时制的建议，受到大会重视，并形成了大会决议。

这个建议的主要内容是“延长”白天，也就是在每年白天长、黑夜短的夏季，把钟表统一拨快一小时，以便达到充分利用阳光、有效节约能源的目的。（1986 年 4 月 12 日，《北京日报》1 版《专家建议我国实行“夏时制”》）

按照《北京日报》1986 年 9 月 14 日 1 版《实行夏时制建议是怎样提出来的？》一文解释，80 年代初，许多国家纷纷实行夏时制，谢行健了解到这一情况后，专门研究了实行夏时制的效果。

很多专家积极帮助谢行健在各方面充实、印证。中国科技情报所能源室主任贡光禹查阅了国外实行夏时制的大量资料，中国社会科学院数量技术经济研究所徐寿波研究员从技术、经济效益方面进行了测算，著名社会学家费孝通先生也给予了很大的支持。

与此同时，北京能源学会成员赵宗燠、陈明绍、汪寅人等老专家把建议带到全国人大、政协会上去宣传，得到了很多专家学者的支持。

不久，这份建议报送给国家有关部门。当时，北京能源学会了解到有位叫窦莘元的老专家很早就研究夏时制，并多次向有关部门上书。他们马上找到窦莘元，请他一起完成这项任务。

但是，这项建议被搁置了。一些主管部门不相信实行夏时制会有好效果，认为此事会“添麻烦”“生乱子”，不太感兴趣。

1986 年初，北京能源学会的常务理事、国务院技术经济中心的高博听说了这件事，热情地予以支持。他请国务院技术经济中心顾问马宾详细了解情况，然后向国务院打报告，并附上了这项建议。

专家们的建议引起国务院的重视，相关部门多次召开座谈会，听取各方意见，最终决定：从 1986 年起，我国在每年夏季实行夏时制。

## 专家上阵答疑解惑

夏时制也叫经济时制，我国解放前在部分地区曾实行过。（1986 年 4 月 19 日，《北京日报》1 版《今年起在全国范围内实行夏时制》）可一旦要在全国范围内实行，不少人还是有疑问的。

比如，有人问：“我国幅员辽阔，最西部的一些地方与北京的时差有两个半小时，若再拨快一小时，不是差得更多吗？”

比如，有人问：“我国南北距离很长，在纬度低的地方效益是否相应地差些？”

再比如，有人问：“实行夏时制，需要人们早起早睡，而天黑得很迟，这样人们的‘生物钟’节奏会不会被打乱，而感到不习惯呢？”

为此，《北京日报》曾专门邀请交通部公路科学研究所高级工程师窦莘元就比较集中的问题进行解答。（1986 年 4 月 24 日，《北京日报》4 版《对实行夏时制有关问题的解答》）

窦莘元认为，全国统一采用北京时间，没有时差。北京时间拨快一小时，各地区也采用拨快一小时的北京时间，仍没有时差。各地的休息时间表也和未拨前一样不变。有的地区不用北京时间而用该地区的标准时，实行夏时制后，各地提前的一小时是由夏季太阳早出、昼时增加来补偿了，人们不会感到有什么不方便。

针对“纬度低的地方实行夏时制效益差”的疑问，窦莘元表示，实际情况并不是这样。他举例说，北纬 20 度的海口市附近，从 4 月 1 日到 9 月底，日长平均 12 时 41 分，夏至那天日长可达 13 时 21 分，在这种情况下，实行夏时制也是可行的，同样能取得效益。

至于是否会打乱人们的“生物钟”，他解释道：万事开头难，开始有可能感到不习惯。但我国人民历来有早睡早起的良好习惯。早晨，人们精力充沛，朝气蓬勃，把这个最佳时刻充分利用起来，会取得良好效果。据国外资料介绍，在自然光照下的工作效率比在灯光下普遍要高。实行夏时制，只是对太阳的起落高低而言（夏时制的作息时间仍

# 专家建议我国实行「夏时制」

指针拨快一小时 每年节电十几亿度

本报讯（记者刘京钊）北京能源学会和有关专家提出一项“延长”白天的建议：在我国应实行夏时制。

这个建议的具体含义是：在每年白天长黑夜短的夏季，把钟表统一拨快一小时，便可达到充分利用阳光，有效节约能源的目的。

交通部公路科研所高级工程师窦莘元、清华大学教授谢行健10日在能源学会对记者说，从4月到9月，北京地区日长平均13时52分，夏至可达15时1分。就是说太阳四点多钟就升起，七点多钟才落山。在这期间，如果仍按平时的作息时间生活，“日上三竿”尚未起，放着大好的自然光源不去利用，而太阳落山很久了，又要开着灯来学习和工作，岂不是浪费？

他们联系一些国家实行夏时制，取得显著节能效果的例子说，实行夏时制不需增加专门的基建和设备，不需分文投资，只要把钟表一年拨动两次，就可以节能，增加收入，这是“无本万利”的好事。

北京能源学会和有关专家的这项建议，是在经过了多年调查研究的基础上提出的。他们认为，从春分到秋分的近半年时间内，全国每天太阳照射时间平均都在十二小时以上，因此，完全有条件实行夏时制。据他们的初步测算，我国若实行夏时制，每年可节电15至20亿度，相当于一个30万千瓦电站的年发电量，折合标准煤约几十万吨，若用于工农业生产，可增加产值50至60亿元。

实行夏时制除了显著的经济效益外，还有助于人们树立勤俭节约的美德，全国人民早睡早起，充分利用夏季白天的自然光，其社会效

**　　**

### 什么叫夏时制？

小资料

夏时制又叫经济时、日光节约时，它是在夏季把钟表拨快一至二小时，以充分利用日光，节约能源的一种方法。

实行夏时制通常是在三月的最后一个星期天，或四月的

▲ 1986年4月12日，《北京日报》1版

中共中央办公厅国务院办公厅发出通知

# 今年起在全国范围内实行夏时制

## 从五月四日早晨二时起把时针往前拨一小时

区、省军区、野战军党委，
委，军委各总部、各军兵种

面的专家根据我国的地理位
多次建议在全国范围内统一
从四月上旬开始把时针向前
旬起再向后拨一小时。这样
然光源，节约照明用电，还
起早睡的好习惯，增进身心
习效率。
时制，我国解放前在部分地
好的。党中央、国务院在调
过慎重考虑，决定从一九八

六年起，每年夏季在全国范围内实行夏时制。鉴于现在夏季将临，而实行夏时制需要有一个宣传过程，铁道、交通、城建、邮电、民航等部门也需要做好必要的准备工作，因此，一九八六年夏时制开始的时间需要适当推迟。具体做法是：从五月四日（星期日）早晨二时起，把时针往前拨一小时，即二时变为三时；到九月十四日（星期日）早晨二时，再把时针往后拨一小时，即二时还原为一时。这样，全年夏时制的时间近五个月。

在全国范围内实行夏时制，不必花费投资而能够节省大量能源，对四化建设十分有利。十亿人民为了节能而早起早睡这种奋发图强精神更比

作。在实行夏时制期间，火车
行，其实际时间可以不变，但
了。因此，火车、飞机的运行
的时刻上普遍增加一小时。名
有关方面的专家写一些文章，
讲话，介绍有关夏时制的知识
的好处，消除人们的疑虑。要
识实行夏时制的积极意义和具
照夏时制生活、工作和学习。
附：关于夏时制的说明
中共中
国务
一九八六

▲ 1986年4月19日，《北京日报》1版

# 关于夏时制的说明

夏时制也称经济时制。它的含义是：当夏季来临的时候，把时针适当拨快；到秋季来临的时候，再把时针适当拨慢。这实际上等于把夏季作息时间适当提前，目的是充分利用日光，节约能源。这个办法是二十世纪初英国人威利特首先提出的，但是被英国议会否定了。几年以后，即一九一六年三月，德国首先采用了夏时制。隔了几天，奥地利、荷兰、丹麦、挪威、法国、意大利、葡萄牙、瑞典等国也相继采用夏时制。此后实行夏时制的国家越来越多。现在欧洲各国，苏联、美国、加拿大、澳大利亚等国家，都已采用夏时制。

我国地处北温带，每年春分以后，太阳直射点逐渐自赤道北移，全国逐渐变得昼长夜短。到了秋分时，太阳直射点又开始南移，全国逐渐变得昼短夜长。从春分到秋分，在这近半年的时间内，每天太阳照射时间都在十二小时以上。因此我国也应当采用夏时制，在夏季把时针适当拨快，促使人们早睡早起，以充分利用日光、节约能源。

实行夏时制可以收到很好的经济效益和社会效益。据专家提供的资料，德国一九一六年第一次采用夏时制，当年节约燃料费用达两亿马克。英国一九七零年调查，由于采用夏时制，当年节电约三十亿度，人均五十四度。匈牙利采用夏时制，一九八三年节电一点二亿度，人均十一点二度。苏联欧洲部分采用夏时制，一九七九年单是家庭照明用电节约三十亿度，人均十五度。我国如采用夏时制，据专家们用四种办法测算，全国每年约可节电十五亿度左右。今后随着电力工业的发展，人民生活水平提高，照明用电增加，夏时制的节电效果必将越来越大。采用夏时制，还有助于振奋精神。在夏季，十亿人民为节能而早睡早起，就是一种勤俭节约的美德。“一日之计在于晨”，早睡早起可以多接触阳光，多吸收新鲜空气，有益于身心健康。在室外从事公路、铁路、建筑、水利等工程施工的人们，可以减少炎热作业时间，有利于劳动保护。夏季清晨气温凉爽，头脑清醒，早点上班，有利于提高学习和工作效率。采用夏时制还有其他好处。国外有人认为，由于白天“延长”，交通事故可减少百分之三至百分之四；由于睡眠提前，在一定程度上可以减少犯罪活动。

根据我国的地理位置和气候状况，我国实行夏时制的时间，宜从四月初开始，到九月中旬结束。世界上有些高纬度国家实行夏时制，有将时针拨快二小时的，我国决定拨快一小时。每年夏时制开始的时间，各国一般都选择在星期日。如一九八四、一九八五年，欧洲各国都是从三月份的最后一个星期日开始的，美国、加拿大一九八四年是从四月的最后一个星期日开始的。我国今年实行夏时制，决定从五月四日（星期日）开始，到九月十四日（星期日）结束。明年以后实行夏时制，将从四月份的第一个星期日开始。时间转换的具体时刻，参照外国的作法，是在夏时制开始那天的早晨二时把时针向前拨一小时，即二时变为三时；在夏时制结束那天的早晨二时，再把时针向后拨一小时，即二时变为一时。每个人可以在前一天晚上就寝时，预先把时针拨好。

实行夏时制，在夏季把时针拨快一小时，这对大多数行业来说并不困

▲ 1986年4月19日，《北京日报》1版

# 对实行夏时制有关问题的解答

答：提这个问题的人不少。我们首先要弄清，如仅仅改变作息时间，也可以充分利用日光，但由于钟表并未拨快，人们仍按习惯时间就寝，这样不易得到早睡带来的好处与节约能源的经济效果。相反，由于人们早起而未早睡，势必影响正常休息，对于平时早起一小时就会感到不便。而采用夏时制，人们仍按习惯的钟点起床与就寝（实际都已提前了一小时），休息时间得到保证，很容易适应。

问：实行夏时制，需要人们早起早睡，而天黑得很迟，

答：每年七、八月，人们睡得晚，但乘凉大都在户外，这本来就节省用电。另外，夏季不少地区实行起早一小时上下班的夏令作息时间，人们也并未感到不习惯。如不改行夏时制，看电视的人大多就寝迟而上班早，会影响休息与健康。现在实行夏时制，电视等娱乐活动也提前一小时结束，为提前一小时就寝创造了条件，不仅能保证人们的休息与健康，还能节约能源。

问：实行夏时制，钟表只拨一次行不行？各地区根据自己的情况自行安排行吗？

▲ 1986年4月24日，《北京日报》4版

# 如何顺利跨越五月四日凌晨二时

## 交通邮电广播电视等部门采取措施适应夏时制的实行

新华社4月28日讯　本社记者日前走访铁道部、中国民航
、邮电部、国家气象局等部门，了解了这些部门在实行夏时制
，为方便人民群众生活和生产，准备采取的具体相应措施。
铁道部运输局的同志介绍说，在整个夏时制期间，铁路客
列车一律按夏时制时间始发和运行，旅客仍按现行列车时刻
乘车。因为从五月四日二时起时针要拨快一小时，所以铁道
规定：五月四日二时以后，运行途中的客货列车将晚点一个
时到达；三时以后发出的列车就按夏时制时间始发。他说，
月四日至七日是列车实行变更时刻的关键时期。在这期间，
货列车有的将晚点运行，有的货物列车停运，列车或机车折
时间紧张。铁道部要求与行车直接有关的运输、机务、车
、工务、电务等部门作好充分准备。各级干部在这个过渡期
要轮流值班，确保行车安全。
城市公共交通在实行夏时制期间，将不更改行车时刻表，
随着夏时制总体时间的变化相对提前一小时。为了做好与民
、铁路的衔接工作，城乡建设环境保护部最近发出通知，要
各地公共交通部门认真调查晚间到达车站、机场、码头的旅
的流量，组织好客运车辆。各地要加强夜班车的工作，也可
采取增设专线车、出租汽车等措施。
中国民航局运输司的同志介绍说，为了保证国内外航班的
全、正常运行，经研究决定，全国实行夏时制期间，中国民
及外国航空公司的航班在中国境内的起飞、到达时刻，均按
中国民航一九八六年夏、秋季时刻表的时刻增加一小时。如
国民航九三三航班，现在从北京起飞时间为二十一点，五月四
以后，起飞时间改为夏时制的二十二点。各民航管理局、航空
司还将根据夏时制的时间变化，相应调整机上的供餐时间。

际时段比原来提前一小时。
报等所有计时计费业务，凡
时间累计计算。邮政业务方
联系，相应修改接发邮件趟
作，防止漏发邮件和邮路脱
实行夏时制后，国家气
报交换时间不变，我国各类
基准。这样一来，使得气象
时。如果发布的分析预报情
台站制作短期天气预报带来
每一分钟时效的精神，积极
电子计算机作业程序，提高
人们及时从中央电视台和中
报内容，气象中心将改进传
料。
广播电影电视部为适应
一般在二十三点前结束，即
第二套节目一般在二十点左
假日或其他重大活动，播放
国家教育委员会就实行
等学校招生统一考试的时间
通知。今年全国各类成人和
试时间均由原定北京时间上
时。原定下午考试时间按相
京夏令时十三时三十分开考
十分开考。

▲ 1986年4月29日，《北京日报》3版

和以前一样没有改变），过几天即能适应。

根据我国的地理位置和气候状况，我国实行夏时制的时间从 4 月初开始，到 9 月中旬结束。世界上有些高纬度国家实行夏时制，有将时针拨快两小时的，我国决定拨快一小时。（1986 年 4 月 19 日，《北京日报》1 版《关于夏时制的说明》）

## “北京时间”改称“北京夏令时”

1986 年 4 月 30 日，《北京日报》在 1 版显著位置刊登国务院办公厅公告：从 5 月 4 日至 9 月 14 日，全国实行夏时制，钟表拨快一小时。在此期间，广播电台等报时单位报时，将“北京时间”改称“北京夏令时”；国际公务往来活动的时间记录，一律使用夏令时间。

夏时制是关系民生的大事，那段时间，《北京日报》连续刊登文章进行提醒，直到正式实行的头一天：“明天凌晨二时，全国开始实行夏时制，请您别忘了把钟表拨快一小时……4 日凌晨二时以后，到机场或火车站接送旅客的同志，要注意公共场所里和建筑物上的钟表已经拨快一小时了，千万不要把时间搞错了。”

1986 年 5 月 4 日，夏时制正式实行，这是新中国成立以来首次实行夏时制。首

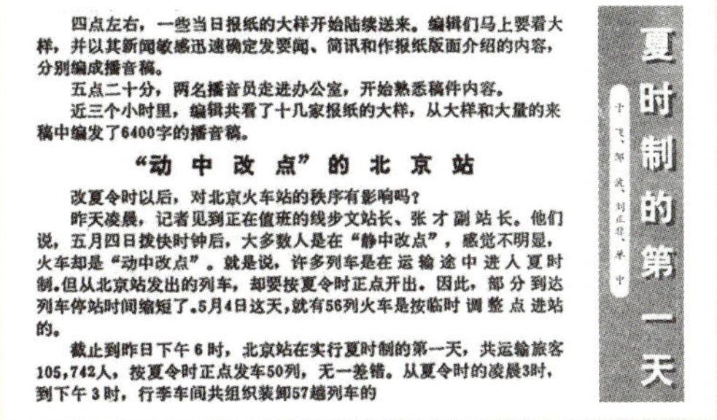

**夏时制的第一天**

四点左右，一些当日报纸的大样开始陆续送来。编辑们马上要看大样，并以其新闻敏感迅速确定发要闻、简讯和作报纸版面介绍的内容，分别编成播音稿。

五点二十分，两名播音员走进办公室，开始熟悉稿件内容。

近三个小时里，编辑共看了十几家报纸的大样，从大样和大量的来稿中编发了6400字的播音稿。

**“动中改点”的北京站**

改夏令时以后，对北京火车站的秩序有影响吗？

昨天凌晨，记者见到正在值班的线步文站长、张才副站长。他们说，五月四日拨快时钟后，大多数人是在“静中改点”，感觉不明显，火车却是“动中改点”。就是说，许多列车是在运输途中进入夏时制。但从北京站发出的列车，却要按夏令时正点开出。因此，部分到达列车停站时间缩短了。5月4日这天，就有56列火车是按临时调整点进站的。

截止到昨日下午 6 时，北京站在实行夏时制的第一天，共运输旅客105,742人，按夏令时正点发车50列，无一差错。从夏令时的凌晨3时，到下午 3 时，行李车间共组织装卸57趟列车的

▲ 1986 年 5 月 5 日，《北京日报》1 版

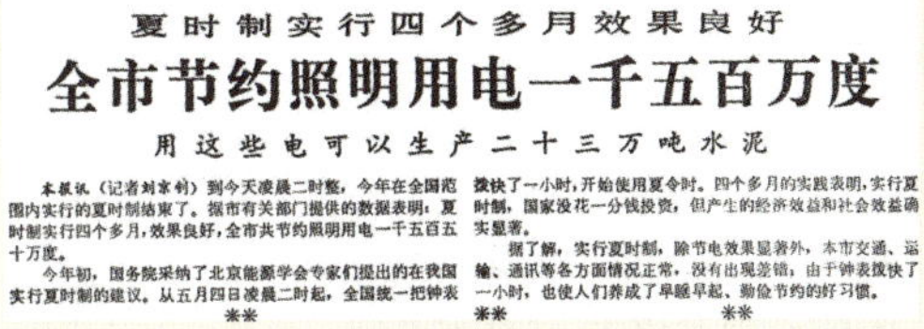

夏时制实行四个多月效果良好

**全市节约照明用电一千五百万度**

用这些电可以生产二十三万吨水泥

本报讯（记者刘京钊）到今天凌晨二时整，今年在全国范围内实行的夏时制结束了。据市有关部门提供的数据表明：夏时制实行四个多月，效果良好，全市共节约照明用电一千五百五十万度。

今年初，国务院采纳了北京能源学会专家们提出的在我国实行夏时制的建议。从五月四日凌晨二时起，全国统一把钟表拨快了一小时，开始使用夏令时。四个多月的实践表明，实行夏时制，国家没花一分钱投资，但产生的经济效益和社会效益确实显著。

据了解，实行夏时制，除节电效果显著外，本市交通、运输、通讯等各方面情况正常，没有出现差错，由于钟表拨快了一小时，也使人们养成了早睡早起、勤俭节约的好习惯。

▲ 1986 年 9 月 14 日，《北京日报》1 版

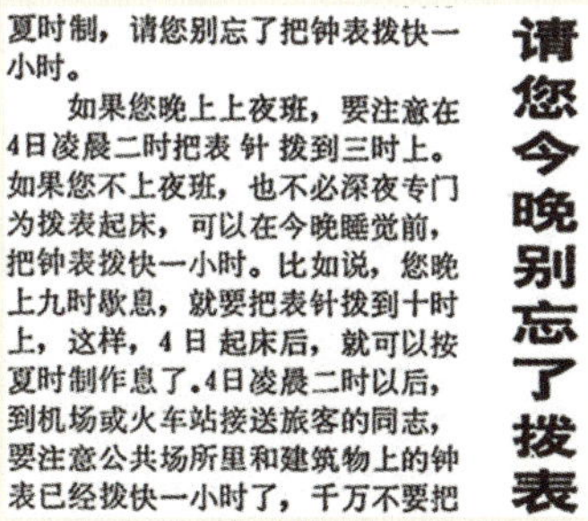

**请您今晚别忘了拨表**

夏时制，请您别忘了把钟表拨快一小时。

如果您晚上上夜班，要注意在4日凌晨二时把表针拨到三时上。如果您不上夜班，也不必深夜专门为拨表起床，可以在今晚睡觉前，把钟表拨快一小时。比如说，您晚上九时歇息，就要把表针拨到十时上，这样，4 日起床后，就可以按夏时制作息了。4日凌晨二时以后，到机场或火车站接送旅客的同志，要注意公共场所里和建筑物上的钟表已经拨快一小时了，千万不要把

▲ 1986 年 5 月 3 日，《北京日报》1 版

**今年实行夏时制全国节电六亿度**

日讯　国务院有关部门的一份资料说，据水电部门抽样统计，我国今年首次实行夏时制全国一共节约照明用电六亿二千七百万度。统计数字表明，夏时制期间节电最多的是城镇居民用电。全国最大的城市上海夏时制期间共节电二千一百八十多万度。但是，由于今年是首次实行夏时制，也存在一些不足之处，比如有些地方在拨快钟表的同时相应

▲ 1986 年 11 月 30 日，《北京日报》4 版

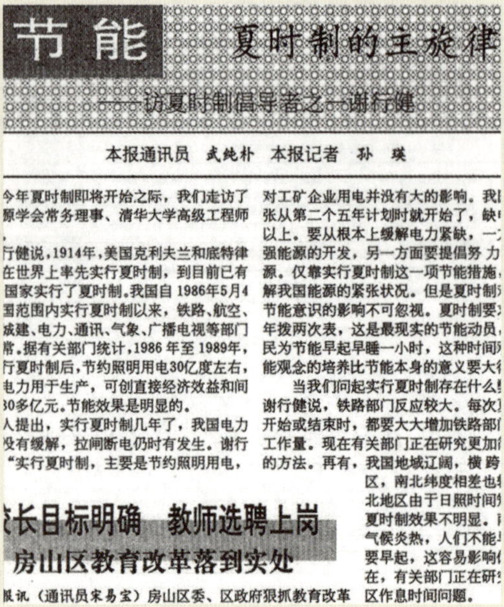

节能　夏时制的主旋律

——访夏时制倡导者之一谢行健

本报通讯员　武纯朴　本报记者　孙　瑛

今年夏时制即将开始之际，我们走访了
源学会常务理事、清华大学高级工程师
，
行健说，1914年，美国克利夫兰和底特律
在世界上率先实行夏时制，到目前已有
国家实行了夏时制。我国自 1986年5月4
国范围内实行夏时制以来，铁路、航空、
成建、电力、通讯、气象、广播电视等部门
常。据有关部门统计，1986 年至 1989年，
行夏时制后，节约照明用电30亿度左右，
电力用于生产，可创直接经济效益和间
30多亿元。节能效果是明显的。
人提出，实行夏时制几年了，我国电力
没有缓解，拉闸断电仍时有发生。谢行
“实行夏时制，主要是节约照明用电，

对工矿企业用电并没有大的影响。我
张从第二个五年计划时就开始了，缺
以上。要从根本上缓解电力紧缺，一
强能源的开发，另一方面要提倡务 力
源。仅靠实行夏时制这一项节能措施，
解我国能源的紧张状况。但是夏时制
节能意识的影响不可忽视。夏时制要
年拨两次表，这是最现实的节能动员，
民为节能早起早睡一小时，这种时间
能观念的培养比节能本身的意义要大
当我们问起实行夏时制存在什么
谢行健说，铁路部门反应较大。每次
开始或结束时，都要大大增加铁路部
工作量。现在有关部门正在研究更加
的方法。再有，我国地域辽阔，横 跨
区，南北纬度相差也
北地区由于日照时间
夏时制效果不明显。
气候炎热，人们不能
要早起，这容易影响
在，有关部门正在研
区作息时间问题。

长目标明确　教师选聘上岗

房山区教育改革落到实处

报讯（通讯员宋易宝）房山区委、区政府狠抓教育改革

▲ 1990 年 4 月 13 日，《北京日报》2 版

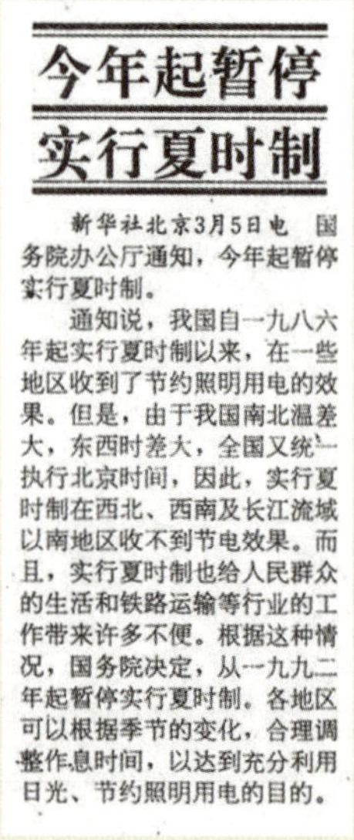

今年起暂停实行夏时制

新华社北京3月5日电　国务院办公厅通知，今年起暂停实行夏时制。

通知说，我国自一九八六年起实行夏时制以来，在一些地区收到了节约照明用电的效果。但是，由于我国南北温差大，东西时差大，全国又统一执行北京时间，因此，实行夏时制在西北、西南及长江流域以南地区收不到节电效果。而且，实行夏时制也给人民群众的生活和铁路运输等行业的工作带来许多不便。根据这种情况，国务院决定，从一九九二年起暂停实行夏时制。各地区可以根据季节的变化，合理调整作息时间，以达到充分利用日光、节约照明用电的目的。

▲ 1992 年 3 月 6 日，《北京日报》1 版

日，大多数人是在“静中改点”，感觉不明显，火车却是“动中改点”。就是说，许多列车是在运输途中进入夏时制。但从北京站发出的列车，却要按夏令时正点开出。因此，部分到达列车停站时间缩短了。5 月 4 日这天，就有 56 列火车是按临时调整点进站的。（1986 年 5 月 5 日，《北京日报》1 版《夏时制的第一天》）

受影响较大的还有气象部门。以前，这里工作是用世界时，因为全球各气象台站要同时观测气象、交换情报，这个时间不能改变。而我国实行北京夏令时后，每天发布天气预报要提前一小时，这就给当时的北京气象中心出了难题。这一小时从哪儿出？夏令时实行前的 20 多天，第一线的业务人员几乎日夜“泡”在这里，填好一张图，立即送一张，分析一张，使各工作环节联结更紧密，从分分秒秒中“挤”出了一小时。

全国普通高等学校招生统一考试虽仍在 7 月 7 日、8 日、9 日进行，但上午考试时间由原定北京时间八时整开始改为北京夏令时九时整开始，考试结束时间也向后顺延一小时，下午原定考试时间不变。

数据显示：夏时制实行四个多月，北京共节约照明用电 1550 万度。（1986 年 9 月 14 日，《北京日报》1 版《全市节约照明用电一千五百万度》）用这些节约下

来的电，可以生产 23 万吨水泥，能炼 2.6 万吨电炉钢，也可使无轨电车跑 1550 万公里。

## 诸多不便终被叫停

从 1986 年到 1991 年，夏时制在我国实行了六个夏天。

1992 年 3 月 6 日，《北京日报》1 版刊登消息《今年起暂停实行夏时制》，按照国务院办公厅通知要求，当年起，暂停实行夏时制。

根据通知所说，我国自 1986 年实行夏时制以来，在一些地区收到了节约照明用电的效果。但是，由于我国南北温差大，东西时差大，全国又统一执行北京时间，因此，实行夏时制在西北、西南及长江流域以南地区收不到节电效果。而且，实行夏时制也给人民群众的生活和铁路运输等行业的工作带来许多不便。根据这种情况，国务院决定，从 1992 年起暂停实行夏时制。同时，允许各地区根据季节的变化，合理调整作息时间，以达到充分利用日光、节约照明用电的目的。

实际上，夏时制实行第一年，虽然全国节约照明用电 6.27 亿度，但当年就有些地方在拨快钟表的同时相应推迟上班时间，节电效果并不明显。（1986 年 11 月 30 日，《北京日报》4 版《今年实行夏时制全国节电六亿度》）

此后几年，铁路部门反映较大，因为每次夏时制刚开始或结束时，都要大大增加铁路部门调配的工作量。再有，我国地域辽阔，横跨五个时区，南北纬度相差也较大。西北地区由于日照时间短，实行夏时制效果不明显。南方地区气候炎热，人们不能早睡，而要早起，这容易影响休息。以上实际情况，导致了夏时制在我国实行了短短六年即被叫停。

# 九个月建成军事博物馆

历史资料 ▪ 北京日报图文数据库 ▪ 中国人民革命军事博物馆 ▪ 新华社　文 ▪ 贾晓燕

军博，这座兴建于 1958 年的国庆 10 周年十大建筑之一，从破土动工到竣工只用了九个多月。这样快的速度，在当年是无法想象的。

## 建设速度空前

军博兴建于 1958 年 10 月，1959 年 7 月建成，1960 年 8 月 1 日正式开放，是向国庆 10 周年献礼的首都十大建筑之一，也是我国第一个综合类军事历史博物馆。

《北京日报》1959 年 8 月 17 日 1 版的报道《中国人民革命军事博物馆落成》中记载，坐落在复兴门外玉渊潭旁的这座博物馆，从破土动工到施工建成只用了九个多月。

新落成时，军博就气势雄伟，差不多相当于两个 1954 年建成的北京饭店新楼。其平面呈山字形，正面中央是 7 层建筑，顶上又矗立着 37.37 米高的塔座，承托了一个直径 6 米、重达 8 吨的中国人民解放军军徽。从军徽到地面，高度是 94.7 米，比上一年竣工的中央广播大厦高 15 米。

军博每一层楼房的高度相当于一般民用建筑的两三倍甚至更多。整个博物馆的建筑面积是 6 万多平方米，有 20 个式样大致相同的展览厅，展览面积达 2.9 万多平方米，比北京展览馆的展览面积大一倍多。而且，军博内部要安装大量的大理石、石膏花饰，要描绘细腻的油漆彩画。能够在九个多月的时间内完工，军博的建设速度是空前的。

▲ 1959 年，军事博物馆建成（高宏 / 摄）

▲ 1959 年，周恩来总理审查军事博物馆陈列

全国人民大力支援 建設者奋战九个月

# 中国人民革命軍事博物館落成

我軍在党的撫育下披荆斬棘成長壮大的光輝道路要在此重現

万千人民英雄不朽的战斗业績将永远鼓舞着人們奋勇向前

▲ 1959年8月17日，《北京日报》1版

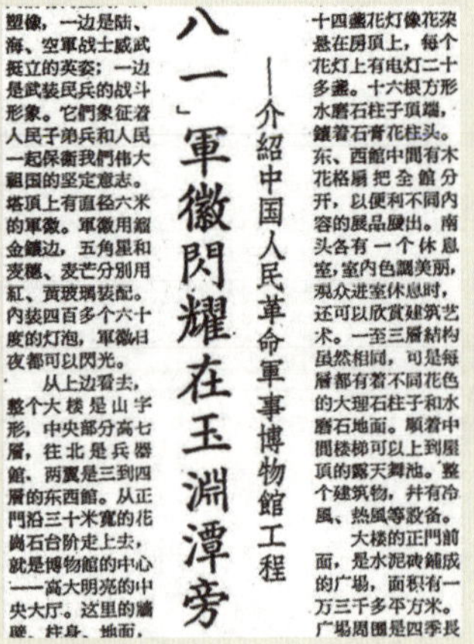

## “八一”軍徽閃耀在玉淵潭旁

——介紹中国人民革命軍事博物館工程

塑像，一边是陆、海、空軍战士威武挺立的英姿；一边是武装民兵的战斗形象。它們象征着人民子弟兵和人民一起保衛我們伟大祖国的坚定意志。塔頂上有直径六米的軍徽。軍徽用貂金鑲边，五角星和麦穗、麦芒分别用紅、黄玻璃装配。內装四百多个六十度的灯泡，軍徽日夜都可以閃光。

从上边看去，整个大楼是山字形，中央部分高七層，往北是兵器館、两翼是三到四層的东西館。从正門沿三十米寬的花崗石台阶走上去，就是博物館的中心——高大明亮的中央大厅。这里的牆壁、柱身、地面，

十四盞花灯像花朵悬在房頂上，每个花灯上有电灯二十多盞。十六根方形水磨石柱子頂端，鑲着石膏花柱头。东、西館中間有木花格扇把全館分开，以便利不同內容的展品展出。南头各有一个休息室，室內色調美丽，观众进室休息时，还可以欣賞建筑艺术。一至三層結构虽然相同，可是每層都有着不同花色的大理石柱子和水磨石地面。順着中間楼梯可以上到屋頂的露天舞池。整个建筑物，并有冷風、热風等設备。

大楼的正門前面，是水泥砖鋪成的广場，面积有一万三千多平方米。广場周圍是四季長

▲ 1959年8月17日，《北京日报》1版

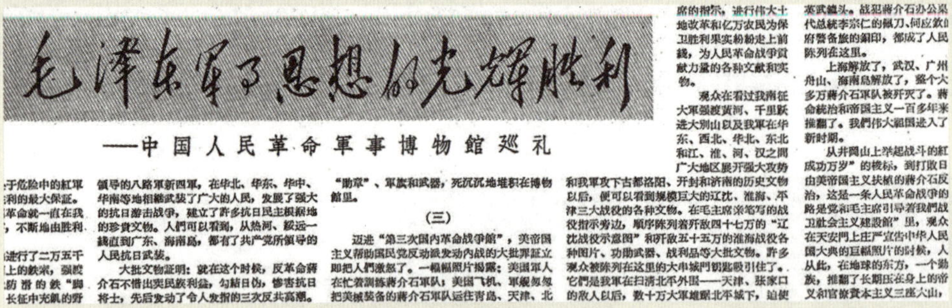



——中国人民革命軍事博物館巡礼

…于危险中的紅軍…利的最大保証。…革命就一直在我…，不断地由胜利…

…进行了二万五千…上的鉄索，强渡…防滑的鉄“脚…长征中充飢的野

領导的八路軍新四軍，在华北、华东、华中、华南等地相継武装了广大的人民，发展了强大的抗日游击战争，建立了許多抗日民主根据地的珍貴文物。人們可以看到，从热河、綏远一綫直到广东、海南島，都有了共产党所領导的人民抗日武装。

大批文物証明：就在这个时候，反革命蔣介石不惜出卖民族利益，勾結日伪，慘害抗日将士，先后发动了令人发指的三次反共高潮。

“勛章”、軍旗和武器，死沉沉地堆积在博物館里。

（三）

迈进“第三次国内革命战争館”，美帝国主义帮助国民党反动派发动內战的大批罪証立即把人們激怒了。一幅幅照片揭露：美国軍人在忙着訓練蔣介石軍队；美国飞机、軍艦匆匆把美械装备的蔣介石軍队运往青島、天津、北

席的指示，进行伟大土地改革和亿万农民为保卫胜利果实紛紛走上前綫，为人民革命战争貢献力量的各种文献和实物。

观众在看过我南征大軍强渡黄河、千里跃进大别山以及我軍在华东、西北、华北、东北和江、淮、河、汉之間广大地区展开强大攻势和我軍攻下古都洛阳、开封和济南的历史文物以后，便可以看到規模巨大的辽沈、淮海、平津三大战役的各种文物。在毛主席亲笔写的战役指示旁边，順序陈列着歼敌四十七万的“辽沈战役示意图”和歼敌五十五万的淮海战役各种图片、功勛武器、战利品等大批文物。許多观众被陈列在这里的大串城門鑰匙吸引住了。它們是我軍在扫清北平外圍——天津、张家口的敌人以后，数十万大軍雄踞北平城下，迫使

来武鑑头。战犯蔣介石办公桌代总統李宗仁的佩刀、何应欽的府警备旅的銅印，都成了人民陈列在这里。

上海解放了，武汉、广州舟山、海南島解放了，整个大多万蔣介石軍队被歼灭了。蔣命統治和帝国主义一百多年来推翻了。我們伟大祖国进入了新时期。

从井岡山上举起战斗的紅成功万岁”的横标，到打敗日由美帝国主义扶植的蔣介石反治，这是一条人民革命战争的路是党和毛主席引导着我們战卫社会主义建設館”里，观众在天安門上庄严宣告中华人民国大典的巨幅照片的时候，人从此，在地球的东方，一个勤族，推翻了长期压在身上的帝义和官僚資本主义三座大山，

▲ 1960年8月1日，《北京日报》4版

## 中国人民革命軍事博物館今天开館

紀念革命战争的輝煌胜利 进行革命传統的深刻教育

两万多件展品突出体现了毛主席政治路綫和軍事思想的光輝

这座博物館是在一九五八年十月十二日破土动工，經过二百六十四个工作日便全部建成。

为征集各个革命历史时期的文物，人民解放軍总部、各軍种、兵种領导机构直到每个連队，都組織了筹备委員会或文物征集組，掀起了“人人献宝，无宝献計”的群众性运动。在不足半年时間內，各单位便征集了經过鉴定和精选的文物、照片达十四万三千五百多件。以后，参加博物館筹建工作的官兵，經过五个月的紧张工作，在去年国庆节前文物陈列已初具規模了。

軍事博物館在工程建筑、展品征集和設計制作中，得到了各地党委的积极支持，得到了全国广大人民的热烈参加和支援。为支援博物館建筑工程，全国有二十一个省市、二百七十六个单位抽出了大量的建筑器材和各种技术人員，并且为博物館赶制或加工了大批的工程和內部装飾的配件。很多省、市、县和公社党委，为

▲ 1960年8月1日，《北京日报》1版

▲ 工人在楼顶组装军徽

## 二百万人参观軍事博物館

受到生动的革命傳統教育

据新华社一日訊 今天，是中国人民革命軍事博物館正式开館一周年。一年来，先后来到这里参观的观众已达二百二十多万人。广大观众在这里接受了生动的革命传統教育。

今天，成千上万的首都部队官兵和各界人民在欢庆“八一”的同时，紛紛来到博物館各个陈列大厅参观。人們沿着陈列順序重温各个革命战争时耙、鋤头，背誦着毛主席“自己动手”、“丰衣足食”的名言。博物館的留言簿上留下了許多观众感激党和毛主席領导中国人民战胜无数艰险困难締造今天幸福生活的留言。許多人表示，今天，我們一定要保持和发揚革命前輩这种艰苦奋斗，发憤图强的精神，英勇劳动，不怕前进道路上的任何困难，为子孙后代創造更幸福美好的生活。

▲ 1961年8月2日，《北京日报》1版

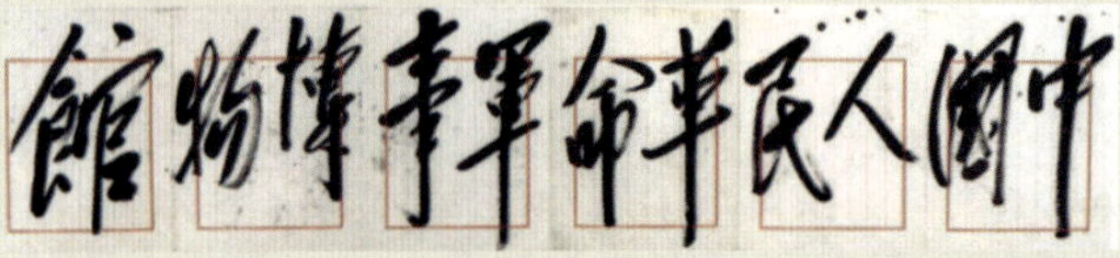



▲ 1962年夏，毛泽东主席亲笔题写“中国人民革命军事博物馆”馆名

军博建设速度之所以这么快，重要原因是得到了全国的大力支援，这里面，既凝结着北京市设计院设计人员和军直公司2000多名职工的辛勤劳动，也凝结着来自21个省市的3000名支援建设的工人和无数承担订货制造、材料运输任务的劳动者的出色劳动。

## “诸葛亮会”献计吊装军徽

军博大楼顶上的军徽是镏金边，金麦穗和红五星是用彩色玻璃装成的，不分日夜，它的光彩都可以吸引行人，然而，工人们安装起来可费了大劲。

军徽直径6米、重达8吨，安装的地方离地90多米。当时工地最大的起重机也无能为力，怎样把军徽装上去呢？有人提出用直升机，可是又对这种施工方法毫无经验。

为解决这个问题，工地开了好多次“诸葛亮会”，让大伙儿献计。最后，决定采取分段吊装的办法，就是把军徽的铁架分5块，由2台卷扬机接力，吊到顶上去，200多块玻璃和496盏灯泡事后再装。施工期间，高空常刮大风，工人们风来就停，风停就干。经过一个月的苦战，军徽用这种办法顺利安好了。

## “景阳冈英雄”消灭“拦路虎”

《北京日报》1959年8月17日2版的报道《英雄的战绩鼓舞着他们》中这样写道：复杂的技术要求好像一只只拦路虎，在阻挡工程的进展，工人们个个都像景阳冈上的英雄。

层层檐头上的琉璃瓦，把建筑物装饰得分外多姿，挂这种瓦却给工人们带来了难题。倪国治瓦工队根本没有干过这种活，施工时遇到不少困难。开始的时候，挂好的琉璃瓦七扭八歪，高低不平，很不像样。工人们讨论的时候提出，学习解放军的战斗精神，不打胜仗不收兵，并且提出“八仙过海，各显其能”的口号，人人想办法，个个出主意，白天现场试验，晚上灯下琢磨。结果不仅赶上了进度，质量也被评为全工地第一。

在施工过程中，建设者们谁也不愿意落后，用他们的话说：“这个博物馆将要展出解放军的光荣战绩，我们在这里打了败仗像话吗？”所以，人人干起活来都想争上游。

那时候，来自鞍山的木工队工人个个精神饱满、斗志昂扬，他们说：“英雄面前无困

1959 年，军博大厅的圆顶（王一波 / 摄）

难，志如钢铁坚又坚，只要建筑提前完，哪怕汗水冲走船！”在施工中，他们与军直公司第三施工队的木工展开了友谊竞赛，不但质量良好，工效还提高了 30% 以上。

1959 年 2 月初，浇灌结构工程混凝土的时候，第一施工队的施工进度冲在了最前面，比第三施工队快了九天。三队的工人干部坐在一起连续讨论好几次，最后找到了病根儿——施工准备和各工序协作不好。大家一致表示要把进度赶上去，要“苦战十天，追上一队”。这话叫一队的人听见了，他们立即召开紧急会议，研究措施，修改计划，压缩工期，提出：“大战十天，遥遥领先。”三队一见这情况，更来了干劲，又开会提出行动口号：“大干巧干月底见。”会后，三队各工种以混凝土为主，加强协作，搞好准备，真正做到了按时开盘，工时浪费现象很快减少，每班浇灌混凝土效率比以前翻了近一番。最后，三队比一队提前一个半台班完成了任务，一队施工速度也比原来提高了。

## 门外汉成“四级工”

军博内部的部分楼梯、墙面以及许多柱子都镶着大理石，为的是使建筑物显得颜色艳丽、光彩夺目。谁能想得到，这

▲ 1958 年 10 月 12 日，军博大楼开工典礼后，各路施工部队进入施工现场

英雄的战绩鼓舞着他们

——記中国人民革命軍事博物館的建設者

本报記者 王增祥

汗水；都閃爍着他們智慧的光芒。这里，我們介紹施工中的几个战斗片断。

**“黑山阻击战”**

一天傍晚，工地上演电影，可是現場有些木料需要晚上运輸，某部一連的一部分战士堅决向首長要求去完成这項任务。当他們看到銀幕上放出“黑山阻击战”的鏡头以后，战士們說，銀幕上老战友在消灭敌人，我們要在現場上和他們竞赛，堅决完成任务。他們就在現場上扛着木头賽起来。两个来小时以后，銀幕上老战士消灭了敌人，現場上运料的任务也完成了。这虽然只是一件小事，但是，这种精神却貫穿着整个施工过程。不論是战士还是工人，大家在困难面前，总是用我軍战斗的精神鼓舞自己。

**他們战胜了頑石**

博物館内部許多柱子和部分楼梯、牆面都是鑲着大理石，使建筑物显得顏色艳丽，光彩夺目。誰能想像这些都是不懂技术的普通战士加工成的呢？这座大楼共有九千八百多平方米的大理石，开始建館以后，大理石却找不着加工的地方。为了解决这个問題，上級决定由解放軍一支部队来負責加工。按常規，初步学会大理石的加工技术，起碼要两三年的时間，而我們的指战員們却要在一个月甚至几天的时間学会这种技能，独立負責完成任务，困难实在是不小哪！要求日产二百二十平方米，三月中旬他們每天才能产几十平方米，質量上也有問題。有些同志參观以后直搖头，認为部队搞不了这个，建議他們延長施工时間。在战場上战无不胜的英雄部队，当然不能讓困难吓住，部队領导上向全体战士作了动員报告，要求大家發揚我們勇于克服困难的光荣传統，用掌握現代化武器的精神，

左圖：中国人民革命軍事博物館中央大厅頂部。中間是五星灯，周圍是它放射出的一百二十八条光芒。（本报記者 王一波攝）

复杂的技术要求好像一只只的拦路虎，在阻挡工程的进展，工人們个个都像景阳崗上的英雄。層層檐头上的琉璃瓦，把建筑物裝飾得分外多姿。挂这种瓦却給工人們带来了难題。倪国治瓦工队根本沒有干过这种活，干起来更加困难。开始的时候，挂好的琉璃瓦七扭八歪，高低不平，很不像样。职工們討論的时候提出，学習解放軍的战斗精神，不打胜仗不收兵。并且提出“八仙过海，各显其能”的口号，人人想办法，个个出主意。白天現場試驗，晚上灯下琢磨。結果不仅赶上了进度，質量上也被評为全工地第一。

大楼頂上的軍徽，是鑲金边，彩色玻璃裝成的金麦穗和紅五星，不分日夜，它的光彩都可以吸引行人。但是安裝起来，可費了大劲。它直徑六米，重有八吨，安裝的地方離地八十多米。工地現有最大的起重机也无能为力，怎样把軍徽裝上呢？有人提出用直升飞机。可是咱們对这种施工方法毫无經驗。为解决这个問題，工地开了好多个諸葛亮会，讓大伙献計。最后，决定采取分段吊裝的办法，就是把軍徽的鉄架分五塊，由两台卷揚机接力，吊到頂上去，二百多塊玻璃和四百九十六盞灯泡事后再安上去。施工期間，高空常刮大風，职工們風来就停，風停就干。經过一个月的苦战，軍徽就用这种办法順利安好了。

**在这个工程中不能打敗仗**

在这里干活誰也不願意落后，人們說，这个博物館将要展出解放軍的光荣战績，我們在这里打了敗仗像話嗎？干起活来誰都想爭上游。施工單位的工会主席講过这样一个事例：那是今年二月初，正在澆灌結构工程混凝土的时候。第一施工队的施工进度一馬当先冲在了最前面，比第三施工队快了九天。三队的工人干部坐在一起連續討論好几次，最后找到了病根是施工准备不好，各工序协作不好。全体一致意見要赶上去，有人提出要“苦战十天，追上一队”。这句話叫一队的人听見了，立即召开紧急会議，研究措施，修改計劃，压縮工期。提出：“大战十天，遙遙領先。”三队一見这情況，更加了劲，立即开会提出行动口号：“大干巧干月底見。”会后三队各工种明确了以混凝土为主，各工种加强协作，搞好准备，眞正作到了按时开盘，工时浪費現象很快減少。結果，每班澆灌混凝土效率比以前翻了近一番。最后，三队比一队提前一个半台班完成了任务，一队施工速度也比原来提高了一步。

七月三十一日，博物館工程竣工了。它将展出我軍三十多年来在党和毛主席領导下所創

▲ 1959 年 8 月 17 日，《北京日报》2 版

▲ 工人在浇制、安装石膏花

▲ 济南军区某部为军博开采、加工大理石

些都是由最初不懂技术的普通战士加工成的呢？

根据记载，整栋大楼共需要9800多平方米的大理石，开始建馆以后，大理石却找不着加工的地方。为解决这个问题，相关部门决定由解放军某部队来负责加工。

按常规，初步学会大理石的加工技术，起码要两三年的时间，而该部队指战员们却要在一个月甚至几天的时间里学会这种技能，困难实在是不小！而且，工程要求他们日产220平方米，3月中旬他们每天才能产几十平方米，强赶进度，质量上很可能出现问题。一些负责人参观以后直摇头，认为部队搞不了这个，建议延长施工时间。

该部队领导向全体战士做了动员报告，要求大家发扬勇于克服困难的光荣传统，用掌握现代化武器的精神来练好施工技术。后来，各连队都展开了夺红旗竞赛，从部队首长到战士，一齐动手改进机械和劳动组织，创造先进工具，来解决质量问题和提高施工效率。

某部队战士刘锡智本来不懂技术，但是在担任水磨石任务中，刻苦钻研，经过几个不眠之夜，成功试验出保证工程质量的措施；担任大理石加工任务的某部队韩作兴小组本是门外汉，他们经过学习钻研，不仅学会了技术，而且革新了技术，达到优质高产。

经过努力，质量、效率两项指标双双上升。18种颜色的顽石最终变成1300多种规格的石料，用到建筑物上去，为整栋大楼增添了光彩。据统计，解放军官兵在几个月的时间中，近一半人学会了不同的施工技术，不少人已经达到二级到四级技工的水平。

全国很多军区也给予了大力支持，支援了大量的施工机械、工具，还从福建、四川等地采伐、运来了大批木料，并从南京、武汉、广州运来了大量竹篙。远在福建的战士们，特地搜集了废炮弹壳，作为铸造博物馆四扇大铜门的原料。此外，全国好几个军区抽调了大批官兵直接投入施工。

对于工程质量问题，解放军官兵自始至终特别重视。他们建立健全了质量监督和检查制度，对于发生的哪怕是微小的质量事故，也从不放松，从中吸取教训，为整个工程高质量竣工打下了坚实基础。

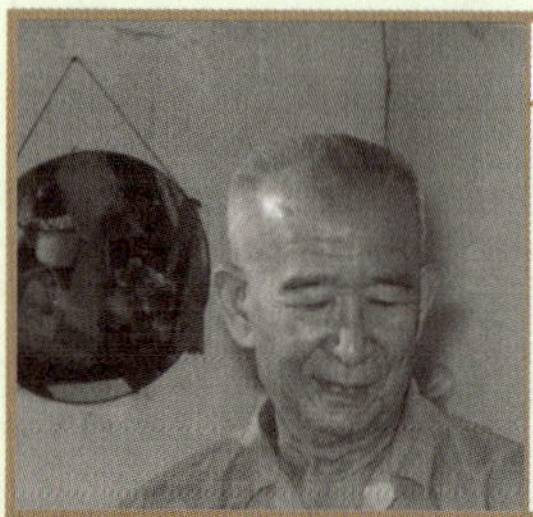

# “9 月 10 日教师节”是怎么来的

历史资料 ▪ 北京日报图文数据库 ▪ 新华社 ▪ 北京师范大学 ▪ 北晚新视觉网 文 ▪ 贾晓燕

从 20 世纪 80 年代延续至今，“9 月 10 日教师节”早已深入人心。追溯历史，教师节从提议到正式设立前后经过了四五年。

## 政协委员建议设立教师节

1981 年 3 月，中国人民政治协商会议第五届全国委员会第四次会议上，中国民主促进会的 17 位政协委员联名提交了一份提案，案由是：建议确定全国教师节日期及活动内容案。

提案人是徐伯昕、吴贻芳、史念海、李霁野、张明养、叶至善、徐楚波、郑效洵、马力可、霍懋征、葛志成、方明、巫宝三、张景宁、叶圣陶、雷洁琼、柯灵（此为原件签名顺序）。提案理由是：教师担负着培养四化建设人才的重任，应当享有崇高的社会地位……现在儿童有儿童节，青年有青年节，我们认为培养他们成为社会主义宏伟事业接班人的人民教师也应该有教师节……后来，该提案被全国政协编为第 170 号提案。

其实，这并非我国第一次提出“教师节”的概念。据《北京日报》1985 年 1 月 16 日 1 版《何东昌作关于建立“教师节”的说明》一文记载，新中国成立后，1951 年教育部和全国教育工会领导人发表书面谈话，宣布“五一国际劳动节”同时为“教师节”。但执行的结果是“教师节”实际上并不存在。

“文革”中，教师被贬为“臭老九”，社会地位极其低下。党的十一届三中全会后，教师的政治、社会地位开始提高，但尊师重教远没有形成一种社会风气，殴打教师的事件时有发生，教育工作者真正树立以教书育人为终生职业的思想也还不够普遍。

为此，1981 年，17 位政协委员联名提交提案，希望以设立教师节的方式，让教师享有崇高的社会地位，受到全社会的尊敬。

## 教师节差点定在 5 月 5 日？

教师节定在什么日子最合适？政协委员们听取了很多建议。其中，冰心建议定在每年春暖花开的时候；叶圣陶建议定在每年秋季学生入学的日子，让学生在新学年的开始就记住教师的辛勤和光荣。

1981 年 12 月，时任中共中央书记处书记的习仲勋接见参加全国中小学工会思想政治工作会议的代表时，了解到设立教师节的事，建议教育部和全国教育工会联合起来写报告请示中央。

1982 年 4 月，一份“关于恢复‘教师节’的请示报告”送至中央书记处，报告中建议以马克思的诞辰日 5 月 5 日为教师节。

北师大校长王梓坤

**倡议每年九月为尊师重教月**

**建议九月的一天为全国教师节**

本报讯（记者 刘鸿）昨天，北京师范大学校长王梓坤在他举行的座谈会上倡议：由国家确定每年九月在全国开展尊师重教活动，并将该月的一天定为全国教师节。

倡议认为：开展尊师重教月活动，社会影响大，有助于发现和解决问题；举办全国教师节，有助于提高教师的社会地位。参加座谈会的北师大著名教授陶大镛、启功、朱智贤、钟敬文、赵擎寰、黄济和中年老师、青年学生一致拥护这一倡议。大家感到，开展这项活动，将会促进中华民族科学文化水平的提高，促进社会主义文明建设。北师大是全国最大最老的教师培养基地，应该带好这个头。

**降 瑞 雪**

**注意交通安全**

开始，又降瑞雪，到昨天夜间为
2月份以来，本市降雪较频繁，
这在历史同期是少有的。造成频
暖湿气流比往年活跃，亚洲地区
所有小高空槽经过本市，使南方
在东北地区又经常有弱冷空气
成降雪。预计在17日、18日本市
降雪对小麦越冬是有利的，但雪
故，请司机、行人注意交通安
（张明英）

▲ 1984 年 12 月 16 日，《北京日报》1 版

**尊师重教　尊重知识　尊重人才**

何东昌作关于建立“教师节”的说明

新华社 1 月 15 日讯　教育部部长何东昌受国务院委托，今天向六届全国人大常委会第九次会议作了关于提请审议建立“教师节”的议案的说明。

何东昌说，我国历史上曾建立过“教师节”。全国解放后，一九五一年教育部和全国教育工会领导人发表书面谈话，宣布“五一国际劳动节”同时为“教师节”。但执行的结果，“教师节”实际上已不再存在。当今世界上许多国家都有“教师节”，许多国家社会上已形成了尊师传统。

他说，当前，有些省、市已广泛开展尊师活动。如江苏省于一九八四年九月开展了“尊师爱生”的宣传教育活动，动员全社会尊重教师；中共
表彰了一批优秀教师；这个省的各行各业
实际情况出发，为教师解决“住房难”、
等实际问题，广大教师反映很好。为了进
民教师的政治地位和社会地位，逐步使教
成为社会上最受人尊敬、最值得羡慕的职
成尊师重教、尊重知识、尊重人才的社会
全国人大代表、全国政协委员和各界人士
议，拟确定每年九月十日（全国大、中、
开始）为“教师节”，开展表彰教师功绩
的光荣责任感，帮助教师解决实际困难，
终生从事教育事业的活动。国务院特将这
全国人大常委会审议，作出决定。

▲ 1985 年 1 月 16 日，《北京日报》1 版

▲ 1985 年教师节前夕，朝阳区三里屯三小的学生慰问“故事爷爷”孙敬修（杨金华 / 摄）

▲ 1985 年教师节前，广外马连道北校外活动站的学生到退休老教师陈淑贞、李耀宗家慰问（王宝琴 / 摄）

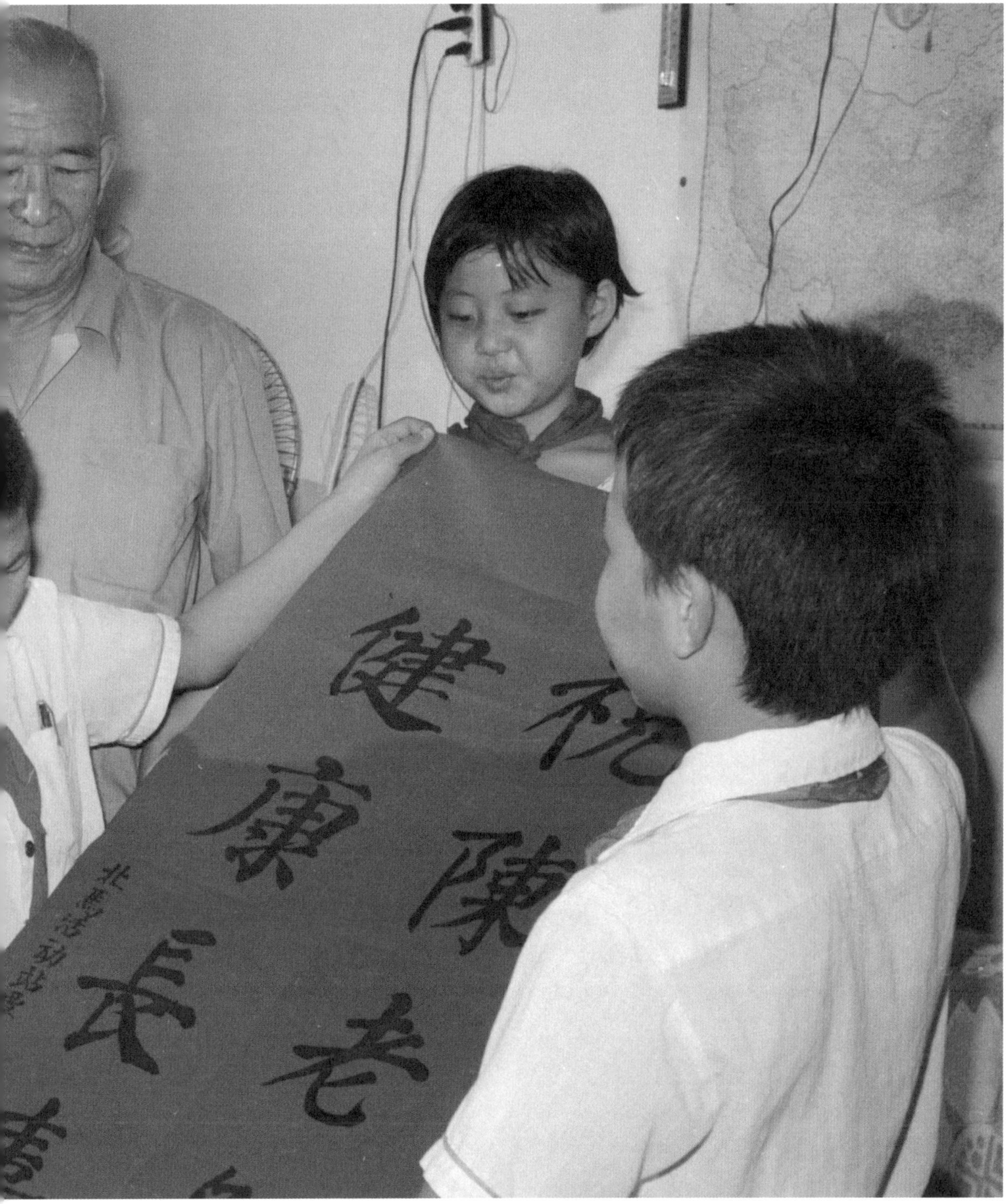
健康長
陳老

▲ 1989 年北京市庆祝教师节表彰大会上，少先队员向优秀教师和优秀教育工作者代表献花（叶用才 / 摄）

1983年3月，全国政协六届一次会议上，政协委员再次联名提出“为提高教师的社会地位，营造尊师重教的社会风尚，建议恢复教师节案”。同年9月，中宣部办公厅致函教育部办公厅，同意恢复教师节。

1984年底，北京师范大学校长王梓坤在一次座谈会上发出倡议：由国家确定每年9月在全国开展尊师重教活动，并将该月的一天定为全国教师节。（1984年12月16日，《北京日报》1版《倡议每年九月为尊师重教月》）同月，教育部党组和全国教育工会分党组“关于建立‘教师节’的报告”送中央书记处并报国务院。报告建议确定每年9月10日为教师节，在新学年开始，新生一入学，即开展尊师活动……

1985年1月，全国人大常委会通过了设立教师节的议案，确定每年的9月10日为教师节。1985年9月10日成为新中国的第一个教师节。

## 北京日报社曾设“人民教师奖”

为繁荣中华民族教育事业，鼓励中小学、幼儿园教师热爱教育工作，积极参加教育体制改革，搞好基础教育，提高民族

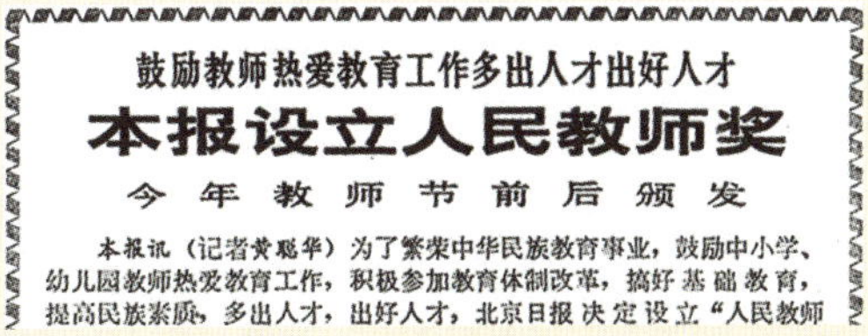

鼓励教师热爱教育工作多出人才出好人才

本报设立人民教师奖

今年教师节前后颁发

本报讯（记者黄聪华）为了繁荣中华民族教育事业，鼓励中小学、幼儿园教师热爱教育工作，积极参加教育体制改革，搞好基础教育，提高民族素质，多出人才，出好人才，北京日报决定设立“人民教师

▲ 1985年7月10日，《北京日报》1版

教师要把培养二十一世纪人才的重任更好地担当起来

四十名优秀教师荣获“人民教师奖”

北京日报社昨举行授奖会。市委负责同志代表市委市府到会祝贺。受奖教师发出开展“当好人民教师”活动倡议

▲ 1985年9月5日，《北京日报》1版

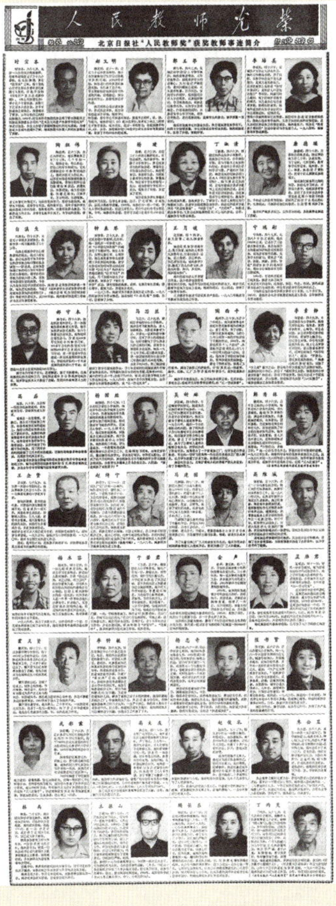

人民教师光荣

北京日报社“人民教师奖”获奖教师事迹简介

▲ 1985年，北京日报社“人民教师奖”获奖教师事迹简介

1986 年教师节前夕，东城区安定门街道举行游船联欢活动，慰问中小学和幼儿园教师（王振民／摄）

素质，多出人才，出好人才，1985 年，北京日报社曾设立“人民教师奖”，以迎接我国第一个教师节。（1985 年 7 月 10 日，《北京日报》1 版《本报设立人民教师奖》）

北京日报社“人民教师奖”共设置名额 40 人，每人奖励 300 元，并颁发获奖证书和纪念品。据了解，该奖项评奖范围以本市城区、远近郊区中小学、幼教教师为主，包括师范学校、特殊教育和校外教育学校，优秀教职人员可以有适当比例。评选由各区、县教育部门推荐，市教育部门和《北京日报》组织评委会评定。

1985 年 9 月 4 日，荣获北京日报社“人民教师奖”的 40 名教师，在当时的中国革命博物馆礼堂登台受奖，领取了镌刻着彭真同志题词的“人民教师光荣”的纪念品和奖金。获奖的教师，既有在教育战线辛勤耕耘了几十年的老教师，也有在教育战线做出显著成绩的中青年教师；既有与学生朝夕相处、播种理想之火的优秀班主任，也有在各个学科的教改中取得成效的任课教师；既有锐意改革、开创新局面的校长，也有艰苦奋斗、扎根山区的优秀教师；既有从事特殊教育的园丁，也有从事校外教育的优秀辅导员和学校后勤工作者。

## “教师节该不该取消”形成大讨论

进入新世纪，给老师送礼热引发争议，由此也出现了一场关于“教师节该不该取消”的大讨论。

《北京日报》2010 年 9 月 13 日 5 版刊发的《多数网友不赞成取消教师节》一文写道：小学生商量给老师送面膜，中学生给老师送几百元乃至上千元的购物卡，就连两三岁的娃娃都会在父母的指点下给幼儿园里的老师每人一枝康乃馨……教师节刚过，由给老师送礼引发的“教师节该不该取消”的话题在网上引起热议，一条前两年的旧帖——《取消教师节的 10 个理由》更是在众多知名论坛上热传。

无论孩子在小学、中学还是幼儿园，几乎所有接受记者采访的家长都给老师送了礼物。由于教师节年年有，礼品年年送，家长和学生们最头疼的是：钢笔、书画、烟酒、水果等几乎都送过了，实在想不出送什么好。教师节送老师什么礼成了令家长劳神费心的事，教师节也渐渐变了味儿，有人因此提出了“取消教师节”的想法。

但不赞成取消教师节的声音还是大多数。这些人认为，教师应该有一个属于自己

▲ 2011年9月，一场“祭孔大典”在北京孔庙大成殿前举行

# 教师节“送礼”那点事儿

“挑刺儿”：最好的礼物？

潜规则之感 家长送礼遇不遇？

“感恩经费”不宜提倡



▲ 2011年9月7日，《北京日报》19版

给老师送礼引发网上热议，调查显示——

# 多数网友不赞成取消教师节

▲ 2010年9月13日，《北京日报》5版

拟改为孔子诞辰日　方便教师安排假期

# 教师节拟调整日期引争议

争议一：孔子诞辰日尚存疑

专家：别让教师节变成“教师

▲ 2013年9月9日，《北京日报》6版

的节日，现实中也很需要真正提高教师地位，再说，即使没有教师节，也会有中秋、“十一”、元旦、春节等节日，光靠取消教师节来抑制送礼收礼的风气，难以奏效。

对此，教育专家也表示，“取消教师节”的提议很荒谬，不应该把个别现象扩大化，用极端情绪否定一切，并呼吁教育管理部门明确提出不允许家长送礼，各类学校也应当联名抵制送礼行为。

## 教师节拟调日期引争议

2013 年，国务院法制办公布《教育法律一揽子修订草案（征求意见稿）》，拟将教师节由 9 月 10 日调整为 9 月 28 日，此举引起热议，社会褒贬不一。

根据《北京日报》2013 年 9 月 9 日 6 版《教师节拟调整日期引争议》一文报道，争议的焦点主要集中在两个方面——

首先，孔子诞辰日尚存疑。有专家认为，教师节应当有文化内涵，延续源远流长的历史传统，建议以孔子诞辰作为教师节日期。经研究推算，孔子诞生于公元前 551 年的 9 月 28 日。但在学界，孔子诞辰日尚存在争议。有专家认为，大家之所以把 9 月 28 日看作孔子诞辰日，是因为民国后第一次祭孔是在这一天，孔子真实的生日还有待考证。

其次，开学之初是否适合过教师节。有人认为，9 月 10 日正是开学最忙的时候，教师需要忙着安排新生入学、制订教学计划等，老师和学生都没有时间和心思去体会教师节的真正含义。

反对者认为，9 月 28 日离国庆节放假太近，学生和老师的心思肯定都不在教师节上，更不利于传承教师节的意义。何况 9 月 10 日教师节已延续多年，深入人心，更无须更改了。

对此，业内人士表示，简单更改教师节的日期，是达不到尊师重教的效果的。对于我国的教师来说，最需要解决的问题不是教师节改期，而是怎样切实提高教师的地位。

# 那些“龙飞凤舞”的病历

历史资料 ▪ 北京日报图文数据库 ▪ 光明日报

文 ▪ 汪丹

病历是医生对患者进行诊断、治疗的综合记录。在我国医疗卫生史上，病历的规范书写经历了长时期的磨合，从当年在白纸上随便写，到如今逐渐规范。现在，病历写得好不好仍是检验医生能力水平的重要标准。

## 字迹“飞舞”，药名难辨认

1955 年 7 月，作为提高医疗质量的重要举措，北京市属医院开展了一次关于“改进病历”的行动。

由于当时的病历格式不统一，内容要求不一致，存在着漏写、错写、不详尽等问题。例如，有的医院的病历只是一张白纸，医生可以随便多写或少写；记录“腱反射结果”时，有的大夫记在病历第一页，有的记在第二页，有的记在病历背面，给研究病情或进行统计造成了困难；有的病历记载事项不全；有的词句含糊，不能很好地起到帮助诊断和指导治疗的作用。

这是“病历规范”的理念第一次正式走进全市医院。一些市属医院针对本院病历存在的不规范问题，进行了对照、改进。北京市儿童医院参考苏联先进经验制订了统一的儿科病历，从问诊到检查事项都印成固定格式，由医生填写，这样既节省时间又避免漏写。北京市第七医院建立了每天早晨检查病历的制度，由负责医疗工作的副院长抽查

▲ 1959年，北京协和医院病案室库房的一角（高宏 / 摄）

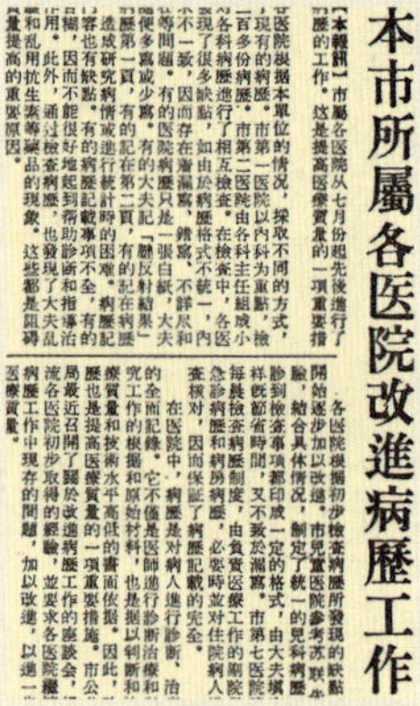

本市所屬各医院改進病歷工作

▲ 1955年10月29日，《北京日报》2版

門診部近況

蕭霖全

▲ 1958年5月15日，《北京日报》3版

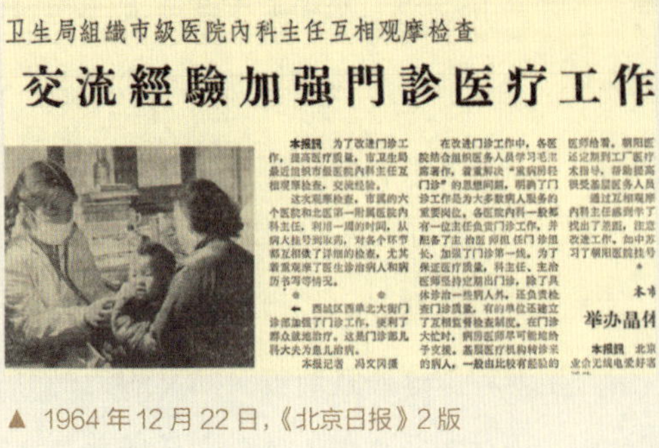

卫生局組織市級医院内科主任互相观摩检查

交流經驗加强門診医疗工作

▲ 1964年12月22日，《北京日报》2版

急诊病历和病房病历，必要时对住院病人进行核对，从而保证病历记录的完整。（1955年10月29日，《北京日报》2版《本市所属各医院改进病历工作》）

署名为萧霖全的患者写过一篇文章发表在1958年的《北京日报》上，表扬医护人员为他寻找开药记录的贴心之举。但其中发生的一个小插曲，也反映出病历书写存在的问题。原来，之前为萧霖全看病的医生写的字过于“飞舞”，有一种药到底是“拼司派林”还是“司匹林”，令当日接诊的医护人员难以辨认。最后，护士按照萧霖全带来的旧药瓶上写的开方日期，翻出医院留存的处方才开出了正确的药。（1958年5月15日，《北京日报》3版《门诊部近况》）

## 医院“晒”病历比优劣

1964年，市卫生局为改进门诊工作，提高医疗质量，组织市级医院内科主任互相观摩检查。其中，病历书写成为重点检查事项。（1964年12月22日，《北京日报》2版《交流经验加强门诊医疗工作》）

据《北京日报》报道，早在20世纪60年代初，北京积水潭医院就将“医嘱的正规书写”纳入到业务学习中。到20世纪80年代，该院还举办了两次病历及处

方书写展览。

1981年，北京积水潭医院展出的165份病历和179份处方中，有书写整齐、规格正确的，也有书写潦草、项目没填全的，效果对比鲜明，引起强烈反响。（1981年9月17日，《北京日报》2版《积水潭医院举办住院病历及处方书写展览》）

1988年，积水潭医院抽出专人检查5000多份病历，以评分形式记录存档。最终选出有代表性的173份病历和72张处方，经过医院质量管理小组逐项评审，并添加评语展出。各科室组织本科医生参观展览，开展现场教学。（1989年3月10日，《北京日报》2版《积水潭医院举办病历处方展览》）

另据1993年1月17日的《光明日报》报道，北京友谊医院1992年专门在二楼会议室举办了一个小型展览，将优秀病历、处方与劣质病历、处方展示与曝光。优秀病历是那些书写认真、语言流畅，临床症状分析及鉴别诊断详细，病程记录及时，阶段小结认真，医嘱单上用药准确，上级医师查房记录完整的病历，体现了医生的高度责任感和严谨的科学态度。而劣质病历则字迹潦草、词不达意，病程分析简单、无鉴别诊断、无上级医师查房意见，医嘱用药不规范、药物用量用

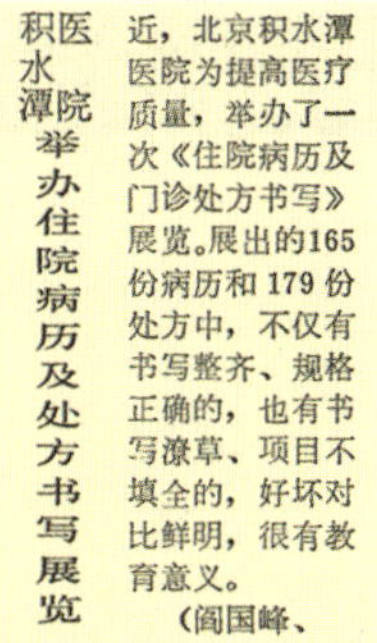

积水潭医院举办住院病历及处方书写展览

近，北京积水潭医院为提高医疗质量，举办了一次《住院病历及门诊处方书写》展览。展出的165份病历和179份处方中，不仅有书写整齐、规格正确的，也有书写潦草、项目不填全的，好坏对比鲜明，很有教育意义。

（阎国峰、

▲ 1981年9月17日，《北京日报》2版

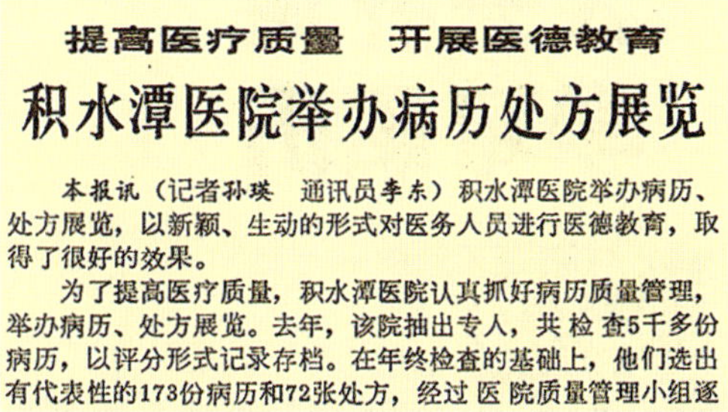

提高医疗质量　开展医德教育

积水潭医院举办病历处方展览

本报讯（记者孙瑛　通讯员李东）积水潭医院举办病历、处方展览，以新颖、生动的形式对医务人员进行医德教育，取得了很好的效果。

为了提高医疗质量，积水潭医院认真抓好病历质量管理，举办病历、处方展览。去年，该院抽出专人，共检查5千多份病历，以评分形式记录存档。在年终检查的基础上，他们选出有代表性的173份病历和72张处方，经过医院质量管理小组逐

▲ 1989年3月10日，《北京日报》2版

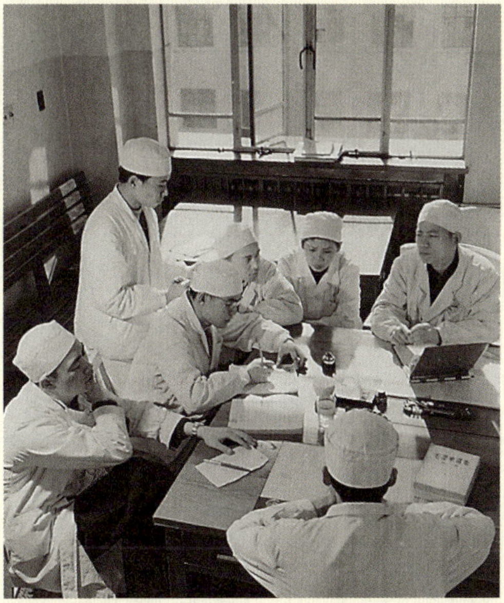

▲ 1966年初，积水潭医院烧伤病房的医务人员在手术前讨论患者的病历（冯文冈/摄）

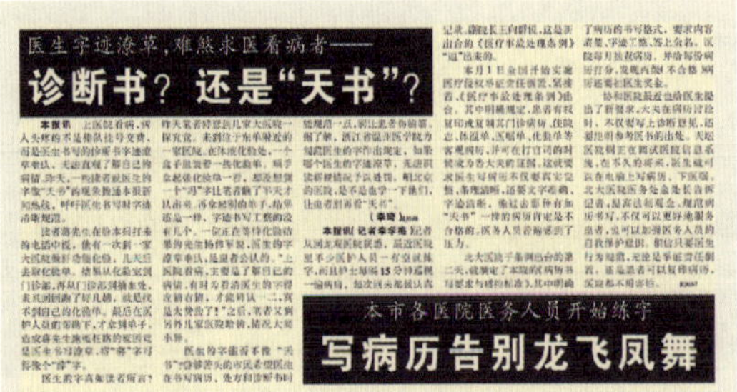
医生字迹潦草，难煞求医看病者——

诊断书？还是"天书"？

本市各医院医务人员开始练字

写病历告别龙飞凤舞

▲ 2002年4月26日，《北京日报》7版

为把病历缺陷扼杀在萌芽状态

大夫补课 学写病历

相继出台的《医疗事故处理条例》、《医疗机构病历管理规定》、《病历书写基本规范（试行）》，赋予了病历资料重要证据的角色，也对以往一些混淆不清的问题进行了统一规范

本报讯（记者李学梅）由于从9月1日起，任何对病历"不尊重"的行为都可能会吃官司，京城各医院最近都忙着给大夫"补课"学写病历，把病历缺陷扼杀在萌芽状态。

当大夫的哪有不会写病历的？但是近日卫生部出台的《病历书写基本规范（试行）》，让人感觉写病历真是门学问，其中对以往书写病历实际中存在的一些混淆不清的问题师首次查房记录应当于患者入院48小时内完成。

为此，中日友好医院病案室最近新增了4台计算机，还配备了扫描仪，目前已将卷宗全部输进了计算机，正在做统计学处理。北大医院专门制定了《病历书写要求与质控标准》，发放到每位一线医生手中。该院除重新明确病历书写规则和病历书写格式外，还将病历书写与医务人员的绩效工资紧密挂钩，也就是说写不好病历要扣奖金。天坛医院的医生已经开始练着用电脑写病历，大夫只需轻点鼠标就可以了解患者的病情。友谊医院重新严格了病历资料管理制度，仅有工作人员和医务人员能接触病历。

9月1日后大夫究竟该怎么写病历？著名病案管理专家马家润认为，首先医生要有职业道德，实事求是地书写病

▲ 2002年8月22日，《北京日报》5版

《医疗事故处理条例》实施后的第一个工作日

医生写病历一笔一划

▲ 2002年9月3日，《北京日报》7版

法有误，病情变化记录不及时。1992年12月5日，友谊医院召开病历质量表彰大会，院长向获奖者颁发了优质病历证书和奖品。

## 《医疗事故处理条例》"逼"医生练字

但直到进入新世纪，病历书写问题仍被患者诟病。

2002年4月25日，一些读者就医生的字像"天书"的现象致电《北京日报》新闻热线，呼吁医生写字要清晰规范。

读者蒋先生说，他到一家大医院做肝功能化验，随后去取化验单，跑了好几趟就是找不到。后来才发现，造成他跑冤枉路的原因竟是医生书写潦草，将"蒋"字写得像个"薛"字。患者杨伟军说，医生的字迹潦草难认是通病，"有时为看清医生的字得左猜右猜，才能辨认一二。"许多市民都希望医生在书写病历、处方和诊断书时能规范一点，别让患者伤脑筋。（2002年4月26日，《北京日报》7版《诊断书？还是"天书"？》）

就在当年，各医院的医务人员突然纷纷练起字来。按照当时北京回龙观医院副院长王向群的说法，这是让新出台的《医疗事故处理条例》给"逼"的。

原来，即将于2002年9月1日实行的《医疗事故处理条例》中明确规定，患者有权复印或复制其门诊病历、住院志、体温单、医嘱单、化验单等客观病历，并可“在打官司的时候成为法律证据”。这就要求医生写病历不仅要真实完整、条理清晰，还要文字准确、字迹清晰，杜绝“天书病历”。(2002年4月26日，《北京日报》7版《写病历告别龙飞凤舞》)

原以为，对医生来说写病历是件容易事，但卫生部于2002年出台的《病历书写基本规范（试行）》让人感觉这也是门学问。比如，病历书写中出现错字时，“应当用双线划在错字上，不得采用刮、粘、涂等方法掩盖或去除原来的字迹”；急诊病历书写就诊时间应当具体到分钟；主治医师首次查房记录应当于患者入院48小时内完成。任何对病历“不尊重”的行为都可能会吃官司，于是各医院忙着给医生“补课”，让他们学写病历，把病历缺陷扼杀在萌芽状态。(2002年8月22日，《北京日报》5版《大夫补课，学写病历》)

## 病案让人代签，医生被停手术

2002年9月2日是《医疗事故处理条例》实施后的第一个工作日。据《北京日报》报道，到朝阳医院看病的张大爷进了诊室发现，医生们写病历时全用上了钢笔，每个字都一笔一画。写病历用钢笔，签名字体写正楷，这是朝阳医院实施的《医疗行为规范》中的新规定。这份规范一共有265条规定，其中包括医生在书写处方、病历时不得使用圆珠笔、签字笔，而且字迹要清楚。

与此同时，京城许多大医院都开始启用杜绝“天书病历”的新规则。北京医院除了要求医生书写病历、处方时要使用钢笔，还规定必须使用蓝色墨水。如果书写发生错误，应该画线而不能涂黑疙瘩。

有一些“出格”的医生率先挨了罚。北京协和医院病案科工作人员在检查归档病案时发现一份病案里缺少医生签字，通知他来补签名。当时这位主治医生工作忙，派出下级医生去代签。结果，医院给了他一个严厉的处理结果——“停他一个月的手术！”(2002年9月3日，《北京日报》7版《医生写病历一笔一划》)

北京协和医院还专门组织了一次200多人的封闭式学习，参加的绝大多数是我国医疗界的著名专家，其中还有不少医学会鉴定专家库的成员。他们从怎样写病历开始，一点点地“抠”新实施的《医疗事故处理条例》。同时，医院将发生在该院跟病历书写有关的典型医疗事故逐一翻出来进行讨论和反思，直接点到事故责任人和负责领导，就算是大专家也不留情面。（2002年9月4日，《北京日报》16版《〈医疗事故处理条例〉催生医院新措施》）

2010年，本市开展电子病历试点，却也因此加大了医疗纠纷鉴定的难度。对于纸质病历，若患方主张病历篡改、伪造，司法机关可通过组织病历评估、笔迹鉴定等司法鉴定区别真伪。而如何确定手中的电子病历为原始材料，未经删减、补充、更正等“美化”手段却不容易。（2014年2月12日，《北京日报》14版《电子病历法律效力如何保障》）

因此直到现在，纸质病历或医生的手写签名，仍是最权威的一手证据。

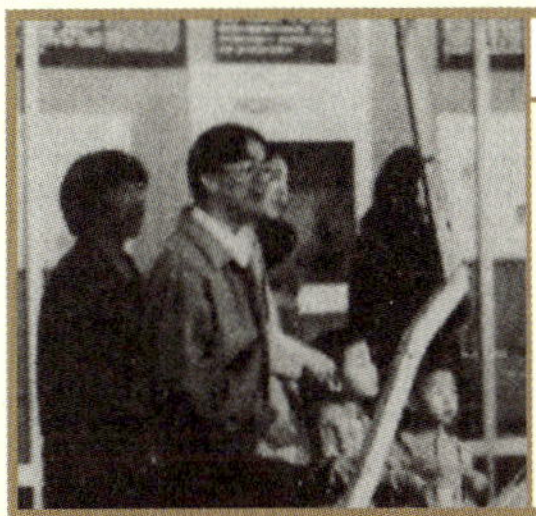

# 实行了 14 个月的“大小礼拜”

历史资料 ▪ 北京日报图文数据库 ▪ 新华社　　文 ▪ 侯莎莎

“十一”长假即将到来，当人们已经习惯于休大长假、小长假、双休日，可还记得当年的“大小礼拜”制度？这一制度虽然只从 1994 年 3 月至 1995 年 4 月实行了短短 14 个月，却为现行工时制度的全面推行打下了基础，成为我国社会发展进程中加强职工权益保障的一个缩影。

**我国工时制度的变革**

**1952 年**

《关于劳动就业问题的决定》发布，规定一切公私企业应坚持 8 小时至 10 小时工作制。

**1960 年**

《关于在城市坚持 8 小时工作的通知》指出，全国各城市一切单位必须实行 8 小时工作制。

**1994 年 3 月 1 日**

《国务院关于职工工作时间的规定》施行，职工每日工作 8 小时，平均每周工作 44 小时，实行“大小礼拜”制。

## 三月一日起实行新工时制度

### 职工每日工作8小时　平均每周工作不超44小时

**新华社北京2月7日电**　本社今天播发李鹏总理签署的国务院146号令，发布《国务院关于职工工作时间的规定》，从今年3月1日起，实行职工每日工作8小时、平均每周工作44小时的工时制度。

制定这个规定是为了合理安排职工的工作和休息时间，维护职工的休息权利，调动职工的积极性，促进社会主义现代化建设事业的发展。

这个规定适用于在中华人民共和国境内的国家机关、社会团体、企业事业

▲ 1994年2月8日，《北京日报》1版

## 劳动部人事部就《国务院关于职工工作时间的规定》作出说明

**新华社北京2月8日电**　《国务院关于职工工作时间的规定》已经发布，劳动部、人事部对《规定》作出如下说明：

这项规定使职工有较多的时间学习、教育子女和料理家务，必将进一步调动职工建设社会主义的积极性，保护和激发他们的生产热情，增加他们从事生产建设的活力。适当地缩短工作时间，科学合理地安排工作和休息时间，对于保障职工的健康，提高工作效率和劳动生产率，促进机关、企业、事业单位加强管理，推动生产的发展，都具有重要的意义。

工时制度在全国应是统一的。国务院发布这项《规定》，适用于中华人民共和国境内的一切机关、社会团体、企业、事业单位以及其他组织的职工。企业包括国有、集体、私营、个体、外商投资等各类单一或混合型经济所有制和矿山、工厂、建筑、交通运输、森林采伐、农场、商业、服务业等行业的单位。

我国对特殊条件下从事劳动和有特殊情况的职工的工作时间有过特殊规定，比如，化工行业对从事有毒有害作业的工人，根据生产的特点和条件分别实行“三工一休”制和6小时至7小时工作制；煤矿井下实行四班每班6小时工作制；纺织业实行“四班三运转”制度；有不满一周岁婴儿的女职工，每天可在工作时间内有一小时哺乳时间，等等。在实行本规定后，对在特殊条件下从事劳动和有特殊情况的职工，需要适当缩短工作时间的，仍按照国家有关规定执行。

国家机关、事业单位的工作和休息时间必须统一。自《规定》施行之日起，第一周的星期六和星期日为休息日，第二周的星期日为休息日，依此循环，不受月份、年份限制，这样便于全社会各项工作正常进行。至于企业，可根据每日工作8小时、平均每周工作44小时的规定，结合实际情况作出规定。除国家机关必须统一工作和休息时间外，医院、托幼园、小学校等与人民生活密切相关的单位也要统一，因此将事业单位和国家机关一样统一规定工作和休息时间。民航、铁路等行业的职业，有的每天工作时间超过8小时，但平均每周不超过44小时。

在执行《规定》的过程中，各单位应加强管理，严格纪律，努力挖潜，保证完成生产和工作任务，不增加人员编制和财政支出，不能因实行每周44小时工时制度而影响正常工作和经济效益，也不能因此而减少职工的收入。企业和个人均不得

▲ 1994年2月9日，《北京日报》3版

## “大礼拜”〇——

## 商家喜迎购物潮

### ——新工时制实行京城街头见闻

实习生　杨　亮

3月5日，星期六。一早开门，地安门百货商场的办公室主任王珊就守在店门口观察客流情况，粗算一下，顾客人数竟比往常增长一倍以上。

西单菜市场，值班经理说：往常周六都要等下午三四点钟才开始上市，这回上午十点收款台就开始排队了，晚七时，关门的铃声响了，许多顾客仍意犹未尽……

北京的第一个“大礼拜”，商店、街头，顾客如潮。

大多数北京人是第一次周末休息两天。

傍晚，新汇百货公司，一对年轻夫妇正在化妆品柜台前挑选商品。丈夫说：妻子很爱逛商场，但平时星期天光干家务就折腾得够呛，这次休息两天，要陪她逛个够。

昨天一早，当我来到国华商场时，门还未开，却已有四五十人等着了。一位女士带着女儿，正隔着玻璃在看橱窗里的玩

▲ 1994年3月7日，《北京日报》1版转3版

## 新工时制实施近一个月

## 公休增一日　销售长三成

本报讯（实习生杨亮）新工时制实施后北京已经度过了个“大礼拜”，休息时间长使市场上的顾客明显增加。据本市部分大中型百货商场副食商场统计，销售额均比平日增长30%以上。

出的商品是服装和家电。蓝岛大厦服装部一天销售62万元，比平日增50%以上。小百货商品和食品销售也较突出，百货

幅都较……据分析，幅度较主要是增加了劳动之余的休息、购物，业服务业又为这种消费提供了条件。然而，随新工时制的逐渐适应

▲ 1994年3月28日，《北京日报》2版

**1995年5月1日**

国务院发布新规定，职工每日工作8小时，每周工作40小时，即现行的一周双休日制度。

## “大小礼拜”循环休

1994年2月7日，新华社播发国务院146号令，发布《国务院关于职工工作时间的规定》，从当年3月1日起，实行职工每日工作8小时、平均每周工作44小时的工时制度。（1994年2月8日，《北京日报》1版《三月一日起实行新工时制度》）而在此前，我国的工时制度是每天工作8小时、平均每周48小时，即每周要上6天班。

按照新规定要求，国家机关、事业单位实行统一的工作时间，自该规定施行之日起，第一周星期六和星期日为休息日，第二周星期日为休息日，依此循环。

这种新工时制度，俗称“大小礼拜”制，即休息两天那周为“大礼拜”，而只休一天那周为“小礼拜”。

为何出台“大小礼拜”制度？《北京日报》1994年2月9日3版《劳动部人事部就〈国务院关于职工工作时间的规定〉作出说明》一文说道：“这项规定使职工有较多的时间学习、教育子女和料理家

务，必将进一步调动职工建设社会主义的积极性，保护和激发他们的生产热情，增加他们从事生产建设的活力，适当地缩短工作时间，科学合理地安排工作和休息时间，对于保障职工的健康，提高工作效率和劳动生产率，促进机关、企业、事业单位加强管理，推动生产的发展，都具有重要的意义。”

## 商家喜迎购物潮

1995年3月5日，全国迎来第一个“大礼拜”的周六。新的工时制给商业带来了一个黄金销售日。

在西单菜市场，往常周六都要等下午三四点钟才开始上人，这回上午十点收款台前就开始排队了。晚上七点，关门的铃声响了，许多顾客仍意犹未尽……

在国华商场，门还未开，已有四五十人在等着了。一位女士说：“像我们这样的中年人白天上班，车间活很累，平常说是休息，可又要带孩子又要看老人，难得出来逛街，这么多年了，有的大商场我连去都没去过。”当天，这家商场的销售额达到68万元，同比增长近3倍，比前一个星期六也增长了73%。

与国华商场同为地区性中型商场的地安门百货商场，3月5日销售额达到了43万元，比前一个星期六增长五成。菜市口百货商场增销近10万元。而在大型商场中，以本地顾客为消费主体的西单购物中心和外地顾客占相当数量的百货大楼，当日的销售额也分别比前一个周六增长了38%和35%。在百货大楼，还出现了天津等邻近省市利用“大礼拜”来京旅游购物的顾客。（1994年3月7日，《北京日报》1版转3版《“大礼拜”商家喜迎购物潮》）

新工时制实施近一个月，销售数字喜人。休息时间的延长使市场的顾客明显增多。据北京市部分大中型百货商场、副食商场统计，销售额均比平日增长了30%以上。

有关人士分析，市场增销幅度较大的原因主要是新工时制增加了消费者劳动之余的休息、购物时间，商业服务业又为这种消费需求提供了条件。（1994年3月28日，《北京日报》2版《公休增一日，销售长三成》）

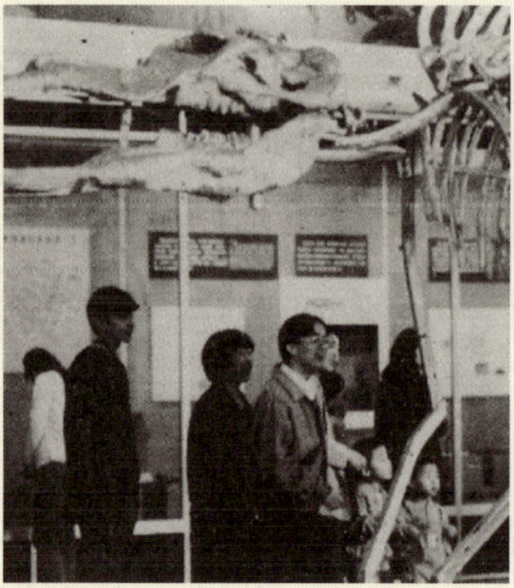

▲ 每逢“大礼拜”，前去参观自然博物馆的人明显增多（吕坚/摄）

工时制系列报道之一

行“新工时制”，受到广大职工欢迎，然而，少数企业依然坚持“老行规”，一些职工颇生

“雷打不动”为哪桩

本报记者 邢晓春 实习生 赵欣

来一些企业职工“上告”自己的企
新工时制大得人心，而他们所在的
位却出现了“例外”，每周44小时劳
难保证，甚至比过去的工作时间还
们对本企业这种做法言辞激烈，呼
到与其它企业职工同等的“休息
务院年初制定，自3月1日起颁布实
工时制，规定职工每日工作8小时，
周工作44小时。据了解，目前本市
企业均已实行这一新的工时制度，
大职工的赞同。然而，来自“上告”职

间还是依照“老规矩”，每天连续工作长
达12个小时左右，两个星期才休息一天，
等于每月平均每周工作78个小时。他们
反映这种现象在当地一批合资企业中很
普遍。一家合资服装公司5月2日到5月7
日一周里，为了补回停电和等原料等时
间损失，让职工加班长达72个小时之久。
一些企业变相让职工上班，加长工
时的现象也很让职工不满。一家大型重
工企业，在新工时制实行后却让职工“离
岗不离厂”，规定职工每周实行5天半工

保障，身心也将受到严重伤害。他
求饭店能执行政府的工时新规定。
而一些特殊行业相当一部分
工时制发生普遍期盼，值得有关部
本市公交运营一线的一些职工诉苦
线没人替班、倒班，“大礼拜”根本
缘。据了解，该系统所属的公交、地
自国家实行新规定以来，一线职工
能实行新工时制。该系统负责人解
新工时制后，出现交通客流量大幅
一线劳动力紧缺的矛盾。仅地铁部

▲ 1994年6月14日，《北京日报》2版

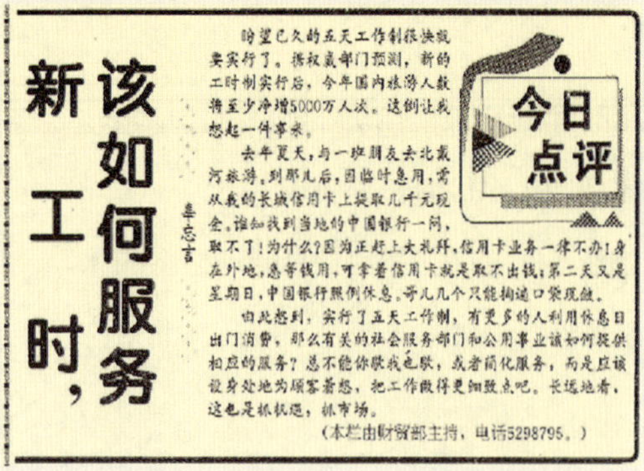


新工时，该如何服务

辛忠言

盼望已久的五天工作制很快就要实行了。据权威部门预测，新的工时制实行后，今年国内旅游人数将至少净增5000万人次。这倒让我想起一件事来。

去年夏天，与一班朋友去北戴河旅游。到那儿后，因临时急用，需从我的长城信用卡上提取几千元现金。谁知找到当地的中国银行一问，取不了！为什么？因为正赶上大礼拜，信用卡业务一律不办！身在外地，急等钱用，可拿着信用卡就是取不出钱；第二天又是星期日，中国银行照例休息。哥儿几个只能掏遍口袋现凑。

由此想到，实行了五天工作制，有更多的人利用休息日出门消费，那么有关的社会服务部门和公用事业该如何提供相应的服务？总不能你歇我也歇，或者简化服务，而是应该设身处地为顾客着想，把工作做得更细致点吧。长远地看，这也是抓机遇，抓市场。

（本栏由财贸部主持，电话5298795。）

▲ 1995年4月5日，《北京日报》2版

## 服务业显现供需矛盾

新工时制大得人心，然而有些企业、岗位的员工却不满意。他们反映，每周44小时劳动时间难保证，甚至比过去的工作时间还长。他们呼吁：“要得到与其他企业职工同等的‘休息权’。”

本市公交运营一线的一些职工诉苦，运营一线没人替班、倒班，“大礼拜”根本与他们无缘。据了解，该系统所属的公交、地铁公司自国家实行新规定以来，一线职工大部分未能实行新工时制。该系统负责人解释：实行新工时制后，出现交通客流量大幅度增长和一线劳动力紧缺的矛盾。地铁高峰日客流就比上一年同期增长20%还多。地面公交“大礼拜”的客流量比过去增加了7%还多。可是前一年全市公交总公司一线劳动力缺口达2000多人，过去就靠加班加点来解决劳动力缺口。新工时制实行后，人员更加短缺，按新的运营状况和人员轮休安排测算，他们需要增加10.6%的替休、代岗人员，种种困难造成该系统很难实行新工时制。（1994年6月14日，《北京日报》2版《“雷打不动”为哪桩》）

一方面，服务业的职工不满意；另一方面，也有消费者在抱怨。

1995年4月5日，《北京日报》2版

刊登文章《新工时，该如何服务》，作者谈到，在实行“大小礼拜”制时，曾与一班朋友去北戴河旅游。到那儿后，因临时急用，需用信用卡提取几千元现金。谁知找到当地的中国银行一问，取不了！“为什么？因为正赶上‘大礼拜’，信用卡业务一律不办！身在外地，急等钱用，可拿着信用卡就是取不出钱；第二天又是星期日，中国银行照例休息。哥儿几个只能掏遍口袋现敛。”其实这正反映出，新工时制度给服务业带来了挑战，服务业面临着很大的供需矛盾。

## “大礼拜”变了味儿

当年，“大礼拜”对很多人来说是个新课题，头一回接触、享受。

一到“大礼拜”，有人逛商场，有人在家陪孩子，有人短途游，有人走亲访友，充分享受放松的乐趣。

但也有不少平日里忙碌惯了的人，遇到两天假日，忽然感觉闲得厉害，不知该干些什么。有的人干脆连着两天“码长城”，有的人每逢周末就在家里来次大扫除，还有的人约上朋友玩个通宵达旦。这些人的“大礼拜”休下来，不但没达到放松的目的，周一上班反倒更累，使提高工作效率、缩短工时的根本目的泡汤，让好端端的“大礼拜”变了味儿。（1995 年 3 月 12 日，《北京日报》8 版《变了“味”的大礼拜》）

新闻界敏感地嗅到了气息，《“大礼拜”干点啥？》《二日游的好去处》一篇篇文章见诸报端，希望能引导大家更合理地安排好“大礼拜”。《北京日报》曾就《“大礼拜”怎么过》请大家发表高见，并欢迎将好的安排、好的过法，写成稿寄到报社。（1994 年 3 月 13 日，《北京日报》8 版《闲话“大礼拜”》）

## 双休日来了

就在大家好像刚刚熟悉了“大小礼拜”制度时，一个更好的消息公布了——实行双休日！

1995 年 3 月 25 日，新华社发布了《国务院关于修改〈国务院关于职工工作时间的规定〉的决定》，当年“五一”起，每周实行五天工作制，职工每日工作 8 小时、每周工作

周日话题

# 闲话『大礼拜』

□ 刘京钊／文

新工时制三月正式施行。
大多数国营企事业单位的干部
工来说，无疑是"冬天里的一
火"，烧得暖乎乎的。

建国已四十五个年头，新工
制不啻是对工薪阶层的一次"
心"的举措。尽管在此前，众多合
企业、一批国营企事业单位早就
走一步。但更大多数人却是在改
开放十五年后，真正享受到了这
具有时代意义的、切身利益进一
得到保障的改革。

新闻界敏感的嗅到了气
《"大礼拜"干点啥?》、《二日游
好去处》一篇篇文章见诸报端。
工时制实行第一周，各大报刊、
台、电视台纷纷上街采访，可见

▲ 1994 年 3 月 13 日，《北京日报》8 版

# 变了"味"的大礼拜

□ 吴玫／文

从去年3月开始施行新工时制至今，人们对隔周一次的大礼拜似乎已不再感到陌生。会休息的人采用各种不同的方式来安排自己的闲暇时间，或利用它做一些平时想做而又没有足够的时间去做的事情，使生活更加有条理；或利用它做一次短暂的旅游，使生活更加有情趣，但是一些人或休得特累，或闲得无奈，把宝贵的时间浪费掉，使好端端的大礼拜变了"味"。

**让人累个够**

近年来，随着居民生活条件的不断改进，人们已不再满足"居有其屋"的愿望了，不少人除了居室装饰的舒适漂亮外，还在厨房，卫生间贴上了瓷砖，地下铺上了马赛克，为了家里的卫生能达到星级标准，不少人几乎献出了全部休息日。

小李是某机关的会计，平时每天八小时坐班，哪有时间搞卫生，这回可好了，有了大礼拜后她是小休小搞，大休大搞，一个休息日下来家里倒是窗明几亮、一尘不染了，可小李却累得腰酸腿疼。难怪有的朋友借着流行歌曲"纤夫的爱"的曲子唱道："等到日头落西山头哇，让她累个够！"用她自己的话说：休大礼拜比上班还累，上班后好几天都缓

过去每周
忙家务也就过
大休日，上班
务还可以利用
访友，看望"老
聚在一起共享
事，可是在老张
老张俩口
怪寂寞的，快
星期，夫妇俩
能带着孙子
末。从周五起

▲ 1995 年 3 月 12 日，《北京日报》8 版

华社北
5日电
关于职
时间的

1994年
中华人
国国务
146号

## 国务院规定
# "五一"起每周实行五天工作制
## 施行有困难的企事业单位可适当延期

有关
以实
作和
法。

任何
人不
长职
间。

据1995年3月25日《国务院关于修改〈国务院关于职
时间的规定〉的决定》修订）

一条　为了合理安排职工的工作和休息时间，维护职
息权利，调动职工的积极性，促进社会主义现代化建
的发展，根据宪法有关规定，制定本规定。

二条　本规定适用于在中华人民共和国境内的国家机
会团体、企业事业单位以及其他组织的职工。

三条　职工每日工作8小时、每周工作40小时。

四条　在特殊条件下从事劳动和有特殊情况，需要适
工作时间的，按照国家有关规定执行。

五条　因工作性质或者生产特点的限制，不能实行每
8小时、每周工作40小时标准工时制度的，按照国家

况和紧急任务确需延长工作时间的，按照国家有
行。

第七条　国家机关、事业单位实行统一的工作
期六和星期日为周休息日。

企业和不能实行前款规定的统一工作时间的事
可以根据实际情况灵活安排周休息日。

第八条　本规定由劳动部、人事部负责解释；
由劳动部、人事部制定。

第九条　本规定自1995年5月1日起施行。1995
施行有困难的企业、事业单位，可以适当延期；但
单位最迟应当自1996年1月1日起施行，企业最迟应
年5月1日起施行。

▲ 1995 年 3 月 25 日，《北京日报》1 版

# 实行五天工作制的由来

新华社记者　傅　刚

根据李鹏总理签发的国务院令，我国境内的国家机关、社会团体、企业事业单位以及其他组织的职工，从5月1日起将实行五天工作制，即每天工作8小时，平均每周工作40小时的工时制度。

缩短工作时间，实行五天工作制，有利于职工更好地安排工作和休息时间，调动他们的积极性。从本世纪40年代起，世界一些国家相继缩短了工作时间。到70年代，发达国家已逐步实行五天工作制。

我国有关部门所作的社会调查显缩短工时的要求比较强烈。

去年2月，国务院发布了《关于职工工作时间的规定》，将我国的工时制度由每天工作8小时、平均每周48小时，改为每天工作8小时、平均每周工作44小时，即实行五天半工作制。实行五天半工作制受到广大职工群众的欢迎，一些职工群众说，新的工时制度体现了党和政府对普通劳动者的关心，也说明我国人民生活水平提高了。不少人认为休息时间的延长给职工带来许多方便，可以更好五天工作制的建议。党中央和国务院十分重视代表们的建议，李鹏总理表示要尽快落实这一建议，如今，人民代表的建议变成了现实。

劳动、人事部门的有关负责同志认为，实行五天工作制，有利于提高职工的生活质量和工作效率。延长闲暇时间，使职工在做家务之外，有更多的时间学习，提高专业技能。实行五天工作制，要求用五天的时间完成六天的工作量，这将促进企业提高工时利用率，改变人浮于事的局面。实行五天工作制使职工有更多的时间进行文化、社会活动，对服务业、旅游业提出了新的需求，必将推动第三产业的发展。此外，实行五天工作制还可以增加工作岗位，吸收富余人员，缓解企

▲ 1995 年 3 月 25 日，《北京日报》4 版

40 小时。（1995 年 3 月 25 日，《北京日报》1 版《“五一”起每周实行五天工作制》）

为何推行五天工作制？新华社稿件是这样解释的：我国有关部门所做的社会调查显示，在“增加一天工资”和“不增加工资，增加一天休息”两者的选择中，80% 以上的人选择了后者。这表明人们对缩短工时的要求比较强烈。而且，实行“大小礼拜”制的新工时，受到广大职工群众的欢迎。

1995 年举行的第八届全国人大三次会议上，一些人大代表又提出了关于实行五天工作制的建议。党中央和国务院十分重视代表们的建议，表示要尽快落实这一建议。

而劳动、人事部门的有关负责同志认为，实行五天工作制，有利于提高职工的生活质量和工作效率，促进企业提高工时利用率，改变人浮于事的局面。实行五天工作制也对服务业、旅游业提出了新的需求，必将推动第三产业的发展。此外，实行五天工作制还可以增加工作岗位，吸收富余人员，缓解企业能源不足及城市交通紧张状况。（1995 年 3 月 25 日，《北京日报》4 版《实行五天工作制的由来》）

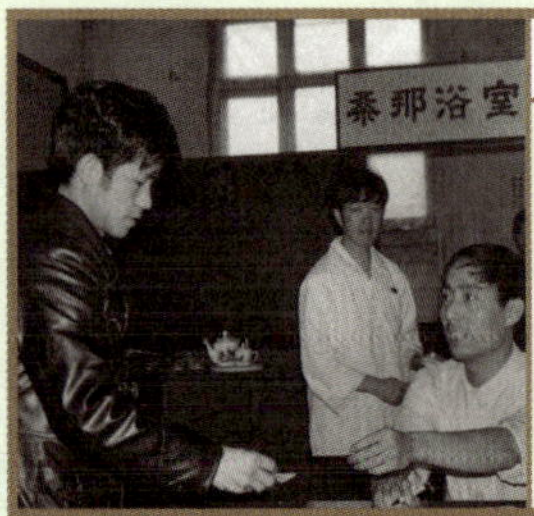


# 清华池出名的修脚生意

历史资料 ▪ 京报集团图文数据库 ▪ 新华社

文 ▪ 贾晓燕

在北京，各行各业知名的老字号中，历经风雨屹立不倒、至今还能活得滋润的，清华池算一家。想当年，清华池名声在外，赶上节假日，老百姓宁可多排会儿队也要等着泡个舒坦。最令人惊讶的是，在这里，昔日被人看不起的修脚师傅能“手到病除”，连正规医院的大夫也跑来拜师学艺。

## 小澡堂凭“一招鲜”名满京城

老字号清华池始建于1905年，前身是个小澡堂，名叫“小仓浪澡堂”。后被整修扩建成两层楼房，清华池成了北京规模最大、式样最阔绰、设备最讲究的浴池，地址就在西珠市口大街。

新中国成立后，澡堂子就像副食店一样是胡同里北京百姓的必去之处。那时家里一间屋子半间炕，哪有洗澡的地儿。清华池名声在外，赶上节假日就得多排会儿队，这里的水热，泡着舒坦，培养了不少“澡腻子”。

那时候的清华池，门口有堂皇的清式牌坊，门里有腾腾的蒸汽和人气，伙计们前跑后颠好不热闹。进得门来，赤膊伙计高声喝迎：“来了您哪，里边请！”里面是一排排带坡形床沿的白漆硬板木床，两两相对，中间是更衣箱。大件的外衣，伙计会用有闪亮铜钩的长木杆高挑至接近天花板高的挂衣杆上。满地一片不分左右的木板儿、胶皮趿拉板儿

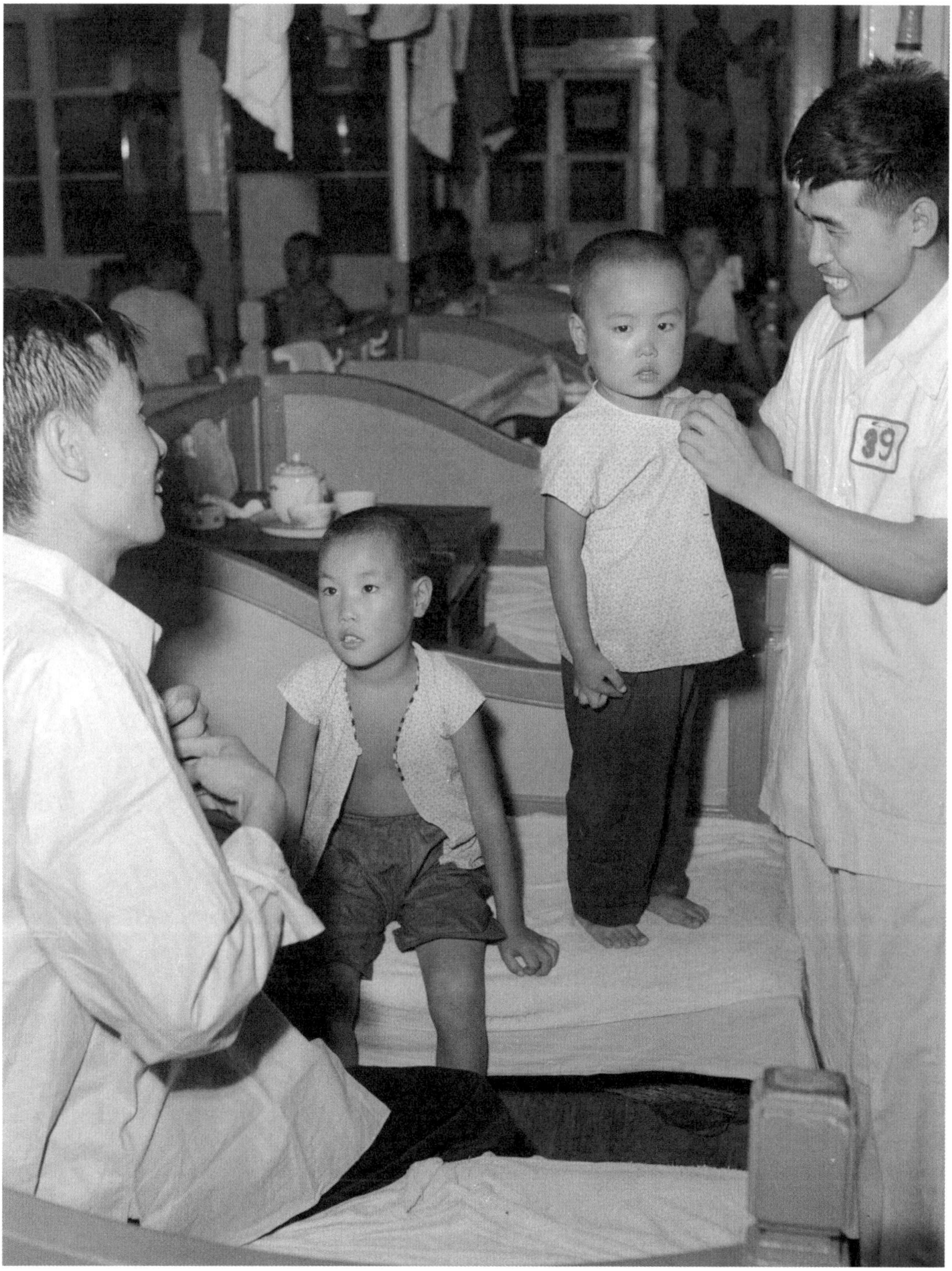


▲ 清华池服务员杜兆明（右）获得了 1956 年第一、二季度全市浴池业一等先进工作者的光荣称号（卓志/摄）

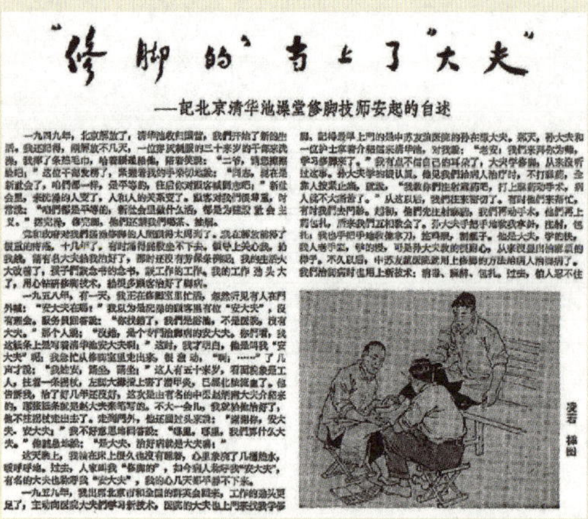
"修脚的"当上了"大夫"

——记北京清华池澡堂修脚技师安起的自述

▲ 1961 年 7 月 7 日，《北京日报》2 版

回首 珠市口

▲ 2007 年 1 月 14 日，《北京日报》6 版

百年清华池

李祥

澡用的水，这副对联经常挂在古都的澡堂子门口。澡堂在老北京人的生活中扮演了很重要的角色。过去时逢春节有人甘愿在雪地里排上两个小时的队，只为了去泡澡，甚至比"穿新衣，戴新帽"还要高兴。

据说老北京最早的澡堂是"小仓浪澡堂"，开办于光绪三十一年（公元1905年），当时坐落在皇城外的珠市口大街上。后来一位姓于的山东回民将之改建成了"清真清华池"，这个名字就一直保留到现在。清华池成为洗浴服务业中的排头兵，是十分珍贵的老字号。

如果说老舍先生笔下的茶馆是一个社会的浓缩，那么清华池为代表的澡堂子无疑就是建在水上的"茶馆"了。老北京人喜欢热闹，来澡堂子的人其目的之一就是寻个热闹。老人们带着半导体和象棋等消遣的"玩物"，到澡堂子里一泡就是一天。而当锅炉缓缓地向池子里倾热水时，大家不得不暂时离开池子，在石台上搓泥儿。锅

▲ 2009 年 11 月 8 日，《北京日报》6 版

和搓澡用的丝瓜瓤子和搓脚石。几个公共大池子温度不等，从 30 多摄氏度到 60 摄氏度以上，善浴者多入热池，只露一头，热气蒸腾，水花四溢，畅然调侃，大嗓吆喝，一声声有韵无腔的清唱擦着水皮此起彼伏，其乐融融。（2007 年 1 月 14 日，《北京日报》6 版《回首珠市口》）

1956 年公私合营后，清华池先后两次翻扩建，增添了按摩、修脚等服务项目。后来，修脚逐渐成了清华池的招牌，"泡澡带动修脚"变成"修脚带动泡澡"。脚垫、瘊子、鸡眼、灰指甲、脚气、甲沟炎……在清华池治愈这些脚病的人口口相传，清华池凭借这"一招鲜"名满京城，源头自有活水般流传下来。（2009 年 11 月 8 日，《北京日报》6 版《百年清华池》）

## "修脚的"当上了"大夫"

据《北京日报》2007 年 11 月 17 日 6 版《百年老店清华池月底开新店》一文报道，20 世纪 60 年代，清华池成立了京城乃至全国第一家脚病治疗室，并与中西医治疗技术相结合，由单纯的修脚逐渐变为脚病治疗。

根据记载，脚病治疗室是由清华池著名修脚工人安起设立的。治疗室里配备了药针、药棉、消毒用具等医疗用品，专门

为顾客“剜鸡眼”和治疗其他脚病。开设两个多月，就治好了800多人。（1960年4月2日，《北京日报》2版《清华池设“脚病治疗室”》）

安起称自己是个“修了半辈子脚的大老粗”，解放前被人看不起，新中国成立后才翻了身。1958年的一天，安起正在修脚室里忙活，忽然听见有人在门外喊：“安大夫在吗？”他以为是洗澡的顾客里有位“安大夫”，没有理会。服务员答道：“你找错了，我们是浴池，不是医院，没有大夫。”那个人说：“没错，是个专门治脚病的安大夫。你们看，我这纸条上是写着清华池安大夫啊！”安起这才明白，那人是叫自己“安大夫”呢！他急忙从修脚室里走出来，激动地“啊”了几声才说：“我姓安，请坐，请坐！”来人50来岁，拄着一根拐杖，左脚大拇指上害了潜甲炎，化脓流血。这病治了好几年也不见效，此次是由一位有名的中医大夫介绍来的。不一会儿，安起就给他治好了，出门时连拐杖也不用拄，那人连连对安起说：“谢谢你，安大夫，安大夫！”安起不好意思地回答：“哪里，哪里，我们算什么大夫。”那人诚恳地说：“是大夫，治好病就是大夫嘛！”

后来，“安大夫”的大名叫开了，安起本人被评为先进工作者，并担任了原宣武区政协委员和市人大代表，连医院的大夫、护士也跑来向他学技术。1960年，他和另外几名修脚师傅编写了5万多字的书——《北京修脚技术》，当作授课教材。（1961年7月7日，《北京日报》2版《“修脚的”当上了“大夫”》）

## 20世纪80年代服务受诟病

从上世纪五六十年代的老报纸中不难发现，清华池一直以服务优质而出名。比如1956年10月18日《北京日报》3版文章《清华池的意见簿》就曾提到：这里服务员的服务态度非常好，不但手勤眼快，你要什么，他给你拿什么，甚至你刚有这个意思，还没说出口，他已体察你的需要，马上想法满足你；而且他们总是满面笑容，和蔼可亲；他们说话也是又温和又谦逊。

那时候，清华池劳模频出，许多中央领导人都曾到这里修过脚，一直传为佳话。

然而，进入80年代，清华池的服务质量竟然滑坡了，引发社会关注。《北京日报》于1986年8月27日在1版刊发读者来信及记者调查《“清华池”华而少实》，报道了清华池设施好了、服务却没跟上的问题。

20 世纪 60 年代，清华池脚病治疗室修脚技师安起将要为小患者挖除脚上长着的疵瘊子，在做手术前，安起师傅向徒弟们讲解这次切除手术的操作方法（高宏 / 摄）

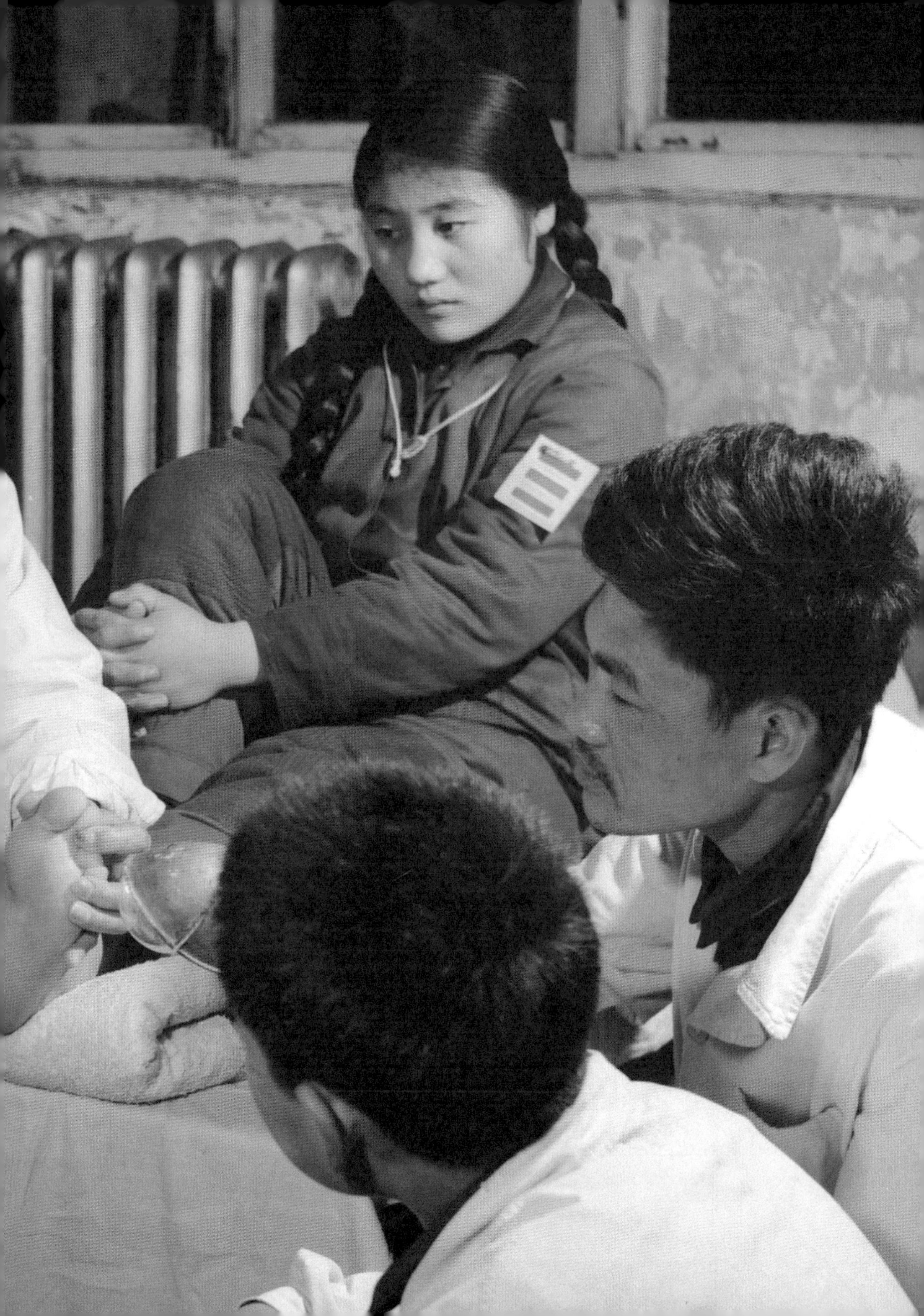

▲ 上世纪七八十年代，清华池浴池实行计时收费制，改变了洗澡排长队的现象（叶用才/摄）

文章见报后，清华池在媒体监督下迅速整改。他们成立了服务规范检查小组，在职工中开展“清华池与其他浴池有什么不同”“应具备什么样的服务水平才能达到质价相符”等讨论，同时，按部门、工种逐项落实服务规范，加强检查监督，奖优罚劣，改进了服务质量。（1986 年 9 月 18 日，《北京日报》1 版《清华池采取措施落实服务规范》）

## 萧条时修脚师傅只剩 8 人

随着时代的发展，越来越多的人住进了楼房，在家就能淋浴，老字号清华池生意日渐衰落。后来，京城新式洗浴中心纷纷开张，多重挤压之下，2000 年左右，清华池的生意几乎跌到了谷底。最萧条时，修脚师傅走得只剩下 8 个人。（2007 年 12 月 11 日，《北京日报》4 版《清华池感受百年绝活儿》）

2005 年，当时的北京城四区绝大多数国有浴池已关张或者转租，仍在经营的仅剩原宣武区的清华池、原崇文区的兴华园和东四块玉浴池三家。

好在清华池没有像一些老字号那样一蹶不振。原址在珠市口的百年老店清华池拆迁后，与另外两家国有浴池合并，迁址到虎坊路，借助脚病治疗，2004 年实现

### “清华池”华而不实

窗口行业见闻

日前，我到装修一新的本市首家高级浴池——“清华池”洗澡，花了一元五角（男浴最低票价）。浴池里外修饰得都挺漂亮，但传统的服务项目却未恢复。从所得到的服务看，我这一块五花得不值！

侯俊侠

记者昨日调查附记：26日下午，记者来到珠市口“清华池”。门脸儿果然漂亮，门厅的一位老服务员待客也很热情，主动打招呼，以至我觉得读者信中反映的情况可能不实。

掏出一块五，也买了张最便宜的澡票奔里走，只见床铺间四壁粉刷一新，钙塑天花板上装饰着华丽灯具，内装修也不错。

把澡票交给服务员后，就开始了一系列“自我服务”：找好衣柜，解衣入浴室，在门口自取了一条毛巾。洗好出来，也不见服务员上前服务，想要点白开水漱口，服务员叫我上浴室里的洗手池那儿用自来水去漱。

头些年在这儿洗过澡的同志告诉我，过去顾客浴后从浴室一出来，服务员就立刻过来给擦去背上的水、披上块大浴巾。客人一走到床铺边，服务员便递过一块热腾腾的擦脸毛巾。这时，客人身边的小桌上也已摆好了一小碗不凉不热的漱口水。

我想，浴池的设施好了，该有的服务项目怎么没了呢？

本报记者　郝　波

▲ 1986 年 8 月 27 日，《北京日报》1 版

### 清华池采取措施落实服务规范

回音

本栏八月二十七日刊登《「清华池」华而不实》一文后，清华池浴池诚恳接受批评，并认真分析了造成服务水平和高档设施不相称的原因。他们成立了服务规范检查小组，

采取下
务工作
中开展
其它浴池有什么不
么样的服务水平才
符？」等讨论，二
种逐项落实服务规
收，三、重新建立
强检查监督，奖优
配上的平均主义。
普通顾客身份去浴
服务果然很热情。

▲ 1986 年 9 月 18 日，《北京日报》1 版

### 老字号浴池还剩三家

店杂乱的招牌中，这座于1921年的老字号显不起眼。进出的顾客多数是老人和外地人，理说：“有一些喜欢泡老居民是专程从海淀、山赶来的，但是现在浴经营比过去差远了。”解，虽然兴华园属于去京市商务局公布的57

少要赔上半吨水。”徐经理说，现在只能靠其他项目弥补洗浴的经营。据介绍，2003年兴华园先后增加了美发、台球等项目以保障不亏损。但记者发现，这些项目多是以出租的形式转包他人，而在人员、资金有限的前提下，这也是很多国有浴池选择的生存

国有浴池合并，迁址到虎坊路，借助脚病治疗，去年实现了近百万元的利润。记者3月12日在清华池看到，开门后不久，前来治脚病的顾客就络绎不绝。据曹东彬经理介绍，平均每天修脚的顾客近300人，日收入近万元，约占浴池总收入60%。

票，浴池提供20分钟水，据测算这足够绝大人使用。曹经理表示，节水装置后，不仅每个水三分之一以上，而且消了当初因洗浴用水大幅上涨打算关闭洗目的念头。他说：“控成本，还是有微利可而且老百姓的节水意

▲ 2005 年 3 月 16 日，《北京日报》5 版

### 清华池感受百年绝活儿

梦竹

，京城老字号清华池200米的新址开业。一年（1905年）的清雨，也曾兴衰起伏。

店一样是胡同里北京百姓的必去之处。那时家里一间屋子半间炕，哪有洗澡的地儿。清华池名声在外，赶上节假日就得多排会儿队，这里的水热泡着舒坦，培养了不少“澡腻子”。

上世纪七八十年代，楼房拔地

讲究的是泡澡，不叫作，泡，是舒坦，一字同。”从前门搬到丰台隔三差五来一趟。

水汽氤氲，温润十来位白发苍苍的老

▲ 2007 年 12 月 11 日，《北京日报》4 版

▲ 上世纪七八十年代，清华池浴池在全市最早引进了桑拿浴（叶用才 / 摄）

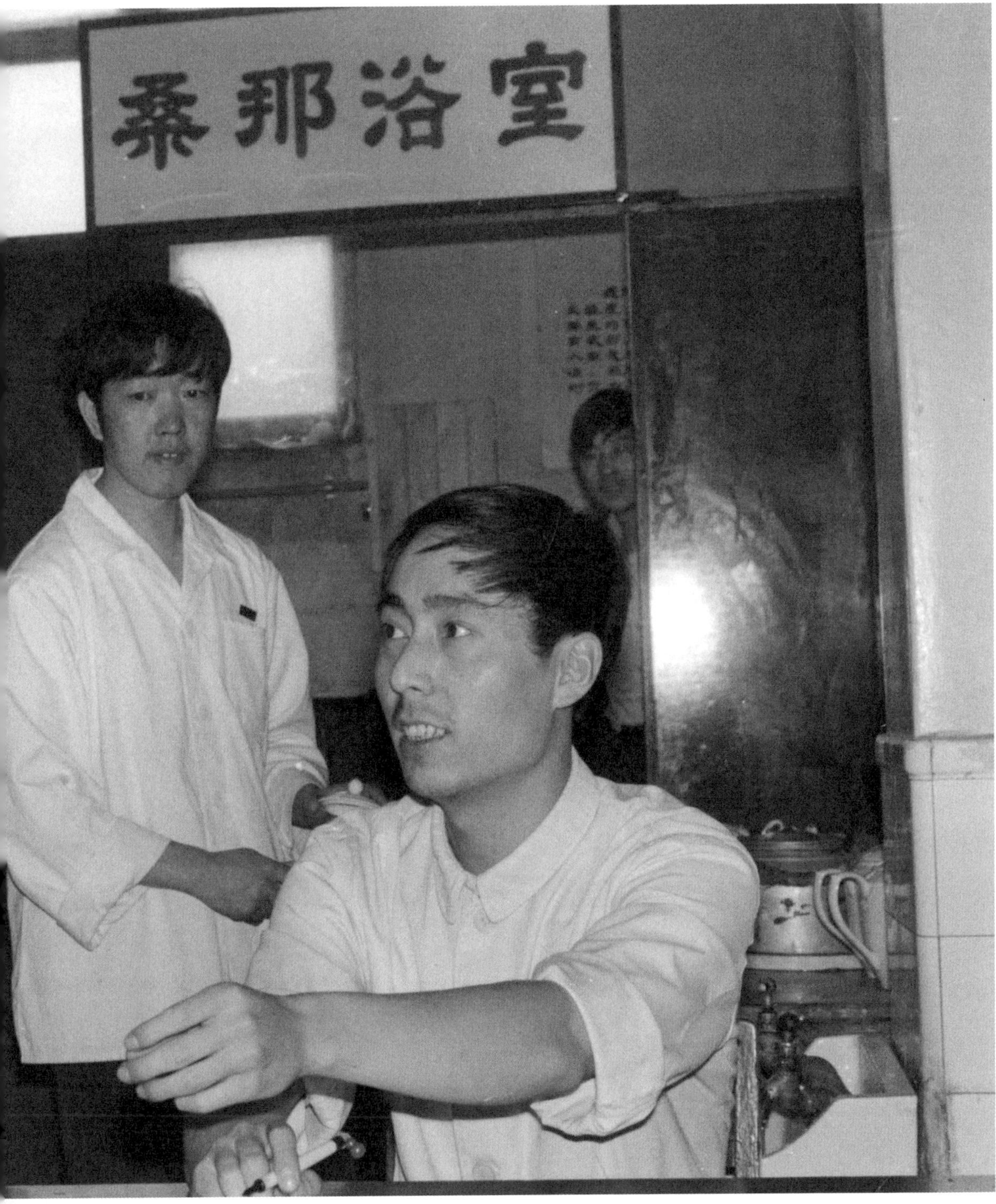
桑那浴室

## 清华池修脚技艺申报"非遗"

本报讯（通讯员陈虹）百年老店清华池的传统修脚技艺，作为老字号绝活儿的一种，正在申报非物质文化遗产。在昨天举办的清华池"首届足文化节"上，主办方公布了这一消息。

目前，清华池已在店内设立了足文化展览，并且从即日起到22日，每天上午为顾客开办脚病知识讲座，并举办脚病义诊，由脚病治疗专家每日上午为患者免费看诊。"修脚在老北京人心中，已有很高的知名度。把这项传统技艺，作为非物质文化遗产延续下去，是希望能吸引更多的人来了解、接受这种技艺。"清华池负责人如是说。

▲ 2008年12月17日，《北京日报》5版

## 清华池重生记

清华池师傅在修脚。

堂子，都快撑不下去了。

清华池重组时，曹东彬接任总经理。客流越来越少直接反映在账目上。三家浴池每一家每年都要亏损100万元，加在一起400多名员工，有300多面临下岗。

资金捉襟见肘，设备日益陈旧，但外面的世界还在往前赶。一家家洗浴中心如雨后春笋般在大街小巷冒头儿，条件稍好一点儿的家庭也开始装热水器。人气儿没了，老字号也像丢了魂儿，越来越赶不上趟儿。

### 修脚绝活救起老牌子

20多年前，清华池就剩了一丝热总抽空蹓跶到清华池洗个澡，顺便让修脚的师傅们清清磨出来的脚垫。等到了家里的生活条件改善了，安上热水器，胡桂枝还是离不了清华池。

为什么？就因为她有脚病。脚垫、甲沟炎虽然都不是什么大毛病，但走起路来就疼得她要命。搬家以后，她本来就近找过医院。可对着大夫一伸出脚来，大夫瞅了一眼就劝她："还是去清华池吧。"

一直以来，清华池的修脚就是一绝。单拿指甲长进肉里的甲沟炎来说，医院里的西医几乎要把整个指甲盖拔出来；而咱老国术修脚却只挑出来长进去的一小块儿，疼痛感小，愈合也快。

2009年，清华池修治脚病的传统技艺顺利入列北京"非遗"名录。而去年底，清华池传统修脚术又被列入《国家级非物质文化遗产代表性项目名录》。

即使在清华池最艰难的时候，像胡桂枝这样来修脚的客人也没断过。这让曹东彬看到了一线生机：既然修脚是特色、生意好，就改成以修脚为主吧。澡能在家洗，脚可不能在家修。

曹东彬操持起装修，换设备，把修脚室扩大了10倍。以前留给修脚的只有一间20多平方米大的小黑屋。而且从收入上看，当年每进账100块钱，修脚顶多占两成。

硬件舒服了，服务也得跟上。当时修脚室里虽然备了客用拖鞋、毛巾，但还是有不少客人嫌脏，自己抱着一堆东西来修脚。于是，擦脚巾升级成了一次性毛巾，拖鞋也换成宾馆里使用的一次性拖鞋。更重要的是，修脚师手里的刀也要换。

修脚师就靠着手里的刀闯天下，刀要认手，还得勤磨。要把老刀换成"一客一用"的新刀，修脚师们不干了。曹东彬根据平时修脚所需要的刀

▲ 2015年3月9日，《北京日报》11版

了近百万元的利润。2005年3月，平均每天前去修脚的顾客近300人，日收入近万元，约占浴池总收入的60%。（2005年3月16日，《北京日报》5版《老字号浴池还剩三家》）

花样百出的新式洗浴中心，靠新奇招人，人们图的是一时新鲜。而清华池讲究的是传统，但硬件设施、卫生水平确实落后。穷则变，变则通。2007年12月18日，清华池新店在离老店200米的新址开业。经过改造，池子更干净卫生，原先的"澡腻子"都闻着味儿回来了。"老北京讲究的是泡澡，不叫洗澡。洗，是动作，泡，是舒坦。一字之差，心境不同。"一位从前门搬到丰台的"老北京"，隔三岔五就要来一趟。

## 两项技艺入"非遗"名录

2008年，百年老店清华池的传统修脚技艺，作为老字号绝活儿的一种，开始申报非物质文化遗产。

按照相关人士在这一年举办的"首届足文化节"上的解释——"修脚在老北京人心中，已有很高的知名度。把这项传统技艺，作为非物质文化遗产延续下去，是希望能吸引更多的人来了解、接受这种技艺。"（2008年12月17日，《北京日报》

5 版《清华池修脚技艺申报“非遗”》）

2009 年，清华池引入了清宫脊椎疗法。该疗法由清瘀血方、止痛方、活血方、止血方四组方剂组成，其神奇之处在于只出瘀血和病灶，而不出新鲜血液。当年，修脚术和清宫脊椎疗法入选《北京市第三批市级非物质文化遗产名录》。2014 年底，清华池传统修脚术又被列入《国家级非物质文化遗产代表性项目名录》。（2009 年 11 月 8 日，《北京日报》6 版《百年清华池》）

如今，修脚和足疗业务成了清华池的支柱。仅 2014 年，清华池收入就已达到 4000 万元，其中，55% 来自于修脚。继回龙观分店开业后，清华池又琢磨着开社区店，“不要大门脸儿，也不加盟，就用这一手修脚的绝活儿，去继续‘招待’四面八方的北京人。”有关负责人如是说。（2015 年 3 月 9 日，《北京日报》11 版《清华池重生记》）

# 一个宏志班引发的助学行动

历史资料 ▪ 京报集团图文数据库

文 ▪ 贾晓燕

22年前，广渠门中学开办宏志班，这个班专门招收生活困难但品学兼优的高中生，开创了北京市乃至全国教育扶贫的先河。从那以后，宏志班、鸿鹄班、自立工程、助学工程、春雨工程、雏鹰基金、热心基金……不同名称、不同形式的“宏志行动”在京城广泛开展，越来越多品学兼优的寒门学子获得了继续学习的机会，改变了人生命运。

## 宏志班诞生几经周折

1995年9月1日，54名生活困难、品学兼优的学生，走进广渠门中学宽敞明亮的教室，怀着激动的心情开始了他们梦寐以求的高中学习。他们成为第一届宏志班的学生。（1995年9月1日，《北京日报》1版《广渠门中学宏志班开学》）

宏志班的由来，与时任市人大代表、市人大常委会教育科学委员会委员、广渠门中学校长李金海有着重要联系。

1994年，李金海在一些私立学校中发现，这些学校教室里夏天有空调，冬天有暖气；宿舍里可以睡上“席梦思”软床；吃的饭菜能够与高档饭馆媲美；学生穿的衣服更是时髦华贵与众不同。在学校中，他遇到这样一个场面：有位十五六岁的学生，向“大款”父亲要零花钱，张口就是3000元，并且如愿以偿。

这件事，让这位老教师的心里很不平静：这样能培养出国家建设的有用人才吗？同在

▲ 1995 年 9 月，广渠门中学成立了全国第一个宏志班

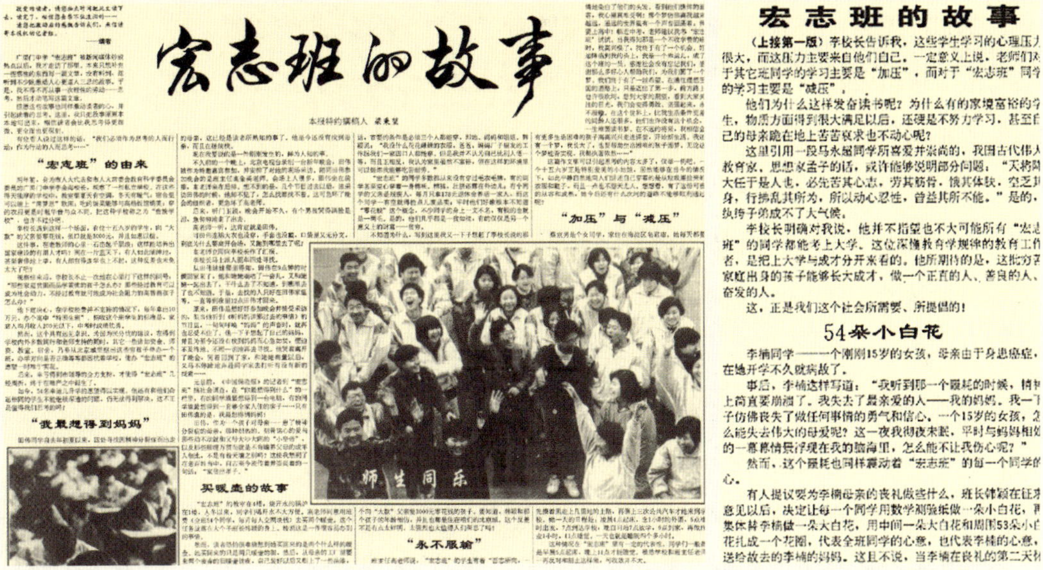

宏志班的故事

"宏志班"的由来

"加压"与"减压"

"我最想得到妈妈"

买暖壶的故事

"永不服输"

宏志班的故事

（上接第一版）李校长告诉我，这些学生学习的心理压力很大，而这压力主要来自他们自己。一定意义上说，老师们对于其它班同学的学习主要是"加压"，而对于"宏志班"同学的学习主要是"减压"。

他们为什么这样发奋读书呢？为什么有的家境富裕的学生，物质方面得到很大满足以后，还硬是不努力学习，甚至自己的母亲跪在地上苦苦哀求也不动心呢？

这里引用一段马永超同学所喜爱并崇尚的，我国古代伟大教育家、思想家孟子的话，或许能够说明部分问题："天将降大任于是人也，必先苦其心志，劳其筋骨，饿其体肤，空乏其身，行拂乱其所为，所以动心忍性，曾益其所不能。"是的，纨绔子弟成不了大气候。

李校长明确对我说，他并不指望也不大可能所有"宏志班"的同学都能考上大学。这位深懂教育学规律的教育工作者，是把上大学与成才分开来看的。他所期待的是，这批穷苦家庭出身的孩子能够长大成才，做一个正直的人、善良的人、奋发的人。

这，正是我们这个社会所需要、所提倡的！

54朵小白花

李楠同学——一个刚刚15岁的女孩，母亲由于身患癌症，在她开学不久就病故了。

事后，李楠这样写道："我听到那一个噩耗的时候，精神上简直要崩溃了。我失去了最亲爱的人——我的妈妈。我一下子仿佛丧失了做任何事情的勇气和信心。一个15岁的女孩，怎么能失去伟大的母爱呢？这一夜我彻夜未眠，平时与妈妈相处的一幕幕情景浮现在我的脑海里，怎么能不让我伤心呢？"

然而，这个噩耗也同样震动着"宏志班"的每一个同学的心。

有人提议要为李楠母亲的丧礼做些什么，班长韩颖在征求意见以后，决定让每一个同学用数学测验纸做一朵小白花，再集体替李楠做一朵大白花，用中间一朵大白花和周围53朵小白花扎成一个花圈，代表全班同学的心意，也代表李楠的心意，送给故去的李楠的妈妈。这且不说，当李楠在丧礼的第二天

▲ 1996 年 1 月 5 日，《北京日报》1 版转 3 版，《宏志班的故事》

一片蓝天下，有人如此阔绰甚至奢侈地上学，有人却连学也上不起，这种反差也未免太大了吧？

此后，李金海不止一次地在心里打下这样的问号：“那些家庭贫困而品学兼优的孩子怎么办？那些经过教育可以成为社会动力，不经过教育可能成为社会阻力的高智商孩子怎么办？”

他下定决心，在学校经费并不宽裕的情况下，每年拿出 10 万元，办个高中“特困生班”。招收这个班学生的标准是，家庭人均月收入 200 元以下，中考时成绩优秀。

然而，这个想法在得到学校内外多数同行和老师支持的同时，真要实施却不容易，诸如资金、师资、教室、宿舍，乃至从北京城里抠出这些穷孩子单办一个班、办学方向是否正确等问题困扰着学校。

幸亏得到市领导的全力支持，宏志班几经周折，终于诞生了。（1996 年 1 月 5 日，《北京日报》1 版转 3 版《宏志班的故事》）

## 《宏志班的故事》引发社会共鸣

1996 年 1 月 5 日，《北京日报》在 1 版显著位置刊发了由著名作家梁秉堃撰写的《宏志班的故事》。这篇长篇通讯，让人们知道了一个令人感动的宏志班。

班里需要买两个暖壶，负责买暖壶的学生韩颖却只买回两只暖壶的胆，然后，她从母亲的工厂里要来两个废弃的旧暖壶壳，自己装好以后又刷上油漆，其中有一只的提手没有了，就用一根塑料绳来代替。对此，全班同学没有一个人提出异议，认为这是天经地义。

班里的同学多数都从来没有穿过毛衣毛裤，有的同学甚至空心穿着一身棉袄、棉裤，肚脐还露在外边儿；有个同学的父亲是残疾人，每月只拿 178 元退休金养活一家人，而这个同学一有空就得捡点儿废品卖；平时他们好像根本不知道“零花钱”这个概念，不少同学的身上一文不名，有钱的也就是一两毛。是的，他们几乎都是一贫如洗，有的仅仅是另一个意义上的财富——贫穷。

这篇稿件见报后，在读者中引发强烈共鸣，编辑部的热线电话铃声不断，很多读者表示他们被广渠门中学宏志班学生在逆境中发奋学习、吃苦耐劳、独立自强的精神深深打动。一位叫“李德生”的读者说，读着读着，自己禁不住热泪盈眶……（1996 年 1 月 8

# 真情的呼唤

## 《宏志班的故事》引起强烈反响

本报记者　张冬萍　李学梅

### 铃声不断

### 顶风赶来的

### 的"大明"人

▲ 1996 年 1 月 8 日，《北京日报》1 版

# 宏志班引出的育人话题

### 从来贫贱出俊杰

### 教育女儿，我失败了

▲ 1996 年 1 月 10 日，《北京日报》1 版

# "宏志行动"开始启动

## 北京日报社每年支持资金10万元
## 帮助密云二中兴办"宏志班"

**本报讯**　从今天起，北京日报社倡导的"宏志行动"开始启动。北京日报社决定，每年支持资金10万元人民币，帮助密云二中兴办一个"宏志班"。

本报1月5日一版发表的长篇通讯《宏志班的故事》在社会上引起强烈反响，许多读者在来电、来信中提到，宏志班这54个孩子是幸运儿，北京城近郊区可能还有不少贫困生，他们升学的问题怎么办？教育是全社会的事，抓好教育，关键在行动。北京日报社决定，继广渠门中学创办"宏志班"之后，帮助密云二中兴办一个"宏志班"。发起"宏志行动"，就是为了进一步引起全社会对品学兼优的贫困生深造问题的关注。

密云县是本市比较贫困的区县之一，密云人民为修建密云水库和保护这盆清水做出了牺牲和奉献。目前，全市60%的工业和生活用水来自密云水库。市属重点中学密云二中，拥有较好的师资和办学条件。北京日报社支持该校兴办的"宏志班"，将从密云县内招收50名家境贫困、品学兼优的学生，旨在为国家和当地培养人才。

热忱欢迎社会各界参与"宏志行动"，大家共同努力，尽可能使更多品学兼优的贫困生有上学深造的机会。有意者请与本社联系，电话：5298136。

——编者

▲ 1996 年 1 月 11 日，《北京日报》1 版

# 宏志班带给家长的深思

### 我们家长做得又如何

### 美枣生荆棘

▲ 1996 年 1 月 19 日，《北京日报》1 版

# 本社出资支持的密云二中宏志班开班

**本报讯（记者张冬萍）**昨天举行的密云二中宏志班开班仪式暨"宏志在我心中"主题班会上，新集体的46名同学宣誓，决心做到：最有理想，最讲道德，最守纪律，最善学习，最会锻炼。一，密云二中拥有良好的师资和办学条件，该校宏志班以中考570分以上的成绩招收了46名学生，使他们圆了读书梦。开班仪式上，宏志班同学对社会各界的支持表示感谢，决心以优异的学习成绩报答党和政府的关怀。广渠门中学李金海校长和宏志班班主任高金英老师等参加了开班仪式，并向密云二中宏志班师生转送了社会各界捐赠的生活用品和文具。

▲ 1996 年 9 月 2 日，《北京日报》1 版

日，《北京日报》1 版《真情的呼唤》）

那一阵子，人们通过各种方式表达对广渠门中学宏志班学生的关爱。有公司决定每年拿出 5000 元在宏志班设立奖学金；64 岁的退休职工贺英将 300 元送到报社，希望捐给宏志班；崇文小学五年级学生罗逸打电话给报社，想把零花钱捐给宏志班的大哥哥大姐姐们……

从《北京日报》1996 年 1 月 9 日 1 版刊发的题为“宏志班牵动万千读者心”的一组读者来信中不难看出，《宏志班的故事》掀起了一轮关于助学话题的讨论。

读者李亚平写道：“宏志班的同学生活上的艰苦奋斗的精神令人同情和佩服。建议社会上或各学校里开展‘一帮一’‘结对子’‘找朋友’的活动，这样可以互相帮助、互相促进。”

读者毛文伶写道：“希望社会各界有识之士采用不同方式支持宏志班的办学方向，让更多的穷孩子圆了读书梦。”

宏志班成立之时，恰是社会舆论关注独生子女目无尊长、自私、缺乏责任感和承受力等问题之时，他们和宏志班学生间鲜明的反差，让整个社会开始反思：家庭教育、学校教育到底存在着什么样的问题。（1996 年 1 月 10 日，《北京日报》1 版《宏志班引出的育人话题》）

## 北京日报社赞助宏志班

1996 年 1 月 11 日，由北京日报社倡导的“宏志行动”正式启动。北京日报社连续三年每年支持资金 10 万元人民币，帮助密云二中兴办宏志班。（1996 年 1 月 11 日，《北京日报》1 版《“宏志行动”开始启动》）

长篇通讯《宏志班的故事》在社会上引起强烈反响，许多读者在来电、来信中提到，宏志班首批 54 个孩子是幸运儿，但北京城可能还有不少贫困生，他们的升学问题怎么办？教育是全社会的事。抓好教育，关键在行动。为此，北京日报社决定，继广渠门中学创办宏志班之后，帮助密云二中兴办一个宏志班。发起“宏志行动”，就是为了进一步引起全社会对品学兼优的贫困生继续就学问题的关注。

当时的密云县（现密云区）是本市比较贫困的区县之一。北京日报社支持密云二中兴办宏志班，是从密云县内招收 50 名家境贫困、品学兼优的学生，旨在为国家和当地培养人才。

1996 年 9 月 1 日，密云二中宏志班正式开班。

## “北京市宏志奖学金”设立

1996 年 8 月 1 日，《北京日报》在 1 版刊发消息《市委市政府决定：为贫困高中生设立北京市宏志奖学金》。从当年 9 月起，本市开始向品学兼优、家庭人均月收入低于 210 元最低生活保障线标准的本市普通高中在校学生颁发“北京市宏志奖学金”，每位获奖者可得到 500 元奖学金，并免交当年的学杂费。

当时，在市委市政府以及社会各界的努力下，本市已使一批家庭生活困难的学生顺利完成了九年义务教育。1994 年本市提出努力普及高中阶段教育的任务，支持、帮助家庭生活困难的学生特别是品学兼优的学生完成高中阶段教育，这也成为各级政府、教育行政部门以及学校的一项重要工作。广渠门中学在社会各界的资助下，首先为贫困学生开办了宏志班，在全市以至全国引起强烈反响。市委市政府批准设立“北京市宏志奖学金”，是进一步在全社会树立重教助学良好风尚的新举措。

## “宏志行动”在京城延续

继广渠门中学宏志班、密云二中宏志班后，扶助贫困学生继续求学的“宏志行动”开始在全市范围展开。

1996 年，一项旨在使贫困学生享有职业教育权利的“自立工程”在劲松职高启动，15 名来自残疾人贫困家庭的“自立生”，不但各项学习费用全免，每天还得到一份免费午餐。

同年，由来自全国 17 个省市老少边穷地区的 17 名品学兼优的贫困生，在北京力迈学校组成了“鸿鹄班”。这个由汉、藏、回、苗、壮、拉祜、畲 7 个民族的学生组成的集体，以立鸿鹄之志自勉：刻苦学习，早日成才，建设家乡。

那段时间，各区县也纷纷推出“助学工程”。西城区对 177 名家庭人均收入低于 200

# 市委市政府决定
# 为贫困高中生设立北京市宏志奖学金

**本报讯** 市委、市政府最近决定，从今年九月起，将向品学兼优、家庭人均月收入低于210元最低生活保障线标准的本市普通高中在校学生颁发"北京市宏志奖学金"，每位获奖者可得到500元奖学金，并免交当年的学杂费。目前，市教委正在制定相应的评审办法。

近年来，在市委、市政府以及社会各界的努力下，本市已使一批家庭生活困难的学生顺利完成了九年义务教育。1994年本市提出努力普及高中阶段教育的任务，支持、帮助家庭生活困难的学生，特别是品学兼优的学生完成高中阶段教育，已成为各级政府、教育行政部门以及学校的一项重要工作。崇文区广渠门中学在社会各界的资助下，首先为贫困学生开办了"宏志班"，在全市以至全国引起强烈反响。此次，市委、市政府批准设立"北京市宏志奖学金"，是进一步在全社会树立重教助学的良好风尚的新举措。 （赵世明）

▲ 1996年8月1日，《北京日报》1版

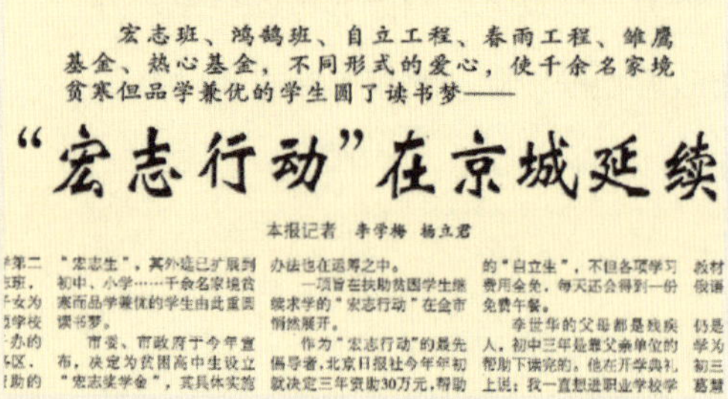

宏志班、鸿鹄班、自立工程、春雨工程、雏鹰基金、热心基金，不同形式的爱心，使千余名家境贫寒但品学兼优的学生圆了读书梦——

# "宏志行动"在京城延续

本报记者 李学梅 杨立君

……"宏志生"，其外延已扩展到初中、小学……千余名家境贫寒而品学兼优的学生由此重圆读书梦。

市委、市政府于今年宣布，决定为贫困高中生设立"宏志奖学金"，其具体实施办法也在运筹之中。

一项旨在扶助贫困学生继续求学的"宏志行动"在全市悄然展开。

作为"宏志行动"的最先倡导者，北京日报社今年年初就决定三年资助30万元，帮助……

……的"自立生"，不但各项学习费用全免，每天还会得到一份免费午餐。

李世华的父母都是残疾人，初中三年是靠父亲单位的帮助下读完的。他在开学典礼上说：我一直想进职业学校学……

▲ 1996年12月24日，《北京日报》1版

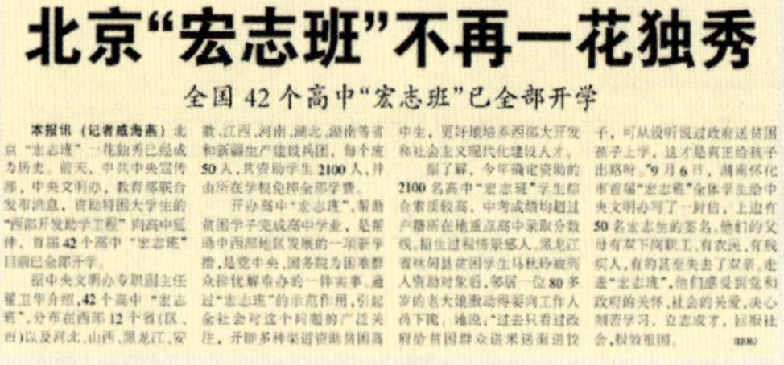

# 北京"宏志班"不再一花独秀

## 全国42个高中"宏志班"已全部开学

**本报讯（记者咸鸿燕）** 北京"宏志班"一花独秀已经成为历史。前天，中共中央宣传部、中央文明办、教育部联合发布消息，资助特困大学生的"西部开发助学工程"向高中延伸，首届42个高中"宏志班"日前已全部开学。

据中央文明办专职副主任翟卫华介绍，42个高中"宏志班"，分布在西部12个省（区、市）以及河北、山西、黑龙江、安徽、江西、河南、湖北、湖南等省和新疆生产建设兵团，每个班50人，共资助学生2100人，并由所在学校免掉全部学费。

开办高中"宏志班"，帮助贫困学子完成高中学业，是帮助中西部地区发展的一项新举措，是党中央、国务院为困难群众排忧解难办的一件实事。通过"宏志班"的示范作用，引起全社会对这个问题的广泛关注，并联多种渠道资助贫困高中生，更好地培养西部大开发和社会主义现代化建设人才。

据了解，今年确定资助的2100名高中"宏志班"学生综合素质较高，中考成绩均超过户籍所在地重点高中录取分数线，招生过程情景感人。黑龙江省林甸县贫困学生马秋玲被列入资助对象后，邻居一位80多岁的老大娘激动得要向工作人员下跪。她说："过去只看过政府给贫困群众送米送面送被子，可从没听说过政府送贫困孩子上学，这才是真正给孩子出路呀。"9月6日，湖南怀化市首届"宏志班"全体学生给中央文明办写了一封信，上边有50名宏志生的签名。他们的父母有双下岗职工，有农民，有残疾人，有的甚至失去了双亲。走进"宏志班"，他们感受到党和政府的关怀、社会的关爱，决心刻苦学习，立志成才，回报社会，报效祖国。

▲ 2002年9月20日，《北京日报》3版

元的贫困生免收学杂费；顺义县（现顺义区）筹资40万元实施"春雨工程"，为贫困生减免学习费用9万余元；门头沟区每年拨款30万元，专门补助山区寄宿学生的生活和学习；通县（现通州区）设立了100万元"运河雏鹰基金"，扶助特困生，奖励贫困、特困生中的优秀者。

"宏志行动"还得到了许多同龄人的热烈响应。海淀区3万多名中学生团员，以特殊团费的形式，每人每月多交5分钱，设立了中学生"热心基金"，为西颐中学和十九中的两名同学解决了上学的费用。

宏志班、鸿鹄班、自立工程、助学工程、春雨工程、雏鹰基金、热心基金……在20世纪90年代中期之后，不同名称、不同形式的"宏志行动"广泛开展。一个全社会共同参与的"宏志行动"，渐渐让贫困生这个特殊的群体"化整为零"。（1996年12月24日，《北京日报》1版转4版《"宏志行动"在京城延续》）

如今，宏志精神在京城家喻户晓，越来越多品学兼优的贫困生获得了继续学习的机会，由此改变了人生命运。

2010 年，广渠门中学宏志班成立 15 周年。图为高一新生在信息课上观看投影演示（孙戉 / 摄）

# 小时工如何进京城

历史资料 ▪ 京报集团图文数据库 ▪ 新华社

文 ▪ 贾晓燕

年根儿岁末，小时工“高价难求”。25年前，在北京落户的麦当劳快餐厅将这种用工方式正式引入中国，改变了京城老百姓“多工时多出力”的传统观念。如今，“家政小时工”更是成为很多家庭必不可少的生活助手。

## “洋快餐”带来小时工制度

所谓“小时工”，顾名思义，就是按小时计算报酬，干几小时的活，给几小时的钱。

在1987年出版的《劳动法辞典》上，小时工又被称为“非全时工”。该辞典在“非全时工”词条的释文中说：“实行非全时工制度，对劳动关系双方当事人均有一定的好处。从用人单位方面讲，在每天最需要人手的时候，有人来干活，而且不用支付全天工资；从工人方面讲，不用全天上班，提供生活上的便利。”

20世纪90年代初期，小时工制度在世界已被广泛采用。但在我国，习惯8小时全时工制度的人们还不太熟悉它。时任国家劳动部劳动科学研究所副所长夏积智说，他曾在1984年撰文建议有条件的企业采用非全时工制度，但反响不大。（1992年6月2日，《北京日报》1版《京城有了“小时工”》）

1992年4月23日，被誉为当时全世界最大的一家麦当劳快餐厅在北京最繁华的地段开业，它将独特的小时工制度正式引入中国。麦当劳里的小时工不必一天干满8小时，可以自由选择工作时间，但工作的每一分钟，都得高速运转起来。可以说，麦当劳的出现，为小时工制度在京城的试验和推广，提供了一个有影响的范例。

那时候，有个针对京津沪三大城市的调研数据，数据显示：职工的有效工时只占制度工时的一半左右，也就是说，一人一年只干 153 天的活儿，说得更明白点儿，就是 8 小时只干 4 小时的活儿。这么一比较，我国传统的“多工时多出力”的观念就显得过时了。

## “第二职业”的过渡期

小时工制度落户京城，曾经有过一段“第二职业”的过渡，又称“内部小时工”制度。

1992 年 5 月 1 日，京伦饭店率先试行了这种灵活的用工方法，即鼓励本企业员工利用业余时间在饭店的某些部门从事急需的服务性工作，并按小时兑付报酬。

据《北京日报》1992 年 7 月 7 日 1 版《京伦搞起内部小时工》一文记载，当年适逢北京旅游黄金年，来京的海外游客明显增多，一线工作繁重，人员告紧，为此，京伦饭店的领导开始着眼于挖掘企业内部潜力。经过分析，他们认为实行“内部小时工”有很大可能性：一是饭店工作

在这里，你不必一天干满8小时，还可以自由选择工作时间；但工作的每一分钟，你都得高速运转起来——

京城有了“小时工”

麦当劳印象之一

本报记者 赵靖云 吴向中

义，就是按小时计算报酬，干几小时活，给几小时钱。

在1987年出版的《劳动法辞典》上，它又被称为“非全时工”。该辞典在“非全时工”词条的释文中说：“实行非全时工制度，对劳动关系双方当事人均有一定的好处。从用人单位方面讲，在每天最需要人手的时候，有人来干活，而且不用支付全天工资；从工人方面讲，不用全天上班，提供生活上的便利。”

在接受记者采访时，德用“灵活”和“效率”两个词来概括小时工作制度的特点。

33岁的刘青云，在一家工厂干了12年之后，应聘到麦当劳当起了服务员。

刘自称在原单位，她该属于那种被优化下来的人。但在麦当劳，由于工作出色，两周前她和数十名伙伴一起得到了升迁。她弟弟惊讶地说：“姐，你去麦当劳后像是变了个人！”

接孩子。但在上班的几个钟点里，她使自己高速运转起来。不停地招呼客人，不停地微笑，不停地收盘子擦台面，不停地找活干。她说，她喜欢这种快速高效的工作方式。

所有个体的高效率，合成了一个整体的高效率。

五

麦当劳有个排班组。它的工作，是每周依据员……

当今世界上，小时工制度已被广泛采用。但在我国，习惯8小时全时工制度的人们还不太熟悉它。国家劳动部劳动科学研究所夏积智副所长对记者说，他曾在1984年撰文建议有条件的企业采用非全时工制度，但反响不大。

麦当劳的出现，为该制度在本市的试验和推广，提供了一个有影响的范例。

四

北京麦当劳的外方总经理，是来自台湾的赖林胜先生。

刘认为，她呆过的企业在有些方面的管理流于形式。譬如劳动时间上，干不干都得8小时，只管考勤，不管效率，工人出工不出力，却没人关心。

现在，她每天下午3点半就可以下班了，从从容容地去

改革开放试验田

工意愿和上阶段工作评估，排出下周各天的员工工作时间表，张榜公布。

花花绿绿的表格在员工休息室里贴了一墙壁。除管理人员外的800多名员工，人人都可以从表上了解自己每天的工作时间。蓝杠表示上午，红杠表示下午，几点起几点止，一目了然。

每位员工希望的工作时间，都是在应聘时就与店方谈妥的。临时有变，可提前投书“排班留言箱”。但这还不是排班组工作的全部依据。

▲ 1992 年 6 月 2 日，《北京日报》1 版

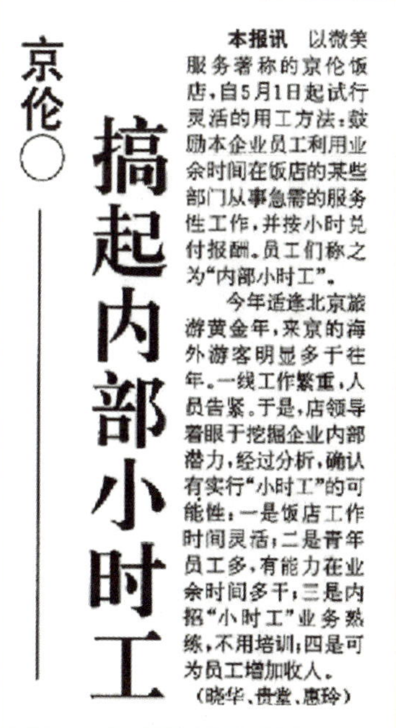

京伦搞起内部小时工

本报讯 以微笑服务著称的京伦饭店，自5月1日起试行灵活的用工方法：鼓励本企业员工利用业余时间在饭店的某些部门从事急需的服务性工作，并按小时兑付报酬。员工们称之为“内部小时工”。

今年适逢北京旅游黄金年，来京的海外游客明显多于往年。一线工作繁重，人员告紧。于是，店领导着眼于挖掘企业内部潜力，经过分析，确认有实行“小时工”的可能性：一是饭店工作时间灵活；二是青年员工多，有能力在业余时间多干；三是内招“小时工”业务熟练，不用培训；四是可为员工增加收入。（晓华、贵堂、惠玲）

▲ 1992 年 7 月 7 日，《北京日报》1 版

实行项目小时工

北辰集团康乐宫有限公司

北京体育师范学院应届毕业生梁进利用分配工作前的时间，在康乐宫担任「小时工」。她说，要「锻炼一下自己」，「挣点钱」。

本报记者 李士炘摄

本报讯 北辰集团康乐宫有限公司在改革劳动制度方面推出项目小时工制，即对新增项目不增添人，而采用招聘本企业员工等、业余时间为新项目计酬服务的方式经营。这种方法，既为企业节省了用工资金，又替员工开辟了创收之路。

康乐宫今年7月推出室外游泳池新项目，每天6场，第一场3人，其余6人，工时12小时，约需用工30人。他们一个员工也没派，而是招聘企业员工班后“打工”，并从社会上适量招聘了在校大学生和应届毕业生等，全部按工作小时付酬。

这个新项目日均接待游泳者700余人，日均收入1500元。实行项目小时工，每月可为企业节约用工费3000余元，这个数额是使用正式顶班员工费用的50%。

（苏琳）

改革开放新事

▲ 1992年8月4日，《北京日报》2版。图为北京体育师范学院应届毕业生梁进利用分配工作前的时间，在康乐宫担任小时工。她说，要“锻炼一下自己”“挣点钱”（李士炘/摄）

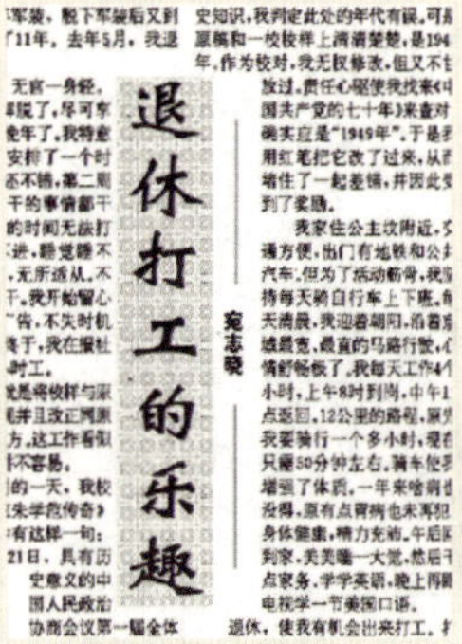

退休打工的乐趣

宛志晓

军装，脱下军装后又到了11年，去年5月，我退……无官一身轻……退休，使我有机会出来打工……

史知识，我判定此处的年代有误。可原稿和一校校样上清清楚楚，是194年，作为校对，我无权修改，但又不能放过。责任心驱使我找来《中国共产党的七十年》来查对，确实应是“1949年”。于是我用红笔把它改了过来，从而堵住了一起差错，并因此受到了奖励。

我家住公主坟附近，交通方便，出门有地铁和公共汽车。但为了活动筋骨，我坚持每天骑自行车上下班。每天清晨，我迎着朝阳，沿着宽敞整洁的马路行驶，心情舒畅极了。我每天工作4个小时，上午8时到岗，中午1点返回。12公里的路程，原先我要骑行一个多小时，现在只需50分钟左右。骑车使我增强了体质，一年来啥病也没得，原有点胃病也未再犯。身体健康，精力充沛。午后回到家，美美睡一大觉，然后干点家务，学学英语，晚上再跟电视学一节英语口语。

▲ 1994年6月25日，《北京日报》8版

退休妇女集体打工

伍富商场别出心裁

本报讯（实习生刘凯 通讯员赵红旗） 招收年轻的女性做营业员，似乎成了现代商场的经营法则。可是海淀区新开业的伍富商场却招了20名年过半百的妇女做小时工的售货员，可谓独出心裁。而且从日营业额看，这家老年人工作的商场要比本地区同类商场高一些。

这些身着整洁的棕色售货服装的老年妇女是北京航空航天大学的退休员工，年纪最小的50岁，最大的58岁。退休前，她们的职业是资料员、医生、图书管理员、职员。如今她们每天工作4小时，……元钱，每个月有近300元的收入。

……商场，共有5个柜组，经营文具、家……等。每个柜组由1名单位老职工带……接待着招待商场的每一位顾客，并……价格和质量。她们每天每人的营业……并不比正式售货员少。

……商场的做法感到很新鲜，对服务……：“这些老同志的服务态度真是没……商场可真会想办法！”另有一位……

▲ 1994年2月26日，《北京日报》2版

▲ 2007年，春节临近，不少家庭请人帮助清扫房屋，家庭小时工“热”起来，许多人一天要跑好几家，劳动报酬也由每小时6元涨到8至10元（李文明/摄）

时间灵活；二是青年员工多，有能力在业余时间多干；三是内招“小时工”业务熟练，不用培训；四是可为员工增加收入。

紧接着，北辰集团康乐宫有限公司也推出项目小时工制，即对新增项目不增添人，而采用招聘本企业员工及大学生，利用业余时间为新项目计酬服务的方式经营。比如康乐宫新增的室外游泳池项目，约需用工30人，但是他们一个员工也没派，而是招聘企业员工班后“打工”，并从社会上适量招聘了在校大学生和应届毕业生等，全部按工作小时付酬。这个新项目日均接待游泳者700余人，日均收入1500元，每月为企业节约用工费3000余元，是使用正式顶班员工费用的50%。（1992年8月4日，《北京日报》2版《北辰集团康乐宫有限公司实行项目小时工》）

那一阵儿，“第二职业”是社会的热点话题。因为既可以节省用工资金，还可以帮员工创收，所以，这种不需要国家授权的劳务性活动颇受企业青睐。

## 退休老人热衷赚“外快”

1994年，海淀区一家新开业的商场发生了件新鲜事：这家商场没有像其他商场一样招收年轻的女性做营业员，而是招了20名年过半百的妇女当小时工，商场

为其计时付酬。然而从日营业额来看，这家老年人工作的商场居然要比本地区同类商场还要高一些！（1994年2月26日，《北京日报》2版《退休妇女集体打工》）

原来，这些老年妇女是北京航空航天大学的退休员工，年龄最小的50岁，最大的58岁。退休前，她们的职业是资料员、医生、图书管理员、职员，成为售货员后，她们每天工作4小时，然后由下一班接替，每小时工资2元钱，每个月收入近300元。因为岁数大、素质高、服务耐心细致，顾客对她们非常满意；老人们对自己一边拿着退休金一边赚“外快”的现状也乐此不疲；对于商场而言，则不必负担老人们的各种退休待遇，皆大欢喜。

在那段时间，包括北京日报社在内的一些报社还曾专门刊登广告招聘校对小时工，吸引来不少老年人赚“外快”。老人宛志晓退休后一时不适应慢下来的生活，便报名当上了报社校对小时工。他每天工作4小时，精神有了寄托，每天骑车上下班还锻炼了身体，觉得格外充实。（1994年6月25日，《北京日报》8版《退休打工的乐趣》）

## 下岗职工创出小时工新行当

90年代，下岗职工再就业成为社会热点。据劳动部门统计，1997年，北京共有下岗职工17万人，其中已办下岗证的有12万人。（1998年3月9日，《北京日报》1版《发展非公有制经济是解决下岗职工再就业问题一条重要途径》）

在转变观念的过程中，北京的下岗职工在小时工这个工种中创出了一批受欢迎的新行当。据《北京日报》1998年8月7日5版《下岗创出新行当》一文报道，一家由下岗职工组成的家政服务中心开设了陪聊、陪旅游、陪病人等小时工业务。有用户打电话说，家里的老人有点寂寞，希望找个小时工过去陪聊天。家政服务中心马上派了位好脾气又耐心的女工去了。女工一边麻利地给老人收拾屋子，一边开聊。两个小时很快过去，小时工该走了，老人还恋恋不舍：“唉，再聊会儿吧……我还没给钱呢……”说着，从贴身小钱包里拽出一张10元票……

那个年代，40岁的下岗女工黄玲到某旅游用品开发公司当了一名“护童”小时工，也就是每天帮助有需求的家长接送孩子。为了接一名家住西郊机场的孩子回家，她下午五点赶往安贞桥胜古庄幼儿园，送完孩子回到自己家时已是晚上八点了。有一次，黄玲

# 发展非公有制经济是解决下岗职工再就业问题一条重要途径

北京市工商业联合会

下岗职工是指由于企业的原因，职工虽然仍与企业保持着劳动关系，但已处于待岗状态的职工。据劳动部门统计，我市1997年共有下岗职工17万人，其中已办下岗证的12万人，当年已有80%的人得到了安置，年底实有下岗职工3.3万人。今年预计又有下岗职工18.3万人，同时新增劳动力20.1万人。“九五”期间，预计需要安置就业人员150万人，而同期所能提供的就业岗位只有95万个，缺口55万人。根据有的地区统计：下岗职工的年龄结构，36岁以上的占80%，多数是家庭经济收入的主要依靠。下岗职工问题，已经引起整个社会的广泛关注。

社会经济结构的战略调整，必然带来劳动力结构的战略调整。在这个调整中，既要高度重视并尽一切可能为下岗职工解决一些应急的实际问题，更要引导人们看到下岗职工再就业是社会劳动力的又一次大解放。一方面，可以使多数国有企业劳动生产率得到提高，从而走出困境；另一方面，下岗职

注册登记的私企已达4.3万户，注册资本金249亿元。据市工商局统计，1997年1—6月份，我市个体、私营经济共创产值22.57亿元，营业额达126.7亿元，实现社会商品零售总额96.9亿元，从事个体、私营经济活动的人员近80万人，为我市下岗职工数的4.7倍。更重要的是，这些分流到非公企业的职工，虽然都觉得经历了一番风险，但其能力得以充分发挥，价值得以充分体现。应当说，在这支队伍中，已经涌现出一批宝

分突出。在前不久召开的北京市党代会、人代会上，都提出了发展“首都经济”的概念，而且把调整国民经济所有制结构当作首要战略任务。我们认为，这是符合首都实际的。党的十五大报告明确指出：“公有制为主体、多种所有制经济共同发展，是我国社会主义初级阶段的一项基本经济制度。”“非公有制经济是我国社会主义市场经济的重要组成部分。对个体、私营等非公有制经济要继续鼓励、引导，使之健康发展。”这就

力资源的优势，实现我市经济结构的战略调整，其中的重要途径之一就是发展非公有经济。

由于目前管理体制不健全，统计渠道不通畅，还不能对非公有经济进行综合分析。但是，经过调查研究，非公有经济在吸纳下岗职工再就业方面还有一定的潜力。最近，我们对一部分会员企业的用工情况进行了一次问卷调查，收回35份问卷，统计结果是：共有员工11854人，其中外地工4808人，占40.6%；本地工7046人，占

构。当时国有企业下岗职工队伍尚未形成，更重要的是，人们对非公有经济地位的认识还不够明确，这必然影响企业劳动力的素质。现在一些有眼光的私企人士已经敏锐地看到，适当地吸纳下岗职工再就业，是调整本企业劳动力结构，提高职工队伍素质的难得机遇。如有100多名职工的中西电子工程开发公司，去年吸纳两名下岗职工，他们看到，下岗职工在国有企业受过多年的培养，特别是十分珍惜重新获得的就业机会，这对企业的长远发展是非常重要的。为了吸纳下岗职工，他们准备把现有岗位的技术业务密度作适当分解，让下岗职工去做，把高科技人才收缩到更能充分体现其价值的岗位上。他们还表示，今后再吸收劳动力主要招收下岗职工。所以，一旦更多的私企不把吸纳下岗职工当作负担，而是看作企业腾飞前的劳动力结构优化，那么，下岗职工的就业问题将会有一定的缓解。

第二，用下岗职工代替外地职工有可能降低劳动力成本，减轻企业负担。

▲ 1998年3月9日，《北京日报》1版

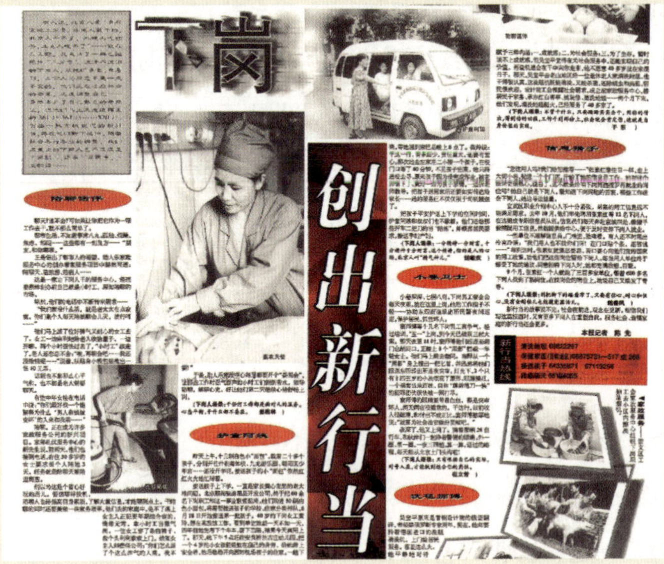

下岗

创出新行当

▲ 1998年8月7日，《北京日报》5版

# 城市呼唤小时工

国家统计局所属信息公司最近在北京、上海、广州、成都、西安、沈阳和青岛七城市，对居民进行了社区服务需求的调查表明，大中城市居民家庭对小时工的需求量非常大。

据调查，在七个城市中，居民家庭对小时工的需求户数超过200万户，占全部家庭比例的24.7%。一般一个社区服务者可以同时承担三到四份小时工工作，仅小时工一项社区服务就可以为约60万人提供全天工作机会。目前这项服务尚缺35万服务人员。

调查反映，小时工具有很多方便居民的特点，居民对费用支出易于控制，不需要为服务者提供食宿，并易于管理。

张锦胜

▲ 1998年11月6日，《北京日报》5版

▲ 2011年1月10日，“创造城市美好生活，提升社区服务品质——82203331为您服务”热线主题宣传日活动在西城区民政局举行（戴冰/摄）

# 年夜饭小时工工钱翻番

临近年根儿，记者从多家家政公司了解到，由于不少人返乡，再加上整体需求量大幅上升，小时工的价格已经由平日的15元上涨到20至25元，特别是负责做年夜饭的小时工，工资普遍比平时上涨了一倍。

## 小时工一天得赶五六场

“又是派不出人，早就排满了。”放下电话，李彦丽的眉毛拧成了疙瘩。看看家里，房间没打扫、年夜饭的材料没备齐、孩子的新衣服也没顾上买……掰着指头一数，离春节就剩下三四天，“连问了好几家家政公司，小时工早就被订空了，可家里还有那么多活儿没干，怎么办啊？”

“春节前10天的小时工工作全部排满了。”居安康公司经理吴祖贵告诉记者，每年春节前都是最忙的时候，该公司有四十多名小时工，这段时间内平均每人每天工作10多个小时。

记者从慧盛华、星源诚信、爱依等家政公司了解到，目前70%左右的外地家政服务员已经返乡，小时工人数仅剩下原来的30%至40%，而需求量比平时增加了20%。因此，小时工的价格已在原有15元的基础上，上涨到20至25元，有些“资深级别”的甚至每小时能达30元。

## 年夜饭小时工价格最贵

助人乐公司经理张丽介绍，根据往年的经验，今年除了打扫卫生的小时工，还特意在京郊招收了一些会做饭的小时工。“从预订情况看，特别受欢迎。”张丽说，上个星期，已经有10多个客户预订了年夜饭小时工，现在基本订满了，能做年夜饭的小时工的价格，基本比平时高出一倍，每小时收费40元。

红庙社区的一家家政服务公司负责人也表示，从
都有客户预
情况则根据
记者从
家政公司还
有的表示摊
桌丰盛的饭
煲汤面食等
大酒楼当过
长北方面食。

## 年轻人最

据了解，
出乎意料的
年轻人，也有
期间要为同
方面是不愿
意让子女品
受累。而年

▲ 2011年1月30日，《北京日报》7版

去左家庄二小接一个孩子，在校门口等了 40 分钟，不见孩子出来，她只得进校去寻。原来孩子因为没完成作业，被老师留下了。黄玲一边为孩子求情，一边听老师教导，把孩子送回家后还要如实传达给家长……她的服务已不仅仅限于接送孩子了。

## 年夜饭工钱翻番

1998 年，国家统计局所属信息公司在北京、上海、广州、成都、西安、沈阳和青岛 7 个城市，对居民进行了社区服务需求调查，结果显示：居民家庭对小时工的需求户数超过 200 万户，需求量非常大。（1998 年 11 月 6 日，《北京日报》5 版《城市呼唤小时工》）

进入新世纪，小时工更受城市家庭欢迎，价格也水涨船高。2000 年，北京家政服务小时工的工钱是每小时 5 元左右，也有每小时 8 元左右的。随着城市家庭对小时工的需求逐渐增加，到 2011 年的年根儿，小时工的价格已经由平日的 15 元上涨到 20 元至 25 元。

据《北京日报》2011 年 1 月 30 日 7 版《年夜饭小时工工钱翻番》一文所说，春节前是小时工最累的时候，也是最挣钱的时节。因为这个时节会有 70％左右的外地家政服务员返乡，使得京城小时工人数仅剩下原来的 30％至 40％，需求量却比平时增加了 20％左右。这样，直接导致小时工的价格向上浮动，有些“资深级别”的小时工甚至能达到每小时 30 元。能做年夜饭的小时工，更是比平时“贵”出一倍，每小时收费可达 40 元。一家家政公司的小时工透露，节前每天的安排都是提前规划好，基本上从早上五点多出门，晚上八点以后才收工，“春节前一个月如果不怕累、不返乡，能赚出小半年的钱。”

时至今日，这种状况仍在延续。

# 靠人工背粪的年代

历史资料 ▪ 京报集团图文数据库　　文 ▪ 贾晓燕

在北京，人工背粪的历史有好几百年。因为早些年胡同里都是死坑旱厕，工人们不得不忍着脏臭将粪便舀进粪桶，然后扛在肩上背出来装车运走。直到20世纪末，工人们才彻底卸下粪桶，告别了这一传统的清运方式。

## 淘粪业曾有“粪霸”

北京的旧粪道制度有着几百年的历史。到新中国成立前，京城粪道由“粪霸”控制，粪业工人一个月的工资买不起一双布鞋，被迫去向住户强索月钱、节钱。那时候，粪厂大都设在城内和关厢地区，京城的环境卫生比较恶劣。

新中国成立后，粪业工人向粪商争得了合理的工资和其他福利，后来，觉悟也逐渐提高，生活有了保障，便革除了向住户要钱的积习。（1952年11月5日，《北京日报》2版《北京粪道制度的变革》）

据《北京日报》1952年11月5日2版《大部分粪便已能及时掏运》一文记载，1951年11月3日，当时的市公安局和市卫生工程局为了彻底整顿全市公私厕所和粪便管理，改进公共卫生状况，公布了改革粪道制度的六项办法。粪厂由关厢迁移到离城十几里以外的郊区，粪商也要进行登记。在登记中，有三分之二的粪商因为无法再取得高额利润而申请停业。这些粪商停业后，他们留下的粪道全部由市卫生工程局接管，共有43571个门牌的住户和524个公共厕所。此外，一些机关、学校和生产单位的粪便，也由市卫生工程局负责淘运。

截至1952年底，市卫生工程局负责淘运的粪便共占全市所有粪便的70.5%（从抽水马桶排出的不在内）。其中，30%能每天淘粪一次，70%能隔一天淘粪一次。全市的公共厕所，能做到每天淘粪一次。

## 人工背粪沿用多年

多少年来，京城清理粪便一直采用人工背粪的方式，也就是说，淘粪工要背着粪桶入户取粪便，先用粪勺将粪便舀进粪桶，然后再把粪桶背出来装车运走。这个过程中，淘粪工稍有不慎就会影响环境卫生。

《北京日报》1954年5月11日2版刊登的读者来信综述中就有读者反映，淘粪工人淘粪时漫不经心，屎尿洒得满地都是，背起粪桶还往下滴答，把地上弄得很脏……

淘粪、背粪是个又脏又累的活儿。夏天淘粪，常把身上手上弄脏，一天得换两三次衣服；冬天打冻粪，粪屑崩得人一嘴一脸，有时会打得头晕眼花。有一回，淘粪工高琴轩到一个小学校的厕所里淘粪，粪坑小，粪勺放不下，他就找了个小

### 北京糞道制度的變革

本報記者 史明

北京的舊糞道制度有若幾百年的歷史。大概在公元一千五百多年（明朝嘉靖年間），山東農民因爲封建剝削的苛重，紛紛到北京來謀生，其中有些人就到各住戶去掏糞，賣給郊區農民。到了公元一六八二年（清朝康熙二十一年）後，北京人口大增，掏糞的利潤越來越大，掏糞人中的惡霸就用打架等方式霸佔糞道，僱傭工人掏糞，自己專靠剝削生活，形成了封建佔有的糞道制度。但是也有些人仍靠自己掏糞維持生活。另外有些地痞流氓，自己沒有糞道，專以橫蠻打架的手段偷竊，搶奪糞便，這就是所說的「跑海的」。

這些封建的，野蠻的糞霸控制道之後，就殘酷地壓迫、剝削所工人，甚至打死、活埋工人。解放糞業工人一個月的工資，買不雙布鞋，只好被迫去向住戶強錢，節錢。糞道主操縱糞價，在中攙入爐灰等雜質，賣給農民，最低的祇有一、二成純糞。嚴重響農業生產。他們的糞廠大都設城內和關廂地區，使得城區的環生受到惡劣影響。

過去的反動政府，爲了粉刷門對於這種惡劣現象也曾企圖改良都沒有成功，竟拿改良做幌子，糞霸爭奪剝削人民的利益。一九

▲ 1952年11月5日，《北京日报》2版

### 本市改革糞道制度後
### 大部分糞便已能及時掏運

【本報訊】本市改革糞道制度的工作，已經獲得了初步成績。

去年十一月三日，市公安局和市衛生工程局爲了徹底整頓全市公私廁所和糞便管理，改進公共衛生，曾經公佈了改革糞道制度的六項辦法。當時衛生工程局除了把糞廠由關廂遷移到離城十幾里以外的郊區外，並進行了糞商登記工作。在登記中，有三分之二的糞商因爲無法再取得高額利潤而申請停業。市衛生工程局已將糞商停業後留下的糞道全部接管完畢，共計四萬三千五百七十一個門牌的住戶和五百二十四個公共廁所，另外一些機關，學校和生產單位的糞便，也由衛生工程局掏運。到目前止，該局負責掏運的糞便已佔全市所有糞便的百分之七十點五（從抽水馬桶排出的不在內）。其中百分之三十已能每天掏糞一次，百分之七十也能隔一天掏糞一次，至於全市公共廁所，已能做到每天掏糞一次。

▲ 1952年11月5日，《北京日报》2版

用共产主义劳动态度为人民辛勤服务

### 时傳祥班工作越做越好

▲ 1960年2月13日，《北京日报》2版

▲ 1959 年，当时的崇文区淘粪工人时传祥当选为北京市出席全国群英会的先进生产者代表（高宏 / 摄）

▲ 1962 年，四季青人民公社王泉大队的社员到商业部宿舍化粪池淘粪（冯文冈 / 摄）

勺子，跪在地上，一点一点地去淘，好不容易才把粪弄干净。（1956 年 1 月 17 日，《北京日报》2 版《掏粪员当上模范》）

1959 年秋季，连日阴雨，崇文门外花市大街一带水深过膝，淘粪工人们冒着瓢泼大雨，蹚着水，深一脚浅一脚地去淘粪。那一带有几条长约一公里的窄小胡同，他们背着粪桶，从早晨三点开始，一直背到下午两点多钟，共背了 1000 多桶粪，有的人把肩膀都磨破了……（1960 年 2 月 13 日，《北京日报》2 版《时传祥班工作越做越好》）

1960 年，北京市第二清洁机械队的职工试制成功了真空抽粪车和洒水车的自动化设备。从那以后，京城的清洁工人们才开始陆续放下粪桶，摆脱笨重的体力劳动。（1960 年 4 月 8 日，《北京日报》3 版《制成抽粪车，掏粪不用背》）

## “不好好学习，将来只能去淘大粪”

“不好好学习，将来只能去淘大粪！”上世纪五六十年代起，这句“经典名言”成为家长们教训孩子的“口头禅”。劳动到底有没有高低贵贱之分？这个话题在当时引发了全社会的讨论。

《北京日报》1959 年 8 月 20 日 2 版

### 掏糞員当上模范

朱岳慶　楊　棠

海淀区朱房農業生產合作社的掏糞員高擧軒，最近被选为社里的劳动模范。

老高今年五十七歲了。在1952年，他就参加了鄉里的互助組，以后互助組轉成農業社，老高就在社里担任掏糞工作。从 1954 年到现在，他給社里共掏了十一万多斤的糞，价值二千多元。社員們都說，老高同志掏了这么多糞，給社里的丰產打下了最好的基礎。

掏糞这个活，一般人总是不大乐意幹，怕臭怕髒，但是老高却不这样看，他知道積肥是庄稼人要緊的活，总是積極負責地去幹。夏天掏糞，常把身上手上弄髒，一天得換兩三次衣服。冬天打冻糞，糞屑崩得人一嘴一臉，有时打得头暈眼花，老高也不計較，一心希望替社里多掏糞。他常說：“社是自己的家，怎能不好好幹。”有一回，他到一个小学校的厠所里掏糞，糞坑小，糞勺放不下，他就找了个小勺子，跪在地上，一点一点地去掏，把糞弄干淨。有的时候，半夜里下大雨，他赶緊从床上起來，跑去把糞干遮好，不讓雨水把糞干冲跑。

老高工作真肯幹。他对於社內財產真細心愛护，糞桶坏了，他就用鉄絲把桶捆好。他除了做好自己的掏糞

▲ 1956 年 1 月 17 日，《北京日报》2 版

### “时传祥”告别粪桶

#### 京城人工背粪历史将划上句号

本报讯（记者陈红梅）北城区的最后 32 个旱厕已始倒计时，20 天后它们将久关闭。最后一任背粪班樊宝发和他的 5 个伙伴，将卸下背负十余载的粪，结束京城人工背粪的历。

昨天，记者随京城最后个背粪班的师傅们前往内部衙 8 号院作业。拥挤的院中，仅有一条不足一人的小道通往后院厕所，背班班长、全国“五一”劳动安城里，就有了专业背粪人。解放前的北京城，就靠着人工掏厕所、背粪桶，以支撑着城市的卫生。60 年代末 70 年代初，城市建设加快，绝大多数人工清掏的死坑旱厕被填平，水冲式公厕和机械化抽粪车解放了许多的“时传祥”。最后的这个背粪班作业范围越缩越小。

最后一个背粪班清一色全是北京人。他们中，有从北大荒返城的“老插”，有农转非的京郊农民，也有顶替父辈的接班人。今年年初，东城区启动“折子工程”——改造人工背掏旱厕，力争在本世纪末把最后的背粪工人解放出来。据区环卫局业务科科长董群介绍，投资千万元的工程进展顺利，目前，12 个在原址上改造的水冲式公厕已经完工；需要拆迁、腾地新建的 5 个公厕正在加紧施工，年底，剩下的死坑旱厕将全被填平。

打解放前就住在内务部

▲ 2000 年 12 月 12 日，《北京日报》7 版

## “这是人民的需要！”

### ——記西城区掏糞工人的干勁

本报記者　許慈文

粪工人带来了多
，因为雨水不断
坑，工作量自然
增添了困难。西城
們，干劲冲足。
天到夜晚，又从
輪流不息地掏
背着那个十几斤
跟着运粪的大汽
山頂上，到德胜
从这戶人家到那
城区二万二千七
的粪便，掏得干
大雨天，他們的劲
，七个人的一小

組，在十小时內，可以掏粪三百八十四桶，但是在最近几次大雨天，李貴栋、宋文利、陈庆寅、刘志溪这几个小組，都在十小时內，运粪四百四十八桶到五百一十二桶。

掏粪，这个曾經在旧社会被人看作“下賤”的工作，为什么我們的掏粪工人却感到这样重要呢？其实，也有一段过程。像那个在大雨中干劲十足的青年工人李貴栋，原来也瞧不起掏粪活。总認为自己是个小学畢业生，干这行活太沒前途。加上左邻右舍風言風語

孩，指着他对
是上我家掏大粪
听了剎时紅了脸
团組織的帮助下
掏粪經驗的老工
亲身体会談到在
叫“臭掏粪的”
不暖，整天挨打
会，“掏粪和别的
到尊重。李貴栋
的錯誤思想。他
是社会主义建設
工作，我瞧不起
因为資产阶級
啊。”以后，干

▲ 1959年8月20日，《北京日报》2版

## 劳动有繁簡　地位无高低

在我們的社会里，劳动只有分工的不同，沒有高低貴賤的区别。生产性的劳动和服务性的劳动都是社会主义和共产主义事业不可缺少的，都是重要的，也都是光荣的。由于工作性质，劳动条件不同，也就有复杂劳动和簡单劳动的分别，因此，所創造的劳动价值就不一样；有的所創造的价值就高些，有的所創造的价值就低些。但这种“高”“低”，是生产价值的“高”“低”，并不是人格的“高”“低”。我們評价一个人，主要的是看他的劳动态度。我們党和国家所給予一个兢兢业业、不怕脏、不怕累，具有共产主义劳动态度的掏粪工人的荣誉并不比科学家低。北鋼工人　陶海琳

▲ 1963年3月1日，《北京日报》3版

《“这是人民的需要！”》一文报道了一位年轻工人思想的转变。早先，这位淘粪工人自己觉得干这行没前途，再加上左邻右舍风言风语地说：“年轻轻的干什么不行，干吗非要淘大粪呢？”他更加苦恼，走在街上生怕别人知道自己的职业。后来，在党、团组织的帮助下，认识到自己的错误思想，以后干活时腰板挺直了，见了熟人也不躲躲闪闪了。

1963年3月1日，《北京日报》3版刊登文章《劳动有繁简，地位无高低》，记录了不同行业职工对劳动分工的看法。其中，工人陶海琳写道：“我们评价一个人，主要是看他的劳动态度。我们党和国家所给予一个兢兢业业、不怕脏、不怕累，具有共产主义劳动态度的淘粪工人的荣誉并不比科学家低。”

经过一段时间的讨论，越来越多的人开始摒弃对淘粪工人的偏见，淘粪工人的社会地位逐渐提高。

## 从“屎壳郎”到全国劳模

说起淘粪工人，不能不提原崇文区清洁队工人时传祥。

时传祥15岁到北京当淘粪工人。新中国成立前，他给粪霸干了20年，受尽了剥削和压迫，被人叫作“屎壳郎”。新

中国成立后，他光荣地加入中国共产党，还当选了原崇文区人民代表和北京市政协委员，成为全国劳动模范。

原崇文区清洁队将时传祥所在班组命名为“时传祥班”。这个班的工人在时传祥的带领下，以“宁愿一人脏，换来万家净”的高尚精神，受到社会尊重。《北京日报》1959 年 11 月 9 日 7 版《掏粪工人翻了身，努力工作齐跃进》一文曾这样描述他们的工作：“过去住户们都反映，中午的时候大家正吃饭，最好不要去淘粪，时传祥就带领班组每天中午去淘公共厕所，躲开住户的吃饭时间；有些院子比较狭窄，遇到晾衣服时，淘粪一不注意就容易沾上，他们在淘粪时，就事先给住户打招呼，或者主动把晾的衣服拉开，等淘完了再帮助晾好；过去淘粪工人光管淘粪，洒在地上的不管，时传祥带领班组用扫帚扫了又扫，淘完粪还把厕所打扫得干干净净……”

1959 年 10 月 26 日，时传祥和全国各地 6000 多位英雄人物来到人民大会堂，参加了当时举办的群英大会。刘少奇、朱德、周恩来等党和国家领导人接见了他们。刘少奇一见时传祥便和他亲切握手，并且说：“这是老时吧！”时传祥心想：“刘主席怎么认识我呢？是不是因为报纸上登了我的照片，因为我是个光头，一认就认

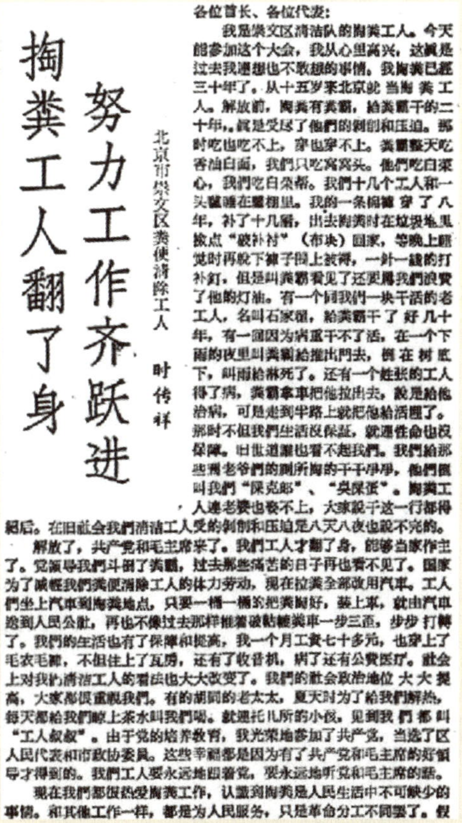
掏粪工人翻了身 努力工作齐跃进

北京市崇文区粪便清除工人 时传祥

各位首长、各位代表：

我是崇文区清洁队的掏粪工人。今天能参加这个大会，我从心里高兴，这真是过去我连想也不敢想的事情。我掏粪已经三十年了。从十五岁来北京就当掏粪工人。解放前，掏粪有粪霸，给粪霸干的二十年，真是受尽了他們的剥削和压迫。那时吃也吃不上，穿也穿不上。粪霸整天吃香油白面，我們只吃窝窝头。他們吃白菜心，我們吃白菜帮。我們十几个工人和一头骡睡在骡棚里。我的一条棉裤穿了八年，补了十几層，出去掏粪时在垃圾堆里捡点“破补衬”（布块）回家，等晚上睡觉时再脱下裤子摸上被褥，一针一线的打补钉，但是叫粪霸看见了还要骂我們浪費了他的灯油。有一个同我們一块干活的老工人，名叫石家银，给粪霸干了好几十年，有一回因为病重干不了活，在一个下雨的夜里叫粪霸给推出門去，倒在树底下，叫雨給淋死了。还有一个姓张的工人得了病，粪霸拿車把他拉出去，說是給他治病，可是走到半路上就把他給活埋了。那时不但我們生活没保証，就連性命也没保障。旧世道誰也看不起我們。我們給那些阔老爷們的厕所掏的干干净净，他們倒叫我們“屎克郎”、“臭屎蛋”。掏粪工人連老婆也娶不上，大家說干这一行都得絕后。在旧社会我們清洁工人受的剥削和压迫是八天八夜也說不完的。

解放了，共产党和毛主席来了。我們工人才翻了身，能够当家作主了。党領导我們斗倒了粪霸，过去那些痛苦的日子再也看不見了。国家为了减輕我們粪便清除工人的体力劳动，现在拉粪全部改用汽車。工人們坐上汽車到掏粪地点，只要一桶一桶的把粪掏好，装上車，就由汽車送到人民公社，再也不像过去那样推着破軲轆粪車一步三歪，步步打轉了。我們的生活也有了保障和提高，我一个月工資七十多元，也穿上了毛衣毛褲，不但住上了瓦房，还有了收音机，病了还有公費医疗。社会上对我們清洁工人的看法也大大改变了。我們的社会政治地位大大提高，大家都很重視我們。有的胡同的老太太，夏天时为了給我們解热，每天都給我們晾上茶水叫我們喝。就連托儿所的小孩，見到我們都叫“工人叔叔”。由于党的培养教育，我光荣地参加了共产党，当选了区人民代表和市政协委員。这些幸福都是因为有了共产党和毛主席的好領导才得到的。我們工人要永远地跟着党，要永远地听党和毛主席的話。

现在我們都很热爱掏粪工作，认識到掏粪是人民生活中不可缺少的事情。和其他工作一样，都是为人民服务，只是革命分工不同罢了。假

▲ 1959 年 11 月 9 日，《北京日报》7 版

把党的話記在心里

北京市出席全国群英会代表、粪便工人 时传祥

十月二十六日，这是我一輩子也忘不了的一天。那天，我和全国各地六千多位英雄人物一块到人民大会堂，参加群英大会。我第一次走上主席台那会儿，心里还犯嘀咕：一个掏大粪的，又沒有文化，还上主席台？領导上和我說：“不要輕視自己，我們是光荣的工人阶級，现在是真正当家做主啦！”这几句話真說到我心眼里去了。解放前，我們掏粪的还能算个人嗎，成天給人家当牛当馬，受苦受罪，把有錢人家的厕所打扫得干干净净，临了还被这些人駡为“屎克郎”“夜貓子”；解放后，地主被打倒了，粪霸也被我們斗倒了，劳动人民成了国家的主人，整个社会風气也变了，人們見了掏大粪的也亲热的叫“工人同志”。国家变了，我时传祥也跟着变了，在旧社会我掏了二十年大粪，死活都沒人管，现在我的生活大大提高，政治上有了地位，提高了是党和毛主席的領导，我那能坐在这儿呢！

这天我最高兴的是，刘少奇主席、朱德委員长、周恩来总理等党和国家的領导同志亲自接見了我們。刘少奇主席一見我面，就和我亲切的握手，并且說：“这是老时吧！”我想：刘主席怎么认識我呢，是不是因为报紙上登了我的照片，因为我是个光头，一认就认出来啦！

刘主席很关心地問我：“老时啊！这几年生活过得怎么样？清洁队的工人同志工作累不累？”

我很高兴地和他說：“我們现在的生活过得挺好，大家的干劲可足啦，过去我們是用軲轆粪車一車車推，平均每人一天才背八桶粪，现在改成汽車运粪，工作效率也提高到平均每人一天背九十三桶半。可是大家并不满足这些成績，还要为社会主义多出几把力呢！”十足啦！可是还得加把劲，把全市的清洁粪便工人也都带动起来。”

后来，少奇同志又問起我們的学习情况。我向他汇报了大家的学习成績。过去掏粪工人很少有識字的，解放后由于領导的关怀和帮助，成立了业余学校，现在大家一般的都达到高小程度，能看报、写信了，就是我差点劲儿。

少奇同志一听我才认識二三百字，連自己名字都写不好，就又是批評又是鼓励地說：“老时啊！一个先进生产者，一个共产党員，光工作好不行，各方面都得好。我們的事业越来越发展，要沒有文化哪行？我都这么大年紀啦，现在还学习呢！你才四十五岁，时間还不晚。以后要好好学习，阳历年的时候給我写封信。”

刘主席說到这里，我觉着心里惭愧，一陣难过，不由得眼圈发紅，落下了眼泪。我們的党对待每一个人是多么关

▲ 1959 年 11 月 16 日，《北京日报》3 版

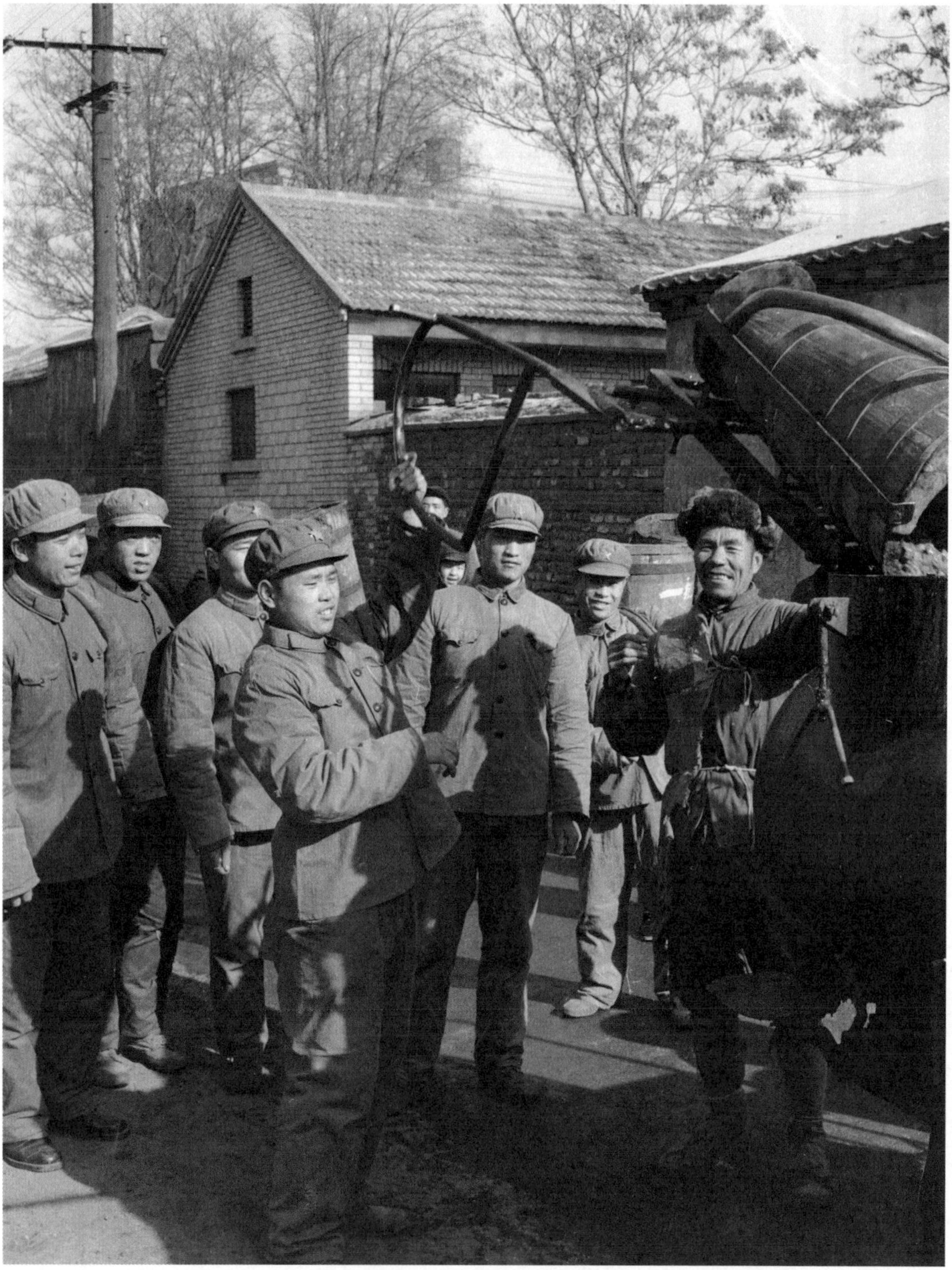

▲ 1966 年，春节期间，解放军某部不休息，到当时的崇文区清洁队参加淘粪劳动，受到工人热情欢迎（高安才 / 摄）

出来啦！”当刘少奇得知时传祥才认识二三百个字，连自己名字都写不好，就又是批评又是鼓励地说：“老时啊！一个先进生产者，一个共产党员，光工作好不行，各方面都得好。我们的事业越来越发展，要没有文化哪行？我都这么大年纪啦，现在还学习呢！你才45岁，时间还不晚。以后要好好学习，阳历年的时候给我写封信。”说着，刘少奇从自己上衣口袋中拿出一支金笔递给时传祥。（1959年11月16日，《北京日报》3版《把党的话记在心里》）

1959年12月26日，距离约定正好两个月，时传祥平生第一次写了一封信。这封信才308个字，信写好后，时传祥激动得一夜未眠。他感慨：只有新社会呀，淘粪工人可以给共和国国家主席写信！收到信，刘少奇也很激动：“在一个文盲和半文盲的国度里，是不能建成社会主义的！时传祥开了个好头，好老时，有毅力，有气魄嘛！”（2005年4月25日，《北京日报》9版《我骄傲，我是劳动者》）

## 京城告别人工背粪

到了20世纪80年代，北京二环路以外、三环路以内地区的厕所共有2800多座，日产粪便900多吨。那时候，清淘粪便最大的困难是，一些地处狭窄小巷的厕所，被违法建设堵塞道路，抽粪车无法进入该地的厕所，还有些厕所没有粪井。所以，这些厕所还只能靠人背桶淘粪，可淘粪工人又招不进来，难以做到及时清淘。（1984年9月12日，《北京日报》2版《二、三环路之间地区淘厕问题急需解决》）

进入20世纪90年代，随着北京城区危旧房改造步伐加快，很多人告别平房住进楼房。但是，仍有一些居民住在狭窄拥挤的大杂院内。有的居民院内的厕所与机械抽排的粪井不相通，还有少数公厕因胡同太窄进不去抽粪车，依旧要靠环卫工人手工清淘。（1997年10月10日，《北京日报》6版《京城最后一个背粪班》）

根据《北京日报》2000年12月12日7版《“时传祥”告别粪桶》一文报道，当年年初，东城区启动折子工程——“改造人工背淘旱厕工程”，到年底时，北京城区最后32个死坑旱厕正式退出历史舞台。这些旱厕有的被彻底填平，有的在原址上改建了水冲式厕所。最后一个背粪班的6名工人由此卸下粪桶，京城人工背粪的历史在20世纪末画上了句号。

京市宣武区清洁队第
京市宣武区

1964 年，当时的宣武区清洁工人阎福臻和他的伙伴郭永桓去上工。他们在一年多的劳动锻炼中，学会了淘粪技术（冯文冈 / 摄）

# 流年

—温故—

# 记忆

流年记忆

温故

949-2019

# 陪咱们长大的老庙会

历史资料 · 北京日报图文数据库　　文 · 毛颖颖

说话就到年根儿。无论搁过去还是现在，出门逛庙会都是北京人家过年的一大乐子。花天锦地、摩肩接踵，那份热闹喧腾的喜兴劲儿，温暖了一代代老北京的童年。

虽然只是"传统大集市"，但春节庙会办与不办，红火与否，一度成为时代精气神儿和市场活跃程度的晴雨表。若干年后，大家对庙会买卖的关注才趋淡，越来越希望老庙会成为民俗古韵、京味儿、年味儿的载体。

## "六街人语涌春潮"

北京城的庙会从来不缺人气儿。前人描绘云："红男绿女，白叟黄童，跻跻跄跄，拥拥挤挤。"新中国成立后，北京的大小庙会空前兴盛，旧有特色大多恢复，历史悠久的厂甸更是人头攒动。

1956 年的春节，《北京日报》记者这样描述厂甸庙会："春节这几天，人流从四面八方向厂甸汇集。人们从这个胡同转到那个胡同，所有的胡同都挤满着人。""饮食摊前挤满了人。家里三辈子卖豌豆粥的任德禧，因为买不着豆子，有两年没来厂甸。今年政府又把他找了回来，供应给他豆子，使逛厂甸的人们重新能喝到他做的甜豌豆粥。政府还帮助卖饮食的改善了卫生条件，给饮食摊搭上了有玻璃窗的席棚，做大糖葫芦用的荆条也消过了毒。"

▲ 1964 年春节，人们在厂甸争买气球（李晞 / 摄）

## 春　節　逛　厂　甸

本报記者

春節这几天，人流从四面八方向厂甸匯集。厂甸擺滿各式各样小攤。大糖葫蘆比小孩的个子还高，風箏更是多种多样；被風刮得嘩啦啦响的風車和抖动得嗡嗡响的空竹，像在比賽着誰的响声更大。飲食攤前也挤滿了人群。人們从这个胡同轉

青的爸爸还要把小喇叭塞給她，年青的媽媽哄着小男孩到另一个攤上去買空竹和花炮。一位姓刘的農民老大爺，他是進城來看兒子的，兒子刘全福是一个作兒童玩具的小手工業者。过去春節时，老大爺也來看兒子，那时爺兒倆生活都挺困难，

▲ 1956 年 2 月 15 日，《北京日报》2 版

▲ 1988 年 2 月 1 日，龙潭春节庙会开幕，游人蜂拥而至（李士炘 / 摄）

**地坛文化庙会开幕　带来浓郁春节气氛**

（记者倪小林、周科进）捏面人、转风车、踩高跷、演双簧。今天开幕的北京地坛公园春节文化庙会以浓郁的民族风格和丰富多彩的内容，吸引了数万名游客。

北京市地坛庙会，为人们提供了一个欣赏民间传统文艺的娱乐场所，也是供人们选购春节商品和品尝风味小吃的小市场。这个由北京市东城区联合在京文化、新闻、商业、服务单位共同举办的庙会，定于二月二十五日结束，它为北京带来了浓郁的春节气氛。

游人在这里可以看到书画家泼墨挥毫，题字作画的场面；还可看到民间艺人表演扎纸人、剪窗花。文物、体育、动物、花卉等几十个专题的集邮展览也很引人注目。音乐会、交谊舞会吸引了众多青年。儿童们则有十三种电动游艺机可供游乐。人们还可以买到传统的宫廷糕点和现代的广东家用电器。庙会里的北京风味小吃街，游人熙熙攘攘，纷纷品尝豆汁、灌肠和市场上断档二十多年的茶



▲ 1985 年 2 月 13 日，《北京日报》1 版

据报道：1957 年大年初一，就有 10 万人逛了厂甸，“从教育行政学院以南一直到南新华街南口都挤满了游人。空竹声、风车声、高跷的锣鼓声和人们的欢笑声响成一片”。1960 年春节头三天，厂甸庙会游人总数已达 170 多万人次，“从四面八方通往厂甸的路上，从早到晚，都是人声喧腾，游人如潮”。

## “似见厂甸又归来”

“文革”结束后，对中断多年的庙会早日复出，社会各界呼声很高。有的出于民俗文化考虑，如韩少华在《忆厂甸》（1980 年 2 月 19 日，《北京日报》3 版）中写道：“今后能不能本着既保持特色，又推陈出新的意思，恢复这个传统集市呢？既然一年一度的广州花会禁而又开了，北京厂甸儿为什么不能废而复兴？试想，春节期间，从厂甸儿举回一架擂着鼓点儿的风车儿，或是得到个善于乘东风而起舞的沙燕儿，岂不可以感受到春的节奏，春的气息么……”还有的出于经济效用考量，如《北京日报》1980 年 9 月 26 日 3 版刊发《恢复群众迫切需要的个体经济》一文，其中明确提出“恢复庙会”：“人民群众生活需要是多方面的，需要有品种繁多的小商品进入消费领域，庙会上的个体小商贩能够填补国营和集体商业供应商品上的空缺，有力促进生产，特别是三类小商品与传统名牌商品的发展。”

20 世纪 80 年代中期，京城几大庙会相继恢复。1985 年 2 月 12 日，地坛公园春节文化庙会开幕。首届地坛庙会场面盛大。据报道：“音乐会、交谊舞会吸引了众多青年。儿童们则有 13 种电动游艺机可供游乐。人们还可以买到传统的宫廷糕点和现代的广东家用电器。”此次庙会历时 13 天，参加展销的 258 家国营、集体企业及个体户销售总额达 111 万元。1993 年春节，广东、浙江、江苏等 15 个省市百余名客商参加龙潭庙会首次商贸洽谈会，签订意向书、合同书 30 余项，合资合作金额达 1.1 亿元。1997 年春节，龙潭、地坛、白云观、大观园四大庙会齐办，“来地坛逛庙会游客的汽车，一直从地坛门前停到了安定门二环路边”。

## “玩的就是‘发发’”

市场经济大潮下，庙会上的“商”味儿日渐浓郁，除了吃食玩意儿和日用家伙什儿，时装、名酒、家电、自行车等大型展销层出不穷。1990 年春节庙会，《北京日报》记者镜

▲ 1990 年春节，龙潭庙会上的热气飞艇广告（叶用才 / 摄）

▲ 拉洋片原名西湖八大片，无论是唱词还是唱腔都别具一格。1985 年春节，老艺人“大金牙”之孙“小小金牙”罗浩然在庙会上表演祖传技艺拉洋片（叶用才 / 摄）

▲ 1989 年春节，《北京日报》报道《龙潭庙会胜往年》。上海、山东、辽宁、河北等地一百多档花会再聚龙潭湖畔。北京花会挖掘出“大幡”“定子大鼓”“什不闲”“双石会”等七八档花会，有的是绝迹几十年又恢复生机的老会，其中尤以力度惊人的顶中幡和双石会（耍动一副重数十斤的双石和石锁）效果最为惊人（叶用才 / 摄）

玩的就是『发发』

▲诱惑·机遇
◀身在福中
▶广而告之
▲修好新课
▼大吉之年

会市场一瞥
逛庙会。自80年代初庙会恢复以
，逛地坛、龙潭、白云观、大钟寺，
一大乐事。逛庙会要玩儿，自然也
形成了一处处市场，特别是今年

的庙会上，人们的经济意
会，简直就是一个商品世
头，您或许可以体味出某
本报

庙会市

▲ 1993 年 2 月 1 日，《北京日报》2 版

头中出现了硕大的热气飞艇广告，上书“长城电扇电扇长城”。而1993年春节庙会，记者捕捉了一系列抽奖、促销画面，感慨庙会成了商品世界，人们玩的就是“发发”。此后，庙会过度商业化一直备受社会关注，在人们心中，庙会固然是过年时最兴盛的买卖家儿，但庙会本身绝不单纯是买卖。



## “百档花会重相逢”

庙会是属于时代的。梳理《北京日报》报道，我们可以看到，上世纪五六十年代的京城庙会曾设有红色书籍专柜，演出革命现代戏，推出“射穿美帝纸老虎”等游戏项目。80年代末，风靡一时的动画片、电视剧主角如“黑猫警长”“唐僧师徒”等伴随着各式电动游艺机出现在庙会中；90年代初，北京亚运会吉祥物“熊猫盼盼”当上了庙会开幕嘉宾，“卡拉OK大家唱”和“仿清祭天祭地表演”同时成为庙会热门；2000年后，洋庙会、音乐庙会、科技庙会相继成为潮流，五光十色的花车行进一度是庙会标配。

庙会更是传统的，舞龙舞狮、相声曲艺等民俗古韵的表演项目始终占有相当比重。民间花会的联合展演，让人们看到许多老艺人压箱底儿的把式。龙潭庙会举办的民间花会大赛，年年云集了全国各地的花会高手。

## “过年还是那个味儿”

2008年春节，《北京日报》独家与北京市社情民意调查中心联合对18个区县1350户居民家庭进行的调查发现，尽管时代不同了，但老北京过年还是那个味儿。作为娱乐项目，传统的逛庙会仍然是北京人闲暇时第一个想到的乐子。记者写道：“逛庙会、买玩意儿、看表演，强烈的怀旧气息扑面而来，其背后是人们对于传统文化日渐浓烈的找寻与依恋。”

随着时间的推移，无数新的、洋的、听说过的、没听说过的东西涌入春节，但北京人过年记忆最热闹最走心的段落，依然少不了庙会，少不了色彩斑斓的风车和顶上插着小彩旗的大冰糖葫芦（2012年1月10日，《北京日报》17版《那年那厂甸儿》）。

▲ 1963 年春节庙会，人们擎着风车与大糖葫芦（李晞 / 摄）

# 冰上流年

历史资料 ▪ 北京日报图文数据库　　文 ▪ 窦红梅

为迎接冬奥，北京建了不少滑冰场，其中还有不少极具科技含量，甚至把滑冰场搬到教室旁，不出校园，无论冬夏，孩子们都能享受冰雪运动的乐趣。这天方夜谭般的设想，如今已经在本市朝阳区的几所小学成为现实。

数九寒天，散落在北京城大大小小的冰场，迎来了一年中最热闹的时节。想当年，滑冰可是不少老北京人冬日里的一大乐趣。

## 北京人难以割舍的情结

北京冬天能在室外滑冰的日子不长，一年里冰面平滑牢固的日子只有一个多月。据北京什刹海冰场的工作人员介绍，夜间最低气温在－8摄氏度以下，白天最高温度不超过1摄氏度，这种温度持续一周冰才能冻瓷实。气温升高，冰面就“碴了”——这是玩冰人的说法，那样冰面开始皴裂，频频卡住冰刀，滑冰者就不得不离开冰面了。

想当年，滑冰可是不少老北京人冬日的一大乐趣。北海、什刹海、颐和园几大冰场上，正滑的、倒滑的、画葫芦的、拉手跑大圈儿的、集体摔大马趴的……要多乐和有多乐和；小孩儿大多是坐冰车，一手拿一支铁钎子戳着往前走，老嫌不够快，甚至急哭了。妈妈赶紧脱下手套给擦眼泪，爸爸出马推着冰车跑得飞快，孩子立刻笑得喘不上气。

上世纪六七十年代，什刹海冰场曾是北京城时尚的最前沿。什刹海冰场成为“50

▲ 1956 年 11 月 1 日，北京市什刹海旱地冰场开放了

▲ 1964 年 1 月 26 日，北大未名湖的冰场上（冯文冈 / 摄）

后”“60后”心中难以割舍的情结，记录了他们纯真的时光。在大规模的上山下乡之前，大批青年人赋闲在家。那时候年轻人的娱乐生活几乎是零，没有网吧、歌厅、游戏厅，也没有夜店、酒吧，冬天大家唯一能聚集在一起娱乐的地方，就是什刹海冰场了，因此，什刹海冰场成为当时北京最大的青年人聚集地之一。

帅小伙都爱戴羊剪绒的帽子，而姑娘们会围着大红的拉毛围巾，脚上穿着大老远从上海托人买来的黑色小高跟滑冰鞋，大家在冰场上尽情地释放自己。住在什刹海边上的老张回忆，那时北京的冬天特别冷，过了冬至，冰冻得就有一尺多厚了。

那时候很多北京人，晚上下班后吃过晚饭，就拎上冰鞋直奔冰场。冰场就在现在荷花市场这一侧，灯光将冰场照耀得如同白昼，好像一个大舞台，每个人都是舞台的主角。那时冰场边上虽然没有酒吧，但是有很多做小买卖的。有卖馄饨的，有卖小笼包子的，还有卖牛奶面包的。每次滑完冰，最惬意的事，就是在冰场边上吃碗热馄饨或是来杯热牛奶……有时幸福的生活其实就是这样简单。

## 每小时只收折旧费5分钱

查看《北京日报》的老报纸，几乎每年都有关于冰上运动的报道。

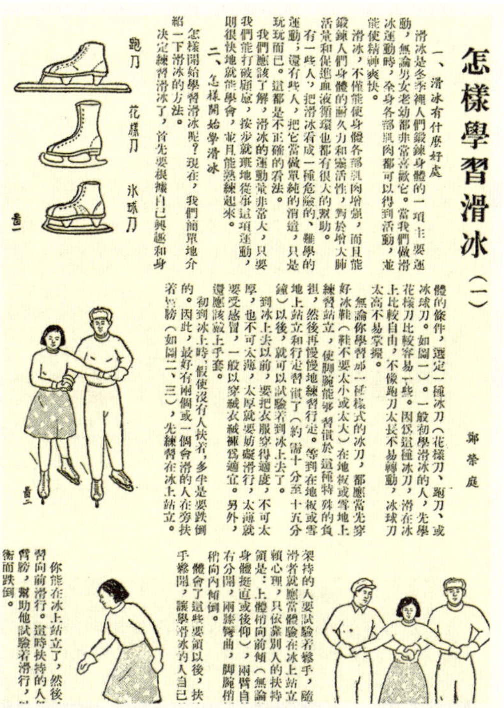

怎樣學習滑冰（一）

鄭榮庭

一、滑冰有什麼好處

滑冰是冬季裡人們鍛鍊身體的一項主要運動，無論男女老幼都非常喜歡它。當我們做滑冰運動時，全身各部肌肉都可以得到活動，並能使精神爽快。

滑冰，不僅能使身體各部肌肉增强，而且能鍛鍊人們身體的耐久力和靈活性，對於增大肺活量和促進血液循環也都有很大的幫助。

有一些人，把滑冰看成一種危險的、難學的運動；還有些人，把它當做單純的消遣，只是玩玩而已。這都是不正確的看法。

我們應該了解，滑冰的運動量非常大，只要我們能打破顧慮，按步就班地從事這項運動，則很快地就能學會，並且能熟練起來。

二、怎樣開始學滑冰

怎樣開始學習滑冰呢？現在，我們簡單地介紹一下滑冰的方法。

決定練習滑冰了，首先要根據自己興趣和身體的條件，選定一種冰刀（花樣刀、跑刀、或冰球刀。如圖一）。一般初學滑冰的人，先學花樣刀比較容易一些。因爲這種冰刀，滑在冰上比較自由，不像跑刀太長不易轉動，冰球刀太高不易掌握。

無論你學習那一種樣式的冰刀，都應當先穿好冰鞋（鞋不要太小或太大）在地板或雪地上練習站立，使脚腕能夠習慣於這種特殊的負担，然後再慢慢地練習行走。等到在地板或雪地上站立和行走習慣了（約需十分至十五分鐘）以後，就可以試驗着到冰上去了。

到冰上去以前，要把衣服穿得適度，不可太厚，也不可太薄，太厚就要妨礙滑行，太薄就要受感冒，一般以穿絨衣絨褲爲適宜。另外，還應該戴上手套。

初到冰上時，假使沒有人扶着，多半是要跌倒的。因此，最好有兩個或一個會滑的人在旁扶着臂膀（如圖二、三），先練習在冰上站立。

架持的人要試驗着鬆手，隨滑者就應當體驗在冰上站立……賴心理，只依靠別人的扶持……領是：上體稍向前傾（無論……身體挺直或後仰），兩臂自……右分開，兩膝彎曲，脚腕稍……稍向內傾倒。

體會了這些要領以後，扶……手鬆開，讓學滑冰的人自已……

你能在冰上站立了，然後……臂向前滑行。這時扶持的人……臂膀，幫助他試驗着滑行，……衡而跌倒。



▲ 1952年12月29日、30日的《北京日报》3版用图文并茂的形式，连续两天发表了《怎样学习滑冰》

春節前夕首都舉行冰上運動大會

蘇聯滑冰運動員參加了表演

昨天（二十三日）早上，
光透過薄薄的晨霧，輕輕地
在什刹海的亮晶晶的冰面
們正在熱情地等待着北京市
大會的開始，他們尤其急切
的蘇聯滑冰運動員的表演。
宣佈開幕。四十七個北京運
運動員和我們的貴賓——蘇
北京市體育運動委員會主任
表隊領隊尤·阿·麥達耶夫
蘇兩國運動員交換錦旗。比
運動員分別在女子五百公
男子一千五百公尺、女子一
千公尺等項比賽中做了表
比賽開始時，第一對是蘇聯
京運動員劉敏慧。槍聲一
速的短跑衝出去，她的兩臂
腿迅速而有力地蹬冰，每步
她像急風般疾馳過觀衆的面
以熱烈的掌聲。瑪斯洛娃以
後，劉敏慧剛跑完三百多公
一分十一秒九。
對進行，每對都是一個蘇聯
動員。比賽中蘇聯運動員總
動員。他們在滑行時，上身
們的腿彎曲成一定的角度，
時身體向內傾斜的程度很
裡，這些都給觀衆留下了深
時，中國運動員在跑道的中
化樣自由滑比賽、女運動員

穿着鑲着白毛邊的棗紅色緞子短褂，男運動員穿着各色毛衣，他們隨着音樂的節奏，滑着勻調……

▲ 1955年1月24日的《北京日报》报道：昨天早上，阳光透过薄薄的晨雾，轻轻地照在什刹海的亮晶晶的冰面上。冰场四周的观众们正在热情地等待着北京市1955年冰上运动大会的开始，他们尤其急切地盼望着看一看著名的苏联滑冰运动员的表演……

# 冰上行

吴宗汉

夜晚的什刹海滑冰场，灯火通亮。滑冰爱好者在那晶瑩光滑的冰面上，矫捷地滑行。这里有工人、学生、干部、解放軍战士，其中有不少是推着冰車第一次上冰场的初学者。

“勇敢些，小亚非！”一位中年人在鼓励一个滑倒的、但是非常活泼的小姑娘学着滑。那小姑娘从冰上爬起来，撢了撢身上的冰碴，又繼續向前滑去。原来这位小姑娘叫李亚非，今年才七岁，在皇城根小学一年級念书，第一次和她爸爸来到什刹海冰场学滑冰。为了使她少摔跤，她爸爸为她租了冰車，可是倔强的小亚非，常常不用冰車，一个劲儿在冰上滑。不多时，勇敢顽强的小亚非，終于会滑几步了。

在速度滑冰的跑道上，健儿們如魚得水，随心所欲地穿梭着。北新桥大二条小学三年級学生张卫國身輕如燕，快速滑进，內行人看了，都說这个小学生基本动作嫻熟，倒脚快、弯道技术好。原来他从四岁起就学滑冰，五年来，每逢滑冰季节，他总是出现在冰上。

三十几名八一摩托車运动队的队員，穿着花样刀鞋或跑刀鞋，生龙活虎地滑着。平时，他們經常奔馳在陆上，为了身体的全面发展，增加腿部的力量，这些天来，他們每天从长辛店赶到这里来鍛炼，眞是名副其实的“冬练三九”了。

在冰场中間，花样滑冰爱好者随着輕快的乐曲，翩翩起舞。什刹海滑冰场邀請的花样滑冰运动員，做着各种燕式旋轉、换足旋轉、燕式平衡等优美的舞蹈。一些花样滑冰爱好者飽尝眼福以后，就当场学了起来。

在有高板墙的冰球场上，数百名滑冰爱好者，观看什刹海青少年业余体育学校冰球班的学生练习搶球、射門等基本技术。疾如流星的冰球使人目不暇給；一位穿着护身、护胸和护腿等防护服装的守門員，如同古代的武士一样。拒冰球于門外。这位守門員就是前北京冰球队的守門員、现任什刹海青少年业余体校冰球班教练潘桂棡。

散场了，滑冰的人陆續离去。强劲的西北風不断地吹着。什刹海滑冰场的二十几名职工冒着严寒，扫去了冰碴，再泼上水，把冰场整理好，准备第二天接待前来滑冰的人們。

上图：初学滑冰　　（王英恒　摄）

▲ 1963年1月28日，《北京日报》2版

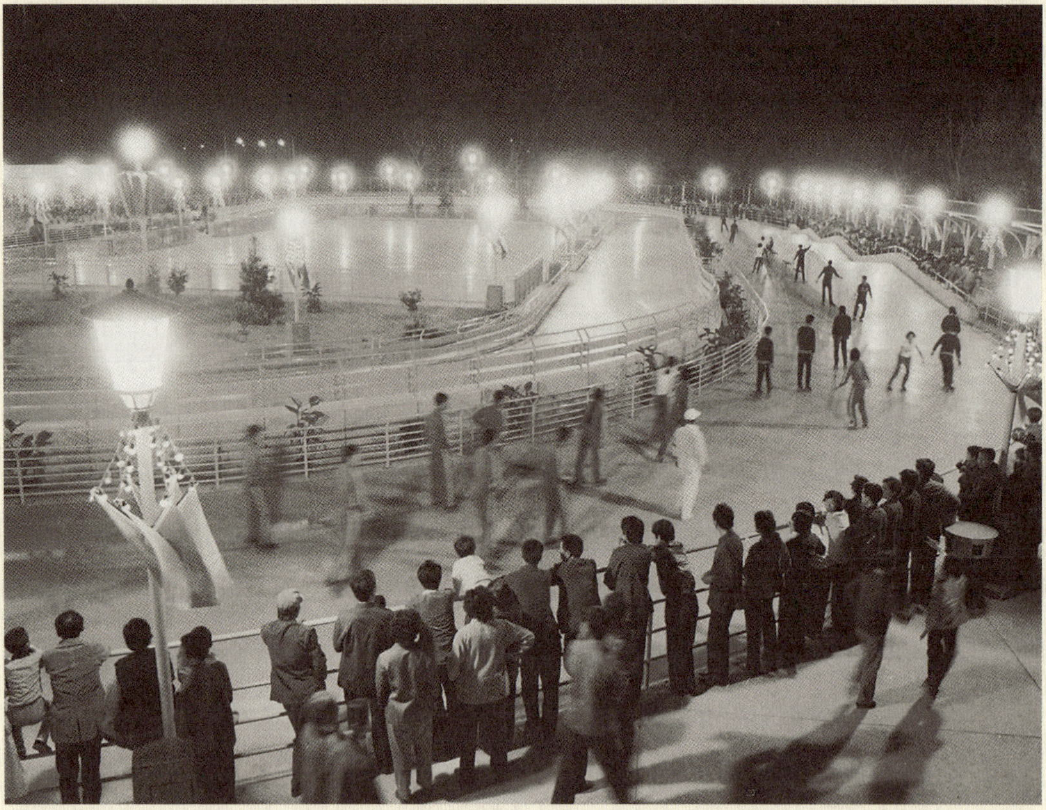

▲ 1972年10月，我国最大的旱冰场在北京工人体育场内建成。开幕式上，参加北京市“环球杯”旱冰速滑邀请赛的九省市代表队进行了旱冰表演（叶用才/摄）

1957 年 12 月 26 日的《北京日报》报道了《四处冰场明天开幕》:“本市最大的两个公共滑冰场，什刹海滑冰场和北海滑冰场定在明天下午四时同时开幕。北海滑冰场今年在灯光、暖棚等设备上都比去年有了改进，并且把儿童冰场扩大了一倍。为了优待儿童滑冰，该场新添了大批儿童冰鞋，每小时只收折旧费 5 分钱。什刹海滑冰场今年增加了一个符合国际标准的冰球场。规模较小，但地点适中、交通方便的中山公园和文化宫的滑冰场今日正式开放。中山公园滑冰场今年也新添了 50 多双冰鞋供群众租用。”

## 世界级花样滑冰明星来京

“世界冰上明星表演美不胜收，北京观众饱览英姿为之倾倒”——1985 年 3 月 21 日,《北京日报》报道:“在首都体育馆洁白的冰面上，世界级的花样滑冰明星为 1.8 万名首都观众做了精彩表演，使人们看到了当今花样滑冰的世界水平和发展方向，得到了美的享受。”

那时候，苏联还在，德国也没有实现统一。从报道原文就可以看得出来:“参加国际冰联花样滑冰明星访华表演的选手男、女共 22 人，分别来自苏联、美国、加拿大、民主德国、联邦德国、捷克斯洛伐克，都是在今年世界锦标赛上获得优胜的名将。”

## “磨得快”投放市场

改革开放后的京城，冬日的户外活动已不满足于简单的滑冰、观灯。各大公园、冰灯节的组织者们煞费苦心地琢磨点子，许多新颖别致的冰上娱乐项目纷纷涌现，除了竞争激烈的冰灯外，还有冰上化装舞会、冰帆、冰车、冰爬犁、雪橇等，诱惑着人们走出家门。一位中年家长，边叮嘱孩子小心滑冰帆边感慨地说:“现在的孩子可真赶上好时候了！我小时候，有个土制冰车便美得不得了，可如今，五花八门的，让你都不知玩什么好了。”

1984 年 1 月 4 日,《北京日报》还专门报道了一种专磨跑刀的小工具——“磨得快”。说的是在那一年元旦前夕，北京缝纫机零件六厂为北京的广大滑冰爱好者研制了一种专磨跑刀的小工具——“磨得快”，已投放市场。“磨得快”由粗磨和细磨两件组成，粗磨

# 花滑答谢表演引爆首体

(记者王芙芙 实习生
) 昨天，2008中国杯
k大奖赛在首都体育馆
E下午举行的答谢表演
单、女单、双人滑前5
名的选手与东道主代
一堂，为观众献上了一
的视觉盛宴。
各大型比赛惯例，比赛
将由获奖选手及本土选
众奉献一场冰上表演，
的热情，同时推广项
常答谢表演更注重演
染力，选手在摆脱分
况下尽情表现花滑之
首体上座率明显超出
紧张的氛围一扫而光，
内追光灯及各色彩灯
力表演，观众则对选
掌声及喝彩。最后出场
本届中国杯双人滑冠
无疑是整场演出人气
一曲《大地之歌》终
绒玩具从观众席“飞”
罢不能的观众不断高
人也没有辜负观众的
回到冰上，以一段动
舒科结束了整场表演。
张昊意犹未尽地说：
编排的表演节目首次
，而且我俩又是首次
，能够以冠军身份参
到特别兴奋。”同时
也令他十分感动，
直是我们的‘瘸腿’
季备战也特意有所强
表演节目的热烈反应
自信，相信通过努
比赛节目的表演方面
皮！” RJ231

▲ 2008 年 11 月，“中国杯世界花样滑冰大奖赛”在首都体育馆落下帷幕。在京举行的答谢表演中，获得男单、女单、双人滑前 5 名及冰舞前 4 名的选手与东道主代表选手齐聚一堂，为观众献上了一场美轮美奂的视觉盛宴。

最后出场的中国名将、本届中国杯双人滑冠军张丹和张昊无疑是整场演出人气最高的明星，一曲《大地之歌》终了，无数毛绒玩具从观众席“飞”入场内，欲罢不能的观众不断高呼返场（饶强 / 摄）

▲ 2009 年 12 月 27 日，京城各大冰场的冰层厚度达到了安全标准，什刹海冰场率先开放（孙戉 / 摄）

时，可将其在冰刀上磨一至两次；细磨时，只要稍稍光一下即可，在冰场上只需一两分钟就能磨好一副冰刀。磨后刀口锋利，跑得快。“‘磨得快’体积小，塑料外形，便于随身携带。包装盒上印有详细说明书，滑冰爱好者一看便会使用。利生体育用品商店、百货大楼、西单商场、东四人民市场、前门文化用品商店等均有出售，每个售价 1.86 元。”

## “我举不动小雪了”

《中国双人滑实现冬奥金牌零突破》，2010 年 2 月 17 日，《北京日报》为申雪和赵宏博的圆梦叫好。温哥华冬奥会上，中国名将申雪、赵宏博以精彩的表演夺冠，不仅圆了自己多年的冬奥会夺金梦想，为中国代表团拿到了该届冬奥会上的首枚金牌，更为中国花滑拿到了历史上的首枚冬奥会金牌。

2014 年 5 月 27 日，《北京日报》第 16 版刊发《赵宏博：我举不动小雪了》。原来，一年一度的“冰上雅姿”花样滑冰巡演当年在京举行。巡演艺术总监、冬奥会双人滑冠军赵宏博对记者介绍，巡演的主题是“爱一世”。不过，申雪和赵宏博这对冰上伉俪却无法亲自上场演绎一段浪漫之舞。不是这小两口儿不想“秀恩爱”，而是已为人母的申雪体重增加了。“我是真举不动她了。”赵宏博幽默地说。

冰雪运动热京城，北京城的冰雪奇缘仍将在孩子们身上继续。

# “坐公交去结婚”何以两上头版

历史资料 · 北京日报图文数据库　　文 · 毛颖颖

春节前后历来是婚庆高峰，“214”更升温“我们结婚吧”的热情。近些年，随着婚恋成本高企，每到这个时节，无房无车的“裸婚”、清新简朴的集体婚礼就会成为新闻。

其实，几十年前的年轻人也曾面临同样的难题：婚，要不要大操大办？钱，要不要向父母伸手？20世纪80年代初，推动移风易俗、婚事新办一度是全社会的大事，也是打击公车私用、为官敛财的切口。“什么样的婚姻才是道德的？”“干部办婚事用公车敛礼金该不该查处？”当年之问，今天听来依然有力。

## “各级组织操办集体婚礼”

“推动移风易俗，必须创造婚事新办的条件。”那段时期，做好说服教育，操办集体婚礼成为各级工会、团委、妇联组织的重要任务。

1981年国庆前夕，《北京日报》发表团市委、市青联致即将结婚的青年朋友的信，提出“勤俭办婚事光荣、铺张浪费办婚事可耻”。1982年1月7日，《北京日报》报道《本市春节期间举办各界青年集体婚礼》，市总工会、团市委、市妇联和市青联联合发出通知，要求各级组织积极筹办集体婚礼，欢迎结婚青年踊跃参加。1983年1月11日，《北京日报》刊发深入开展“五讲四美”活动的通知，第三条内容即组织多种形式的“婚事新办”活动，反对大操大办、凑份子和逼索老人财物。除了全市范围的集体婚礼，有条件的基层单位，也要举办小型的集体婚礼。

▲ 1979 年春节前夕，首钢公司为九对青年举行集体婚礼（叶用才 / 摄）

▲ 1983 年 11 月 1 日，在长城饭店举行的集体婚礼现场（叶用才 / 摄）

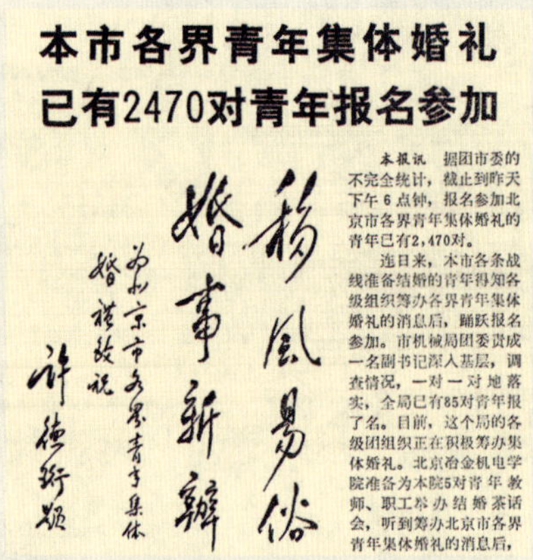
本市各界青年集体婚礼
已有2470对青年报名参加

本报讯　据团市委的不完全统计，截止到昨天下午6点钟，报名参加北京市各界青年集体婚礼的青年已有2,470对。

连日来，本市各条战线准备结婚的青年得知各级组织筹办各界青年集体婚礼的消息后，踊跃报名参加。市机械局团委责成一名副书记深入基层，调查情况，一对一对地落实，全局已有85对青年报了名。目前，这个局的各级团组织正在积极筹办集体婚礼。北京冶金机电学院准备为本院5对青年教师、职工举办结婚茶话会，听到筹办北京市各界青年集体婚礼的消息后，

移风易俗　婚事新办

为北京市各界青年集体婚礼题　许德珩题

▲ 1982年1月12日，《北京日报》1版。截至1982年1月11日，报名参加北京各界青年集体婚礼的新人达2470对。全国人大常委会副委员长许德珩挥笔书写了“移风易俗婚事新办”的题词。该题词印在贺禧卡片上，赠给参加集体婚礼的新人

近水楼台不得月　破除旧俗立新风
青年司机李长乐吴树润结婚坐公共汽车

▲ 1981年12月28日，《北京日报》1版

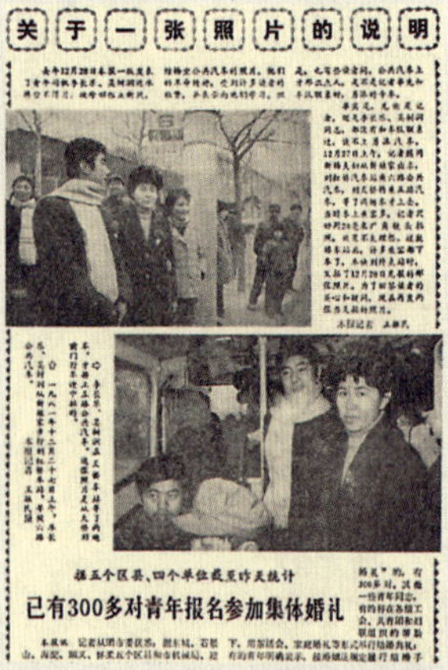
关于一张照片的说明

据五个区县、四个单位截至昨天统计
已有300多对青年报名参加集体婚礼

▲ 1982年1月8日，《北京日报》1版

团市委相关负责人就举办集体婚礼答《北京日报》记者问时表示：1982年元旦、春节期间，各级组织为5500多对青年举办了各式俭朴婚礼。但下半年开始，一些地方和单位又出现了奢办婚事的情况，凑份子、送礼等现象较多。这说明，要扭转一种不良风气，不是一次两次活动就能解决，必须经常地、坚持不懈地抓，每年大抓几次。

## “新人倒了三趟公交车”

1981年12月28日，《北京日报》头版显著位置报道《近水楼台不得月，破除旧俗立新风——青年司机李长乐、吴树润结婚坐公共汽车》。原来，27日上午，国营长空机械厂青年汽车司机李长乐、市皮件厂青年女汽车司机吴树润结婚，一不坐“花轿车”，二不收礼请客。从红桥的娘家，到德胜门外的婆家，两人换乘了三次公共汽车。他们简办婚事的做法得到了父母及单位的支持，一早，机械厂和皮件厂团组织的同志就分头赶去两家送亲迎亲。报道还刊出了一张两人佩戴红花乘坐公交车的照片。

十天后，《北京日报》头版再度报道了李长乐、吴树润的婚礼，题为《关于一张照片的说明》，皆因此前报道引发很大反响，新人新风获赞之余，也有些读者发

▲ 1981 年 12 月 27 日，李长乐、吴树润乘公交车去结婚（王振民 / 摄）

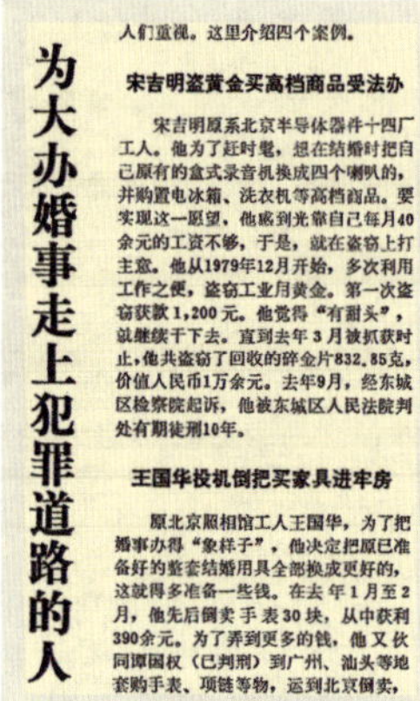
为大办婚事走上犯罪道路的人

人们重视。这里介绍四个案例。

宋吉明盗黄金买高档商品受法办

王国华投机倒把买家具进牢房

▲ 1981年1月23日，《北京日报》1版

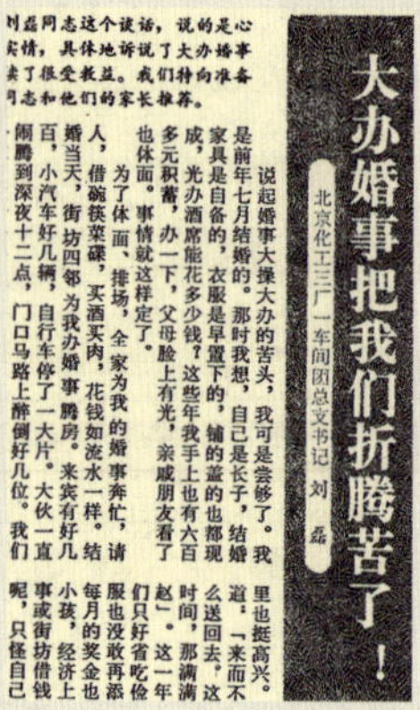
大办婚事把我们折腾苦了！

北京化工三厂一车间团总支书记 刘磊

▲ 1983年1月21日，《北京日报》1版

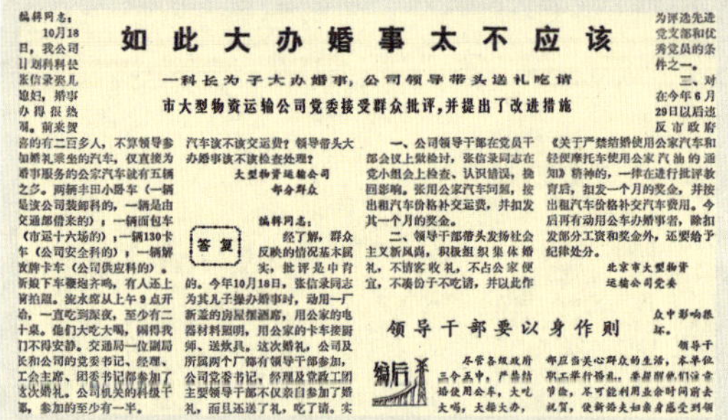
如此大办婚事太不应该

一科长为子大办婚事，公司领导带头送礼吃请

市大型物资运输公司党委接受群众批评，并提出了改进措施

领导干部要以身作则

▲ 1981年12月12日，《北京日报》3版

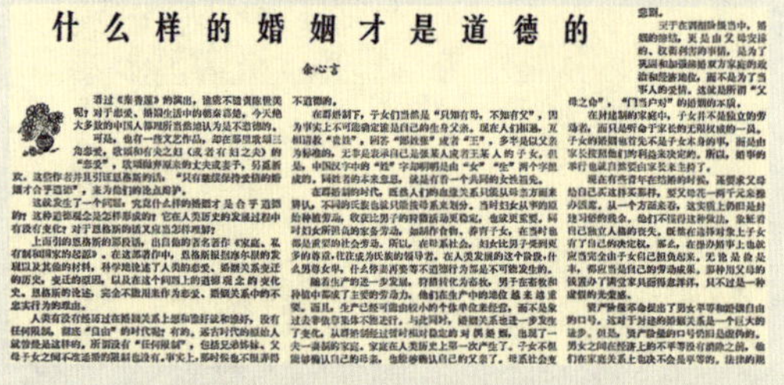
什么样的婚姻才是道德的

▲ 1981年12月21日，《北京日报》3版

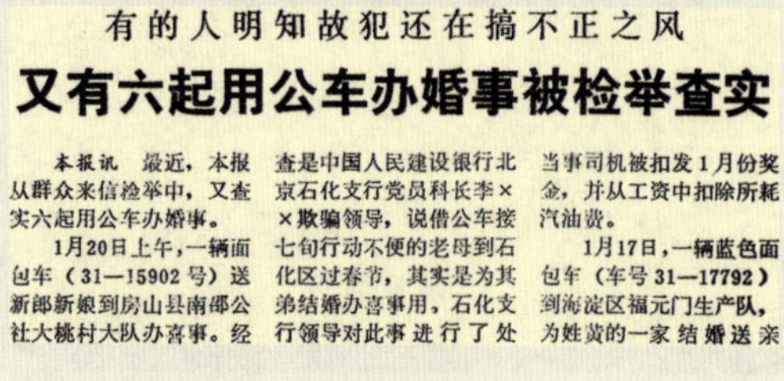
有的人明知故犯还在搞不正之风

又有六起用公车办婚事被检举查实

本报讯 最近，本报从群众来信检举中，又查实六起用公车办婚事。

1月20日上午，一辆面包车（31—15902号）送新郎新娘到房山县南都公社大桃村大队办喜事。经查是中国人民建设银行北京石化支行党员科长李××欺骗领导，说借公车接七旬行动不便的老母到石化区过春节，其实是为其弟结婚办喜事用，石化支行领导对此事进行了处理，当事司机被扣发1月份奖金，并从工资中扣除所耗汽油费。

1月17日，一辆蓝色面包车（车号31—17792）到海淀区福元门生产队，为姓黄的一家结婚送亲

▲ 1982年2月11日《北京日报》1版

问，照片中公共汽车上才那么点人，是不是事先和车队联系好，另派的专车？对此，记者作出了说明：无论记者，还是新郎新娘，都没和车队联系过，更谈不上另派专车。当天记者随同新人从娘家出来，到红桥站乘6路汽车，到天桥转乘5路汽车，等了两趟才挤上去。车上人多，记者只好用28毫米广角镜头拍照，效果不太理想。过鼓楼站后，许多乘客下车了，车快到终点站时，又拍了12月28日见报的那张片子。该报道再发两张照片，分别为新人在红桥站等待6路，以及两人换乘后挤上5路车行过前门的场景。

## “结个婚辛苦一辈子”

一对普通年轻人，因“坐公交去结婚”两上头版并受到组织关心、舆论关注，和当时社会大办婚事成风，个人和家庭负担日渐沉重，甚至引发违法犯罪的大背景直接相关。

事实上，从20世纪60年代大家生活逐渐改善起，结婚讲排场、要彩礼就已经形成某种社会问题。结婚需“36条腿”（大衣柜等全套家具），婚礼办二三十桌、酒菜成席的报道见诸报端。早在1963年，《北京日报》就曾撰文讨论“怎么看结婚是一辈子大事”，明确提出多要彩礼不乏旧社会买卖婚姻的影子，而风光办婚事不

仅是铺张浪费、只顾眼前不想今后的问题，也反映了男女双方对结婚的看法——到底是爱人还是爱钱？

20 世纪 70 年代末 80 年代初，随着社会物质水平普遍提升，结婚要求水涨船高，“三转一响”（自行车、手表、缝纫机、收音机）的讲究很快为电冰箱、电视机、洗衣机“三大件”取代，结婚大宴宾客、广收份礼、坐“花轿车”成为潮流。当时的报道中不乏这类描述：“送亲接亲都是小卧车，几辆车东城西城绕上一大圈”，“脸面放不下，风气顶不住，无钱去借也要办得像个样子”。来自丰台桥梁厂的数据显示：1980 年，该厂办婚事的有 72 起，其中备 10 桌酒席上下的 69 起，40 桌以上的 1 起。在大家月均工资四五十元的情况下，娶个媳妇得花上千元。有的老工人家里有俩儿子，感慨：“这股风再刮下去，实在受不了。得劳累一辈子，辛苦一辈子。”（1981 年 1 月 30 日，《北京日报》2 版）

## “用公车该不该处理”

青年司机“坐着公交去结婚”，标志性意义不仅是简朴，两人天天握着方向盘、亲友中司机众多，结婚却未近水楼台用公车，也是关键性因素。当时，结婚用车需求激增，街上跑的“花轿车”中有的是出租汽车，更多的则是用公车干私人的乐事，被称为社会公害。为此，不少群众投书报社，检举本单位领导大办婚事，用公车敛礼金的问题。

1981 年 12 月 12 日，《北京日报》3 版《如此大办婚事太不应该》，刊发了一封大型物资运输公司群众的检举信。信中反映该公司计划科张科长娶儿媳，不算领导参加婚礼乘坐的汽车，仅直接为婚事服务的公车就有五辆，包括两辆丰田小卧车、一辆面包车、两辆卡车。流水席从九点开始，一直吃到深夜，至少有 20 桌。检举信写道：领导干部带头凑份子、送厚礼、吃请对不对？动用公家汽车该不该交运费？领导带头大办婚事该不该检查处理？编辑将这封信转给运输公司后，该公司党委迅速给出了处理意见：群众批评属实，张科长做出检查，按出租车价格补交公车运费，扣发一个月奖金。今后再有动用公车办婚事者，除扣发部分工资和奖金外，还要给予纪律处分。

在群众和媒体密切监督下，干部带头大操大办有所收敛，许多公司为此做出专门规定，一批干部受到党纪处理。如首钢公司党委要求，党员干部办婚事不准摆酒席、大吃大喝，不许送彩礼、收彩礼，不得动用公家车辆、物资。怀柔县建设局副局长龚某，为儿子大办婚事 3 天，摆席 50 桌，收份礼 1610 元，数次动用机关汽车接亲送友，受到党内严重警告处分。

# 那些追洋快餐的日子

历史资料 ▪ 北京日报图文数据库 ▪ 北京麦当劳食品有限公司　　文 ▪ 毛颖颖

“肯德基是我们的，麦当劳也是我们的”——继2016年9月初肯德基母公司百胜中国引入春华资本及蚂蚁金服后，2017年初，中信、凯雷以近21亿美元入主麦当劳中国。对中资“拿下”两大洋快餐巨头中国区业务，有人笑谈，在肯德基吃炸酱面、在麦当劳喝豆汁指日可待。

从开“洋荤”高消费的场所，到中国人城市生活中寻常的商业配置，洋快餐早已不是什么文化和身份标签。人们带着兴奋在前门排成长龙等候品尝一块原味鸡的场景，距离今天也已30多年了。

## “找到了全世界最好的地方”

1987年11月13日，《北京日报》头版刊发消息：“美国，也是西方在中国，也是北京第一家快餐联营店——肯德基家乡鸡北京快餐厅昨天正式开业。北京市副市长孙孚凌、市顾委副主任陆禹、美国驻华大使洛德和夫人、肯德基家乡鸡公司董事长邓迈亚等出席了开业典礼。”两个“也”字和来宾规格显示了这条短稿不一般的信息含量。中国餐饮业开始引进外资，同样成为当日外电报道的中国重要新闻。

这家毗邻天安门广场、位于前门西侧的炸鸡快餐店建筑面积1400多平方米，座位506个，为全球肯德基门店规模之首。当记者问为什么将最大分店设在北京时，肯德基

▲ 1992 年，麦当劳王府井餐厅

## 美式风味飘京城
### ——记肯德基家乡鸡落户北京

本报记者　祁林

12日上午，在美国肯德基家乡鸡北京快餐厅正式开业前记者招待会上，一名记者：为什么将世界上最大的家鸡分店设在北京？肯德基国公司副总裁王大东先生笑因为我们在北京找到了全世界最好的地方。

的确，北京快餐厅的地理位置得天独厚：这里毗邻天安门

设想相吻合。

从签约到试营业，在北京建店的时间仅用了十个月。这里有世界上最大的高速气压炸锅，14分钟内可炸出20只鸡，厨房的设计能量为每小时制作2300块炸鸡，三层楼营业厅和五百多个座位保证客人能在两分半钟吃到炸鸡；用十一种香料调配、全世界只有4个人知道的

▲ 1987 年 11 月 14 日，《北京日报》4 版

▲ 1991 年 4 月 30 日，《北京日报》4 版

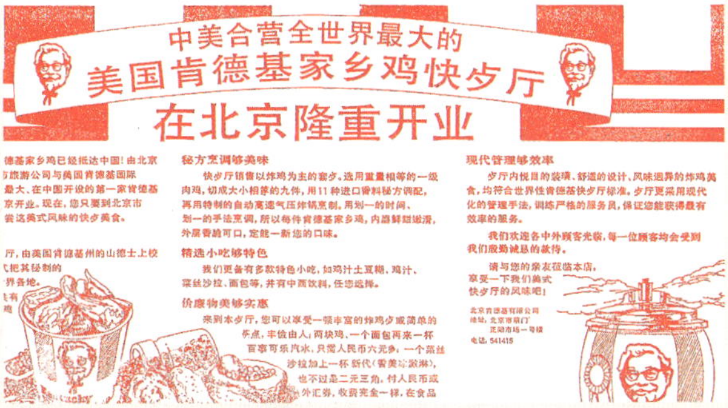


▲ 1987 年 11 月 12 日，《北京日报》4 版

国际公司副总裁王大东笑答："因为我们在北京找到了全世界最好的地方。"在10月6日起试营业的37天里，该店每天营业额万元以上。

无论新闻，还是广告，关于洋快餐的一切都强调这是"西方生活方式的一部分"。在《北京日报》刊发的《美式风味飘京城——记肯德基家乡鸡落户北京》一稿中，记者写道："厨房每小时制作2300块炸鸡，三层楼营业厅保证客人能在两分半钟吃到炸鸡。这既是对现代化生活节奏的适应，也是对我国传统饮食习惯的挑战。它向人们揭示：那种把大量时间花在厨房，以及慢吞吞的餐饮服务速度状况必须改变。"

炸鸡很快，但想吃到绝不仅仅需要"两分半钟"。很长一段时间里，前门店一到饭口都处于里三层外三层排长龙的状态，甚至成为到京旅游的一景。去肯德基尝鲜儿，然后跟门口的肯德基老爷子合影留念，是全国人民的时髦。

刚开业时，肯德基所售品种有限，除了2.5元一块的原味鸡，还有土豆泥、菜丝沙拉、面包和可乐，两年后，才有单价4.5元的汉堡上市。相较普通干部不过百元的月薪，吃肯德基算得上高消费，不少家庭要攒上一阵才舍得带孩子来享受。戏剧性的是，每个星期天，都会有人在肯德基三楼举行婚礼，如今看来或许不可思议，当时却是件挺有面子的事。

1992年4月23日，"迟到"老对手五年的麦当劳在王府井最繁华地段开出其在京第一家店，规模也是全球之首。《北京日报》记者发现，麦当劳其实早就来了，为制作招牌炸薯条，麦当劳1984年就来华寻觅良种土豆种植基地，并最终定在了承德围场，选择乳制品、面包、肉饼、番茄酱等的供应商也几费周折。从种土豆开始深谋远虑的市场占领，收获是惊人的。据报道，开业后，每天前往麦当劳就餐的人数在1.3万人以上，火爆情形超过了任何一家饭店餐馆。

## "超级收款机"魅力在哪儿

洋快餐店人潮涌动，状若"超级收款机"，迅速被视为全方位剖析和学习的对象。做中国的肯德基、做某某界的麦当劳，一度是对标先进的口号。

满城纷说洋快餐，到底好在哪儿？1989年2月13日，《北京日报》头版《"肯德基"的魅力》这样描绘：做医生的母亲给儿子买了份10元套餐，对鸡肉、菜丝沙拉和土豆泥

▲ 洋快餐店的一切都让当时的中国人耳目一新。免费游乐园、生日会场及花样活动，让洋快餐店成为多年后很多人“忆童年”的场所

# 「肯德基」的魅力

本报记者 席伟航

“不知高低”地闯人本市一家高
饭没吃成，气倒填饱了肚子——
500元，否则恕不接待。
说，我们来北京，不光
也想饱饱口福，可又不
在这里，每人十几元
高个子顾客说罢，11条
云般地大嚼起来。
客比较起来，其他食客
文，就连一位四五岁的
静地坐在母亲身边。
母亲说：今晚孩子不肯
了好几家餐厅也没有适
，最后想起了“肯德
元钱，买了一份有二块
还有一杯牛奶。“别小
热量、蛋白质、维生素
”这位做医生的母亲看
鸡肉、蔬菜色拉和土豆
意。
学教书的情侣，是这里

生说，虽然北京的大饭
的经济实力告诉他，那
去的地方。而在“肯德
受到了一种平等气氛：
乎同样多的钱，都吃几
，还都得自己端着盘子
无穷富贵贱之分。部长
而平民到此也同样为
外出吃饭，他都要带女
”。
组则说，她喜欢这里幽
竟。她特别中意“肯德
“您瞧，杯、碟、勺、
的，在这里吃饭让人放心。”
餐厅开业14个月，已经接待120万
多少人是怀着这同样的心理呢？

**员说：“肯德基”的**
**取决于它的严格管理**

是，便宜卖给顾客，会损坏
内部职工，他们以后就会赶
这条店规执行
因为舍不得扔
到书面警告单；因
掉，曾有服务员被
负责人，因为自作
理给员工，被解除
服务员们戏言
饭碗”，好看，但

**经理们说：“**
**力来源于科学**

在“肯德基”
是一位手捧炸鸡桶
形象，他便是业
炸鸡的创始人美
生。继承者们用他
道。
如今，山德士
门快餐厅的大门前
员服装上都有老爷
具、包装纸上也印
于，北京人对它有
数顾客慕名而来，
“老头炸鸡”。
不少光顾过国
外国食客，都很惊
德基快餐厅卖啤酒
原来，美国肯
定，其连锁店一律
算盘自然很精；顾
正常进餐速度，座
低；喝醉了还会闹
餐厅牌子。因此，
特别爱喝酒后，讨论再三，才
是北京肯德基快餐厅成为世
唯一允许卖酒的一家，但是也
在“肯德基”，经营者
用科学手段来经营：肉鸡的
于是分鸡磅就能将体重在1.

▲ 1989年2月13日，《北京日报》1版

# 肯德基增大了卫生间

周日偶去肯德基前门餐厅就餐，发现这里的洗手池由3个增加到6个了，还特为儿童设置了低位洗手池，孩子们洗得认真了。厕所的蹲位也增多了，男女加起来有13，门口没有人等着了。清洁人员也明显增多。

原来1987年开业时，这里就建造了当时所有同类餐厅中水平最高的厕所及洗手区，到年底已进行了3次扩建，现在的面积已由20多方米增加到150多平方米。清洁工每天早晨6：前就到岗了，严格按“四步清洗法”清洗消毒，9时开门，消毒气味已完全散尽了。

当越来越多的商家为了增加营业面积而除厕所，禁止顾客使用“内部厕所”时，肯德基牺牲营业面积而扩大卫生间，实实在在方便客。记者不禁想起了在另一家赫赫有名的快店的遭遇。

去年12月初，我去长安街上的一家快餐店同行的两位外国朋友指定到那里吃饭，“因为里必有干净卫生间”，她俩颇为自信。谁知那贴出了“厕所在外面”的纸条。跑出餐厅，拐弯到了收费的公厕，竟在厕所门口碰上了快餐的服务员。两位“老外”说什么也不在那儿吃餐了：“这在国外不可能！”欧美日餐饮业都“法”：餐馆必须设卫生间。

日前，记者又到那家快餐店看看厕所修没有，结果还是那张小条把门。随之，进了一大商场，专门找厕所。问售货员，售货员说上街去。自己找到二楼“顾客止步”处，推门是卫生间，可售货员说：“你要听话就别去。”往东，走进一家商业城，问售货员有厕所，售货员说净问这事的，在滚梯边呢。梯边的角落没有标志，推门进去，极脏极臭原来坏了好一阵子了。

上厕所本是人类最基本的需求之一，为重视这项与吃饭喝水同样重要的事，前一段有公厕设计大赛，获头奖者所描绘的公厕，如园中亭台般美丽。然而各个商家“内部”

一位刚走出建工学院校门的女大学生在本首届公厕设计大赛中获得了一等奖。不久，市

▲ 值得学习的还有洋快餐店的卫生间。当时城市公厕少、脏、差，中式餐馆十家有五家不设厕所，即使有，也属“内部”性质，即使对外，不吃他家的东西也不能让你使用。而洋快餐开业伊始，就建有“星级”厕所，洗手池、大镜子、卫生纸、消毒液、烘干机齐备，无论是否消费，都对“方便”者来之不拒

在这里，你不必一天干满8小时，还可以自由选择工作时间；但工作的每一分钟，你都得高速运转起来——

# 京城有了“小时工”

## 麦当劳印象之一

本报记者 赵靖云 吴向中

界最大
中国首
业了。
说麦当
切都引
堡包、
…还有

呢？不

工
的
些
灰
店
，
大
去
拾
不
指
如
6个小
点。这
家照顾
。
为了照
位提前

工都能
自的情
时间。
制的好

顾名思

义，就是按小时计算报酬，干几小时活，给几小时钱。

在1987年出版的《劳动法辞典》上，它又被称为“非全时工”。该辞典在“非全时工”词条的释文中说：“实行非全时工制度，对劳动关系双方当事人均有一定的好处。从用人单位方面讲，在每天最需要人手的时候，有人来干活，而且不用支付全天工资；从工人方面讲，不用全天上班，提供生活上的便利。”

当今世界上，小时工制度已被广泛采用。但在我国，习惯8小时全时工制度的人们还不太熟悉它。国家劳动部劳动科学研究所夏积智副所长对记者说，他曾在1984年撰文建议有条件的企业采用非全时工制度，但反响不大。

麦当劳的出现，为该制度在本市的试验和推广，提供了一个有影响的范例。

### 四

北京麦当劳的外方总经理，是来自台湾的赖林胜先生。在接受记者采访时，他用“灵活”和“效率”两个词来概括小时工作制度的特点。

33岁的刘青云，在一家工厂干了12年之后，应聘到麦当劳当起了服务员。

刘自称在原单位，她该属于那种被优化下来的人。但在麦当劳，由于工作出色，两周前她和数十名伙伴一起得到了升迁。她弟弟惊讶地说：“姐，你去麦当劳后像是变了个人！”

刘认为，她呆过的企业在有些方面的管理流于形式。譬如劳动时间上，干不干都得8小时，只管考勤，不管效率，工人出工不出力，却没人关心。

现在，她每天下午3点半就可以下班了，从从容容地去接孩子。但在上班的几个钟点里，她使自己高速运转起来。不停地招呼客人，不停地微笑，不停地收盘子擦台面，不停地找活干。她说，她喜欢这种快速高效的工作方式。

所有个体的高效率，合成了一个整体的高效率。

### 五

麦当劳有个排班组。

它的工作，是每周依据员工意愿和上阶段工作评估，排出下周各天的员工工作时间表，张榜公布。

花花绿绿的表格在员工休息室里贴了一墙壁。除管理人员外的800多名员工，人人都可以从表上了解自己每天的工作时间。蓝杠表示上午，红杠表示下午，几点起几点止，一目了然。

每位员工希望的工作时间，都是在应聘时就与店方谈妥的。临时有变，可提前投书“排班留言箱”。但这还不是排班组工作的全部依据。

副理
伴在
考察
这一
周就

体力
服务

工事
逻辑

城市
度工
说，
（换
的活
力”

不能
劳的
参考

▲ 1992年6月2日，《北京日报》1版

的搭配很满意，“别小看这点东西，热量、蛋白质、维生素可是全有了”；一对大学教师情侣是常客，男士青睐洋快餐的平等氛围，“无论部长还是平民，大家都得自己端着盘子找座位”；女士中意一次性餐具，“在这里吃饭让人放心”。记者则注意到了标准化和严格管理：解聘做不到微笑服务的员工，鸡块炸出超过一个半小时不能再卖，不管剩多少都要扔。

麦当劳独特的用工制度更领风气之先。1992年6月2日，《北京日报》头版以一篇《京城有了“小时工”》开启了对麦当劳的系列观察。“在这里，你不必一天干满8小时，还可以自由选择工作时间；但工作的每一分钟，你都得高速运转起来——不停地招呼客人，不停地微笑，不停地收盘子擦台面，不停地找活干。”记者感慨：“现在许多企业管理流于形式，只管考勤，不管效率，工人出工不出力，却没人关心。在提高效率的治本之策尚不能立时奏效的情况下，麦当劳小时工制度以及招收兼职打工者的经验，至少给了我们一个参考系。”

洋快餐对品牌的经营同样令人耳目一新。手捧炸鸡桶的肯德基老爷子笑容可掬立于门前，楼窗玻璃、服务员服装甚至餐具、包装纸上都印有老爷子商标。终于，北京人对它有了深刻印象。无数顾客慕名而来，就是为了尝尝这“老头炸鸡”。记者在《说“麦当劳大M”》（1993年6月27日，《北京日报》2版）里如此总结：看到金黄色的大M就寻到了吃处，这就是“标志效应”。现在中国企业还没有非常成功的标志符号，声势还造得很不够。

## “斗鸡”何必要胜负

洋快餐纷至沓来，不出京城吃八方固然好，但看炸鸡、薯条风光无限，尤其是牢牢掳获了孩子们的心，大家胸中也五味杂陈。《儿童节·老头鸡·动画片》（1991年6月15日，《北京日报》5版）一文发问：堂堂北京，做沙拉也许比不过“老外”，可做出份便宜好吃的快餐鸡还不是小菜一盘吗？光看“变形金刚”，逢“六一”必吃炸鸡，恐怕不是一件小事。

“美食大国，在自己的地界上，不能做不过洋快餐”，在当时成为一种普遍心态。打出“斗鸡”大旗的中式快餐接连登场。如上海“荣华鸡”宣称“肯德基开到哪里，荣华鸡就要开到哪里”，1992 年“荣华鸡”北上进京，店址就选在“肯德基”东四分店的正对面。

“两鸡相斗”，消费者得利。记者在《“斗鸡”何必要胜负》（1994 年 4 月 3 日，《北京日报》8 版）中写道：“斗鸡”，说穿了只是一种宣传策略。但通过现代化管理形成优质服务、低廉价格、清洁卫生、科学营养，中式快餐也可称雄。《麦当劳：一花招百花》（1995 年 1 月 8 日，《北京日报》2 版），则在分析市农工商联合总公司通过与麦当劳合作打出名声后指出：有人惊呼，中国人的钱全让外国人赚走了。但事实证明，不让投资者赚到利润，不仅他们不会再投资，还会把别的投资者吓跑。只有让别人挣钱，我们才有利可图，同时引进技术、管理、人才、信息。

时间推移，人们开始习惯从在商言商而非民族情感角度看待快餐业的竞争。2001 年 12 月 7 日，《北京日报》6 版刊发《中式快餐不必与洋快餐干仗》，文章直言：中式快餐似乎特别看重跟洋快餐“叫板”，但应戒掉浮躁、冒进的“炒作”心态，踏踏实实地干好自己的事。记者观察到，市面上“老家肉饼”“永和豆浆”等中式快餐连锁店同样生意红火，走的都是洋快餐那套质量标准化和管理规范化之路。

▲ 1992 年 10 月 19 日，《北京日报》2 版

先是“荣华鸡”，再是“红高粱”，现在又出个“万德福”

**中式快餐不必与洋快餐干仗**

● 本报记者 李思源 ●

一段时间以来，中式快餐似乎特别看重跟洋快餐“叫板”，先是“荣华鸡”，再是“红高粱”。当人们已不闻“鸡鸣”，不见“高粱”的火红之后，这两天又听到刚开始选址就声称要“颠覆”洋快餐的“万德福”出征的战鼓。

昨天，记者拨通“万德福”中式快餐策划人的手机，电话那边的声音听起来颇为兴奋：麦当劳卖什么我们就卖什么，麦当劳面向孩子我们也面向孩子。记者发现，尚在“策划”中的“万德福”大有克隆麦当劳之势，甚至连标识都只是把麦当劳的“黄金双拱”翻了个个儿。

这种“较劲”，真能给“万德福”乃至更多的中式快餐“较”出可以和洋快餐平分秋色的市场份额吗？中式快餐想做大，又非得跟洋快餐“叫板”吗？

不久前，记者路过店铺林立的米市大街，发现曾经十分醒目的洋快餐“德克士”炸鸡门脸已悄然易主，变成地地道道的中式快餐“老家肉饼”。和“老家肉饼”的众多京城连锁店一样，这里生意也异常兴隆。记者注意到，同在王府井黄金商圈一带的生意红火的中式快餐连锁店，还有“半亩园”、“永和豆浆”、“马兰拉面”等好几家。

这些店为什么能坚持，能发展，重要原因之一，恐怕就是踏踏实实地干好自己的事。做过中餐的人都知道，中餐特别是想快起来的中餐最难把握的就是品质，即便是豆浆油条，要克服操作上的随意性也绝非易事。因此，缺乏质量的标准化和管理的规范化，一直是中式快餐难敌洋快餐的主要原因之一。这些经营崭露头角的中式快餐店，似乎已开始为这些症结找到了“良方”。他们几乎家家都拥有中央厨房，在一纸纸细化到“克”、“厘米”、“分钟”的“标准配方”指引下，走下标准化生产线的中式快餐，质量整齐划一多了。

据业内专家分析，中式快餐要发展，靠的就是这种品质追求。同时，资金水平、市场定位、营销手段等因素也
视。目前，一些中式快
注意到了质量和管理
范，但市场定位仍不
对性差，比起麦当劳和
主要面向青少年、特别
的消费群还颇有差距。
之洋快餐在市场营销、
象宣传等方面的大力
式快餐对品牌的塑造
人欠缺的不是一星半点

对于由“万德福”
起的新一轮“斗麦”、“
动，麦当劳有关负责
地表示，向麦当劳“
同行一直很多，但麦
有大敌压境的感觉，
当劳的敌人是自己。
业内专家认为，中式
敌人一样是自己，因
品种构成上，它就有
洋快餐截然不同的
有中华美食深厚的底
掘，优势不能说少。所
快餐该学的其实更是
在竞争中平和稳健、老
的大家风范，戒掉浮躁
“炒作”心态。

▲ 2001 年 12 月 7 日，《北京日报》6 版

## 洋快餐开始本土化

中餐在追赶洋快餐的标准，而随着中国市场重要性日益凸显，洋快餐也在倒追中国人的传统菜谱。2002 年 4 月，肯德基开始卖米饭，在这款名为“寒稻香蘑饭”的快餐之前，肯德基已在中国内地市场推出了“榨菜肉丝汤”及“盐酥半翅”。2003 年春节，北京地区麦当劳的员工统一穿上了鲜艳喜兴的唐装。这一年元宵前夕，肯德基推出“老北京鸡肉卷”。《北京日报》报道记录了这样一个细节：这款夹进黄瓜条、京葱段和甜面酱的新品“偷师”自北京烤鸭，上市后获得了全聚德老总的大方指点，很快将肉卷中那根手指粗细的葱段改成了切得细细的葱丝。

卖米饭、卖油条、卖粥，洋快餐全面“中为洋用”的不仅是口味和产品。数据显示，2003 年，肯德基原料供应已由 6 年前只有鸡原料来自中国国内变成了本土化程度 95%。而 2007 年，麦当劳在华的 97% 以上原材料已实现本土化。

# 老莫：一个时代的集体记忆

历史资料 ▪ 北京日报图文数据库 ▪ 北晚新视觉网 ▪ 莫斯科餐厅　文 ▪ 毛颖颖

如今，北京是全球美食汇，“足不出城，吃遍世界”。而倒转几十年，在北京吃顿西餐还是相当“前卫”“尊贵”的事情，在当时屈指可数的几家西餐馆里，最早开业、名头最响的，就是北京展览馆苏式建筑群里的莫斯科餐厅，这家被北京人习惯性叫作“老莫”的俄式餐馆，已经成为一个特殊的文化符号，承载着那个时代的集体记忆。

## 到“世界窗口”吃西餐

**老顾客李岩量：“狠了心各自拿出五元钱决定安排一次真正吃西餐的实习，菜单上的俄文名称我们全抄了下来。”**

20世纪50年代初，百废待兴的中国方方面面向“苏联老大哥”学习。作为全国政治文化中心，北京出现了很多风格浓郁的“苏式建筑”，代表作当数位于西直门外大街的北京展览馆（原名苏联展览馆，1958年更名）。

那会儿，说起新中国怎么建设，流行这样的口号：“苏联的今天就是我们的明天。”除了描述中“楼上楼下，电灯电话”的发展愿景外，每个中国人都想亲眼看看“我们的明天什么样”。1953年10月，气势恢宏的北京展览馆工程动工，定位为“举办苏联各领域建设成果展览会，帮助我们学习先进经验”。带着尖塔和红星的北展建筑群由苏联专家

▲ 1954 年 9 月 1 日，北京展览馆（冯文冈 / 摄）

▲ 1954 年 9 月 28 日，莫斯科餐厅（冯文冈 / 摄）

设计，包括工业馆、农业馆、文化馆、剧场、电影院，以及作为招待宾客配套设施的莫斯科餐厅。

1954 年 9 月，北京展览馆竣工，10 月举办苏联经济及文化建设成就展。展会上，从采煤机、拖拉机、收割机，到卡车、轿车、火车机车，无不让处于经济技术落后阶段的国人眼界大开。而令大家深感震撼的还有同时开业的、巨大而气派的“老莫”。

《北京日报》报道这样记录“老莫”：“大餐厅墙上挂着巨幅克里姆林宫油画，油画前有绿色的喷泉。餐厅四壁是嫩绿色大理石，明亮的大玻璃长窗上，垂着白色乔其纱和银灰色天鹅绒的窗帘。餐厅顶上是松枝、松果和雪花组成的石膏花饰。厅中间四根柱子上，包着铜片攒成的生气勃勃的鸟兽。”“这儿的厨房设备，差不多都是电气化的。有七个大型冰箱，两座大型电灶，还有煮咖啡、烤点心、炸油的各种电炉。厨房每层设有电动运送机，迅速把点心和菜肴送出去。”当时“老莫”所用的全部餐具，除瓷器由景德镇烧制外，全部由苏联供给，玻璃杯、水晶杯就有一万多件。（1954 年 10 月 7 日，《北京日报》1 版《在莫斯科餐厅里》）

刚开业时的“老莫”不直接对外，主要服务苏联援华专家、驻华官员和留学归

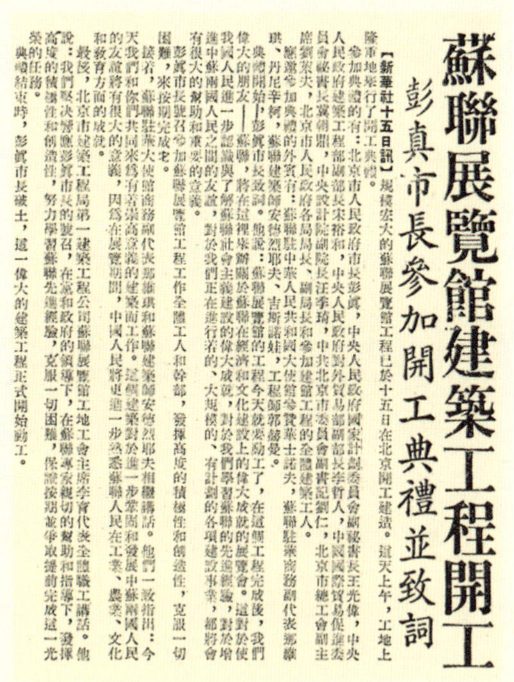

**蘇聯展覽館建築工程開工**

**彭真市長參加開工典禮並致詞**

【新華社十五日訊】規模宏大的蘇聯展覽館工程已於十五日在北京開工建造。這天上午，工地上隆重地舉行了開工典禮。

參加典禮的有：北京市人民政府市長彭真，中央人民政府國家計劃委員會副秘書長王光偉，中央人民政府建築工程部副部長宋裕和，中央人民政府對外貿易部副部長李哲人，中國國際貿易促進委員會秘書長冀朝鼎，中央設計院副院長汪季琦，中共北京市委員會副書記劉仁，北京市總工會副主席劉榮夫，北京市人民政府各局局長、副局長和參加建館工程的全體建築工人。

應邀參加典禮的外賓有：蘇聯駐中華人民共和國大使館參贊華士諾夫，蘇聯駐華商務副代表鄭維琪、丹尼辛柯，蘇聯建築師安德烈耶夫、吉斯諾娃，工程師郭赫曼。

典禮開始時，彭真市長致詞。他說：蘇聯展覽館的工程今天就要動工了，在這個工程完成後，我們偉大的朋友——蘇聯，將在這裡舉辦關於蘇聯在經濟和文化建設上的偉大成就的展覽會。這對於使我國人民進一步認識與了解蘇聯社會主義建設的偉大成就，對於我們學習蘇聯的先進經驗，對於增進中蘇兩國人民之間的友誼，對於我們正在進行着的、大規模的、有計劃的各項建設事業，都將會有很大的幫助和重要的意義。

彭真市長號召參加蘇聯展覽館工程工作全體工人和幹部，發揮高度的積極性和創造性，克服一切困難，來按期完成它。

接着，蘇聯駐華大使館商務副代表鄭維琪和蘇聯建築師安德烈耶夫相繼講話。他們一致指出：今天我們和你們共同來爲有着崇高意義的建築而工作。這個建築對於進一步鞏固和發展中蘇兩國人民的友誼將有很大的意義，因爲在展覽期間，中國人民將更進一步熟悉蘇聯人民在工業、農業、文化和教育方面的成就。

最後，北京市建築工程局第一建築工程公司蘇聯展覽館工地工會主席李育代表全體職工講話。他說：我們堅決響應彭真市長的號召，在黨和政府的領導下，在蘇聯專家親切的幫助和指導下，發揮高度的積極性和創造性，努力學習蘇聯先進經驗，克服一切困難，保證按期並爭取提前完成這一光榮的任務。

典禮結束時，彭真市長破土，這一偉大的建築工程正式開始動工。

▲ 1953 年 10 月 16 日，《北京日报》1 版

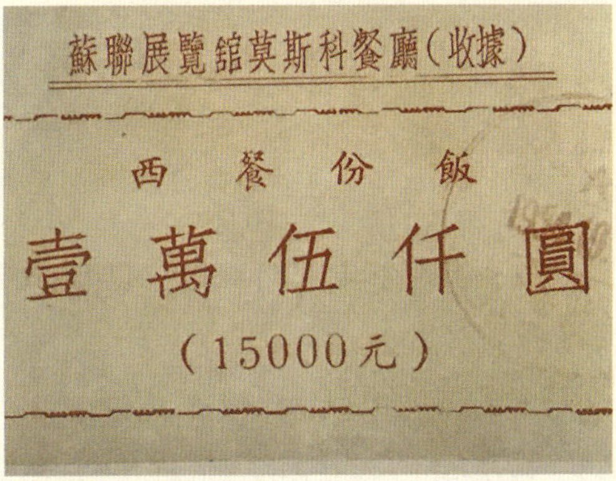


▲ 1954 年，莫斯科餐厅收据

来的知识分子，还印制了一批“苏联展览馆莫斯科餐厅收据”发给各单位，由内部组织分配，拿到这张“入场券”的人再自己到店交钱就餐。一客份饭的价格分旧币 1 万、1.2 万、1.5 万和 2 万元（旧币 1 万元相当于新币 1 元）4 种，包含汤、冷盘、主菜、面包、咖啡和冰淇淋。虽然 50 年代普通北京人的工资只有四五十元，但谁也不愿意放弃这“见世面”“开洋荤”的机会，排队的长龙在高大的餐厅外绕了几个回形圈。后来“老莫”逐渐对外开放，但价格和档次摆在那儿，老百姓去一回“老莫”依然了不得：“恨不得半年都说道说道！”

50 年代，北展的苏联成就展，以及之后的“捷克斯洛伐克建设成就展”“日本商品展览会”“罗马尼亚展览会”，成了国人看世界的一扇窗口。而在“老莫”，不少人第一次学会“右刀左叉”，了解西方文化礼仪和风土人情。老顾客李岩量回忆 1955 年自己和同学相约去“老莫”的经历：“作为留苏预备生，大家谁也没吃过西餐，临出国前，我们狠了心各自拿出五元钱决定安排一次特殊的实习，见识一下‘老莫’，多记些相关单词，免得出去了闹笑话。因为想把吃西餐的全过程都走到，我们没有选择搭配好的份饭，而是仔细研究着点了菜，为了欣赏水晶杯还勉强买了蜜酒。菜单上的俄文名称我们全抄了下来，背了好几天才把这些单词记住。”

## “餐外的东西”

**老顾客穆传玺：“我唱着《莫斯科郊外的晚上》，对女友说：‘喀秋莎同志，愿意嫁给我吗？’”**

说起来，西餐不一定很对中国人的胃口，不少人初到“老莫”表现局促，看着菜单莫名所以，餐毕感到“好是好，但觉得没吃饱”，而“老莫”的吸引力更多在于餐外的东西。在典雅宏伟的屋顶下，桌上摆着锃亮的酒杯、刀叉、瓷盘和鲜花，风吹动着天鹅绒窗帘和雪白的乔其纱，水池喷射出银色水花，耳边响起最流行的《莫斯科郊外的晚上》《喀秋莎》《红莓花儿开》……这种华贵范儿和异域情调，给那一代人尤其是跟着父母来开眼的孩子们，留下了难以磨灭的印象，也让“老莫”成为当时北京人重头聚会、战友送别、情侣求婚等活动的宝地。

老顾客穆传玺回忆自己的求婚经历：“1955 年 2 月，女友生日那天，我用攒了三个

▲ 1954 年 10 月 17 日，客人们在莫斯科餐厅就餐（冯文冈 / 摄）

月的钱请她到我们常常围着散步但没敢进去的‘老莫’吃饭，唱着《莫斯科郊外的晚上》对她说：‘喀秋莎同志，愿意嫁给我吗？’一晃结婚30周年，我们第二次走进‘老莫’，点了同样的菜，当举起酒杯时，我又唱起了‘夜色多美好，令我心神往，在这迷人的晚上’。也许因为类似的情结，今天，一些老人在家庭纪念日聚会时，还爱动员几代人同去老莫。”

对于皇城根下长大的北京孩子特别是大院子弟们来说，“老莫”留下了更多呼朋唤友、海侃神聊的青葱记忆。发小儿、同学、战友一群小年轻在一起花心思切磋如何凑份子，去撮“老莫”。有说法是当年有什么大事难事麻烦别人，北京孩子的一句口头禅就是：“事成之后，请你到‘老莫’吃一顿。”许多年后，这些“恰同学少年，挥斥方遒”的聚会场景，反复出现在北京题材的影视剧中。比如电影《阳光灿烂的日子》里，有场“老莫”的戏份，原著作者王朔自己出来客串了个顽主的角色，很豪气地端起一杯酒，对大家说“四海之内皆兄弟”，然后一饮而尽。

## 追忆似水年华

**老顾客罗亚滨：“在这里吃饭倒成了次要的事情，主要追寻的是那种感觉、那种回忆。”**

“文革”时期，“老莫”改名“北京展览馆餐厅”，桌上的刀叉被撤下，俄式大菜也一度变成了蛋炒饭、盖浇饭等中餐，味道做得“还不如知青串联接待站”。动荡结束后，“老莫”恢复雅致与宁静，1984年11月又恢复了“莫斯科餐厅”的名号，许多生活逐步重归正轨的北京人扎堆儿来到“老莫”庆祝。老顾客罗亚滨感慨：“大家或许是在追忆逝去的年华，或许是想找回曾以此为荣的经历。在这里吃饭倒成了次要的事情，主要追寻的是那种感觉、那种回忆。”

而迅速翻开新一页的还有整座城市。1979年，北京第一家外资饭店——建国饭店落成；1983年，改革开放后第一家中外合资餐饮企业马克西姆餐厅在崇文门开业；1987年，肯德基落户前门，五年后，麦当劳亮相王府井。“我请你吃麦当劳”和“下海”一样成了时髦口头禅；20世纪90年代中期后，京城星级酒店为达到国际化标准，纷纷开设高水准的西餐厅，“世界上比较有名的风味，北京差不多都有了”。

潮流起落间，“老莫”独一份的时代完全过去。在1991年8月的一则广告里，我们可以看到，这时的“老莫”已放下架子，既经营俄式大菜，承办各种宴会，人均消费25元，也设置了快餐部，提供展会中、西式盒饭，每份5元至20元不等。

## “复古”回到55年前

**老顾客周亚男：“当然还是原来的老样子经典，有味道。”**

2000年，“老莫”悄悄进行了开业以来的第一次大型改造，旋转木门改成了金属旋转门，雪花穹顶改成了雕刻吊顶，木质高背椅换成了欧式大沙发，装饰上也杂糅了很多其他元素，从俄罗斯到西欧的风格都能找到。两年后，簇新的“老莫”取得了餐饮行业的五星级资质，但这次换装却没有得到老顾客的认证，他们感觉“回不去”了，甚至有些懊恼。有人说：新装开业后，自己第一时间赶来，躲在大厅的墙角，觉得眼前的一切面目全非。还有人专门申诉刚刚花重金采购来的华丽的大吊灯，要餐厅还给他“老莫”原来那种黄黄的自然光线下温暖醇厚的感觉，不要现在在灯光下制造的这种富丽堂皇的明亮……

2009年，“老莫”周围众多像模像样

莫斯科餐厅

●餐厅（营业时间：11:00－13:30．16:30－20:00）　营业面积为800平方米，包括主餐厅、咖啡厅和宴会厅，经营风味为纯正的俄式大菜，承办大、中、小宴会、冷餐会、招待会、祝寿和婚礼等活动，并备有套餐，人均消费25元，即可品尝到正宗俄式大菜，欢迎各界人士和旅游团队光临！

●“莫斯科之夜”宫廷交谊舞厅（营业时间：20:00－22:30）　高大宽阔的舞池，一流的音响、灯光和乐队，精美的饮料小吃，俄罗斯风格的异国情调，热情周到的服务，恭候您的到来，团体购票，价格优惠。

●商品部（营业时间：9:00－19:30）　供应精制奶油大蛋糕和各种西式花点，承接蛋糕预订业务，根据客人要求设计图案。

●快餐部　承接单位展览会和会议的中、西式快餐盒饭业务。

价格：5.7.10.15.20元（5种）

宫廷建筑　正宗俄菜

地址：北京展览馆西侧（乘102.103.105.107.111路电车，7.15.19.45.332路汽车动物园站下车）

电话：894454　　经理：舒 军

▲ 1991年8月29日，《北京日报》4版

开放带来「洋口福」

三十余家海外风味餐馆现京城

今，北京人想开“洋荤”大有去处了，到目前为止，本市已办起海外风味餐馆30余家。

北京对外开放的大门敞开以后，越来越多的异国他乡美馔佳肴纷纷进京，为北京人带来了“洋口福”。

以合资、合作形式兴建的这些海外风味餐馆中，有风靡京城的美国肯德基家乡鸡，有口味纯正的马克西姆法式大菜，有别具风味的美国加州烤肉，还有意大利的比萨饼、东南亚的印尼餐、泰国的利远海鲜、朝鲜的冷面、匈牙利的烤鸡等等。涉及到的国家和地区有美国、法国、意大利、日本、泰国、南朝鲜、印尼、澳大利亚、匈牙利、香港等。一位多年从事饮食市场管理的负责人说：“眼下，世界上比较有名的风味，北京差不多都有了。”

这些海外风味餐馆颇受北京人青睐，其经济效益多数不错。以经营朝鲜烧烤和广东火锅而出名的山釜酒家，1989年初开业，当年就收回了全部投资。去年，该酒家人均创利在全市合资餐馆中名列前茅。营业面积100多平方米的加州牛肉面大王餐馆，目前年创润已比开业时翻了一番多。海外风味的大量入京，将世界饮食向“营养、科学、方便、快捷”发展的趋势引进北京，促进了本市饮食市场的开发和繁荣。美国肯德基家乡鸡的出现，使北京饮食业很快开发出了中式炸鸡、芝味烤鸡等不同风格的快餐饮食。据市饮食服务总公司介绍，随着开放大门的进一步敞开，北

▲ 1991年2月8日，《北京日报》1版

恢复55年前原貌
莫斯科餐厅重张

**本报讯（记者耿诺）**木地板、雪花顶喷水池、手风琴歌舞伴餐……开业已年的莫斯科餐厅结束装修，今天11时1954年的“旧貌”恢复营业。

莫斯科餐厅是新中国成立后北最著名的西餐厅，被北京人亲切地称“老莫”。

记者昨日在“老莫”看到，原先的属旋转门重新被换成了古铜仿木质旋门；餐厅的瓷砖地面全部改回方格状木地板；大厅顶棚上的“雪花”包裹着个餐厅，大吊灯被“月亮”和“松塔”灯而代之；碧绿色的大理石墙壁回归大厅六扇对开的大窗户让餐厅更加透亮；发也被木质方桌高背椅替代；大堂中根中央大柱子外包的铜雕花纹，通过新也重新露光泽。

与以往不同的是，改造后的老莫厅增设了4个豪华包间。后厨中也新

▲ 2009年9月8日，《北京日报》5版

▲ 2010年7月31日，莫斯科餐厅（曹小/摄）

的中西餐馆进一步包抄上来，展现着北京这座国际都市的发展节奏。而此时的“老莫”再次选择重装，方向是：拆掉九年前的装修，改回1954年苏联式风格的原貌。时任餐厅副经理的张春燕表示：老顾客们多年来一直建议餐厅恢复到老样子，“他们的影响力很大”。

2009年9月，“复古”后的“老莫”开门迎客，木地板、雪花顶、松塔灯、雕花柱、喷水池、手风琴歌舞……老顾客们纷纷到场，追昔抚今，感慨万千。老顾客周亚男：“当然还是原来的老样子经典，有味道。”

# 《我爱北京天安门》四易其稿

历史资料 ▪ 北京日报图文数据库 ▪ 北京晚报 ▪ 北晚新视觉网 ▪ 新华社

文 ▪ 贾晓燕

“我爱北京天安门，天安门上太阳升，伟大领袖毛主席，指引我们向前进。”

“六一”国际儿童节即将到来，欢度节日的孩子们或许又要唱起这首脍炙人口的儿歌。恐怕很少有人知道，这耳熟能详的旋律背后，隐藏着词曲作者鲜为人知的往事。

## 词曲作者是一对姐弟

梳理《北京日报》报道，早在20世纪70年代，《我爱北京天安门》已多次出现在字里行间。这首优秀的儿童歌曲，因为歌词简洁、曲调流畅，不仅成为多年来“六一”国际儿童节主题活动的保留曲目，还在国际交流方面发挥过重要作用。

据《北京日报》2007年12月7日刊发的文章《卡特日记披露中美建交决策经过》一文记载，1979年，在肯尼迪中心，时任美国总统卡特为邓小平安排了一场盛大的演出，最后一个节目是约200名美国儿童用中文合唱《我爱北京天安门》。听罢，邓小平与夫人卓琳走上舞台，热情拥抱和亲吻了这些美国孩子，此举让许多美国人流下了激动的眼泪。

这样一首承载着很多中国人共有的童年记忆的歌曲，其词曲作者的名字却几乎不为人知晓，偶尔在媒体上提及，是这样介绍的：为全国少年儿童所爱唱的歌曲《我爱北京天安门》，作曲者是玻璃厂的一位青年女工。她怀着强烈的革命责任感，刻苦学习作曲，每谱完一遍，就向工人老师傅和一些有创作经验的同志请教，不断修改，精益求精，使这首歌

# 一首歌 两个人 截然不同的命运

## 《我爱北京天安门》词曲作者鲜为人知的往事

本报记者 周健森

“我爱北京天安门，天安门上太阳升，伟大领袖毛主席，指引我们向前进。”

这是一首只有28个字的儿童歌曲，却传唱了近40年，成为漫长岁月中成长起来的每一代中国人共有的童年记忆。每当提起天安门，人们的脑海中总会自然地回荡起那段轻快上口的旋律。天安门、太阳、毛主席、前进——这些带有鲜明时代印记的符号，凝固着一个国家的成长与情感。

意大利电影大师安东尼奥尼拍摄于1972年的纪录片《中国》，曾经以这首歌曲揭开了那部曾经饱受争议的电影的序幕；1979年邓小平访美期间，美国儿童曾用生涩的汉语演唱这首歌曲，欢迎中国贵客的到来；日本民间访华团在中国演出的节目中，曾用中日两国语言演唱这首歌曲。

在这些足以载入历史的重大事件中，这首歌曲便是中国的象征。

然而与这首歌曲所拥有的知名度形成强烈反差的是，几乎没有人注意词曲作者的名字，当然更无从知晓他们这近40年来的命运转折。近日在上海，歌曲《我爱北京天安门》的作者金果临和金月苓在接受本报记者独家采访时，首次披露了沉淀在旋律背后的那些鲜为人知的往事，以及他们彼此之间的血脉亲情。

受访者：金月苓《我爱北京天安门》曲作者 1972年首次来到天安门

受访者：金果临《我爱北京天安门》词作者 1982年首次来到天安门

### 歌曲诞生三年才正式定稿

### 两个普通人的不同命运

▲ 2009年5月29日，《北京晚报》

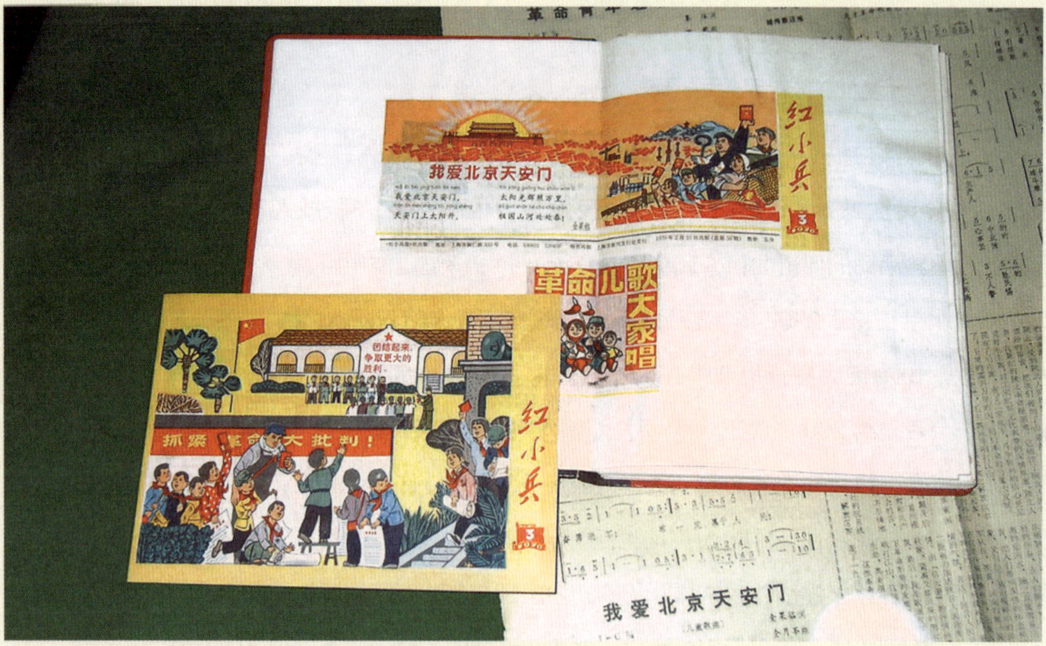


▲ 第一本发表该歌词的刊物

曲表达的儿童热爱毛主席、向往北京的主题越来越鲜明。在工人们的帮助和鼓励下，她还谱写了《针线包是传家宝》等歌曲。（1973 年 5 月 23 日，《北京日报》1 版《京、沪、津工人业余文艺创作欣欣向荣》）

直到 2009 年，这首歌的词曲作者的故事才首次公开披露。据 2009 年 5 月 29 日《北京晚报》报道，《我爱北京天安门》的词作者叫金果临，曲作者叫金月苓，他们其实是一对姐弟。他们各自的母亲是一对亲姐妹，而他们的父亲又是一对亲兄弟，因此他们之间既是堂姐弟，又是表姐弟，称得上是“亲上加亲”。实际上，弟弟金果临原本被起名叫作“金果苓”，但是幼年时被阴差阳错地登记成了现在的名字。

金月苓比金果临年长 5 岁。从小，他们便同住在奶奶家中，整日在一起玩耍学习，姐弟情谊十分深厚，直到少年时期才分开。金月苓清楚弟弟在美术和诗词方面的创作天赋，弟弟也深知姐姐对于音乐的热爱。但是在创作《我爱北京天安门》这首歌时，彼此却没有任何的交流。

## 写歌时他们没到过天安门

根据《北京晚报》的报道，《我爱北京天安门》这首诗词创作于 1969 年 11 月 29 日。那一年，金果临 13 岁，是上海市常德路第二小学五年级学生，还没去过天安门。“我爱北京天安门”，最初来源于当时英语课本中的两句内容：“I love Peking，I love Tian An Men.（我爱北京，我爱天安门）”。金果临解释，“我爱”这个句式在英语中是最最简单的，他用这种方式表达对天安门的热爱。

曲作者金月苓是在 1970 年出版的第三期《红小兵》上读到这首诗词的，在完成谱曲之前，她并没有和金果临商量过。那一年她 19 岁，是上海第六玻璃厂的一名普通女工。金月苓喜欢音乐，每逢下班休息在家，她便坐在饭桌前写歌。看着弄堂里玩耍的孩子，金月苓心想：“我要是写歌给他们唱就好了。”

后来，歌曲真的发表了！金月苓收到出版社寄来的两本样刊的那一天，正轮到她上夜班，她悄悄告诉身边要好的同事：“我的作品发表了。”机器隆隆，对方没有听见。于是她掏出样刊，指着自己的名字给人家看，“结果人家就用异样的目光看着我”。

和金果临一样，当年金月苓也不曾到过天安门，她对天安门的形象把握，来自电影院

▲《我爱北京天安门》曲作者金月苓。1972 年，她首次来到天安门

▲《我爱北京天安门》词作者金果临。1982 年，他首次来到天安门

里放映的新闻纪录片中，领袖在天安门城楼接见人民群众的场景。直到 1972 年，国家体委编创儿童广播操，到上海征求业余音乐作者意见，听说金月苓没有到过天安门，特意邀请她到北京。那时候，《我爱北京天安门》已经在全国唱响了。

当时金月苓的祖父刚刚去世，上午举行完葬礼，下午就坐上前往北京的火车。“奶奶知道这也是一件大事，她说北京很冷，就把自己的呢子裤子给我了。”金月苓一直清晰地记得，那天葬礼结束后，奶奶特地叮嘱她说：“白东西不要戴了，到北京是一件高兴的事情。”

金果临则是在 1982 年利用出差的机会，才见缝插针得以到天安门拍了几张照片留念。那天他穿着工作服，里面穿了件红毛衣。金果临喜欢红色。因为时间很早，广场上没有什么游客，更没有人知道他就是《我爱北京天安门》的作者。因为担心胶卷相机的拍照效果，他拜托广场上的多位游客，拍了十多张照片。

## 歌曲诞生三年才正式定稿

《我爱北京天安门》的歌词并非一次定稿，在歌曲诞生的最初三年，四易其稿。

金果临最初写的歌词题目叫作《金光照的（得）全球红》，具体内容为：“我爱北京天安门，天安门上太阳升，太阳升起金光照，金光照的（得）全球红！”四句词采取了“顶针续麻”的技巧，这令他感到颇为得意。正式投稿时，他将最后两句改为“太阳光辉照万里，祖国山河处处春”，题目也被更名为《我爱北京天安门》。

作品第二次发表时，编辑又对最后两句进行了细微的调整，改为“太阳就是毛主席，光芒万丈照前程”。据说 1971 年 10 月 1 日，中央人民广播电台播出了这首歌曲，当时的歌词又改为“伟大领袖毛主席，指引我们向前进”，这便是今天人们耳熟能详的版本，但是已经寻找不到确凿的文字记载。

和歌词一样，《我爱北京天安门》的曲谱也曾有所调整。几十年过去，金月苓依旧能哼唱出这首歌曲最初的曲调，一段体加尾句的结构，比现在的曲调更加轻快活泼。后来她又将曲子改写为“ABA”单三部的曲式，第一段活泼欢快，第二段舒展悠扬，第三段再现第一段的活泼欢快。发表时编辑又稍微更改了两个音符，使得歌曲更加容易上口。

1972 年，这首歌曲在诞生三年后才算正式定稿，再也没有做过任何改动。

1974 年，北京第二棉纺织厂幼儿园小朋友在跳“我爱北京天安门”（胡敦志 / 摄）

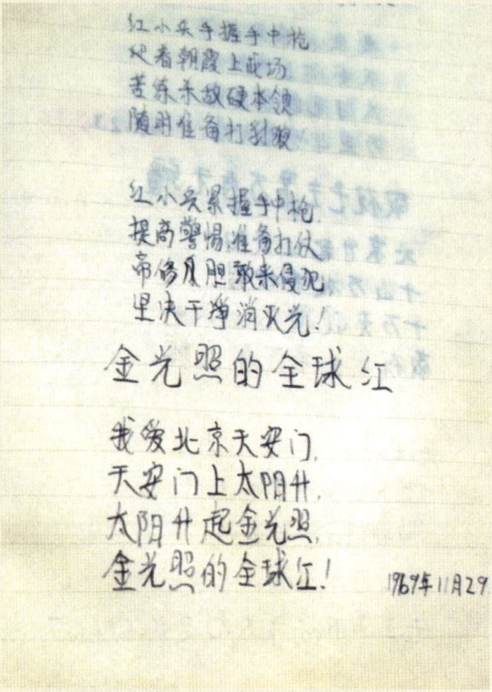


▲ 歌词手稿

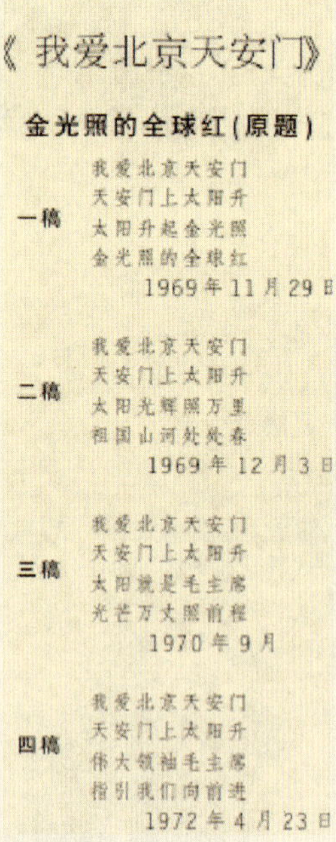

《我爱北京天安门》

**金光照的全球红（原题）**

一稿
我爱北京天安门
天安门上太阳升
太阳升起金光照
金光照的全球红
1969 年 11 月 29 日

二稿
我爱北京天安门
天安门上太阳升
太阳光辉照万里
祖国山河处处春
1969 年 12 月 3 日

三稿
我爱北京天安门
天安门上太阳升
太阳就是毛主席
光芒万丈照前程
1970 年 9 月

四稿
我爱北京天安门
天安门上太阳升
伟大领袖毛主席
指引我们向前进
1972 年 4 月 23 日

▲ 歌词曾进行过几次修改

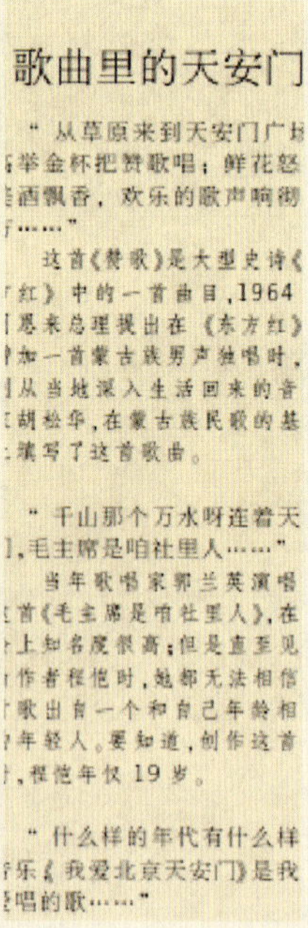

歌曲里的天安门

“从草原来到天安门广……举金杯把赞歌唱；鲜花怒……酒飘香，欢乐的歌声响彻……”

这首《赞歌》是大型史诗《……红》中的一首曲目，1964……恩来总理提出在《东方红》……加一首蒙古族男声独唱时，……从当地深入生活回来的音……胡松华，在蒙古族民歌的基……填写了这首歌曲。

“千山那个万水呀连着天……，毛主席是咱社里人……”

当年歌唱家郭兰英演唱……首《毛主席是咱社里人》，在……上知名度很高；但是直至见……作者程恺时，她都无法相信……歌出自一个和自己年龄相……年轻人。要知道，创作这首……，程恺年仅 19 岁。

“什么样的年代有什么样……乐《我爱北京天安门》是我……唱的歌……”

▲ 歌曲里的天安门

曾经有人分别找到金月苓和金果临，提出对这首歌曲进行改编，特别是想改动原有的歌词，使其变成广告歌曲。为此姐弟俩达成了一个默契，金果临说：“这个词是我自己的词，改一个字都不行，曲是她的曲，改一个音符都不行。”金月苓说：“我们不在乎赚不赚钱，但是我们不愿意这歌被别人改编用于商业用途。”

## 十年间没领过一分钱稿费

从 1972 年到现在，《我爱北京天安门》这首儿歌已传唱了近半个世纪。然而在很长一段时间里，公开出版的歌谱中，两个作者的名字被署在了页面右下角最不起眼的角落里，甚至一些书刊中连他们的名字都没有署。差不多在十年的时间里，他们没领过一分钱稿费。

1972 年 4 月 23 日，《人民日报》发表了《努力发展社会主义的文艺创作》特刊，并且刊登了十首歌曲，其中便有这首《我爱北京天安门》。一个星期后，当年新闻电影制片厂摄制的《北京“五一”游园会》专题节目中，出现了孩子们伴随着这首歌曲欢快起舞的场面。再往后，几乎每个省市都在出版或转载这首歌曲，但是他们没有任何稿费，只有两本样书而已。有位老作曲家告诉金月苓：“如果当年有稿

▲ 2011 年，丰台一幼的外教学唱《我爱北京天安门》（吴镝 / 摄）

▲ 2012 年 6 月 1 日，六七百位来自“天坛祈年合唱团”的老人戴着红领巾唱《我爱北京天安门》，追忆童年时光

▲ 1973 年，澳门同胞唱《我爱北京天安门》（王振民 / 摄）

费的话，就凭这首歌，钱会多得不得了。”1980 年，这首歌曲获得“第二届全国少年儿童文艺创作评奖”（1954 年至 1979 年）二等奖，两人才领到一笔奖金：每人 17.5 元。直至两人先后加入了音著协，才陆续领取到一些稿费。

事实上，在《人民日报》刊登此歌曲后的几年，金月苓和金果临走上了截然不同的人生道路。1977 年底，金月苓考取了中央音乐学院作曲系，毕业之后，她选择进入中国唱片上海公司，成为一名普通的音乐编辑。她多年保持着每周创作一首歌曲的工作习惯，其中包括大量的儿歌。而金果临几乎完全告别了艺术创作，他走上了一条那个时代大多数普通人选择的平凡道路：进农场工作五年，顶替父母回到工厂一干就是 20 多年，后来企业经营不善而破产，他又进入一家民营企业工作。

当一代又一代的孩子传唱着这首 28 个字的儿歌时，金月苓和金果临并没有因为这首歌曲所拥有的知名度而享受特殊待遇，依旧平平淡淡地过日子，用金月苓的话说，人家不知道你是谁的时候，生活会显得特别平静和普通。

# 又是一年送考时

历史资料 ▪ 北京日报图文数据库

文 ▪ 贾晓燕

2017年6月7日，全市6万余名考生将参加高考。这么重要的一场人生大考，家长要不要把孩子护送到考点呢？其实，新中国自建立高考制度以来，送考一直都是热议的话题。

## 公社用拖拉机送农村考生

自1952年新中国建立高考制度以来，这种人才选拔方式一直被称为“千军万马过独木桥”，很多人将其看成人生重要的转折点。

早年，在计划经济时代，高考也被赋予了“计划”色彩，让谁报名、报哪所高校，多由老师来做主，包括送考，也是老师代劳。据北京师范大学附属中学一位“40后”老考生回忆，当年他的老师对学生学习情况了如指掌，高考的正日子，老师把他们送进考场后，在外面从头等到尾，临了还会询问答卷情况。至今他都记得老师听完他复述语文作文内容后拍着他肩膀说的那句话：“你没问题啦，肯定能考上！”

受“文革”影响，高考中断了10年，直到1977年重新恢复。那一年高考，是一次改变人生命运的重要考试，考生达15.89万人，在新中国历史上罕见，全社会高度关注，送考甚至动用了政府资源。据《北京日报》1977年12月15日2版《考场见闻》一文记载，每个考场的校园或门前，都有几百辆自行车整整齐齐地停放在那里，由专人看管。各校普遍设立了小件物品存放处、医务室和饮水处，商业部门还在考场附近开设了小卖部，供应

▲ 中断10年的高考于1977年冬季重新恢复（司马小萌/摄）

食品、文具。在农村，有些考生的家离考场较远，公社、大队专门用拖拉机接送。考生们非常感激地说：“一人考试，十人关心。校内校外，都来支援……”

在上个世纪七八十年代，高考考点安排相对集中，导致部分考生去考点的路途有些“遥远”，需要送考。据《北京日报》1983年7月14日1版《本市高考准备工作就绪》一文报道，当年教育部规定全市各郊区、县的考点全部设在县城，为保证考生顺利参加三天的考试，相关区县的有关部门想方设法为考生解决食宿问题，有的区县开放旅馆、招待所，一些中小学校舍供考生住宿，有的区县安排了考试期间接送考生的专车。

## "场外更比场内热"

进入20世纪90年代，高考继续牵动着考生家长的心，送考热度持续不减。

高考正值酷暑，但考场外似乎比考场内更热。《北京日报》1992年7月9日1版刊登的文章《场外更比场内热——高考场外见闻》写道：考生进入考场，家长们却不肯散去，他们三五成群地围在一起大倒送考苦水。一位开车送儿子赴考的家长埋怨着：“坐公共汽车怕慢，骑自行车怕坏，自己找车送来，孩子又晕车了……”

考场见闻

喜气洋洋迎考生

一个考场都洋溢着节日般的气氛，既庄严，又
各个考场所在学校的师生们，为了支持这次高
几天就整顿校容，把校舍内外打扫得干干净
室安排得整整齐齐。一九〇中校门扎着彩色牌
旗迎风招展，热烈欢迎考生。二中大
，书写着大字标语：“一颗红心，两
，把自己的一切献给党！”教学楼大
严醒目地书写了敬爱的叶副主席的
》诗。许多考场里都写有热情欢迎或
生的标语，如“早出人才，早做贡
“刻苦学习，又红又专”，“知难而
力登攀”，等等。成千上万的考生朝
地来到指定考场。他们自觉地遵守考
，服从工作人员指挥，考场秩序井
五〇中设有三十五个考场，一千四百
考试，答卷期间，整个楼里竟象没有
，听不到一点声音。在六十五中的一
里，考理化时，有个考生基本不会
静静地在自己的位子上坐了两个小
到最后和大家一起交卷。他想的是不
自己过早交卷，影响别人考试。

乍人员和考生的心交融在一起

积极热情地为考生服务，想考生之所
考生之所急，就是希望他们考出水
优异成绩向华主席、党中央汇报。”
场负责人的这番话，如实地反映了各
大工作人员的心情和行动。
个考场的校园或门前，都有几百辆自
整齐齐地停放在那里，由专人看管。
遍设立了小件物品存放处、医务室和
，商业部门还在考场附近开设了小卖
应食品、文具。在农村，有些考生的
场较远，公社、大队专门用拖拉机接
生们非常感激地说：“一人考试，十
，校内校外，都来支援，这都应该感
席啊！”
场上，监考员与考生亲密无间，从根
变了过去那种“以学生为敌”的考试
有的考生忘了带三角板、圆规，监考
帮助解决；有的考生有病，工作人员
药送水到考场。十日下午，在一五〇中
试的一名考生，记错了时间，迟到三十
他焦急地赶到考场，心情有些紧张。监考教师主
，安慰他说：“不要着急，时间还来得及”。
县城关三中担任监考的教师梁文明，发现有的
题号和答题内容写颠倒了。他想：这是考生的
忽，如不改正过来，就不能反映出考生的实际
于是就把试题说明中有关答案和题号的一段向
生重新念了一遍。他觉得，这样做对考生负
国家负责。有的监考教师看见有的考生答题字
大，不仅浪费时间，纸张也可能不够用，造成
理紧张，就及时提醒说：“答案字迹清楚就
可以写得小一点，这样可以节省时间。”一经
字写得大的考生立即改了过来。有的考生抬起
向监考老师会意地笑了，仿佛在说：感谢您，
生想得真周到啊！
考的在校学生，年龄小，经验少。为了使他们
满意，又感到有缺欠。她认为，自己虽然爱学
也受了“四人帮”的害。张放所在的班，在一
年前后是学习成绩优秀的班，特别是英语成绩
年级里数第一。教英语课的是一位年过六十的
师，过了退休年龄不退休，愿意为国家多培养
生。自从“四人帮”利用马振抚事件、利用一
生的来信和日记大反教师以后，这个
了，学习成绩下降，英语课也学不下
放的学习也受到了影响。她表示，不
能考上大学，今后都要刻苦学习，努
更多的为人民服务的知识和本领。在
的一个考场里，我们见到了原教育部
鑫同志的女儿周敏敏。她今年二十七
经插队两年，在部队工作五年，现在
品检验所的检验员。她很喜欢学习，
直没有上大学的机会。她的父亲生
说：不能走后门上大学，上不了大
学。周敏敏遵照父亲的教诲，一直
学。这次，她报考了与自己的工作对
学、药学专业。她表示，不管上大学
在工作岗位上，都要努力学习，跟上
要求，为祖国多做贡献。三中教师张
是一九六六届高中毕业生，今年三十
参加了这次高考。他丝毫没有患得患
绪，不顾虑如果自己考不上大学，学
么看。为什么能够这样呢？因为他报
明确。粉碎“四人帮”以后，华主席
央大抓教育事业，张小友感到自己的
力跟不上国家的需要。报考大学，为
高水平，做一名真正称职的人民教师
记者说，参加这次高考，对他的学习
的鞭策。即使考不上大学，今后也要
一段刻苦学习的劲头，学习更多的知
教学工作做得更好。

考场是路线教育的课

六十五中的党支部书记季国荣同
过半百，为接待高考操劳了好几天，
无倦意，一直兴高采烈地在考场内外
着。他说：若不是华主席领导我们一
了“四人帮”，若不是华主席、邓副
明果断，拨乱反正，狠抓教育革命，
形势不会发展得这样快，这样好。
帮”不打倒，再过几年，象我这样的
分子，不被他们整死，也会被气死了。
今天考场的情况，感到做一个教育工作者责任
无尚光荣，工作再忙、再累，心里也痛快。
许多参加监考、服务的教师，心潮起伏，
千。教师鲁崇英说：今天的考场，是生动具体
教育的课堂。华主席、邓副主席这么一抓，很
变成了另一个人。我原来想，青年们被“四人
害了这么多年，个别人考试答不上来，可能搗
有想到，考场秩序会这样好，考生态度会这样
过去有些学生砸玻璃，骂老师，罪魁祸首是
帮”，今天路线对了，学生就变样了。有些
“四人帮”一伙骂得抬不起头来的老教师，今
学生这样遵守纪律，尊重老师，严肃认真地对
试，感动得热泪盈眶。他们说：看到下一代这
表现，确实感到我国的青年大有希望，我们的
有希望。

▲ 1977年12月15日，《北京日报》2版

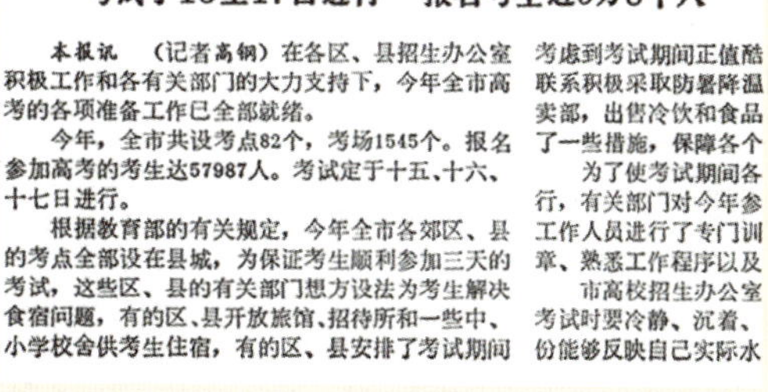
本市高考准备工作就绪

考试于15至17日进行 报名考生近5万8千人

本报讯 （记者高钢）在各区、县招生办公室积极工作和各有关部门的大力支持下，今年全市高考的各项准备工作已全部就绪。

今年，全市共设考点82个，考场1545个。报名参加高考的考生达57987人。考试定于十五、十六、十七日进行。

根据教育部的有关规定，今年全市各郊区、县的考点全部设在县城，为保证考生顺利参加三天的考试，这些区、县的有关部门想方设法为考生解决食宿问题，有的区、县开放旅馆、招待所和一些中、小学校舍供考生住宿，有的区、县安排了考试期间

考虑到考试期间正值酷
联系积极采取防暑降温
卖部，出售冷饮和食品
了一些措施，保障各个
为了使考试期间各
行，有关部门对今年参
工作人员进行了专门训
章、熟悉工作程序以及
市高校招生办公室
考试时要冷静、沉着、
份能够反映自己实际水

▲ 1983年7月14日，《北京日报》1版

高考第一天

在经过了连续的酷热之后，全市三万九千九百零二名考生从昨天开始了普通高等学校招生考试。考生们分布在全市64个考点的1373个考场，记者撷取了若干场面。

本组照片均为本报记者李士炘摄

△吃饱喝足，以利再战。

◁学生们正在考试，结果如何呢？家长和老师们翘首以待。

▽看来她（左）考得不错，瞧这娘俩儿这表情。

△考生们满怀信心步入考场。

▲ 1992 年 7 月 8 日，《北京日报》1 版

场外更比场内热

——高考场外见闻

李波涛

高考考场"场外更比

过，和平街一中考场.考生三三两两围着本比划着、议论着，后准备。家长们在对嘱咐后，大都悄悄走开，让孩子们再安安静静地看一会儿书。

考生进入考场，家长们却仍旧不肯散去，三五成群地谈论着。一位开车送儿子赴考的家长埋怨着，"坐公共汽车怕慢，骑自行车怕坏，自己找车送来，孩子又晕车了……"一位戴眼镜的父亲颇有感触地说："考试孩子累，家长也一点不轻松。现在每家就一个，都是从小'捧'到大，哪像以前……""可我想帮孩子都帮不上"，一位眉头紧锁的母亲忧心忡忡地说："孩子紧张，吃不好，睡不着，我们一劝，他就发火。昨天考完语文，沉着脸出了考场，我连问都没敢问。"

九点，考场内传出紧促的铃声。一位家长面色沉重地嘀咕着："发卷子了……"仿佛他的考试也正式开始了。突然，人群外一阵骚动，一个面色苍白的"小眼镜"从家长们闪开的通道中急匆匆跑了进来。"哎呀，怎么迟到了！""别太着急，慢点儿跑，来得及。"并不相识的家长们关

做饭，一会儿再来。找个树荫席地而坐看了。

十一点，铃声再松或仍未从紧张中摆出了考场，被举着酸伞、扇子的家长接走

路上，笔者与几谈。提到上大学，许虽然现在各行各业都大学不再是"华山一后社会竞争的主要力知识，所以希望孩子要接受高等教育。

另外，家长们反是："天这么热，了。""为什么高考月、一个月……"

▲ 1992 年 7 月 9 日，《北京日报》1 版

很多家长一直等在考场外，直到考试结束的铃声响起，他们才举着酸奶、汽水、雨伞、扇子接走自己的孩子。

可怜天下父母心。因为太重视高考了，每年都有不少家长为考生保驾护航，送考者中有的是父母，有的是爷爷、奶奶、姥姥、姥爷，他们或双双陪同，或一家几口齐上阵，使得送考者人数早已超过考生人数。除望子成龙、爱子心切等原因，还有一部分家长当年出于各种原因错失高考良机，所以他们把给孩子送考看成"补上当年高考这一课"。《北京日报》1997 年 7 月 8 日 1 版文章《"老三届"的心愿》就提到，1997 年高考头一天，北师大二附中考点门前挤满了几百名等孩子的家长，其中有一名在外地工作的王女士，就是因为当年离开北京去了兵团，为了赶上送儿子考试，她特意提前一周乘飞机赶回北京。

毫不夸张地说，家中若有高考考生，送考就成了一个必须慎重考虑的大问题。《北京日报》2001 年 7 月 13 日 14 版刊发的回忆文章《在高考的日子里》，生动记录了 90 年代普通考生家庭关于送考的纠结："虽说我家到考场只有五六站地，但是中途要换一次车。如果乘公共汽车路上遇到堵车就麻烦了。考场注意事项明确规定，迟到 20 分钟就不准进入考场，岂

不误了大事。父亲的意思是‘打个车去吧’，母亲坚决反对，说如果遇上堵车，出租车同样也到不了考场，万一走到前不着村、后不着店的地方更急人。再说打个车去考场，也会给女儿增加思想压力。于是父亲主动请缨，要骑自行车带我去考场，母亲还是不同意。说早晨路上人多车多，既不安全又违反交通规则。最后母亲决定全家三人每人骑一辆自行车，共同去考场。这样即使中途有一辆自行车坏了关系也不大，准能正点到考场……”

## 迷糊考生打“警的”转场

进入新世纪，高考愈发成为人们关注的焦点，送考形式也呈现出多样化。

据《北京日报》2001年7月7日5版《预定的士踏实赶考》一文记载，当年高考，不少考生家长因为担心乘公交车耽误时间，考试前几天就早早地把出租车定好了。来自北京出租汽车调度中心的数据表明，截至那年高考头一天，该中心2000辆配备GPS定位系统的出租车已被考生家长定出近1500辆。

其实，社会各界都在为高考送考开绿灯。

2005年，一些单位联合发起向社会征集接送高考考生的活动，凡是有考生的

铭心一事

在高考的日子里

宋蕊

我是五年前参加高考的。从一模二模考试到填报志愿，父亲，母亲就没有踏实过。连着好几个星期天他们都没有闲着，跑遍了全市大小新华书店，帮我买了三大摞与高考有关的参考书，结果我还挺争气，总算通过了摸底考试。

紧接着又开始为我如何填报志愿头疼发愁。是选择好专业还是选择好学校？分数达不到录取分数线，退档一耽误，直接影响第二志愿、第三志愿的录取；如果第一志愿填报低了，因此没有考上理想的大学，又会后悔一辈子。当父母的心里七上八下，既不能置之不理，也不能包办代替，真是打心里为女儿着急。最后父母终于与我达成协议，圆满地填完了志愿。

考前，全家人坐在一起开始帮助我分析高考作文究竟是议论文，还是记叙文，估计会考什么内容，并先后请教了好多人，最后根据高手们的分析、参谋，把每种文体各准备了两三种内容。

那年的7月7日、8日、9日，父母的嘴里都急出了大泡。就说参加高考怎么去考场吧，虽说我家到考场只有五六站地，但是中途要换一次车。如果乘公共汽车路上遇到堵车就麻烦了。考场注意事项明确规定，迟到20分钟就不准进入考场，岂不误了大事。父亲的意思是“打个车去吧”，母亲坚决反对，说如果遇上堵车，出租车同样也到不了考场，万一走到前不着村、后不着店的地方更急人。再说打个车去考场，也会给女儿增加思想压力。于是父亲主动请缨，要骑自行车带我去考场，母亲还是不同意。说早晨路上人多车多，既不安全又违反交通规则。最后母亲决定全家三人每人骑一辆自行车，共同去考场。这样即使中途有一辆自行车坏了关系也不大，准能正点到考场。

生还多两三倍。因为大部分考生都是由父亲、母亲、还有爷爷、奶奶、姥爷、姥姥共同陪着去的。天气又闷又热，等候的人们十个一群、八个一伙地围在一起，为孩子的考试成绩，为孩子的择校，为孩子的命运……交谈着，忧愁着，真是可怜天下父母心啊！

母亲回到家中，先用高压锅熬了一锅白米绿豆粥，并准备了丰盛的饭菜。天气太热不能多吃油腻，为了预防肠炎，凉菜黄瓜拌鸡丝，特意把黄瓜皮剥掉，再切丝；糖拌西红柿，把西红柿皮也剥掉。做好饭菜后，母亲又骑车赶回考场，与父亲一起等候我出来。

接近中午时分，考生们陆续走出考场，家长们立刻涌到大门口，忙不迭地把手中的矿泉水、汽水、冰棍递了过去，别的家长纷纷围上去，不停地询问着，考题难不难？时间够用吗？……父亲、母亲见到我没有什么异样的表情，他们悬在心上的一块石头才落了地。

父亲、母亲又骑着自行车把我送回家，让我吃饱喝足，然后抓紧时间睡了一会儿，醒后用温水冲了个澡。下午他们又陪我到了考场，一直等到考试完毕，三天考试天天如此。

尽管那年考生竞争激烈，许多人反映有些科目难度较大，尤其作文考试独出心裁，比较灵活，但是我还算比较幸运地迈进大学校门。在领到理想大学录取通知书时，激动兴

▲ 2001年7月13日，《北京日报》14版

高考时段考场周边限行

本报讯（记者侯莎莎 通讯员宋泽宇）本周四、五，高考将举行。昨天，市交管局公布了高考期间交通保障方案。

管制 考点周边考试时限行

在学生集中入场和考试时，部分学校门前道路适时采取临时交通管控措施。

在西城区，北师大实验中学北门教育部街西向东方向，上午9时、下午3时至考试结束禁止机动车通行，路北侧46路公交车甩站，7中门前27路、380路公交车站甩站。

8中北门学院胡同西向东方向、铁二中门前月坛西街南向北方向、44中门前南横街西口至三里河六巷南口东向西方向、13中门前龙头井街北向南、黄城根北街南向北方向、3中前宫国街、北京156中北门太平仓胡同西向东方向、月坛中学西侧地藏庵中巷南北双向，在考试期间实施交通管制，禁止车辆通行。

在宣武区各考点周边，警方将提前封路，包括接送考生的车辆在内，均不得在管制开始后驶入管制区。交警介绍，一般情况下，校门附近三百米左右就将进行管制，送考生的车应提前做好准备。

交管部门提醒社会车辆司机，周四周五两天，应注意错开有高考考点的路线。

路线 自制地图给考生引路

东城帅府园交通队，以管界内东长安街为主线，结合周边考点，自制了“高考考点最佳行车路线图”，随时向有需要的考生和家长发放。“路线图”标明了考点位置、单行道路、车辆禁停区、禁止左转弯道路，并标示出了赴考最佳路线，家长可以凭地图轻松找到考点和停车位。

停车 协调临时车位

各交通队积极协调考场周边停车位。其中，海淀公主坟交通队在13处可临时停放车辆的道路和场地确定了近600个临时停车位。

目前，各考点周围已经安装了禁止停车、禁止

志。开考前一

点门前巡逻控

路安全畅通的

拖离现场。值

的车辆及时制

同时，市

得联系，在临

车站停止语音

的影响。交管

停车，应立即

音对考生构成

提醒 紧急

考试期间

近加派巡逻车

考生及家长给

时可用巡逻警

交管部门

长：虽然遇紧

但从去年2个

绪会受很大影

“踩着点”出门

送孩子的家

走”。

▲ 2007年6月6日，《北京日报》8版

P

2010 年 6 月 7 日，北师大实验中学考点外，交警疏导交通（方非 / 摄）

家庭或者愿意为考生服务的私家车可以领取“免费送考”证明标识。高考期间，北京地区考生凡遇到前挡风玻璃上张贴有“免费送考”标识的任意一辆汽车，均可凭借准考证免费搭乘。活动发起不到一天，就有158辆车注册为“爱心车”。（2005年6月6日，《北京日报》5版《逾百车主申请“免费送考”》）

为了助力送考，交管部门每年会专门制订高考期间交通保障方案，在部分考点门前道路适时采取临时交通管控措施，同时协调考点周边增设临时停车位。有的交通队自制了“高考考点最佳行车路线图”，方便家长找考点和停车位。（2007年6月6日，《北京日报》8版《高考时段考场周边限行》）

再往后，交管部门还从政策上开了绿灯，允许高考送考车辆不受五日制出行限制，即使被电子眼拍下，事后车主可持准考证（含复印件）去执法站说明情况，免予处罚。（2009年6月8日，《北京日报》5版《送考车辆不限行》）

事实上，还有不少迷糊考生走错考点，他们情急之下打电话向民警求助，多数都打上了“警的”转场，没有耽误考试。这些案例，几乎每年都会见诸媒体。

高考进行时，出租车司机也参与到爱心送考公益活动中来。按照《北京日报》2010年6月7日5版《200辆出租车免费送考生》一文所说，当年高考，超过10家出租汽车企业自发开展爱心送考公益活动，200余名出租车司机或定向或随机免费接送高考考生。

## 送考神经要不要绷得这么紧

高考送考，引发了父母请假陪考、的哥免费送考、执法部门全员护考等一系列连锁反应，高考钟点房、高考营养餐等“考生专供”应运而生，甚至连高考当日让市民减少出行的呼吁也此起彼伏……人们开始反思：在高校扩招多年、高招改革持续深化的大背景下，高考送考的神经还要不要绷得这么紧？

《北京日报》2012年6月9日6版刊发的文章《教育专家建议：招考分离为高考减负》写道，当年本市高考考生达到7.3万人，宁肯耽误工作也要送考的家长达到数万人之多。四场考试，很多家长一场不落地守在考点外。全社会的关注令考生感到压力，甚至更加焦虑。

高考考生是否应独自赶考？2015年6月8日，《北京日报》6版发表的文章《高考是否应独自赶考？》，从不同角度报道了家长、考生和老师的心声。家长坦言，送考主要是担心途中不畅，“万一遇到堵车，害怕孩子处理不好”，若家离考点太远，会考虑提前在酒店租房。考生们呢，多数不排斥送考，但也有少数人比较介意，“候考时，爸爸给我买了红牛、脉动和矿泉水三种饮料，问我喝哪个，还反复叮嘱我各种注意事项，反倒让我更紧张。”一位考生说。

教育专家分析，高考引发社会过度焦虑，主要是“一考定终身”造成的。“全员护考，说是为考生提供服务，但传递的其实是焦虑情绪。”

广渠门中学副校长邢颖认为，高考完全应该让考生独自应考，因为这种考试不止是知识的考量，更是成长的标志。很多孩子都愿意独自应对，可惜很多家长不愿也不敢放手，其实心理上长不大的是家长。朝阳外国语学校校长郝又明也认为，家长送考是一件非常糟糕的事，因为第一次经历高考，很多孩子会特别紧张，家长还跟在后面叮嘱个没完，反而添乱。“有本事的孩子应该拍拍胸脯自个儿进考场，家长租饭店的做法最应该批判。”

当然，也有一部分教师认为，家长送考未尝不可，因为接送是陪伴，也是一种鼓励。到底要不要送考，得依据孩子的实际情况来决定。

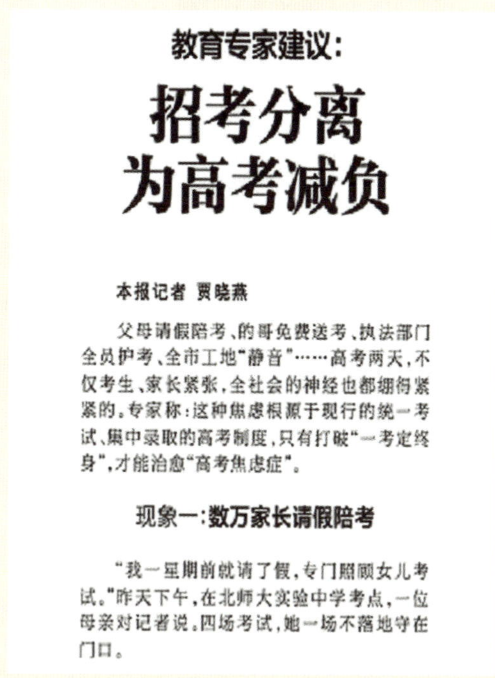
教育专家建议：

招考分离 为高考减负

本报记者 贾晓燕

父母请假陪考、的哥免费送考、执法部门全员护考、全市工地“静音”……高考两天，不仅考生、家长紧张，全社会的神经也都绷得紧紧的。专家称：这种焦虑根源于现行的统一考试、集中录取的高考制度，只有打破“一考定终身”，才能治愈“高考焦虑症”。

现象一：数万家长请假陪考

“我一星期前就请了假，专门照顾女儿考试。”昨天下午，在北师大实验中学考点，一位母亲对记者说。四场考试，她一场不落地守在门口。

▲ 2012年6月9日，《北京日报》6版

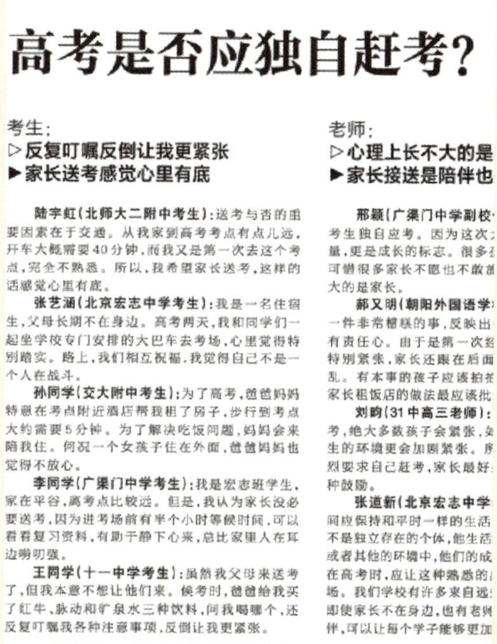
高考是否应独自赶考？

考生：
▷反复叮嘱反倒让我更紧张
▶家长送考感觉心里有底

陆宇虹（北师大二附中考生）：送考与否的重要因素在于交通。从我家到高考考点有点儿远，开车大概需要40分钟，而我又是第一次去这个考点，完全不熟悉。所以，我希望家长送考，这样的话感觉心里有底。

张艺涵（北京宏志中学考生）：我是一名住宿生，父母长期不在身边。高考两天，我和同学们一起坐学校专门安排的大巴车去考场，心里觉得特别踏实。路上，我们相互祝福，我觉得自己不是一个人在战斗。

孙同学（交大附中考生）：为了高考，爸爸妈妈特意在考点附近酒店帮我租了房子，步行到考点大约需要5分钟。为了解决吃饭问题，妈妈会来陪我住。何况一个女孩子住在外面，爸爸妈妈也觉得不放心。

李同学（广渠门中学考生）：我是宏志班学生，家在平谷，离考点比较远。但是，我认为家长没必要送考，因为进考场前有半个小时等候时间，可以看看复习资料，有助于静下心来，总比家里人在耳边唠叨强。

王同学（十一中学考生）：虽然我父母来送考了，但我本意不想让他们来。候考时，爸爸给我买了红牛、脉动和矿泉水三种饮料，问我喝哪个，还反复叮嘱我各种注意事项，反倒让我更紧张。

老师：
▷心理上长不大的是
▶家长接送是陪伴也

邢颖（广渠门中学副校
考生独自应考。因为这次
量，更是成长的标志。很多
可惜很多家长不愿也不敢
大的是家长。

郝又明（朝阳外国语学
一件非常糟糕的事，反映出
有责任心。由于是第一次
特别紧张，家长还跟在后面
乱。有本事的孩子应该拍
家长租饭店的做法最应该批

刘畇（31中高三老师）：
考，绝大多数孩子会紧张，
生的环境更会加剧紧张。
烈要求自己赶考，家长最好
种鼓励。

张道新（北京宏志中学
间应保持和平时一样的生活
不是独立存在的个体，他生活
或者其他的环境中，他们的成
在高考时，应让这种熟悉的
场。我们学校有许多来自远
即使家长不在身边，也有老师
伴，可以让每个学子能够更加

▲ 2015年6月8日，《北京日报》6版

# 我们一起查过的《新华字典》

历史资料 ▪ 北京日报图文数据库 ▪ 商务印书馆　　文 ▪ 贾晓燕

《新华字典》是国人再熟悉不过的工具书，自 1953 年出版以来，盈盈一握 60 余载，其发行量逾 5.67 亿册，堪称世界之最。近来，伴随着《新华字典》APP 上线，人们开始重新关注这小小字典创造的令人惊叹的奇迹。

## 周总理亲自指导修订

新中国成立之初，语言文字学家魏建功邀请一批专家，共同编写了一本适合大众学习的字典，这就是 1953 年出版的《新华字典》，也是新中国成立以来影响最为广泛的一部工具书。

“文革”期间，辞书奇缺，《新华字典》停售，给社会各界带来极大不便，尤其是中小学教育。据说某地一位小学教师，备课中有些字不认得，便跑到附近的公路上，等过路的文化程度较高的人，向他们请教。

周恩来总理指示有关部门尽快组织人力修订出一本应工农兵和中小学生急需的字典。1970 年 9 月，由北京大学、部分中小学、商务印书馆、科学院等单位调人组成了修订工作小组，开始了《新华字典》的修订工作。（1977 年 1 月 11 日，《北京日报》2 版《为了工农兵，为了下一代》）

1970 年 11 月，《新华字典》修订二稿完成，周总理亲自进行修改。在字典的出版说

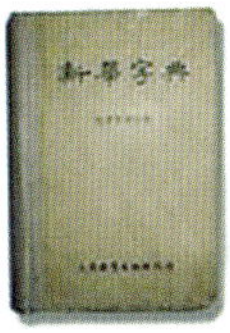


**1953年版**

我国第一部现代汉语规范字典，由新华辞书社编写，按照民国时期创立的注音字母顺序排列字头

**1954年版**

此版第二次印刷（1954年12月）时，将魏建功封面题字更换为拼集鲁迅先生字

**1957年版**

率先贯彻1956年国务院公布的《汉字简化方案》，首次以简化字作为主体字头

**1959年版**

开始把全面推行1958年正式公布的《汉语拼音方案》贯穿于全书，突出了汉语拼音给汉字注音的方式

**1962年版**

对主体字头后所附的那些另立字头的异体字，在左上角添加“△”的标志；并对那些古本字或属古代用法的义项增加了“〈古〉”的标志

**1966年版**

主体字头和正文均使用了规范的简化字；字形采用了符合1964年3月公布的《印刷通用汉字字形表》要求的大号宋体字

**1971年版**

“文革”时期修订本，留下了特殊环境中的特殊痕迹。修订本共改动1100余处，引用《毛主席语录》46条

**1979年版**

虽然处于拨乱反正时代，但受历史条件和观念制约，一些新的政治套话不知不觉被增加进去

**1987年版**

大量收录了经济、法律、技术的词汇

**1990年版**

根据1986年重新发表《简化字总表》时对个别字的调整情况，调整了有关字头，修改了相关内容

**1992年版**

根据1988年国家公布的《现代汉语通用字表》，对个别字头作了调整

**1998年版**

中国社会科学院语言研究所历时两年对《新华字典》进行全面修订。修订后的字典收单字（包括繁体字、异体字）1万余个，带注释的词语3500多个

**2004年版**

首次在书名后用数字标出新版版次：“第10版”实为“商务新10版”

**2011年版**

由中国社会科学院语言研究所和商务印书馆共同推出。在具体的修订中主要涉及增补字音，增补新义，增删词语，增补人名、地名和姓氏用字，更新附录及改动体例

▲《新华字典》的版本沿革

明上，他一丝不苟地用铅笔逐句作了圈点。字典《附录》中的《节气表》没有标明表中的月日是阴历还是阳历，不便于查阅，周总理看到后，在“节气表”三字下加了一个括号，括号里写明“按公元月日计算”。

1971 年 4 月，周总理在中南海国务院会议厅听取了《新华字典》的修订情况。当他看到《新华字典》书名是集纳鲁迅的字，便说：“我就不赞成，拼成的字不是艺术。”他指着会议厅里毛主席的题词“为人民服务”“艰苦朴素”说：这些都是完整的布局，随后又说，鲁迅没有给这本字典题过字，这样做是不尊重鲁迅，还是老老实实的好。

在《新华字典》修订者名单中，汇聚了一批声名卓著的学术大家：叶圣陶、魏建功、邵荃麟、陈原、丁声树、金克木、周祖谟……其中，叶圣陶曾以出版总署副署长的身份，亲自担任《新华字典》的终审工作，这在中国辞书史上，应该是唯一的特例。在后来的岁月里，又有很多如雷贯耳的名字加入修订者行列：王力、游国恩、袁家骅、周一良等。能够集中这样多的专家、学者来做一本小字典的校对，堪称世界之最。（2011 年 7 月 6 日，《北京日报》13 版《新版新华字典新增 800 多字》）

## 为“脱盲”立下汗马功劳

到 1990 年前后，《新华字典》一版再版，不仅是中小学生必备的工具书，还在“扫盲”活动中立下了汗马功劳。

《北京日报》1990 年 7 月 30 日 1 版文章《本市二万七千余人脱盲》记载：本市原有文盲 3 万人，去冬今春一场扎扎实实的“扫盲”，使 2.75 万人摘下“睁眼瞎”的帽子。目前全市文盲率下降为 0.16%，成为基本“无青壮年文盲”市。按照文中所说，那个时候，大多数区县政府都拨了扫盲专款，乡镇和村通过多种渠道筹集落实扫盲经费。延庆县的一位文盲领到政府赠送的《新华字典》和脱盲证书后，含着眼泪说：“党和政府没有忘记我们山里人，社会主义制度好。”

房山地区的扫盲工作是在 1990 年 4 月结束的，有学习条件的 2111 名文盲和半文盲经考试合格，全部脱盲。到 1993 年，该地区有 2012 名脱盲人员参加各种学习，占整个脱盲人员的 95.3%，共有学习小组 454 个，包教教师 415 名，订阅《北京日报郊区版》近 700 份，发给《新华字典》2111 本。因为有了权威的工具书，80% 的脱盲人员书、报

▲ 1960 年，福绥境人民公社灯具厂的女工们利用休息时间学习汉语拼音（冯文冈 / 摄）

# 本市二万七千余人脱盲

## 文盲率下降为百分之零点一六

**本报讯** 本市原有文盲3万人，去冬今春一场扎扎实的"扫盲"，使 2.75 万人摘下"睁眼瞎"的帽子。目前市文盲率下降为0.16%，成为基本"无青壮年文盲"市。

大多数区县政府都拨了扫盲专款，乡镇和村通过多渠道筹集落实扫盲经费。有关部门把扫盲工作列入各政府领导人的任期目标，实行行政领导负责制。扫盲工成为各级政府工作考核指标之一，年终进行考评，并与配、奖金挂钩。不少区县还签订了扫盲责任合同书，做层层有人抓，任务与责任"双落实"，从而调动了各方面积极性，保证了扫盲工作的顺利进行。各级政府狠抓扫干部和教师队伍的落实，建立了一支包括成人教育干、教师、离退休干部、回乡知识青年等在内的扫盲教师伍。各区县对扫盲人员普遍进行了培训，交流工作方，落实责任。广大扫盲工作人员满怀热情，不辞辛苦，经在夜晚深入农村、文盲家庭，指导文盲学习，不讲价钱，心尽力。有的区县规定，乡村在输出劳务时不得有文；工商管理部门不得为文盲办理各种营业执照，已办理要限期脱盲；外省市迁入本市的青壮年文盲暂不办理入户口手续，脱盲后再办理等。这些办法都有效地保证了扫盲任务的完成。

怀柔县黄坎乡教育助理田刚已年近花甲，为了盲，老伴有病住院都未去照顾。他下到各村做工作这个乡脱盲合格率为百分之百。石景山区苹果园街办事处有69名居委会干部，其中年龄最小的53岁，最的72岁。这些老人大都不认字或识字不多。他们自觉加扫盲学习，结业时有27人参加了脱盲考试，都达到脱盲标准。广大群众对政府扫盲十分感谢，纷纷称赞的政策好。延庆县的文盲领到政府赠送的《新华字和脱盲证书后，含着眼泪说："党和政府没有忘记我们山里人，社会主义制度好。"

目前，通县等 12 个区县已通过扫盲验收，扫盲任务最大的密云县和文盲居住分散的门头沟区将于今年底完成扫盲任务。

群起攻扫盲

北京市三露厂协办

午，

号公

三义

抱小孩的妇女从前门上车，

▲ 1990 年 7 月 30 日，《北京日报》1 版

## 机构不撤　工作不停

# 房山巩固脱盲成果不松劲

**本报讯**（房山区记者站记者　宋易宝）被国家教委一次验收扫盲工作合格的房山区，三年来坚持"机构不撤、队伍不散、任务不减、工作不停"的方针，大力抓好脱盲后的巩固提高工作，收到理想效果。

房山区的扫盲工作是在1990年4月结束的，有学习条件的2111名文盲和半文盲经考试合格，全部脱盲。在提前完成了这项百年大计的工作后，区成人教育局当即制订计划并实施了一系列可行的工作。即制订脱盲巩固提高工作计划，明确扫盲巩固工作的责任与任务。目前，全区有2012名脱盲人员参加各种学习，占整个脱盲人员的95．3%，共有学习小组454个，包教教师415名，订阅《北京日报郊区版》近700份，发给新华字典2111本。据了解，这些脱盲人员当中的80%书、报读得比较流畅，读错的字较少。

坚持做好脱盲后的巩固提高工作，切实提高了这些人员的文化素质，现在，参加巩固提高的脱盲人员已学完了本市统编文化技术课本（提高本）。能够基本读懂《北京日报》和《郊区版》。脱盲人员还学会了实用技术。如今，他们有的成了专业户、富裕户，有的被聘为乡村企业的干部和职工。张坊村脱盲人员隗合云学习了文化课本第37课，提高了养猪技术，在家人的帮助下，去年出售生猪30余头，收入万元以上。

▲ 1993 年 11 月 19 日，《北京日报》6 版

读得比较流畅，读错的字较少。（1993 年 11 月 19 日，《北京日报》6 版《房山巩固脱盲成果不松劲》）

## 世界发行量最大的工具书

据了解，《新华字典》自 1953 年出版以来，历经 10 余次修订，重印 600 多次，总发行量逾 5.67 亿册，是世界上发行量最大的工具书。

追溯历史，《新华字典》最初由新华辞书社和人民教育出版社于 1953 年、1954 年出版了两个版次。1957 年，《新华字典》改由商务印书馆出版，称新 1 版。此后，商务印书馆又先后于 1959 年、1962 年、1966 年、1971 年、1979 年、1987 年、1990 年、1992 年、1998 年、2004 年和 2011 年推出了多个修订重排本和重排本。（2011 年 7 月 6 日，《北京日报》13 版《新版新华字典新增 800 多字》）

社会生活发展日新月异，需要语言这个媒介对生活有快速反应。这部约 70 万字、用 1 万个常用汉字记载百姓日常生活的工具书，每一次修订，都体现出对时代变化的敏感与及时跟进的一贯作风。

据《北京日报》2004 年 1 月 6 日 11 版文章《〈新华字典〉盈盈一握 50 载》报道，《新华字典》的第 10 个版本，100 多个新词和环保意识的体现成为亮点。增补的新词、新义、新例涉及通讯、计算机、医药、食品、生物技术、法律、经济、管理等当代社会生活的诸多方面，如光纤、光盘、互联网、黑客、软件、硬件、手机、艾滋病、木糖醇、克隆、基因、公诉、公证、听证、投诉、期货交易、盗版、审计、公示、互动、白领、蓝领、绿卡、社区、超市、理念等。而在审查动物和植物条目时，注意了与国家有关的动物、植物保护政策相一致的问题，对于已经被国家定为保护动物和植物的，一般都将“……可食”等语句删掉，避免误导读者。如“鲸”为国家保护动物，原释文中有“肉可吃，脂肪可以做油”的语句，已在这次修订时删去。

在第 11 次修订时，《新华字典》新增了 800 多个正字头，还增加了 1500 多个繁体字和 500 多个异体字。一些与国计民生相关的词语也被增进《新华字典》中。比如“民生”，就是指“人民的生计”。不过，“煤油”“马达”“手机”“飞机”等词，因为在现代社会中的检索频率较低，此次从字典中被删除出去。同样被删除的还有“合作社”一词，

▲ 第10版《新华字典》出版后，很多读者前往西单图书大厦购买（饶强/摄）

《新华字典》第10个版本新年面世，新词、环保成亮点

# 《新华字典》盈盈一握50载

一部70万字的工具书，1万个常用汉字记载百姓日常生活——自1953年出版以来，《新华字典》至今已走过50年，累计发行已经突破4亿册。在中国，无论是大专生还是小学生，无论是领导人还是普通百姓，盈盈一握的《新华字典》都是相依相伴的无声老师。就像人的年龄和阅历一样，《新华字典》也总是在人们的不断摸索中，渐渐变得"成熟"起来。

而眼下，成熟起来的《新华字典》遭遇的是急速变化的社会生活，于是，《新华字典》势必要经历一次次修订。2004年新年之际，中国社会科学院、商务印书馆这对工具书编纂的黄金搭档，再次对中国第一书《新华字典》进行修订，推出了《新华字典》的第十个版本。

修订后的《新华字典》变成什么样了？专家说，修订版进一步体现了规范性、科学性和时代性。100多个新词和环保意识的体现成为修订版的闪亮点。其中增补的部分新词、新义、新例和少量字头，使字典在一定程度上反映出当代社会面貌和群众语文生活。增补的新词、新义、新例涉及通讯、计算机、医药、食品、生物技术、法律、经济、管理等当代社会生活的诸多方面，如：光纤、光盘、互联网、黑客、软件、硬件、手机、艾滋病、大熊猫、克隆、基因、公诉、公证、听证、投诉、期货交易、盗版、审计、公示、互动、白领、激情、绿卡、社区、超市、理念等。而在审查动物和植物条目时，注意了与国家有关的动物、植物保护政策相一致的问题，对于已经被国家定为保护动物和植物的，一般都将"……可食"等语句删掉，避免产生误者的误导。如"熊"现为国家保护动物，原释文中有"肉可吃，胆能可以做治"的语句，已在这次修订时删去。

同时，修订版根据教育部、语言文字工作委员会《第一批异形词整理表》对字典所涉及的异形词作了相应处理；还增补了插图；为方便读者查检，增加了按字母顺序编排的检标；为了满足不同读者的需求，第10版还同时推出了三个不同版式，即普通版、双色版、大字本。

然而，对于自己的老朋友《新华字典》大家总是有不断的期待和热望。在修订版出版座谈会上，专家们认为，对书角进行更圆润的处理避免孩子们的书包被磨破，推出卡通版的《新华字典》以增加儿童的兴趣以及打造新华文化产业将是《新华字典》努力的目标。

本报记者 路艳霞 文/图

▲ 2004年1月6日，《北京日报》11版

新版新华字典新增800多字

一本小字典折射社会

58岁《新华字典》"典故"多

专为农村学生推出

▲ 2011年7月6日，《北京日报》13版

有关专家解释说，这是一个“陈旧词”，使用的频率已经非常低了。

## 查证回应“较真儿”读者挑错

作为国人最熟悉的工具书，《新华字典》受到关注的同时，也不乏“较真儿”的读者执着挑错。

早在20世纪80年代就有读者提出，字典、词典在人们特别是青少年眼中是文字的权威，因而编纂字典、词典是一件极其严肃的事情，每条词义、每个注音都应认真对待，千万来不得半点的马虎。（1986年4月8日，《北京日报》3版《应重视字典中的失误》）

2006年，《北京日报》曾报道了一位上海读者8年挑出《新华字典》4000多种“错误”，并将售书的上海书城告上法庭一案。（2006年3月1日，《北京日报》9版《上海读者挑战权威字典》）

2009年，有一位曾当过教师的北京读者与《新华字典》的出版商——商务印书馆对簿公堂。这位读者认为，商务印书馆于2004年出版发行的第10版《新华字典》，在体例设置、义项确立、例证选用、标点符号使用等方面都存在差错，总数超过22638个，而且差错率达到万分之五以上，给广大购书者造成了知识性伤

应重视字典中的失误

戴凤春

人们把字典、词典称作“不说话的老师”，随着人们学习热情的高涨和出版事业的发展，这些“不说话的老师”也日渐增多，这是件好事，但“老师”多了，又出现了新的问题。比如，有一年北京市高中、中专、中技招生语文统考试卷中，有为“不胜感激”的“胜”字注音一题，如果依据《辞海》，则应为“shèng”，如果依据《现代汉语词典》，则应为“shèng”，而《新华字典》上则曰：shèng，又读shēng。这个“胜”字，现今到底应念哪个声调？没有明确答案。再如有“翕”字，《辞海》

注“ 语词 蔫亮 “曹 字， ui” 他有 …… 些。 眼中 词典 义， 不得 老师 师” 们的

▲ 1986年4月8日，《北京日报》3版

《新华字典》被诉出错两万个

报讯（记者孙文晔）“请大家看《新华字典》第107……出，‘不受骚扰’后显然应该用句号而不是实心……背了标点符号的规范用法。类似的差错有多少……万多个。”昨天，全世界发行量最大的工具书《新……被指存在知识性、逻辑性、语法性、体例性上的……错。一名“较真”读者在“挑错”11年后，与《新华……出版商——商务印书馆对簿公堂。

《新华字典》真有错？

……庭上，读者丁先生说，经过多年研究、分析、……他认为，商务印书馆于2004年出版发行的……典》（第10版），在体例设置、义项确立、例证……标点符号使用等方面都存在差错，总数超过……，而且差错率达到万分之五以上，给广大购……成了知识性伤害。

……请求人民法院判令商务印书馆立即停止出……第10版《新华字典》，并判令商务印书馆支……

……的书稿遭退稿后，所进行的“恶意诉讼”。商务印书馆辩称：原告举出的例子，是对辞书编纂工作和编纂方法的一种偏执误解，有些是个人看法，有些是学术之争，并非图书质量问题，也非消费者侵权争议，故不属于人民法院民事诉讼的管辖范围。另外，图书有没有错误，应由国家新闻出版总署确认，原告没有“挑错”的资格。《新华字典》（第10版）是合格图书，有新闻出版总署出具的公函为证。

是不是学术之争？

丁先生此前曾经在上海和浙江起诉过两回，均因法院裁定为“学术之争”，而被驳回起诉。但丁先生坚称，“字典差错”不是“学术之争”，而是事实差错，侵犯了消费者的求知权利。

有人说他“吃饱了饭没事做”，有人说他“没资格挑战权威”，但丁先生认为他自耗时间、自出经费，翻烂了7本字典挑出的错误，经得起考验。另外，丁先生撰写的

▲ 2009年4月23日，《北京日报》7版

《新华字典》被挑错
编纂专家回应质疑

**本报讯（记者路艳霞）**《新华字典》第11版经过近8年的修订于本月面世，但是近日有网民向这本权威的工具书挑战，声称从中挑出一堆错误，一时在网上引起关注。

这位叫“杨新安”的网民在自己的博客中一连发出8篇博文，指出新版《新华字典》存在多处错误，其中包括偏旁部首、笔画、字体、字形不一致，声符形体不规范，以及字词自相矛盾不统一等问题。

“杨新安”认为，新版《新华字典》字形不规范。比如“觳”字，新版《新华字典》里该字“士”的字形错印成了“土”。他还提到“黑”居左的“默”、“黔”等字中，“黑”部的末横不

另外，“杨新安”还认为，新版《新华字典》中，“脚趾头”和“脚指头”混用，自相矛盾，令读者困惑，应统一为“脚趾头”。而“制服”与“制伏”也同样存在混用问题，并不妥当。

针对这位网民所提出的部分质疑，《新华字典》第11版编纂主持人之一的程荣做出了回应。她表示，《新华字典》中的字形都是依据《现代汉语通用字表》，“像‘黔’、‘默’等字，在《现代汉语通用字表》中，左边的‘黑’旁末横是提，不是横。在国家语委没有新的字形规范标准正式出台以前，《新华字典》的字形只能依据这个字表的标准。”

至于“觳”字的问题，程荣认

▲ 2011年7月28日，《北京日报》12版

害。（2009 年 4 月 23 日，《北京日报》7 版《〈新华字典〉被诉出错两万个》）

2011 年，又有一位网民在自己的博客中连发八篇博文，指出第 11 版《新华字典》存在多处错误，其中包括偏旁部首、笔画、字体、字形不一致，声符形体不规范，以及字词自相矛盾不统一等问题。（2011 年 7 月 28 日，《北京日报》12 版《〈新华字典〉被挑错，编纂专家回应质疑》）

对于读者提出来的问题，商务印书馆相关负责人称，由于时代在不断进步，新语汇、新义项不断产生，《新华字典》虽不断修订，也难免有滞后的地方，加上偶尔的编校遗漏和各版本体例的差异，出现一些遗憾或者失误是可能的。针对一些具体问题，商务印书馆也进行了查证、回应和澄清，同时表示，欢迎读者提意见，《新华字典》会在读者的帮助下不断完善。

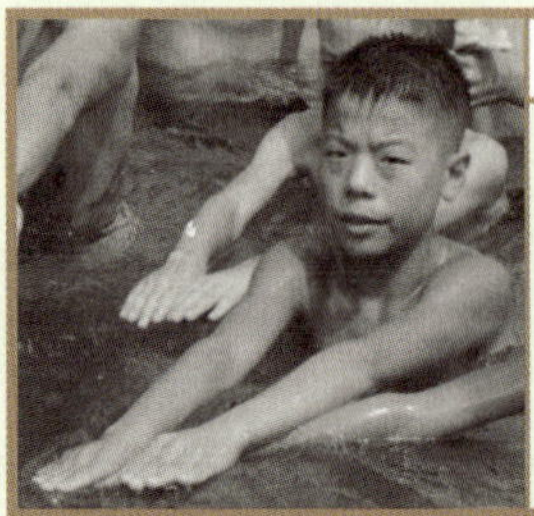

# 曾风靡京城的露天游泳场

历史资料 ▪ 北京日报图文数据库　　文 ▪ 贾晓燕

炎炎夏日，和亲朋好友一起到露天游泳场里扑腾、撒欢儿，曾经风靡了好多年，是很多“老北京”的美好记忆。时过境迁，随着现代化游泳馆、戏水乐园的兴起，这传统的消夏方式还会回归吗？

## 首个露天游泳场在什刹海

新中国成立前，北京只有一个公共体育场——先农坛体育场，设备很简陋。当时号称200万人口的“文化城”，人们要想找个公共场所打打球、跑跑步、游游泳，是非常难的。

20世纪50年代，北京在进行市政建设的同时，全面治理内城水域。1951年6月，昔日一片荒凉、臭气熏人的什刹海，建成了设备较为先进的北京市人民游泳场，成为京城首个露天游泳场。

人民游泳场每年从6月初起对外开放，8月底关闭，在此期间每天开放三场，每场能容纳4000人。（1954年9月15日，《北京日报》3版《让青年们增强体质》）

有“老北京”回忆，游泳场里人特别多，有在池中戏水的，有在岸边乘凉的，跟“煮饺子”似的。为避免拥挤、照顾团体起见，1953年，人民游泳场增开夜场，并实行周六、周日预售票制度。（1953年7月10日，《北京日报》2版《人民游泳场明日起增加夜场》）

后来，人民游泳场不断升级改造，慢慢用作比赛场地。据《北京日报》1956年6月

▲ 1961 年夏季，什刹海游泳场教员教孩子们学游泳（高宏 / 摄）

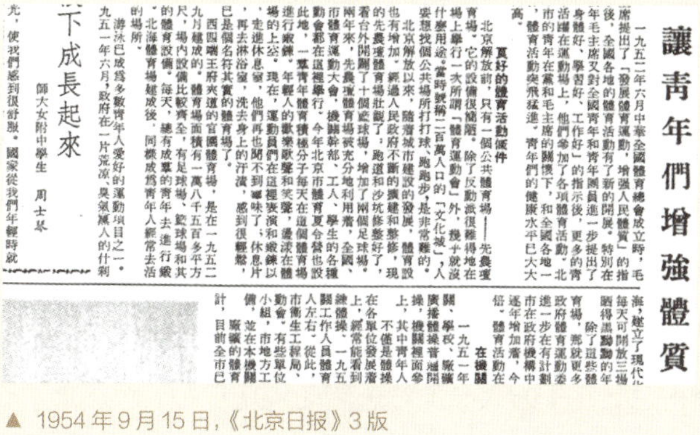

# 讓青年們增強體質

一九五二年六月中華全國體育總會成立時，毛[主]席提出了「發展體育運動，增強人民體質」的指示後，全國各地的體育活動有了新的開展。特別在今年毛主席又對全國青年和青年團員進一步提出了「身體好、學習好、工作好」的指示後，更多的青年活躍在運動場上，他們參加了各項體育活動。北京市的青年在黨和毛主席的關懷下，和全國各地一樣，體育活動突飛猛進，青年們的健康水平已大大提高。

**良好的體育活動條件**

北京解放前，只有一個公共體育場——先農壇體育場。它的設備很簡陋。除了反動派很難得地在場上舉行一次所謂「體育運動會」外，幾乎就沒什麼用途。當時號稱「二百萬人口的『文化城』」，人要想找個公共場所打打球，跑跑步，是非常難的。

北京解放以來，隨着城市建設的發展，體育設施也有增加。經過人民政府不斷的擴建和整修，現在的先農壇體育場壯觀了；跑道和沙坑修整好了，看台外開闢了十個籃球場，增加了兩個足球場。兩年來，先農壇體育場被充分地利用着，全國、市體育運動大會，機關幹部、工人、學生的各種運動會都在這裏舉行。今年北京市體育夏令營也設在此地，一羣青年體育積極分子每天在這個體育場進行鍛鍊。年輕人的歡樂歌聲和笑聲，盪漾在體育場的上空。現在，運動員們在這裏表演和鍛鍊以後，走進休息室，他們再也聞不到霉味了；休息片刻，再去淋浴室，洗去身上的汗漬，感到很輕鬆。已是個名符其實的體育場了。

西四牌王府夾道的官園體育場，是在一九五二年九月建成的。體育場面積有一萬八千五百多平方尺，場內設備比較齊全，有足球場、籃球場和其他的體育設備。每天，總有成羣的青年去進行鍛鍊。北海體育場建成後，同樣成為青年人經常去活動的場所。

游泳已成為多數青年人愛好的運動項目之一。一九五一年六月，政府在一片荒涼、臭氣薰人的什剎

海，建立了現代化……每天可開放三場……晒得黑黝黝的年……

除了這些體育場，那就更多……政府體育運動委……進一步在有計劃……市在政府機構中……逐年增加着，今……倍。體育活動在……

**在機關**

一九五一年……關、學校、廠礦……廣播體操普遍開……操，機關裏面參……上，其中青年人……不僅是體操……在各單位發展着……上，經常能看到……練體操、一九五……關工作人員體育……人左右。從此，……市衛生工程局、……動會，有些單位……小組，市地方工……備，並在本機關……廠礦的體育……計，目前全市已

……下成長起來

師大女附中學生　周士琴

……光，使我們感到很舒服。國家從我們年輕時就

▲ 1954 年 9 月 15 日，《北京日报》3 版

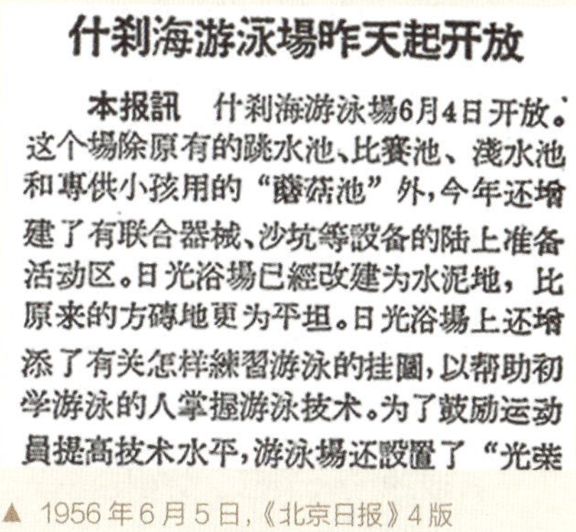

# 什刹海游泳場昨天起开放

**本报訊**　什刹海游泳場6月4日开放。这个場除原有的跳水池、比賽池、淺水池和專供小孩用的"蘑菇池"外，今年还增建了有联合器械、沙坑等設备的陆上准备活动区。日光浴場已經改建为水泥地，比原来的方磚地更为平坦。日光浴場上还增添了有关怎样練習游泳的挂圖，以帮助初学游泳的人掌握游泳技术。为了鼓励运动員提高技术水平，游泳場还設置了"光荣

▲ 1956 年 6 月 5 日，《北京日报》4 版

5日4版《什刹海游泳场昨天起开放》一文记载，继原有的跳水池、比赛池、浅水池和专供小孩用的“蘑菇池”外，当年游泳场增建了有联合器械、沙坑等设备的陆上准备活动区。日光浴场从方砖地改建为水泥地，增添了有关怎样练习游泳的挂图，以帮助初学游泳的人掌握技术。为了鼓励运动员提高技术水平，游泳场还设置了“光荣榜”，把打破北京市游泳纪录的优秀运动员的相片登上去。

## 露天游泳成时尚

参加游泳活动的人越来越多，仅1955年全市办理游泳体格检查证的就有20多万人，一个人民游泳场远远无法满足人们的需求。为此，北京市决定在南城陶然亭公园东门斜对面再修建一座游泳场——陶然亭游泳场。

1957年夏季，比人民游泳场大三分之一的陶然亭游泳场正式开放，成为当时京城最大的游泳场地。(1957年5月23日,《北京日报》4版《就要开放的陶然亭游泳场》)1959年，我国第一部描写游泳运动员生活的影片《水上春秋》便是在这里开拍的。(1959年6月22日,《北京日报》4版《彩色故事片“水上春秋”开拍》)1957年，利用新挖的一段护城河河道建造的天然游泳场——西便门游泳场也正式开放。(1957年8月13日,《北京日报》2版《西便门游泳场开放》)

在上世纪六七十年代，本市不但把什刹海、龙潭湖、玉渊潭等天然水域整修成一批大型的天然水域游泳场，还修建了100多个人工游泳池。京密引水和东南郊排涝等水利工程的竣工，也为开展游泳活动提供了大量适合的水域。(1976年7月16日,《北京日报》3版《十年来本市群众性游泳活动蓬勃发展》)

那时候，北京市民游泳热情相当高涨，游泳对人们而言不仅是一种技能，也是一种习惯，人们甚至把露天游泳当成一种时尚，风靡数十年。当然，这与1956年毛泽东主席畅游长江后发出“应该到大江大海去锻炼”的呼吁不无关系。据《北京日报》1977年6月9日1版刊发的《本市群众体育运动蓬勃发展》一文记录，全市每年夏季到公共游泳场参加游泳的群众达500多万人次。每年7月16日，纪念毛主席畅游长江成为北京市游泳爱好者的盛大节日，每到这一天，全市总有几十万人参加纪念活动，几万人下水游泳。全市学会游泳的人也越来越多，仅西城区能游50米以上的人就占全区总人口的23%。

1957 年，北京当时设备最新的陶然亭游泳场开放（李祖慧 / 摄）

## 建游泳场纳入“政府实事”

进入 20 世纪 80 年代后期，本市游泳场开始出现供不应求的情况。

《北京日报》1987 年 7 月 31 日 1 版报道《本市公共游泳场拥挤涨池》这样写道：数以万计的人涌向游泳场，一些场、池的负荷大大被超过，出现拥挤、涨池现象，使秩序难以维持。为此，市体委发出紧急通知，要求机关、厂矿、学校等单位的内部游泳场（池）如无特殊情况均向社会开放。

当时北京市体委的消息：截至 1994 年，全市游泳场所共有 189 个。那时候北京有 1200 万人口，也就是说，每 6.35 万人只有一个游泳场所。可即便是这个数字仍有不少“水分”：其一，此统计并非严格限于游泳场（池），包括水上乐园等。其二，此中多数为机关、学校、部队的内部游泳池，不供开放；而对社会开放的游泳场所不足半数——全市只有 60 个左右。其三，在这宝贵的半数之中，还包括很多宾馆、饭店的游泳池。那里水面小、价格高，实非普通百姓消受得起的。（1995 年 6 月 23 日，《北京日报》5 版《北京盛夏游泳难》）

在水资源紧缺的大背景下，要让宝贵的水资源更多地造福于京城百姓，市政府

### 就要开放的陶然亭游泳場

綠树成蔭的陶然亭公园东門，是首都最大的游泳場陶然亭游泳池。

个游泳池占地面积五万多平，比什剎海游泳場大三分之

泳池分为南北兩部。北部有習池和兩个兒童池；南部有五公尺的跳水池和一个深兩比賽池。比賽池長五十公十条水道。跳水池有十公点五公尺、五公尺、三公公尺等高度不同的跳台。三上：可以容納六千观众。

池子里的水平均每六个半小时可以全部循环一次，在循环过程中，可以进行加气消毒，如果气候正常，池水可保持清潔一个月。另外，每个池子的水可以單独放出或放入，所以在清刷池底时不必停場；这对爱好游泳的人可以說是很大的方便。

更衣室的地面全是水磨石的，里面的存衣櫃有不同的鑰匙可以按号自取自放，避免了人多拥挤的現象。女更衣室的設备更加完善，里面設有五十多个單間，每个里面都設有淋浴噴子一个，游完泳以后，可以自由自在地在这里洗个澡。

在水底，有一間地下观测室。观測室有三个窗戶，可以同时容納三个人进行攝影工作。

当游泳的人感到累了的时候，可以到岸上的沙灘日光浴場去休息，上面并設有單杠、肋木等运动器材。

× × ×

这个游泳場已經决定在本月二十五日举行开幕式，二十六日正式向群众开放。現在，陶然亭游泳場已經委托西單久大体育用品社、东長安街体育場發售游泳証。但是为了群众方便，已經有什剎海游泳場的体格檢查証的人，就不必購买新的游泳証了。

▲ 1957 年 5 月 23 日，《北京日报》4 版

### 我国第一部描写游泳运动員生活影片
### 彩色故事片“水上春秋”开拍

**据新华社二十一日訊** 彩色体育故事片“水上春秋”，前几天在北京陶然亭游泳场开拍了第一个鏡头：观众們在为游泳运动員华小龙打破世界紀录而欢欣鼓舞。接着，拍攝了第二、第三个鏡头。跳水池內，健美的男、女运动員从十公尺高台上飞燕式跳下。比賽池边，老教練华鎮龙正在指导他的学生作比賽前的練習，他們的神情愉快而又認真。

“水上春秋”是我国第一部描写游泳运动員生活的故事影片。它通过老游泳家华鎮龙和他的兒子、蛙泳世界紀录創造者华小龙两代运动員的不同遭遇，反映了社会主义制度的优越性和新中国运动員热爱祖国、勤学苦練的优秀品質。这部影片的文学剧本是剧作家岳野、話剧演員周正、导演謝添的集体新作。

这部影片由北京电影制片厂拍攝，演員們是从各地选择出来的。浙江省电影制片厂导演、老演員舒适，是一个游泳能手，这次应邀飾演老游泳家华鎮龙。扮演华小龙的于洋虽会游泳，但是影片要求他演的是“世界紀录創造者”，所以他从两个多月前就抽时間同我国著名的游泳运动員一起勤学苦練。

▲ 1959 年 6 月 22 日，《北京日报》4 版

### 西便門游泳場开放

**本报訊** 西便門天然游泳場已經开放。

这里原来是前三門护城河的一部分，过去河面很窄，而且長年流着髒水。去年本市在开挖永定河引水河道的同时，把这兒修成了寬六十公尺，長四百五十公尺的天然游泳場。今年，永定河水引来以后，已經初步具备了游泳的条件。有关部門在本月初已經把它开放游泳。

現在，这里設有男女更衣室和急救室，并有救护人員、救生圈和小船等救护設备。凡是身高一点二公尺以上的人，都可以去游泳。游泳时間是每天早晨九点半到晚上六点半。游泳場不售門票，如果需要存衣，才收費五分。它共分兩个池子，一个深兩公尺多，一个

▲ 1957 年 8 月 13 日，《北京日报》2 版

决定将露天游泳场的建设纳入京城水系治理工程，在京密引水渠及南护城河沿岸修建7处大的游泳场，以满足市民夏季游泳健身、爱水、戏水的需要。7处游泳场分别为：红山口游泳场、六郎庄游泳场、麦钟桥游泳场、双紫园游泳场、玉渊潭游泳场、陶然亭游泳场和龙潭西湖游泳场，总面积达12万平方米。（1999年9月2日，《北京日报》5版《7处天然游泳场将建》）此举后被纳入2000年政府为群众办的60件实事之一。

2000年6月20日，本市4座大型露天游泳场同时开业，再加上2座后来陆续开业的游泳场，当年北京在京城水系边上率先开放6座露天游泳场，总建筑面积15万平方米，水面面积5万平方米，相当于50座比赛专用游泳池。（2000年6月24日，《北京日报》1版《京城水面吹来凉爽的风》）

侯 丫

北京盛夏游泳难

酷暑一天天逼近，气温一天天升高，想游泳望一天天强烈起来。北京泳场馆准备好了吗？

六月起，北京的游泳场馆续开放。但应该说，北京人泳依旧不是件容易事。

据北京市体委介绍，去年全市的游泳场所共计189今年的统计工作正在进行，估计基本持平，略有减目前北京有1200万人口，这字意味着每6.35万人只有游泳场所。可怜的是，即便数字仍有不少“水分”：其比统计，并非严格限于游泳池），包括水上乐园等。其比中多数为机关、学校、部内部游泳池，不供开放；而会开放的游泳场所不足半一全市只有60个左右。其在这宝贵的半数之中，还包括很多宾馆、饭店的游泳池。那里水面小、价格高，实非普通百姓消受得起的。

目前，比较像样，价格又能让老百姓接受的，如英东游泳馆、陶然亭游泳场、工体游泳场、中日青年交流中心的游泳池、中国少年儿童活动中心游泳场，以及各区体委的游泳馆等。

市体委、市公安局为泳者的安全，今年全市统新办理深水合格证，各游所医务人员也进行了严关。据悉，我市游泳意外死数正在逐年下降。炎炎酷暑那些喜欢游泳的读者，不易到自然水域里去戏水，第一哟！

插图 思

▲ 1995年6月23日，《北京日报》5版

绿树、红花、草白玉栏杆——京昆玉河一泓碧水秀丽多姿。为了金贵的水资源更多地造福京城百，继京西水系整治通航后，市委政府再做决策：在沿河建造六处众化、公益性的纳凉、戏水、健身所。如今，坐在船上、徜徉岸边、游水中，人们感受着——

京城水面

吹来凉爽的风

本报记者 王增民 唐升文 通讯员 刘立成

爱民之风

为民之风

▲ 2000年6月24日，《北京日报》1版

## 如何回归尚需探讨

2010年夏天，54岁的陶然亭游泳场悄无声息地关闭，令不少南城市民黯然神伤，这座露天游泳场如同一座“老地标”，承载了他们太多美好的回忆。（2010年6月8日，《北京日报》6版《陶然亭游泳场要改建成专业馆》）

▲ 1971 年，八一湖天然水域游泳场（胡敦志 / 摄）

曾风靡京城的露天游泳场

▲ 2010 年，市民在露天游泳场（孙戊 / 摄）

京城露天游泳场还能回归吗？

10年间：
露天泳场消失数十家

水质水资源：
露天泳场面临的瓶颈

运营成本上升：
露天泳场又"一坎"

市民期盼：
河湖开辟指定游泳区域

有关部门回应：
正酝酿开辟公园露天泳场

▲ 2010 年 8 月 23 日，《北京日报》3 版

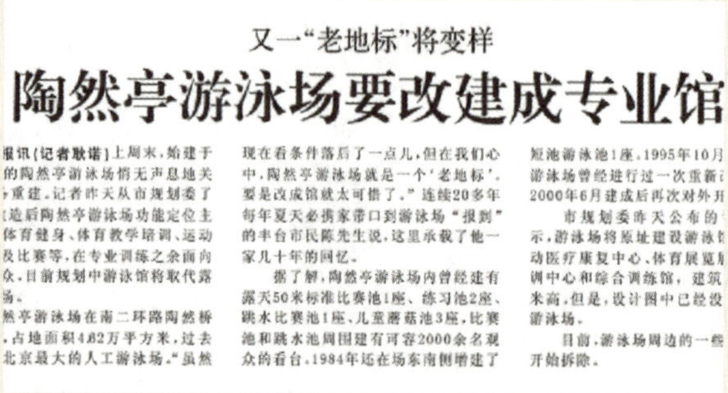

又一"老地标"将变样

陶然亭游泳场要改建成专业馆

报讯（记者耿诺）上周末，始建于的陶然亭游泳场悄无声息地关重建。记者昨天从市规划委了造后陶然亭游泳场功能定位主体育健身、体育教学培训、运动及比赛等，在专业训练之余面向众。目前规划中游泳馆将取代露场。

然亭游泳场在南二环路陶然桥，占地面积4.62万平方米，过去北京最大的人工游泳场。"虽然现在看条件落后了一点儿，但在我们心中，陶然亭游泳场就是一个'老地标'。要是改成馆就太可惜了。"连续20多年每年夏天必携家带口到游泳场"报到"的丰台市民陈先生说，这里承载了他一家几十年的回忆。

据了解，陶然亭游泳场内曾经建有露天50米标准比赛池1座、练习池2座、跳水比赛池1座、儿童蘑菇池3座，比赛池和跳水池周围建有可容2000余名观众的看台。1984年还在场东南侧增建了短池游泳池1座。1995年10月游泳场曾经进行过一次重新2000年6月建成后再次对外开

市规划委昨天公布的示，游泳场将原址建设游泳动医疗康复中心、体育展览训中心和综合训练馆，建筑米高。但是，设计图中已经设游泳场。

目前，游泳场周边的一些开始拆除。

▲ 2010 年 6 月 8 日，《北京日报》6 版

据《北京日报》2010年8月23日3版《京城露天游泳场还能回归吗？》一文报道，2005年，本市进行第五次体育场馆普查，全市露天游泳场共有72家，而在此之前的10年间，京城露天游泳场消失了数十家。当时，除大兴、通州、延庆等郊区以及清华大学等个别高校外，大多数露天游泳场均已关闭，一部分改造成了室内游泳馆。最令市民遗憾的是，四环以内的露天游泳场就只有青年湖公园、团结湖公园和朝阳公园等几家了。

露天游泳场之所以越来越少，一方面是受制于北京水资源长期紧缺，另一方面则因为水质普遍达不到可以游泳的标准。此外，运营成本的上升也是一道坎儿。如此种种导致露天游泳场“辉煌不再”。

露天游泳场是否应该退出历史舞台？北京市冬泳俱乐部相关负责人认为，游泳是市民一种简单的纳凉健身需求。水资源的用途多种多样，有饮用的，有造景的，也应该有供大众游泳的，应当整体考虑，合理综合利用。也有市政协委员认为，向广大市民提供更多经济型游泳场所戏水纳凉，与和谐宜居城市建设并不矛盾。

为尽量满足市民消夏纳凉的需求，市水务部门曾考虑与市体育局和公园管理部门协商，新开辟一些露天游泳场。但本市负责管理公园的部门不止一家，有的隶属市园林系统，有的由区政府管理，有的归属市公园管理中心，在公园水域开辟露天游泳场，需要协调的部门至少有三家。此外，露天游泳场建设经费由谁出、票价如何制定以及设施配套等问题，都需要进一步探讨。

# 我们帮过的“61 个弟兄”

历史资料 ▪ 北京日报图文数据库 ▪ 人民教育出版社　文 ▪ 汪丹

近 60 年过去了，这个故事仍然是“一方有难，八方支援”的最好注脚。为了拯救 61 位食物中毒的民工，在通讯、交通、经济都不发达的年代，那些无私奉献的“陌生人”用大爱帮助了 61 个生命重生。

## 北京“救命药”空投平陆

1960 年 2 月 3 日下午四点，北京王府井大街上车水马龙。位于王府井北口八面槽路东的国营特种药品商店接到了一个长途电话。

“我是中共山西平陆县委，我们这里有 61 名民工发生食物中毒，急需 1000 支‘二巯基丙醇’，越快越好，越快越好！”听筒里传来焦灼的声音。

情况紧急！特种药品商店党支部马上成立了紧急供应小组。（1960 年 2 月 7 日，《北京日报》1 版《披星戴月千里送药救工人》）

中毒事件发生在前一天，也就是 1960 年 2 月 2 日。山西省平陆县与河南省三门峡市只隔一条黄河。平陆县北 50 里外张村一带正在修建一条省级公路，它是山西省支援黄河三门峡建设工程的交通命脉。就在这里，因敌对分子在食物中下毒，61 位民工危在旦夕。县人民医院的诊断意见是：砷（俗称砒霜）中毒，必须在 4 日黎明前给病人注射特效药“二巯基丙醇”，否则无救！

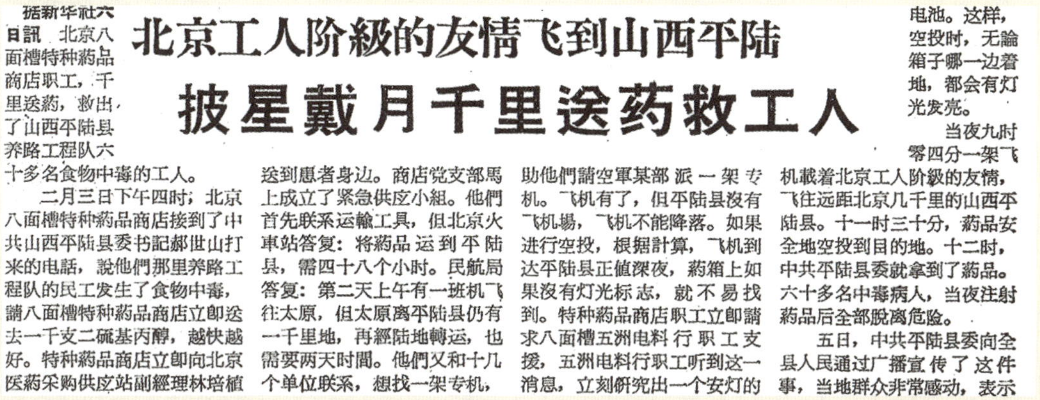

# 北京工人阶級的友情飞到山西平陆
# 披星戴月千里送药救工人

据新华社六日訊 北京八面槽特种药品商店职工，千里送药，救出了山西平陆县养路工程队六十多名食物中毒的工人。

二月三日下午四时，北京八面槽特种药品商店接到了中共山西平陆县委书記郝世山打来的电話，說他們那里养路工程队的民工发生了食物中毒，請八面槽特种药品商店立即送去一千支二硫基丙醇，越快越好。特种药品商店立即向北京医药采购供应站副經理林培植送到患者身边。商店党支部馬上成立了紧急供应小組。他們首先联系运输工具，但北京火車站答复：将药品运到平陆县，需四十八个小时。民航局答复：第二天上午有一班机飞往太原，但太原离平陆县仍有一千里地，再經陆地轉运，也需要两天时間。他們又和十几个单位联系，想找一架专机，助他們請空軍某部派一架专机。飞机有了，但平陆县沒有飞机場，飞机不能降落。如果进行空投，根据計算，飞机到达平陆县正値深夜，药箱上如果沒有灯光标志，就不易找到。特种药品商店职工立即請求八面槽五洲电料行职工支援，五洲电料行职工听到这一消息，立刻研究出一个安灯的电池。这样，空投时，无論箱子哪一边着地，都会有灯光发亮。

当夜九时零四分一架飞机載着北京工人阶級的友情，飞往远距北京几千里的山西平陆县。十一时三十分，药品安全地空投到目的地。十二时，中共平陆县委就拿到了药品。六十多名中毒病人，当夜注射药品后全部脱离危险。

五日，中共平陆县委向全县人民通过广播宣传了这件事，当地群众非常感动，表示

▲ 1960年2月7日，《北京日报》1版

# 学习他们伟大的共产主义风格
## ——搶救山西平陆六十一个阶級弟兄的首都职工和解放軍

**下左图：** 北京市特种药品門市部参加搶救六十一个阶級弟兄的部分职工。他們手里拿着的是卫生部发給他們的奖状和中共山西平陆县委和县人委贈給他們的錦旗。 新华社記者 顾松年摄

**下右图：** 一架祖国的雄鹰，載着党和毛主席的深切关怀，載着阶級弟兄高貴的感情，飛驰电掣般地飞越过两千多里的夜空，把特效药从首都送到山西平陆县，使六十一个食物中毒的阶級弟兄全部脫險。图为首都空軍某部执行空投任务的部分同志。 照耀摄（新华社稿）

↑ 給空投药箱安装灯光的北京八面槽五洲电料行的部分职工。 新华社記者 顾松年摄

↑ 北京医药采购供应站仓庫保管員、先进工作者王英環。就是他为搶救六十一个阶級弟兄，蹬車一小时赶完三十华里，把特效药从仓庫送到門市部。



▲ 1960年3月11日，《北京日报》4版

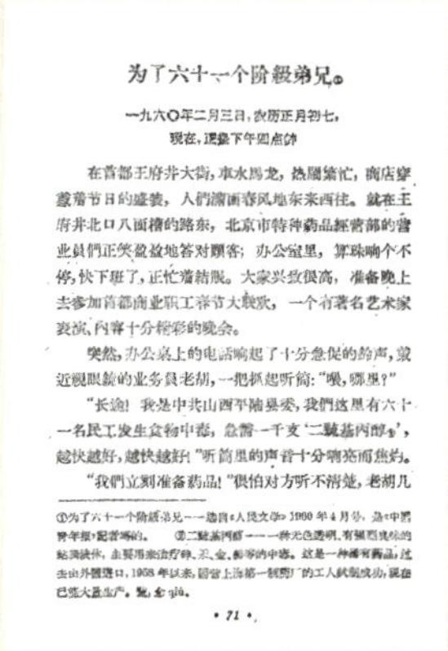

为了六十一个阶級弟兄①

一九六〇年二月三日，农历正月初七，
現在，还是下午四点钟

在首都王府井大街，車水馬龙，热闹繁忙，商店穿戴着节日的盛装，人們滿面春风地东来西往。就在王府井北口八面槽的路东，北京市特种药品經营部的营业員們正笑盈盈地答对顾客；办公室里，算珠响个不停，快下班了，正忙着結账。大家兴致很高，准备晚上去参加首都商业职工春节大联欢，一个有著名艺术家表演、内容十分精彩的晚会。

突然，办公桌上的电話响起了十分急促的铃声，戴近视眼鏡的业务員老胡，一把抓起听筒："喂，哪里？"

"长途！我是中共山西平陆县委，我們这里有六十一名民工发生食物中毒，急需一千支'二巰基丙醇②'，越快越好，越快越好！"听筒里的声音十分响亮而焦灼。

"我們立刻准备药品！"很怕对方听不清楚，老胡几

①为了六十一个阶級弟兄——选自《人民文学》1960年4月号，是《中国青年报》記者写的。 ②二巰基丙醇——一种无色透明、有强烈臭味的粘滞液体，主要用来治疗砷、汞、金、铋等的中毒。这是一种稀有药品，过去由外国进口，1958年以来，因官上海第一制药厂的工人試制成功，现在已能大量生产。巰，念qiú。

·71·

▲ 从左至右依次是人民教育出版社出版的初级中学语文第五册（1960年）、课文《为了六十一个阶级弟兄》、高级中学语文第一册（1990年）

1960 年，北京电影制片厂摄制组在北京站拍摄《为了六十一个阶级弟兄》（高宏 / 摄）

附近各地都没药！当时的平陆县县委书记决定向北京求援："向中央卫生部挂特急电话！向特药商店挂特急电话！"

接到求援电话后，卫生部药政管理局一面通知八面槽特种药品商店备药，一面向上级汇报。时任卫生部副部长徐运北指示：立即找民航局或请空军支援送药！民航局回复，次日早晨才有班机去太原，太迟！空军首长得知此事后，立即指示：全力支援，要办得又快又好！

2月3日晚九点的北京，繁星满天。一架伊尔-14军用运输机，在机长周连珊和4215机组的陪同下载着药品，冲向夜空。晚上十一点二十三分，飞机来到平陆上空，下降，空投！1000支"二巯基丙醇"装在药箱中，带着降落伞向预定空投地点坠下去……

深夜，"从天而降"的救命药被注入61位中毒民工的身体，化险为夷。(1996年2月16日,《北京日报》7版《为了61个阶级弟兄》)《中国青年报》记者于1960年写作的这一长篇通讯，当年即被收进中学语文课本，并一直保留至20世纪90年代。

对当年的事，感受最深的莫过于被救之人。他们中有一位叫刘振江的老人，逢年过节总要对子女讲述一遍当年被救的经历。他的儿子刘克武是一位语文教师，每当讲到《为了六十一个阶级弟兄》这一课时，他总是郑重、深情地说："同学们，这一切都是真实的！"

## 50余天拍成电影

北京至平陆千里送药，引起了影视界的关注。仅仅22个小时，北京电影制片厂就将此动人事迹改编成电影剧本；在救人事件发生的50余天后，电影《为了61个阶级弟兄》完成拍摄。这样的速度可以说是前所未有。

来看看这个强大的摄制组阵容——

协助拍摄单位：中国青年艺术剧院、北京人民艺术剧院、中央戏剧学院实验话剧院、中国儿童剧院……

演员：崔嵬、田方、谢添、张平、吴雪、金山、于是之、舒绣文、石羽、吕齐、方琯德、石一夫、于洋、赵联……

导演：谢添、李恩杰、陈怀皑、陈方千……

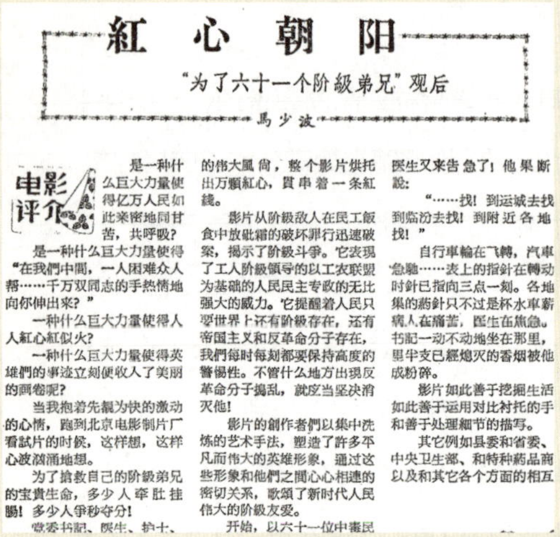

# 紅 心 朝 阳

"为了六十一个阶級弟兄"观后

馬少波

电影评介

是一种什么巨大力量使得亿万人民如此亲密地同甘苦，共呼吸？

是一种什么巨大力量使得"在我們中間，一人困难众人帮……千万双同志的手热情地向你伸出来？"

一种什么巨大力量使得人人紅心紅似火？

一种什么巨大力量使得英雄們的事迹立刻便收入了美丽的画卷呢？

当我抱着先覩为快的激动的心情，跑到北京电影制片厂看試片的时候，这样想，这样心波汹涌地想。

为了搶救自己的阶級弟兄的宝貴生命，多少人牵肚挂腸！多少人爭秒夺分！

党委书記、医生、护士、

……的伟大風尙，整个影片烘托出万顆紅心，貫串着一条紅綫。

影片从阶級敌人在民工飯食中放砒霜的破坏罪行迅速破案，揭示了阶級斗爭。它表現了工人阶級領导的以工农联盟为基础的人民民主专政的无比强大的威力。它提醒着人民只要世界上还有阶級存在，还有帝国主义和反革命分子存在，我們每时每刻都要保持高度的警惕性。不管什么地方出現反革命分子搗乱，就应当坚决消灭他！

影片的創作者們以集中洗炼的艺术手法，塑造了許多平凡而伟大的英雄形象，通过这些形象和他們之間心心相連的密切关系，歌頌了新时代人民伟大的阶級友爱。

开始，以六十一位中毒民……

……医生又来告急了！他果断說：

"……找！到运城去找到临汾去找！到附近各地找！"

自行車輪在飞轉，汽車急馳……表上的指針在轉动时針已指向三点一刻。各地集的药針只不过是杯水車薪病人在痛苦，医生在焦急。书記一动不动地坐在那里，嘴里半支已經熄灭的香烟被他成粉碎。

影片如此善于挖掘生活如此善于运用对比衬托的手和善于处理細节的描写。

其它例如县委和省委、中央卫生部、和特种药品商以及和其它各个方面的相互……

▲ 1960 年 4 月 1 日，《北京日报》3 版

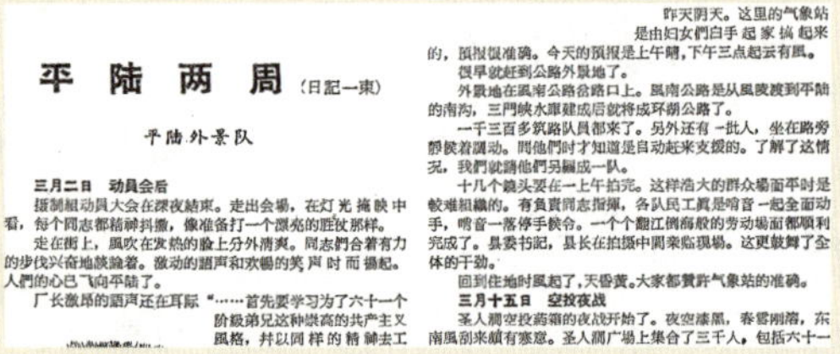

# 平 陆 两 周（日記一束）

平陆外景队

**三月二日　动員会后**

摄制組动員大会在深夜結束。走出会場，在灯光掩映中看，每个同志都精神抖擞，像准备打一个漂亮的胜仗那样。

走在街上，風吹在发热的臉上分外清爽。同志們合着有力的步伐兴奋地談論着。激动的語声和欢暢的笑声时而掀起。人們的心已飞向平陆了。

厂长激昂的語声还在耳际"……首先要学习为了六十一个阶級弟兄这种崇高的共产主义風格，并以同样的精神去工……

……昨天阴天。这里的气象站是由妇女們白手起家搞起来的，預报很准确。今天的預报是上午晴，下午三点起云有風。

很早就赶到公路外景地了。

外景地在風南公路岔路口上。風南公路是从風陵渡到平陆的南沟，三門峡水庫建成后就将成环湖公路了。

一千三百多筑路队員都来了。另外还有一批人，坐在路旁靜候着調动。問他們时才知道是自动起来支援的。了解了这情况，我們就請他們另編成一队。

十几个鏡头要在一上午拍完。这样浩大的群众場面平时是較难組織的。有負責同志指揮，各队民工真是哨音一起全面动手，哨音一落停手候令。一个个翻江倒海般的劳动場面都順利完成了。县委书記，县长在拍摄中間亲临現場。这更鼓舞了全体的干劲。

回到住地时風起了，天昏黄。大家都贊許气象站的准确。

**三月十五日　空投夜战**

圣人澗空投药箱的夜战开始了。夜空漆黑，春雪刚落，东南風刮来頗有寒意。圣人澗广場上集合了三千人，包括六十一……

▲ 1960 年 4 月 1 日，《北京日报》3 版

# 歌頌千里送药的光輝事迹

各文艺单位紛紛发揚大协作精神支援拍好这部共产主义風格的……

北京电影制片厂决心用高速度高质量拍摄「为了六十一个阶級弟……

▲ 1960 年 3 月 3 日，《北京日报》2 版

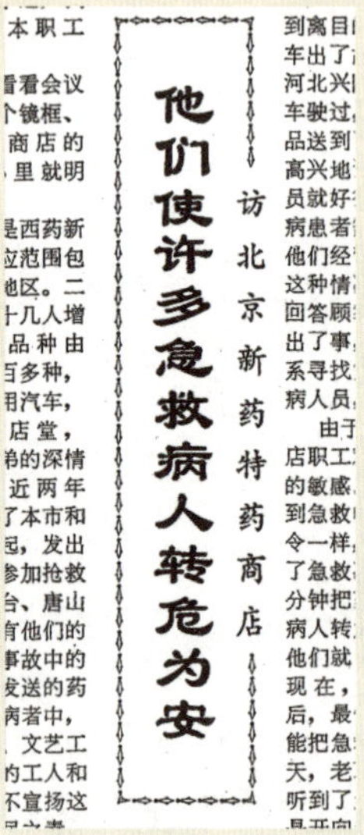

# 他们使许多急救病人转危为安

访北京新药特药商店

▲ 1981 年 7 月 27 日，《北京日报》2 版

影片作曲者：张鲁、李焕之、瞿希贤……

摄制组分成 5 个小组在北京、山西两地同时拍摄。临出发前，北京到山西的火车票却已售罄。北京铁路局破例请示铁道部批准，为赴山西摄制小组单独挂了一节车厢。北京洗印厂职工也写了决心书：一定要把影片洗得又快又好。（1960 年 3 月 3 日，《北京日报》2 版《歌颂千里送药的光辉事迹》）

平陆外景队的摄制人员黄钟在日记中写道:《为了 61 个阶级弟兄》的拍摄工作早已不是摄制组外景队几十个人的事……当看到降落伞带着药品落地的场面时，许多人流下了眼泪。（1960 年 4 月 1 日，《北京日报》3 版《平陆两周》）

电影上映后，马少波在《北京日报》上发表观后感：为了抢救宝贵生命，多少人牵肠挂肚！多少人争秒夺分！党委书记、医生、护士、老艄公、社员、政委、团长、卫生部长、处长、汽车司机、空军战士、民航局干部、特种药品商店的营业员……在短短的几十个小时之内，千方百计，终于做到起死回生。（1960 年 4 月 1 日，《北京日报》3 版《红心朝阳》）

▲ 1960 年，卫生部为救人的北京特种药品商店颁发奖状（李晞 / 摄）

空投，药箱上事先请五洲电料行的同志装上了小灯泡。当天夜里，成千上万的平陆百姓含着热泪高呼“共产党万岁”，接到了从天而降的救命药品。61个阶级弟兄的生命得救了！

36年过去了，当年获救的61个阶级弟兄如今已有25人先后去世，最年轻的

**“61个阶级弟兄”来了！**

本报记者　宋春启

也已年近花甲。但是，当年那一曲“一方有难、八方支援”的共产主义凯歌，却一直在平陆县人民中间传诵着，成为他们教育子孙后代热爱党、热爱社会主义祖国的生动教材。他们中当时中毒最重的仝仁明老人，含着泪说：“要不是新社会、共产党，我们早就完了！”

随着时间的推移，随着改革开放后

▲ 1996年2月9日，《北京日报》3版

**一首久唱不衰的赞歌**

本报记者　宋春启

36年后，61个阶级弟兄代表向北京新药特药商店赠锦旗。张宽福摄

▲ 1996年2月16日，《北京日报》5版

## 药店救援非此一次

1981年，61个民工中毒事件已经过去20多年。当年参加过抢救的北京新药特药商店（即前文中的特种药品商店）近况如何？《北京日报》记者进行了回访。

记者问道：“抢救61个阶级弟兄以后，你们商店还出现过类似生动感人的事迹吗？”商店职工回答：“没有什么生动事迹，我们做得很平常，都是本职工作。”

但是，只要抬头看看墙上挂着的一个个奖状、一面面锦旗，翻开商店的急救登记簿，就仿佛能看见一幕幕惊心动魄的救援。

北京新药特药商店经营的是西药新产品和特种药品，供应范围包括华北、东北和西北地区。1979年到1981年，该商店参加处理了本市和外埠的急救事件1133起，发出急救药品1160种次，参加抢救伤病者2315人。此前邢台、唐山的抗震救灾工作中，也都有他们的贡献。“我们经营的是药品，传送的是党的温暖。”这是商店职工们的共同心声。

职工们对急救事件有一种特殊的敏感。一天，老职工高玉林听到店外传来急救车驶过的声音，他马上骑车跟着急救车来到北大医院，一打听，原来是一个药厂的几十名工人发生了汞中毒，需要急救。

高玉林知道，这种急救药刚刚由研究所试制出来。他立即与研究所联系，找到急救药并迅速送往医院。（1981 年 7 月 27 日，《北京日报》2 版《他们使许多急救病人转危为安》）

## 被救的民工弟兄来了

1996 年 2 月 7 日一早，北京西站的站台上打出一条横幅，上书：“欢迎 61 个阶级弟兄”。

列车进站，来自山西省平陆县的 10 位被救民工及家属代表拎着家乡的核桃、花生、红富士苹果，前来道谢。他们中年纪最大的 83 岁，最小的 58 岁。

站台上，原北京新药特药商店经理田忱、业务组长李玉桥，原 4215 机长周连珊，原卫生部药政局局长江冰等人翘首以盼。一位被救的老人上前张开双臂：“可见着你们了！你们的名字我们念叨 36 年了！”李玉桥乐呵呵唱起一首《看见你们格外亲》，唱得在场的人们热泪盈眶。（1996 年 2 月 9 日，《北京日报》3 版《“61 个阶级弟兄”来了！》）

时光荏苒，《北京日报》1996 年 2 月的一篇报道中提到，当年的 61 个弟兄已有 25 人去世。1996 年 2 月 7 日下午，在世的被救民工代表登上天安门城楼。几位海归学子看见他们胸前的标牌“61 个阶级弟兄赴京回访慰问团”，惊喜万分：“你们就是当年的 61 个阶级弟兄？我们上中学时学过那篇课文！”

北京之行圆了被救民工的梦。他们去了卫生部、北京新药特药商店、北京空军部队、北京电影制片厂，见到了大部分当年施以援手的人。最后，他们郑重地送上一封慰问信：

36 年前，你们克服重重困难，用最短的时间，以最快的速度，将 1000 支“二巯基丙醇”送到平陆，使 61 个阶级弟兄转危为安，重获新生。你们送来的不仅仅是药品，而是首都人民无比深厚的情谊，是党中央和全国人民的无比关怀和温暖；你们的举动，体现了我们社会主义国家友爱互助，一方有难、八方支援的共产主义风格；你们用真实的行动，谱写了一曲社会主义精神文明的壮丽赞歌……（1996 年 2 月 16 日，《北京日报》5 版《一首久唱不衰的赞歌》）

# 又到广场看花时

历史资料 ▪ 北京日报图文数据库　　文 ▪ 汪丹

每年“十一”假期，广场的花坛景观都吸引着五湖四海的游客。国庆摆花的传统自何时开始？广场摆花又有哪些幕后故事？

## 10万盆鲜花首次扮靓天安门广场

20世纪80年代，天安门广场开始有了成规模的国庆花坛布置。1981年国庆节，北京市花木公司工人将天安门广场、毛主席纪念堂及正阳门两侧的10个原有花坛全部更新，并特意在人民英雄纪念碑的正面增设8个直径为10米的圆形花坛。

1986年国庆节，天安门广场首次摆上10万盆鲜花，组成各式花坛。从这一年开始，每年国庆节，天安门广场都会进行摆花布景。（1986年9月28日，《北京日报》1版《京城无处不飞花》）

37个由菊花、一串红、槟榔竹组成的花坛环绕天安门广场一周，象征祖国度过37个春秋；广场中心的巨型花坛高3米，直径60米，由3万多盆鲜花围成……1986年10月1日，10万盆鲜花怒放，52个大小花坛争艳。人们纷纷涌向天安门广场赏花、拍照。有位南方来的游客一边赏花，一边看表。《北京日报》记者问他急什么，他笑着说：“我去东北出差，听说天安门广场摆了好多鲜花，就中途下车专门赶来看看，怕误了火车啊！”

赏花的人也爱花。1986年10月1日，天安门广场的游客络绎不绝，10万盆鲜花却没有一盆被毁坏。鲜花给人留下美好的回忆，精神文明之花也同样令人难忘。（1986 年 10 月 2 日，《北 京 日 报》1 版《百万人民寻美来》）

## 人工调花期，节日花盛开

“忽如一夜春风，京城百花齐放。”国庆节期间，人们在天安门广场以及主要干道两侧看到的许多鲜花，本不应处于花期。造就这样的美景，倾注了无数首都园林工人的心血。

让花儿“听话”，可不容易。北京的菊花一般在 11 月盛开，想让它们提前开，就需要缩短阳光照射的时间。虽然天安门广场成规模设立花坛出现在 80 年代，但以鲜花献礼国庆早有传统。20 世纪 60 年代，园林工人们就想出了各种高招，调整花卉的花期以便它们在节日期间盛开。工人们把温室改成暗室。每天上午八点把菊花一盆盆搬出来晒太阳，到下午五点再送回暗室“睡觉”。这样搬进搬出两个来月，菊花才得以在国庆节绽放。本该在国庆节期间开放的一串红，如果不进行人工控制，也会变得高矮不一、开花时间有先有后。园艺工人分不同时期用“掐头”的方法，让一串红每一棵都长出十多个杈，以实现同时开出串串红花。（1965 年 10

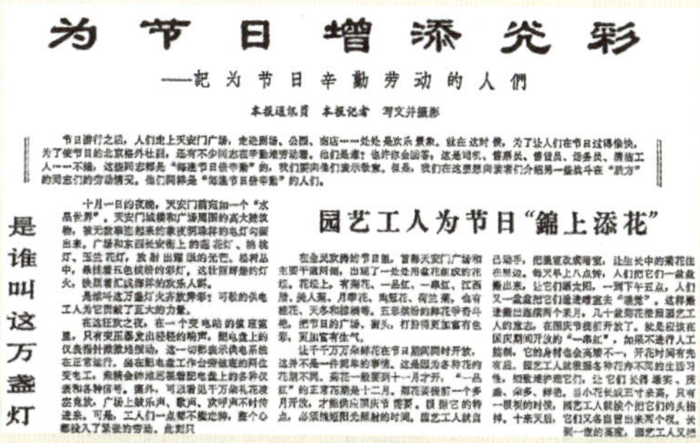
为节日增添光彩

——記为节日辛勤劳动的人們

是谁叫这万盏灯

园艺工人为节日“錦上添花”

▲ 1965 年 10 月 3 日，《北京日报》2 版

百万人民寻美来

▲ 1986 年 10 月 2 日，《北京日报》1 版

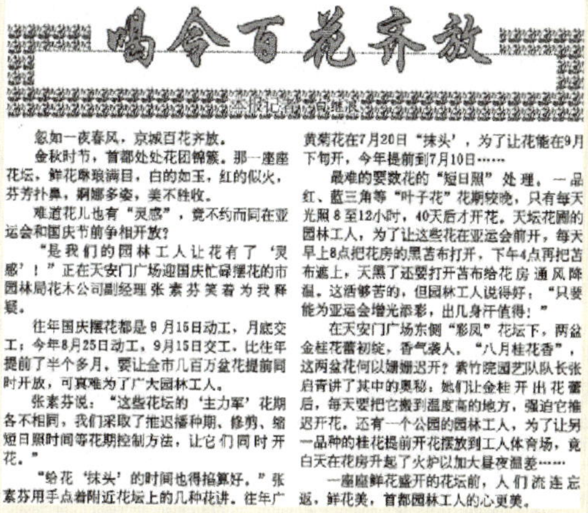
喝令百花齐放

忽如一夜春风，京城百花齐放。

金秋时节，首都处处花团锦簇。那一座座花坛，鲜花琳琅满目，白的如玉，红的似火，芬芳扑鼻，婀娜多姿，美不胜收。

难道花儿也有“灵感”，竟不约而同在亚运会和国庆节前争相开放？

“是我们的园林工人让花有了‘灵感’！”正在天安门广场迎国庆忙碌摆花的市园林局花木公司副经理张素芬笑着为我释疑。

往年国庆摆花都是 9 月15日动工，月底交工；今年8月25日动工，9月15日交工，比往年提前了半个多月，要让全市几百万盆花提前同时开放，可真难为了广大园林工人。

张素芬说：“这些花坛的‘主力军’花期各不相同，我们采取了推迟播种期、修剪、缩短日照时间等花期控制方法，让它们同时开花。”

“给花‘抹头’的时间也得掐算好。”张素芬用手点着附近花坛上的几种花讲。往年广黄菊花在7月20日“抹头’，为了让花能在9月下旬开，今年提前到7月10日……

最难的要数花的“短日照”处理。一品红、蓝三角等“叶子花”花期较晚，只有每天光照 8 至12小时，40天后才开花。天坛花圃的园林工人，为了让这些花在亚运会前开，每天早上8点把花房的黑苫布打开，下午4点再把苫布遮上，天黑了还要打开苫布给花房通风降温。这活够苦的，但园林工人说得好：“只要能为亚运会增光添彩，出几身汗值得！”

在天安门广场东侧“彩凤”花坛下，两盆金桂花蕾初绽，香气袭人。“八月桂花香”，这两盆花何以姗姗迟开？紫竹院园艺队队长张启青讲了其中的奥秘：她们让金桂开出花蕾后，每天要把它搬到温度高的地方，强迫它推迟开花。还有一个公园的园林工人，为了让另一品种的桂花提前开花摆放到工人体育场，竟白天在花房升起了火炉以加大昼夜温差……

一座座鲜花盛开的花坛前，人们流连忘返，鲜花美，首都园林工人的心更美。

▲ 1990 年 9 月 30 日，《北京日报》1 版

▲ 1986 年国庆节前夕，园林工人在天安门广场布置孔雀开屏花坛（王振民 / 摄）

月3日，《北京日报》2版《为节日增添光彩》）

随着国庆花坛用花量的增加，改变花期的方法也更加成熟、多样化。1990年，市园林局花木公司副经理张素芬说："这些花坛的'主力军'，花期各不相同，我们采取了推迟播种期、修剪、缩短日照时间等控制方法，让它们同时开花。"其中，最难的要数花的"短日照"处理。天坛花圃的园林工人每天掐着点儿，遮挡和揭开黑苫布，还要定时给花房通风降温。

花期不仅可以提前，还能推后。1990年国庆节期间，在天安门广场东侧的"彩凤"花坛下，有两盆金桂花蕾初绽，香气袭人。紫竹院园艺队队长张启青讲出其中的奥秘：让金桂开出花蕾后，每天把它搬到温度高的地方，就能推迟开花。（1990年9月30日，《北京日报》1版《喝令百花齐放》）

## 2008年广场花坛三次"变妆"

天安门广场的花坛，不仅渲染着节日的喜庆，还记录着历史。

1990年9月22日至10月7日，北京举办第十一届亚运会，这是中国首次举办综合性国际体育大赛。这一年国庆节，天安门广场花坛设计突出的是"双喜临门"。中心花坛是由牡丹花组成的直径50米、高5米的凸面花坛，其周围布置11个扇形小花坛，好似11颗璀璨的珍珠，祝福亚运会取得圆满成功。中心花坛北面两侧，各有一个直径25米、高7米多的亚运会吉祥物"盼盼"造型花坛，一个"盼盼"手持鲜花，一个"盼盼"手持金牌。（1990年9月6日，《北京日报》1版《亚运国庆期间——花团将簇北京城》）

2008年，天安门广场花坛则历经北京奥运会、北京残奥会、国庆节、第七届亚欧首脑会议四个时期，经历了三次"变妆"。

2008年8月，天安门广场中心花坛以"中国印·舞动的北京"北京奥运会会徽为主景观，花坛中央是一个近五层楼高、集声光电技术于一体的"中国印"标志。

9月初，天安门广场花坛进行第一次"变妆"，迎接北京残奥会，替换约35万盆鲜花。中心花坛的主景观由奥运会会徽"中国印"变为残奥会会徽"天地人"。

9月中下旬，天安门广场花坛第二次"变妆"，迎接国庆节。中心花坛换上了高9.9米、具有中国传统特色的巨型宫灯，这盏宫灯在夜间大放光芒，成为天安门广场上最美的

▲ 2008年国庆节，游客观赏天安门广场“福娃”花坛（贾同军/摄）

夜景。（2008 年 9 月 19 日，《北京日报》5 版《天安门广场花坛“变妆”迎国庆》）

国庆节后，天安门广场花坛以第三次“变妆”迎接第七届亚欧首脑会议。中心花坛的主景观更换为第七届亚欧首脑会议标志。（2008 年 10 月 14 日，《北京日报》5 版《天安门广场花坛第三次“变妆”》）

2008 年，天安门广场花坛摆放时间长达三个多月，总用花量上百万盆。这是天安门广场摆花时间最长的一次。（2008 年 10 月 28 日，《北京日报》6 版《天安门花坛完美“谢幕”》）

## “祝福祖国”大花篮已 6 次亮相

2009 年正值中华人民共和国成立 60 周年，“普天同庆”巨型花篮首次在天安门广场花坛布置中亮相。此后，2012 年、2013 年、2014 年、2015 年，广场中心花坛连续使用以“祝福祖国”为主题的大花篮。

2016 年国庆节，“祝福祖国”大花篮再次出现在天安门广场。花篮设计参照了清代画家丁亮光“四季花篮”的画作。花篮篮体上镶嵌“祝福祖国”和“欢度国庆”的文字。“最大的仿真花直径 3.5 米，重达六七百公斤，是一朵牡丹。”负责施工的北京市花木有限公司总经理于学斌介绍，篮子里每一朵花的大小以及插在什么位置，事先都经过精确计算。

2017 年国庆节，“祝福祖国”大花篮第 7 次出现在天安门广场。北京市园林绿化局相关负责人曾介绍，经过多年比较，花篮造型是国庆广场摆花造型中效果最理想的。向祖国敬献花篮代表着美好祝福，大花篮造型也非常适合游客拍照留念。

在天安门广场国庆摆花的历史中，有大型喷泉装置的“万众一心”造型曾从 1986 年一直沿用到 2007 年。“之所以不再沿用这种带喷泉的花坛造型，主要考虑到广场上风的因素。”一位设计人员表示，天安门广场比较空旷，有风时喷泉水就会溅落到游客身上，造成不便。（2016 年 9 月 9 日，《北京日报》5 版《“祝福祖国”大花篮国庆再亮相》）

## 运用高科技，摆花更节约

2013 年，按照北京市委市政府确定的“规模适度、厉行节约、服务大众、贴近生活”的花卉布置原则，国庆节期间天安门广场及长安街两侧的摆花量开始“瘦身”。

▲ 2003 年国庆节，天安门广场布置的“万众一心”花坛

▲ 1990 年国庆节，游客与天安门广场的“盼盼”花坛合影（胡敦志/摄）

▲ 1990 年国庆节，天安门广场热闹非凡（胡敦志/摄）

广场吊装巨型宫灯

昨天，天安门广场中心花坛巨型宫灯吊装就位，宫灯净高9.9米，是北京目前最大的宫灯。天安门广场国庆花坛摆放工作将于9月27日完成并与公众见面。

本报记者

▲ 2008 年 9 月 24 日，《北京日报》1 版

天安门广场国庆摆花瘦身 广场中心摆放巨型花果篮

市属机关门前不摆大型花坛

中心花坛创意来自古画

天安门两侧取消摆花

▲ 2013 年 9 月 10 日，《北京日报》5 版

栽摆鲜花1500万盆

# 200处立体花坛喜迎国庆

本报讯（记者 王海燕）“哇！大花篮真漂亮！”昨天上午9时，1路公交车途经天安门广场，车上40多名乘客齐刷刷向窗外望。广场中心，一座高达17米的巨型花篮吸引了他们的目光。经过七昼夜的紧张施工，以“祝福祖国”为主题的天安门广场国庆花坛昨天正式亮相。

这是自2009年以来，“祝福祖国”大花篮第6次在天安门广场亮相。今年的花坛规格和往年相类似，花坛直径50米，高度约17米。花篮篮体由红色的玻璃钢制成，花篮篮盘里扦插着300多枝仿真花。花材以牡丹、玉兰、荷花、月季为主，配以“梅、兰、竹、菊”。最大的仿真花直径达3.5米。花篮四周，是一品红和金色小菊组成的祥云图案，看上去喜庆热烈、祥瑞和谐。

天安门广场东、西两侧绿地，12根花柱、18个花球及6000平方米花带的花材更换工作昨天全部完成。本市自主培育的小菊品种“绚秋风光”（黄色）和“绚秋瑰华”（粉色）在两侧绿地内大规模亮相。和过去采用的引进菊花品种不同，这两种小菊不需要人工干预花期，就能保证国庆期间自然绽放，不仅保证了花期效果，还大大节约了生产成本。这也是天安门摆花历史上，首次用自育小菊全面替代洋菊花。

“今年花坛进场施工时间只有7天，为历年来最短。”现场负责施工的北京市花木有限公司相关负责人介绍，施工时间压缩得益于3D打印等先进技术的应用。花坛的骨架安装工艺得到优化了，施工的精准度提高了。另外，立体花坛穴盘苗和平花穴盘苗的插制工作，今年也全部安排在场外完成。

复兴门到建国门之间，10处立体花坛也于昨天全面竣工。复兴门东北角“光辉历程”花坛，以纪念长征胜利80周年为题材，花坛中镌有毛泽东诗句《七律·长征》全文。东单东南角的“丝路金桥”花坛以赵州桥为主景，桥长28米，高6米，用两万块“绿柏”做成“金砖”搭建，“金砖”内镶嵌着“一带一路”沿线80多个国家的国花。东单东北角“协调发展”花坛，由京津冀三地的标志性景观——天坛祈年殿、解放桥和大境门组成，有机地将北京、天津和河北联系在一起。

长安街沿线绿地，新增了25万平方米的地栽花卉。串儿红、小菊等红、黄色调的花卉是主角，大面积栽种，营造出色彩明艳的花坛、花带。二、三、四环路，万泉河路、莲石路、西外大街等联络线以及公园、绿地、广场、路口、立交桥等重要节点，国庆花卉景观布置也陆续完成。全市以地栽花卉为主，容器花卉和立体花坛为辅，共摆放立体花坛200多处，使用各种鲜花1500多万盆。

◀昨天上午，国庆天安门广场祝福祖国中心花坛摆放完成，正式与中外游客见面。

▼西单路口西北角“喜庆丰收”花坛以喜庆的卡通蔬菜为主景，游客直夸“萌萌哒”。

本报记者 孙戉摄

▲ 2016 年 9 月 26 日，《北京日报》5 版。图为“祝福祖国”大花篮造型

天安门广场及长安街沿线花卉布置方案公布

广场摆花规模不突破往年

GPS定位摆放巨型牡丹

▲ 2014 年 9 月 17 日，《北京日报》5 版

除广场中心花坛使用“祝福祖国”巨型大花篮，广场东西两侧绿地依然分别布置6根花柱、9个花球及花带外，天安门广场东、西侧路以及天安门两翼地区，均不再进行容器花卉布置。天安门广场LED屏和人民英雄纪念碑周围的花卉布置，无论是数量还是摆花规模都相应缩减。（2013年9月10日，《北京日报》5版《市属机关门前不摆大型花坛》）

此后，国庆用花一直秉承节约理念。2014年，天安门广场及长安街沿线花卉布置发布会上确定，摆花规模不会突破往年，其中很多花材将循环利用。（2014年9月17日，《北京日报》5版《广场摆花规模不突破往年》）

2016年国庆节，能让花坛模型更精准的3D打印、扫描技术在花坛设计中全面应用，节省了大量人力、物力。同时，天安门广场花坛布置首次用我国自主培育的13个新品种菊花全面取代国外引进的菊花。这些菊花的生长周期缩短了三分之一，且有一半新品种能在9月25日左右自然开花，无须再做短日照的催开处理，大大减少了花材的筹备成本。（2016年9月9日，《北京日报》5版《“祝福祖国”大花篮国庆再亮相》）

# 那些年，全民同做广播操

历史资料 ▪ 京报集团图文数据库 ▪ 新华社

文 ▪ 贾晓燕

伴随着生活水平的提高，越来越多的人开始注重体育锻炼，厉害的敢跑马拉松，再不济也要每天在微信运动里拼个步数，这劲头令人联想到昔日的广播体操。上世纪五六十年代，广播一响，千百人便同时做操，这道独特的风景不仅是我国群众体育运动的缩影，对很多人来说也是一段温暖的记忆。

## “辣椒操”变身首套广播体操

“发展体育运动，增强人民体质……大家来做广播体操……”在上世纪五六十年代，每到课间或工间，收音机里，机关大院、厂矿企业的大喇叭里，就会响起这种亲切的呼唤。那千百人一同做广播操的盛景，上了岁数的人至今记忆犹新。

早在1949年9月21日，全国政协第一届会议召开并通过的《中国人民政治协商会议共同纲领》中便规定，要“提倡国民体育”。可当时我国的体育事业毫无基础可言。偌大一个北京城，只有一座正规的体育场——1937年修建的先农坛体育场。除此之外，连一个带看台的篮球场都没有。（2008年7月15日，《北京日报》14版、15版《广播体操——半个世纪的全民健身记忆》）

1950年底，中华全国体育总会筹委会收到一份报告。报告是我国首支体育代表团成员杨烈从苏联考察回来后递交的，她建议新中国学习并效仿当时苏联的“劳卫制”（即

▲ 1975 年，北郊木材厂的职工在做广播体操（司马小萌 / 摄）

广播体操
——半个世纪的全民健身记忆（上）

发展体育运动增強人民体质

广播体操
——半个世纪的全民健身记忆（下）

从小锻炼身体好
cong xiao duan lian shen ti hao

▲ 2008年7月15日，《北京日报》14版、15版

“准备劳动与保卫祖国体育制度”），创编一套全民健身操。由于她这个建议与国家“把发展群众体育运动放在首位”的思路不谋而合，很快便得到了批准。

后来，杨烈求助同在中华全国体育总会筹委会的同事刘以珍。刘以珍是北京师范大学体育系科班出身、曾学过日本体操的专业人才。早在上大学期间，她就开始做一种“辣椒操”，还曾经在全校做过推广。

所谓“辣椒操”，就是一种从日本引进的、有音乐伴奏的徒手操。1928年，日本人颁布了日本第一套全民健身操，这套操是通过广播电台播放的音乐指挥大家一起做的。因为广播电台覆盖面非常大，所以全国各地的人都可以在同一时间、不同地点收听广播音乐做体操。所以，这种体操也被叫作“广播体操”。随着来华日本人的增多，“广播体操”被带到中国。日语“广播”的发音，非常类似汉语的“辣椒”，很多中国人便把这种体操称作“辣椒操”。

在“辣椒操”的基础上，刘以珍创编出了新中国第一套广播体操，并为其配上了文字说明。她还请来著名的体育教育家、清华大学体育老师马约翰做这套操图解上的模特。

1951年11月24日，中华人民共和

▲ 1963 年，朝阳区新华书店门市部工作人员到工人体育场零售第四套广播体操挂图（冯文冈 / 摄）

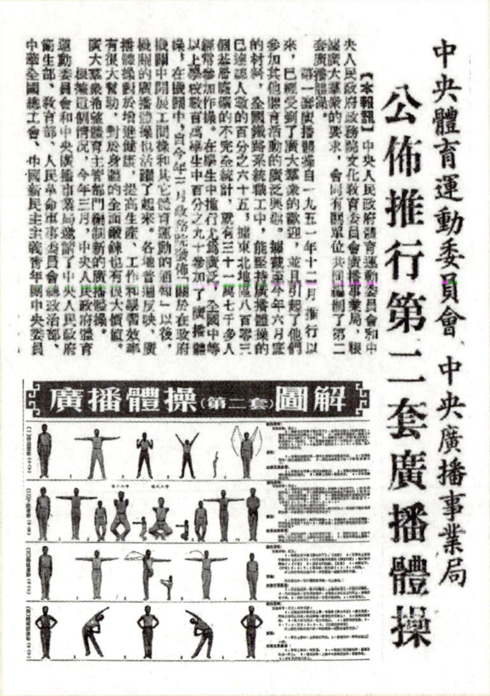

# 中央體育運動委員會、中央廣播事業局公佈推行第二套廣播體操

【本報訊】中央人民政府體育運動委員會和中央人民政府政務院文化教育委員會廣播事業局，根據廣大羣衆的要求，會同有關單位共同編制了第二套廣播體操。

第一套廣播體操自一九五一年十二月推行以來，已經受到了廣大羣衆的歡迎，並且引起了他們參加其他體育活動的廣泛興趣。據截至今年六月底的材料，全國鐵路系統職工中，能堅持廣播體操的已達該系統職工人數的百分之六十五；據東北地區八百零三個基層廠礦的不完全統計，就有三十一萬七千多人經常參加作操。在學生中推行尤爲廣泛，全國中等以上學校教育爲學生中百分之九十參加了廣播體操。在機關中，自今年二月政務院發佈「關於在政府機關中開展工間操和其它體育運動的通知」以後，機關的廣播體操也活躍了起來。各地普遍反映，廣播體操對於增進健康，提高生產、工作和學習效率有很大幫助，對於身體的全面鍛鍊也有很大價值。

廣大羣衆希望體育主管部門繼續制新的廣播體操。根據這個情況，今年三月，中央人民政府體育運動委員會和中央廣播事業局邀請了中央人民政府衛生部、教育部、人民革命軍事委員會總政治部、中華全國總工會、中國新民主主義青年團中央委員

廣播體操（第二套）圖解

▲ 1954 年 7 月 31 日，《北京日报》2 版、5 版

# 大家都来做第四套广播体操

社论

在这大好春光、锻炼宜人的好季节，第四套广播体操应时诞生了。它給推行了将近十二年的广播体操，增加了新的内容。第四套广播体操内容新颖，形式活泼，做起来，能促进健康，又饒有兴趣。

从解放以来，在党的关怀下，群众性的体工前、工間、工后和課間都能做。做起来，既不需要服装器材，也不受场地設备的限制，广场、庭院甚至过道，都是做操的場合。只要坚持做下去，对身体确实很有益。现在公布的第四套广播体操，同以前公布推行的第一、二、三套广播体操一样，也是根据人身的四肢和躯干等主要部位，注意到鍛炼实效編制的，不同的是比前三套增加了一节，共有九节活动，使活

▲ 1963 年 4 月 18 日，《北京日报》1 版

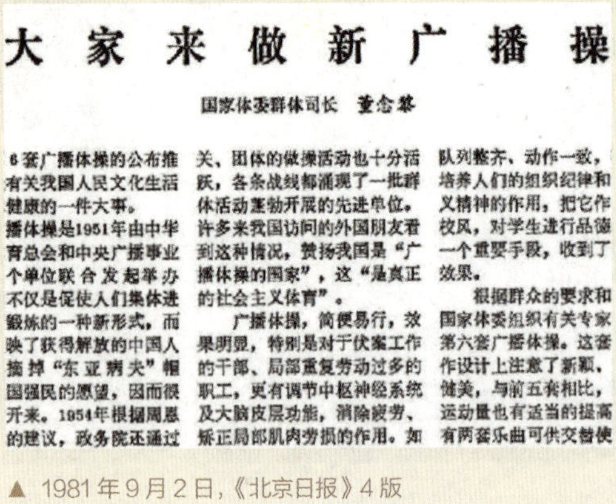

# 大 家 来 做 新 广 播 操

国家体委群体司长　董念黎

6套广播体操的公布推有关我国人民文化生活健康的一件大事。

播体操是1951年由中华育总会和中央广播事业个单位联合发起举办不仅是促使人们集体进锻炼的一种新形式，而映了获得解放的中国人摘掉“东亚病夫”帽国强民的愿望，因而很开来。1954年根据周恩的建议，政务院还通过关、团体的做操活动也十分活跃，各条战线都涌现了一批群体活动蓬勃开展的先进单位。许多来我国访问的外国朋友看到这种情况，赞扬我国是“广播体操的国家”，这“是真正的社会主义体育”。

广播体操，简便易行，效果明显，特别是对于伏案工作的干部、局部重复劳动过多的职工，更有调节中枢神经系统及大脑皮层功能，消除疲劳、矫正局部肌肉劳损的作用。如队列整齐、动作一致，培养人们的组织纪律和义精神的作用，把它作校风，对学生进行品德一个重要手段，收到了效果。

根据群众的要求和国家体委组织有关专家第六套广播体操。这套作设计上注意了新颖、健美，与前五套相比，运动量也有适当的提高有两套乐曲可供交替使

▲ 1981 年 9 月 2 日，《北京日报》4 版

国的第一套广播体操正式颁布。这一天，由中华全国体育总会筹委会、中央人民政府教育部、卫生部、中央人民政府人民革命军事委员会总政治部等九家单位联合发出了《关于推行广播体操活动的通知》。12 月 1 日，中央人民广播电台第一次播出了《广播体操》的音乐。

## 《新四军军歌》作者为首套操谱曲

首套广播体操创编出来后，还要给动作配上音乐。有人向刘以珍推荐了著名作曲家何士德，何士德曾经谱写过雄壮的《新四军军歌》，请他来谱曲自然合适不过。

但是，让音乐和体操动作完美地结合在一起，不是件容易的事。因为一首好的音乐作品有自己的节奏，而且要非常连贯，但是广播体操动作是分节的，一节和一节之间要有停顿，从配乐的角度讲必须有区别，做操的人才能听得明白。而且，给广播体操配乐的时候，编操的人要求动作做到几分几秒完成，音乐到了几分几秒也必须有一个停顿。所以，让体操动作和音乐完全合拍，是录制工作中最大的难题。

以后来的第五套广播体操为例，中央

乐团的音乐家们录音时，乐团和工作人员七八十人，愣是录了三四个通宵才完成。

可惜，第一套广播体操的音乐今天已经难觅踪影。

## 全民同做一操成盛景

1952 年，毛泽东主席提出“发展体育运动，增强人民体质”的号召，得到全国人民的热烈响应。广大工人、战士、学生和机关干部做广播体操的人数逐步增加，这项运动也成为一项广泛的群众性体育活动，对增强人们的体质，提高生产、工作和学习效率，活跃生活，起了很大的作用。（1963 年 4 月 18 日，《北京日报》1 版《大家都来做第四套广播体操》）

一位老市民回忆：当时政府机关和厂矿企业一般都有工间操，学校有课间操，军队也有出操制度。中央人民广播电台从早晨六点半起，一上午就播好几次广播操乐曲。那时候，学校出操率接近 100％，厂矿企业也有 80％以上的人做操。在工人体育馆和北京体育馆还经常搞广播操比赛，人们做操的积极性非常高。

1954 年 3 月，根据周恩来总理的建议，政务院通过了《关于在政府机关中开展工间操和其他体育运动的通知》，规定每天上下午各抽出 10 分钟做广播操，开创了在 8 小时工作时间内，有组织、有领导地集体进行体育锻炼的先例。（1981 年 9 月 2 日，《北京日报》4 版《大家来做新广播操》）

## 平均五六年推出一套新操

第一套广播体操的推广持续了两年多，越来越多的做操者反映，这套操的运动量已不能满足身体需要，纷纷要求编制新的广播体操。

为此，中央人民政府体育运动委员会和中央人民政府文化教育委员会广播事业局约请了中华全国总工会、中国新民主主义青年团中央委员会、中国音乐家协会等单位及部分体育工作者，于 1954 年 3 月开始，参考上海、天津两地的第二套广播体操初稿，编制了第二套广播体操。（1954 年 7 月 31 日，《北京日报》2 版、5 版）

用广播传媒手段，有组织、有领导地在全国开展做体操活动，成为具有中国特色的一

1973 年，东城区王府井大街职工进行广播体操表演（胡敦志 / 摄）

财贸职工
新广播操
售货员操
会操表演

种体育文化现象。我国自1951年颁布第一套广播体操以来，至今已推出九套，平均五六年推出一套。广播体操现已成为我国普及面最广、参与人数最多、形成民族传统的群众性体育项目，并成为我国体育事业发展和全国人民体育文化生活中的一件大事。

查阅老报纸后发现，每推行一套新的广播操，《北京日报》都会刊登它的图解。1952年，邮电部还发行过一套专题邮票。1955年，这套邮票又进行了再版。（1997年11月10日，《北京日报》3版《大家来做广播体操》）

此后，国家体委又根据不同年龄、不同工作，制定并推行了成年、少年、儿童三套体操，公布推行了适合工人做的钢铁工人操和纺织工人操，大大丰富了广播体操的内容。（1961年12月25日，《北京日报》2版《锻炼身体贵在坚持》）

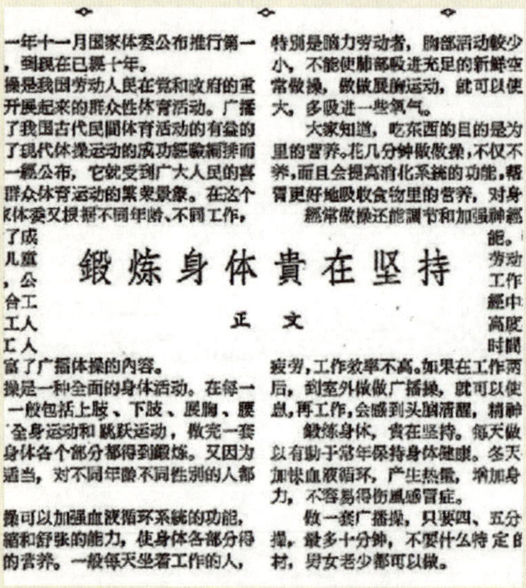

鍛煉身体貴在堅持

正 文

一年十一月国家体委公布推行第一
，到現在已經十年。
操是我国劳动人民在党和政府的重
开展起来的群众性体育活动。广播
了我国古代民間体育活动的有益的
了現代体操运动的成功經驗編排而
一經公布，它就受到广大人民的喜
群众体育运动的繁荣景象。在这个
家体委又根据不同年龄、不同工作，
了成
儿童
，公
合工
工人
工人
富了广播体操的內容。
操是一种全面的身体活动。在每一
一般包括上肢、下肢、展胸、腰
全身运动和跳跃运动，做完一套
身体各个部分都得到鍛煉。又因为
适当，对不同年龄不同性别的人都

操可以加强血液循环系統的功能，
縮和舒张的能力，使身体各部分得
的营养。一般每天坐着工作的人，

特別是腦力劳动者，胸部活动較少
小，不能使肺部吸进充足的新鮮空
常做操，做做展胸运动，就可以使
大，多吸进一些氧气。
大家知道，吃东西的目的是为
里的营养。花几分钟做做操，不仅不
养，而且会提高消化系統的功能，帮
胃更好地吸收食物里的营养，对身
經常做操还能調节和加强神經
能。
劳动
工作
經中
高度
时間
疲劳，工作效率不高。如果在工作两
后，到室外做做广播操，就可以使
息，再工作，会感到头腦清醒，精神
鍛煉身体，貴在堅持。每天做
以有助于常年保持身体健康。冬天
加快血液循环，产生热量，增加身
力，不容易得伤風感冒症。
做一套广播操，只要四、五分
操，最多十分钟，不要什么特定的
材，男女老少都可以做。

▲ 1961年12月25日，《北京日报》2版

广播体操音乐上午10时下午3时分别播出

国有企业要100%参与工间操

▲ 2010年8月9日，《北京日报》6版

## 久违的工间操又回来啦

“文革”期间，广播操和其他体育活动基本上停止了。“文革”以后，虽然有些恢复，但开展的面仍很小，机关职工健康状况不够好，患慢性病的人开始多起来。

1980年8月，市政府发出通知，批

转了市体委《关于恢复机关工间操和其他体育运动的请示》报告，要求各机关切实开展好工间操和其他体育运动，增强职工体质。

尽管有一些单位坚持不懈地做广播体操，但广播体操的声音还是越来越少，跟着做的人也越来越少，到1995年，全市做操的单位已不足20%。(1995年8月31日，《北京日报》第5版《广播体操：愿盛景重现》)专家分析，这是社会变革后，工作节奏紧张；一些厂矿转产、倒闭，职工下岗；各种小型运动方式分散人们注意力等多种因素造成的。

2003年，本市推出了5套工间操。此后，工间操又发展出20多种花样，多了融合体操、舞蹈、音乐于一体的双环操、专为女职工设计的很有时尚感的瑜伽健身操，以及专为办公室经常用电脑的白领设计的"座椅太极"。

按照市总工会要求，2011年全市职工参与健身活动比例应达到60%以上，国有企业参与工间或工前操活动应达到100%，机关事业单位应达到70%，工间操的开展情况成为各单位一把手的考核指标之一。(2010年8月9日，《北京日报》6版《国有企业要100%参与工间操》)

北京恢复工间操，成了外媒关注的热点。在太庙举行的3000名职工同做工间操的活动上，泰晤士报、英国卫报、路透社、美国全国广播公司等7家外媒主动要求采访报道。台湾和香港也有5家媒体来到现场。(2010年8月11日，《北京日报》5版《境外媒体关注北京恢复工间操》)

时至今日，"全民同做一操"的盛景或许不会再重现，但只要广播体操能提醒各单位切实重视职工的健康状况，能唤醒更多人的健康意识和健身习惯，便是其价值所在。

## 九套广播体操公布时间

| | | | |
|---|---|---|---|
| 第一套广播体操 | 1951年11月 | 第六套广播体操 | 1981年9月 |
| 第二套广播体操 | 1954年7月 | 第七套广播体操 | 1990年5月 |
| 第三套广播体操 | 1957年11月 | 第八套广播体操 | 1997年6月 |
| 第四套广播体操 | 1963年4月 | 第九套广播体操 | 2011年8月 |
| 第五套广播体操 | 1971年9月 | …… | …… |

# 戴上小黄帽这 30 年

历史资料 · 京报集团图文数据库

文 · 汪丹

1987 年，“小黄帽”从崇文区诞生，后被推广到全市乃至全国。如今，“小黄帽路队制”仍是小学生安全行路的重要保障，让我们重温“小黄帽”走过的这 30 多年。

## 北京街头首现小黄帽

小虎骑车带着小胖上街，结果撞在路边的一棵树上，两人头上都鼓起一个大包——这是 1988 年由北京市小学生创作的一幅漫画，上面用稚嫩的笔迹写着“骑车带人危险”。

据统计，从 1985 年到 1988 年，北京市共有 67 名小学生死于交通事故，413 名小学生因交通事故致伤残。

1987 年 12 月的一天，崇文区 50 名小学生统一戴上小黄帽，排着整齐的队伍走出校门。队首的同学举一面小黄旗，队尾的同学举一个“让”字牌。自此，崇文区成为北京市“小黄帽”的发源地。小学生头戴被誉为“幸福帽”“安全帽”的小黄帽，并在上下学途中整齐列队过马路，这就是后来风靡全市的“小黄帽路队制”的前身。

说到“小黄帽”，不得不提到一个人——崇文门交通岗岗长朱国兴。1987 年，他偶然在交通杂志上看到一条消息：日本为解决小学生过马路的安全问题，为他们戴上了特制的小黄帽。朱国兴心想，要是给常在自己岗边通过的崇文区上三条小学的孩子们也戴上小黄帽，提醒过往司机和骑车人注意，那孩子们就安全多了。

朱国兴的这个想法，迅速得到了崇文门交通岗同事的响应。1987年12月，在上三条小学和北京市文化用品公司体育用品采购供应站的支持下，首批小黄帽出现在北京街头。（1988年5月29日，《北京日报》2版《为了孩子们的安全》）

据1987年12月20日《北京晚报》14版报道，看到崇文区50名小学生戴小黄帽安全过马路的消息后，一些学生家长纷纷来信来电，希望大街上出现更多的“小黄帽”。家住木樨地的读者宋希敏来信说，她的孙子在实验二小上学，上学下学都要过马路，如果也能戴上这种小黄帽就安心多了。

## 亚运会助推“路队制”

1989年9月18日，北京市正式实行“小黄帽路队制”。首批10万名小学生过马路时头戴用反光材料制作的交通安全帽，即小黄帽，并在路队的头和尾打出写有“让”字的交通安全牌和交通安全旗。小黄帽上印有“安全”一词的汉语拼音，三角形安全旗为红黄绿三色，安全牌为黄底且两面都用中英文标明“让”字。

据《北京日报》报道，这一做法是经市政府批准实行的。时任北京市交通安全委员会副主任、市公安交通管理局局长程

交通民警想了个好主意　社会关心小学生交通安全

崇文区上头条小学

**50名小学生戴小黄帽安全过路**

本报讯（记者张雪梅）今天清晨，在崇文门东大

每日新闻 采风录

叔送给我们的。”

近年来，本市的交通状况尽管有很大改善，但上下班时间交通要道人多车多，小学生单独过马路还是让人放心不下。今年

京市文化用品公司文体用品采购供应站的支持。今天，崇文区上头条小学四年级的50名小学生在上学路上戴起了小黄帽。学校老师和孩子们的家长

都说，这做真不错我碰上了去上学的个小学生

一位名叫赵晖的小学说：“黄帽沿就像唐老的嘴，司机叔叔一定看见。”他们说着，着，走过人行横道，上去了。

▲ 1987年12月7日，《北京晚报》14版

**希望街头上出现更多的小黄帽**

小学生家长投书本报

本报讯（记者张雪梅）本报12月7日报道了崇文区上头条小学50名小学生戴小黄帽安全过路的消息后，记者陆续接到了一些学生家长的来信和电话，对这种做法表示赞同并希望加以推广。

家住木樨地的读者宋希敏来信说，她的孙子在实验二小上学，上学下学往返都要过马路，她经常提心吊胆，坐卧不安地等待孩子回家。如果也能戴上这种小黄帽，就能安心多了。因为小学生戴上小黄帽对交通民警、司机及骑自行车的同志都方便。另外，在来信中一些家长还希望全社会都来关心小学生的交通安全问题。读者曾维健同志在信中写道：“我们的孩子在东交民巷小学上一年级，从家到学校要横穿两条马路。有些司机同志很通情达理，见到孩子们就注意减速。可也有的司机却照开不误，甚至把孩子们挤在街心无所适从。从孩子入学后，我们最担心的就是他们的交通安全……”家长们都在为各自孩子的交通安全担心，他们愿让大街上出现更多的小黄帽。

▲ 1987年12月20日，《北京晚报》14版

办法，做着许多有益的事情……

培养孩子们的交通安全意识

带着小胖上街。结果撞在了路边的一棵树都鼓起了一个大包。这幅幼拙的笔下产生了孩子们的阵阵笑声，画上写着：骑车带

朱想：“要是给常在自己岗边通过的崇学的孩子们也戴上小黄帽，提醒司机和意，那孩子们可就安全多了。”小朱把岗同志一说，很快得到响应。他们积极条小学领导和北京市文化用品公司体育站的热情支持下，在去年十二月份就把

**为了孩子们的安全**

记和家长们一样操心的交通干警

吴雄新　张景春

交通规则现象的小作品中的一幅。为了离交通民警动脑筋、想办法，这些漫画就是配合区教育局为孩子们布置的假期交通安

养孩子们的交通安全意识，宣武交通大队宣传民警，协助负责全区89所小学4万多名安全教育工作，根据小学生特点进行交通教育。去年初，交通大队配合区教育局在生放学路队制，保证孩子们平安到家。全区没发生过一起小学生交通死亡事

孩子们喜爱的

初春，海淀交通大队友谊宾馆岗的区的立新小学校开展警民共建活动。为么活动好呢？民警们动开了脑筋，最后整理一套适合孩子们“口味”的小教材把平时积累的宣传材料和事故录像汇编讲给孩子们听，放给孩子们看。孩子们交通违章，有哪些危害，并掌握了正确法。警爱民，民爱警，随着时间的流逝

▲ 1988年5月29日，《北京日报》2版

在“首都青少年交通法规宣传活动暨‘亚运交通岗’上岗检阅仪式”上

**首都少先队员致社会各界的一封信**

1990年6月10日

▲ 1990 年 6 月 11 日,《北京日报》1 版

保证亚运期间良好交通秩序

**四十七万小学生戴上小黄帽**

本报讯　随着本市476000多名小学生戴上交通安全小黄帽，小黄帽路队制已在全市18个区县推广开来。

日前，副市长兼市公安局局长苏仲祥在全市小学生小黄帽路队制先进单位表彰大会上说，从去年9月16日本市开始推行“小黄帽路队制”活动以来，许多小学生把它比喻为“幸福帽”、“安全帽”。他说，为保证首都在亚运会期间有一个良好的交通秩序，我们要以抓好小黄帽路队制为主线，把对小学生的道德风尚教育和法制教育工作向前大大推进一步。

会上受到市教育局和市公安交通管理局联合表彰的全市100所小黄帽路队制先进小学向全市少先队员发出了倡议书，倡议全市的少先队员积极行动起来，搞好首都的交通秩序，以实际行动当好小小东道主，为亚运增光、添彩。（陈维光、邹凤学）

▲ 1990 年 6 月 25 日,《北京日报》1 版

**过马路**

交通规则要记牢，
出门戴好小黄帽。
走路要走人行道，
横穿马路要看好。
红灯停，绿灯行，
先左后右仔细瞧。

▲ 1996 年 9 月 30 日《北京日报》小苗版的“安全儿歌大家唱”栏目中，刊登了一首为“小黄帽”们创作的儿歌《过马路》

毅介绍，这是保障小学生交通安全的一项重要措施，还能培养小学生养成自觉遵守交通法规的良好习惯和道德风尚。（1989 年 9 月 17 日,《北京日报》1 版《明起十万小学生戴小黄帽》）

而此时的北京，正在经历一场迎接 1990 年亚运会的热潮。借此良机，北京市教育局和市公安交通管理局联合发出通知，在小学校中开展“迎亚运，坚持路队制先进校”的活动。

1990 年的北京街头，看到许多学童戴着漂亮的小黄帽时，谁会想到这些帽子的生产厂家竟是一所智障儿童学校的校办工厂。小黄帽的设计出自一位青年妇女之手，她就是培智中心学校天坛衣帽厂的厂长、共产党员康云英。1990 年亚运会期间北京需要赶制一大批小黄帽，康云英领导的仅有 15 人的校办工厂在众多竞争者中脱颖而出，一举中标，并出色完成制帽任务。（1991 年 6 月 4 日,《北京日报》5 版《京城处处飞“黄花”》）

截至 1990 年 6 月，北京市有 47 万余名小学生戴上了小黄帽，“小黄帽路队制”也在全市 18 个区县得到成功推广。（1990 年 6 月 25 日,《北京日报》1 版《四十七万小学生戴上小黄帽》）

当月 11 日,《北京日报》在头版刊登了一封首都少先队员致社会各界的信：“亲

爱的爷爷、奶奶、叔叔、阿姨和同学们：你们好！在北京街头，你们经常看到一队队戴小黄帽的小学生排着整齐的队伍在路边行走……这就是我们'小黄帽交通安全小队'的同学们……办好亚运会，我们是东道主，优良交通秩序是亚运的生命线。我们的小手要和你们拉在一起，共同为第十一届亚运会做出新的贡献。"（1990 年 6 月 11 日，《北京日报》1 版《首都少先队员致社会各界的一封信》）

## 小学生交通事故逐年减少

数据统计，与 1989 年相比，1990 年北京市小学生交通死亡率下降 33.3%。随着"小黄帽路队制"的实行，发生在小学生身上的交通事故逐年减少。1992 年，因交通事故死亡的小学生仅 6 人，而在 1989 年，这一数字为 15 人。（1993 年 7 月 20 日，《北京日报》6 版《本市小学生交通事故减少》）

孩子们的交通安全得到了保障，他们也自告奋勇，当上了首都交通安全的"小小带头人"。

"叔叔、阿姨，请您自觉遵守交通法规，和我们'小黄帽'一起当维护首都交通秩序的模范。"1991 年 9 月 14 日早晨，稚嫩的声音在居民楼院里响起，20 万名小学生头戴小黄帽分赴京城各处，为居民们宣传交通安全。神路南街 86 号院马孝老先生听孩子们读完《写给爷爷、奶奶、叔叔、阿姨的一封信》后很是感慨，他当场表态："孩子们给我们做出了榜样，我一定记住你们的话。"

这一天，小学生们共发放各种宣传材料 40 余万份，为北京的交通安全宣传工作做出了贡献。（1991 年 9 月 15 日，《北京日报》1 版《首都二十万小黄帽入户宣传交通安全》）

## 人大代表提案"升级"小黄帽

小黄帽陪伴孩子们安全度过小学生活，它的样子也在不断改变。

1999 年，第二代小黄帽诞生，不仅分为春秋、冬季、夏季三款，还在帽子前侧印上了荧光标志，方便司机在夜间及时发现走在路上的学生。

2005年开学日，北京城区小学一年级新生收到一份特别的入学礼物——第三代小黄帽。这一代小黄帽根据人大代表的提案做出了改进，使用更优质的防缩水面料，增加棉布衬里，佩戴起来更为舒适。（2005年5月26日，《北京日报》7版《小学生9月戴上第三代小黄帽》）

新小黄帽在技术上的改进有20多处，外观变化主要有四点：帽檐上方加了一道红线，更加醒目；除帽子前方外，后方也加了荧光标志，更加安全；将老款的松紧口改成按扣，更加方便；冬天的线帽变成棉帽，更加美观。（2005年9月2日，《北京日报》5版《百万中小学生走进快乐校园》）

当年11月，北京市交管局、市教委举行了小黄帽路队“让”字牌发放仪式，8万个“让”字牌赠给全市51万名小学生，以便有效提醒司机注意避让。（2005年11月10日，《北京日报》7版《8万“让”字牌送给小学生》）

2006年1月，《北京市道路交通安全防范责任制管理办法》正式实行，其中第十一条第四款规定：小学校按照规定落实小黄帽路队制。

几个月后，夏季款小黄帽又迎来了变身。部分小学生的小黄帽绘上了星星和火炬图案，以及“注意安全、珍惜生命”警示语。（2006年3月28日，《北京日报》3版《本市部分小学生5月底佩戴新型“小黄帽”》）

时至今日，“小黄帽”作为小学生的道路“保护神”已存在30年，但亮丽的黄色依然没有改变。“小黄帽”依然根据季节分为春秋、冬季、夏季三款，帽子正前方保留了2006年增设的星星和火炬图案，下面绘制有“安全”一词的汉语拼音，其中夏季款帽子正面两侧还分别增加了红绿两色的警示条。

前后都有荧光 使用防缩水面料 增加棉布衬里

# 小学生9月戴上第三代小黄帽

**本报讯**（记者刘昊）记者昨天获悉，从今年9月开始，城八区小学一年级入学新生将戴上标志更醒目的新一代"小黄帽"。这是18年来，小黄帽的第三代"升级"产品，新小黄帽将印有荧光标志。

据了解，1987年，小黄帽从崇文区诞生，迅速被推广到全市乃至全国。如今"小黄帽路队制"已经成为小学生安全行路的保障。昨天，第一个"小黄帽班"的班主任——原崇文区花市上头条小学教师蒋静芬告诉记者："当时，我们专门举行了一个'授帽'仪式，向全班50名同学发了小黄帽。那天放学的时候大家排着整齐的队伍走出校门，队首的同学举一面小黄旗，队尾的同学举个'让'字。一出校门，路上所有的目光都聚集过来了，街上的车辆都自动停下让行。"

现在北京城区小学生100%都戴上了小黄帽，郊区县城和公路沿线的学校也向所有学生发放了小黄帽。18年来，小黄帽伴着一批批学生安全度过了小学生活，崇文区已经连续14年未发生一起由学生引起的交通死亡事故。

18年间，小黄帽的样子也发生了改变。1999年，第二代小黄帽诞生，不仅分为春秋、冬季，夏季三款，还在帽子上印上了荧光标志，即使在夜间，司机也能发现路上的学生。现在，第三代小黄帽又即将面世了。根据人大代表的提案，新的小黄帽在帽前和帽后都印上了荧光标志，使用更优质的防缩水面料，增加了棉布衬里，戴起来更舒适。今年9月第一批4万顶小黄帽就将发到一年级新生手中。 BJ063

▲ 2005年5月26日，《北京日报》7版

# 8万"让"字牌送给小学生

**本报讯**（通讯员杨国平）今后，本市小学生上、下学途中除了头上戴有醒目的黄色安全帽外，队伍前又多了一个醒目的"让"字牌。昨天，市交管局、市教委在交通大学附小举行了小黄帽路队"让"字牌发放仪式。

据了解，小黄帽路队制活动从1989年开展至今，已经历16年，小黄帽路队制越来越得到社会各界的认同与支持。让小学生列队行进时举起一块醒目的"让"字牌，可以有效提醒驾驶员注意避让小学生。据悉，此次发放的8万个"让"字牌，是丰田汽车公司赠送给全市51万小学生的。 BJ067

◀昨天，交通大学附小的学生在展示刚刚获赠的"让"字交通牌。 新华社记者 陈建力摄

▲ 2005年11月10日，《北京日报》7版

绘有星星火炬图案 绣制安全警示语

# 本市部分小学生5月底佩戴新型"小黄帽"

**本报讯**（记者刘昊）"我们要做和平校园的小卫士、平安交通的小标兵……"昨天恰逢第十一届全国中小学生安全教育日，崇文小学四名小学生用稚嫩而洪亮的声音向全国中小学生发出倡议。今年安全教育日的主题是"珍爱生命、安全第一"。教育部部长周济、副部长陈小娅，国家安全生产监督管理总局副局长梁嘉琨，副市长范伯元等出席活动。

每年3月最后一周的星期一被定为全国中小学生安全教育日。据有关方面负责人介绍，"小黄帽"制度开展十余年来，本市中小学生交通安全状况逐年好转，今年4月初到5月底，本市部分小学生将佩戴上新型夏季小黄帽。据悉，这种小黄帽绘有星星火炬等图案，并绣制"注意安全、珍惜生命"等警示语。

"保证师生安全是学校的基础性工作。"范伯元表示，各级各类学校要将安全教育纳入学校日常工作，并针对学生的特点，不断丰富安全教育形式和内容。公安、安监、共青团等有关部门要主动支持和配合学校工作，齐抓共管为中小学生健康成长创造安全与和谐的社会环境。 BJ207

▲ 2006年3月28日《北京日报》3版

# 挂历流行那些年

历史资料 ▪ 京报集团图文数据库

文 ▪ 汪丹

曾经岁末年初，挂历是每家每户的“准年货”，它让家中的年味儿更浓郁，也被当作年节送礼的佳品。在20世纪80年代，墙上的挂历甚至还代表着这个家庭的审美和生活水平。

## “大美人”风靡遭质疑

在挂历发展初期，颇受百姓欢迎的是印着靓丽美女图片的挂历，也被称为“大美人”。那时，斯琴高娃、陈冲、巩俐等明星都曾参与这种挂历的拍摄。“大美人”曾影响了不少人的审美观，也成为他们认识“美”的重要途径。

但“大美人”的风靡，招来了一些质疑声。1980年读者邓献致信《北京日报》，“12月4日，我们到书店想买个1981年的挂历，跑了三里屯、东单、王府井等十多家商店，挂历的画面都是美人像，想找其他画面的，实在太难了。不知有关单位和设计者是怎么想的？”在1982年1月7日《北京日报》“顾客之声”栏目中，读者赵振成、赵奎也对美人像挂历颇有微词。“去年底，我们部队准备买些台历和日历，跑了不少商店都说无货。商店里印有美人像的挂历倒是应有尽有。试问，在部队会议室、战士的营房里能挂这些吗？”读者归侨、杜敏则在1984年的来信中建议：出版、印刷部门多印些首都风光主题的挂历吧！

到了开卖1991年挂历的时候，人们发现挂历内容开始注重创新。其中，有以毛泽东、周恩来、刘少奇、朱德等老一辈革命家珍贵历史照片为内容的“共和国的缔造者”挂历；有以第十一届亚运会亚运场馆、亚运村等宏伟建筑为内容的“亚运之光”挂历；有展现祖国美好山川的“江山如画”挂历。（1990年10月30日，《北京日报》2版《立意脱俗内容求新——1991年挂历市场探访一瞥》）

此时，曾经占尽风光的“大美人”已芳踪难觅。北京胶印厂副厂长高原说：“大美人？过去哪年不印个百八十万本。最多的是1985年，光我厂就印刷了180万本……可今年大美人的挂历还不到5万本……”这一年，领袖人物挂历成了热门，有的很快便脱销。（1991年12月14日，《北京日报》5版《挂历市场走向成熟》）

此后几年，挂历设计者们使出浑身解数，除在画面精美上下功夫外，有的挂历还配上了小诗、警句，甚至设计出香味挂历、黑白挂历等特色产品。但行内人仍感叹，挂历“出新”越来越难了！

## 刹住滥送滥发之风

挂历也带来了“风气”问题。1981年10月12日，北京市政府召集城近郊八

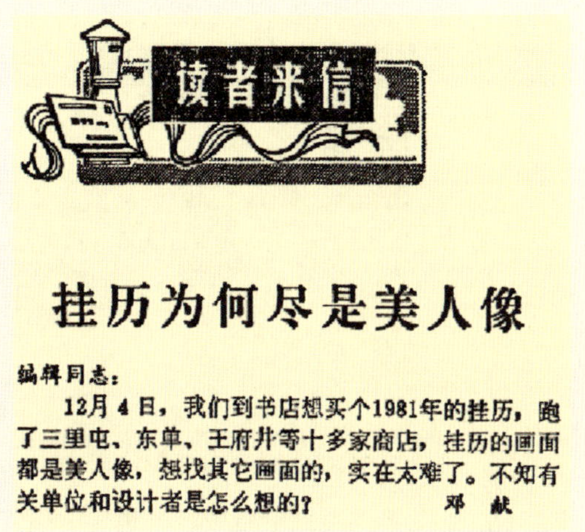
读者来信

挂历为何尽是美人像

编辑同志：

12月4日，我们到书店想买个1981年的挂历，跑了三里屯、东单、王府井等十多家商店，挂历的画面都是美人像，想找其它画面的，实在太难了。不知有关单位和设计者是怎么想的？　　邓　献

▲ 1980年12月27日，《北京日报》3版

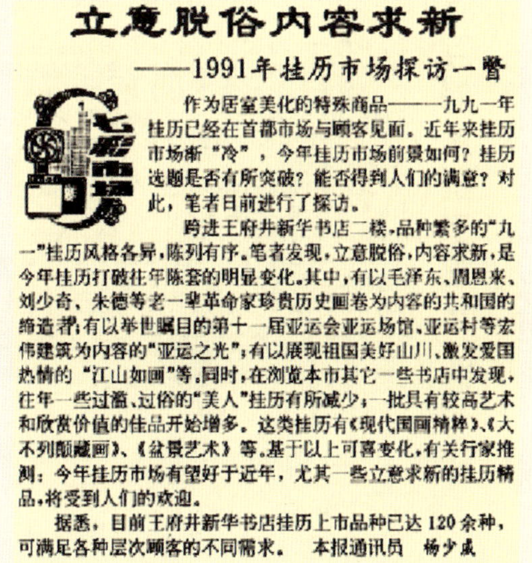
立意脱俗内容求新

——1991年挂历市场探访一瞥

作为居室美化的特殊商品——一九九一年挂历已经在首都市场与顾客见面。近年来挂历市场渐“冷”，今年挂历市场前景如何？挂历选题是否有所突破？能否得到人们的满意？对此，笔者日前进行了探访。

跨进王府井新华书店二楼，品种繁多的“九一”挂历风格各异，陈列有序。笔者发现，立意脱俗，内容求新，是今年挂历打破往年陈套的明显变化。其中，有以毛泽东、周恩来、刘少奇、朱德等老一辈革命家珍贵历史画卷为内容的共和国的缔造者；有以举世瞩目的第十一届亚运会亚运场馆、亚运村等宏伟建筑为内容的“亚运之光”；有以展现祖国美好山川、激发爱国热情的“江山如画”等。同时，在浏览本市其它一些书店中发现，往年一些过滥、过俗的“美人”挂历有所减少；一批具有较高艺术和欣赏价值的佳品开始增多。这类挂历有《现代国画精粹》、《大不列颠藏画》、《盆景艺术》等。基于以上可喜变化，有关行家推测：今年挂历市场有望好于近年，尤其一些立意求新的挂历精品，将受到人们的欢迎。

据悉，目前王府井新华书店挂历上市品种已达120余种，可满足各种层次顾客的不同需求。　　本报通讯员　杨少成

▲ 1990年10月30日，《北京日报》2版

摄影、风光、花卉、体育、卡通……群芳竞妍

# 挂历市场走向成熟

本报记者 赵青 毛京 通讯员 王焕章写文 叶用才 李继辉摄影

“大美人”的衰退与“改头换面”

▲ 1991年12月14日，《北京日报》5版

市人民政府开会要求

## 坚决刹住互赠挂历不正之风

和有关部、委、局负责同志开会，传达贯彻国务院
厅关于刹住国内互赠挂历不正之风的紧急通知，并
补充规定。

会议指出，国务院在1971年就明确规定，在国
准赠送月历、年历。但是，这几年仍然有一些单位
这一规定，并且把赠送挂历作为“走后门”、拉关
一种手段。这样做，不仅要浪费国家大量纸张和资
而且会助长社会上的不正之风。今后，凡是为了赠
内单位和个人的月历、年历，一律不准印刷。已经
的，应转售给商业部门供应市场；尚未印刷的一律
印。需要对国外赠送月历、年历的，或者需要用挂
广告进行宣传的，主办单位必须把美术设计、赠送
和印刷份数等，报经主管领导部门批准后，才能付
印刷份数要严格控制，多余的必须转给商业部门出
不得内部分发。

凡是非经营单位印刷的月历、年历，又不属于
外赠送和进行广告宣传的，一律经北京市出版事业
局审查，内容无问题的，统交文化用品公司代销。
省市印制的月历、年历，原则上由委印单位与当地
部门联系，请当地商业部门协助就地处理。属于对
赠送或用作广告宣传的月历、年历中多余部分需转
业部门出售的，也按以上规定办理。

会议要求，各区县对所属单位今年印制的月
年历的情况，立即进行一次检查，按照规定进
理。

▲ 1981年10月13日，《北京日报》1版

个区和有关部、委、局负责人开会，传达贯彻国务院办公厅关于刹住国内互赠挂历不正之风的紧急通知。当时的情况是，不少单位把赠送挂历作为“走后门”、拉关系的一种手段。

北京市政府做出指示，凡是为了赠送国内单位和个人的月历、年历、挂历，一律不准印刷。已经印好的，应转售给商业部门供应市场；尚未印刷的一律停印。随后，一些机关和单位纷纷响应，把“不准用公款印制、购买挂历送人”列为纠正吃喝等不正之风的措施之一。（1981年10月13日，《北京日报》1版《坚决刹住互赠挂历不正之风》）

但没过两年，有些单位又在挂历上做起文章。在自制挂历上印着单位名称或生产的产品，名曰宣传产品、做广告，却送到了本单位职工的手中。

1983年12月1日，《北京日报》在头版发表署名为“一言”的文章，其中谈及：“党和国家的干部，不想着职工的利益是不对的。但是怎样才能使职工得到利益和好处？最根本的一点是按着党的路线把生产搞好……但有些单位领导的着眼点不是努力发展生产，而是巧立名目，滥发实物和‘现金补贴’，连作为时间象征的挂历也成了一种‘职工福利’。”

这篇言辞犀利的文章指出，挂历之事

看来是小事，其实危害很大：一是直接给国家造成了经济损失；二是腐蚀了职工队伍，助长了部分人的贪图国家便宜的个人主义思想；三是败坏了党风和社会风气。因此，滥发挂历之风也应在边整边改之列。（1983 年 12 月 1 日，《北京日报》1 版《莫把挂历当“福利”》）

一些学校也认识到挂历赠送之风的弊端。1990 年 12 月，署名为“建新”的读者给《北京日报》写信称，宣武师范附属第一小学校长向全体家长倡议：今年一律不给学校干部、教师送挂历。（1990 年 12 月 13 日，《北京日报》2 版《寒冬未尽春风来》）

1994 年 12 月，西城区棉花胡同幼儿园在门口黑板上写着：“临近年终，请家长们不要给老师送挂历和纪念品，教育好孩子是我们每一位老师的职责。”（1994 年 12 月 4 日，《北京日报》1 版《棉花胡同幼儿园公告不收挂历》）

## 挂历包书皮一度受宠

20 世纪90 年代初，挂历从墙上“走”了下来。

1990 年，一种“挂历包”出现在北京街头。许多北京人把前一年家中的旧挂历制作成简易手提袋，出门时随身携带，

莫把挂历当「福利」

一言

旧岁之末，新年之初，设计精美的各式挂历在市场上应时而生。它既实用，又是艺术品，自然被人们所喜爱。国家为了满足人们的这种需要，安排了专门工厂进行生产，需要者到市场上购买就是了。

但是，有些单位的领导，却在挂历问题上做起文章来。前几年，大量印制挂历的风很盛，后来刹了刹，好了一些。今年这股风似乎又有点抬头：一些本来不承担供应市场挂历任务的工厂、单位，正在花大笔钱印制漂亮的挂历。显然，他们的直接目的不是为了投放市场，而是有别的用途。

有什么用途呢？他们说，是为了宣传自己的产品，沟通经济信息，把经济搞活，这有什么不好呢？你看，挂历上不是印着我们单位的名字和我们厂的产品吗？宣传产品，做广告，自然无可非议。既然印挂历是为了做广告，那就该经过正常的途径，把它送到你们产品的用户手里，真正达到使产品使用者了解你的产品的目的。而事实上，许多单位却不是如此。在他们堂而皇之的借口下面，另有一番用意，就是想借此给本单位职工搞点好处。

做为党和国家的干部，不想着职工的利益是不对的。但是怎样才能使职工得到利益和好处？最根本的一点是按着党的路线把生产搞好。生产搞好了，经济效益提高了，职工的利益才有了保证。这是建立在发展生产基础上的国家、集体和职工个人三者利益的统一。但有些单位的领导并没有把着眼点放在这里。他们不是努力发展生产，而是巧立名目，滥发实物和“现金补贴”，比如，以发卫生用品的旗号发放高级香皂；以发工作服的名义，发给职工毛料服装；以困难补助为名，发放高级家具、洗衣机、电子手表……而且你追我赶，竞相效尤，大挖国家墙角。在这股歪风邪气的影响下，连作为时间象征的挂历也成了一种“福利”，于是，一些单位把大量的装潢漂亮的挂历分给职工，每个人不是一本，而是几本，甚至更多，这些职工回家后再分送给自己的亲友，有的还拿去和别人搞点“交易”，搞点“关系”。这表明他们所说的“为了宣传产品”的话，是该打一个大大的折扣的。

挂历之类看来是小事，其实危害很大：一是直接给国家造成了经济损失；二是腐蚀了职工队伍，助长了部分人的贪图国家便宜的个人主义思想；三是败坏了党风和社会风气。这正如中纪委就兵器部违反财经纪律所发出的通报中指出的，“这种不正之风来自领导干部，它既违反政纪、党纪，也败坏党风，这是不能容忍的。”

现在整党已经开始，边整边改是我们的方针，也是人们的希望。滥发挂历之风也应该在边整边改之列。

▲ 1983 年 12 月 1 日，《北京日报》1 版

寒冬未尽春风来

建　新

照往年的惯例，新年前夕，家长们就该四下搜罗挂历，准备送给老师。今年，我却提前收到孩子的学校——宣武师范附属第一小学校长给家长的一封信。

信中情真意切地分析了这一惯例到了应该改掉的时候了。他说：“我们要教育学生正确处理人际关系，就要从小知道如何处理好自己和家长、老师及同学之间的关系开始。使他们懂得对老师的热爱要体现在听从老师正确的教育，互相关心和支持上，而不是停留在物质上。再说，家长同志们，你们的孩子还小，用钱的地方很多，不要再为送老师的礼物花钱了。”由此，他向全体家长倡议：今年一律不给学校干部、教师送挂历，给学校的工作提一条宝贵的建议。我读着这封信，心情实在难以平静。

新年佳节，人们互相赠送些小礼品共贺也是人之常情，但是这位校长看到小学生给老师送挂历已经形成一股风气，成为一些家长的负担，他的心便不安了，觉得有必要认真对待了。他不仅给家长写信，而且在老师中进行了充分的酝酿，已经成为全体老师的共同心声。一位家长不听老师的再三劝告、解释，仍把挂历送上门来，这本挂历最后被挂在了教室的墙上，就是这一实情的明证。

在纠正不正之风中，人们担心“说归说，行归行”。而在宣师一附小却变成了不折不扣的严肃行动。他们不用“社会上都这样”的话来开脱、放松自己，随波逐流，他们用园丁特有的爱心守护着校园这块圣洁的土地。他们给社会带来了一股清新的春风。

街头小议

▲ 1990 年 12 月 13 日，《北京日报》2 版

棉花胡同幼儿园公告不收挂历

本报讯（通讯员崔美英）
近，西城区棉花胡同幼儿园
门口多了一块小黑板，上面
着“临近年终，请家长们不
给老师送挂历和纪念品，教
好孩子是我们每一位老师的
出这样一个“告示”，以表老师们对孩子对家长的一片诚意。今年幼儿园的领导又在教师中开展了“纠正行业不正之风从我做起”的活动——谢绝家长送来的挂历和纪念品。这一措施确实给家长减少了麻烦，也避免了孩子之间相互攀比。老师们表示，一等地对待每一个孩子，提高教质量，以优质的工作让们放心，让社会放心。

▲ 1994 年 12 月 4 日，《北京日报》1 版

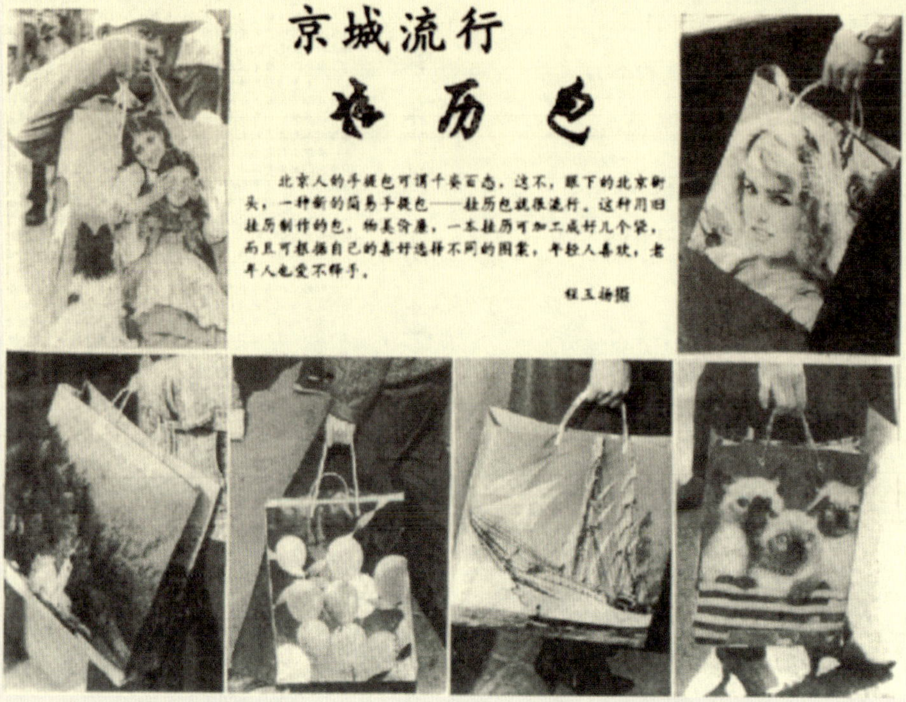

京城流行

挂历包

北京人的手提包可谓千姿百态。这不，眼下的北京街头，一种新的简易手提包——挂历包就很流行。这种用旧挂历制作的包，物美价廉，一本挂历可加工成好几个袋，而且可根据自己的喜好选择不同的图案，年轻人喜欢，老年人也爱不释手。

程玉扬摄

▲ 1990 年 11 月 17 日，《北京日报》2 版

新年将近，一年一度的挂历竞销「大战」日趋激烈，出版门为适应消费者欣赏水平的提高，今年的挂历品种大为增，除风光、动物、国画、摄影等受到欢迎外，一九九三年适毛主席诞辰一百周年，领袖挂历也比较走俏。

本报记者 李士炘摄

▲ 1993 年挂历内容多样。其中，以领袖为主题的挂历较为走俏（李士炘 / 摄）

时尚又环保。一本挂历一般有13大页，可加工成13个手提袋，还可以根据自己的喜好选择不同的图案，不仅年轻人喜欢，老年人也爱不释手。（1990年11月17日，《北京日报》2版《京城流行挂历包》）

除此以外，挂历还有不少用处。有的家庭把旧挂历垫在写字台的玻璃板下，读书、工作时有赏心悦目之感；有的把旧挂历垫在柜子或抽屉里，外观整洁，还有防潮作用；有的用旧挂历给上学的孩子包书皮，厚实、美观，一度成为孩子们炫耀的“资本”。

一本旧挂历对于盲校学生来说，还是最好的盲文纸替代品。1995年，就有单位和企业举办公益活动，发动社会群众为盲童捐赠旧挂历，待装订成盲文纸的标准规格后送到中国盲人协会，分发给北京盲校及全国其他地区盲校的学生。（1995年12月5日，《北京日报》5版《“迎新年，为盲童献爱心”活动将举行》）

## 挂历热“退烧”

尽管挂历市场几度意图重振，但往日的辉煌的确一去不返了。

1988年刚入10月，1989年挂历就迅速入市。然而，人们给予的热情不似当年。挂历受冷落的原因，总结下来大致有几个“先天不足”。一是缺乏艺术性，大部分挂历依旧是老面孔：上边彩色画面，底部几行是年月日。二是缺乏时代感，选题不新。三是挂历价格偏高，从上一年的4—5元涨至8—9元，有的高达16元。（1988年10月28日，《北京日报》2版《1989年挂历“先天不足”》）

北京曾在1990年冬天出现过“挂历大战”的混乱局面：街头张挂着成片的挂历；“买十赠三”甚至“赠六”等变相给回扣的做法在个体书摊上公而告之，为公家采购挂历者有的借机中饱私囊；地下出版商非法出版、批发挂历……

到了1992年底，卖1993年挂历的商户们别说盈利，不赔就算走运了。街头挂历摊打出“买十送十”的广告，也收效甚微。“少说赔了五六千块吧。”美术馆书摊的年轻商户沮丧地说，原本这里是京城卖挂历小有名气的地方。木樨园、交道口等处的挂历摊主也抱怨，要总是这种行情的话以后不敢干了。（1993年1月7日，《北京日报》2版《挂历“山穷水尽”了吗》）

1995年末，北京挂历市场冷冷清清，昔日街头的“挂历长廊”销声匿迹，“买一送

## 1989 年挂历“先天不足”

小调查

刚入10月，1989年挂历便悄然涌入首都市场。书店、商场、街头书摊，到处可览。然而，人们给予的热情却不似当年。近日笔者上街转了转，发现购买者寥寥无几。曾经热闹一时的挂历何以受此冷落？仔细探来，原来有如下几个“先天不足”：

**缺乏艺术性。**许多挂历依旧一副面孔。**缺乏突破性。**“美人”已经滥市，而挂历出版者仍乐此不疲。纵观1989年挂历，品种繁多，“大美人”占了近一半，颇多市俗之气。据了解，目前人们对名家名画、水墨山水等具有较高艺术价值的精品为内容的挂历较有兴趣。人们企盼有更好的挂历问世。

**缺乏时代感。**选题不新，色彩单调，反映不出时代求新与奋进精神，是1989年挂历画面的通弊。难怪有人说，这些挂历只能充作书皮。

▲ 1988 年 10 月 28 日，《北京日报》2 版

## 岁末，挂历市场静悄悄

本报记者　杨晓轩

岁末临近，往年如火如荼的挂历市场如今却平静似水，出人意料地冷清起来。昔日街头的“挂历长廊”销声匿迹，“买一送一”的挂历削价大战也偃旗息鼓。

在素有本市国营经销挂历最大网点之称的花市新华书店，悬挂在店堂中央共130余种挂历，但据售货员刘杰说，这里的挂历品种已比去年少了近一半。经理韩建胜介绍：今年的挂历比往年迟卖了一个月，可销售高峰还是未到。每天挂历销售额比去年下降一半。

在采访中记者还了解到，禁止利用公费购买挂历也是今冬挂历市场冷清的原因之一。新华书店和挂历摊商异口同声慨叹：今年他们没收到几张支票。挂历，十余年来一直是人们岁末互赠礼品的“主角”。看来，今年它不得不退位了。

按理说，限价措施的出台使挂历价格便宜了，受益的应是普通消费者。然而，为什么挂历还是备受冷落呢？

一位消费者说，今年挂历市场富有时代气息和具有审美情趣的挂历太少了。

▲ 1995 年 11 月 23 日，《北京日报》1 版

## 挂历过年透心凉

本报讯（记者胡晖）……年前卖挂历的到处……监”，挂历价格一涨再……比，今年的挂历市场……掀不起什么波澜。记……现，除了一些书店和……市场的少量摊位还……挂历外，其它地方连……的影子都没有。挂历……营者们直言，生意清……再不可能从挂历身上赚到大钱了。

往年一到年底，挂历就成了亲朋间、单位间联络感情的纽带，挂历的花样也变化多端，身价当然不断看涨。而现在，人们对挂历的“感情”发生了变化，挂历不再是家居的必需品，也不再是馈赠的礼品了。新街口北大街一个个体书店的小老板告诉记者，20世纪90年代初挂历正热的时候，一本普通的挂历一上市就能卖到三四十块钱，来买挂历的人摩肩接踵，有的单位一买就是几百份。那时挂历的利润高，不少卖挂历的都暴富了。可是这几年的情形不同了，买挂历的人和单位越来越少，今年到现在为止，库里还剩三分之一呢。每年的“流水”也在减少，现在挂历的利润也越来越薄，有许多卖家现在都转行了。

据了解，因为赚不了钱，早在几年前，北京的出版社就不再生产挂历了，目前北京市场上卖的挂历都是从外地进的，其中以广东、湖南和福建的居多。

有些厂家为了吸客，今年又推出了彩色挂历，色彩比前两年推金箔挂历更鲜艳。所谓挂历，并不是真正用金成的，其实就是在印制时用的染料中添加了金、铜等金属元素，使挂起来金灿灿的，跟用金成的一样。 RJ

胡　晖摄

▲ 2001 年 12 月 5 日，《北京日报》8 版

多”的挂历削价大战也偃旗息鼓。有北京国营经销挂历最大网点之称的花市新华书店，所销售的挂历品种比上一年少了近一半。在知名的甘家口挂历市场，一位个体户苦恼地说：“一天才卖20多本，连本儿都没赚回来。”（1995年11月23日，《北京日报》1版《岁末，挂历市场静悄悄》）

挂历市场的衰落，实际上跟人们生活水平的提高也有关系。曾经挂历的兴起与居室四壁白墙的时代是相适应的，随着室内装潢越来越多样、高档，挂历作为居室装饰物的位置也越来越尴尬了。（1995年11月27日，《北京日报》6版《挂历热，退烧了》）

2001年底，北京仅剩一些书店和批发市场的少量摊位还在售卖挂历。经营者们直言，再不可能从挂历身上赚到大钱。这一切的缘由，或许是因为人们对挂历的“感情”发生了变化，挂历再也不是家庭里的生活必需品和年节馈赠的佳品了。（2001年12月5日，《北京日报》8版《挂历过年透心凉》）

图书在版编目（CIP）数据

温故：北京，那些身边的记忆 / 北京日报《温故》编写组编著. — 北京：北京日报出版社，2019.5
ISBN 978-7-5477-2843-7

Ⅰ.①温… Ⅱ.①北… Ⅲ.①日记－作品集－中国－当代 Ⅳ.①I267.5

中国版本图书馆CIP数据核字（2018）第244380号

**温故：北京，那些身边的记忆**

出版发行：北京日报出版社
地　　址：北京市东城区东单三条8-16号东方广场东配楼四层
邮　　编：100005
电　　话：发行部：（010）65255876
　　　　　总编室：（010）65252135
印　　刷：雅迪云印（天津）科技有限公司
经　　销：各地新华书店
版　　次：2019 年 5 月第 1 版
　　　　　2019 年 5 月第 1 次印刷
开　　本：787 毫米 × 1092 毫米　1/16
印　　张：28.5
字　　数：460 千字
定　　价：148.00 元